KB076035

Juan Marsé

Últimas tardes con Teresa

·

떼레사와 함께한
마지막 오후들

창 비 세 계 문 학

47

떼레사와 함께한
마지막 오후들

후안 마르세

한은경 옮김

창비

차례

•

일러두기

1. 이 책은 Juan Marsé, *Últimas tardes con Teresa* (Random House Mondadori, S. A. 2009)를 번역저본으로 삼았다.

2. 본문 중의 각주는 옮긴이의 것이다.

3. 외국어는 가급적 현지 발음에 준하여 표기하되, 일부 우리말로 굳어진 것은 관용을 따랐다.

7판 작가의 말

　최근에 집필한 작품에 대해 작가가 다소나마 확신할 수 있는 것이 있다면, 욕망을 실현해보려고 진지하게 시도했음에도 불구하고 본인이 목표했던 이상과 결과물 사이에 차이가 존재한다는 점일 것이다. 하지만 최근작이 아니고 예컨대 이 소설처럼 십년 전에 쓴 작품이라면, 그 미심쩍은 확신은 더이상 낙담이 아닌 기분 좋은 흥분으로 바뀌어 다가온다. 십년의 세월을 함께해온 지금 『떼레사와 함께한 마지막 오후들』과 나의 관계는 우호적일 뿐만 아니라 예상했던 것보다 더 고무적이다.

　이 소설은 이미 눈에 띄지 않는 내 의식의 구석에 자리를 잡았고, 그곳에서 유년기의 가슴 뭉클한 한 장면처럼 따스하게 빛나고 있다. 이따금 나는 촘촘한 작품 속을 더듬으며, 세월에 반점이 생긴 몸이 젊은 시절을 떠올리듯, 한때 이야기에 활력을 부여하면서 다정다감하고 세심한 감성을 아주 주관적으로 표현했을 것으로 짐작되는 사지와 근육, 힘줄이 지닌 매력을 찾아보았다. 하지만 추억이 깃들어 있기 마련인 이런 종류의 다시 읽기는 뜻밖의 놀라움도 어김없이 선사한다. 예를 들어 잘 알려져 있고 어찌할 수 없는 차이를 줄일 운명을 짊어진 직업적인 밧줄, 즉 이야기를 엮고 줄거리를 연결하거나 봉합하는 등 내가 무시하거나 관습적인 것으로 치부했으며 어쩌면 사소한 것일 수도 있는 그것들은, 한편으로는 시간이 흘러 독립적이고 자치적인 생명력을 얻었으며, 다른 한편으로는 이야기를 풍요롭게 만드는 소재들과 함께 비밀스럽게 뿌리내려 오늘날의 독자들을 위해 소설의 줄거리를 이루는 은밀한 진짜 신경조직과 어렴풋한 좌표를 만들어내기에 이르렀다.

어떻게 칭하든 상관없지만 소위 이 문제에서 전문가들이라 일컬어지는 비평가, 문학 교수, 박식한 이들이 작가의 의도에 대해 결코 의견 일치를 보이지 않는 것은 부분적으로 이것에 의해 설명될 수 있을 것이다. 이 소설은 처음부터 현저한 의견 불일치가 있었던 작품이다. 하지만 여기서 그 문제에 대해 해명하고 싶지는 않다(할 수도 없을 것이다).

1965년 겨울, 교정쇄를 수정한 이후 나는 『떼레사와 함께한 마지막 오후들』을 다시 읽어보지 않았다. 이후 9년 동안 따분한 일들로 채워진 단조로운 일상의 파고 속에서 가끔 이 소설을 떠올려보기는 했다. 그것은 우선 내가 좋아하는 이런저런 장면을 불러내 그저 미적 쾌감이라고밖에는 달리 부를 길이 없는 그런 경험을 반복하는 일이었다. 나는 기꺼운 마음으로 떼레사가 싼헤르바시오에 있는 집 정원에서 흰 트렌치코트 주머니 밖으로 빨간 스카프가 튀어나온 채 리드미컬한 걸음으로 마놀로를 향해 다가가는 것과 같은 그런 소설 속의 장면을 떠올려보곤 했다. 그리고 추기경이 낡은 가운을 걸치고 기품 있고 정갈한 지팡이를 손에 쥐고 버들가지로 엮은 오렌지색 안락의자에 앉아 무르시아 청년의 덧없는 등 근육을 엿보는 장면도, 어린 시절의 마놀로가 허황된 미래에 대한 약속에 얼이 빠져 숲속에서 모로 부부의 딸 앞으로 가서 고혹적인 달빛에 비친 그녀의 비단 잠옷을 만져보려 하는 장면도, 마루하가 체크무늬 코트에 처량한 우산을 들고 흥겹게 까르멜로를 오르는 장면도, 마놀로가 마루하의 방에서 하녀의 두건과 앞치마를 보고 현실을 깨닫는 장면도, 일요 댄스클럽에서 떼레사가 암내가 진동하는 가운데 엉덩이를 걷어차이고 깨지기 쉬운 연대에 대한 신화가 발길질을 당하면서 길을 잃어버린 것도, 무르시아 청년이 실체가 없는 가공의 여름 섬을 침수시킬 정도로 위협적인 비가 내리는 가운데 장지에서 두사람을 갈라놓는 웅덩이 위로 떼레사에게 손을 내밀던 모습도, 작품의 마지막 장에서 악의와 복수심으로 가득한 벌레처럼 웅크리고 앉아 마놀로를 노려보던 '주사기'의 집요한 연녹색 눈빛도 떠올려보았다.

　이 장면들은 매우 특별한 나의 컬렉션이며 독자들이 이 부분에서 매력을 발견하지 못하고 지나쳐버릴 수도 있음을 나는 알고 있다. 하지만 어떤 의미에서 이 장면들은, 어린 시절의 무르시아 청년이 고물상이나 부랑자들이 가까이 접근해서 위험하다는 것을 알리기 위해 모로 가족의 캠핑카로 걸어가는 장면에서부터 시작해 삐호아빠르떼 자신이 떼레사에게로 미친 듯 질주해가던 중 두명의 교통경찰에게 제지당해 휘황찬란한 두까띠를 탄 채 도랑에 빠지는 장면까지 이어지는, 전체 구조를 지탱해주는 중추이다.

　하지만 예술양식의 추이를 따랐거나 군더더기로 보이는 부분, 시간의 봉합, 줄거리의 이탈 혹은 기복이 보이는 부분, 그러니까 회의적으로 받아들여지는 관습에 기댄 장면들도 있다. 그런데 새로운 개정판을 염두에 두고 텍스트를 다시 보니 그 장면들은 우려했던 것만큼 나빠 보이지는 않았고, 작품의 중요한 부분으로서 테마를 이끌기 위한 도입부들이기도 했다. 그 한 예로 3부 이야기의 도입부에 학생들의 이데올로기적 열기를 옮겨 적은 부분을 들 수 있다. 그것은 내가 생각했던 것보다 더 확고하게 중심 테마로 자리잡고 있었다. 야생화와 거친 오솔길이 있는 추기경의 정원을 건성으로 묘사한 부분도 그렇고, 꽃이 널브러져 있고 종이 꽃가루가 수북한 길 위에서 함께한 축제의 마지막 날 밤 떼레사와 마놀로가 나눈 키스 장면도, 버지니아 울프를 인용하며 시작한 장의 첫 부분도, 몬떼까르멜로의 시리도록 푸른 하늘에서 전투 깃발처럼 펄럭이는 연들을 묘사한 부분도, 아직 잠들어 있는 도시 위를 떠돌며 환상의 결합을 꿈꾸게 하는 여명과 마놀로가 동네의 높은 곳에서 그것을 내려다보는 부분도 그러하다. 로사의 치명적인 가슴도 그렇다고 생각한다. 그리고 우아한 권태로움과 돈과 무사태평을 드러내는 마리 까르멘 보리의 굽은 어깨, 그리고 쎄라뜨 부인의 튼실하고 원기왕성하면서 조용하고 가족적인, 까딸루냐 여자의 다리도……

하지만 어쩌면 이 모든 것은 소설이 내게만 보내는 신기루, 즉 항상 마뜩잖은 결과물 주변을 맴도는 또렷한 상상 속의 유령에 지나지 않을지도 모른다. 이전과 비교한다면 그밖의 나머지는 이번 개정판에서 그저 약간의 삭제와 수정만 가했을 뿐 근본적인 것은 변함이 없고, 전체적인 분위기나 문체에도 전혀 영향을 주지 않았음을 덧붙인다.

1975년 2월 바르셀로나에서
후안 마르세

떼레사와 함께한
마지막 오후들

종종 재미 삼아 선원들은

거대한 바닷새 알바트로스를 잡는다.

이 느릿한 항해의 동반자는

심한 와류 위로 미끄러져가는 배를 따라간다.

간신히 갑판 위에 잡아놓으면

이 창공의 왕은 어색하고 수줍어하면서

가엾게도 그 커다란 날갯죽지를

노처럼 옆에 내려놓는다.

날개를 가진 이 항해자, 얼마나 서툴고 무기력한가!

좀전에는 그렇게도 아름다웠는데, 얼마나 우습고 추해졌는가!

어떤 사람은 담배파이프로 부리를 건드리면서 괴롭히고,

또 어떤 사람은 절름거리면서 하늘을 날았던 이 불구자를 흉내 낸다!

—보들레르*

하늘에 별들이 가득한 9월의 어느날 밤, 그들은 꽃과 색종이 그리고 찢어진 종이등으로 장식된 천막이 길을 따라 늘어서 있고, 온갖 색종이와 색 테이프 조각들로 뒤덮인 인적 없는 거리를 천천히 걷고 있다. 도시 변두리에 흔히 있는 동네에서 열린 대축제의 마지막 날 밤 행사(작별을 고하는 색종이 가루, 밤새 펼쳐진 왈츠)는 새벽 4시가 되어서야 막을 내렸다. 조금 전까지만 해도 관현악단이 신청곡들을 연주하던 무대는 이제 텅 비어 노란 천으로 덮인 피아노와 꺼진 조명, 그리고 인도 위에 줄줄이 세워진 접이식 의자들만 보인다. 거리에는 차고나 발코니에서 파티를 치르고 난 후 느껴지는 황량함이 있다. 이제는 일상적으로 시간에 맞춰 해야 할 일들이 기다리고 있다. 철재나 목재나 벽돌을 다루는 가여운 손놀림이 날이 밝기를 기다리며 현관과 창에 나타났다가 사라진다. 여름만 되면 하릴없이 여자들을 유혹하면서 돌아다니고, 우수에 젖은 허풍선이이자 동네의 음험한 아이인 그는 낯선 미녀에게 푹 빠져 그녀와 함께 걷고 있다. 여름은 여전히 달콤하고 멋진 일들이 기다리고 있는 녹색 군도群島라는 것을 그는 아직 모르고 있다. 발코니들마다 나선형의 반짝이는 색 테이프들이 걸려 있고, 별빛보다 못한 발코니의 등은 노란 불빛을 발하며 눈 내린 풍경처럼 거리를 뒤덮은 색종이 더미 위로 초췌하게 흩어지면서 부서진다. 한줄기 미풍이 종이로 장식된 천막을 흔들며 갈대밭의 시원스러운 소리를 낸다.

고독한 이 남녀는 서로의 옷차림만큼이나 풍경이 낯설기만 하다. 청년(청바지에 농구화, 그리고 가슴에 위풍당당한 방위도 무늬가 새겨진 검정색 셔츠 차림이다)은 우아한 여자애(어깨가 드러난 분홍색 원피스 차림에 하이힐을 신고 있고 금발을 늘어뜨리고 있다)의 허리에 팔을 두르고 있고, 여자애는 그의 어깨에 머리를 기댄 채 거리를 뒤덮고 있는 하얀 거품을 무심하게 밟으며 다음 모퉁이에 보이는, 창백한 빛을 발하는 스포츠카 쪽으로 서서히 걸어간다. 이 남녀의 걸음걸이에는 결혼식 행진의 엄숙함, 그러니까 우리가 꿈속에서나 누릴 법한 완벽한 느림이 깃들어 있다. 두사람은 서로의 눈을 바라본다. 이제 그들은 흰색 스포츠카 '플로리드'에 거의 다 다가와 있다. 갑자기 한줄기 습한 바람이 모퉁이를 돌아 색종이 구름을 일으키며 그들을 에워싼다. 여름의 끝을 알리는 비의 기운, 가을바람의 첫 습격이다. 놀란 이 남녀는 웃음을 터뜨리며 손으로 눈을 가린다. 색종이의 소용돌이가 그들의 발밑에서 다시 맹렬하게 일어 눈처럼 하얀 날개를 펼치며 두사람을 완전히 포위해 잠시 그들의 모습을 가려버린다. 그들은 마치 장님놀이를 하듯 허공을 휘저으며 서로를 찾아 헤매면서 웃음을 터뜨린다. 서로의 이름을 부르고, 서로를 안았다 놓아주고, 엄숙한 자세로 서로의 등을 맞대고 기댄다. 그리고 회오리바람처럼 주변을 휘감고 있는 하얀 종잇조각의 구름 사이에서 잠시 넋을 잃은 채 이 혼란스러움이 잦아들기를 기다린다.

1부

강건하고 용감한 영혼,
정확한 분별력과 단단한 힘을 가진 젊은이라면
세상 어디에선들, 어떤 사람 속에선들
좋은 평판을 얻고 세상을 호령하지 못하겠는가?
—에스쁘론세다[1]

어떤 사람의 삶의 방식뿐만 아니라 그가 속한 사회의 속성까지
도 적나라하게 드러내주는 별명이 있다.

1956년 6월 23일 성 요한 축제의 전야, 삐호아빠르떼[2]라 불리는
그는 새로 마련한 진갈색 여름 정장을 입고 동네의 어둠속에서 불
쑥 모습을 드러냈다. 그는 까르멜로 도로를 따라 싼예이 광장까지
걸어내려가 그곳에 주차되어 있는 오토바이 중 잠깐 실례해도 될
것 같은 (이번에는 훔치려는 것이 아니라 잠시 사용한 후 용도가
다하면 버리려는 것이다) 첫번째 오토바이에 올라탔다. 그는 전속
력으로 몬주익 쪽을 향해 달렸다. 그날밤 그는 외국 여자들이 많이
모이는 뿌에블로에스빠뇰에 갈 예정이었지만 돌연 생각을 바꿔 싼

....
1 에스쁘론세다(Espronceda, 1808~42): 에스빠냐의 낭만주의 시인.
2 남자 주인공 마놀로의 별명. 인물의 성격으로 보아 '신분 상승을 노리는 속물' 정
  도로 번역할 수 있겠으나 원어 발음 그대로 표기함.

헤르바시오로 향했다. 그는 막연한 희망이 가득한 6월의 향기로운 밤공기를 들이마시며 양옆에 울타리와 정원이 늘어서 있는 인적 없는 거리를 느린 속도로 달렸다. 그러고 나서 그는 오토바이를 버리고, 어느 저택 앞에 있는 멋진 스포츠카의 펜더에 기대어 담배를 피우기로 했다. 그는 우수에 젖은 듯한 암울한 자신의 얼굴을 신기루 같은 불빛들이 미끄러지며 광채를 발하는 차체에 비춰보았다. 눈빛은 진지했고 피부는 창백했다. 그사이 잔잔한 폭스트롯 음악이 그의 상상력을 어루만져주었는데, 종이등과 꽃으로 꾸민 맞은편 정원에서 파티가 열리고 있었던 것이다.

전야제의 열기와 흥겨움에는 그다지 시선을 끌 만한 것이 없었다. 이런 동네에서는 더더욱 그랬다. 하지만 그 청년의 옆을 지나던 한 무리의 우아한 남녀들은 그의 이질적인 뭔가에 의해 촉발된 다소 불편한 기분을 억누를 수가 없었다. 청년이 그들의 눈에 띈 이유는 남쪽 지방 사람 특유의 중량감 있는 아름다움과, 멋진 자동차와 묘한 관계——정확하게 말하자면 미심쩍은 불균형——를 유지하는 그의 부동자세에서 느껴지는 어떤 불안감 때문이었다. 하지만 그들은 그 이상의 것을 감지할 수는 없었다. 후각이 아무리 발달한 사람일지라도, 그리고 사물들 사이에 보이는 미묘한 부조화에 아무리 민감한 사람일지라도, 어떤 극단적인 결정을 내리기 전 그의 아름다운 이마에 서리는 병적인 무심함과, 성난 별빛 같은 눈빛에서 범죄를 도덕적으로 정당화하고도 남을 만큼의 고뇌에 찬 반성의 신호를 담아 마무리 짓는 그런 모호함을 찾아낼 수는 없었다. 두번째 담배에 불을 붙이던 올리브 빛깔의 그의 손은 아주 미세하게 떨렸다. 그것은 그에게 일종의 낙인과도 같았다. 뒤로 빗어 넘긴 그의 검은 머리카락에는 본래의 매력 외에도 살짝 소름 돋게 하면서 여자의 눈길을 사로잡는 뭔가가 있었다. 그것은 은밀하면서 부질없는 노력, 수없는 좌절 속에서도 아직 고스란히 남아 있는 희망 같은 것이었다. 그의 머리 모양은 가난과 무시에 맞서 싸우는 일상의 분명한 요소들을 드러낸 것으로, 고독하고 출세 지향적인 이들이 공들여 손질하는 그런 모양이었다.

그가 결국 정원의 울타리 문으로 들어가기로 결심했을 때, 그의 손은 두번째 잔을 손에 쥔 후에야 안정을 찾는 알코올중독자처럼 더이상 떨리지 않았다. 그는 몸을 곧추세우고서 미소를 지었다. 그리고 자갈이 깔린 산책로를 따라 앞으로 나아갔다. 그때 갑자기 오른쪽 울타리 사이에서 어떤 그림자가 움직이는 듯했다. 캄캄한 어둠속에서 반짝이는 두 눈이 나뭇가지 사이로 그를 뚫어지게 바라보고 있었다. 그는 걸음을 멈추고 담배꽁초를 버렸다. 움직임이 없는 노란 두 점은 노골적으로 그의 얼굴에 고정되어 있었다. 이런 경우 최상의 방법은 웃으며 마주 보는 것이라는 사실을 이 침입자는 알고 있었다. 그가 다가가자 반짝이던 두 점은 사라져버렸다. 다급하게 별장 쪽으로 멀어져가는 어떤 여자의 희미한 씰루엣이 보였다. 그림자를 보니 손에 쟁반 같은 것을 들고 있었다. "시작이 영 찜찜하군." 양쪽으로 울타리가 늘어서 있는 산책로를 걸으며 그는 혼잣말을 했다. 그 길은 원래는 롤러스케이트장이었던 댄스플로어로 향하고 있었다. 그는 손을 주머니에 넣고 짐짓 아주 무심한 표정을 지으며 우선 커다란 버드나무 아래에 차려져 있는 뷔페로 향했다. 그리고 빼곡히 들어서 있는 사람들 사이를 비집고 잔에다 꼬냑을 따랐다. 그 누구도 그에게 신경을 쓰지 않는 것 같았다. 그런데 그는 댄스플로어로 가고 있는 한 여자애 쪽으로 돌아서다가 어떤 남자애의 등에 팔을 부딪쳐 꼬냑을 쏟고 말았다.

"미안." 그가 말했다.

"괜찮아, 친구." 남자애는 웃으며 말하고 가버렸다.

남자애의 얼굴에 어려 있는 거의 경멸에 가까운 냉랭한 무관심과 자신감은 그로 하여금 하던 일에 다시 집중할 수 있게 했다. 이제 그는 손에 술잔을 들고 버드나무 그림자 속에서 잠시나마 안도감을 느꼈다. 그는 너무 다른 사람 눈에 띄지 않도록 조심스레 오가며 적당한—지나치게 시선을 끌거나 너무 얌전을 빼지 않는—댄스 파트너를 찾아보았다. 알고 보니 매우 젊은 사람들이 모인 파티였다. 얼추 일흔명은 되지 싶었다. 여자애들의 상당수는 바지를 입고 있었고, 남자애들은 울긋불긋한 티셔츠를 입고 있었다. 자신이 정장 차림에 넥타이를 맨 몇 안되는 사람 중 한명임을 깨달은 순간 그는 자신이 우스꽝스럽게 느껴졌다. '생각했던 것보다 잘사는 애들이군.' 그는 생각했다. 그는 휴일 나들이에 어울리지 않게 한껏 차려입고 나온 사람이 가지는 열등감을 문득 느꼈다. 수영장 가장자리에 몇몇 남녀가 앉아 있었고, 아주 연한 녹색의 투명한 물이 차 있는 수영장에는 장난감 배가 떠다니고 있었다. 탁자 주변에는 따분해 보이는 무리가 보였다. 색전구와 스피커를 걸어놓은 잎이 무성한 나무 아래서 그들은 따분한 대화를 나누었고, 졸린 시선을 서로 주고받았다. 불이 켜진 창 너머로 소녀애가 잠옷 차림으로 앉아 있었다. 더 안쪽에는 한 무리의 어른들이 탁자 주변에서 술잔을 기울이고 있었다.

축음기에서는 룸바³의 고전들이 계속 흘러나오고 있었다. 삐호 아빠르뗴의 예리한 두 눈은 수영장 가장자리에 앉아 있는 한 여자

---

3 격렬한 리듬을 특징으로 하는 꾸바의 민속 춤곡.

애에게 가서 멈췄다. 그녀는 피부가 가무잡잡했고, 소박한 분홍 치마에 흰 블라우스를 입고 있었다. 고개를 숙이고 있는 것으로 보아 춤추는 일에는 그다지 관심이 없어 보였고, 큼직한 붉은 타일 바닥 위에 손가락으로 상상의 그림을 그리느라 여념이 없었다. 그녀 역시 막 도착해 아는 이가 아무도 없는 것처럼 소심하고 버림받은 듯하면서 호기심 어린 분위기를 풍겼다. 침입자는 망설였다. '열을 셀 때까지 저 애 앞으로 가지 못하면 내 그것을 잘라 개에게 던져버리리라.' 손에 기다란 술잔을 들고, 자신감이 더 충만해진 그─보랏빛 긴 잔을 들고 있다는 것이 왜 그에게 자신감을 더해주었을까?─는 춤추는 남녀들 사이를 헤치고 그녀에게로 갔다. 갑자기 벌들의 윙윙거리는 소리와 함께 강한 불빛이 그의 머리와 어깨 위로 떨어졌다. 꿈을 이루기 위해 세심하게 연출한 그의 거만한 옆얼굴은 뭇사람들의 힐끔거리는 눈총을 받았다. (이는 무더운 지역에서 금발의 미녀를 컨버터블에 태우고, 머리카락이 바람에 흩날리도록 전속력으로 달릴 때 받는 시선과 같은 것이다.) 그는 몇초 사이에 말도 안되는 은밀한 작전을 세웠다. 하지만 마음에 걸리는 것이 있었다. 그것은 생김새에서 벌써 그가 안달루시아 출신임이 확연하게 드러난다는 사실이었다. 그 사실을 그는 모르지 않았다. 그는 굴러들어온 외지인인 무르시아[4] 사람(지리적 구분이 아닌 사회적 신분을 의미하는 용어로, 까딸루냐 사람들의 또다른 이상한 점을 보여주는 예이다)이며, 아득하고 신비에 싸인 무르시아의 후손이다…… 그는 수영장을 향해 걸으면서 자신이 점찍어둔 여자애 곁에 다른 여자애가 와서 앉아 그녀와 어깨동무를 하고 다정하게

---

4 안달루시아 지방에 있는 주.

이야기하는 것을 보았다. 그는 둘 중 어느 쪽에 더 성공의 가능성이 있을지를 짐작해보면서 여자애들을 유심히 지켜보았다. 그들에게 다가가기 전에 결정을 내려야 했다. 나중에 온, 바지 차림에 머리가 금발인 여자애의 얼굴은 잘 볼 수가 없었다. 그녀는 친구에게 뭔가를 고백하고 있는 것 같았고, 그녀의 친구는 바닥을 응시하며 조용히 듣고 있었다. 그녀는 고개를 들어 가까이 와 있는 청년을 보더니 미소를 지었다. 그는 조금의 망설임도 없이 그 금발 머리를 택했다. 그녀가 더 매력적이어서가 아니라—사실 얼굴은 거의 보이지 않았다—다른 여자애의 묘한 미소가 어쩐지 찜찜했기 때문이었다. 하지만 그가 두사람에게 다가가 몸을 숙이려는 순간—어쩌면 동작이 너무 과했는지도 모르겠다. "촌놈 같으니" 하고 그는 중얼거렸다—그의 움직임을 알아채지 못한 금발 머리가 벌떡 일어나 멀리 떨어진 곳에서 손으로 물을 휘젓고 있는 다른 청년 곁으로 가서 앉았다. 무르시아 청년은 얼굴을 살짝 가린 그녀의 긴 금발 사이로 자신의 심장을 두근거리게 만든 푸른 눈을 아주 잠깐 볼 수 있었다. 그녀를 쫓아갈까 생각했지만 그는 그녀의 친구를 선택했다. "알고 보면 다 똑같지, 뭐." 그는 중얼거렸다.

그녀는 이미 자리에서 일어나 그의 앞에 가만히 서 있었다. 그녀는 금발 머리에게 소심한 눈빛을 보내며 어쩔 줄 몰라했지만 그녀의 금발 친구는 몇 미터 떨어진 곳에서 등을 돌린 채 아무것도 눈치채지 못하고 있었다. 친구의 주의를 끄는 것을 포기한 그 가무잡잡한 여자애는 갑자기 발랄해지며 특유의 묘한 미소를 다시 지어 보이면서 낯선 남자애에게 손을 내밀었다. 그리고 그가 댄스플로어로 자신을 이끌 때까지 기다리지 못하고, 그를 정원에서 떨어진 아주 으슥한 나무 사이로 끌고 갔다. 그곳에서는 두쌍의 커플이 껴

26

안고 춤을 추고 있었다. 삐호아빠르떼는 꿈꾸는 것 같았다. 그녀의 손에서는 친근하고 말랑말랑하며 축축한 감촉이 느껴졌는데, 말로 표현할 수 없는 차가운 기운이 전해지는 것이 마치 물속에서 그녀의 손을 잡고 있는 것 같았다. 그녀를 안으면서 그는 최상의 미소를 지어 보였다. 그리고 그녀의 눈을 바라보았다. 그가 그녀보다 상당히 더 커서 그녀가 그의 얼굴을 보려면 고개를 완전히 뒤로 젖혀야 했다. 삐호아빠르떼가 입을 열기 시작했다. 그의 매력은 허스키한 남쪽 말투와 설득력 있는 목소리에 있었다. 그리고 나머지는 그의 아름다운 눈동자가 맡았다.

"말해봐. 춤을 추려면 언니의 허락이 필요한 거야?"

"언니 아니야."

"그녀를 무서워하는 것 같던데, 누구야?"

"떼레사야."

그녀는 자신의 몸을 의식하지 않고 심드렁하게 춤추었다. 그녀는 곧 열아홉번째 생일을 맞이하며 이름이 마루하라고 했다. 안달루시아 출신처럼 보였지만 아니었고, 그녀의 부모처럼 까딸루냐 출신이었다. '재수 더럽게 없네. 왜 하필 까딸루냐 애란 말인가?' 그는 생각했다.

"별로 티가 안 나. 말투에 까딸루냐 억양이 전혀 없어."

그녀는 속삭이는 듯한 단조로운 목소리를 지녔으며 발음이 아주 정확했다. 또 몹시 수줍어했다. 가냘프지만 놀라울 정도로 생기 넘치는 그녀의 몸이 그의 품에서 떨고 있었다. 음악은 볼레로 곡이었다.

"대학생이니?" 삐호아빠르떼가 물었다. "널 한번도 본 적이 없어서 말이야."

그녀는 대답하지 않고 묘한 웃음을 지어 보였다. '천천히, 이 병신아, 천천히.' 그는 속으로 자기 자신에게 말했다. 그녀가 고개를 숙이면서 물었다.

"네 이름은 뭐야?"

"리까르도. 친구들은 리처드라고 부르지…… 얼빠진 녀석들."

"아까 널 봤을 때 떼레사 친구인 줄 알았어."

"왜?"

"글쎄…… 떼레사는 늘 이상한 애들을 데려오거든. 어디에서 굴러먹다 왔는지 모를 그런……"

"그러니까 네 눈엔 내가 이상해 보인다는 말이구나."

"그게 아니라…… 모르는, 낯선 사람이라는 말이지."

"너는 내가 예전부터 죽 알아온 사람 같아."

그는 그녀를 가까이 끌어당겨서 키스하려는 듯 그녀의 이마와 뺨에 입술을 갖다댔다.

"마루하, 여기서 사니?"

"근처에서 살아. 아우구스따 거리."

"너 아주 가무잡잡하구나."

"너만큼은 아니야……"

"사실 난 원래부터 이래. 넌 해변에 가서 태웠겠지만 난 올해 해변에 세번밖에 못 갔어. 사실—그는 '사실'이라는 부사를 반복해서 사용했고, 품위 있는 분위기에 어울릴 만한 말투를 사용했다—갈 수가 없었어. 시험을 준비하고 있거든…… 넌 주로 어디에 가니? 싸가로 해변?"

"아니. 블라네스 해변."

"아."

삐호아빠르떼는 싸가로 해변일 것이라 예상했다. 그러나 어쨌든 블라네스 해변도 나쁠 건 없었다.

"호텔에서 지내니? 그러니까 실제로……"

"아니."

"부모님 별장에서 지내는구나."

"응."

"춤을 잘 추네. 내가 질문을 아주 많이 했으면서도 정작 중요한 걸 빠뜨렸군. 남자친구 있니?"

그때 여자애가 갑자기 그의 가슴에 머리를 기댔다. 그리고 떨면서 그를 힘껏 끌어안았다. 그는 그녀가 허벅지와 배를 그의 몸에 대고 계속 비벼대서 당황스러웠다. 마루하는 조금 전 친구 곁에 앉아 있을 때의 버림받고 소외된 듯한 분위기로 다시 돌아갔다. 하지만 그는 신경 쓰지 않았다. '흥분한 거겠지. 그게 다야.' 그는 그녀의 윗입술에 부드럽게 입을 맞추었고, 결국 키스까지 했다. 부잣집 응석받이 여자애의 변덕인지 아니면 자기보호 본능인지 알 수 없었지만, 분명한 것은 그녀가 말을 해 분위기를 깨버렸다는 사실이다.

"나 목말라……"

"샴페인 가져다줄까? 커플마다 한병씩 주는 것 같던데."

그녀가 소심하게 웃었다.

"그게 아니고, 여기선 원하는 건 뭐든 마셔도 돼."

"널 위해서 그러는 거야. 여자애들은 조금만 마셔도 취하잖아. 그럼 술 한잔 가져올까?"

"나 꾸바리브레⁵ 마시고 싶어."

---

5 럼, 꼬냑, 진 등에 콜라를 넣어 만든 칵테일.

"좋은 생각이야. 나도 그걸로 할래. 여기서 기다려."

폭죽이 높은 곳에서 소리를 냈다. 잠자지 않는 도시의 음악과 웅웅대는 소리는 불꽃이 멀리 더 넓게 퍼져감에 따라 다른 여름밤에는 느끼지 못한 마술적 심오함을 선사했다. 그가 뷔페를 향해 걷는 동안 정원은 끈끈하고 습했으며 썩은 냄새를 약간 풍겼다. 그는 금발로 덮인 어깨들, 땀에 젖은 젊은 육체들이 발산하는 감미로운 숨결과 그을린 목덜미, 드러낸 겨드랑이와 출렁이는 가슴들 사이를 헤치며 나아갔다. 칵테일을 준비하는 동안 그는 의기소침해졌다. 그는 지금까지 한번도 이렇게 가까이에서 매끄럽고 향기로운 팔 냄새를 맡아본 적이 없었고, 자신감으로 가득 찬 반짝이는 푸른 눈을 본 적도 없었다. 그는 이제 안심해도 되겠다고 생각했다. 그래서 자신의 주변을 오가며 자신을 눈여겨보던 (파티의 주최자가 틀림없는) 젊은이들에게 신경을 쓰지 않았다. 그는 마루하의 잔에 충분한 양의 진을 넣은 뒤 축배를 들기 위하여 그녀 곁으로 돌아왔다……

"내일을 위하여!" 그가 유쾌하게 말했다.

여자애는 그의 눈을 바라보며 천천히 마셨다. 그는 잔디밭 가운데에 놓인 흔들의자로 그녀를 데려갔다. 두사람은 그곳에 앉아 한참 동안 달콤한 키스를 나눴다. 하지만 어둠은 이제 더이상 두사람의 보호막이 되어주지 못했다. 그는 시계를 들여다보았다. 4시가 다 된 시각이었다. 풀밭에 버려진 칵테일 잔 속의 얼음 같은 하늘의 별들이 그들 뒤로 평온하게 사라지자 하늘의 불그스레한 빛 위로 화려하게 장식된 저택의 씰루엣이 드러나기 시작했다. 몇몇 사람들은 이미 작별인사를 하고 있었다. 서둘러야 했다. 불이 밝혀진 곳에서 세명의 젊은이가 '저 자식은 어디서 굴러먹다 온 애이고 우리의 파티에서 뭘 하고 있는 것인가' 하는 의심 가득한 표정으로 그를 바라보고 있었다.

"이제 춤출 시간이군." 자신의 잔을 쥐기 위해 몸을 기울이면서 그가 중얼거렸다. 그러고는 마루하에게 귓속말로 속삭였다.

"꾸바리브레 한잔 더 할래? 금방 돌아올 테니 여기에 꼼짝 말고 있어."

그녀가 졸린 듯한 얼굴로 웃었다.

"빨리 와."

그는 서두르지 않고—사실은 세명의 젊은이가 다가오기를 기다렸다—정성스럽게 칵테일을 준비하면서 어떻게 해야 할지 궁리했다. 사실 별것도 아니다. 그냥 그들의 시야에서 벗어나고, 마루하와는 내일 만나기로 하고 헤어지면 되는 것이다. 그때 그들의 발걸음 소리가 들렸다.

"실례합니다." 그는 빈정대면서 가볍게 떨리는 코맹맹이 소리로 말하는 것을 들었다. "댁이 누군지 말씀해주실 수 있을까요?"

침입자는 넘실대는 잔을 양손에 들고서 천천히 돌아섰다. 그는 그들에게 얼굴을 들이밀며 무례와 뻔뻔함이 침착함의 증거라도 되는 양 해맑게 웃어 보였다. 그는 이것을 기꺼이 원하고 있었고, 그들의 친근하면서도 유치하고 터무니없는 농담쯤은 아무렇지도 않다는 듯 친절하게 고개를 숙이면서 말했다.

"리까르도 데 쌀바로사라고 하지. 안녕들 하신가?"

흰 셔츠를 어깨에 걸치고 그 소매를 묶어 목에 두른, 셋 중 제일 나이 어린 애가 피식 웃었다. 갑자기 삐호아빠르떼의 표정이 굳어졌다.

"왜 내 성씨가 우습기라도 한 건가?"

그는 예기치 않은 공포감에 순간 눈을 감았다. 다시 눈을 떴을 때 그는 자신의 손에 들린 잔을 바라보는 시선을 피할 수가 없었다. 그 시선은 그를 죽여버리고 싶은데 그럴 수가 없다는 듯한 시선이었다. 어쩌면 그래서 그가 부드러운 목소리로 다음과 같이 말했을 때, 그 의미를 알지도 못하면서 아무도 의문을 제기하지 않았는지 모른다.

"넌 재수가 좋구나."

"우린 여기서 소란을 피우고 싶지 않아, 알겠어?" 다른 젊은이가 말했다.

"그런데 누가 그러고 싶겠어?" 그가 침착함을 잃지 않고서 대꾸했다.

"좋아. 그럼 누가 널 이 파티에 초대한 거야? 누구랑 온 거야?"

남쪽 출신 청년은 대뜸 근엄한 표정을 지으며 고개를 꼿꼿이 들었다. 그는 이 젊은이들 너머에 있는 한 부인을 발견했다. 그녀는 팔짱을 끼고 불안한 마음을 애써 감추며 짐짓 냉랭한 표정으로 서 있었다. 집의 여주인이 분명했다. 그는 가능한 한 빨리 이 상황을 종결짓기 위해 단호하게 청년들 사이를 헤치고 다가갔다. 그의 얼굴은 무르시아 사람 특유의 환한 미소로 다시 화색이 돌았다. 그는 부인에게 가볍게 허리 숙여 인사한 후 혈기왕성한 그의 매력을 더욱 돋보이게 하는 차분하고 단호한 목소리로 말했다.

"부인, 인사드립니다. 저는 리까르도 데 쌀바로사라고 합니다. 저희 부모님을 아실 거라고 확신합니다만." 부인은 어쩔 줄 모른 채 그저 가만히 서 있었다. 하지만 천박한 하층민의 놀라운 너스레가 좀 볼만하다고 생각했다. "진작 인사드리지 못해 유감입니다······"

그는 파티에 대해 이야기하며 이런 파티엔 정원이 잘 어울린다는 것, 또 낯선 얼굴들임에도 불구하고 이 밤에 모두 한 가족처럼 지낼 수 있게 친절한 배려와 즐거움을 선사해준 것, 동네 주택가의 한적함, 여름철 수영장의 유용함, 해변보다 나은 수영장의 장점 등 장광설을 늘어놓았다. 부인은 살며시 웃으면서 확성기 소리가 지나치게 크다는 그의 말에 고개를 끄덕여 동의하긴 했지만, 그가 우스운 꼴이 되려는 걸 모른 척하며 그의 말에 거의 끼어들지 않았다. 무르시아 청년의 목소리에는 정중한 말투를 구사하려는 자신의 노력에 명백히 반하는 은근한 자만심이 배어 있었다. 그의 말투는 사람들의 주목을 끌었는데, 얼핏 남미 사람들의 말투 같기도 했지만, 자세히 들어보면 까딸루냐 변두리 사람들의 억양이 섞인 안달루시아 말투—모음을 부드럽게 떨어뜨리고 '스' 발음을 많이 하며 달콤한 말들을 자주 사용하는 것—의 단순한 변형일 뿐이었다. 그는 경박한 유행어를 사용했고, 듣기 좋을 것이라 생각해서인지 부사를 남용했으며, 부사가 문장의 어디에 놓여야 하는지 몰라 혼동하기 일쑤였다. 그래서 부사를 즉흥적으로 아무 데나, 하지만 줄곧 정중하게, 그리고 능수능란한 화술을 구사하면서 사용했다. 그는 그럼으로써 대화가 끊어지지 않고 품위가 있어 보일 거라는, 무식한 이들이 갖는 확고한 믿음을 갖고 있었다.

부인의 표정은 무덤덤했다. 그녀는 우스꽝스러운 말투 때문에 출신 성분이 들통난 뻔뻔한 미남 침입자의 눈을 한참 동안 바라보았다. 그를 힐난할 심산이었다. 하지만 그녀는 대치상황에 필요한 힘과 맞대응의 강도를 예측하지 못했다. 선량한 부인에게 그 결과는 참담했다. (그녀가 얻은 유일한 만족이라면—물론 그녀도 그렇게 생각할 것이라는 전제하에서—이미 잠들어버렸다고 믿고 있는 그녀의 일부가 깨어난 것이었다. 수년 전부터 더이상 경험하지 못한 가벼운 떨림을 그녀는 느낄 수 있었다.) 그래서 황급히 세 젊은이 중 한명에게로 시선을 돌려버렸다.

"애야, 무슨 일이니?"

"아무것도 아니에요, 엄마. 제가 처리할게요."

하지만 삐호아빠르떼에게도 생각이 있었다.

"부인." 그가 근엄하게 말했다. "저는 지금 모욕을 당하고 있습니다. 이 불쾌한 상황에서 벗어나기 위해 당신의 서재에서 말씀을 좀 나눴으면 합니다만."

부인은 그의 말에 기가 막혔다. 당연히 서재에서 두사람이 나눌 이야기는 아무것도 없으며 서재 따위도 없다고 그에게 말하려고 했지만, 그는 벌써 그녀의 다음 행보를 예측하고 있었다.

"좋습니다." 그가 중후한 목소리로 말했다. "저는 이유도 모른 채 비밀을 지켜달라는 요청을 받았는데, 어쩔 수 없이 진실을 말해야 할 시간이 온 것 같군요." 그는 잠시 말을 멈추었다가 덧붙였다. "저는 떼레사와 함께 왔습니다."

무엇이 그로 하여금 마루하의 친구인 예쁜 금발 여자애의 이름을 방패막이로 삼게 했을까? 정확한 이유는 그도 알지 못했다. 어쩌면 그 여자애는 이미 가버려서 없을지도 모르고, 그렇다면 이들이 당장 진위를 파악할 수 없어 적어도 내일까지는 기다려야 할 것이라고 생각했기 때문일 수도 있다. 또 마루하의 친구에 대한 언급, 즉 "떼레사는 늘 이상한 애들을 데려오거든"이라는 말이 막 떠올랐기 때문일 수도 있다. 어쨌든 떼레사란 이름을 대자 상황은 일단락되었다. 침묵이 흘렀다. 부인은 조용히 미소를 짓는가 싶더니 이내 한숨을 쉬며 마치 증인으로 내세우고 싶다는 듯 하늘을 쳐다보았다. 그때 뻬호아빠르떼의 예상을 깨고 한 남자애가 웃음을 터뜨렸다. '염병할 인간들!' 그는 속으로 생각했다.

"그러니까 떼레사가 널 초대했다는 말이야?" 부잣집 도련님들 중 한명이 말했다.

"그래."

"맹세라도 하려나보네!" 다른 남자애가 친구들을 보면서 소리쳤다. "자신의 마지막 정치적 발견이라고 말이야."

"바보 같은 그 계집애는 무슨 짓을 하고 다니는 거야?" 그 집 아들이 물었다. "떼레사는 지금 어디에 있어?"

"루이스랑 함께 있어. 둘이 네네를 데려다주러 갔거든. 곧 올 거야."

"떼레사는 날이 갈수록 미쳐가는군." 웃음을 터뜨렸던 젊은이가 덧붙였다. "완전히 미쳤어."

"멍청한데다 악취미까지 있어." 그 집 아들이 끼어들었다.

"까를로스……" 그의 어머니가 타일렀다.

"해도 너무하잖아요. 원하면 누구나 초대할 수 있긴 하지만 알려는 줘야 할 거 아니에요. 내가 이걸 가만두나 봐."

"자, 끝내자, 얘들아." 부인은 그들 사이에 오간 말이 무슨 뜻인지 전혀 이해하지 못한 듯 보이는 무르시아 청년의 애달픈 눈길을 느끼며 마무리를 지었다.

부인은 잠깐 사이에 의문이 풀리자 (그녀는 쎄라뜨 집안의 딸이 말썽꾸러기에다 되바라진 아이라는 사실을 알고 있었고, 집시하고도 충분히 함께 나타날 수 있는 아이라는 것도 알고 있었다) 따분하게 웃으며 작별인사를 하고는 집 쪽으로 걸어갔다. 파티는 끝나가고 있었다. 우물쭈물하던 세 남자애는 댄스플로어 쪽으로 서서히 멀어져갔다. 주인집 아들이 친구들에게 앙갚음하듯 성난 어조로 말하는 소리가 들렸다.

"그 멍청한 계집애가 오면 내게 알려줘."

마루하는 같은 자리에서 꼼짝도 하지 않고 생각에 잠겨 약간 얼떨떨한 채로 한참을 기다렸다. 그녀는 인생의 어느 순간에 정식으로 숙녀가 되기로 결심했지만 아직 모든 것을 이해하지 못했기에 현재로선 정식으로 숙녀가 되는 것이 전혀 달갑지 않은 그런 불행한 여자애 중의 하나로 보였다. 그녀의 얼굴과 고집스러운 미소에는 부자와 가난한 이에게 서로 사랑하라고 충고하는 사람이 지니는, 감동적이지만 쓸데없는 슬픔이 배어 있었다. 무르시아 청년의 팔에 안겨 떨면서 헤어나지 못하고 있는 그녀는 오랫동안 지켜온 도덕에 대한 일종의 피로감을 발산했고, 더 나아가 흥분하기 시작했으며, 자신을 배반하기에 이르렀다. 그녀의 꾸며진 정숙함에서 느낄 수 있는 것은, 무르시아 청년이 뭐라고 단정하지 못할 타고난 수줍음과 외로운 사람이 지닌 꺼림칙한 분위기뿐이었다. 하지만 그는 본인이 잘 아는 위험을 그녀에게서 감지한 만큼 결국 그녀의 분위기에 친숙함을 느끼면서도 불안해했다.

아카시아 가지 사이로 보이는 두근대는 듯한 불그레한 하늘 아래서 두 사람은 새들을 자극하며 정원의 가장 습하고 어두운 곳에서 춤추며 키스를 나눴다. 남쪽 출신 청년은 이제 가식을 벗어던지기로 했다. 갑자기 그의 입술은 사랑의 말들을 뜨겁게 쏟아냈고, 그 말들은 이내 격정적인 열정으로 승화되었다. 그런 상황에서 그의 모사꾼과 허풍선이 기질은 더할 나위 없이 경망스러웠고, 그의 거짓말과 영악스러움은 더 심한 결과를 낳을 수도 있었다. 하지만 그에게는 남들이 자신을 특별한 존재로 상상하도록 만드는 뭔가가 있었다. 그것은 결정적인 순간 늘 자신에게 공정한 게임을 하도록 강요하는 그만의 독특한 위상과 정신세계였다. 하지만 그의 의도와는 달리 그의 입술은 벌써 여자애의 입술과 하나가 되었다. 믿음과 헌신에 대한 의지, 아직은 영웅의 꿈을 꾸게 만드는 청춘의 진솔함, 그리고 심심풀이를 넘어선 생존과, 이 파티에서 가장 거만한 풋내기들이 공공연히 자랑하는 것보다 더 많은 헌신과 환상, 그리고 더 많은 용기를 요구하는 사랑이라는 의식의 일부를 치르고 있다는 자각 속에서 말이다.

음악은 이미 멈췄다. 그는 그녀와 다음날 오후 7시에 만드리 거리의 한 바에서 만나기로 약속했다. 그리고 친절하게 그녀를 데려다주겠다고 했다. 하지만 그녀는 친구 떼레사를 기다려야 한다고 했다. 그녀가 차로 집까지 데려다주기로 했다는 것이다. 그는 더이상 고집하지 않았다. 자연스러운 게 더 좋은 법이니까.

분홍빛 물이 엷게 든 아카시아 아래서 정원의 신선한 향기를 잠에서 깨우는 아침 미풍과 함께 남쪽 출신 청년은 마치 전장에 나가기라도 하듯 마지막으로 그녀를 격렬하게 껴안고 키스했다. "내일 봐, 자기……" "언제든지, 리까르도……"

리까르도 데 쌀바로사는 집의 여주인 앞을 지날 때 고개 숙여 정중하고 예의 바르게 작별인사를 했다.

모든 것을 소유하려거든
무無에서 뭔가를 취하려 하지 말지어다.
모든 것이 되려거든
무無에서 뭔가가 되려 하지 말지어다.
—싼후안 데 라 끄루스[6]

    몬떼까르멜로는 바르셀로나의 북서쪽에 위치한 헐벗고 척박한 언덕이다. 아이들이 보이지 않는 실을 능숙한 손놀림으로 조절해 푸른 하늘에 눈부신 색깔의 연들을 종종 선보인다. 연들은 바람에 흔들리기도 하고, 전사의 꿈을 알리는 방패처럼 언덕 꼭대기 위로 고개를 내밀기도 한다. 전후 암울하던 시절에 굶주린 배와 녹황색의 머릿니는 현실을 견딜 꿈을 날마다 요구했고, 몬떼까르멜로는 까사바로, 기나르도, 라살루드 동네에 사는 누더기 차림의 아이들이 좋아한 모험의 장소였다. 아이들은 밀가루 풀, 갈대, 헝겊, 신문지 등의 재료로 집에서 만든 조잡한 연을 날리기 위해 바람이 윙윙대는 언덕 꼭대기에 올라가곤 했다. 그리하여 도시의 하늘에는 다른 유럽 나라의 국경을 향해 진격하는 독일군, 초토화된 도시들, 히

---

6 싼후안 데 라 끄루스(San Juan de la Cruz, 1541~92): 에스빠냐의 신비주의 시인.

로시마의 원자탄 구름 등에 관한 뉴스와 사진이 꼬리를 치며 오랫동안 거칠게 펄럭이곤 했다. 그 뉴스와 사진에는 죽음과 황폐함, 에스빠냐의 주간 배급, 가난과 기근이 있었다. 1956년 여름인 오늘 까르멜로의 연들은 뉴스나 사진을 싣고 있지 않았고, 신문지로 만든 것도 아니었다. 그것들은 가게에서 구입한 얇은 비단 종이로 만든 현란하고 울긋불긋한 연들이었다. 모양새는 한결 나아졌지만 집에서 만들어진 탓에 많은 연들이 조잡하고 무거워 잘 날아오르지 못했다. 하지만 아직도 연들은 여전히 동네의 전투 깃발처럼 보였다.

구엘 공원은 녹음이 울창하고 환상적이면서 동화에 나올 법한 건축물들이 자리한 곳이며, 공원 옆에 솟아 있는 언덕은 비탈길에 자리한 뚜로데라루비라와 뻴라다 산을 어깨 너머로 미심쩍게 바라보면서 그것과 더불어 사슬 모양을 이루고 있었다. 반세기 전부터 이곳은 더이상 바르셀로나 교외에 있는 외로운 섬이 아니었다. 전쟁 전 이 동네와 기나르도에는 별장과 아담한 단층집 들이 있었다. 그때만 하더라도 이곳은 바르셀로나의 중간 계급인 부유한 상인들이 은퇴 후 거주하던 지역이었다. 그 가짜 공작들의 흔적은 낡은 별장이나 폐허가 된 정원에 아직까지도 남아 있다. 그러나 그들은 떠나버렸다. 40년대에 누더기를 걸친 집시 같은 행색의 피난민들이 조난당한 이들처럼 숨을 헐떡이며 절망적인 전쟁의 무자비한 태양과 좌절한 삶에 새까맣게 타서 도착한 것을 보았을 때, 몬떼까르멜로가 단 몇년 만에 국가적 재앙, 물에 잠긴 섬, 실낙원으로 변할 거라는 사실을 그 누가 알았으랴? 도시에서 떠밀려온 사람들은 곧 남쪽 언덕의 기슭을 차지했으며, 서서히 언덕 허리를 에워싸더니 북쪽과 서쪽, 즉 바예데에브론과 뻬니뗀떼스 쪽을 향해 점차 퍼져나갔다. 원형극장처럼 계단식으로 된 비탈에는 암녹색의 풀이 자라고 있고, 여기저기 피어난 금작화는 노란색의 경쾌한 점들을 흩뿌려놓은 듯했다. 꼬불꼬불한 아스팔트 길은 동이 틀 무렵 흐릿한 여명 속에서 납빛을 띠는데, 황혼이 되면 검은빛을 띠며 뜨겁고 악취를 풍긴다. 구엘 공원 옆문을 지나는 아스팔트 길은 싼예이 광장에서 시작되어, 오래된 쥐엄나무와 텃밭이 빽빽이 들어선 협곡 위의 동쪽 비탈로 올라가 동네 어귀에 있는 집들에까지 이어진다. 포장도로는 거기서 끝나며, 그 끝자락은 납작하게 눌린 뱀처럼 엉망으로 마무리되어 있다. 그러고는 먼지로 뒤덮인 구불구불한 비포장도로가 불쑥 나타난다. 더 아래쪽으로 향하는 길들이 있는가 하면 더 높은 곳으로 향하는 길들도 있다. 길들은 사방으로 나 있지만 모두 오르따와 몬바우 방향, 그러니까 북쪽의 평평한 기슭을 향해 달려간다. 오래된 별장과 비교적 최근이라 할 수 있는 40년대에 지어진 별장 외에, 땅값이 저렴했을 때 이주민들이 지은 붉은 벽돌집들도 보인다. 그 집들에는 페인트칠이 벗겨진 철제 발코니, 조화로 가득한 실내의 작은 회랑, 밑에 구멍이 뚫린 나무상자에다 키우는 식물에 물을 주는 아낙네들, 노래를 흥얼거리며 빨래집게를 들고 세탁물을 너는 여자애들이 있다. 까르멜회 수도원 계단 밑 풀장 안에는 공동 수도가 있다. 그곳에서 아이들은 맨발로 물장구를 치곤 한다. 힘줄이 있는 아이들의 그을린 정강이, 까만 무릎, 낮은 코에 올리브 열매처럼 생긴 얼굴, 아시아 사람들처럼 툭 튀어나온 광대뼈와 부드러운 눈꺼풀에는 연자줏빛의 머큐로크롬 흔적이 있다. 그 너머에는 먼지와 바람, 황량함이 있다.

동네에는 사교성이 좋은 사람들이 살고 있다. 여기저기에서 별의별 사람들이 다 모여들었지만 특히 남쪽 출신들이 많았다. 가끔 수도원 계단에 앉았거나 뒷짐을 지고 시골 생활에 대한 향수를 달래며 공터를 산책하는 한 노인을 볼 수 있다. 그는 회색 재킷과 목바로 밑에서 단추를 잠그는 줄무늬 셔츠 차림에 챙 넓은 검은색 모자를 쓰곤 했다. 이 남자의 인생은 크게 두 시기, 즉 들판에 나오기 전 생각이 필요한 시기와 지금처럼 생각하지 않기 위해 들판에 나온 시기로 나눌 수 있다. 높은 곳에서 도시를 내려다보노라면 오늘날 까르멜로 젊은이들의 몸짓과 시선에는 그 당시와 똑같은 생각, 똑같은 조바심이 엿보인다. 그리고 여전히 똑같은 꿈을 꾼다. 그 꿈은 여기서 생긴 것이 아니라, 그 꿈을 간직한 채 이곳에 왔거나 이주해온 그들의 부모 때부터 이미 품어온 것이다. 그 조바심과 꿈은 매일 새벽 안개 속에서 나타나는 빛과 건물들을 향해 기지개를 켜는 도시의 지붕들 위를 굴러 비탈 아래로 다시 미끄러져간다. 잠에서 덜 깬 나른한 검은 눈들은 눈을 가늘게 뜨고 의심스러운 눈초리로 끝없이 펼쳐진 푸른 안개와 빛을 바라본다. 위에서 보면 도시가 넌지시 자신을 맞아들여 희망 속에서 미래를 함께할 것이라고 매일 약속하는 듯하다. 햇살 가득한 여름날 아침에 아이들이 비탈에서 떼 지어 내려오며 먼지를 일으키면 몬떼까르멜로는 빛으로 가득한 화면 같다. 하지만 일요일이면 말린 장미향처럼 달콤하게 도심에 스며들곤 하는 보편적 관용과 완전한 화해의 분위기가 아직 까르멜로에는 이르지 못하고 있다. 높은 고도 탓만은 아니다. 이곳에는 팔레스타인의 산에서 추방되었고 이세벨이 숭배한 우상인 바알[7]의 미소가 아직도 지배하고 있기 때문이며, 또한 다소 파

---

7 바알은 팔레스타인 지방에서 숭배되던 풍요와 다산의 신이며, 구약성서 「열왕기상」 18~21장에 의하면 시돈의 왕 에드바알의 딸인 이세벨은 이스라엘의 왕 아합과 결혼한 후 우상 바알을 숭배한다는 이유로 나중에 창문 밖으로 던져져 개들에게 뜯어먹혔다고 한다.

렴치하고 영악함과 조롱이 섞인, 근육처럼 강력한 미소가 언덕을 침범하는 일요일의 엉성한 하얀 미소를 가로막으면서 이곳 주민들에게 체념이 몸에 자연스레 배도록 강요하고 있기 때문이다. 아직 때가 되지 않은 것이다. 까르멜로 거리를 가로지르는 개들과 몇몇 남자들은 섬에 표류한 듯 보인다. 거리는 가끔 라디오 진행자의 천박한 목소리, 역겨운 노래, 아이들의 울음소리, 신문지, 불에 탄 지푸라기, 축축한 풀, 고양이 똥, 시멘트, 건초, 그리고 송진 냄새를 실어오면서 사방으로 불어대는 성난 돌풍에 몸살을 앓고 있다. 날쌘 파리들이 날아다니고, ('미국인이 기증한 분유'라는) 익숙한 외국어로 인쇄된 팩 하나가 바닥에서 나뒹굴다가 가만히 서 있는 한 젊은이의 발에 가 걸린다. 가무잡잡한 얼굴에 까마귀 날개 같은 검은 머리카락을 가진 그 청년은 흙탕물 웅덩이를 보듯 길가에서 도시를 응시하고 있다.

뻬호아빠르떼이다. 그는 한 아이에게 델리시아스 바에 가서 체스터 한갑을 사오라며 심부름을 보내놓은 참이었다. 기다리는 동안 그는 넥타이의 매듭과 셔츠의 하얀 소맷부리를 매만졌다. 전날 입었던 정장에 여름 구두, 넥타이와 같은 색인 연한 파란색 행커치프 차림이었다. 낄낄대는 웃음소리가 등 뒤에서 들려왔다. 빠스뙤르 거리의 한 골목에서 그와 같은 또래의 남자애들 무리가 뒤에서 힐끔거리며 수군대고 있다. 그가 뒤돌아서 바라보자 광풍이 일기라도 한 듯 그들은 일제히 한쪽으로 고개를 돌려버린다.

그는 집에서 막 나온 참이었다. 그의 집은 도시 위에 걸려 있는 산동네의 마지막 모퉁이 아래에 무리 지어 있는 판잣집들 중 하나였다. 도로에서부터 걸어가자면 벽돌집들이 시야에 들어오기까지는 심연 속으로 들어가는 듯한 느낌이 든다. 타르로 마감한 석면 시멘트 지붕에는 군데군데 돌이 박혀 있다. 연한 색으로 칠해진 집들의 높이는 겨우 성인 남자의 머리보다 약간 높은 정도이다. 집들은 말끔하고 정성스레 청소해놓은 좁은 길 양옆에서 바다를 향해 줄지어 늘어서 있다. 어떤 집에는 포도나무가 자라는 자그마한 안마당이 있다. 동네 아래에는 안개와 공장 지대의 소음에 둘러싸인 도시가 거대한 푸른 지중해를 향해 뻗어 있고, 회색 병 모양처럼 생긴 싸그라다 파밀리아 성당과 싼빠블로 병원의 타워가 고개를 내밀고 있다. 그리고 더 멀리에는 거대한 그림자 같은, 구시가지 대성당의 검은 첨탑들이 있다. 항구와 희미한 파노라마처럼 펼쳐진 수평선, 선적기의 철탑, 그리고 몬주익의 위압적인 그림자들도 있다. 젊은이가 사는 곳은 언덕의 마지막 지맥 모퉁이에 위치한 오른쪽 줄 두번째 집이다. 그는 형과 형수 그리고 말썽꾸러기 조카 넷과 함께 살고 있다. 형네 집은 말라가의 뻬르첼 출신으로 나이 든 정비공이던 형 장인의 것이었다. 노인은 아내를 잃은 후 작업에 필요한 쓸 만한 공구들과 저축한 약간의 돈을 들고 1941년 이주의 물결이 처음 일었을 때 딸을 데리고 이곳으로 왔다. 그는 손수 집을 짓고, 도로 위쪽에 자그마한 창고 하나를 구입했다. 빵집과 현재의 뻬뻬 바 사이에 있던 그 창고는 자전거 정비소가 되었다. 겉으로 보면 사업은 더 나빠질 것이 없어 보였다. 노인은 따스하고 순종적인 눈빛의 통통한 딸이 결혼하는 것을 본 후, 그리고 론다 출신 사위에게 일을 가르쳐준 후 세상을 떠났다. 자동차 정비일을 했던 사위는 그라시아 대축제[8] 때 그녀를 만났다. 그가 장인에게서 물려받은 것이라곤 보잘것없는 가게와 기절초풍할 뉴스였는데, 사실 수입은 자전거포에서 나지 않

---

[8] 바르셀로나의 그라시아 지구에서 매년 8월에 열리는 축제.

고 동네에서 추기경이라고 부르는 용모가 출중하고 언변이 좋으며 성직자 같은 사람에게서 나온다고 했다. 추기경은 기나르도에 사는 실제보다 더 나이 들어 보이고 과묵한 어느 십대 소년이 언제나 밤에만 자전거포로 가져오던 오토바이를 구입하는 사람이었다. 그 젊은 친구가 가져온 오토바이는 자전거포에서 분해되고 추기경의 손을 거친 다음에야 마지막 행선지가 정해졌다. 뻬르첼 출신의 늙은 정비공은 딸을 주기로 한 전날에 사위에게 곤혹스러운 미소를 지으며 자신들의 처지에 과분한 결혼선물을 준 그 추기경이라는 사람에 대해 털어놓았다. 영세한 가게들이 문을 닫을 수밖에 없었을 정도로 경기가 침체되었던 때엔 겨우 버텨냈고, 경기가 좋아진 때엔 (네차례였고, 그때마다 아이를 낳았다) 훔친 오토바이와 관련된 비밀사업을 지속해왔다는 것이다. 비록 그 수입이 정비공과 그의 가족이 새집을 마련하거나 다른 동네로 이사할 정도로 충분하지는 않았지만 말이다. 그만큼 힘든 시절이었다. 기나르도의 그 젊은 친구가 프랑스로 이민을 간 후에는 다소나마 조심성이 있고 나긋나긋한 다른 불량배들(모두 추기경이 선발했다)이 그 일을 인계받았다. 그들은 베르둠, 뜨리니다드, 또레바로 등 멀리 떨어진 동네나 도시 근교 출신이었다. 그들은 한꺼번에 둘 이상이 함께 일한 적이 한번도 없었는데, 추기경이 허락하지 않았기 때문이다. 1952년 가을, 뻬호아빠르떼가 형에게 같이 지낼 수 있게 해달라며 불쑥 몬떼까르멜로에 나타난 후 사업은 결정적인 전환기를 맞이했다. 그것은 순전히 추기경이 개인적으로 그에게 끌렸기 때문이었다. 추기경은 그쪽으로 유난히 예민한 사람이었다. 하지만 이 모든 것이 명료해진 것은 한참 후였다.

"여기 있어요, 마놀로." 아이가 옆에 와서 말했다.

그는 아이에게 동전 한닢을 주고 체스터를 받았다. 비탈길을 내려가는 동안 오후의 청명한 푸른 하늘 위로 축제 전야제 때 쓰고 남은 폭죽이 터지는 소리가 들렸다.

6시, 그는 만드리 거리의 에스꼬세스 바에 있었다. 바는 거의 비어 있었다. 그는 세시간이나 그 여자애를 기다렸다. 결국 낙담하고 실망한 채 그는 집으로 돌아갔다.

그해 9월 중순, 그는 까르멜로에 사는 친구와 함께 여자애 둘을 데리고 블라네스 인근의 해변에 수영하러 갔다. 일요일이었다. 그들은 오토바이에 음식 바구니를 싣고 아침에 출발했다. 삐호아빠르떼는 난생처음 동네 여자애와 에로틱한 모험을 하는 것이었다. 그것은 예상 밖의 일이었고, 친구들은 이때부터 그가 몰락하기 시작했다고 생각했다.

블라네스 기점 4킬로미터 지점에 왔을 때 그들은 일반도로에서 벗어났다. 그리고 어느 개인 농장을 가로질러 해변으로 가는 좁은 길로 들어섰다. 그들은 느린 속도로 흙먼지 위를 부드럽게 미끄러지듯 달렸다. 삐호아빠르떼는 '사유지이므로 통행을 금함'이라는 경고판을 아예 무시해버렸다.

"경고판은 무슨, 얼어 죽을!" 그가 소리쳤다. "그럼 해변에 어떻게 가란 말이야? 헬리콥터로?"

"그렇지, 그렇지!"

약간의 거리를 두고 따라오던 그의 친구가 키득거렸다. 친구의 이름은 베르나르도 싼스였다. 그는 키가 작은 사내였지만 강인했고, 큰 코에 겨우 달라붙어 있는 작고 게을러 보이는 눈을 가지고 있었다. 살짝 비뚤어져 튀어나온 그의 아래턱은 선량하면서도 슬픈 분위기를 풍겼다. 싼스는 친구를 존경했고 그를 위해서라면 죽음도 불사할 수 있었다. 그는 그라시아에서 말털 깎는 재주로 유명한 까딸루냐 집시의 일곱째 아들이었다. 그가 뒤에 태운 여자애는 애인인 로사였다. 그녀는 땅딸막하면서 다리가 짧았고, 얼굴이 둥글며 가슴이 지나치게 풍만했다.

길은 정적에 휩싸인 거대하고 오래된 별장의 뒤쪽으로 그들을 이끌었고, 그들은 왼쪽으로 방향을 틀어야 했다. 그들은 소나무 숲을 둘러싸고 있는 울타리를 오토바이로 무너뜨린 뒤 모래사장에서 멀지 않은 그늘진 장소를 골랐다. 처음에 그들은 바다 맞은편 200여 미터쯤 떨어진 곳에 위풍당당하게 솟아 있고, 벽이 담쟁이덩굴로 덮인 붉은 벽돌로 된 거대한 별장에 시선을 집중했다. 별장은 20세기 초에 지어진 오래된 건물로, 석회를 과도하게 바른 원뿔로 마감한 두 개의 탑은 모양이 다소 다르긴 했지만 중세의 성 같은 분위기를 자아냈다. 건물의 한쪽 측면에 만들어진 테라스는 바다 쪽으로 박혀 있는 바위와 연결되어 있었다. 바위엔 나루터로 이어지는 계단이 몇 개 나 있었고, 나루터에는 보트 한 척이 묶여 있었다.

그들은 자신들이 이 사유지를 처음으로 침입한 사람이 아님을 확인할 수 있었다. 울타리는 이미 부서져 있었고, 소나무 사이사이에는 음식물 쓰레기와 기름 범벅이 된 종이 뭉치가 있었다. 그런데 사람은 전혀 보이지 않았다. 어느 권위 있는 귀족의 영지 안에 머물러 있다는 아주 야릇한 기분이 그들을 자극했다. 그들은 몹시 흥분해 울타리를 몇 미터 더 짓뭉개버렸다.

"야, 이 자식아! 흔적도 없이 짓뭉개버려야지!" 싼스가 말했다.

뻬호아빠르떼는 아무 말도 하지 않았다. 벌써 옷을 벗은 여자애들은 웃으면서 자신들의 육체로 그들의 관심을 끌어 파괴하는 일을 결국 그만두게 했다. 아침식사를 마친 후 그들은 수영과 공놀이를 했으며 한적한 해변을 달리기도 했다. 멀리 별장에서 새어나오는 것이 틀림없는 음악소리가 가끔 미풍에 실려왔다. 삐호아빠르떼는 금세 무료해졌다. 그는 바닷가를 하릴없이 걷다가 아무 말도 없이 숲속으로 들어가 한참 동안 나오지 않았다. 그런 그의 태도가 당황스럽기는 했지만 이상할 것은 없었다. 언제부턴가 그가 별것 아닌 일에도 화를 내거나 생각에 잠기는 모습을 종종 볼 수 있었기 때문이었다. 그는 때때로 일행과 멀리 떨어져 머리 뒤를 양손으로 받친 채 모래사장에 누워 있곤 했다.

그의 파트너인 롤라는 다정하게 질문을 던지며 그의 기분을 즐겁게 해주려고 애썼지만, 그녀는 육체(무르시아 청년의 의견에 의하면, 까르멜로 여자들이 진정 뭔가 도움을 주려고 한다면 그녀들이 제공할 수 있고 또 제공해야 하는 유일한 것)가 아닌 멍청한 머리를 쓰는 바람에 결국 그를 더 언짢게 했을 뿐이었다. 함께한 시간이 얼마 되지 않았지만 그는 그녀가 몸을 쉽게 허락하지 않을 것임을 벌써 알고 있었다. 베르나르도 싼스의 애인 친구이고 까르멜로에 살고 있었지만, 삐호아빠르떼는 그녀를 잘 알지 못했다. 그는 그녀를 좋아하지 않았다. 그녀가 한창 물이 올라 있다고 장담하는 싼스의 간절한 부탁에 함께 오긴 했지만 말이다. 점심식사 후 오후 시간에 그들은 소나무 아래 각자 자리를 잡고 자신의 파트너와 함께 드러누웠다. 그때 그는 자신의 손아귀에 들어와 있는 이 여자애가 조상 대대로 내려온 끈질기고 완고한 유산을 물려받았을 것이라는 자신의 짐작이 맞았음을 확인할 수 있었다. 그 유산은 헤어나올 수 없는 불신의 깊은 심연에서 비롯된 것으로 아주 오래전부터 있어왔고, 그래서 그가 아는 대부분의 여자들이 가지고 있는, 육체에 대한 두려움이라는 아주 괴상한 것이었다.

게다가 그녀는 쉬지 않고 떠들어댔다.

"아니, 내가 원하지 않는 건 아니야." 그녀가 그의 옆에 누워서 자신의 몸을 만지는 그의 손을 경계하며 높은 목소리로 말했다. "그것은 아냐. 난 원래 그래. 내가 널 좋아하지 않아서 이런다고는 생각하지 마. 난 늘 네가 맘에 들었어…… 난 밤마다, 특히 지난겨울 밤에 우리 집 앞을 지나가는 널 보곤 했어. 바 쪽으로 가는 널 보면서 항상 다른 애들과는 다르다고 생각했지. 잘생겨서가 아니라, 몰라, 모르겠어. 아무튼 너에겐 다른 점이 있어. 비록 네가 춤추러 가는 것보다는 일요일에 델리시아스 바에서 노인들이랑 카드놀이 하는 걸 더 좋아하고, 동네 사람들이 이러쿵저러쿵 너에 대해 말들이 많긴 하지만 말이야. 너는 싼스와 다른 친구들과 함께 오토바이를 훔쳐서 팔거나 자동차를 털고, 네 형은 자전거포에서 너희 일을 돕는데, 그러다가 언젠가 너희들은 큰코다칠 거라고 사람들이 말하곤 해. 그러지 않고서야 너희가 돈이 어디서 났겠니? 물론 나하고는 상관없는 일이지만 말이야. 돈 버는 게 쉬운 일은 아니지. 내가 알기로 넌 시골에서 올라와 처음에 잠깐 네 형이 하는 가게에서 일한 걸 빼면 한번도 일한 적이 없어. 다시 말하지만 난 그런 거 상관 안해…… 제발, 그러지 마. 거긴 안돼. 이러면 안돼…… 가끔 큰 돈을 만진 때도 있었을 거야. 아니라고 하지 마. 정직하게 일해 그렇게 많은 돈을 벌 순 없지……" 그녀는 그의 짜증 섞인 한숨소리에 잠깐 입을 다물었다. 그러고는 수영복 끈을 다시 한번 어깨 위로 끌어올렸다. 그는 십초쯤 기다렸다가 크게 기대하지 않고 다시 끈을 잡아내렸다. 롤라는 침울하고 온화하면서 슬프고 죽은 듯한 몸을 가진 그런 여자였다. 그녀의 몸은 단 한번도 그 경험을 한 적이 없지만 남자의 손길을 많이 탄 것처럼 보였다. 통통 부은 차분한 얼굴에 깊이 각인되어 있는 불쾌한 표정은 사랑의 경험이 지나치게 많아서가 아니라 사랑을 해본 적이 없어서 짓는 것이었다. 그녀의 표정에는 권태와 다정함 그리고 내숭이 뒤섞여 있었다. 그녀는 늘 섹스의 고약한 냄새를 맡고 싶어하면서도 품위를 잃을까봐, 혹은 어떤 신념이나 이유 때문에 전전긍긍하며 평생 처녀로 동물적인 고독 속에서 지낼 수도 있을 것이다. "난 참견하려는 게 아니야, 마놀로. 진심으로 말하는 거야. 난 험담꾼이 아니야. 사람들한테 물어봐. 그런데 그 재수 없는 계집애인 추기경 조카 오르뗀시아 말이야, 그 집에서 네가 살다시피 한다면서? 도대체 너한테 뭘 해주기에 그러니? 사실 난 네가 그애 때문이 아니라 그애 삼촌과 비밀스러운 일을 꾸미기 때문에 들락거린다고 생각해. 그 사람은 참 특이한 사람 같아. 그 사람과 루이스 뽈로 사이에 무슨 일이 있었나봐. 너희 패거리인 그 갈리시아 애 말이야. 경찰이 외국인 차를 털고 있는 그애를 붙잡으려고 하는 사이 네가 기적적으로 도망쳤다고 동네 사람들이 그러더라고. 어느 토요일 로사랑 함께 영화관에 갔는데, 로사가 그날 베르나르도와 다퉈 내내 울기만 하다가 내게 모든 얘길 다 털어놓았어…… 아이, 살살 해. 아프잖아……!" 그녀는 두 팔로 자신의 가슴을 가렸다. 아직도 그의 이가 느껴졌다. 하지만 그녀는 간절히 원하는 그의 눈길과 그녀를 애무하는 그의 손을 뿌리치지는 않았다. 그녀가 이어서 말했다. "너도 알고 있지? 다들 똑같아. 나중에는 그런 것에도 싫증 나겠지…… 왜 그래? 제발 이러지 마……" 그녀의 목소리는 힘을 잃고 점점 끈적거렸다. "그건 안돼. 내 이럴 줄 알았어…… 쉽게 허락하는 여자를 넌 어떻게 생각해……? 그런데 말해봐. 이 오토바이들도 훔친 거니? 난 네가 취해 있거나 동네에서 깡패 짓을 하는 걸 한번도 본 적이 없지만 사람 일이라는 게 사실…… 다시 말하지만, 그건 안돼. 넌 어떻게 내가…… 넌 여자의 순결이 어디에 있다고 생각하니?"

그녀의 몸은 무기력하기 짝이 없었고 두려움으로 가득했으며, 그녀의 가랑이는 차갑게 얼어붙어버렸다…… 화가 난 그는 그녀에게서 떨어져 솔잎 위에 등을 대고 누웠다. 그의 머리 위 나뭇가지에서 참새 한마리가 지저귀고 있었다. '순결을 지키는 장소 한번 끝내주네!'라고 그는 생각했다. 강렬한 햇빛이 쏟아져 들어와 눈을 반쯤 감았지만, 그는 눈을 멀게 할 정도로 강한 햇빛을 눈물이 날 때까지 견뎌보고자 했다. '빌어먹을 삶! 돈, 돈. 그런데 지난번 거래에서 남은 것이라곤 내 주머니에 있는 10뻬세따가 전부인데, 베르나르도 녀석이 정신을 못 차리다니 설상가상이야. 이번에는 아주 꽉 잡혔군. 잘하고 있는 짓이야. 로사 그 계집애가 녀석보다 더 재수 없어. 녀석을 어떻게 구워삶았기에 우리 계획을 다 불게 한 거야. 그리고 로사는 그걸 이 계집애한테 다 털어놔서 이제온 동네가 다 알고 내 귀에까지 들리게 하다니. 가만두나봐라, 죽었어……!'

그는 벌떡 일어나 여자애들이 가져온 바구니에서 오렌지 하나를 집어들었다.

"어디 가?" 롤라가 물었다. 그녀의 눈에 갑자기 두려움이 어렸다. "뭐 하려고 그래? 화난 거야……?"

삐호아빠르떼는 소나무 숲을 가로질러 싼스와 그의 애인이 누워 있는 곳으로 다가갔다. 두사람의 웃음소리가 들렸다. 싼스는 엎드려 있었고, 그의 애인은 옆에서 로즈메리 가지로 싼스의 등을 간질이고 있었다. "베르나르도!" 마놀로가 소리쳤다. 그는 소나무에 어깨를 기댄 채 오렌지 껍질을 벗기기 시작했다. "이리 와봐. 할 애기가 있어.”“지금?”“그래, 지금.”싼스는 마지못해하며 몸을 반쯤 일으켜세웠다. 그의 애인은 화가 난 듯 얼굴을 찌푸렸지만 삐호 아빠르떼를 감히 똑바로 쳐다보지는 못했다. 그녀가 서둘러 옷으로 몸을 가린 이유는 알몸이 부끄러워서가 아니라 그가 두려워서였다. 무르시아 청년이 그녀를 놀라게 한 것은 이번이 처음은 아니었다. 물론 그는 낯선 사람이 아니며 베르나르도의 가장 친한 친구이다. 가끔 그의 눈빛이 이렇긴 하지만 말이다. 그는 여전히 그녀를 바라보지 않았는데(그녀는 감히 눈을 들지 못했다), 찬사의 눈빛도 아니고 그렇다고 욕망하는 눈빛은 더더욱 아닌, 베르나르도에게 알몸을 드러낸 것에 대해 자신을 욕하거나 꾸짖는 듯한 그의 시선을 그녀는 느낄 수 있었다. 로사는 늘 그를 조바심나게 했다. 특히 탐욕의 징후와도 같은 그녀의 무뚝뚝하고, 창백하고, 두툼하고, 근육처럼 단단한 입술에서 풍기는 불쾌한 그 무엇이 그랬다. 그녀의 눈빛은 탁했고 좁은 어깨에는 주근깨가 가득했다. 수영복을 입은 몸은 날씬한 허리가 드러나 예뻤지만, 피부가 아주 푸석푸석했고 껍질이 벗겨진 감자처럼 허옜다. 그녀의 몸에서 교태가 살짝 흐르기는 했지만 살이 너무 많았다. 그 동네의 궁핍한 삶이 그녀의 몸매를 망가뜨린 것이다. 그녀는 비난하는 투로 중얼거렸다.“적어도 인기척 정도는 할 수 있잖아, 안 그래?”그는 계속 오렌지 껍질을 벗기며 아무 말도 하지 않았다. 거의 금속성을 띠는 자줏빛의 두송이 꽃이 그려진 것도 같고, 누군가를 뚫어지게 바라보는 썬글라스 같기도 한, 사람을 현혹하는 그녀의 둥글고 풍만한 가슴이 상대방을 파괴할 수 있는 은밀하고 엄청난 힘을 가지고 있다는 것을 그는 알고 있었다. 전투적이고 치명적이면서 상대를 궤멸시켜버릴 듯한 그녀의 모호한 표정은 혼돈과 죽음의 씨를 뿌리며 전진해

오는 전투기를 마주할 때처럼 상대방을 완전히 무방비 상태로 만들어버리곤 했다. 그러는 동안 쌘스는 살짝 일어나 한쪽 팔꿈치로 몸을 지탱하면서 고개를 옆으로 틀고 입술에는 고통스러운 표정을 지으며 그를 바라보았다. 그는 이미 치명상을 입은 것처럼 보였다.

"무슨 일인지 알 수 있을까?" 그가 말하고 나서 원숭이처럼 큰 입으로 교활하게 웃었다. "롤라는 어디 있어? 벌써 꼬신 거야?"

"쓸데없는 소리 그만하고 나랑 가자."

로사가 뭐라고 중얼거리며 쌘스의 어깨에 왼쪽 가슴을 바짝 붙이면서 그를 향해 돌아누웠다. 그녀는 흥분한 듯 닭 울음소리를 내며 웃었다. 삐호아빠르떼는 예기치 못한 어느날 이 여자애의 치명적인 무기 때문에 친구를 잃게 되리란 예감이 어렴풋이 들었다.

"베르나르도, 내 말 안 들려?" 그가 소리쳤다. "빨리 이리 와!"

그는 나무에서 몸을 뗀 뒤 로사를 마지막으로 한번 쏘아보고 나서 해변을 향해 걸어갔다. 쌘스는 마지못해 일어나서 결국 그를 따라갔다. 로사는 바닥에 등을 대고 누웠다. 그녀의 유용한 무기, 치명적인 사랑을 불러올 그녀의 가슴은 푸딩처럼 옆구리 양쪽으로 처졌다.

모래사장에 들어섰을 때 무르시아 청년이 갑자기 뒤로 돌아서더니 친구의 얼굴에 오렌지 껍질을 던졌다.

"이 쓰레기 같은 놈! 언젠가 네놈 얼굴을 박살내버릴 거야. 그 낯두꺼운 계집애랑 사귀지 말라고 경고했었지? 기억 안 나? 그년은 네가 우리 계획을 다 털어놓게 만들어서 이제 온 동네 사람들이 우리에 대해 쑥덕거리고 있어!"

"뭐라고?" 쌘스는 무슨 말인지 이해하지 못하는 것 같았다. 그는 해를 정면으로 향하고 있어서 손으로 햇빛을 가렸으며, 달궈진 모래사장에 발바닥이 뜨거워져 폴짝폴짝 뛰었다. "잠깐만. 너 왜 그래? 동네에서는 늘 말들이 많았어. 너 그런 거 상관 안했잖아? 나도 그렇고. 그런데 왜 지금 와서 야단이야?"

"언젠가는 네가 우리를 모두 감옥에 넣고 말 거다. 로사한테 무슨 말을 한 거야?"

"내가? 아무 얘기도 안했어…… 네가 지레 겁을 먹은 거야."

"겁을 먹었다고? 내가 가만두나 봐라. 어젯밤에도 넌 일하지 않으려고 했어. 차에 아무도 없었어. 내가 부탁한 거라곤 모든 일을 처리할 동안 잠깐 망을 좀 봐달라는 거였는데, 넌 싫다고 했어. 지난주에도, 그리고 지지난 주에도 그랬어. 도대체 너한테 무슨 일이 생긴 거야? 그 계집애한테 푹 빠진 거지, 그렇지? 그럼 당장 결혼해서 우리 형처럼 빌어먹을 자전거포에서 썩어버려라. 너희한테는 그게 딱 어울려!"

"야, 그러지 마."

"그리고 오늘 새벽만 해도 그래. 오토바이를 접수한 후 그걸 가게에 가져가지는 않고 내게 와서 징징거리며 제발 여자애들과 함께 해변에 가자고 했지. 로사랑 네가 짝이 되고 롤라가 아주 괜찮다고…… 빌어먹을! 내 말 듣고 있어?"

태양이 그들을 향해 내리쬐고 있었다. 두사람은 모래사장 위에서 이마에 땀을 뻘뻘 흘리면서 미동도 하지 않았다. 싼스가 눈을 내리깔았다.

"그게 아니야, 마놀로. 그게 말이야…… 어젯밤에 말한 것처럼 뭔가 다른 게 있어…… 난 그애를 사랑해."

"넌 그애를 사랑해. 네 그걸 잡고 해주나보군. 그래서 사랑하는 거고."

"말조심해. 그런 게 아니야. 게다가 우리가 사는 꼴을 봐봐……"

"다른 사람들보다 우리가 낫지 뭘 그래, 등신아."

"언젠가는 우리도 뽈로처럼 붙잡히고 말 거야. 추기경은 보통내 기가 아니야. 위험하다고……"

"머저리 같은 놈."

베르나르도는 몸을 굽혀 모래를 한줌 움켜쥐었다. "너 알아? 로 사가 애를 가진 거 같아."

삐호아빠르떼가 그를 물끄러미 바라보았다. 로사가 제대로 한방 먹인 것 같았다.

"흥, 분명히 거짓말일 거야." 한참을 생각한 후에 그가 말했다. "믿지 마, 베르나르도. 하느님도 믿지 마…… 언제 그걸 알았는 데?"

"누구나 결혼은 해야 해, 안 그래?"

"너도 참 불쌍한 중생이다. 참 안됐군. 그애가 너한테 그걸 언제 말했어? 말해봐."

"며칠 전에. 울더라고. 그런데 아직 확실치는 않아."

"아무것도 아닐 거야. 신경 쓰지 마……"

"그런데 그애가 말하길……"

"거짓말쟁이 뚱보 계집애, 제길! 이제 널 이용해먹겠지. 너희는 다 똑같아. 잠자리를 한번 같이한 계집애한테 결국 붙잡혀 사는 거 잖아. 넌 평생 돈을 못 벌 거야. 내 말 새겨들어. 우리 엄마를 걸고 맹세하건대 난 절대 그러지는 않을 거야."

"너도 마찬가지일걸. 두고 봐." 그는 아첨꾼처럼 화해의 웃음을 지어 보였다. "네가 그 주사기 오르뗀시아에 대해 뭐라고 그랬지? 뭐 예쁘고 차분하다고……"

"입 닥쳐. 네가 뭘 알아, 병신 같은 놈아. 내가 너 같은 놈하고 어떻게 친구가 됐는지 모르겠다."

무르시아 청년은 싼스 주변을 서성였다. 손에는 여전히 껍질을 벗긴 오렌지가 들려 있었다. 그는 한참 동안 그걸 바라보더니 조각조각 나눠서 조용히 먹기 시작했다. 싼스는 그를 유심히 바라보았다. 오렌지를 씹는 턱의 규칙적인 움직임, 실망한 빛이 역력한 아름다운 이마, 짓눌린 눈꺼풀과 태양 아래서 푸른빛을 띠는 그의 긴 속눈썹에서 슬픔이 묻어났다.

싼스가 말했다.

"딱히 할 말이 없어서 그런다는 거 알아, 마놀로. 넌 착한 놈이야. 나의 제일 친한 친구이고."

뻬호아빠르떼는 그에게서 등을 돌렸다.

"우리 아버지를 걸고 말하건대, 베르나르도, 언젠가 난 지칠 것이고 그러면 너희들은 내 코빼기도 볼 수 없을 거야. 난 우리 패거리 모두에게 많은 돈을 벌게 해줬어."

"그건 이미 지난 일이야, 마놀로. 그런데 넌 그걸 이해하려 들지 않아. 추기경은 끝났어. 술꾼에다 이젠 잔뜩 겁을 먹고 있어. 그 사람도 이젠 늙은 거야. 모든 사람이 그에게서 멀어지고 있어. 너도 그래야 해."

"그건 사실이 아니야. 입 닥쳐. 그만 가자."

그는 오렌지즙으로 끈적해진 손을 연신 가슴팍에 닦으며 소나무 숲을 향해 천천히 걷기 시작했다. "어이, 아빠, 애들과 함께 가." 그가 말했다. 싼스는 조련받은 망아지처럼 고개를 끄덕이며 잉걸불을 밟은 듯이 무릎을 가슴까지 올리면서 잰걸음으로 그의 뒤를 따라갔다.

그들이 급브레이크를 밟는 소리와 욕설을 퍼붓는 한 여자의 목소리를 들은 것은 오후 5시 무렵이었다. 여자애들은 몸을 가릴 시간도 거의 없었다. 자리에서 가장 먼저 일어선 사람은 삐호아빠르떼였다. 무너진 울타리 위에 비스듬히 세워놓은 두대의 오토바이 옆에서 마흔쯤 들어 보이는 한 여자가 양손을 허리춤에 얹고 악다구니를 해댔다. 그녀는 새하얀 바지와 끝자락을 허리춤에 묶은 커피색 블라우스 차림에 썬글라스를 끼고 있었는데, 시선이 무너진 울타리에 고정되어 있었다. 웃통을 벗은 채 땀으로 범벅이 되어 있던 마놀로는 바지 단추를 채우면서 소나무 숲을 통과해 그 여자 쪽으로 다가갔다. 그 몇 미터 뒤에 싼스가 따라갔다. 여자애들은 그들이 있던 자리에서 옷으로 가슴을 가리고 서 있었다. 그 여자는 (오토바이를 발로 차는 등) 일부러 광적인 행동을 하는 것처럼 보였다. 삐호아빠르떼가 별장으로 가는 길에 세워져 있는 차를 바라보는데, 열려 있는 문으로 가무잡잡한 어떤 여자애가 내렸다. 그녀는 푸른색 치마에 소매가 긴 수수한 자주색 블라우스를 입고 있었다. 손에는 미사 책과 미사포를 들고 있었다. 나이 든 여자는 화가 날 대로 나 있었다.

　"아주 가관이군! 일요일마다 똑같은 행패라니! 너희들, 울타리 못 봤어? 소나무 숲에서 당장 나가……! 불결한 것들 같으니라고!" 반쯤 벗고 있는 여자애들을 보고 그녀가 덧붙였다. "경찰을 부를 거야!"

　"저기요, 부인." 무르시아 청년이 청바지 단추를 다 채운 뒤 그녀 앞에 서서 천천히 말했다. 그는 자신이 좋아하는 느슨한 포즈, 즉 한쪽 다리에 몸의 무게를 다 싣는 편한 자세를 취했다. 그는 드디어 며칠 동안 쌓인 스트레스를 풀 수 있는 기회를 맞이한 것이다.

그는 머리를 멋지게 흔들며 헝클어진 긴 머리칼을 손으로 빗어 뒤로 넘겼다. "무슨 일인가요? 울타리는 우리가 오기 전부터 이미 무너뜨려져 있었어요. 그러니 그렇게 소리 지르지 마세요."

"불한당 같은 놈들! 사물을 조심스럽게 다루는 게 뭐가 그리 힘들어? 아무 데나 자리를 잡고 앉아 돼지들처럼 먹으면서 온통 어질러대고, 울타리를 부수고, 그것도 모자라 계집애들하고 놀기까지 하다니……! 이 파렴치한 놈들아, 어떻게 감히 이렇게 앞에 나타날 수가 있어?"

"그렇고말고요, 여사님. 제가 그 주둥이를 날려드리지요."

그가 앞으로 한걸음 다가갔다. 그러지 않아도 요즘 되는 일이 없어 누구 하나 걸리기만 해봐라 하던 참이었다. 하지만 그는 한줄기 빛에 의해 마비된 것처럼 갑자기 멈춰섰다. 그의 얼굴이 창백해지면서 시선이 그 여자 몇 미터 뒤에 가서 꽂혔다. 열려 있는 차 문 옆에서 미동도 없이 서 있던 여자애가 그의 눈을 똑바로 쳐다보고 있었던 것이다.

무르시아 청년의 태도가 즉각 바뀌었다. 그는 천진난만한 미소를 환하게 지으면서 화가 난 부인에게 몸을 숙이고 양팔을 벌려 사죄의 몸짓을 해 보였다.

"부인…… 실은 부인의 말씀이 옳습니다. 아시다시피 젊음이라는 게 노는 걸 좋아하지 않습니까…… 정말 어떻게 사과드려야 할지 모르겠군요." 그러고는 아연실색해서 그를 바라보고 있는 싼스 쪽으로 고개를 돌렸다. "거기 그렇게 멍하니 서 있지 말고 어서 부인께 사과드려!"

싼스가 가까스로 몇마디 말을 중얼거렸다. 잠시 침묵을 지키던 부인은 다시 문제의 사건으로 돌아왔다.

"모든 걸 어떻게 해놓았는지 이 꼴을 좀 봐! 난 휴지 쪼가리와 쓰레기를 치우는 데 신물이 나! 여기는 음식을 먹는 데가 아니야. 다른 곳으로 가……" 그녀는 말다툼을 하는 동안 예상하지 못했던 국면 전환에 다소 얼떨떨해서 놀림을 당한 건 아닌가 하는 생각이 얼핏 들었다. 그녀는 차에 올라타면서 덧붙였다. "삼십분 내로 떠났으면 해…… 가자, 얘야. 아주 최악이구나!"

그녀가 차의 시동을 걸었다. 마놀로는 필사적으로 그녀와 눈을 맞추기 위해서 차 쪽으로 다가갔다. 하지만 허사였다. 그녀는 벌써 그를 잊은 듯했다. 눈을 내리깔고 얼굴이 달아올라 있는 여자애는 모친임이 분명한 부인의 옆자리에 앉아 있었다. 그는 조금 전 자신이 보인 무식한 행동이 떠올랐다. 숙녀에게 그런 꼴을 보이다니! 바지 단추를 채우면서 다가간 것도 모자라 그녀의 어머니한테 주둥이 어쩌고 했으니. '난 참 운이 없는 놈이야.' 차가 별장 쪽으로 멀어져가는 것을 무기력하게 바라보면서 그는 생각했다.

그날 뻬호아빠르떼는 오후의 나머지 시간을 병든 개처럼 별장 주변의 해변과 소나무 숲을 어슬렁거리면서 보냈다. 그런 그를 달래기 위해 롤라가 할 수 있는 것은 아무것도 없었다. 암컷의 끊임없는 유혹도 소용없었다. 이제 순종적이 된 그녀는 수컷들이 생각보다 훨씬 더 순진하고 낭만적인 몽상가라는 사실을 깨달았다. 실제로 그녀는 마놀로의 눈에 갑작스레 어린 한없는 슬픔을 보면서 그에게 암울하고 힘든 일이 있음을 직감했다. 또 사랑이라는 것이 가끔은 살을 비비는 동물적 행위일 뿐만 아니라 인생의 어떤 꿈이나 약속 따위를 이루기 위한 고통스러운 시도일 수도 있음을 직감했다. 하지만 때는 이미 너무 늦어버렸다. 그녀는 그의 공허한 시선과, 자신의 몸을 잠깐 더듬다가 이내 멈춰버린 망연하고 차갑고 허전한 손길을 느낄 뿐이었다. 삐호아빠르떼의 생각과 욕망은 이미 저 멀리 딴 곳에 가 있었다.

날이 저물자 청년은 그 숙녀를 다시 만나길 기대하며 별장 주변을 서성거렸다. 그가 뭔가를 해볼 겨를은 없었지만, 한차례 그녀를 볼 수는 있었다. 그녀가 황급히 덧문을 닫으려고 담쟁이덩굴로 뒤덮인 뒤쪽 벽의 낮은 창문 밖으로 아주 짧은 순간 몸을 드러냈던 것이다.—그리고 다른 수가 없어서 그는 환상의 나래를 펼쳐보았다. 그리하여 상상이 행동을 앞서면서 정신 나간 사람처럼 그는 창문으로 달려갔다. 창문이 다시 열리고 턱시도를 입은 금발 청년의 품에 안겨 몸부림치는 그녀가 보였다⋯⋯—하지만 아무리 지켜보아도 창문은 다시 열리지 않았다. 시간이 늦었다고 싼스가 몇번이나 말했지만, 그는 싼스에게 말 그대로 엿 먹였다. 싼스는 친구를 더 기다려야 할지, 아니면 여자애들을 데리고 가야 할지 알 수가 없었던 것이다.

어둠이 짙어지자 그는 드디어 별장에서 나와 나루터로 향하는 그녀를 볼 수 있었다. 그녀는 잰걸음으로 걸어가더니 테라스를 두어번 돌아다보았다. 무르시아 청년이 팔꿈치로 친구를 쿡쿡 찌르며 그의 팔을 붙잡고 뒤로 살짝 물러나서 말했다.

"넌 여자애들이랑 먼저 가."

"뭐라고? 그럼 넌?"

"난 여기 남을 거야."

"무슨 일이야? 미쳤구나. 이제 밤이야⋯⋯ 게다가 오토바이에 둘이나 태우고 가면 범칙금 딱지를 떼인단 말이야!"

"그럼 내면 되잖아." 그는 친구에게 애정 어린 꿀밤을 한대 먹이면서 말했다. "자, 어서. 넌 넥타이 맨 타잔보다도 돈을 안 쓰잖아.

여자애들을 데리고 가. 내 말 들어, 베르나르도.”

그는 친구의 등을 토닥이고는 소나무 숲 근처에 있는 해변 쪽으로 멀어져갔다. 미풍이 불었고 불그레한 달이 바다에 비쳤다. 그는 별장을 지나 50미터쯤 걸어갔다. 그때 커다란 두 창문에서 연이어 불이 켜졌다. 파도 소리에 묻힌 희미한 바이올린 소리가 들리는 것 같았다.

그녀는 나루터에 정박해 있는, 작은 모터가 달린 보트 안으로 들어갔다. 맨발인 채로 오리발을 어깨에 걸치고 엎드려 수건 사이에서 뭔가를 찾고 있었다. 그녀는 아주 얇은 노란색 치마에, 꽉 끼어 작아 보이는 흰색 민소매 셔츠를 입고 있었다. 잔잔한 물결이 측면을 부드럽게 어루만져 보트가 조금씩 흔들리고 있었다. 바위 위에 올라간 삐호아빠르떼는 조금 우회한 뒤 나루터로 건너뛰었다. 그리고 그곳에서 여자애를 바라보며 잠깐 서 있었다. 그녀는 아직 그의 출현을 알아차리지 못했다. 진지하게 놀이에 몰두해 있는 어린애처럼 미동도 없이 가슴에 머리를 묻고 앉아 있는 그녀는 거대한 바다 앞에서 완전히 무방비 상태였고 너무도 연약해 보였다.— 그리고 어린 시절 가졌던 영웅적인 꿈의 부산물인 덧없는 신기루가 무르시아 청년의 마음속을 잠깐 스치고 지나갔다. 끔찍한 태풍이 불어와 소녀가 의식을 잃고 성난 파도와 바람에 이리저리 흔들리는 카누 바닥에 쓰러진다. 다짜고짜 바다에 뛰어든 그는 그녀를 팔로 안는다. 그녀는 옷이 갈가리 찢기고 흠뻑 젖은 채 실신해 축 늘어져 있다. (그는 “일어나요, 아가씨, 정신 차려요!” 하고 소리친다.) 그을린 그녀의 허벅지에 피가 흐르고 황금빛 가슴에는 할퀸 상처가 있다. 독사에게 물린 자국이다. 재빨리 독을 빨아내야 한다. 그리고 치료하고 불을 피워야 한다. 그녀가 춥지 않게 젖은 옷을 벗겨야 한다. 담요 하나로 두 사람이 몸을 감쌌다. 아니, 그녀를 별장에 빨리 데리고 가는 편이 더 나을 것 같다. 그녀의 벗은 몸을 지켜준 일은 이제까지 그에게 금지되어 있던 밝고 따스한 곳에 다가갈 수 있는 기회("아빠, 여기 저를 구해준 분이에요……" "젊은이, 감사의 말을 어떻게 전해야 할지 모르겠군. 어서 들어와 한잔하게나……")를 줄 것이다. 그리고 그녀를 안고 바위를 오르다가 다리를 다친 (아니면 테니스를 치다가 발이 삐었다?) 그는 점잖게 우수에 젖은 표정으로 다리를 절뚝이면서 존경과 기대를 온몸에 받으며 테라스의 편안한 안락의자를 향해 걸어간다. 미래에 보장된 평화와 품위를 향해……

'야, 굴러들어온 외지인, 웃기지 마!' 보트의 측면을 단조롭게 때리며 찰싹이는 물결이 조롱하듯 말하는 것 같았다.—아니나 다를까, 이 기회를 통해 그에게 엄청난 품위가 생길 희망은 전혀 보이지 않았다.—무르시아 청년은 가벼운 기침을 한 뒤 어수선한 마음을 진정시키며 단호한 걸음걸이로 나루터를 향해 다가갔다.

"모터도 있어야 할걸, 마루하." 그가 웃으며 말했다. "믿을 수 없는 애들이 주변을 어슬렁거리니까 말이야."

여자애가 조용히 고개를 들었다. 처음에는 살짝 놀라는가 싶더니 다시 웃음을 띠었다.

"정말?" 그녀가 그의 말에 관심을 보이며 말했다.

"세상 참 좁아, 그렇지?" 그가 말했다. "좀 전의 일은 좀 지나친 장난이었어. 인정해. 장난이었어. 사과할게. 오는 동안 생각해봤어. 네가 날 기억할까 하고."

마루하는 웃으면서 그를 살짝 훔쳐보았지만 대답을 하지 않았다. 그녀는 수건을 정리하느라 바빴다. 그가 보기에 시간을 벌기 위해서 바쁜 척하는 것 같았다. 그녀는 자세 때문에 티셔츠가 등 위로 올라가서 도드라진 척추와 함께 반들반들한 구릿빛 살결이 드러나 보였다.

"음, 사실 같이 왔던 애들은 친구가 아니야." 그가 덧붙였다. "블라네스에서 우연히 알게 된 애들이야…… 네가 네 어머니와 같이 왔을 때 마침 헤어지려던 참이었어."

마루하는 침묵으로 일관했다. 그녀는 일어서서 수건 몇장은 팔에, 오리발은 어깨에 걸친 채 보트에서 나루터로 껑충 뛰었다. 그때 오리발이 바닥에 떨어졌다. 뻬호아빠르떼는 서둘러 오리발을 주워서 그녀의 어깨에 잠시나마 손을 얹으려는 심산으로 그것을 다시 걸쳐줬다.

"왜 약속장소에 나오지 않았니?" 그녀에게 좀더 가까이 다가간 그는 목소리의 어조를 바꿔서 물었다. "아니면 잊은 거니?"

"아냐, 기억하고 있었어. 갈 수가 없었어."

그녀는 그에게서 물러나 바위 계단 쪽으로 걷기 시작했다. 하지만 그는 큰 보폭으로 몇걸음 재빨리 뛰어와 앞지른 뒤 그녀를 가로막았다. 그가 웃으며 말했다.

"기다려, 아가씨. 이렇게 운 좋게 널 다시 만났는데 내가 널 가도록 내버려둘 거라고 생각하진 않겠지? 몇달 동안 미친놈처럼 얼마나 널 찾아다녔는지 아니? 예쁜 아가씨, 밤낮으로 네 생각만 한 걸아느냐고? 말해봐. 알아?"

"몰라."

둘이 아주 바짝 붙게 되었다. 그녀가 의도한 건 아니었지만 그녀의 무릎이 청년의 다리를 스쳤다. 그 순간 별장에서 누군가 테라스의 등불을 밝혔다. 한줄기 불빛이 그들 위쪽의 바위에 부서져 내렸다. 여자의 웃음소리와 음악소리가 동시에 희미하게 들려오다가 갑자기 볼륨이 높아졌다. 뻬호아빠르떼에게 최소한 이것은—그녀에게는 이 소소한 사건이 중요하거나 어떤 상징적 가치도 지니지 않을지도 모른다—그의 오랜 꿈을 실현할 수 있는 시의적절한 일종의 신호였다. 그녀의 오리발이 다시 떨어지려는 순간 그는 바위 위에 어깨를 기댄 채 침착한 자세로 더이상 기다리지 않고 팔을 뻗어 그녀를 끌어당겼다. 그의 입술이 그녀의 입술에 닿기도 전에 그녀가 먼저 그에게 필사적으로 달려들었다. 지난번 밤 댄스파티에서처럼 강렬하게 힘껏 그를 안았지만 그것은 그녀가 달아올라서가 아니라 어떤 어두운 보호욕구 때문이라는 걸 뻬호아빠르떼는 느낄 수 있었다. 그 욕구가 해소되면 그녀는 몸이 원하는 대로 따를 것이다. 그는 여자의 몸에서 그런 것을 완벽히 알아차리고 제어할 수 있었다. 여자의 몸은 그가 아주 잘 이해하고 있고, 또 그를 진정시켜주는 언어와 같은 것이었다.

한동안 그는 송진 냄새와 파도 소리, 보트의 측면에 와닿는 물결의 부드러운 출렁임을 기억할 것이다. 그리고 별들이 반짝이는 밤에 환히 빛나며 높이 솟아 있는 위풍당당한 별장의 건물들과, 저 높은 곳에서 달이 장엄한 빛을 비추는 동안 들려오는 쩌렁쩌렁한 음악소리, 빛과 화기애애함, 부부들의 향기, 스텝을 밟는 소리, 웃음소리 등이 가득한, 밤을 내뿜는 커다란 창들도 늘 기억할 것이다. 뱀처럼 날렵하고 섬세한 몸에서 나오는 열기와 조바심이 이제 그녀의 복부에까지 전달되었다. 그녀는 비를 빨아들이는 마른 식물처럼 강렬하고 아주 과감하게 반응했다. 사려 깊고 자제력 있는 요조숙녀가 되도록 교육했을 그녀의 가정환경을 그는 잠깐 의심할 수밖에 없었다. 그녀는 별안간 셔츠의 끝을 가슴 위까지 끌어올리더니 무르시아 청년의 가슴팍에 머리를 기댔다.

"저녁식사 시간이라서 날 기다리고 있어." 그녀가 가냘픈 목소리로 말했다. "사람들이 날 기다리고 있다고……"

그는 두번 생각하지 않았다.

"마루하, 오늘밤에 널 만나러 갈게." 그가 그녀의 귀에 대고 속삭였다. "모두 잠들면 네 방의 창문을 넘어서 들어갈게……"

"입 다물어. 너 미쳤구나."

"정말이야. 꼭 갈 거야. 어디가 네 방 창문인지 알려줘."

"놔, 놓으라고……"

삐호아빠르떼는 그녀를 붙잡았다.

"못해. 네가 어느 방에서 자는지 말해……"

"대체 무슨 생각을 하는 거니? 날 어떻게 보는 거야……?" 그녀가 가쁜 숨을 몰아쉬기 시작했다.

그는 다시 키스하며 그녀의 입을 막았다. 이번에는 아주 부드럽게 살짝 스치는, 포기와 사죄의 다정한 입맞춤이었다. 그것으로 그는 지금 당장 저지르려는 일을 제외하고 그동안의 모든 죄를 용서받으려고 했다. 하지만 그녀가 자신의 방을 알려주리라는 희망을 품지는 않았다.

"오늘 오후에 네가 고개를 내밀던 그 창문이니?"

여자애는 놀란 눈으로 재빠르게 그를 바라보았다. 그녀는 바위 틈에서 빠져나가기 전에 그의 팔을 꽉 잡고는 젖은 눈으로 그를 바라보았다. "제발 그러지 마…… 네가 오면 소리 지를 거야. 정말이야. 소리 지를 거라고." 그러고 나서 그녀는 계단을 뛰어올라 위쪽으로 사라져갔다.

네시간 동안 창문은 닫혀 있었다. 몇 미터 위쪽에 있는 테라스의 불빛이 밤을 밝히고 있었다. 그는 양손으로 턱을 감싸고 시선을 창문에 고정한 채 잘려나간 소나무 그루터기에 앉아 있었다. 자신의 삶에서 가장 가혹한 시간을 보내고 있다고 그는 생각했다. 등이 싸늘해져오는 것을 느꼈다. 몸 안 깊숙이 있는 뭔가가 어릴 적 그의 핏속을 흐르던 오래된 슬픔을 분비하기 시작했다. "원치 않는다 이거지. 싫다 이거지." 그는 혼잣말을 했다. 음반에서 흘러나오는 음악소리, 테라스에서 젊은이들이 이야기하는 소리가 들렸다. 한 남자가 차를 타고 도착하는 것이 보였다. 잿빛 머리와 뛰어난 용모의 신사였다. 사람들이 그를 떠들썩하니 반기며 맞았다. 그러고 나서 저녁식사 시간의 불쌍한 침묵, 몇몇 친구들의 작별인사, 다시 시작된 한동안의 신중하고 조용한 대화, 그리고 마침내 완전한 침묵이 찾아왔다. 이제 그는 창문을 쳐다보지도 않고 낙담한 나머지 한쪽 팔에 이마를 묻고 있었다. 별장에 남은 마지막 불빛들이 하나둘 꺼지더니 결국 모든 게 끝나버렸다. "원하질 않는 거야. 제기랄, 싫다는 거야."

한없이 긴 밤과 하릴없이 격렬하게 이는 파도를 그 누구도 그렇게 애처로운 눈으로, 그렇게 슬픈 표정으로 바라볼 수는 없으리라. 그곳에 그를 묶어둔 것은 바로 버림받았다는 느낌이었다. 그는 아무것도 바라는 것 없이 무기력하게 그루터기에 쭈그리고 앉아 어둠속에서 말똥말똥 두 눈을 뜨고 엄마의 배 속에 있을 때와 똑같은 자세로 무릎을 팔로 감싸고 있었다. 그의 머리 위쪽에 펼쳐진 창공의 냉담함은 몇시간 동안 그에게 최면제 같았다. 아연실색한 그의 표정은 돌처럼 완전히 굳어 온갖 절망의 너머에 있는 우주의 진공 속으로 용해되는 것처럼 보였다. 아아아……! 미풍에 떨어진 솔잎이 그의 머리 위에 수북이 쌓여갔다.

그는 시간이 어느정도 흘러서야 상황을 이해하게 되었다. 처음에 창문 틈으로 한줄기 빛이 새어나오더니 곧바로 불이 다시 꺼졌다. 이어서 재빠르고 세차게 창문을 닫는 소리가 들렸다. 삐호아빠르떼는 떨리는 마음으로 일어섰다. 마음은 이미 별장을 향해 뛰기 시작했지만 몸이 아직 움직이지 않았다. 그는 머리를 황급히 손으로 빗어 넘기고 옷매무새를 가다듬었다. 그리고 담쟁이덩굴로 뒤덮인 벽으로 다가갔다. 창문이 열려 있는 것이 눈에 띄었다. 실내는 바깥보다 더 어두웠다. 그는 벽 옆 화단을 어쩔 수 없이 밟고 지나가야 했다. 그리고 멈춰섰다. 창문은 그의 가슴 높이께에 있었다. 아무 소리도 들리지 않았다. 뛰어들기 전에 안쪽을 들여다봤다. 희미한 사람의 윤곽 위에 있는 얼룩진 하얀 시트를 제외하고는 아무것도 없었다. 그는 아무 소리도 내지 않고 곧바로 침대를 향해 미끄러지듯 들어갔다.

마루하는 시트로 몸을 감싸고 차렷 자세로 평온하게 엎드려 자고 있는 것 같았다. 일광욕을 한 탓에 등이 군데군데 구릿빛을 띠고 있었다. 베개를 베고 있는 그녀의 모습은 우스꽝스럽고 천진난만해 보였다. 침입자는 몇초 동안 침대 끝에서 그녀의 심장박동 소리를 들으며 망설였으나 결국 그녀에게 다가가 머리 위로 몸을 숙였다. 침실과 여자의 살에서 나는 후덥지근한 냄새, 머리카락에서 나는 향수 냄새가 코로 들어와 그에게서 두려운 마음을 거둬갔다. 그는 그녀의 귀에 입술을 대고 한참 동안 그녀의 이름을 속삭였다. 그러고 나서 그녀의 어깨를 아주 부드럽게 잡았다. 그런데 그는 돌연 그녀를 세게 붙잡아야 했다. 가슴을 시트로 가린 마루하가 몸을 일으켰기 때문이다.

"어떻게 감히 네가……? 내가 소리 지를 거라고 했지?"

"내가 올 거라고 했잖아. 얘기 좀 하자, 마루하. 한가지 말하고 싶은 게 있어. 그러지 못하면 난 여기에서 꼼짝도 안할 거야……"

그녀는 침대에서 뛰어내려 다른 쪽으로 가더니 시트로 몸을 감싸고 섰다. 그 역시 일어나 그녀에게로 갔다. 그녀가 중얼거렸다. "세상에, 어떻게 이럴 수가 있어!" 그녀는 침실 탁자 옆으로 물러났다. 가무잡잡한 그녀의 얼굴과 어깨가 방의 어둠과 잘 구분이 되지 않았다.

"지금 당장 나가지 않으면 소리 지를 거야." 그녀가 울 듯한 말투로 말했다. "내 말 듣고 있어? 소리 지를 거라고……!"

무르시아 청년은 미동도 하지 않았다. 그는 계획대로 성공할 수 있을 것인가 하는 의심을 불시에 떨쳐버리도록 만드는 무엇인가를 느꼈다. 그것은—울기 일보 직전에 있는, 그렇지만 처음부터 그럴 생각이 없어 보이던—그녀의 협박하는 말투 때문이 아니라, 어둠 속임에도 불구하고 분명하게 구별할 수 있었던 그녀의 손놀림 때문이었다. 그녀가 고개를 살짝 옆으로 기울인 채 머리를 매만지기 위해 손가락을 목덜미로 가져가는 동작, 그것은 여자들이 불안할 때 부지불식간에 보이는 자연스러운 반응이었다. 뻬호아빠르떼는 본능이 시키는 대로 그녀를 향해 손을 뻗으며 자신있게 말했다.

"내 사랑, 날 속일 수는 없어." 그가 말했다. "어디 한번 소리를 질러보시지."

잠시 침묵이 흘렀다. 그 순간 그는 그녀가 자신의 것임을 절대적으로 확신했다. 그녀는 침대에 주저앉아 가슴팍에 머리를 묻고 조용히 훌쩍거리기 시작했다. 남쪽 출신 청년은 그녀를 안고 눈물이 완전히 마를 때까지 그녀의 눈에 부드럽게 진심을 담아 입을 맞췄다. 결국 그녀는 그를 껴안았고 시트를 걷어내고 반듯하게 드러누왔다.

떨고 있으면서 땀이 약간 밴 그녀의 그을린 무릎이 어스름 속에서 도드라져 보였다. 이제 해변의 미욱한 태양이 아니라 욕망에 의해 불타오르는 몸에 이마가 살짝 닿도록 하기 위해, 어둠속에 잠긴 아름답고 반항적인 그녀의 머리가 열광적으로 기울어지는 것을 그는 보았다. 한편 태양에 그을린 젊은 몸을 입술로 핥는 것과 눈을 감고 그것을 기억 속에 새기는 것은, 그에게 입속에서 짠맛을 느끼는 것 외에도 이해할 수 없는 낯선 태양의 비밀을 파헤치는 것을 의미했다. 그것은 그의 빛나는 욕망의 목록에나 있을 뿐 우리네 목록에는 결코 없는 것이었다.

세상의 모든 해변, 여자애들의 가지각색의 모자, 파랑 초록 빨강의 얇은 옷들, 페디큐어를 한 구릿빛 발이 다 드러나 보이는 슬리퍼, 울긋불긋한 파라솔, 얇은 줄무늬 셔츠와 비단 블라우스 아래의 출렁이는 가슴, 눈부신 미소, 완전히 맨살을 드러낸 등짝, 굼뜨고 촉촉하면서 탱탱한 황금빛 허벅지, 손, 목덜미, 감탄이 절로 나오는 허리, 돈에 찌든 엉덩이, 태양 아래서 햇빛을 반사하며 잠들어 있는 근사한 해변, 감미로운 음악, 이 음악은 어디에서 흘러나오는 걸까? 길고 잘 빠진 목, 말끔하고 귀티 나는 이마, 금발과 너무나 잘 어울리는 몸짓, 립스틱을 바른 입술, 딸기 같은 빨간 구름 속에 들어 있는 맛있는 뭉게구름, 그리고 황금빛 도마뱀처럼 태양의 섬광을 가진 가무잡잡하고 길면서 느리고 장엄하게 내딛는 다리, 음악 소리 들리니? 어디에서 들려오는 거야? 저기, 카누가 지나간 길 좀 봐! 요트의 하얀 돛, 신기하게 생긴 요트, 파도의 거품, 외국 여자의 끝내주는 가슴, 음악, 사진, 소나무 향, 포옹, 달콤한 립스틱 냄새가 느껴지는 조용하고 긴 입맞춤, 해질 무렵에 공원의 자갈길을 산책하는 일, 비단처럼 펼쳐진 밤, 태양 아래서 녹아내려가는 느낌……

그는 여자애의 어깨 옆에 내려놓은 팔꿈치로 그녀의 몸 위에서 단단히 버티며 리듬을 실어 보냈다. 그는 자신의 등에서 미끄러지며 힘을 조절하는 작은 손을 느꼈다. 또 형체는 없지만 한없이 더 분명해지면서 실질적인 존재감을 드러내는 또다른 애무도 느꼈다. 너무나 강렬한 그 애무는 두 육체와 어둠 그리고 그 방을 넘어 별장 전체와 함께 솟구쳐올라 별장의 나머지 방들, 고상한 고가구들, 카펫이 깔린 계단들, 어스름 속의 거실, 전등, 목소리 등이 가진 무게를 압도했다. 그는 사회 초년생처럼 그녀에게 들어갔다. 더할 나위 없이 환상적으로 불행한 청소년기에서 벗어나는 의식을 치르듯 황홀하고, 엄숙하고, 찬란하게.

그는 또한 우리네 풍토에서 중요한 사실 한가지를 확인할 수 있었다. 그녀는 경험이 없었던 게 아니었다. 그녀는 자기 자신을 달아오르게 하고, 넋을 잃게 만들고, 순간적으로 혼돈 속에 빠뜨리는 이 분위기를 전혀 낯설어하지 않았다. 그는 잠시 동안 길을 잃기도 했다. 하지만 그것은 감정이 아닌 감각에서 비롯된 문제였다. 갑작스럽게 열정이 물러나면서 공허함이 밀려들었지만, 그 느낌은 오래 가지 않고 이내 사라졌다.

창문으로 동이 터오기 전까지, 새벽이 방 안 사물들의 윤곽을 드러내기 시작하는 잿빛 여명에 자리를 내어주기 전까지, 종달새가 울기 전까지, 그는 믿을 수 없는 자신의 끔찍한 실수를 미처 깨닫지 못했다. 그는 잠든 여자애 곁에 누워 있었다. 그는 백일몽을 꾸고 있었고, 입가에 행복에 겨운 희미한 미소가 떠나지 않고 있었다. 하지만 환한 여명은 옷걸이에 걸려 있는 검은 공단 유니폼과 앞치마와 머리그물을 잔인하리만큼 선명하게 드러냈다. 그제야 그는 현실을 깨닫고 환상에서 깨어났다.

그는 한 하녀의 방에 있었던 것이다.

그녀는 예쁘지 않았다.
그녀는 최악이었다.
—빅또르 위고

그녀가 그의 꿈과 비슷한 외롭고 정신 나간 꿈을 어느날 묻어뒀을 이 처량한 방구석에서 자신이 장시간 흥분에 들떠 있었음을 깨닫고 그가 보인 첫번째 반응은 그녀의 뺨을 때린 것이었다.

그는 벌떡 일어나 놀라고 망연자실해 눈이 휘둥그레진 채 침대에 앉았다. 아침이 그에게 가져다준 무례함과 잔인함을 제외하면 방은 별것 없었다. 좁은 방은 천장이 높고 휑했다. 가구라곤 거울 두개가 달린 낡은 옷장, 침실 탁자, 의자 두개와 입식 옷걸이가 하나가 전부였다. 탁자 위에는 알람시계, 담배 한갑, 문고판 연애소설 한권, 액자 하나가 있었다. 액자 속 사진에는 별장 정문 앞의 '플로리드' 옆에 서 있는, 풀 먹인 칼라가 빳빳하게 선 검은 공단 유니폼을 입고 있는 마루하와 손으로 햇빛을 가리고 있는 금발 여자애가 보였다. 금발 여자애의 얼굴은 그늘에 가려 알아보기 힘들었다. 그에 반해 마루하의 얼굴은 완전히 드러나 있었다. 그러나 마지막 순간에 차 문을 닫고 촬영하면 더 잘 나올 것 같다는 생각이 든 듯 그녀는 뒤쪽의 열려 있는 차 문을 향해 가려고 하는 자세를 취하고 있었다.

격렬한 주먹질 한방에 사진은 바닥으로 나가떨어졌다. 사람들이 말하기를, 죽어가는 사람이 삶의 마지막 순간에 이르면 친숙했던 인생의 장면들이 영화를 보듯 눈앞에 섬광처럼 스쳐지나간다고 했다. 뻬호아빠르떼가 침대에서 뒤로 넘어질 뻔했다가 되돌아온 그 순간에, 그러니까 본능적으로 뺨을 때려 하녀를 깨우기 전에, 어린 시절 강박적으로 떠오르곤 하던 장면 중 가장 강렬하게 각인되어 있는 장면이 그의 머릿속을 스쳐지나갔다. 그 장면은 무중력 시간 속에서 별들이 반짝이는 하늘 아래 그가 비단 잠옷을 입은 한 여자애를 다시 껴안고 있는 것이었다.

마루하는 침대 위에서 눈을 감은 채 웅크리고 있었다. 그녀는 한마디의 신음소리도 내지 않았다. 한참 동안 팔에 얼굴을 묻고 있었지만 나중에는 그마저도 그만두었고, 미동도 없이 때려도 무감각한 채 모든 것을 체념한 듯 보였다. 그가 예상하지 못한 일이었지만, 가무잡잡한 피부 아래 완전히 이완된 근육은 쾌락의 순간을 다시 한번 간절히 바라는 것처럼 보였다. 그리하여 무르시아 청년은 자신을 향해 몸을 돌린 달아오른 알몸에서 얼얼해진 손을 떼어 몇 쎈티미터 거리를 두었다. 그녀는 뺨을 얻어맞고 깨어난 것에 전혀 놀라지 않았고, 이미 예상하고 있었던 것처럼 보였다. 뻬호아빠르떼는 침대에서 뛰어내려 창가로 갔다. 그곳에서 그는 양 팔꿈치를 기대고 저 멀리 소나무 숲에서 아직도 어른거리는 어둠을 바라보았다. 그의 입가로 희미하게 슬픈 미소가 흘렀다.

"가정부라 이거지." 그가 혼자 중얼거렸다. "귀찮고 지랄 같은 가정부라니! 그것참 재미있네!"

그녀는 감히 움직일 엄두를 내지 못했다. 뺨과 팔이 얼얼했다. 시트를 가져와 몸을 덮으려고 침대 가장자리에서 웅크린 채 팔을 천천히 바닥으로 뻗었지만 청년의 고함을 듣고 동작을 멈추고 말았다. "제기랄! 아주 재미있다니까!" 그녀의 손이 조금 전에 있던 가슴으로 재빨리 되돌아왔다. 그녀는 무릎을 굽혀서 가슴에 가져다댔다. 그녀의 놀란 두 눈은 지금 무르시아 청년의 행동을 지켜보고 있었다.

"이 별장은 누구 거야?" 그가 몸을 돌리면서 물었다. "내 말 안들려?"

마루하는 대답하지 않았다. 그녀는 눈물이 그렁그렁한 눈으로 재빠르게 그를 바라보았는데, 졸린 듯하고 무엇인가를 제안하는 듯한, 특별한 연민으로 가득 찬 눈빛이었다. 그 눈빛은 그에게 너무나 익숙해서 금방 알아차릴 수 있었는데, 심오하고 추접한 무엇인가를 제안하고 있었다. 즉 가난을 받아들이자는 것이었다. 그리고 그 눈빛은 불행을 눈물로 호소하는 따스한 우애와, 동병상련에 처한 사람들 사이에 오가는 위안이 담긴 그런 눈빛이었다. 그것은 감옥에 있는 사람처럼 똑같은 불행에 빠졌거나, 유곽에 있는 사람처럼 같은 운명에 처하여 한데 뭉친 사람들에게서 보이는 일종의 연대감이었고, 어린 시절부터 삐호아빠르떼를 두렵게 만든, 그래서 평생 그것을 떨쳐내기 위해 싸워야 했던 포기와 체념이라는 감정이었다.

"대답해! 이 별장은 누구 거야?"

그는 계속 창가에 기댄 채 여자애를 바라보았다. 그녀는 그의 몸이 가진 힘을 직감했다. 엉덩이를 앞으로 빼고 삐딱하게 서 있는 그의 자세 덕분에 단단한 등의 부드러운 곡선이 연한 새벽녘 빛에 드러났다. 어깨에서부터 부드럽게 떨어지는 선은 날렵하고 가무잡잡한 허리까지 이어졌다.

여자애는 눈을 내리깔았다.

"그건 왜 알고 싶은데……?"

"너한테는 눈곱만큼도 상관없잖아. 대답해. 이곳에 누가 살아?"

"주인들이 살아. 별장 주인들."

"네 주인들이야?

"응……"

"이름이 뭔데?"

"쎄라뜨."

삐호아빠르떼는 고개를 슬프게 흔들었다. 그의 경멸적인 표정 사이에는 조소가 애써 어리고 있었다.

"대단한 일을 하시는군!" 그가 말했다. "네 주인들은 여기서 하루 종일 해수욕하고 빈둥거리는 거 말고 뭘 해?"

"아무것도 안해…… 피서하러 온 거야."

"부자야?"

"응…… 그런 것 같아."

"응, 그런 것 같아? 어떤 놈 밑에서 사는 줄도 모른다는 거네. 바보 같군. 여기에 사람 많아?"

"뭐라고?" 마루하가 속삭이듯 말했다. "아니, 주인어른은 주말에만 오셔."

"어젯밤에는 사람들이 많던데."

"아가씨 친구들……"

"안 들려!"

"아가씨 친구들이라고."

마루하가 다시 눈을 감았다. 그는 호기심 어린 눈빛으로 그녀를 한동안 바라보았다. 그를 이 방으로 이끈 기묘한 꿈들의 조합이 아이러니하게도 어떤 고통도 없이 이제 이 여자애의 상황을 고려하게 만들었다. 그는 침대로 다가갔다.

"이 시건방진 아가씨야, 넌 자신이 아주 똑똑하다고 생각하지, 그렇지?"

그녀는 살짝 고개를 저어 부정했다. 다시 울음을 터뜨릴 듯한 표정이었다. 그녀는 아랫입술을 깨물었고, 눈은 어스름 속에서 이글거리는 불덩이처럼 반짝거렸다.

"리까르도……" 그녀가 속삭였다.

"난 리까르도가 아냐! 여기서 분명히 짚고 넘어가야 할 것들이 많은데, 그 첫번째가 너야."

그는 침대 위에 무릎을 꿇고 앉았다. 마루하가 몸을 일으킨 뒤 그에게 등을 돌린 채 멀찍이 침대의 다른 쪽 가장자리에 가서 앉았다. 그리고 손으로 머리를 매만졌다.

"이제 옷을 입어야 해." 그녀가 가까스로 말했다. "아침식사 준비를 해야 하거든."

"가만있어. 아직 이르잖아."

"그녀는 항상 일찍 일어난단 말이야……"

"내가 말할 때는 등을 보이지 마!" 그가 버럭 소리를 질렀다. 갑자기 오한이 여자애의 등골을 타고 내려와 그녀를 곧추세웠다. 여전히 머리를 손으로 매만지고 있던 마루하가 자세를 바꾸었다. 그녀는 눈을 내리깐 채 옆모습을 보이며 살짝 옆으로 돌아앉았다. "그래, 이러니까 훨씬 좋잖아? 일찍 일어난다고? 누가?"

"떼레사 아가씨."

"누구?" 그는 잠깐 생각해보았다. 기억이 날 것 같았다. "지난번 파티 때 봤던 그 금발 머리? 네 친구라고 했던 애?"

"응."

무르시아 청년은 약간 음탕하게 침대 위에 천천히 등을 대고 누웠다. "떼레사." 그는 천장을 뚫어지게 바라보며 중얼거렸다. 그의 눈빛을 보면 그가 착각한 것은 여자애가 아니라 그저 방이었다고 말하고 있는 것 같았다.

마루하가 일어나려고 하자 그가 침대에서 그녀를 가로막았다. 그는 그녀의 팔을 꽉 붙들고 강제로 앉혔다.

"이제 얘기해봐, 이 계집애야. 털어놓으라고! 왜 그랬어?"

"내가 뭘 어쨌다고……? 난 아무 짓도 안했어."

"내 말이 무슨 뜻인지 알잖아. 넌 거짓말을 했어."

"그건 사실이 아니야. 잘못은 너한테 있어. 내가 오지 말랬잖아. 네가 날 어떻게 생각하는지는 모르지만, 난 널 속인 적이 없어. 난 그저……"

"그저 뭐?"

"네가 날 마음에 들어하는 줄 알았어…… 날 좋아하는 줄 알았다고. 성 요한 축제의 파티 때 네가 나에게 달콤한 말들을 건넸잖아. 그리고 오늘밤에도……"

"이봐, 넌 머리가 아주 어떻게 됐구나! 내가 그렇게 순진한 줄 알아? 파티 때 넌 뭘 하고 있었지?"

"제발 놔줘. 아프단 말이야."

"이 가정부야, 넌 거기서 그 아가씨들 사이에서 뭘 했어? 대답해봐!"

"시간 없어." 그녀가 일어서려고 했다. "제발 놔줘!"

그는 그녀에게 자신 쪽으로 완전히 몸을 돌릴 것을 강요했다. 그는 그녀의 팔을 잡고 강제로 그녀를 돌렸다. 손등으로 뺨을 때리려고 했지만 여자애는 울면서 그를 안아버렸다. 무르시아 청년이 욕설을 중얼거렸다. 자기 자신의 따귀를 때리고 싶었다. 그곳에서 유일한 얼간이는 바로 자신이 아닐까 하고 생각했다. 긴 침묵이 흘렀다. 그의 가슴에 얼굴을 묻고 있는 마루하의 흐느낌만 침묵을 깨뜨릴 뿐이었다. 뻬호아빠르떼는 그곳에서 멀리 달아나버리고 싶었지만 뭔가가 그를 망설이게 했다. 갑자기 울려대는 강한 쇳소리에 고막이 아파왔다. 침실 탁자 위의 알람시계가 울린 것이었다. 모든 것이 흔들리기 시작하는 것 같더니 급기야 그 빌어먹을 물건이 자신의 머릿속에서 울려대는 듯한 느낌이 들었다.

"내 팔자도 참 사납군!"

"네가 정말 날 좋아한다면, 리까르도……" 그녀가 다시 입을 열려고 했다. 하지만 뻬호아빠르떼는 그녀를 놓아주며 느닷없이 침대에 드러누워버렸다.

"지옥에나 가버려. 알았어? 난 리까르도가 아니야! 마놀로란 말이야!"

탁자 위에서 계속 울려대는 알람시계는 치명상을 입은 짐승처럼 간헐적으로 덜덜 떨고 있었다. 그러더니 조금씩 힘을 잃어갔다. 갑자기 차분해진 마루하는 시계 위에 손을 얹어 알람을 껐다. 그리고 곧바로 일어나 고개를 숙인 채 뺨에 흐르는 눈물을 닦았다.

"옷을 입어야 해. 떼끌라는 벌써 일어났을 거야."

"떼끌라가 대체 누구야? 다른 가정부? 이름 한번 웃기는군!"[9]

─────────────────────

9 떼끌라(Tecla)는 '건반'을 뜻한다.

"요리사야."

"어서 꺼져. 꼴도 보기 싫으니까."

알몸 상태인 그녀는 유연하면서도 소심한 걸음걸이로 창문으로 가 창문을 절반쯤 닫았다. 뻬호아빠르떼는 그녀가 몸을 움직일 때마다 의외라는 듯 놀랐다. 그녀의 몸은 결혼한 여자의 부드러움을 가지고 있었고, 탄력이 있었으며, 말랑말랑한 부분들이 가볍게 출렁거렸다. 살짝 튀어나온 엉덩이의 움직임은 공격적으로 보였고, 무릎의 오금은 걸을 때마다 게으르면서도 날렵한 움직임을 보였다. 몇초 동안 반듯하게 편 순간 균형 잡힌 무릎에서 비롯된 완벽한 조화로움, 앞으로 내디딘 다리의 구부러진 윤곽과 몸의 가장 민감한 부분의 떨림. 그녀의 매력은 소심함이나 정숙함에서 나오는 것이 아니었다. 그것은 부유한 이들의 훌륭한 매너에서, 그리고 그녀가 모시는 주인이 행했을 적절한 식이요법을 따라 하고, 규정하기는 힘들지만 종종 준비가 된 하녀들이 주인을 따라 행동한 데에서 나오는 것이었다. '멋지군, 여우 같은 년. 그래서 감쪽같이 내가 속은 거야.' 그가 속으로 중얼거렸다. 그녀의 매력은 탄탄한 엉덩이 덕분에 더 돋보이는 연약하면서 약간 뾰족한 어깨로 완성되었다. 그리고 레몬처럼 앙증맞고 사이가 벌어진 가슴은 정면이 아니라 살짝 바깥쪽으로 향하고 있었다. 그녀의 말랑말랑한 가슴은 규칙적인 발걸음의 우아한 리듬을 가벼운 출렁임 속에 새겨넣고 있었다.

마루하는 창문을 반쯤 닫은 후 그가 내동댕이친 사진을 바닥에서 주워 손바닥으로 정성스레 닦았다.

"그 사진 네 거야?" 그가 물었다.

"응."

"그런데 그딴 건 왜 가지고 있어? 어리석은 짓이야! 같이 있는 애는 누구야?"

"아가씨. 아가씨가 차를 샀을 때…… 이 사진을 선물해줬어."

"픽도 좋겠다! 염병할 감상주의자 같으니라고."

마루하가 침실 탁자 위에 사진을 올려놓자 그가 그것을 집어들었다. "어디 볼까……?" 그가 무심한 듯한 목소리로 말했다. 그는 파티 때 봤던 금발 머리의 모습을 헛되이 떠올렸다. 그녀는 해를 가린 손의 그림자가 얼굴을 완전히 덮어 머리의 색과 모양, 길게 늘어뜨린 스타일만 알아볼 수 있을 뿐이었다. 마루하는 옷장으로 가서 옷을 입기 시작했다.

"마놀로, 넌 왜 늘 그렇게 말을 거칠게 하니?" 그녀가 말했다.

"내 마음이야. 알겠어?"

그는 탁자 위에 사진을 놓고 나서 엉망이 된 시트 위에 누워 천장을 바라보았다. 그는 깊은 한숨을 쉬었다. 갑자기 이곳에 있다는 게 참 좋다는 생각이 들었다……

"아직도 화가 안 풀린 거니?" 한참 후에 그녀가 그를 보지 않고 웅얼거렸다. 그가 대답하지 않자 그녀가 고개를 돌려 물었다. "어떻게 할 생각이야? 너무 늦었어."

"이봐, 입 좀 다물어줄래?"

마루하가 소심한 미소를 지어 보였다. 그는 두 손을 목덜미 뒤에 넣고 눈을 감았다. 잠시 후 맨발로 다가오는 소리가 들리더니 부드럽고 따스한 몸이 그의 가슴팍에 와닿았다. 여자애의 살에서 풍기는 달콤한 냄새가 그의 머리를 감쌌다. 그녀의 목소리가 마치 잠꼬대처럼 들렸다. "마놀로, 내 사랑, 여기에 있어선 안돼……" 그가 눈을 떴다. 자신의 얼굴에 다가와 있는 검고 빛나면서 서글서글한 그녀의 두 눈이 보였다. 한쪽 볼에는 그에게 맞아 생긴 불그레한 자국이 있었다. '짐승, 짐승 같은 놈.' 그가 자신에게 말했다.

"비켜, 이 바보야. 난 그럴 기분이 아니야." 그는 웅얼거렸지만 손은 벌써 여자애의 엉덩이까지 내려가 있었다.

"제발 날 그렇게 부르지 마." 그녀가 그에게 입을 맞춘 뒤 아래턱을 살짝 깨물면서 말했다. "네가 아주 잘생겼다는 거 아니? 너는 내가 아는 애들 중에 제일 잘생겼어. 너무 잘생겨서 겁이 날 정도야……"

"쓸데없는 소리 그만하고 첫 남자가 누구였는지 말해봐."

"뭐라고?"

"자, 못 알아들은 척하지 말고 어서! 첫 남자가 누구였어?"

마루하는 무르시아 청년의 목덜미에다 자신의 얼굴을 숨겼다.

"날 비웃지 않을 거지?" 그녀가 물었다. "말하면 비웃지 않을 거라고 약속해줘. 예전 남자친구는…… 까나리아 제도 출신이었는데, 바르셀로나에서 군복무를 했어. 그후로 다시 보진 못했어."

"그애를 사랑했니?"

"처음엔 그랬지."

삐호아빠르떼가 웃음을 터뜨렸다.

"틀림없이 신병이었을 거야. 네가 얼마나 바보 같은가를 봐봐. 신병 새끼들은 다들 개자식들이라서 너 같은 바보들하고만 잔다는 거 모르지……?"

"욕 좀 하지 마."

"너는 어디 출신이니?"

"나? 그라나다 출신이야. 그런데 어릴 때부터 까딸루냐에서 살았어."

"부모님은?"

"레우스에 계신 아빠는 쎄라뜨 씨네 농장 관리인이야. 난 거기서 자랐고 아가씨도 그곳에서 알게 됐어. 아가씨가 부모님과 함께 피서를 왔었거든. 우린 어려서부터 아주 친했어. 돈을 많이 벌어서 그분들이 레우스로 피서하러 오지 않은 지는 한참 됐어…… 엄마가 돌아가셨을 때 난 열다섯살이었는데, 사모님이 집안일을 거들어달라며 날 바르셀로나로 데려오셨어."

그녀는 레우스에 있는 할머니와 신병으로 입대한 오빠에 대해서도 이야기했다. 그는 계속 그녀를 어루만지고 있었다. 그가 침대에서 그녀를 쓰러뜨리려 하자 그녀는 뿌리치며 벌떡 일어났다……

"안돼. 늦었어…… 넌 이제 가는 게 좋겠어."

"그럼 당연하지, 바보야! 내가 여기서 뭘 하겠어? 내가 원하는 건 한시라도 빨리 네 꼴을 보지 않는 거야."

그는 침대에서 뛰어내려와 재빠르게 옷을 입었다. 그리고 창문으로 갔다. 한쪽 다리를 밖으로 내민 그에게 마루하가 달려갔다.

"잠깐! 이렇게 갈 거니? 우리 언제 다시 볼 수 있을까?"

그녀는 오른손에 나무 보석함을 들고 있었다. 그를 깜짝 놀라게 할 요량으로 막 귀고리를 단 참이었다. 하지만 그는 이미 창문에서 뛰어내려 화단 가운데에서 조금 불안한 눈빛으로 바다를 바라보며 바지 속에 셔츠 자락을 집어넣고 있었다. 그런 다음 그는 손으로 머리를 뒤로 넘겼다. 마루하는 옷을 입다 만 채로 창가에 서서 안타까운 눈길로 그를 바라보고 있었다. 그의 뒤쪽에서는 소나무 숲이 아직도 밤의 무거운 침묵을 뿜어내고 있었고, 바닷가의 파도 소리만이 그 침묵을 깨뜨리고 있을 뿐이었다. 공기는 차분했으며 해가 뜰 기미는 전혀 보이지 않았다. 뻬호아빠르떼의 얼굴은 지금 굳어 있었다. 그는 하녀를 향해 돌아섰지만 여전히 그녀를 쳐다보지는 않았다. 그의 표정은 강진의 진동을 확인하거나, 새벽녘 신선한 대기 중으로 파도가 되돌려준, 그래서 아직 저 멀리서 떨고 있는 잃어버린 목소리를 확인하고 있는 것처럼 보였다. 그러다가 갑자기 그는 마루하에게 시선을 고정하고 환한 미소를 지었다.

"보석이니? 어디서 난 거야? 사모님이 선물한 거니⋯⋯?"

"이 귀고리는 아니야. 일주일 전에 샀어. 예쁘지? 그런데 우리 언제 만날 수 있어?"

삐호아빠르떼는 보석함을 뚫어지게 바라보았다.

"조만간에. 안녕, 바보야!" 그는 돌아서면서 크게 외치고는 소나무 숲을 향해 멀어져갔다.

오토바이는 세워둔 곳에 그대로 있었다. 그는 고속도로로 접어들어 전속력으로 바르셀로나를 향해 달렸다. 돌아오는 내내 그는 한가지 생각에 사로잡혀 있었다. 싸구려 보석이 든 상자를 들고 창가에 서 있던 마루하가 자꾸만 떠올랐던 것이다.

그는 해가 까르멜로의 꼭대기를 분홍빛으로 물들이기 시작할 무렵 바르셀로나에 도착했다. 롤라는 물베르그 거리에 있는 집에서 출근 준비를 하고 있었다. 그녀는 불안하고 우울했으며, 자신에게 화가 치밀어 참을 수가 없었⋯⋯ 그녀는 싼예이 광장 쪽으로 내려가다가 까르멜로 도로의 한 모퉁이에서 삐호아빠르떼와 마주쳤다. 저 멀리 뭔가에 정신이 팔려 있는 그는 오토바이를 전속력으로 몰았는데, 바람을 받아 검은 머리칼이 깃털 빠진 독수리 날개처럼 헝클어져 있었다. 아침 햇살 속에 드러난 무르시아 청년의 옆얼굴은 뱃머리를 장식하는 기괴한 조각상처럼 보였다. 오토바이 '오사'의 굉음에 놀란 롤라가 유일하게 볼 수 있었던 것은 깜짝 놀라

아주 잠깐 숨을 죽이며 핸들 위에서 퍼덕거리는 포획된 새의 옆모습이었다.

까르멜로의 꼭대기를 향해 달리는 동안 삐호아빠르떼는 별장에서 보석을 훔칠 수도 있겠다는 생각이 들었다. 그는 그냥 지나치는 바람에 롤라를 보지 못했다. 싸이드미러에 잠깐 그녀의 뒷모습이 비쳤지만, 오목하고 차가운 거울 속에서 그 모습은 일그러져 보였고, 점점 작아져서 결국에는 사라져버렸다.

실제로 갱스터는 연한 금발의 여자애가
계속 껌을 씹을 수 있도록
자신의 목숨을 걸었다.
　　　　　　　　　─어느『영화사』의 한 구절

　　몬떼까르멜로의 꼭대기에서는 새벽에 안개 밑으로 미지의 낯선
도시가 꿈을 꾸듯 솟아오르는 광경을 가끔 볼 수 있다. 자욱한 안
개와 밤의 굼뜬 그림자는 도시 위를 계속 떠돌며 잠에서 깨어난 우
리의 시야를 흐려놓다가, 얼마 후 하늘 한쪽에서 장엄하게 빛이 번
지기 시작하면 장막이 걷히듯 이내 다른 한쪽 구석으로 스러져간
다. 이후 빛은 지중해에서 튕겨올라와 유리창에 부딪혀 깨지고, 움
집들의 양철에 눈부시게 반사되면서 언덕 기슭까지 곧장 다다른
다. 바다에서 불어온 바람은 이곳에 이르기 한참 전에 사라져버리
는데, 번잡한 해안지대와 구시가지 위로 솟아오르는 더러운 수증
기, 공장 굴뚝에서 뿜어져 나오는 연기 사이로 흩어져버리는 것이
다. 그런데 만약 거리가 좀더 가깝다면─그는 구엘 공원 풀밭에
서 방금 훔친 오토바이 옆에 앉아 그리움을 달래며 생각에 잠겨 있
다─테니스 코트와 꼬또렝고를 넘어 라살루드의 가장 멀리 있는

옥상에까지 바람이 올라올 수 있을 것이며, 여기에서 (동네 사람들이 오솔길로 가로질러 가는 것처럼) 꼬불꼬불한 길을 제쳐두고 바로 까르멜로 도로를 타고 올라가 구엘 공원을 관통해 뻴라다 산까지 이르게 될 것이다. 하지만 그때는 이미 향기도 활력도 없이 잠잠해질 것이다. 저 멀리 지중해에서 출발해, 물거품이 이는 파도 위를 밤낮으로 달려온 까닭에 바예데에브론의 고요 속에서 그 힘이 다 쇠하여 기진맥진해 있을 테니까 말이다.

그는 몹시 쓸쓸하고 슬펐다.

졸음과 피로가 몰려왔다. 그는 까르멜로의 동쪽 기슭에 있는 가로등 불빛이 동이 터오자 점점 약해지며 움츠러드는 것을 보았다. 풀밭에 장시간 앉아 있느라 분홍 셔츠와 청바지의 축축한 기운은 어느새 말라버렸다. 사실 지난번에 소나무 숲이 있는 해변에서 여자애들과 지냈던 그날이 즐거웠고, 동네 여자애들은 하나같이 별 볼 일 없다고 생각한 것만큼 롤라가 그렇게 별 볼 일 없는 애가 아닐 수도 있다고 그는 생각했다. '아직 자고 있을 거야. 어젯밤 날 위해 음식을 준비하면서 분명 행복했을 거야. 내가 올 때를 손꼽아 기다리고 있는 게 눈에 선해…… 그런데 음탕한 놈들한테나 어울리는 여자애가 틀림없어.' 비록 베르나르도가 덫에 걸리기는 했지만 그래도 그놈은 씩씩해서 자동차 문을 따고 오토바이를 손보는 일을 배우고 있다. 베르나르도는 괜찮은 놈이다. 어찌 됐건 진정한 친구지. 침팬지같이 생긴데다 못생긴 코를 가지고 있지만 말이야. '여러모로 보아 추기경이 당장에 계약을 파기하지 않은 게 다행이야. 추기경은 집에 오토바이를 보관하지 못하게 하니, 베르나르도는 이 일에 적합하지 않아.'

그는 람블라스 거리의 벤치에 베르나르도와 함께 앉아 있던 어젯밤이 떠올랐다. 베르나르도는 무릎을 감싼 채 쭈그리고 앉아 그의 명령이라고 할 수도 있는 신호에 신경을 곤두세우고 있었다. 그게 그와 함께한 마지막 작업이 될까? 자동차를 터는 것은 이제 지겨워졌고, 추기경은 예전만큼 좋은 구매자가 아니었다. 이는 베르나르도가 일을 하기 싫을 때 하는 주장이었다. 하지만 그는 베르나르도가 함께 일하는 것을 점점 더 단호하게 거부하는 진짜 이유가 따로 있다는 걸 안다. 그건 로사 때문이었다. 베르나르도가 사랑이라고 우기는 로사와의 어리석은 관계는 그가 보기에는 열정에 눈이 먼 것으로, 오히려 진정한 사랑을 방해하는 것처럼 보였다. 베르나르도가 좋은 녀석이라는 걸 그는 직감적으로 알고 있다. 베르나르도는 모든 것을 운명으로 생각하고 받아들인다. 그래서 그는 아무 여자와 만나 대충 사랑하고, 변두리의 시끌벅적한 집에서 그럭저럭 화목한 가정을 이루며 살아갈 것이다. 뻬호아빠르떼는 어제 그와 나눴던 대화를 떠올리며 싼스의 말에 은근히 담겨 있는 어설픈 희망을 헤아려보고자 했다. 결혼에 대한 봉급생활자의 구역질 나는 환상이 좋은 친구이면서 그에게 남은 유일한 존재인 그를 서서히 사로잡아버린 것이다. 자정이 훌쩍 넘은 시간에 두사람은 람블라스의 '댄싱 꼴론' 맞은편에 있었다. 무르시아 청년은 금속성 광택이 있는 가죽옷을 걸친 십대 소년들을 초조한 눈으로 지켜보고 있었다. 그애들은 인도 위와 그들이 앉아 있는 중앙 산책로의 양쪽 벤치 주변에 오토바이를 세워두고 있었다. 번쩍이는 오토바이에 맞춰 한결같이 금속성 광택이 있는 옷을 차려입은 람블라스의 덜떨어진 애들을 보고 뻬호아빠르떼는 한없이 안타까운 표정을 지으며 경멸적인 말들을 내뱉었다. 마치 인간의 욕망 중 가장 쓸데없고 덧없는 것이 무엇인지 그가 알고 있기라도 한 것처럼 말이다.

'저것들은 아무짝에도 쓸모없을 거야.' 그는 생각했다. 어떤 애는 오늘밤 한가한 계집애와 함께 왔고, 커플끼리 온 아이들은 오토바이에서 내려 상대를 바라보며 금세 친밀하고 만족스러운 분위기를 조성했다. 점점 무리를 이루면서 일렬로 늘어선 오토바이들은 장관을 이루었고, 몸이 유연한 주인에게 에로틱한 감정을 불러일으킬 정도로 오토바이들은 역동적이고 관능적인 디자인과 광채를 뽐내었다.

"병신들, 몰려다니는 꼴이라니." 무르시아 청년이 말했다. "삐노광장에서 봤던 차는 어때?"

"안돼." 베르나르도가 서둘러 대답했다. "안된다고. 게다가 뭘 가지고 작업할 건데? 랜턴도, 드라이버도 안 가져왔잖아……"

"나한테 잭나이프가 있어."

"그래도 안돼. 내일 여자애들이랑 해변에 간다는 조건부로, 오토바이인 경우에 한해서만 내가 도와준다고 했잖아."

"그럴 거면 너 필요 없어. 나 혼자 할 수 있다고."

"그런데 나도 하나쯤은 갖고 싶어. 그게 필요하거든." 그는 잠시 입을 다물었다가 곧바로 덧붙였다. "마놀로, 롤라가 얼마나 괜찮은 애인지 그 생각만 하고 차는 잊어버려."

"넌 알거지가 되고 말 거야." 삐호아빠르떼가 중얼거렸다.

그때부터 그를 엄습한 우울이 점점 심해졌다. 그의 손은 뒤틀렸고, 잉크가 넘쳐흐른 듯 진한 검은 눈동자는 '꼬스모스'에 있던 두 여자애의 손을 잡아끌며 '꼴론'으로 들어가는 미국 해병 둘을 뚫어지게 바라보고 있었다. 하지만 그의 눈은 이내 졸린 듯했다. 그는 고개를 파묻으며 혀를 끌끌 찼다. 체념이 시체를 싸는 천처럼 그를 감쌌고, 주변에서 보이는 열망과 욕망의 완전한 결핍에 넌덜머리가 났다. 싼스의 목소리가 처량하게 바뀌어 있었다.

"난 너랑은 달라. 난 다른 것도 생각해야 해. 넌 뭘 원하는데? 난 로사 생각을 해. 요즘엔 그애 생각밖에 안해."

"바보 같은 놈, 넌 사랑에 빠졌다고 여기는구나. 어이구, 그러지 마!"

"이렇게 살 수는 없어. 이젠 지쳤어."

"넌 다른 사람이 될 수 없어, 자식아."

잠시 후 람블라스에 있던 아이들이 하나둘 흩어지기 시작했다. 어떤 아이들은 생각에 잠긴 채 망설이며 길 가운데에서 꼼짝도 하지 않고 있었다. 이곳에서 저곳으로 몰려다니며 누군가를 사귀고 싶어 안달하던 조금 전의 조급함은 사라지고, 택시들과 다투느라 힘이 다 빠져 있었다. 두사람은 조금 더 기다려보기로 했다. 신경이 곤두섰지만 무심한 듯 불안한 기색을 감추고 상황을 지켜보았다. 마음이 공허해서, 또는 동하지 않아서 그저 우연히 두 눈이 집착했다는 말이 더 어울릴 것이다. 토요일 밤에 유흥을 즐기러 나온 촌놈들이 오토바이를 우물쭈물 그냥 나무 옆에 서둘러 세워놓고, 꼴론 위쪽에서 택시에서 내린 친구들에게 재빨리 달려가는 모습에 말이다. 그들은 대부분 편한 복장이었고, 꼬스모스 쪽 보도로 향하기 전 서로의 등을 두드렸다. 뻬호아빠르떼는 식후의 포만감에 씨가를 하나씩 피우며 소화시키고 있는 그들을 보면서 그들은 분명 바르셀로네따에 있는 한 레스또랑에서 식사를 하고 창녀를 찾아 이곳에 왔을 것이라고 생각했다. "이 자식, 오늘밤은 비싸게 먹힐 거다." 그는 막 오토바이에서 내린 남자애를 보며 중얼거렸다.

뻬호아빠르떼는 벨트에 꽂아놓았던 검정색 가죽장갑을 천천히 꼈다. "됐어. 너 먼저 해." "조금 기다려볼래." 싼스가 대답했다. "기다릴 것 없어. 지금이 딱 좋아."“확실해질 때 하는 게 나아.”싼스는 우기면서 마놀로를 보려고 고개를 돌렸다.“내가 없었더라면 넌 몇번은 박살났을 거다.”“입 닥쳐, 베르나르도. 오늘 너 때문에 기분 엿 같거든.”“알았어……”“내가 말하라고 할 때 말해. 여기서 누가 대장인지 잊지 말고.”“알았어. 그런데……”“어서! 뭘 기다려?”

삐호아빠르떼는 그를 억지로 밀어내야 했다. 그가 겁을 먹어서 그런 건 아니었다. “베르나르도는 아무것도 무서워하지 않아. 그런데 그 여우 같은 계집애가 뭘 어떻게 한 거야! 아주 제대로 구워삶았군!”삐호아빠르떼가 멀어져가는 그를 보며 중얼거렸다.

삐호아빠르떼는 계속 벤치에 앉아 있었다. 그는 눈을 크게 뜨고 주변을 어슬렁거리는 놈들의 동작을 하나도 놓치지 않으려고 눈동자를 재빠르게 굴렸다. 그는 싼스가 주머니에 손을 넣고 천천히 오토바이 쪽으로 다가가는 것을 보았다. 원숭이처럼 휜 다리를 건들거리며 악의 없이 느긋하게 걷는 그를 보자 갑자기 한없는 애정이 솟았다. 이는 두사람에게 비싼 댓가를 치르게 할 수 있는 방심과 나약함의 순간―그가 항상 의식적으로 피하려고 노력하는 것―이었다. 다시 정신을 차리고 싼스를 보니, 그는 이미 오토바이에 올라 슬쩍하려고 하는 참이었다. 그는 차분해 보였다. 그는 삐호아빠르떼의 휘파람 소리도 듣지 못했고, 삐호아빠르떼가 용수철처럼 튀어올라 벤치를 뛰어넘는 것도 보지 못했다. ‘병신! 도대체 정신을 어디에다 두고 있는 거야?’ 그는 휘파람으로 주의를 주었지만 이미 늦고 말았다. 베르나르도는 오토바이를 착각했던 것이다.―둘 다 ‘오사’였고, 나란히 주차되어 있었으며, 애지중지 사용한데다 잘 닦아서 반짝반짝 윤이 났다.―삐쩍 마른 세련된 용모의 오토바이 주인은 막 세워둔 자신의 오토바이를 어깨 너머로 다시 한 번 보려고 고개를 돌렸다. 그가 작별의 순간 여자친구를 바라보듯 애정이 넘치는 눈으로 오토바이를 바라보던 바로 그 순간(성적 충동이 일 때면 여자친구보다 더 큰 만족을 주었을, 오토바이를 타고 달리던 순간을 생각할 것이 분명하다), 베르나르도는 자신이 실수한 줄도 모르고 안장 위에 올라탔다. 그 낯선 사내가 놀란 표정으로 쌴스에게 욕을 퍼부어대자 쌴스는 그대로 얼어붙고 말았다. 삐호아빠르떼가 있는 곳에서는 그들이 하는 이야기가 들리지 않았다. 베르나르도는 오토바이에서 내리며 사죄의 표시로 두 팔을 벌리고 미소를 지어 보였다. 그가 다른 오토바이에 올라타자 한껏 멋을 낸 람블라스 청년은 단순한 실수일 것이라고 확신했다. 청년은 베네수엘라 거리 쪽으로 멀어져갔고, 삐호아빠르떼는 안도의 한숨을 내쉬며 다시 벤치에 앉았다.

그러나 쌴스는 상처받은 프로의 자존심을 회복하기 위해서인지, 아니면 단순히 위험을 즐기는 그의 취향 때문에인지, 그놈이 사라지자마자 타고 있던 오토바이에서 내려 그놈의 오토바이에 올라타서는 잠금장치를 풀고 지그시 페달을 밟았다.—거리가 있긴 했지만 삐호아빠르떼는 원숭이 같은 그의 미소를 알아볼 수 있었다.—갑작스러운 떨림과 함께 시동이 걸리자 그는 땅바닥에 발을 끌며 능숙한 솜씨로 오토바이를 몰아 무시무시한 굉음을 내면서 달렸다. 고양이처럼 엎드린 자세로 그는 람블라스 거리를 달려 떼아뜨로 광장 저편으로 사라져버렸다.

늘 예감이나 징후에 민감했던 그는 다시 한번 감정적인 사람들에게는 저주가 될 수도 있는, 이미지에 속아 넘어가는 희생양이 되고 말았다. 삐호아빠르떼는 쌴스의 이 화려한 도주를 보고 어쩌면 그가 인생에서 그렇게 했어야 할 가장 적절한 시기에 마지막 한건을 했다고 생각했다. 지난번 파티에서 만난 아름다운 여자애와의 약속은 깨졌지만 그는 이미 꿈을 이룬 것이나 다름없었다. 하지만 아직도 그의 머릿속은 온통 그 생각으로 가득했다. 그는 베르나르도 역시 결국 자신을 떠날 것이라는 걸 알고 있었다. 동네 패거리 중 그 누구와도 6개월 이상을 함께 일하지 못했다. 그들은 큰일에 감히 손도 대지 못한 채 단념해버렸다. 그들은 어리석게도 여자친구를 임신시킨 뒤 결혼했으며, 일자리를 구해 정비소나 공장에서 썩는 걸 더 선호했다. 베르나르도는 운명을 따르겠다고 말했다. 그런데 무슨 운명을 따르겠다는 말인가? 임금노동자로 살아가는 것? 그 여우 같은 계집애한테 면사포를 씌워주는 것? 그리하여 서로의 등골을 빼먹으며 평생 살아가는 것? 사실 무르시아 청년은 많은 걸 요구하지는 않았다. 자신을 믿고 따라줄 파란 눈의 여자애만 있다면 세상을 들어올릴 수 있다고 말하는지도 모르지만, 허탈감이 다시 엄습해왔다. 그는 삐노 광장에 있던 메르세데스와 그 차 안에 있던 모든 것, 즉 그가 잃어버린 모든 것을 생각해보았다. 그는 내일 일이 심드렁해졌다. 해변, 보잘것없는 해변에 대해, 그리고 한창 물이 올라 있으며 커다란 엉덩이를 가진 복 있는 롤라에 대해 막 말했지만 말이다. 그는 고개를 들었다. 만취한 미국인 넷이 싼루까르의 보도 위에 일렬로 늘어서 있는 차들 뒤에서 깡마르고 왜소한 어떤 여자애와 다투고 있었다. 그는 갑자기 자신의 왼쪽에 미동도 없이 서 있는 낯선 사람이 의심스러웠다.―그는 몰래 훔쳐보고 있었다.―몇 미터 떨어진 곳에서 옆모습을 보이고 있는 그 역시 오토바이를 훑어보고 있었다. 삐호아빠르떼는 졸고 있는 고양이 눈처럼 번쩍이는 그의 눈동자와 즉각적인 행동을 암시하는 그의 이

완된 부드러운 턱에서 뭔가 친근함을 느꼈다. 뻬호아빠르떼는 벌떡 일어나서 그의 눈을 바라보며 곧바로 오토바이를 향해 갔다. 낯선 이에게서 눈길을 떼지 않은 채 그는 천천히 오토바이에 올라타서는 잠가놓은 운전대를 풀었다. (그는 운전대를 단번에 힘껏 돌리는, 단순하면서도 효과적인 기술을 사용했다. '툭!' 하는 소리가 나면서 잠금장치가 단번에 튕겨나갔다.) 그런 다음 그는 더이상 경계하지 않고 그 낯선 사람 외에는 어떤 것도 생각하지 않은 채 페달을 밟으며 시동을 걸었다. 한편 상대는 입가에 가벼운 미소를 머금고 전문가의 눈길로 일의 결과를 예측하며 그의 움직임을 예의주시했다. 엄밀히 말하자면 그는 승자처럼 보이는 경쟁자가 아니라──둘 사이의 경쟁은 이미 불붙기 시작했다──그저 다른 사람의 일을 즐겁게 그리고 비판적 시각으로 주시하는 동료 같았다. 그 사람은 재빨리 눈동자를 움직이면서 주변을 탐색했다. 뻬호아빠르떼의 도주를 덮어주려는 것처럼 말이다. 오늘밤 유달리 의기소침한 뻬호아빠르떼는 그를 안아주고 싶은 기분이 들었다. 오토바이는 공회전을 하기 시작했고, 그는 여전히 바닥에 발을 둔 채 몸의 균형을 잡고 있었다. 다시 고개를 들면서 오토바이를 반쯤 돌려 그곳을 빠져나가려는 순간 뻬호아빠르떼는 고양이 같은 눈을 가진 그 낯선 사람이 보내는 위험신호를 감지했다. 팔이 없는 한 늙은 경찰이 그들을 보고 있었던 것이다. 경찰은 서두르지 않았지만 호기심 어린 표정으로 뭔가를 물어볼 듯한 기세로 다가왔다. 이를 눈치챈 무르시아 청년은 그가 입을 떼려는 그 순간 전속력으로 힘껏 내달렸다. 그리고 '이제 됐어'라고 생각했다. 그리고 마지막 순간에 중앙로를 가로질러 반대편, 그러니까 허름한 고서점 맞은편으로 내려가기로 결정했다. 베르나르도가 간 람블라스 위쪽으로 가지 않고, 뿌에르따데라빠스 쪽으로 달려서 꼴론을 지나 시우다델라 공원 쪽으로 가기로 한 것이다.

우려했던 것과 달리 호루라기 소리는 들리지 않았고, 아무도 그의 뒤를 쫓아오지 않았다. 그는 싼후안, 헤네랄몰라, 헤네랄싼후르호, 세르데냐 거리, 싼예이 광장을 지나 까르멜로 도로로 올라갔다. 꼬또렝고의 커브길에서 속도를 줄인 다음 도로를 벗어나 왼쪽으로 부드럽게 미끄러져 내려가 구엘 공원의 옆문에서 오토바이를 멈췄다. 그는 오토바이에 탄 채 전조등으로 공원 안쪽을 비춰보았다. 밤의 어둠이 갈기갈기 찢어졌다. 그는 소나무 그루터기와 풀을 보았다. 불빛의 끝에서 반짝이는 검은 공 하나가 튀어오르더니 무성한 풀숲 사이로 도망쳤다. 고양이였다. 싼스는 흔적조차 보이지 않았다. 둘은 이곳에서 만나기로 했던 것이다. '뭔가를 먹으러 갔겠지.' 그는 생각했다. 그는 어떻게 해야 할지 몰라 한참 동안 그대로 있었다. 그런 다음 다시 페달을 밟아 적당한 속도로 도로를 따라 올라갔다. 근처를 몇바퀴를 돌다가 텅 빈 어두운 협곡이 있는 오른쪽으로 전조등을 비춰보았다. 저 멀리 도시의 불빛들이 빛나고 있었다. 여름철이면 어둠을 정확히 반으로 가르며 폭발하는 빛 같아 보이는 몬주익의 조명도 이미 꺼져 있었다. 왼쪽으로 몬떼까르멜로의 첫번째 지맥인 풀과 바위들이 보였다. 그는 가장 높은 곳까지 올라왔을 때 마지막 바퀴째에 가속페달을 밟아 그란비스따까지 단숨에 달렸다. 그리고 그곳에서 오토바이를 세운 뒤 내렸다. 구엘 공원 입구에 있는 문을 닫은 가게들과 집들은 공원 정면에 줄줄이 세워진 여섯개의 기둥에 달린 등불 아래서 옹색하게 선잠을 청하고 있었다. 그림자가 드리워진 곳은 거리가 실제로 가지고 있지 못한 깊이를 더해주고 있었다. 사람이라곤 전혀 찾아볼 수 없었고, 절대적인 침묵만이 그곳을 지배하고 있었다. 하지만 남쪽 출신 젊은이에게는 화가 치미는 현실, 친숙한 인간의 맥박 소리, 미심쩍은 희망 등이 공기 중에 둥둥 떠다니고 있는 것처럼 보였다. 이렇게 밤시간이 되면 몬떼까르멜로는 잠들어 있는 거대한 종기 같았다. 관능적인 거대한 아우라 속에 쓰라린 고통을 매일같이 안고 있고, 보이지 않지만 안에는 뜨거운 피가 흐르는 종기 말이다.

그는 거의 공중에 매달리다시피 한 석회집들로 빼곡히 들어찬 비탈길을 내려갔다. 유난히 경사가 심한 비탈길에 집들이 간신히 들어선 결과, 계단과 모퉁이, 작은 경사로를 가진 복잡하게 얽힌 그물 같은 길들이 만들어졌다. 그는 더러운 전등이 희미하게 비추고 있는 길을 점프해 내려와 좌우로 여러차례 돌고 돌았다. 어린 시절에 장난감 길처럼 생긴 길을 항상 즐겁게 돌아다녔던 그가 동네에서 못된 짓을 하기 시작한 때는 세월이 꽤 흐르고 나서였다. 한때 모든 것이 가능해 보였던 이곳이 비록 이제 더이상 양지바른 미로는 아니지만, 그가 수년 전 고향 마을에서 가져온 그 무엇을 여전히 간직하고 있었다. 그것은 바로 환경의 열악함과 모든 것이 순식간에 변해버리는 동네 분위기와 자신들을 둘러싼 가난 등에서 비롯한 스스로에 대한 믿음이었다. 비탈길의 맨 아래까지 내려온 그는 방치된 정원의 토담을 한바퀴 돌아 언젠가 그를 사로잡았던 작은 나무문 앞에 멈춰섰다. 비바람에 닳아 이제는 알아보기 힘든 복잡한 그림이 새겨져 있는 그 낡은 문은 다른 문들과는 달랐다. 특히 문고리는 작은 공을 쥐고 있는 섬세하고 매끄러운 조그마한 손—그는 늘 여자 손일 것이라고 생각했다—을 놀라울 정도로 섬세하게 형상화한 것이었다. 이 동네에 그같은 문은 더이상 없었다. 그 문은 자그맣고 쓰러져가는 삼층 집에 속해 있는 것이었다.

그 맞은편에는 귀뚜라미가 우는 황야가 펼쳐져 있었다. 삐호아빠르떼는 문고리를 세번 두드린 뒤 위층의 창문에 불이 켜지는지 보려고 몇발짝 뒤로 물러났다. 밤이 깊어져 별들이 더욱 밝게 빛나고 있었다. 집에서 사람 소리와 가구를 움직이는 소리가 들렸다. "누구요?" 걸걸한 목소리가 물었다. "저예요, 추기경님. 문 좀 열어주세요." 이내 문이 열렸고, 완전히 하얗고 헝클어진 남자의 머리가 보였다. 길고 부드러운 머리는 헝클어졌음에도 불구하고 그가 기품 있고 아름다운 형상의 두골을 지니고 있음을 짐작케 했다. 얼굴은 잠에 취해 둔해 보이긴 했지만, 아래로 약간 휘어진 매부리코와 깔끔하게 면도한 푸르스름한 뺨은 부드럽고 선한 인상을 주었다. 햇볕에 구릿빛으로 그을린 이마가 백발과 대조를 이루며 잘 어울렸다. '왜 추기경이라고 부르는 걸까?' 그는 늘 궁금해했다.

"웬일이냐?" 그 남자가 말했다. "이 시간에 무슨 일이야?"

"급해요. 저쪽에 있어요. 지금 당장 갖다줄 수 있어요. 새것이나 다름없는 '오사'예요. 자, 어때요?"

추기경은 긴 속눈썹의 검은 눈을 가늘게 뜨고 그를 바라보았다. 그의 머리 뒤 반쯤 열린 문으로 안쪽에서 한줄기 빛이 새어나와 그가 고개를 움직일 때마다 눈부시게 빛나는 백발이 활활 타오르는 불꽃처럼 보였다.

"이리 오렴."

청년은 움직이지 않았다. 쉬지 않고 달려온 탓에 숨을 헐떡이고 있었던 것이다. 그는 멀찍이서 어둠에 싸여 있었다. 그는 추기경을 대단히 존경했고, 추기경이 동네에서 제일 현명하며 다른 사람의 마음을 읽을 수 있는 사람이라고 생각했다.

"내 말 안 들려? 가까이 오라고." 청년은 그의 말을 따랐다. 탤컴

파우더 냄새와 꼬냑 냄새가 그를 감쌌다. "베르나르도는 어디 있지?"

"몰라요……"

"네 형이랑 얘기했니?"

"정비소 문은 닫혔어요. 전 방금 여기 왔고요."

"너는 내가 너한테 볼일 없다는 걸 잘 알 거야. 나는 네 형하고만 거래해. 그러니 가서 잠이나 자렴."

그가 문을 닫으려 했다. 삐호아빠르뗴는 문에 한 손을 갖다대면서 손가락으로 문고리를 만지작거렸다.

"잠깐만요, 추기경님. 당신은 안목이 있는 사람이라고 다들 그러던데 왜 절 도우려 하지 않는 거죠?"

"도대체 그게 무슨 말이냐……?" 다정한 미소가 갑자기 나이보다 젊어 보이는 화사한 장밋빛 살결을 돋보이게 했다. "넌 참 영리해. 난 네가 큰일을 할 줄 알았단다. 하지만 너는 내 말을 귀담아들어야 해."

추기경이 무엇을 말하고 있는지 정확하게 알 수가 없었다. 어쩌면 의심스러운 그의 성적 취향을 과감히 시험해보는 것이 용기 있는 일일지도 모른다.—동네에서는 많은 이들이 열을 내며 통념에서 상당히 벗어난 말들로 추기경에 대해 평가하곤 했다.— 하지만 추기경의 고상하고 신중한 면 때문에 그를 존경하고 있던 삐호아빠르뗴에게는 추기경을 더욱 신비에 싸인 품위 있는 인물로 여기게 했다.

"전 항상 추기경님 당신의 말을 귀담아들어왔어요. 화가 나는 건 우리 형하고만 거래를 한다는 거예요. 이제 저는 집으로 오토바이를 가져갈 수 없고 놔둘 곳도 없어요. 전 한푼도 없어요. 제발 절

궁지에 빠뜨리지 마세요. 저걸 받아주시고 합당한 가격을 쳐주시면……"

"그런데 왜 네 집에 못 놔둔다는 거냐?"

추기경이 좀더 가까이 다가왔다. 청년은 그의 숨결을 느낄 수 있었다. '그런데 이 사람을 왜 추기경이라고 부르는 걸까?'

"제 형이 바보 같아서요." 무르시아 청년이 중얼거렸다. "새로운 기별을 해주기 전에는 오토바이 얘긴 꺼내지도 말라고…… 추기경님, 형 말이 맞는 말일까요?"

"물론이지. 내가 며칠 두고 봐야 한다고 충고했거든." 그는 청년의 눈을 바라보면서 말을 멈추었다. 그리고 시선을 내리깔고 문을 닫기 위해 뒷걸음질했다. "정비소로 가져가서 분해하거라." 그의 표정은 평상시의 온화하고 웃는 얼굴을 회복했지만 다소 거리가 느껴졌다. "내가 방법을 찾아보겠지만 이걸 기억하렴. 네가 독자적으로 일을 하길 원한다면 너 혼자 끝까지 일을 처리하는 법을 배워야 한단다. 무슨 문제인지 모르겠지만 최근 들어 하나도 안 주더구나. (삐호아빠르떼가 고개를 떨궜다.) 조심해라, 마놀로. 오토바이는 여자애들하고 놀러 다니라고 만들어진 게 아니야. 여름철엔 위험해. (추기경은 애정을 담아 그의 볼을 살짝 꼬집었다.) 그래, 힘내고…… 오르뗀시아가 네 얘기만 묻더구나. 그애는 지금 아프단다. 그애를 보고 갈 생각은 없니? 언제 커피도 마시고 얘기도 좀 나누자꾸나. 그래, 그만 가보렴. 착하게 살고……"

천천히 문이 닫혔다. "안녕히 주무세요." 청년이 중얼거렸다.

아침 인사가 오히려 더 나을 법했다. 투명한 우윳빛 여명이 까르멜로 하늘에 퍼지기 시작했으니 말이다. 무르시아 청년은 그란비스따 쪽으로 올라가면서 집으로 가는 게 나을지, 아니면 약속한 곳에서 쌍스를 기다리는 게 나을지 생각해보았다. 결국 그는 후자를 선택했다. 그는 오토바이에 올라탄 뒤 모호하고 성가신 자책 속에서 아래쪽 도로를 내달렸다. 추기경은 그에게 양심의 가책을 느끼게 하는 묘한 재주를 가지고 있었다. 한편 쌍스가 여자애들을 데리고 해변에 가기로 약속했지만 아침이 되고 보니 출구 없는 막다른 길에 빠져들었다는 생각이 들었다.

이제 몬떼까르멜로의 비탈에는 등불이 하나도 켜져 있지 않았다. '추기경은 대단한 사람이야.' 그는 생각했다. 그는 자기 옆의 풀밭에 쓰러져 있는 오토바이를 바라보았다. '베르나르도는 계집애들을 데리러 갔을 거야.' 햇살을 받은 지면 위의 꽃가루가 공원의 나무들 사이로 낮게 떠다녔다. 드디어 일요일이 되었다. 그는 졸기 시작했다.

베르나르도 쌍스는 그의 오사를 타고 거의 땅에 닿을 듯 납작 엎드린 채 전속력으로 위험천만하게 커브길을 달려왔다. 그는 속도를 줄이며 공원으로 들어와서는 오토바이 시동을 켠 채 걸어와 나무 사이에 세워뒀다. 입에는 사과를 물고 있었다. 그가 친구 옆에 드러누웠다.

"배가 고팠어." 그가 말했다. "여자애들은 좀 이따가 올 거야. 내가 여자애를 깜짝 놀라게 했지!" 그가 돌멩이 하나를 가리키면서 웃었다. "이것 봐. 내가 딱 이만한 돌멩이를 로사네 창문에다 던졌거든…… 줄곧 여기 있었던 거야?"

"점심은 걔네들이 가져오니?"

"그럼, 당연하지. 걔네들이 어제저녁 내내 준비했어. 그런데 일은 어떻게 됐어?"

뻬호아빠르떼는 아무 말도 하지 않았다. 풀 위에 드러누운 그는 두 팔로 눈을 가렸다. 그렇게 한참 동안 있다가 그가 소리쳤다.

"엿 같군! 해변에서 돌아오자마자 오토바이를 정비소에 넣은 뒤 자물쇠로 잠가버릴 거야. 추기경한테 바로 가져갈 거 아니면 말도 꺼내지 마. 알았어?"

"분부대로 하지. 해변 한번 갔다 온다고 뭔 일 생기겠어. 겁먹지 마……" 한참 동안 아무 말이 없었다. "야, 자는 거야?"

새들이 지저귀는 소리만 들릴 뿐이었다. 무르시아 청년은 침대에 누웠을 때처럼 이리저리 뒤척였다. 그는 깊은 한숨을 내쉬면서 두 팔을 교차해 이마 위에 얹고 다시 하늘을 향해 누웠다. 그러고 나서 졸린 듯한 목소리로 담담하게 싼스에게 고백하길, 그와의 약속에도 불구하고 오토바이를 팔아치우려고 했다고, 그런데 추기경이 어깃장을 놓았다고 했다. 하지만 그는 분명하게 사과하지 않고, 마치 다른 사람 일을 말하듯 그저 사실을 통보할 뿐이었다. 그는 목이 쉰데다 피곤에 지쳐 마치 꿈속에서 말하듯 본인과는 전혀 관계없는 뭔가를 다른 사람의 입을 빌려 말하는 것 같았다. 그는 말수를 줄이며 간결하게 말했지만, 그 속에 담긴 의미를 전달되지 않게 할 수는 없었다. 싼스는 친구의 믿음을 읽을 수 있었고, 그것에 고마워했다. 그는 애정을 담아 뻬호아빠르떼의 어깨를 한대 툭 쳤다. "자식!" 싼스가 말했다. 뻬호아빠르떼는 침묵을 지켰다. 그가 마지막으로 잠들기 전에 까딸루냐어로 뱉은 말에는 쓸쓸함이 묻어나 어색하게 들렸다. "우린 모두 개새끼들이야."

세월이 흘러 나이가 들면 무의식적으로 기억을 기계적으로 선택하게 된다. 해마다 낡은 수첩에 기록된 친구들의 명단을 새 수첩으로 옮겨 적기 위해 이름을 취사선택할 때 사용하는 것과 같은,

분명치 않은 기준에 의해서 말이다. 그리하여 결국에는 극소수의 가장 충실하고 가장 사랑하는 사람만이 우리의 기억에 남게 된다.

마놀로 레예스—그의 본명이다—는 론다에서 수년 동안 쌀바띠에라 후작의 대저택에서 바닥 청소를 하던 어느 미인의 둘째 아들이었다. 그녀는 과부 상태에서 아이를 가졌고 낳았다. 유아기에 마놀로는 라스뻬냐스의 오두막집과 후작의 대저택에 딸린 호화 건물을 오가며 자랐다. 후작의 대저택에서 그는 엄마의 치맛자락을 잡고 졸졸 따라다니며 그녀가 닦는 바닥의 반짝거리는 타일 위에서 상상의 나래를 펴곤 했다.

이상한 소문이 돌았다. 소문에 의하면 그의 어머니는 과부가 된 지 얼마 지나지 않은 때에 쌀바띠에라 후작의 손님으로 몇달을 그 저택에서 기거한 젊고 우울한 영국인과 사랑에 빠졌다고 했다. 아이는 험담꾼이 예상한 그 날짜에 태어났다. 하지만 마놀로는 언제나 그 이야기의 진위에 맞서 싸웠고, 그것을 부정하려는 그의 집요한 노력은 어머니마저도 놀라게 했다. 자신을 ‘영국놈’이라고 부르며 놀리는 친구들에게 그는 무자비하게 덤벼들었고, 어른들이 면전에서 조롱 섞인 말을 하면 죽일 듯 그들에게 대들거나 상스러운 욕지거리를 퍼붓곤 했다. 사실 어린 시절의 분노는 자신의 생각에 정당성을 부여하려는 그의 유별나고 본능적인 필요성에서 비롯된 것이지 어머니의 명예가 중요해서가 아니었다. 다시 말해 아이는 자신의 환상에 더욱 불을 지필 수 있고 사회적으로 더욱 품위 있는 집안 출신일 가능성을 부여해주는 존재인 쌀바띠에라 후작의 아들이라는 설을 위험에 처하게 하거나 조금이라도 의심을 하는 말에는 기를 쓰고 달려들었던 것이다. 결국 그의 출생과 관련한 모든 것—론다에서의 사회적 지위 때문에 감출 수밖에 없었던, 누군가의 아들이라는 사실, 그의 어머니가 실질적으로 후작의 대저택에서 살았고, 그에게는 특히 중요한, 바로 그 대저택의 침대에서 그가 태어났다는 사실 등(사실 조산이었기 때문에 아름다운 과부는 청소하고 있던 타일 위에서 그를 낳을 뻔했고, 그래서 대저택에서 그녀를 돌봐야만 했다)─은 그가 성장해감에 따라 어린 시절 마음속에서 자신만의 독특한 생각으로 만든 바로 그 이미지로 굳어져 갔다.

어떻게 보면 이것은 우리가 살아가는 이 세상의 혼란스러운 도덕적 특성 탓에 완전히 사실이 될 수도 있는 그런 거짓말 중의 하나였다. 그는 마놀로 레예스이거나 후작의 아들이거나 신과 마찬가지로 자기 자신의 아들이었다. 하지만 그외의 다른 것은 될 수 없었다. 물론 영국인도 될 수 없었다.

그가 어머니에게 경제적으로 약간의 보탬이 되어드리려고 역에서 짐꾼으로 일하면서 가끔 론다의 관광 가이드 일을 했는데, 외모와 품행에 유달리 신경을 쓰고 다닌 덕에 동료들은 그를 ‘후작’이라고 부르기 시작했다. 논쟁이 없었던 건 아니지만 그 별명은 대체로 받아들여졌다. 아무도 그 별명을 만든 이가 그라는 사실을, 또 그 별명을 퍼뜨리기 위해 그가 꼼수를 부린 사실을 몰랐다. 마놀로는 직업적으로 성공을 거두는 것이 아직 요원하긴 했지만─왜냐하면 직업의 속성상 그는 아직 뚜렷한 청사진을 가지고 있지 않았기 때문이다─처음으로 본인의 능력을 가늠해볼 수 있었다. 그럼에도 불구하고 그는 얼마 지나지 않아 이 모든 것이 당장에는 쓸모가 없는 초기 단계에 불과하며, 그래서 더 기다려야 한다는 것을 깨달았다.

그것들은 실제로 유년 시절 그의 유일한 장난감으로서, 절대 망가뜨리거나 창고로 보내져서는 안되는 것이었다. 아이는 거짓말과 애정 표현에 보기 드문 재능을 가진 영민한 미남으로 자라났다. 어머니는 그를 야간학교에 보내 읽기와 쓰기를 배우게 했다. 목화밭에서 일하던 그의 형은 몇년 후 바르셀로나로 이주했다. 그는 어머니를 생각할 때면 늘 축축하고 벌겋던 부드러운 두 손(그의 기억 속에서 시중을 들고 어딘가에 매여 있다는 생각은 그에게 옷을 입혀주고 벗겨주던, 축 늘어지고 축축한 두 손으로 대표되었다. 그녀의 두 손은 냄새나는 생고기 살점 같았고, 생기나 호의가 없진 않았지만 온기나 즐거움은 없었다)이 연상되곤 했다. 어머니가 한 남자와 관계를 맺기 전까지 그는 어머니를 무척이나 사랑했고, 어머니를 가난에서 벗어나게 해드리지 못하는 것이 고통스러웠다. 배고픔은 그의 일상이었기에 그는 동물적인 눈빛을 가지게 되었으며, 어리석은 이들이 곧잘 순종으로 착각하는, 머리를 옆으로 기울이는 특이한 습관도 가지게 되었다. 그는 일찍이 목숨을 걸지 않고는 가난에서 벗어나지 못한다는 아주 오만하고 유용한 진실을 깨달았다. 그래서 어려서부터 그에게는 빵, 공기와 마찬가지로 거짓말이 필요했다. 그는 가끔 침을 뱉는 나쁜 습관을 가지고 있었다. 하지만 그가 침을 뱉는 방식(갑자기 눈을 바닥의 한 지점에 고정한 채 침과 침이 떨어진 지점을 아예 무시한다. 그리고 그의 눈에 친근하고 은밀한 조바심을 띤다)을 유심히 관찰하면, 그것은 이제 곧 이민 갈 시골 농사꾼과, 언젠가 대도시로 떠나겠다고 결심한 청년의 몸짓에 어린 확고부동한 결의였고 분노의 산물이었다.

주머니에 손을 찔러넣고 휘파람을 불며 관광 가이드를 하려고 모로의 캠핑카로 갔던 날, 그는 고객들에게 도시 외곽에 머물 때에는 장사치들이나 부랑자들을 조심하라고 주의를 주었다. 그때까지만 해도 마놀로 레예스는 쌀바띠에라 후작의 아들이었지만 일주일 쯤 지나자 후작의 아들이 더이상 아니게 되었다. 엄밀히 말해 그는 그런 것에 흥미를 잃어버렸다. 일주일 후 그에게 일어난 변화를 생각하면 후작 칭호는 그의 품위를 손상시킬 수도 있는 것이었다. 마놀로 레예스는 빠리의 학생이자 모로 부부의 손님으로 미래의 사윗감이었다. 사모님은 그를 '매혹적인 안달루시아 아이'라고 했다. 당시 그는 열한살이었고, 그의 형은 바르셀로나에서 결혼식을 올리려는 참이었다. 어머니는 형에게서 편지 한통과 몬떼까르멜로를 배경으로 찍은 사진 한장을 받았다. 장남이 성공을 이룬 것이었다. "저 말라가 출신 여자와 결혼해요. 그 사람 부친은 자전거포를 하고 있어요. 사진 속에 보이는 십자가 가까이에 가게가 있어요, 어머니." 마놀로 레예스가 어머니를 위해 큰 소리로, 하지만 별 흥미 없이 읽어준 편지에는 이렇게 씌어져 있었다. 그는 캠핑카를 타고 도착한 관광객을 생각하고 있었던 것이다.

모로 부부는 금세 론다와 가이드 소년의 매력에 빠져들었다. 따호 강과 누에보 다리, 그리고 마놀로의 매력적인 검은 눈동자, 경건한 분위기의 투우장, 모로 왕궁 등은 그들을 일주일 동안이나 그 도시에 체류하게 만들었다. 마놀로는 하루 종일 그들과 지냈다. 그는 이곳저곳을 그들과 함께 다니며 가이드 일을 하면서 겪은, 대부분은 지어낸 일화들로 그들을 즐겁게 해주었다. 매일 아침 그는 캠핑카로 찾아가서 그들의 우편물을 부쳐주었고, 음식을 사다주었으며, 세탁할 옷을 맡겨주었다. 캠핑카에 식사 초대를 받은 어느날, 그는 자신의 출생에 얽힌 이야기를 들려줌으로써 그들이 자신의 진짜 혈통에 대해 놀랄 여지를 남겨두었다. 그때 (그는 그때를 항상 기억할 것이다. 풀밭에 앉아 치맛자락을 무릎 위로 가지런히 모으고 일광욕을 하고 있는 모로 부부의 딸을 그는 바라보고 있었는데, 바람이 불고 산 너머로 구름이 빠르게 오가기를 반복하는, 일기가 불안정한 오후였다) 모로 부인이 그에게 네스카페를 대접하면서 자신들과 함께 빠리에 가서 공부하며 미래를 준비하는 게 어떻겠느냐고 처음으로 제안했다. 그는 눈을 내리깐 채 아무 말도 하지 않았다. 다른 날에 모로 부인은 길가에서 누더기 옷을 걸친 아이들을 보고 갑자기 슬픔에 빠져 마놀로에게 같은 제안을 또 했다. 사실 부인은 어떤 대답을 들으려고—사실 그에게 별로 관심도 없었다—그런 제안을 한 것은 아니었다. 그것은 딱히 뭐라 설명하기 힘든 이기적인 그녀의 신경과민에서 비롯된 것이었다. 하지만 '안달루시아 아이'는 이때 묘한 목소리로 말했다. "생각해볼게요." 하지만 당연히 부인은 듣고 있지 않았다.

그날밤 그는 몰래 캠핑카에서 약간 떨어져 있는 바위 위에 앉아서 작은 창에 가끔씩 켜지는 불빛을 턱을 괴고 한동안 뚫어지게, 그의 길고 아름다운 속눈썹을 통해 바라보았다. 그들의 차를 바라보는 일이 지루하지 않았다. 달빛을 받는 차 옆구리에 달라붙은 말라비틀어진 진흙덩이는 존경할 만한 주름과 영광스러운 상처를 받아들이는 노년의 기쁨, 먼 여로를 달려온 기억, 미지의 도로들, 반짝이는 해변과 광활한 도시 들, 그가 가본 적이 없는 멋진 장소들을 상상하게 만들어주었다.

모로 가족이 떠나기 전날밤, 포도주를 너무 많이 마신 모로 부인이, 살면서 감정적인 교제를 얼마나 많이 했는지는 모르지만, 흥분해 마놀로를 쓰다듬더니 그의 온 얼굴에 키스를 마구 퍼붓기 시작했다. 그러다가 남편의 동의하에 그를 빠리로 데려가기로 결정했다.—가까스로 양해를 해준 남편은 말수가 적었고, 큰 키에 과묵했으며, 목소리가 우렁찼다.——웃음과 건배가 오가는 화기애애한 분위기 속에서 모로 부인은 딸과 소년이 입맞춤하게 함으로써 영원한 우정을 맺도록 했다. 얼핏 화기애애한 분위기가 지속되는 것처럼 보였지만, 떠나기 전 작별의 시간을 맞이한 관광객들에게서 흔히 볼 수 있는 모습이었다. 정신적 흥분상태에는 자유분방함과 거짓 애정이 숨어 있었다. 아직 인생 경험이 부족한 그는 그것에 무방비 상태로 있었다.

어린 시절 밖에 나가 놀아도 좋다는 엄마의 허락을 힘들게 받아냈을 때 가장 간단하고 효율적인 방법은 허락이 떨어지면 재빨리 대화의 주제를 바꾸는 것이었다. 마놀로는 자신의 빠리행에 관한 문제를 (모로 가족이 후회하기 전에) 두루뭉술한 상태로 남겨둔 채 바르셀로나에서 결혼해서 번창하는 사업체의 주인이 된 형 얘기를 꺼냈다. 그러고는 곧바로 고개를 들어 감사의 마음을 전하고 작별인사를 하고 자리를 떴다.

그는 삼십분 동안 잡초가 무성한 덤불숲 뒤편의 돌 위에 앉아 있었는데, 캠핑카에서 모로 부부의 딸이 나오는 걸 보았다. 그녀의 부모는 잠들어 있었다. 창문의 불빛은 한참 전에 꺼졌고 밤의 적막만이 흐르고 있었다. 프랑스 여자애는 달빛에 금속성 물질처럼 반짝이는 비단 잠옷을 걸치고 있었다. 그녀 앞으로 숲속 공터가 펼쳐져 있었다. 그녀는 그가 숨어 있는 덤불숲 뒤편을 향해 마치 꿈속에서 걷는 듯 느린 걸음으로 공터를 가로질러 오기 시작했다. 달빛을 받자 몸을 감싸고 있는 비단옷에 광채가 나면서 주위가 흐려 보였다. 그래서 그녀의 실제 모습은 환상 그 자체 혹은 그녀의 영혼처럼 보였다. 그녀는 졸린 기색이라고는 전혀 없이 무심하게 걸었다. 그녀의 맨발은 눈이 휘둥그레진 남자아이 앞에서 걸음을 내디딜 때마다 꽃가루처럼 둥둥 떠다니는 듯했다. 마놀로는 자신에게 다가오고 있는 그녀를 보았다. 그녀는 그를 알지도 못하면서 계속 그를 찾아헤매며, 걸음마다 그의 이름을 새기면서 그를 만나러 오는 것처럼 보였다. 처음부터 만나기로 약속을 한 것처럼 말이다. 비록 그녀는 아직 모르고 있지만 그녀가 지금 가로질러 오는 밝게 빛나는 이 숲은 그녀를 이 세상과 그녀의 부모와 그녀의 아름답고 부유한 나라와 그녀의 운명으로부터 아주 먼 이곳으로 데려온 긴 여정의 마지막 단계인 것 같았다. 그 누구도 그녀가 혼자이며 고독이 존재한다는 것을 알지 못하는 것처럼 보였다. 남자아이의 눈에 그녀는 생명력으로 가득 차 있었고, 빛을 몰고 오는 사람 같아 보였다. 하지만 몇 미터 앞에 도착한 여자애는 갑자기 오른쪽으로 방향을 돌려 백리향이 가득 있는 숲속(세련된 모로 부인이 급한 일을 해결하기에 가장 적절한 장소로 택했던 곳)으로 들어가버렸고, 남자아이는 일의 자초지종을 그제야 이해할 수 있게 되었다.

그의 얼굴엔 낙담한 기색이 역력했다. 하지만 그는 재빠르게 대응했다. 그녀가 목적한 일을 실행에 옮기기 전에 다가가서 다정하게 인사를 건넨 것이다. 그는 별일이 없는지 둘러보러 나왔다고 말하고는—그저 그가 원하는 답을 유도하기 위해—늦은 시간에 위험하게 캠핑카에서 나온 이유를 불쑥 물었다. 그녀는 살짝 당황했다. 하지만 그녀는 웃으면서 당연히 바람 쐬러 나온 것이라고 대답했다. 그러자 마놀로는 몇 분 동안 함께 있어주겠노라고 했고, 함께 주변을 산책하다가 그녀의 손을 잡았다. 그는 내일 그들과 함께 빠리로 가기로 한 것에 대해 그녀를 이해시키려고 했고, 부모님의 약속을 어떻게 생각하느냐고 물었다. 그런데 그들이 과연 약속을 기억하고 내일 그를 데려가려고 할까? 한참 동안 말을 이어가던 그가 갑자기 멈춰서서 팔짱을 낀 채 생각에 잠겼다. 그녀는 재미있다는 듯 그를 바라보았다. 그리고 그가 하는 말의 의미를 되새기며 연신 고개를 끄덕였다. 그녀의 얼굴은 마놀로가 그때까지 본 여자애들 중 가장 예뻤고, 가무잡잡하고 온화해 보이는 맑고 푸른 눈을 가지고 있었다. 갑자기 남자아이는 그녀 앞에 서서 그녀의 두 손을 잡았다. 그가 이마를 맞대자 그녀는 눈을 내리깔면서 얼굴을 붉혔다. 그때 마놀로는 조금 서툴게 그녀를 안으며 볼에 입을 맞췄다. 부드러운 비단 잠옷의 감촉은 전혀 상상해보지 못한 것이었다. 이 일은 그의 인생에서 가장 경이로운 것 중의 하나가 될 것이다. 첫 키스와 완벽한 조화를 이루는 부드러운 느낌, 아니 어쩌면 비단을 통해 손가락 끝으로 전해 들어오는 애정 어린 감정까지 더불어 느껴지는 것 같았다. 여자애는 볼이 발그레해지며 고개를 숙였다. 가슴이 두방망이질하던 그녀는 잠깐 동안 그대로 서 있었다. 그러고는 캠핑카를 향해 뛰어갔다. 마놀로는 그 자리에 서서 움직임도 없이 두 팔을 늘어뜨리고 손을 쫙 폈다. 손가락 끝에 남아 있는 부드러운 비단의 감촉을 여전히 느끼면서 말이다.

그날밤 그는 론다를 떠날 생각에 잠을 이룰 수가 없었다.

그런데 다음날 그가 프랑스인들이 머물던 장소에 가보니 캠핑카는 흔적조차 찾을 수 없었다. 그는 헛되이 그들을 찾아 온 도시를 헤매고 다녔다. 그들은 도착했을 때처럼 그렇게 말없이 떠나버렸다. 그들을 이곳에 오게 한 뭔지 모를 불안감, 피상적인 강렬함, 그리고 더러운 열정이 이제 그들을 이곳에서 영원히 데려가버린 것이다. 모로 가족은 원주민의 환상을 신화에 이르기 위한 수단으로 사용하면서, 나중에 그것이 더이상 자신에게 필요하지 않을 때는 깨뜨려버리는 그런 부류의 관광객이었다.

밤이 깊어져서 마놀로는 완전히 녹초가 되어 집으로 돌아왔고 침대 위에 쓰러졌다. 그들은 환영에 지나지 않았다. 그에게는 먼 나라로의 좌절된 여행, 그 여자애의 잠옷에서 빛나던 인공적인 달빛, 미래에 대한 거짓 약속, 감격, 이민이라는 미친 꿈, 비단의 감촉과 날카로운 통증만 남았다. 그리고 여느 때와 마찬가지로 지금 그는 분수에서 벗어난 일이 얼마나 위험한 것인가를 항상 경고하던 친절하고 익숙한 목소리 덕분에 깊은 잠에서 깨어났다. 하지만 이번에는 측은함이 깃든 목소리가 아니었다. 아직도 여전히 아름다운 어머니의 얼굴이 다가와 오두막 창문으로 비스듬히 들어오는 빛의 끝자락에서 그를 내려다보며 말했다. "일어나라, 애야. 이분이 네 새아빠란다."(제대로 보지 못했지만 그 사람은 포마드를 잔뜩 바르고 보기 좋게 빗어 넘긴 머리칼과 집시처럼 오만한 옆모습을 지니고 있었다.) 그때 그는 이미 화물열차를 타고 바르셀로나의 형네 집으로 도망가 지낼 작정을 하고 있었다. 구엘 공원의 따가운 햇살 속에서 웃고 있는 한 여자애의 얼굴이 보였다. 그녀는 웃고 있었지만 처음부터 쉽지 않을 것임을 예고하고 있었다. 가지기까지는 공을 좀 들여야 할 것 같았다. 하지만 그것은 두고 볼 일이었다. 롤라와 그 뒤쪽의 로사와 싼스는 비치백과 음식을 들고 있었다. 베르나르도 싼스는 바지에 달라붙어 있는 풀을 털어냈다. 그의 옆에는 훔친 오토바이 두대가 있었다. "안녕, 게으름뱅이." 롤라가 삼킬 듯한 기세로 그의 얼굴에 자신의 얼굴을 들이대며 여름 원피스의 목 부분을 한쪽 손으로 누르면서 말했다. "우리 해변에 가는 것 아니니? 그런데 어떻게 잠을 잘 수가 있어……?" 실망스러운 지난 기억 때문인지, 아니면 더 나은 뭔가를 꿈꿀 만큼 젊기 때문인지, 그의 눈은 술이라도 마신 것처럼 유쾌하게 풀어졌다. 그의 눈에서 뭔가를 알아챈 롤라는 당황할 수밖에 없었다. 그래서 일어서는 걸 도와달라는 그의 요청에 손을 내밀지 않았다. "아주 가관이군." 그가 중얼거렸다. 자리에서 일어선 그는 아무도 알아듣지 못하는 까딸루냐어로 뭐라고 소리를 질렀고, 의혹으로 가득 찬 그의 시선이 가장 먼저 가닿은 곳은 롤라의 엉덩이였다. "그래, 해변에 한번 가보자고!" 그가 중얼거렸다.

호랑이들의 여름,

일 미터의 차가운 피부 아래에 잠복하고,

다가가기 힘든 피부 아래에 숨는다.

— 빠블로 네루다

파도 소리가 들려오는 가운데 두사람은 사랑을 나누었다.

"날이 밝아오고 있어, 마뇰로. 이제 갈 시간이야."

"아직 아니잖아."

"겁난단 말이야." 그녀가 고집을 피웠다. "우리가 이러는 거 신중하지 못한 일이야. 자기야, 미친 짓이라고…… 집에 사람이 있는데."

"이봐, 예쁜 아가씨." 그는 시선을 천장 저 너머에 고정한 채 그녀를 자기 쪽으로 끌어당기며 유쾌하게 말했다. "여기서는 사람들 모두가 게임에 참여하든가, 아니면 판을 깨버리든가 둘 중의 하나야……"

뻬호아빠르뗴는 게임 테이블의 딜러처럼 손가락에 대한 은밀한 그리움을 가지고 있었다. 어쩌면 이 여자애를 제외한다면 그가 손을 대는 것 중 자신의 것이라곤 아무것도 없었다. 그는 밤이면 밤마다 느긋하면서도 신중하게, 온 마음과 정성을 다해 그녀와 사랑을 나누었다. 그는 그녀의 살결에서 다른 사람과의 교제와 친절함, 다른 방들과 다른 영역에서 감도는 평온한 분위기, 그리고 하녀 방의 사방 벽 저 너머에 존재하는 뭔가를 식별하는 법을 배웠다. 그녀는 가끔 유칼리 꽃이나 박하 잎을 입에 문 채 나타나곤 했다. (그것은 틀림없이 시골 생활에서 밴 습관일 것이다.) 특히 정원에서 저녁식사 시중을 든 날이면 그녀의 입맞춤에는 달콤한 허브 향이 배어 있었다. 그것은 한 여인이 별장 어딘가에서 친절하게 베푸는 휴식과 목욕, 독서, 낮잠 등의 일상 속으로 은밀히 무르시아 청년을 밀어넣는 듯한 느낌이 들었다. 그는 이 게임이 그녀의 주인에게 발각된다 하더라도 그로서는 전혀 손해볼 것이 없다고 믿기에 이르렀다. 그도 그럴 것이 마루하는 이 순간 모든 것을 기꺼이 받아들이며, 그에게 어떠한 보상도 바라지 않는 것 같았기 때문이었다. 그녀와 미래를 약속한 것도 아니었고, 그저 다정하게 대해주면 그만이었다. 그것은 물론 표면상 그렇게 보일 뿐이었다. 하지만 연애가 길어지면 남자들이 약해지며 여자들은 그 사실을 안다는 것, 그리고 에스빠냐에서는 식탁에서 지켜야 할 예절처럼 남녀관계에서도 여전히 일종의 규칙이 존재하고 거기에는 언제나 그에 상응하는 도덕적인 책임과 댓가가 반드시 뒤따른다는 걸 잊어서는 안된다는 것을 뻬호아빠르떼는 잘 알고 있었다. 사람들은 종종 그저 반항적임을 보여주기 위해 거드름을 피우거나 알몸을 보이며, 또 향수를 달래거나 스스로를 멋지다고 여기거나 어떤 결핍을 충족시키기 위해 남몰래 누군가와 친밀한 관계를 맺곤 한다. 하지만 언젠가는 바로 그 외로움과 결핍 때문에 자기희생이라는 댓가를 치르게 된다. 그리고 시간이 지날수록 점점 연민과 감사의 감정에 희석되어 가짜 권위는 더이상 과시할 수도 없게 되는 순간이 찾아온다.

"사랑해, 사랑해. 난 네가 필요해……"

남쪽 출신의 젊은이가 바닷가의 이 거대한 별장에 있는 사근사근한 하녀의 침실을 밤에 찾아오는 일은 이후에도 계속되었고, 그녀와 그녀의 깨지기 쉬운 행복에 대한 친근하고 억제할 수 없는 애정이 그에게서 싹트기 시작했다. 그녀의 처지를 존중해주려는, 아니 좀더 정확하게 말해서 그녀를 동정하려는 위험한 생각마저 들었다. 이렇게 된 데에는 피를 나눈 남매, 즉 같은 운명을 물려받았다는 생각이 작용했다. 이런 것은 삐호아빠르떼가 세상에서 가장원치 않는 일이었다. 이 청년이 사랑에 빠졌다고 단정하는 건 어쩌면 지나친 것일 수도 있다. 그때 그는 여자를 사랑한 것이 아니라 여자가 가진 배경을 사랑한 것이었기 때문이다. 그럼에도 불구하고 가끔 사랑 비슷한 애정관계에 자연스레 빠져들기도 했으며, 감정에 빠져 본인이 그동안 억눌러오던 시골 청년의 순박함이 발동되어 출세를 향한 계획이 무산될 뻔하기도 했다. 마루하의 몸과 그녀와 나눈 격정적인 포옹과 키스, 그의 옆이나 가까이에 얌전하게 웅크려 앉은 그녀의 태도에서 그는 불운하고 가난한 두사람 사이의 깊은 연대감을 느꼈다. 마놀로는 쓸쓸하고 의지할 데 없는 그녀가 보인 사랑에 대한 다급한 간청이 사랑이나 쾌락보다 훨씬 더 많은 것을 갈구하고 있음을, 성 요한 축제의 댄스파티에서 이미 눈치를 챘다. 밤에 길 잃은 새 같은 그녀의 눈은 베개 틈에서, 오로지 고마움만 아는 원시적 세계와 육체의 속박 속에서 그를 바라보았다. (온순한 눈, 속눈썹이 거의 남아 있지 않은 붉고 병약하며 가여운 눈, 그녀를 처음 만난 순간부터 그가 어떻게 그녀의 처지를 짐작하지 못했으랴? 파티가 열리던 그날밤, 정원 울타리 사이로 그를 엿

탐한 그 눈빛이 지금의 흥분한 이 눈빛이라는 걸 그가 어떻게 모르겠는가?) 그리고 언제나 순종과 재빠른 눈치가 뒤섞인 오묘함이 흘러넘치는 그녀의 눈빛은 아무 말 없이 사랑스럽게 그를 부추겨, 현재 이곳에서 행복하려는 것이 아닌 다른 야망을 모두 단념케 했다. 뜨거운 여름날 광란의 밤에 그녀의 눈빛은 종종 그의 마음을 완전히 사로잡곤 했으며, 그런 일은 겨울까지 이어졌다. 그때 뻬호 아빠르떼는 섹스를 통해 이루어지는 권력의 미묘한 이동에서 가장 자유로웠고, 그것을 가장 의식하고 있을 때였다. 그는 만나는 횟수를 줄이기 시작했고, 몇주 동안 아예 자취를 감춰버리기도 했다.

종種의 강력한 목소리, 즉 암컷의 침묵으로 표현되는 대단한 분별력과 신중함은 남자의 미래를 감지해내는 모성, 즉 어머니의 목소리와 같은 것이다. 조상의 목소리가 하녀의 입을 통해 나오자 젊은 범죄자는 소스라치게 놀라고 말았다. 그가 못된 짓을 하고 오토바이까지 훔친 사실이 밝혀졌을 때, 그의 예상과는 달리 하녀는 아무 말도 하지 않았다. 그녀는 적잖은 충격을 받았지만 오히려 그 일로 인해 사랑을 나누면서 이미 예견했던, 그를 구원할 힘은 자신에게 있다는 사실을 재차 확인했다.

겨울이 다가왔다. 별장에서 멀리 떨어진 도시에 있는 쎄라뜨 씨 저택의 단조로운 일상으로 되돌아온 그녀는 이대로 영영 마놀로를 잃게 될지도 모른다는 불안감에 자주 그의 동네를 찾아갔다. 그는 자신이 사는 곳을 말하지 않았지만, 그녀는 그를 만날 수 있는 방법을 이내 알아냈다. 그는 델리시아스 바의 난로 옆에 앉아 퇴직한 세명의 노인들—그 틈에서 젊은이는 충격적일 정도로 잘 어울렸다—과 함께 카드놀이를 하곤 했다. 그는 카드와 노인들을 아는 것 말고도 다른 즐거움이 있다는 사실을 망각하거나 무시한 채 몰두했고, 조용한 몸놀림과 느긋한 눈빛으로 치르는 엄숙한 이 의식에 빠져들곤 했다. 남쪽 출신 청년은 특히 겨울철에 이 카드놀이에 특별한 재능을 보였다. 그가 카드놀이를 하게 된 동기는 어린 시절부터 빈민가에 만연한 추위와 실직, 곤궁 속에서 지내는 환경에 익숙해 있었기 때문이기도 하지만, 겨울철이라 모험을 할 수 없었기 때문이기도 했다. 카드놀이는 잠깐이나마 그의 무표정한 모습을 다정하게 바꾸어주었다. 그는 손에 카드를 쥐거나 동네 영화관의 차가운 관람석에 앉아 비닐하우스 안의 꽃처럼 겨울을 보내면서 한건 할 수 있는 따스하고 적당한 날이 오기를 기다렸다. 지난 판을 돌아보며 손에 카드를 쥐고 있는 그의 눈앞에는 때때로 해안가의 분홍빛 여명에 비친 무명 유니폼과 앞치마 그리고 머리그물이 어른거리곤 했다.

일이 없는 목요일과 일요일 오후마다 마루하는 싼예이 광장행 버스를 탔다. 그리고 걸어서 구엘 공원 옆 까르멜로 도로를 올라갔다. 그녀는 불에 탄 그루터기와 어린아이들이 미끄럼을 타는 자갈 부스러기 비탈 사이를 지나고 오솔길을 가로질러 마지막 커브길에 도착했다. 숨을 헐떡이며 바람에 빨개진 볼과 눈물이 그렁그렁한 눈을 하고서 말이다. 까르멜로 주민들은 파란 우산을 쓰고 유행이 지난 짧은 체크무늬 코트에 검붉은색 머리띠를 두른 수줍은 그녀를 거리에서 만나는 일에 곧 익숙해졌다. 사람들은 그녀가 마놀로를 만나지 못할 때면 산책하는 척하며 끈질기게 계속 왔다 갔다 하는 것에도 익숙해졌다. 델리시아스 바에 들어가기 전 그녀는 항상 머리와 함께 지나치게 짧은 치마를 매만졌고, 일단 바 안으로 발을 들여놓으면 게임 테이블과는 어느정도 떨어진 문 옆에서 부끄러운 듯 다소곳하게 서서는 열정적으로, 그리고 깜찍할 정도로 자극적이고 천박할 정도로 매혹적으로 두 무릎을 붙인 채—부잣집 도련님의 마수에서 벗어난 그를 정원 안쪽에서 기다리던 댄스파티 때처럼 뻔뻔하게, 누군가의 여자가 되기를 바라면서—마놀로가 자신이 온 것을 알아차릴 때까지 기다리곤 했다. 가끔 비가 내릴 때면 바람 때문에 애를 먹는 동네 사람들의 모습이 훈기에 의해 김이 서린 바의 유리창으로 흐릿하게 어른거리곤 했다. 그는 화창한 날이 오기를 기다리며 수풀 속에 숨어 있는 뱀처럼 추위를 피해 들어와서 묵묵히 입을 다물고 지저분한 상태로 숨어 있었다. 하지만 피부에는 아직 윤기가 좀 남아 있기는 했다. 한때 휘황찬란한 자태를 뽐내며 환상적인 질주를 수없이 했지만 이제 폐차장에 버려진 녹슨 자동차처럼 말이다. 그는 묘한 웃음을 지어 보이는 노인들 앞에서 짐짓 모른 체하며 마루하를 한참 더 기다리게 할 요량으로 항상 마지막 한판을 더 하곤 했다. 하지만 절대 그녀를 냉랭하게 대하거나 너무 오랫동안 기다리게 하지는 않았다. 그렇다고 흥분한 모습을 보이지도 않았다. 그저 덤덤하게 그녀가 온 것을 받아들였고, 일어나서 그녀의 손을 잡고 밖으로 나갔다. 그는 이런 만남을 이상할 정도로 겸허하게, 어느정도 체념하듯 받아들였다. 달리 말해, 착각이건 아니건 매 순간 자신이 스스로의 운명을 개척해간다고 믿는 그런 사람들처럼 그는 만남을 받아들였다. 그래서 이런 만남이 숨어 있는 삶의 법칙과 신비로운 협정을 맺는 증거라도 되는 듯, 그는 막중한 책임감을 느끼며 거기에서 비롯된 골치 아픈 일들을 받아들였다.

게다가 그는 혼자였던 것이다. 베르나르도 쌴스는 초겨울에 로사와 결혼해 (설상가상으로) 곧 아이를 낳을 예정이었고, 뿔뿔이 흩어진 좀도둑 패거리는 완전히 와해되어버렸다. 마루하가 추기경과 그 가족에 대해 알고 있는 것은 그가 이야기해준 내용이 전부였다. 언젠가 그는 자기 집이 "비만 오면 정전이 돼"라고 말한 적이 있었다. 그게 다였다. 그녀가 개인적인 질문을 하면 그는 유난히 심하게 화를 냈고, 계속하면 그녀를 버릴 것이라는 협박까지 했다. 그는 고아로 살기를 원하는 것 같았다.

"마눌로, 혹시 이런 걸 생각해본 적 없니? 그러니까……" 그녀가 다시 말을 꺼냈다.

"아니, 난 내 인생을 바꿀 생각이 없어! 이리 와. 산책이나 하자."

하녀는 까르멜로를 알아가면서 기본적으로 그녀가 처음에 가졌던 희망을 확신하게 되었다. 두사람의 사랑을 낳은 비천함과 체념은 거의 잊힌 그 동네와 잘 어울려 보였다. 도시 바깥으로 고립되어 추방된 그 동네는 사람들의 모든 꿈을 오직 한가지, 생존하는 것으로 축소시켰다. 그들은 기나르도 공원의 소나무와 전나무 사이로 난 서쪽 비탈길을 산책했다. 그들은 언덕을 올라가서 연을 날리고 있는 아이들을 바라보며 꼭대기에서 걸음을 멈췄다. 그리고 멀리 떨어져 있고 겨울 안개 탓에 흐릿하게 보이는 바예데에브론, 오르따, 띠비다보, 뚜로데라뻬이라 및 또레바로를 내려다보았다. 두사람은 말없이 있거나 (그녀가 결혼 이야기를 꺼내서) 말싸움을 하기도 했지만 마지막에는 항상 우거진 덤불 뒤에서 격렬한 포옹을 했다. 가끔 날이 춥거나 비가 올 때면 두사람은 사람들이 빼곡한 동네 영화관이나, 퀴퀴한 옷장 냄새가 풍기고 후끈하면서 붐비는 일요 댄스클럽에 가곤 했다. 겨우내 마루하는 삐호아빠르떼의 속에서 흐르는 황금을 향한 치유할 수 없는 그리움, 발정난 고양이처럼 발산하는 흥분을 자신의 몸으로 중화시키면서 그를 곁에 붙들어두었다.

그해 겨울에는 젊은 범죄자에게 닥친 직업적 불운 (그의 마지막 동료 베르나르도 싼스를 잃은 일) 말고는 특별히 언급할 만한 일이 없었다. 떼레사 쎄라뜨를 시내에서 몇차례 얼핏 본 것을 제외하면 말이다. "저기 봐봐, 아가씨야." 마루하가 손가락으로 그녀를 가리키며 말했다. 달리는 전차에서 보았지만 그녀는 보이지 않았다. (더플코트에 목도리를 두른 아가씨는 대학교 정문에서 팔에 책을 끼고 담배를 피우면서 학생들 무리와 이야기하고 있었다.) 한번은 그가 하녀를 집까지 바래다준 날 아우구스따 거리의 인도에서 그녀를 보았고(떼레사의 차가 바의 정면 보도 옆을 천천히 미끄러지고 있었고, 그녀는 클랙슨을 눌러 누군가를 부르고 있었다), 또 한번은 개봉 영화관에서 그녀를 보았다(부드러운 카펫이 깔린 관람석 쪽으로 젊고 건장한 흑인 남자와 함께 오고 있었다). 언젠가 마루하는 그에게 잡지 『올라』에 실린 그녀의 사진을 보여줬다. 턱시도를 차려입은 한 무리의 젊은이들과 흰 드레스를 입은 여자애들이 즐거운 분위기를 연출한 사진이었다. 하녀는 아가씨의 친구 성년식 사진이라고 하면서 마놀로가 이해할 수 없는 말을 덧붙였는데, 떼레사가 잡지에 그 사진이 실린 것을 보고 버럭 화를 냈으며, 다른 사람이 사진을 보거나 그 파티에 대해 언급하는 것을 원치 않아서 잡지를 찢어버렸다고 했다. "그런데 내가 한권 사두었지." 마루하가 말했다.

떼레사 쎄라뜨와의 첫 만남은 싼헤르바시오에 있는 그녀의 집 정원 울타리에서 이루어졌다. 어느 목요일 밤 10시경이었다. 그 여대생의 이상한 행동은 마놀로를 혼란에 빠뜨렸고, 그는 다시 한번 부자들의 말을 어떻게 받아들여야 할지 몰라 고통스러웠다. 처음 몇분 동안 떼레사 쎄라뜨는 정원의 호화로운 그림자들에 둘러싸여

외따로 있었고, 자신의 도도한 출현에 보내는 감탄의 시선으로부터 자신을 방어하는 것 같았으며(그녀는 불빛에 얼굴을 드러내지 않으려는 듯 몸을 살짝 뒤로 젖힌 채 미동도 하지 않았다), 그런 탓에 그는 그녀의 아름다운 눈에서 아무것도 읽어낼 수가 없었다. 어쩌면 그래서 그는 하녀에게 주의를 줄 때 사용하는 막돼먹은 말투로 떼레사가 마루하를 대하는 것을 보고 더 무례하게 반응했는지도 모른다. 안 그래도 그는 마루하와 힘든 오후시간을 보낸 참이었다. 그는 그녀가 정식으로 사귀자고 하는 것을 다시 한번 거절했고, 그래서 마루하가 울고 말았던 것이다. 그는 양심에 찔려 그녀를 집까지 바래다주었다. 떼레사가 정원에서 하녀를 부르는 소리를 들은 건 그녀와 작별을 고하고—마루하는 들어갈지 말지 망설이며 한 손을 울타리에 얹고 울면서 그를 바라보고 있었다—돌아가려는 때였다.

"마루하! 마루하, 거기서 뭐해? 왜 그렇게 늦게 다녀? 엄마가 아시기라도 하면……"

돌길 위를 걸어오는 그녀의 발소리가 들리더니 곧이어 뛰어오는 그녀가 보였다. 그녀는 울타리로부터 몇 미터 떨어진 나무 아래서 걸음을 멈췄는데, 구릿빛 광택이 나는 치맛자락이 넓은 원피스 위에 순백색의 트렌치코트를 아무렇게나 걸친 채 팔짱을 끼고 있었다. 그녀는 몸 상태가 좋지 않아 보였고, 추운지 사랑스럽게 떨고 있었다. 현관에 걸린 등과 일층의 창에서 나오는 불빛이 그녀의 뒤에서 비춰 날씬한 씰루엣을 만들어내고 있었다. 사람들로 북적대는 환한 거실의 따스한 분위기가 고스란히 그녀에게서 풍겨나왔고, 그녀의 다리에는 파티나 놀랄 만한 희소식을 알리는 젊은이가 흥분상태에서 보이는 음악적인 떨림과 전율 같은 것이 있었다. 그는 미국 영화에서 이따금 본 미친 여자애 중 한명이 떠올랐다. 가족들과 춤추다가 그 열기에 취해 숨을 몰아쉬면서 정원의 시원한 밤공기를 쐬러 나온 여자애, 기분 좋은 휴식시간에 아버지에게 자신의 행복과 삶의 기쁨을 일러주는 여자애 말이다. 그렇게 그녀는 견고하면서 안락한 삶을 드러내는 헝클어진 모습—트렌치코트의 벨트와 버클, 주머니 밖으로 나온 빨간 비단 스카프가 바닥에 질질 끌리고 있었고, 얼굴 위로 금발 머리가 흘러내려와 있었으며, 뛰어오느라 벗겨진 한쪽 구두를 신경질적으로 신는 모습 등—을 보이며 달려왔다. 동작 하나하나에 배어 있는 그 무심함은 돈에 대한 여유와 자신의 아름다움에 대한 자신감, 강렬하고 열정적이면서 유망한 내적 삶의 표시였다. 이는 응석받이로 태어난 이들에게서 볼 수 있는 또다른 매력이었다.

하지만 그녀를 갑자기 멈춰서게 하고, 특히 짜증 섞인 말투를 다소 누그러뜨리게 만든 것은 그녀의 구두 한짝이 벗겨졌기 때문이 아니라, 예기치 않게 하녀의 남자친구를 봤기 때문이었다. 놀란 기색이 역력한 떼레사는 마루하에게 목소리를 낮춰 주의를 주었다. 책망하면서도 친근한 말투로, 시간이 지금 몇시냐고, 저녁식사에 초대한 손님이 있으며 엄마가 걱정하고 계시다고 했다. 마루하는 더듬더듬 용서를 구하면서 들어가려 했는데 삐호아빠르떼가 주머니에 손을 찔러넣고 거만한 눈빛으로 건들거리면서 되돌아와 그녀에게 기다리라고 명령했다. 마놀로는 울타리로 천천히 다가와 주먹을 한방 날릴 듯이 목에 두른 두꺼운 목도리를 뒤로 넘기며 걸음을 멈췄고, 그런 다음 떼레사를 바라보았다. 뭐가 그렇게 급하냐고, 집에 불이라도 났느냐고 그가 물었다. 그러고 나서 그는 첫번째 실수를 저질렀다. 그는 그렇게 급하면 요리사에게 저녁 시중을 들게 하라고 했던 것이다. 상황에 어울리지도 않고 남자의 우월감이 살짝 들어간 그 말의 확고함과 심각함은 떼레사의 웃음을 유발했다. 밝고 사랑스러우며 우발적으로 나온 그녀의 웃음에는 전혀 조롱의 의도가 없었다. 오히려 일종의 연대감이 있었으며—마놀로가 알아차릴 만큼—지나칠 정도로 어떤 의도를 드러낸 웃음이었다.

어리둥절해진 무르시아 청년은 떼레사의 시선을 피하면서 중얼거렸다.

'왜 저렇게 바보스럽게 웃는지 알 수가 없군.'

당당하고 오만하게 반응할 것이라고 예상했던—그리고 그러길 바랐던—것과는 다르게 금발 머리는 기어들어가는 목소리로 용서를 구하면서 거의 고개까지 숙였고(그녀의 머리카락이 꿀처럼 미끄러지면서 목덜미 양쪽으로 부드럽게 갈라졌다), 말썽을 피우다 걸린 초등학생처럼 자신의 구두코를 내려다보았다. 그녀의 행동이 삐호아빠르떼에게는 약간 우스꽝스러웠다. 그는 자신이 거칠게 굴어 그녀에게 강한 인상을 남겼다고 생각할 정도로 아주 어리석지는 않았다. 그는 마루하와 의문의 눈빛을 교환하였다. 그 때문에 그는 떼레사 쎄라뜨의 입가에 어린 미소를 보지 못했다.

마루하는 대답 대신 안쓰럽고 병색이 도는 불그스레한 눈으로 마놀로를 쏘아보았다. 그에게 비난이 가득한 시선을 보낸 다음 그녀가 말했다. "지금 당장 갈게요, 아가씨."

"잠깐만!" 삐호아빠르떼가 그녀의 팔을 잡으며 말했다. "오늘 너 쉬는 날이잖아, 안 그래?"

"아이, 추워 죽겠네……" 떼레사는 그들로부터 뭔가 얻어내려는 듯 조금 전과 달리 갑자기 연약한 목소리로 말했다. 그녀는 떨리는 두 다리를 가지런히 모으고, 양 겨드랑이에 꽉 쥔 두 손을 넣은 채 날씨를 이야기하며 제자리에 가만히 서 있었다. 마놀로는 좀더 좋은 시야를 확보했다. 그리고 언젠가 그의 가슴을 뛰게 했던 그 여자애가 아직도 매력적인 갈색 피부와 환상적인 푸른 눈을 가지고 있는지 확인하기 위해 아무것에도 관심을 두지 않고 땅바닥을 보던 눈을 들어올렸다. 그때 불빛이 거의 없었음에도 불구하고 그는 그녀의 연분홍빛 입과 약간 도톰한 윗입술──가운데의 꼭짓점이 봉긋 솟아올라 그녀의 날렵한 코가 마치 그곳에서 끌어올려진 것 같았다──을 구별할 수 있었다. 그 윗입술은 얼굴 전체에 응석받이 같은 인상, 지루할 정도의 담백함, 귀족적인 불쾌함과 어린애 같은 고집을 부여하고 있었다.

떼레사는 웃으면서 말을 맺었다.

"골치 아픈 손님들이 와서 엄마가 파김치가 되셨어. 머리가 아프시대. 마루하, 약국에 갔다 와야겠어……"

반쯤 감긴 매끈하고 단정한 눈꺼풀에서 풍기는 무기력함은 그녀의 푸른 눈에 조각 같은 이미지와 졸린 듯한 인상을 부여했다. (말을 하는 동안 그녀의 시선은 마놀로의 목에 아무렇게나 둘려져 있는, 털실로 짠 촌스러운 목도리에 고정되었다.) 마루하를 데려가야 한다며 반농담조로 양해를 구하고 있는 지금 그녀의 말에는 또다른 의도가 숨어 있는 듯했다. 그녀는 자신에게 감춰진 힘을 이용해 마루하를 질책하면서 그녀를 미끼로 남자애와 모종의 관계를 맺으려고 했고, 남자애 또한 그것을 눈치채고 있을 것이라 확신했다. 오직 두사람만 이 비밀스러운 연계전략을 알고 있고, 불쌍한 마루하는 거들떠보지 않든지, 아니면 다행스럽게도 눈치채지 못할 것이라고 생각했다. 그가 그 의미를 이해하기까지는 어느정도 시간이 걸렸는데, 그 순간 수수께끼 같은 여성적 감성이 털실로 짠 그의 촌스러운 목도리를 통해 전달되었다. (그 목도리에 대해 말하자면, 부잣집 대학생 아가씨가 상상한 것처럼 얌전하고 부지런한 청년의 어머니가 애정을 담아 손수 짜준 것이 아니라, 섬세하고 교활한 추기경이 선물한 것이었다.)

몇달 후 발생한 사건의 씨앗이 안되었더라면 이날의 만남은 특별히 중요하지 않을 수도 있었다. 하지만 삐호아빠르떼는 그 당시 다른 것을 생각하고 있었다. 그는 비음이 약간 섞여 있는 무성의한 그녀의 목소리를 듣고 생각하길, 그녀가 까딸루냐 특유의 억양을 보이는 것은 발음을 똑바로 못해서가 아니라 뻔뻔한 인간성을 드러내는 것이라 여겼다. 눈에 보이지 않는 이러한 것들을 전혀 몰랐던 마놀로는 하인들에게 적당히 화를 내는 것은 어렵고 중요한 일이라고 느낄 뿐이었다. 그가 보기에는 아리따운 금발 머리가 '아가씨'라는 신분에 걸맞게 처신하느라 어쩔 수 없이 엉뚱한 허세를 부리며 뻐기는 것 같았다.

"……그러니까 골치 아픈 그런 파티였던 거죠. 그런데 어떡하겠어요?" 떼레사는 마놀로의 목도리에 여전히 눈길을 주면서 결론지었다.

"그렇군요." 그는 약간 핵심에서 벗어났지만 늘 깨어 있는 그의 직감으로, 상황에 가장 적절한 말투로 건조하게 말했다. "잠깐이면 됩니다. 사적으로 중요한 이야기가 있어서요."

물론 마루하에게 사적으로 할 말은 전혀 없었다. 그는 마루하의 어깨를 팔로 감싸며 한쪽으로 데려가면서 곁눈질로 떼레사를 계속 관찰했다. 마침 그녀는 고개를 숙이고 발걸음을 돌려 서서히 돌아가려는 참이었다. 그런 그녀의 고분고분한 태도가 다시 그의 눈길을 끌었다. 그래서 그녀가 다음 순간 더 엉뚱한 행동을 하려고 했음에도 불구하고, 그는 '이건 뭐지? 어쩌면 그녀가 나에게 끌리고 있는 게 아닐까' 하고 생각했다.

하지만 떼레사 쎄라뜨는 몸을 돌려 그를 바라보면서 며칠 동안 잠을 이루지 못하게 할, 알 수 없는 말을 남겼다.

"내가 저속하다거나 막돼먹었다고 생각하지 마세요." 그녀는 말문을 열더니 야릇한 말투로 아주 희한하게 갈라진 목소리를 내며 덧붙였다. "우리는 당신과 함께할 거예요."

그러고는 몸을 돌려 빨간 비단 스카프와 흰 트렌치코트의 벨트를 바닥에 질질 끌면서 정원을 달려 멀어져갔다. 벨트의 금속 버클이 돌에 닿아 챙강거리는 소리가 났다. 뻬호아빠르떼는 좋은 징조일 것이라 생각하면서도 아직은 혼란스러워 멍하니 있었는데, 그녀의 발소리는 벌써 사라져버렸다. 그는 마루하에게 눈빛으로 물어보고 싶었지만, 그녀는 이미 그의 팔에서 벗어나 까치발을 하며 그의 뺨에 입을 맞추고는 서둘러 정원으로 들어갔다.

그 만남이 있고 난 며칠 동안 마놀로는 여러차례 마루하에게 아가씨가 한 말의 의미를 물어보았다. 그렇지만 그는 명쾌한 답을 전혀 찾지 못했다.

"난 몰라. 아가씨는 아주 이상하게……" 어느날 오후 록시 영화관에서 나오는데 그녀가 레셉스 광장의 교통 흐름에 온통 정신이 팔린 채로 무심하게 말했다. "이상하게 변했어. 전에는 안 그랬는데 말이야."

"우리 관계에 대해 무슨 말을 했어?"

"내가? 아무 말도 안했어."

"뭔가 말했을 거 아니야." 그는 갑자기 호기심이 발동했다.

"아무 말도 안했어. 그냥 연인 사이라고만 했어. 아가씨는 좋

은 사람이니까 그래서 어쩌면…… 우리 일을 기쁘게 생각할 수
도……"

"바보 같은 소리 집어치워! 넌 정말 바보야. 그래서 사람들이 항
상 널 우습게 보는 거야…… 내가 원하는 건 날 존중해주는 거야.
그런 여자애들은 하느님도 존중하지 않는다는 거 몰라?"

"떼레사는 내게 정말 잘해줘."

마놀로는 그녀를 슬픈 눈으로 바라보며 자기 쪽으로 끌어당겼
다. 늘 그렇듯 그녀의 말에는 불안감과 상처받거나 외로움에 사무
친 다정함이 있었다. 그것은 그녀의 눈빛, 그녀의 미소 또는 목소리
에 떠도는 좌절된 젊음, 맥빠진 분위기가 뒤섞여 빚어낸 결과였다.
그녀는 본인이 유일하게 가진 감사하는 마음이 오래 지속되지 못
할까봐, 혹은 그것이 진지하게 받아들여지지 않을까봐 늘 두려워
했다. 그것이 무엇에 대한 감사인지 누가 알랴마는, 그녀의 감사하
는 마음은 선한 사제들에게서나 볼 수 있는, 세상에 악은 존재하지
않는다는 순진한 믿음에서 비롯된 것이고, 수년 동안 하인들이 받
아온 특별한 대우에서 생겨난 것이었다.

그는 쎄라뜨 씨 저택 울타리에서 있었던 사건을 이후 더이상 언
급하지 않았다. 다만 많은 시간이 흘러 마루하의 감사하는 마음이
그 누구에 의해서도 보답받지 못했음을 그가 알았을 때에는 불행
히도 시간이 이미 너무 늦어버렸다. (우리네 삶에서 불행은 늘 소
리 없이 오는 법이다. 그녀의 죽음을 불러온 그 사건은 결국 그녀
의 감사 표현이 지나친 것이었음을 보여줄 따름이다.) 그때 마놀로
는 떼레사의 말에 담겨 있던 무시의 정도가 얼마나 큰지 이해하게
되었다.

1956년 10월, 바르셀로나 대학에서 몇차례 학생 소요와 시위가

일어났다. 떼레사 쎄라뜨와 그녀의 친한 친구인 경제학과 학생 루이스 뜨리아스 데 히랄뜨가 그 일을 주동했다는 소식을 마놀로는 쎄라뜨 저택의 하녀와 대화하다가 간접적으로 얼핏 듣게 되었다.

"우리 며칠 동안 못 볼 수도 있어." 어느 일요일에 마루하가 말했다. 그때 마놀로는 구엘 공원의 작은 광장에 앉아 졸고 있었다. 따뜻하고 맑은 오전시간이었다. 몇몇 노인들이 벤치에 앉아서 햇볕을 쬐고 있었고, 아이들은 공놀이를 하고 있었다. "시위가 있던 다음날, 아가씨가 아주 늦은 시간에 옷이 찢어진 채 집에 온 거 알아? 학생 시위 때문에 경찰에서 신문을 당했던 것 같아. 아가씨가 그 일을 꾸민 주동자 중 한사람이었나봐. 그때 네가 그녀의 어머니를 봤더라면! 가엾은 사모님, 얼마나 노심초사하시던지! 떼레사가 그러는데, 퇴학당할 수도 있대. 그런데 그걸 아주 태연하게 말하는 거 있지? 그녀의 아버지는 화가 치밀어 아가씨를 사모님이랑 나와 함께 며칠 동안 해변으로 보내길 원해서. 그게 가장 현명한 방법이라고 하시면서…… 아가씨는 이 사태에 깊이 연루돼 있는 것 같아."

레알 광장에서 차를 터느라 밤에 쉬지도 못했던 무르시아 청년은 마루하의 무릎에 머리를 기댄 채 하품을 했다. 처음에 그는 이 복잡한 이야기에 별로 관심을 가지지 않았다. 그저 반쯤 감긴 그의 눈꺼풀에는 떼레사의 이미지만 비칠 뿐이었다. 비 오는 날 사물이 빛에 번져 보여 알아볼 수 없게 되는 것처럼 말이다. 그에게 대학생들은 호강에 겨운 애완동물 같은 존재들로 그들의 시위는 자신들이 완전 바보이며 배은망덕한 놈임을 보여주는 것이었다. 정치적 이유가 있었을 것이라고는 짐작하지만 그들이 거리에서 벌이는 소요사태에 대해 그는 성 루치아 축일에 재봉 견습생들이 벌인 폭력행위 이상으로 의미를 부여하지는 않았다. 그런데 다시 한번 마루하는 떼레사가 대학에 들어가 대학생 친구와 사귄 이후로 이상하게 변해갔다고 과감히 말했다. 이때 하녀는 솔직하고 생생하게, 물론 과장을 섞어서—적어도 졸면서 이야기를 듣고 있던 그가 보기에는 그랬다—아가씨에 대해 그녀 자신도 이해할 수 없을 만큼 목소리에 열정을 담아 말했다. "떼레사 아가씨는 친구들과 술집에 자주 가서 삶이 무엇인가에 대해 고민하고, 노동자들과 술꾼들, 심지어는 그렇고 그런 여자들, 그러니까 창녀들과 이야기하는 걸 아주 좋아해. 알겠니? 그러니까 너무 극단적이고 혁명적이라는 말이지. 네가 집에서 아가씨가 하는 말을 들어봤어야 해. 본인의 생각을 아주 거침없이 말한다니깐……!"

또한 그녀는 떼레사가 종종 괴상망측하고 실존주의자 같은—하녀가 경건함을 표하며 사용한 단어들이었다—남자들, 이상한 사람들, 그러니까 턱수염을 기른 대학생들과 사귀면서 전화하거나 약속하고, 책을 빌려보면서 지낸다는 것도 그에게 이야기했다. 그리고 떼레사가 종종 방문을 걸어 잠근 채 오후 내내 친구들과 있는다고 했다. 마루하 그녀가 커피나 음료수를 갖다주러 갈 때면 방 안은 항상 담배연기로 자욱했으며, 그녀들은 바닥의 쿠션들 사이에 앉아서 전축 음반에 둘러싸인 채 정치와 국가, 그밖의 이상한 것들에 대해 열띤 논쟁을 벌인다고 했다.

그녀의 말 속에 마놀로를 우울하게 만드는 경탄과 존경이 담기기 시작했다. 그는 하녀의 두서없는 화법과 지나친 자신감에 자칫 불을 붙일 수도 있을 것 같아 아무런 대꾸도 하지 않기로 했다. 게다가 이날 오전에는 떼레사라는 그 단순한 이름이 늘 그에게 불러일으키는 흥미보다도 잠이 더 압도했다. 하지만 그는 졸리긴 했지만, 잠들려는 본능에 반하여 마음속으로 그녀의 모습을 그려보기 시작했다. 그가 그린 이미지는 생소한 모습의 그녀였다. 그녀가 술집에서 적포도주가 든 잔을 들고 지저분한 행색의 낯선 이들과 이야기하는 동안 그녀의 금발은 더이상 빛나지 않았다. 그런 그녀의 모습은 마놀로로 하여금 귀한 집 여자애의 단순한 변덕(가끔 '하층' 사람들과 사귀는 일)을 드러낸 것 외에도, 분명히 뭔가 뻔뻔하고 음탕하며, 그래서 그가 접근해볼 만한 약한 구석이 그녀에게 있음을 이때 깨닫게 했다. 하지만 그는 그것이 구체적으로 어떤 것인지 아직 알지는 못했다. 술잔을 들고 서서 기꺼이 대접할 준비가 되어 있는 그녀를 그는 본 것이다. 그녀의 모습은 새콤달콤한 첫 성경험의 맛과 함께 그의 기억에 선연히 새겨졌다. 있었던 일 그대로가 아닌, 그가 기억하고자 하는 모습으로 말이다. 그래서 세월은 종종 우리가 어느 대목, 어느 순간에 실수를 했는지 기억하고 분석하기를 요구한다. 인생을 바꿀 수도 있었던 그날밤, 그가 달빛에 반짝이는 비단 잠옷을 입은 소녀를 안았을 때처럼 말이다.

그런데 그즈음 바르셀로나 대학에서는 숭고하고 영웅적인 결의—하지만 언젠가 떼레사 쎄라뜨가 투쟁 도중에 어느 동료에게 한 말에 의하면, 그들은 그때까지 이어온 부끄러운 역사의 흐름을 바꾸지는 못할 것이고, 민중을 위해 우리의 청춘만 희생될 것이다—로 한창 분위기가 달아오르고 있었다. 삐호아빠르떼는 여전히 낯설고 멀게 느껴지며 어떤 점에서 비난받을 수도 있는 떼레사의 새로운 모습을 최근 우발적인 상황에서 목격하게 되었다. 뜻밖에도 그의 두 눈으로 똑똑히 말이다. 5월 하순에 있은 일이었다. 그날 마놀로는 추기경의 급한 심부름(만오천 뻬세따 상당의 스테인리스 식기류가 들어 있는 무거운 가방을 운반하는 일)을 하러 뿌에블로세꼬라는 동네에 갔는데, 오후에 일이 없으니 함께 가겠다고 고집부린 마루하와 동행하게 되었다.

날이 어두워지고 있었다. 그들이 어느 공장의 기다란 벽에 바싹 붙어서 질척거리고 악취가 진동하는 적막한 거리를 걷고 있을 때였다. 공장의 작은 출입문 앞에 주차된 차가 떼레사의 플로리드란 걸 안 마루하가 갑자기 놀라 소리를 질렀다. 마루하는 새삼 아가씨의 이상한 친구들이 떠올랐다. 마놀로는 아무 말도 하지 않았다. 그들이 자동차를 향해 다가가자 끝없이 긴 벽 뒤에서 맥박이 뛰는 것 같은 기계음이 점점 더 강하게 들려왔다. 공장에서 나는 둔탁한 소리였다. 마놀로는 걸음을 늦추며 마루하에게 입을 다물라고 했다. 멈추지 않고 지나가던 마놀로는 고개를 돌려 문 안쪽을 들여다보았다. 떼레사 쎄라뜨가 그곳에 있었다. 어두운 곳에서 그녀는 벽에 등을 기댄 채 늘어진 자세로 한 남자애에게 안겨 있었다. 등을 보이고 있는 낯선 남자애는 목덜미까지 내려오는 긴 머리에 빨간 터틀넥 스웨터를 입고 있었다. 몸짓을 보아하니 사랑을 나눠본 적이 없어 서툴러 보이는 그 남자애는 무덤덤하게 그녀에게 키스하고 있었다. 그는 그녀하고가 아니라 자기 자신 혹은 자신의 그림자와 고군분투하고 있는 것 같았다. 떼레사는 상대가 키스하도록 내버려두었다. 그게 다였다. 이 모습은 그가 동네에서 밤이면 숱하게 봐와서 전혀 관심을 두지 않는 그런 광경이었다. 그런데 공장 기계음으로 고막이 터질 듯한, 회사 입구와 같은 이런 곳에서 떼레사 같은 여자애가 키스를 허락하고 있는 것은 전혀 상상하지 못했던 일이었다. 염료 웅덩이와 화학물질 옆에 있는 출입문의 맞은편에 그녀의 멋지고 날렵한 자동차가 세워져 있는 것 또한 그곳에 전혀 어울리지 않는 광경이었다. 그것은 어지럽고 혼란스러운 잠깐 동안의 광경이었다. 어스름 속에서는 햇볕에 그을린 떼레사의 무릎만

도드라져 보일 뿐이었다. 그 남자애에게는 과분할 만큼 열정적으로 그녀는 그의 다리를 휘감았다. 그 남자애는 어깨 위 어둠속에 드러나 있는 눈을 감은 채 그녀를 안고 그녀의 등과 얼굴을 손으로 서툴게 쓰다듬고 있었다. 문에서 한참 멀어졌을 때 마놀로는 마루하에게 그 남자애가 누군지 아느냐고 물었다. 그의 팔에 내내 매달려 있던 마루하는 공모자라도 된 듯 신경질적인 웃음으로 놀라움을 표시하며 대답하길, 자세히 볼 시간은 없었지만 뒷모습으로 보아 가끔 아가씨가 사귀던 이상한 사람들 중 한명 같다고 했다. "그런데 아가씨가 여기서 뭘 하고 있었던 걸까? 아무리 그래도 그렇지…… 왜 하필이면 집에서 멀리 떨어져 있는 뿌에블로세꼬의 이런 추잡한 거리, 지저분한 출입문에서 그런 망나니 같은 놈하고 있는 걸까?" 대답하기 어려웠다. "우연히 그런 거겠지. 너네 아가씨, 좋아하는 남자애가 많니? 그러니까 남자친구를 말하는 거야.""아니. 이제까지 공식적인, 말하자면 공식적인 남자친구는 없어."

그들은 한참 동안 말없이 걸었다. 마놀로는 아직도 머릿속에 울리는 공장의 끔찍한 소음과 떼레사의 부드럽고 순종적인 눈동자를 생각하느라 정신이 없었다. 그때 그의 마음속에는, 아마도 이 도시에 살면서 처음일 텐데, 한줄기 빛처럼 희망이 생겼다. 모든 일은 확실히 알 수 없는 우발적인 상황에서 연쇄적으로 발생한 것이어서 그의 의심은 어쩌면 오해일 수도 있고 실망스러운 것일 수도 있지만 그날 이후 그는 떼레사 쎄라뜨와 그녀의 주변에 대해 생각을 달리했다. 슬픈 예감과 받아들이기 힘든 생각을 근거로 떼레사와 같은 부류의 아가씨를 도덕적으로 평가한다는 것은 어불성설일 것이다. 그는 떼레사와 같은 숙녀를 뻔뻔한, 그러니까 소위 사생활이 문란한 그런 여자애로 간주하지 않으려고 노력했다. 세상이 얼마나 추악한지 몰라서가 아니라—이미 어린 시절부터 충분히 잘 알고 있는 바였다—사회계급과 도덕성 사이에는 밀접한 상관관계가 있다고 아주 오래전부터 믿어왔기 때문이었다. 어쨌든 논란의 여지가 있긴 하지만, 우리는 봄날 밤에 있었던 이 사건이 뜻밖의 영향을 미쳤든 그렇지 않든 자신의 생각을 끝까지 고수한 삐호아빠르떼에게 공정하게끔 그의 노력에 박수를 보내고 그의 확신을 잠시나마 믿어보기로 하자. 그는 진실의 빛을 찾기 위해 생각에 생각을 거듭해야 했다. 환영과도 같은 아름다운 여대생을 향한 그의 점점 커져가는 관심—떼레사 쎄라뜨는 그의 삶에 불쑥 끼어들어 변덕스러운 돌풍을 일으켰다—은 재산을 노리고 결혼하려는 남자들의 천박하고 빤한 속셈과는 일단 거리가 있었다. 무르시아 청년이 그런 생각을 하기 위해선 실제로 엄청난 노력이 필요했다. 단도직입적으로 떼레사 쎄라뜨가 음탕하면서 철딱서니와 책임감이 없는 애이기를, 그래서 그저 즐기기 위해 동네 허풍선이 건달들에게 안기길 좋아하는 애이기를 바라야 했다. (그가 그녀를 그런 식으로 생각지 않았다는 것은 물론 두말할 필요가 없다.)

동시에 그는 막연히 환멸을 느끼기도 했다. 그의 머릿속에는 온갖 이상야릇한 생각들이 소용돌이쳤다. 먼저 그의 본능은 좀전에 본 장면을 언젠가 유용하게 쓸 수 있을 테니까 잘 간직해두라고 말하고 있었다.

"있잖아." 그가 갑자기 마루하에게 말했다. "우리가 좀전에 본 걸 너네 아가씨한테 말하지 마. 둘 사이에 아무리 허물이 없다고 해도 농담으로라도 말하지 마. 화낼지도 모르니까……"

삐호아빠르떼가 포착한 떼레사 쎄라뜨의 모습은 곧 그가 접하게 될 그녀의 전체적인 실제 모습은 아니었지만, 예상과 달리 그는 일을 다른 상황으로 몰고 갈 수 있는 머리가 있다는 증거를 보여주기 시작했다.

2부

오르가슴을 맛보지 못했을 때 어떻게
이런 순수시를 자신의 것으로 만든단 말인가?
—요렌스 비야롱가[10]

    희미한 추측들이 난무했던 겨울이 지나고 여름이 다가오자 쎄라뜨 씨 가족은 하인들을 데리고 블라네스에 있는 별장으로 다시 거처를 옮겼다. 마놀로는 밤에 하녀의 방을 찾아가는 무모한 짓을 다시 시작했다. 그는 늘 오토바이를 타고 갔는데, 별장으로 출발하기 전에 훔쳤다가 바르셀로나로 돌아와서는 아무 거리에나 버려버렸다. 그 자신은 모르는 것처럼 보였지만, 그는 늘 위험스러운 느낌을 발하며 별장에 왔다. 그의 비스듬히 기운 까만 두 눈과 검은 머리카락은 흥분해 있었고, 그의 눈빛과 몸짓은 그리움에 사무쳐 있었다. 이런 사랑의 밤을 가져온 위험천만하고 찬란한 젊음은 결국 그것을 잉태한 오만하면서 야망으로 가득한 꿈일 것이다. 해변을 향해 부는 바람처럼 그를 떠민 것은 단지 어여쁜 그 하녀를 한번

---

10 요렌스 비야롱가(Llorenç Villalonga, 1897~1980): 에스빠냐 까딸루냐의 작가이자 신경정신과 의사.

더 갖고 싶다는 욕망 때문만은 아니었다. 도둑처럼 어둠을 틈타 위풍당당한 별장의 창문을 뛰어넘은 이유는 그가 대담하거나 침실을 쉽게 정복할 수 있기 때문만은 아니었다. 그는 자기 집에서 자는 것이 가끔 두려웠던 것이다. 그게 다였다.

그것은 어쩌면 매년 여름마다 모든 이들이 앓는 행복이라는 집단적 신경과민에 사로잡혔거나, 이곳 지중해 해변의 사유지에 황금빛 꿀처럼 뿌려지는 돈의 위력에 사로잡혔기 때문일 수도 있었다. 작열하는 햇살 속을 둥둥 떠돌아다니는 황금빛 꿀은 진정한 삶의 근원과도 같이 특히 무더운 밤에는 알코올처럼 핏속으로 끝없이 주입되는 것이었다. 그가 마루하의 품에서 진정으로 찾고자 하는 것은, 그녀가 일을 끝내고 손님들이 돌아갔거나 잠자리에 들었을 때 환하게 조명이 비추는 테라스에서나 밤의 침묵 속에 잠긴 넓은 거실에서 침실로 가져오는 모든 것이었다. 그는 실제로 침대에 옷을 벗고 누워 그녀의 몸에서 풍겨나오는 형언할 수 없는 뭔가를 거두어들이곤 했다. 새의 날개를 만질 때 광활한 공간을 거두어들이는 것과 똑같이, 그는 그녀의 맨살에서 나는 짠맛과 함께 해변에서 보낸 그녀의 하루가 남긴 찌꺼기들을 열심히 거둬들였고, 눈에 보이지 않는 존재, 나른함이 주는 달콤한 욕망, 의미 없는 말의 파편들, 그가 결코 닿을 수 없고 실현할 수 없었던 모든 것을 가지고 있어서—그들은 행복하고 부유했다—그 어떤 고통도 모르는 육체와 무심한 부드러움 등도 거둬들였다.

그는 가끔 어둠속에서 침대에 누운 채 몇시간 동안 마루하를 기다리기도 했다. 베개에 파묻힌 그의 머리 위에서 그에게 파티 생각을 나게 만드는 사람들의 말소리와 웃음소리가 떠돌았다. 몸집이 크고 멋지면서 위엄 있는 자태를 지녔을 것 같은 개들이 짖는 소리도 들렸다. 또 어떤 때는 아이들의 고함소리도 들렸다. 하지만 그는 그들을 결코 만나지 못할 것이다. 마루하는 그녀가 돌보는 말썽꾸러기 애들에 대해 얘기했다. 그애들은 사모님 여동생의 아이들이었다. 그애들은 매년 여름마다 별장에서 보름을 보내곤 했다. "날 얼마나 성가시게 하는지 몰라." 마루하가 말했다. "밤에 나 말고는 애들을 재울 사람이 없어. 그런데 어찌나 귀여운지! 완전히 금발이야! 애들이 도망다니면서 뛰는 소리 못 들었어? 내 방 바로 위가 애들 방이야." 실제로 마놀로는 아이들이 맨발로 여기저기 뛰어다니는 소리, 비명 지르는 소리, 지칠 줄 모르고 즐거워하는 소리를 자주 들었다. 그리고 조용해졌을 때 (이는 다른 손님이 없다면 이제 곧 마루하가 내려올 때가 됐다는 신호였다) 현재와 미래의 형언할 수 없는 배려에 둘러싸여 커다란 침대에 잠들어 있을 아이들을 상상했다. 가끔 그는 행복에 겨운 휴가를 보내느라 지친 듯 그들과 동시에 잠이 들곤 했다. 그는 몇 시간 뒤 하녀의 방에서 이게 대체 무슨 짓이람 하면서 못마땅하고 언짢은 기분으로 놀라 잠에서 깨어나곤 했다. 이런 기분은 특히 그가 자신의 애정 어린 욕망의 그림카드 중 어떤 것을 살펴본 다음에는 어김없이 찾아오는 것이었다. 거기서 부잣집 여대생의 역할은 점점 더 분명해져갔다. 불, 끔찍하고 모든 것을 집어삼킬 듯한 화재가 별장의 사방으로 번진다. 그는 침실에서 뛰쳐나와 연기를 헤치고 계단을 올라간다. 그의 뒤에서 계단이 불에 타 무너진다. 그는 뛰어올라가 푸른 눈의 금발 아가씨(그녀는 반짝이는 비단 잠옷을 입고 침대에 기절해 있다. 하지만 잠옷에 불이 붙기 시작해서 즉시 그것을 벗겨내야 한다)를 화염 속에서 구해낸다. 그리고 그녀를 안고 부모님에게 데려간다. 또는 어느날 밤, 소나무 숲에 타고 온 오토바이를 숨기다가 해변을 홀로 걷고 있는 그녀를 목격한다. 그녀 뒤로 큰 개가 한마리 따라간다. 그녀는 몽롱하고 슬퍼 보이며 따분해 보인다. 미풍에 그녀의 금발이 휘날린다. 그때 갑자기 땅이 흔들리고 소나무들이 쓰러지면서 모래사장에 커다란 균열이 생긴다. 지진이다. 아가씨, 카누가 있는 바다 쪽으로 빨리 가세요. (구체적인 대사에 신경 쓰기보다는 세세한 것들의 이미지에 신경 쓴다.) 먹을 것도 없이 단둘이 삼개월 동안 망망대해에서 지낸 그들은 거의 죽어가고 있으며, 그녀가 그의 팔에 안겨 있다…… 물론 이야기는 항상 그가 그녀에게 키스하는 것으로 끝난다. 하지만 그것은 결코 에로틱한 꿈이 아니며, 적어도 여자애를 소유하는 것을 주된 결말로 삼지는 않았다. 그것은 기본적으로 유아기적인 꿈으로서, 최소한 이야기의 초반에는 영웅심과 은밀한 우울함이 무엇보다도 지배적이었다. 에로틱한 요소는 언제나 마지막에 등장했다. 그가 미녀를 구해낼 때, 또 그의 명예와 용기와 지성을 더할 나위 없이 입증해 보일 때, 그리고 구출한 그녀를 품에 안고 구경꾼의 놀라움과 감탄이 자자한 가운데 그녀의 부모에게 데려다주려 할 때, 그는 시간과 행위를 멈춰야 할 필요성을 절실하게 느끼고 가능한 한 그 순간을 오래 끌었다. 그는 자신의 발밑에서 반대 방향으로 움직이는 땅을 걷는 듯했다. 왜냐하면 그는 자신이 이런 결말을 경험하지 못하리라는 것을 알고 있었고 직감했기 때문이다. 그는 자신이 어둠의 세계로 어쩔 수 없이 되돌아갈 운명이라는 걸 깨달았다. 그래서 그는 하나의 위안으로, 아니면 그녀와 이별해야 하는 것에 대한 복수심으로 그녀의 입술에 부드럽게 입을 맞췄다. 결혼식처럼 얼마나 달콤한가! 그것은 어린 시절에 론다의 오두막집에 있는 딱딱한 간이침대에 웅크린 채 밤마다 떠올리던 수많은 상상 속 모험 중의 하나였다. 그 상상의 세계에는 누에보 다리에서 막 떨어지려 하는 푸른 눈의 여자애(한동안은 모로 가족의 딸이었다)가 늘 등장했다. 감동한 그녀의 부모님께 내키지는 않지만 그녀를 데려다준 후 그는 재빨리 원점으로 되돌아왔다. 소녀는 따호 강 위의 덤불에 매달려 다시 한번 도움을 청한다. 그녀는 허공에서 위험천만하게 팔을 버둥거린다. 그는 사람들 사이를 헤치고 깊은 물속으로 들어가 프랑스 여자애를 안고 나와 그녀의 부모에게 데려다준다…… 그분들에게 그녀를 넘겨주기 전에 이야기를 다시 시작하고 싶었지만 그는 잠이 들고 말았다. 다음날 저녁, 베개에 뺨을 대고 눕자마자 그는 인물과 배경(깊은 낭떠러지, 집어삼킬 듯 무서운 화염, 거센 파도, 지진, 전쟁 등)을 순서대로 나열한 뒤 이야기를 다시 시작했다.

그는 유년 시절의 이런 독특한 놀이에서 생긴 내면의 비밀을 약속 날짜를 기억하듯 여전히 간직하고 있었다. 그는 마루하의 침대에 누운 채 당장 행동으로 옮기지 않는 자신을 정당화하기 위해 가끔 혼잣말을 하곤 했다. "이 여자애의 엉덩이와 가슴이 끝내줘서 여기 있는 것뿐이야." 또는 "언젠가 한번은 보석을 훔칠 기회가 실제로 오겠지……"

하지만 그가 그녀를 자신의 것으로 만들고, 청소년기에 이상적인 것으로 그려본 상상 속의 항목인 키스와 포옹을 그녀와 나눈 일은 이 강인한 남자가 냉철한 생각을 포기했음을 말해주었다.

"사랑해, 사랑해. 예쁜 자기, 사랑해……"

결국 우연한 사건이 그를 그런 무기력함과 이상한 행동으로부터 벗어나게 해주었다. 7월 초 어느날 밤이었다. 그는 소나무 숲에 오토바이(그가 갖길 원하던 휘황찬란한 진홍색 '구찌'였다)를 세워놓고 마루하의 방 창문으로 올라갔다. 별장을 뒤덮은 정적이 아

무래도 이상했다. 이미 자정이 넘은 시각이었다. 마루하는 아직 방
으로 내려오지 않은 상황이었다. 그는 침대에 누운 채 습관처럼 침
실 탁자 위에 놓인 사진(손 그늘에 가려져 있는 떼레사의 얼굴과
언제나 별것 아닌 일에도 불안해하는 마루하의 얼굴 사진)을 집어
들고 한참 동안 바라보았다. 세월의 흐름이 느껴졌다. 그는 떼레
사 쎄라뜨의 모습에서 그동안 자신이 알고 소유했던 육체가 풍기
던 품위 없고 길들여지고 물러터진 냄새가 난다는 걸 알았다. 이상
한 우울감이 그를 엄습해왔다. 그때 갑자기 별장에 자동차가 도착
하는 소리가 들렸다. 브레이크 밟는 소리와 문을 여닫는 소리, 그리
고 사람들의 말소리가 들렸다. 마루하와 떼레사의 목소리와는 다
른 어떤 남자의 목소리가 들리더니 마침내 대문을 향해 걸어오는
발걸음 소리가 들렸다.

잠시 후 방문이 열리더니 마루하가 들어왔다. 그녀는 유니폼도
입지 않았고, 엷게 갈라진 왁스처럼 늘 이 시간이면 얼굴에 보이던
피곤한 기색도 없었다. 파란색 바지에 그녀에게 너무 긴 헐렁하고
가벼운 셔츠를 입고 있었고, 이상하기 그지없는 쌘들을 신고 있었
다. 마놀로는 놀라서 그녀를 쳐다보았다. 그녀는 침대로 달려와 그
의 품에 몸을 던졌다. 항상 보이던 조심성—창문을 절반쯤 닫고,
불을 끄고, 문을 열쇠로 잠그는 일—은 그날밤에 보이지 않았다.

"네가 오늘 안 올까봐 걱정했어." 그녀가 그에게 입을 맞춘 후 말
했다.

그녀는 침대에 그와 나란히 누웠다. 그녀의 눈은 촉촉하면서 반
짝거렸고, 몸은 땀을 흘리고 있었다. 볼은 상기되어 있었고, 온몸
에서는 신열이 났다. 병색이 도는 그녀의 눈에서 곧 닥쳐올 불행의
그림자가 계속 어른거렸다. 보통 이 시간이면 눈에 생기라고는 전

혀 없었는데, 반쯤 감은 눈꺼풀 사이로 보이는 그녀의 눈동자는 활활 타오르는 것 같았다.

"무슨 일이 있니?" 그가 물었다. "어디 아픈 거야……? 왜 그런 옷을 입었어?"

"오늘 오후 무척 재미있었어. 그들이 보트를 태워줬어……"

"누가?"

"떼레사가, 그리고 내 생각에 거의 애인이랄 수 있는 아가씨의 친구 루이스가…… 정말 좋았어. 떼레사가 이 바지랑 쎈들을 선물해줬단다. 괜찮니?"

마놀로가 그녀의 이마에 손을 갖다댔다.

"얘, 너 열이 심해."

"좀 피곤한 것뿐이야. 너무 졸려…… 하지만 다 얘기해줄게……"

무거운 눈꺼풀이 그녀의 눈빛을 약하게 만들었다. 그녀는 입술이 바짝 말랐고 키스하는데 열이 났으며 가슴이 떨렸지만 그의 옆에 누워 이야기를 했다. 떼레사와 그녀의 친구가 자신을 초대해 보트를 태워줬고, 차로 블라네스의 흥겨운 댄스클럽에 데려갔다고 했다. 그녀는 밤이 깊어갈수록 악화되어가는 정신적 혼미와 싸우며 힘겹게 이야기를 계속했다. 마놀로는 처음부터 이것은 그저 꿈일 뿐이며, 햇볕에 장시간 노출되어 생긴 결과라고 생각했다. 그날 밤 그녀는 그것만 아니었다면—어쩌면 바로 그 이유 때문에—그 어느 때보다도 아름다웠다.

"난 춤을 안 췄어." 그녀가 말했다. "두사람의 분위기가 어찌나 묘하던지. 아가씨는 오늘 한껏 달아올라 있었어……! 그렇다고 내가 심심했을 거라고는 생각하지 마. 정반대야. 거기에는 외국인들도 있었어. 떼레사가 내게 프랑스어로 말하는데, 어찌나 웃기던지……!"

"그런데 두사람은 지금 어디 있어? 너랑 함께 오지 않았니?"

"해변이나 소나무 숲을 산책하고 있겠지…… 난 몰라. 오늘 아가씨가 들떠 있는 것 같다고 했잖아."

마놀로는 놀라워하며 흥미롭게 이야기를 들었다. "이리 와." 그가 말했다. 그녀는 웃음을 터뜨리다가 갑자기 심각해지면서 뭔가 생각에 잠긴 듯 손을 머리로 가져갔다. 그녀가 몸을 떨었다. 그리고 그에게 다가와 다리로 그의 허리를 감고 속삭였다. "키스해줘." 그가 그녀에게 입을 맞추기 시작했다. 그는 그녀가 열이 나면서 오한으로 이를 딱딱거리고 있다는 것을 알았다. 갑자기 그녀는 옷을 벗으려고 그를 밀어냈다. 그녀가 바지를 벗었다. 마놀로는 일어나 밖을 내다보려고 창가로 갔다. 마루하가 말했다.

"오늘밤 별장에 우리만 있다는 거 아니?"

마놀로는 이 소식의 중요성을 얼마 지나지 않아 깨달았다. 그가 몸을 휙 돌렸다. 마루하는 셔츠를 벗었으나 아직 팔이 소매에서 다 빠져나오지 않은 상태로 있었다. 그녀는 잠이 든 것처럼 침대 위에 완전히 뻗은 채 꼼짝 않고 있었다. 그녀는 다 죽어가는 목소리로 주인 내외는 바르셀로나에 있는 파티에 초대되어 가서 내일 돌아올 예정이고, 떼레사 아가씨와 그녀의 친구는 산책하러 갔는데 오늘 오후 두사람의 강렬한 눈빛으로 미루어보건대 로맨틱한 산책시간을 보내고 있을 것이라는 말을 덧붙였다. 그리고 늙은 요리사와 관리인은 자고 있을 테니 사실상 두사람만 있는 것이나 다름없다고 했다.

"나랑 가보자." 마놀로가 문 쪽으로 향하면서 말했다. "위층에 함께 가보자. 집을 전부 보고 싶어."

"잠깐만." 그녀는 팔꿈치로 몸을 지탱하면서 괴로운 눈빛으로 그를 바라보며 덧붙였다. "먼저 이리 와. 이리 와……"

"왜 그래?"

"아, 마놀로!"

그가 침대로 다가가서 말했다.

"무섭니?"

"그런 건 아냐…… 그런데 너…… 너는 왜 항상 똑같은 생각뿐이야?"

"똑같은 생각이라니? 좀더 분명히 말해봐, 아가씨."

"무슨 말인지 알잖아. 난 네가 무슨 꿍꿍이속인지 알아. 진작부터 알고 있었어……"

"꿍꿍이속이라니, 그런 거 없어. 아무 옷이나 걸치고 나랑 함께 가보자…… 뭘 망설이니?"

"얘기 좀 했으면 해, 마놀로!"

"쓸데없는 얘기는 집어치워."

"제발……"

"사람들은 잠들었을 테니 우리를 못 볼 거야. 난 호기심에 그냥 한번 둘러보려는 거야. 겁먹지 마. 금방 돌아올게."

마루하는 침실 탁자의 등을 끄고 다시 누웠다. 그를 유혹하려고 그런 것은 아니었다. 그것은 사실 구실에 불과했다.

"이러면 안돼, 마놀로. 정말 이러면 안돼."

"도대체 왜 그래? 뭘 이러면 안된다는 거야?"

"전부 다. 우리 그러니까…… 날 이해해줘. 이러면 안돼."

무르시아 청년이 그녀 옆에 앉았다.

"마루하, 이제 날 사랑하지 않니?"

"알잖니, 내가 이 세상 누구보다도 널 사랑한다는 거."

"그래……?"

"아이, 마놀로! 우린 결혼해야 해."

그는 마음을 진정하려고 애썼다.

"그렇다고 울 것까지는 없어."

"누가 운다고 그래? 우린 결혼해야 해. 그러면 되는 거야. 언제까지 이렇게 지낼 순 없어……"

"야, 너 임신한 거니?"

"아니야. 내 말은 이런 식으로 지낼 수는 없다는 거야."

"좋아." 그가 말했다. "나중에 얘기하자. 약속할게. 그래, 계획을 세워보자. 지금은 빨리 아무 옷이나 걸치고 여기서 나가자…… 그렇지. 그래야지. 눈물 닦고, 이 울보 아가씨." 그는 그녀의 뺨에 입을 맞췄다. "빨리, 서둘러. 네 주인 새끼들이 어떻게 사는지 한번 보려는 것뿐이야."

"욕 좀 하지 마."

마루하는 알아듣지 못할 말을 중얼거리면서 손에 잡힌 마놀로의 분홍 셔츠를 입고 그와 함께 나섰다. 그들은 어두운 복도로 나갔다. 마루하는 마놀로에게 조용히 해야 한다고 간곡히 말한 뒤에 그의 손을 잡아끌었다. 두 사람은 맨발로 복도를 따라 한참 동안 가다가 오른쪽으로 돌아 현관으로 갔다. 달빛이 연녹색으로 거실을 씻어내고 있어서 모든 것이 수족관에 잠겨 있는 것처럼 보였다. 아래층의 커다란 격자창 틈으로 바다의 파도 소리가 들려왔다. 마루하는 불을 켜길 원치 않았다. 하지만 그는 겁내지 말라고 그녀를 설득했다.

남쪽 출신 청년에게는 무엇보다도 감상적인 시간이었다. 그는 하인들의 방, 부엌, 차고, 선박 수리를 위한 창고와 관리인 가족(아이가 없는 블라네스 출신 부부)이 사는 별채가 있는 별장의 왼쪽은 아예 쳐다볼 생각도 하지 않았다. 별장의 오른쪽에는 목재로 바닥을 마감한 거실과 서재, 그리고 소나무 숲과 바다를 향한 커다란 유리창이 있었다. 아래층 뒤편에는 식당이 있었는데, 누렇게 말라 비틀어진 풀 한포기가 중간에 자라고 있고 다양한 크기의 판석들이 깔린 테라스를 통해 공원과 연결되어 있었다. 현관에서부터 넓은 계단을 거쳐 이층과 삼층의 방들에까지 카펫이 깔려 있었다. 삼층에는 두군데에 테라스가 있었으며, 그중 하나는 절벽과 나루터의 위쪽에 자리하고 있었다. 거대한 별장 내부는 무르시아 청년이 밖에서 보며 상상했던 것과는 완전히 달랐지만 인상적이었다. 동화 속 성처럼 늘씬하면서 날개 모양처럼 생긴 이 건물은 내부에 들어오면 외관에서 풍기는 것만큼 웅장하거나 환상적이지는 않았는데, 모든 것이 기하학적이면서 절제된, 눈처럼 하얀 둥근 천장, 아치, 회벽 등이 있는 널찍한 수도원 양식으로 바뀌어 있었다. 아주 견고하고 단단한 가구들──오래된 콘솔들, 올롯 침대[11], 육중한 나무문들, 벽에 걸린 표구한 고지도들, 마요르카 의자들, 그리고 특히 팔걸이와 다리 부분에 사자 발톱이 조각된 서재의 안락의자 등──만 보였다. 그 가구들은 묘하게도 호화로움이라는 개념과 결부되어 있는 것 같았다.

하지만 마놀로가 자신의 착오를 깨닫기까지는 오랜 시간이 걸리지 않았다. 발밑 마루에서는 왁스 냄새와 함께 기분 좋은 삐걱거리는 소리가 났고(그에게 마루의 광택과 음악성은 논할 필요 없이

11 18세기 이후 침대의 본고장으로 알려진 까딸루냐 헤로나의 올롯 마을에서 만든 침대. 침대 머리에 종교적 내용을 담은 조각이 들어가는 것이 특징이다.

늘 부의 상징과 같은 것이었다), 이 분위기는 자신만의 신중한 생기를 지니고 있었다. 누군가를 늘 가까이에서 보필할 준비가 되어 있지만 절대 눈에는 띄지 않는 세심한 하인이 지니고 있을 법한 보이지 않는 정중함이 이곳에 감돌고 있었다. 피곤한 나머지 거실 소파에 앉아 무심하게 잡지를 훑어보던 마루하마저도 마놀로의 분홍 셔츠와 함께 이 분위기에 완벽하게 어울리는 것 같았다. 분홍 셔츠는 마루하의 엉덩이까지만 내려와 그녀의 허벅지가 그대로 다 드러났다.

널찍한 거실로 들어선 마놀로는 자동적으로, 하지만 거의 알아차릴 수 없게 걷는 속도에 변화를 주었다. 어렴풋이 언젠가 와본 적이 있는 듯한 느낌이 들었다. 불이 환하게 밝혀진 넓은 공간, 바닥의 매끄러운 표면, 방해하거나 낡을 것 같지 않은 가구들 한가운데에서 마놀로는 꼼짝도 하지 않고 서서 유리 항아리 속에서처럼 축적된 시간이 부유하면서 연장되는 걸 보았다. 이곳에서의 시간은 허구한 날 물건들을 만져서 망가뜨리고 금세 헌것으로 만들어버리는 그의 집이나 동네에서 익숙한 그런 시간과는 아무 상관이 없어 보였고, 오히려 시간과 장소를 알 수 없는 살아 있는 과거와 관련이 있어 보였다. 엄마의 자궁이나 론다의 쌀바띠에라 저택에서처럼 그는 이 호화로운 방들과 시설물들을 수도 없이 돌아다닌 것 같았다.

그는 뒷짐을 지고서 마루하의 주위를 천천히 돌았다. 한바퀴, 또 한바퀴, 그리고 그녀의 뒤를 지나다가 어느 순간 손을 뻗어 그녀의 머리와 목덜미를 어루만졌다. 이곳에서 내일을 생각하고 내일을 사랑한다는 것은 불가능했다. 그리고 내 이웃을 내 몸과 같이 사랑하는 것 또한 불가능했다. 비록 어떤 무료함(정지된 공기 속에 있는 뭔가는 죽은 시간, 박제된 여가시간을 암시하고 있었다)이 느껴지기는 했지만 그것은 품위 있고 고상하며 풍요로운 무료함이었다. 그런데 한참 후 그의 눈빛과 몸짓에 침입해 들어왔던 우울이 갑자기 악의로 바뀌었다. 그는 소파에 앉아서 마루하의 어깨를 잡고 그녀의 눈을 뚫어지게 바라보았다.

"사모님 방이 어디야?" 그가 물었다.

마루하는 그의 의도를 알아차리고는 일어서려고 했다.

"안돼…… 그건 생각도 할 수 없는 일이야."

"자, 어서. 그러지 말고." 그가 말했다. "거기에 뭐가 있는지 그냥 보기만 할게."

"아무것도 없어." 그녀가 울먹이며 위협적인 목소리로 대들었다. "네가 관심을 가질 만한 보석이나 돈 같은 것은 전혀 없어. 제발, 제발 이런 미친 짓은 하지 마. 일이 잘못되면 다 나를 탓할 거야. 무슨 말인지 모르겠니? 내가 책임져야 한다고. 조만간 내가 사실대로 말할 테고……" "내 말 좀 들어봐……" "부탁하는데, 네 말 듣기 싫어! 듣기 싫다고!" 그녀는 울면서 몸을 떨기 시작했고 거의 발작을 일으키기 직전이었다. 그때까지 그녀를 괴롭혀오던 신경이 드디어 폭발해버렸다. 그녀는 소리를 질러댔다. 마놀로가 그녀의 어깨를 붙들었다. 마놀로는 그녀가 보인 신경과민의 주원인을 무시한 것은 아니었지만—그녀는 보석 이야기만 나오면 버럭 화를 냈다—다른 이유가 있을 수도 있다고 진지하게 생각하기 시작했다. 하지만 모든 일은 순식간에 일어나버렸다. 처음에는 그저 단순한 흐느낌으로 보였던 것이 일종의 발작으로 악화되어갔다. 혹시 누군가 그녀의 비명소리를 들었을지도 모른다는 두려움에 그는 그녀를 소파에서 일으킨 뒤 질질 끌어서 방으로 데려갔다. 그는 그녀를 침대에 누이고 나서 거실로 가 불을 껐다.

그가 되돌아왔을 때 그녀는 이미 혼수상태에 빠져 있었다. 하지만 그녀는 늘 그렇듯 검은 눈에 눈물이 그렁그렁한 채 서서히 깨어났다. 그는 그녀에게 어디가 아픈지 다시 물었고, 그녀는 별것 아니고 머리가 좀 아플 뿐이라고 대답했다.

"잠깐만." 그가 침실 탁자로 다가가며 말했다. "아스피린 있니?"

"옷장 안 핸드백 속에 있어."

마놀로는 물을 가지러 부엌으로 갔다. 돌아와 물컵을 건네는데 마루하가 뭔가 할 말이 있는 듯이 멍한 상태로 그의 눈을 잠시 바라보았다. 하지만 그녀는 좀더 생각하더니 입을 다물어버렸다. 그는 그녀를 쓰다듬고 어루만지며 진정시키려고 애를 썼다. 겁먹지 말라고, 모든 게 잘될 거라고 하며 그녀를 다독였다. "괜찮아, 이 바보야. 저런 사람들은 자기들이 뭘 가지고 있는지도 몰라. 없어져도 신고하지 않고……" 대답 대신 그녀는 손으로 관자놀이를 누르며 조용히 다시 흐느끼기 시작했다. 마놀로는 점점 화가 나기 시작했다. 시간은 계속 흘러갔고, 그녀는 더욱 횡설수설할 뿐이었다. 그녀 옆에 누운 마놀로는 한번도 실패한 적이 없는 그만의 특유한 너스레를 떨어보았다. 하지만 아무것도 먹혀들지 않았다. 그렇게 한 시간이 흘렀다. "넌 날 사랑하지 않아." 그녀가 흐느끼면서 말했다. "넌 결코 날 사랑한 적이 없어, 결코." 그는 그녀가 진정하기를 기다렸지만 더이상 참을 수 없게 되자 몇차례 가볍게 그녀의 뺨을 때렸다. 그녀는 나뭇잎처럼 떨며 그를 세차게 안았다. 그녀의 몸은 땀으로 범벅이 되어 있었다. 하지만 그녀는 더이상 울지 않았다. "때리지 마." 그녀가 말했다. "봐봐." 그러면서 그녀는 스스로의 의지가 아닌 타인에 의해 원격조종을 당하는 기계처럼 제대로 가누지도 못한 채 생기 없이 덜덜 떨리는 굼뜬 손으로 천천히 셔츠를 벗더니 힘들게 숨을 내쉬며 가만히 그를 바라보았다. 그들은 불을 켜지 않고 있었다. 창을 통해 들어온 달빛이 침대 발치로 내려와 뒤엉켜 있는 시트 일부를 우윳빛으로 비췄다. 어둠속에서 마루하의 몸과 두 눈이 빛났다. 갑자기 그녀가 몹시 아름답게 보였다. 그녀의 몸은 숯불처럼 달아올라 있었다. 그는 그녀를 부드럽게 애무하면서 그녀의 귀에 새로운 사랑의 말을 속삭이며 키스했다. 그는 이것이 자신의 예상보다 더 오래갈 것이며, 그의 계획을 무산시킬 위험 속으로 다시 한번 자신을 빠뜨리고 말 것이라는 걸 깨달았다. 그때 갑자기 그녀가 깜짝 놀라더니 입맞춤을 통해 무엇인가를 열심히 표현하려고 애쓰는 것 같았다. 금속 같은 맛이 나는 입술은 말로 표현할 수 없는 경고를 했고, 병색이 도는 눈에 드리워진 그림자는 곧 들이닥칠 불행을 예고했다. 그리고 그것은 갑자기 허리케인처럼 불시에 그의 품에 있는 그녀를 강타한 듯 보였다. 그녀의 두 팔이 마놀로의 목덜미에서 스르르 풀리더니 무거운 통나무처럼 그녀가 침대 위로 쓰러지며 그의 다리 사이로 미끄러져 내려갔다. 그녀의 몸에 있는 모든 구멍에서 힘이 빠져나오는 것을 느낄 수 있었다. "내 머리, 마놀로, 내 머리." 그녀가 중얼거렸다. 그녀는 앞으로의 일을 어느정도 예견할 수 있을 정도로 상태가 악화된, 끔찍하게 팽창한 눈으로 간신히 그를 바라보고 있었다. 그녀는 온몸을 덜덜 떨고—그는 파국을 예감한 듯, 그리고 어떤 것과 부딪치는 걸 막으려는 듯 베개에서 그녀의 머리를 약간 들어올렸다—외마디 비명을 지르면서 경련을 일으키더니 끝내 의식을 잃고 말았다.

마루하는 망가진 헝겊 인형처럼 고개가 뒤로 젖혀진 채 그의 팔에 안겼다. 겁에 질린 마놀로가 그녀를 흔들어댔다.

"마루하……! 마루하, 대답해봐! 왜 그래? 말 좀 해봐! 나야, 나……!"

그는 그녀를 안고 일어났다. 그에게 떠오른 첫번째 생각은 그녀에게 신선한 밤공기를 마시게 하자는 것이었다. 그는 깜깜한 곳을 더듬어 몇걸음 나아갔지만 어떻게 해야 할지 몰라서 다시 돌아와 그녀를 침대 위에 뉘었다. 그는 누군가에게 도움을 청하기 위해 복도로 나갔지만 소동이 일어날까봐 두려웠다. 그녀가 어쩌면 잠깐 실신한 것인지도 모른다고 그는 혼잣말을 했다. 방에 돌아와서 보니 마루하가 죽은 것 같았다. 고개가 심하게 한쪽으로 꺾여 있고 다리가 침실 탁자 옆으로 축 늘어진 그녀는 침대에 가로로 뻗어 있었다. 그는 그녀의 뺨을 쳤다. "마루하, 마루하…… 일어나!" 물이나 독한 음료를 줘볼까도 생각했지만 그는 이미 공포에 완전히 사로잡히고 말았다. 그는 죄책감이 들었다. 처음부터, 그러니까 이 방에 온 첫날부터 그는 죄책감을 느꼈다. 그는 자신이 뭘 한 것인지 제대로 의식하지도 못한 채 서둘러 옷을 입고 있는 자신을 보고서 소스라치게 놀랐다. 창문을 뛰어넘기 전에 창가에서 마지막으로 마루하를 보았다. 밖으로 나온 그는 소나무 숲을 향해 뛰어가기 시작했다. 오토바이를 찾을 수가 없었다. 어디에 세워뒀는지 생각이 나지 않았다. 그는 뒤돌아 달빛을 받고 있는 별장을 바라보며 손으로 여러차례 얼굴에다 성호를 그었다. 마루하가 죽었다는 생각이 이미 그의 마음속에 확고히 자리를 잡았다. "잘하고 있는 거야, 이 자식아." 그는 혼잣말을 했다. 마침내 오토바이를 찾았다. 허둥지둥 넘어질 듯 비틀거리며 소나무 숲에서 오토바이를 끌고 나온 그는 오토바이에 올라 시동을 걸었다.

그는 고속도로로 가는 길이 있는 별장 뒤쪽으로 향했다. 페달을 세번이나 밟아야 했다. 둔하고 떨리는 손으로 클러치를 조작한 탓에 엔진이 계속 헛돌았다. 휘황찬란한 구찌가 한동안 재채기와 트림을 하더니 시동이 꺼져버렸다. "이 불쌍한 놈아." 그가 혼잣말을 했다. 오토바이는 세번째에 비로소 끔찍한 굉음을 내며 그의 다리 아래에서 쏜살같이 튕겨져 나갔고, 그는 허수아비처럼 질질 끌려갔다. 그는 안장 위에 제대로 앉아서 전속력으로 멀어져갔다. 위태위태하게 비틀거리면서, 두려움에 질린 채로.

동상이 있는 광장 한가운데의 비둘기들을
이제 여기에 풀어줘야 할 시간이다.
우리의 시간이 올 것이다. 머지않아
종소리가 울려퍼질 것이다.
─하이메 힐 데 비에드마[12]

  그에게 휴가철의 오토바이 타기는 필사적인 도피였다. 무르시아
청년은 머리카락과 셔츠 자락을 바람에 휘날리며 으르렁거리는 기
계 위에 고양이처럼 바짝 웅크리고 앉아 정면만을 응시한 채, 주변
의 풍광들이 어지럽게 스쳐지나갈 때의 쾌락을 무시하는 척하면서
도발과 사죄의 후광에 둘러싸여 해안가를 따라 수 킬로미터를 질
주했다. 큰 기대를 가지고 시작했지만 결코 충족되지 않는 애무처
럼, 그리고 목숨을 내던지기로 작정한 사람이 자동차와 관광객들
로 만원인 대형버스를 추월하듯이, 축제가 한창인 마을과 광장을
가로지르고 시끌벅적한 테라스와 불이 밝혀진 별장과 호텔, 캠핑
장 등을 뒤로하며 달렸다. 연료탱크 옆면에 허벅지를 바짝 붙이고
전속력으로 달리다보니 쇠붙이와 피의 떨림이 오토바이를 몰고 가

<hr>

12 하이메 힐 데 비에드마(Jaime Gil de Biedma, 1929~90): 에스빠냐의 50세대 대표
  시인.

는 것처럼 느껴졌다. 그는 자신의 의지와 조바심을 조절하고 있다는 착각을 하면서 허리와 무릎의 유연한 움직임으로 기계의 맹목적인 힘을 통제했다. 쇠붙이와 근육, 그리고 주변의 먼지는 결승선이 어디인지도 모른 채 밤새도록 쉼 없이 달릴 운명을 짊어진 일심동체처럼 보였다. 도로를 비추는 한밤중 가로등 불빛의 경계에서는 마루하의 방, 옷걸이에 걸린 하녀 유니폼이 자꾸 어른거렸다. 속도감에 의한 몽환적인 분위기에도 불구하고 그는 자기 주변의 움직임과 색깔을 늘 파악했다. 그것은 마치 곁눈질로 볼 수 있는 두 편의 영화가 오토바이 양쪽에서 아주 빠른 속도로 상영되고 있는 것 같았다. 관광객으로 붐비는 해변의 밤이 끊임없이 만들어내는 덧없고 혼란한 허상, 그는 이것을 사랑하면서도 동시에 증오했다.

몰지각한 무신론 피서객들과 다정한 이 지역의 연인들은 계속해서 쾌락을 즐기고 있었지만, 광란의 질주를 하면서 그가 본 것은 자기 위로 무심하게 회색빛 온화함을 드리우며 해묵은 침묵의 수액을 분비하는 밤의 모습뿐이었다. 그는 우울한 푸른 달빛이 어떻게 나무 꼭대기에서 녹색으로 변해가는지, 달빛이 어떻게 은빛 물웅덩이 같은 바다에서 반짝거리는지, 달빛이 해변, 별장, 호텔, 정원, 테라스, 그리고 여전히 숨어버린 해와 마주하며 낮의 기운을 간직하고 있는, 서쪽을 향해 놓인 파라솔과 그물침대에 어떻게 기어드는지를 바라보았다.

햇볕에 그을린 피부에 미풍이 와닿을 때 이는 전율처럼 짜릿한 음악, 어느 특정 지역의 음악이 아닌 누구에게나 친숙한 감미로운 음악이 매일밤 형형색색의 불빛들이 반짝이는 해변에 울려퍼졌는데, 형형색색의 불빛은 햇볕에 그을려 살가죽이 벗겨진 어깨와 뜨거운 가슴을 가진 사람들이 투숙하고 있는 호텔과 콘도에서 나오고 있었다. 음악은 또 연회장과 무도회장, 테라스를 가득 채우고 있었다. 그는 전속력으로 달리면서도 표정으로 그 지역 사람들을 구별해냈다. 그들은 어딘지 모르게 상처받은 듯 보이지만 위엄이 있었고, 대로에서 오토바이가 다가오면 어깨 너머로 거만하게 바라보며 주머니에 손을 넣은 채 아주 당당하게 길을 건넜다. 하지만 (갑자기 미친 사람처럼 겁에 질린 눈빛으로 엄숙한 척하는 태도와, 자신들이 밟고 서 있는 그 땅이 자기 것이라고 여전히 믿는 슬픈 고집을 내버리고) 그들은 밤에 의해 삼켜져 이내 완전히 어둠속으로 사라지는 승강장 주변을 인형처럼 서성였다. 하지만 가장 많은 사람들은 관광객들이었다. 그가 생각하기에 그들은 부자였다. 그들은 우리가 직접 접촉하거나 말을 걸 수 있는, 그러니까 적어도 존재 자체를 확인할 수 있는 부자였다. 그들은 주말에 기차나 오토바이를 타고 떼로 몰려오는 떠들썩한 이 지역 주민들이 길거리를 헤매는 개의 애처로운 시선으로 햇볕에 그을린 자신들의 고상한 몸과 팔자 좋은 삶을 바라보도록 여전히 허락하는 부자였다. 이 유령 같은 폭주족은 전에 일요일을 맞이해보지 않은 사람처럼 한껏 차려입은 주민들이 테라스 주변이나 무도회장에 삼삼오오 모여 있는 것을 가끔 볼 수 있었다. 그들은 향내를 풍기는 큰 입과 어둠속에서 빛나는 노란 눈을 가진 붉은 머리의 스웨덴 여자들을 바라보고 있었다. 그러다가 밤이 늦으면 휴일의 흥겨움은 사그라들고 이제 월요일, 사무실과 일터에서의 이름 모를 고통이 빛을 발하기 시작할 것이다. 그들의 눈빛을 보면 어떤 이들은 긴장하고 있었고, 또 다른 이들은 정중해 보였다. 그들은 마치 멀리 떨어져 있거나 본인들이 알지 못하는 이유 때문에 친구들의 놀이에 끼지 못했지만 혹시나 친구들이 불러줄까봐 그 근처를 맴돌고 있는 아이들 같았다.

그들의 열망은 조상 대대로 내려온 측은한 것이지만, 어쨌든 돈을 모으려는 생각보다는 훨씬 도덕적인 것으로(언젠가 다른 사람이 아닌 떼레사의 입에서 이 말을 듣게 되리라), 그것은 당장 남몰래 사랑할 기회, 누구하고나 춤출 기회, 보트 뒤에서 섹스할 기회로 환원되었다.

주변은 속도 때문에 이미지들이 연속적으로 등장할 때처럼 뿌예 보였다. 꽃처럼 어여쁜 금발의 자녀들과 함께 휴가를 온 생기 있는 얼굴의 평온해 보이는 북유럽 노부부, 형형색색의 멋진 모자를 쓰고서 분홍 버스를 타고 막 도착한 상냥하고 발그레한 할머니 무리들, 눈부시고 천사 같고 접근하기 어려운 스웨덴 여자들, 잡지(『엘르』의 별자리 운세에서는 '이번 여름에 당신의 사랑이 바뀔 것이다'라고 했다)에서 튀어나온 듯한 삐쩍 마르고 상냥한 프랑스 여자들, 리셉션에 가는 것처럼 숄을 두르고 스칠 때마다 소리 나는 폭이 넓은 원피스를 입고는 춤추러 가서 어부들이나 비번인 웨이터들이 자신에게 몇번 쪽쪽거릴 수 있도록 결국엔 허락하는 영국 혼혈 여자들이 그랬다. 그에게는 이 모든 사람들이 다 보였다. 그들은 모두 아름다웠다. 그런 그들을 볼 때마다 심하지 않지만 그리움이 생겨서 마음이 쓰렸다.

하지만 그들보다 더 부유한 이들, 그러니까 접근 자체가 불가능하고 바라보기만 해야 하는 사람들이 있다. 가끔 공공장소에 모습을 드러내지 않는다면 그들은 세상에 존재하지 않는다고 말할 수도 있는 사람들이다. 그들은 어쩌다 마을을 방문할 때면 커플들을 바라보면서 무심하게 웃곤 했다. 그들은 행복에 익숙한 것처럼 보였고, 그들의 열정은 다른 곳에 있는 것 같았다. 그들의 매력과 침묵은 아득한 기쁨을 암시하고, 그들의 육체는 길 위에서 금가루를 뒤집어쓴 것처럼 보였다. 무심하게 와서 테라스에서 우리와 함께 한참 동안 앉아 있을 때면, 그들의 얼굴을 돋보이게 하는 대대로 물려받은 냉정하고 차분한 분위기가 그들을 다른 사람들과 구별 지었으며, 그들이 가는 곳마다 동행해 그들을 전반적인 호기심과 망각, 경멸로부터 지켜주었다. 특히 그들 중 나이 지긋한 몇몇 사람들은 이 폭주족 청년에게 강한 인상을 심어주었다. 그들은 관광객도 이곳 주민도 아니었다. 그들은 휴양지의 별장에서 거주하기 때문에 눈에 잘 띄지 않았다. 정원과 소나무 숲에 둘러싸인 채 그들은 고요함과 휴양지의 떠들썩함 사이에서 우리를 쳐다보지 않고도 보았다. 그들의 눈은 돈에 더럽혀져 있었고, 그들의 강한 정신에는 더러운 사업에 의해 생긴 오래된 상처 자국이 있었다. 그들은 은퇴한 갱스터들처럼 높은 울타리에 가려져 거의 보이지 않는 아주 특별해 보이는 수영장의 가장자리에 앉아 휴식을 취하고 있었다. 그옆의 테니스 코트에서는 그들의 딸인 듯하지만 그곳에 사는지 아니면 초대받은 이들인지, 멀리서 보이는 것처럼 정말 그렇게 젊은 지조차도 알 수 없는 여자애들이 테니스를 치고 있었다. 그 여자애들 사이에서 떼레사 쎄라뜨가 주말을 같이 보내려고 초대한 그녀의 남자친구 루이스 뜨리아스 데 히랄뜨와 함께 있었다. 사실 그녀는 자신의 구역을 잘 벗어나지 않았고 시내로 갔으면 갔지 마을에는 절대 가지 않았기 때문에 오늘밤 그녀가 자신의 남자친구와 하녀와 함께 블라네스에 모습을 드러낸 것이 사실이라면, (부모님이 집을 비운) 절호의 기회가 젊은 여대생으로 하여금 오늘 블라네스로 가도록 만든 것이었다. 이는 그녀가 남자친구에게 떠밀렸거나 어떤 불가피한 일이 있어서일 텐데 그는 그것을 철저히 분석해보기로 했다.

밖에서는 밤의 침묵을 깨뜨리며 멈출 수 없는 도피를 다급하게 알리는 오토바이의 첫번째 엔진 폭발음이 울렸다. 그 울림은 출렁이는 파도 위로 선명하게 솟아올라 떼레사가 있는 침실의 열려 있는 창문으로 들어갔다. 그녀는 어둠속에서 침대에 누워 시선을 한곳에 고정한 채 생각에 잠겨 있었다. 그녀는 후회의 우울한 표정으로 베개 위에 천천히 머리를 묻었다. 시동이 걸리지 않던 오토바이의 두번째 폭발음이 들리자 떼레사 쎄라뜨는 몸을 일으킨 뒤 침대에서 내려와 침실 바로 옆 테라스 쪽으로 천천히 향했다. 그녀의 성숙하면서도 나른해 보이는 움직임만이 두드러져 보였다. 무릎을 거만하게 굽혔다가 갑작스럽게 뻣뻣이 세우는 모습, 어깨에 비해 상당히 튀어나와 양옆으로 퍼진 엉덩이의 고양이 같은 나태함에는 야릇한 공격성과 상처받았거나 분노에 찬 분위기가 있었다. 그녀는 맨발로 걸으면서 부러진 식물의 줄기처럼 힘없고 구부정한 손으로 블라우스의 단추를 채웠다. 노란색 반바지가 골반에 걸쳐져 있었는데, 그녀는 그것을 엄지와 검지만을 이용해 신경질적으로 아래로 잡아당겼다. 바지에 병원균이 있어서 감염이라도 될까봐 두려운 듯이 말이다. 그녀가 눈을 감았을 때 창백한 입가에는 경멸적인 미소가 번졌다. 그녀는 자신의 육체를 의식하지 않았지만 아직도 그녀의 육체 안에 있는 성가신 것은 의식하고 있었다. 유리문에 이르자 그녀의 축 늘어진 기다란 머리카락이 바람에 날려 그녀의 높고 둥근 목이 드러났다. 테라스에서 방으로 들어온 하얀 거품 같은 달빛에 잠시 빠져들던 그녀가 갑자기 눈부신 불빛을 받은 것처럼 미동도 하지 않았다.

　한 여자의 혈통을 그녀의 목으로 알 수 있다면, 떼레사 쎄라뜨는 가장 좋은 혈통의 훌륭한 전형이었다. 그녀는 어머니로부터 아름답고 매끈한 목과 특별하게 운명 지어진 입, 그리고 충분히 진술한 명랑함을 물려받았다. 움직일 때마다 이것들은 신비감을 자아내며 그녀를 매력적으로 보이게 했다. 헝클어진 머리를 특이하게 기울이며 밤의 소리에 귀를 쫑긋 세우는 그녀의 독특한 방식이 정말 그런지 그렇지 않은지 한번 보라. 그녀는 물고기-나비의 영혼을 가지고 있었고, 빛과의 완벽한 조화 속에서, 그리고 열대지방의 얕은 물처럼 투명하고 푸른 물에서 살 운명을 가지고 있었다. 하지만 떼레사는 오만하고 장엄하며 호전적인 것들의 전형으로 가득한, 거칠고 캄캄한 바다에 대한 동경을 가지고 있었다. 그것은 몇몇 동료들이 무지막지하고 용감하게 싸우고 있는 비참한 빈민가와 대양에 대한 동경이었다. 그녀는 지붕과 달빛을 그리워하는 호강에 겨운 고양이처럼 한숨을 내쉬며 따분해했다. 다른 신체 부위와 더불어 거만하면서 매력이 넘치는 맨발은 그녀의 아름다움을 더욱 돋보이게 했다. 반짝이는 눈, 아이 같은 엉덩이, 꿀과 비단처럼 목덜미를 감싸고 있는 금발, 그리고 사춘기의 권태가 엿보이는 등은 모계 혈통을 물려받은 것으로, 궁핍한 시절에도 잘 발육되었음을 보여주었다. 진보적인 이 여대생은 믿지 않겠지만, 그녀는 어렸을 때부터 명망 있는 혈통에 의해 암노루처럼 섬세한 목과 특별한 입술을 앞으로 가지게 될 것임이 예고되어 있었다. 그녀는 건조하고 약간 도톰한 분홍빛 입술—무르시아 청년이 언젠가 이미 관찰한 바 있듯이 특히 윗입술의 솟아오른 두 꼭짓점은 거만한 분위기를 풍기며 코를 향해 치켜올라가 있었다—을 가지고 있었다. 그녀가 아이 같고 응석받이 같으면서 결정적으로 공격적으로 보이는 이유와 비밀은 거기에 있었다. 적의로 가득한, 햇볕에 그을린 그녀의 팔다리 위로 여름 안개가 흩어지자, 솔직담백하고 건방지면서 나른한 느낌의 분홍빛이 감돌았고, 가무잡잡하고 성숙하며 반항에 익숙한 그녀의 모호한 본성이 명확하게 드러났다.

창백한 달빛 아래서 떼레사는 테라스 난간에 팔꿈치를 기대고 서 있었다. 테라스에는 파라솔, 잎이 크고 윤기가 있는 관엽식물이 심어진 화분들, 촛대와 그물침대 두개가 졸고 있었다. 버들가지로 엮은 안락의자에 두고 온 트랜지스터라디오에서 감미로운 노래가 신음하듯 흘러나오고 있었다.

······달이 내게 고백했어
한번도 사랑해본 적이 없다고
늘 혼자였다고
바다를 앞에 두고 꿈을 꾸면서······

그녀가 있는 곳에서는 나루터를 볼 수 있었으며, 오른쪽으로 울타리 너머에 있는 테니스 코트의 철조망도 볼 수 있었다. 별장의 다른 쪽 숲 가까운 어딘가에서는 작동되지 않는 오토바이 모터 소리가 계속 들려왔는데, 안타깝게 헐떡이며 기침을 해대는 그 소리는 한밤중에 울려대는 경보음 같았다. 그와 동시에 떼레사는 자신의 침실에서 나는 발걸음 소리를 들었다. '너는 뭘 원해? 뭘 하고 싶은데?' 이번에 새로운 폭발음이 들려왔다. 루이스 뜨리아스 데 히랄뜨가 테라스에 나타난 순간, 즉 떼레사가 어떻게든 피하고 싶었던 바로 그 순간, 오토바이가 고속도로 쪽으로 멀어져갔다. 이 촉망받는 대학생은 얼굴과 머리가 젖어 있었는데, 막 욕실에서 나온 참이었다. 그는 얼굴과 머리를 손으로 닦고 있었다. 그는 문에 어깨를 기대고 떼레사의 등에 시선을 고정한 채 슬프게 웃었다. 그는 수건 같은 헐렁한 흰 셔츠에 밝은 색깔의 리넨 바지를 입고 있었다.

"아, 여기 있었어?" 그가 바보처럼 물었다. "물이 어찌나 뜨겁던지……" 그는 멀어져가는 오토바이 소리에 귀를 기울이면서 덧붙였다. "들었어? 우리의 '이방인' 친구가 볼일을 보러 왔었던가보군……"

떼레사는 계속 그를 등진 채 있었다. '너보다는 훨씬 남자다워' 하고 그녀는 생각했다. 그녀는 본능적으로 근육에 힘을 주면서 난생처음 자신의 육체가 모욕당했음을 깨닫고 분개했다. 또한 그녀는 바보가 되는 방법도 갖가지이고, 누가 감히 말하랴마는 루이스 뜨리아스 데 히랄뜨는 갖은 방법으로 아닌 척하지만 사실은 정말 바보 중의 한명이라고 씁쓸하게 생각했다. 그녀는 그를 향해 몸을 돌리면서도 팔꿈치는 계속 뒤쪽에 기대고 있었다. 그러다가 아예 테라스 난간에 등을 기댔다. 그녀는 남자친구를 바라보는 것 같지 않았다. 어둠속으로 사라져버리는 증기 같아 보이는 그녀의 시선은 그의 머리 너머 저편에 가 있었다. 그는 고통스러운 표정으로 무릎을 문질렀다.

"매력 있어." 떼레사가 말했다. "잊고 있었던 많은 친구들을 생각나게 해."

모호한 그녀의 말과 달리 냉소적이고 경멸적인 시선이 밤의 어둠속으로 빨려들어갔다. "누가? 하녀의 남자친구가?" 루이스가 물었다. 잠깐 정적이 흐른 뒤 그가 덧붙였다. "자, 우리 일은 앞으로 차분하게 얘기하도록 하자……"

"얘기할 게 없어."

그가 다시 무릎을 문질렀다. 그는 근엄한 목소리로 말하길, 예기치 않게 욕조의 가장자리에 심하게 부딪혔는데 좀 있다가 통증이 가라앉으면 갈 거라고 했다.

그제야 떼레사는 처음으로 그를 제대로 바라보았다. '그래도 샤워까지는 했나보네, 바보 같으니라고……' 그래, 누가 감히 이렇게 말할 것인가. 멋있는 외모에 앞날이 창창한 대학생 리더가 알고 보면 약해빠졌으며, 혐오스러울 정도로 부드럽고 미숙한 남자에 지나지 않는다고 말이다. 격렬한 웅변가의 저 손이 부르주아의 나쁜 생각으로 떨면서 딸기처럼 여린 그녀의 가슴을 쥐었다고 누가 감히 말할 것인가. 미래의 전망을 사색하면서 언제나 높은 곳을 바라보던 맑은 사도 같은 두 눈은 부끄럽고 가련하게도 그녀의 몸에 질질 끌려가고 있었다. 하지만 그의 목소리는 명성과 경험이 있는 현인들과 노인들의 놀라운 무능력을 계속 뽐내고 있었다. 그는 오늘밤 둘 사이에 일어난 일에 대해 알려고 하거나 중요성을 부여하지 않기로 한 것 같았다. 그래서 떼레사는 역사적인 순간에 기지에 넘치는 슬로건을 외치면서도 전혀 떨지 않던 그의 목소리가 실은 모든 것에 대한 절대적인 무지를 표현한 것에 지나지 않은 게 아닐까 하고 생각했다.

"부모님은 언제 돌아오셔?" 루이스가 물었다.

"내일. 백번은 말했잖아…… 어쩌면 오늘밤에 오실지도 몰라. 차라리 그랬으면 좋겠다."

"떼레사, 다 이유가 있어서 이러는 거라는 걸 너도 알잖아. 언젠가 설명해줄게." 그가 아주 차분하게 말했다. "네가 절대 위선적인 애가 아니라는 걸 난 알아. 그리고……"

"그래, 맞아. 그런데 제발 이런 유감스러운 일에 너의 변증법 따위는 끌어들이지 마. 제발 부탁이니 입 좀 다물어."

루이스가 당시 대학에서 누리고 있던 명성은 대단했다. 그는 두 번이나 감옥에 갔다 왔었고, 언제나 고문의 우울한 환영(가끔 의미심장한 침묵에 빠져 있을 때 환영과 가까이에서 대화하고 있는 그를 볼 수 있었다)이 따라다녔으며, 강의실에서 중요한 인물이라고 일컬어지면서 말 그대로 특별한 찬사를 받기도 했다. 일년 전 떼레사는 그의 명성에 대한 현재의 신격화를 예감하면서 그와 함께 수많은 문화적 활동과 문화 외적 활동에 참여했다. 그녀는 루이스가 '정치적으로 연루되어 있다'고 짐작했다. 뛰어난 경제학과 학생이면서 지중해 해적의 손자이자 50년대 초반 직물 수입으로 백만장자가 된 수완 좋은 사업가의 아들인 그는 키가 크고 잘생기긴 했지만 유약했고 정직하지 않았다. 그는 기본적으로 정치적이었고, 피부가 불그레한데다 쇠약한 곱슬머리였으며, 눈이 반짝이긴 했지만 확고한 신념은 없어 보였다. 그는 갑상샘종을 앓았던 바보 까뻬 왕[13] 같아 보였다. (루이스는 이사벨리따로 불리는, 차이나타운에 사는 건방진 건달과 공생관계를 유지했는데, 그는 그 건달에게 황당할 정도의 애정을 보였고 그에게 왜 그렇게 약한지에 대해 설명하지 못했다.) 골치 아픈 신학과 초월적인 사상으로 인한 중압감 때문에 그런지, 아니면 그저 목이 뻐근해서 그런지 고개를 갸우뚱하고 목 부러진 사람처럼 걷는 모양새가 영락없이 휴가를 나와 얼떨떨한 얌전한 신학생 같아 보였다.

　떼레사는 그에게서 눈을 뗐다. 그녀는 그가 즉시 가쳤으면 하고 바랐다. "시간이 늦었어." 그녀가 말했다. 오토바이 소리는 한참 전부터 들리지 않았다. 세속적인 하녀의 단순하면서도 행복한 세속

---

13 프랑스 까뻬 왕조(987~1328)의 첫번째 왕인 위그 까뻬(Hugh Capet, 938~96)를 가리킨다.

적인 연인, 세상은 너희 거야! '루이스가 내게 다가와 힘껏, 정말 힘껏 안아준다면 모든 것을 잃지는 않을 텐데……' 하고 그녀는 생각했다.

두사람은 3미터 정도의 거리를 둔 채 꼼짝도 하지 않고 서 있었다. 루이스는 감히 한걸음도 움직일 수가 없었다. 그는 담배에 불을 붙이며 거의 으르렁거리듯 말했다. "하나 줄까? 아주 좋은 거야. (안타깝게도 형편없는 거라는 건 너도 알잖아.) 진짜 러시아산이야. (더 형편없는 것이겠군. 네가 뻔한 연대감을 불러일으키기에는 적절치 않은 순간이야.) 하신또가 최근에 열린 '청춘 축제'에서 가져온 거야…… (그만둬. 제발 입 좀 닥치시지.)" 그는 안절부절못하며 담배를 피우기 시작했다. 몰래 숨어 있을 때처럼 그는 머리 위에 유일하게 밝혀진 테라스 등불 아래의 자욱한 연기를 손으로 저어 흩어지게 했다. 그런 그를 바라보면서 떼레사는 그가 허세로 가득 찬 사람일 거라는 최근의 생각에 확신을 가졌다. 이 전설적인 리더는 무미건조한 삶만을 계속 고집할 것이다. 춤추고, 수영하고, 사랑을 나누고, 심지어 지금 증명해 보이듯 담배를 피우는 것조차도 그의 고상한 사상적 관점에서 보자면 별 가치 없는 행위들이다. 그는 담배연기를 깊이 들이마시지 않고 입에 넣었다가 거품을 뱉어내듯 입술 위로 흘려보냈다. 떼레사는 담배를 피우면서 연기를 들이마시지 않는 사람의 도덕성을 자신이 항상 의심해왔다는 사실을 떠올렸다.

"이제 가는 게 좋겠어, 루이스." 그녀가 눈을 내리깔며 말했다. 그녀는 다음과 같은 말을 덧붙이고 싶었다. '이제 보니 우린 감정이나 사적인 문제로는 피차 더이상 볼 일이 없을 것 같아.' 하지만 이런 통속적인 상황에서는 너무 심각한 말 같았다. 그럼에도 불구하고 멋있는 말이어서 내뱉고 싶었지만 그냥 마음에 담아두기로 했다. 그녀는 그가 아주 이성적인 사람이어서 두사람의 단순한 육체적인 접근조차도 불가능하리라는 것을 지금 분명하게 깨달았다. 상상 속에서 오랫동안 품어온 성적인 환상 때문에 지금 이렇게 괴로운 상황을 맞이했지만 사실 오늘 두사람은 황홀한 오후를 보냈다고 할 수 있다. 하지만 어느 순간에 폭발할 것 같은 긴장감으로 가득한, 견디기 힘들고 묘한 기운이 언젠가부터 그들의 관계에 감돌고 있다는 사실을 인정할 필요가 있었다. 두사람은 서로에 대한 감정과 욕망을 늘 자세히 확인하려 했고, 인생관에 입각해 분석하고 평가했다. 불행히도 그들이 예언자적 말투로 부정하면 할수록, 그것은 구체화되지 않을뿐더러 그들이 속한 계급의 현실과 유리될 수밖에 없었다. ('그것을 인정해야 돼, 나의 좌익 부르주아 친구 루이스야.') 그리하여 시간이 흐르면서 그들은 진보적 사상에서 주창하는 것들과는 정반대의 것들이 자신들 사이에 나타나고 있음을 알게 되었다. 잔인하게 짝으로 맺어진 상황에서 성적 억압으로부터 벗어날 시간도 없이, 그들이 받아온 교육의 잔재들과 그들을 항상 하나로 묶어주던 상징적인 의미가 담긴 제스처와 말들, 하찮은 모습과 행동 (예를 들면 러시아산 담배를 피우는 것) 등이 헛된 의미로 부풀려지고 그들의 눈앞에서 점점 자라나 어느 순간 생명을 가진 괴물이 되어 독자적인 움직임과 감각을 갖게 되었다. 그래서 결국 성스러운 연대감을 바탕으로 좀더 열정적인 범주로 승화시키길 원했던 그들 사이의 정서적 유대는 깨지고 말았다.

떼레사는 다시 그에게 등을 돌린 채 고요한 밤의 침묵에 귀를 기울였다. 그녀는 무르시아 청년이 몰고 간 오토바이의 메아리를 들으려고 애썼다. 그사이 트랜지스터에서 흘러나오고 있는 노래는 저 멀리 전율하며 황홀함으로 가득 찬 하늘에서 역시 고백을 하고 있었다.

> ……그는 내게 말했어
> 밤은 어둠 사이에서 또다른 키스의 메아리를
> 간직하고 있다고……

한편 루이스는 그녀의 태도를 분명한 이별의 제스처로 받아들여 이제 떠나야 할 시간—다시 한번 시도했더라면 그녀를 안을 수도 있었다는 사실을 그는 몇년 후에 알게 될 것이다—이 다가왔다고 생각했다. 어쨌든 내심 슬프고 무기력해져 있던 그는, 검붉은 태피스트리를 배경으로 미소를 짓는 차이나타운에 사는 건달 친구의 생쥐 같은 얼굴이 밤하늘에서 조롱하듯 갑자기 나타나는 것을 보았다.

"좋아, 떼레사. 갈게." 그가 말했다. "너희 부모님이 오늘밤에 돌아오실지도 모르고…… 우리 너무 많이 마신 것 같아. 뭐, 그럴 수도 있지. 특별한 것은 아니야…… 익히 잘 알려진 현상이지. (프로이트를 인용한 것이라면?) 다음에는…… (다음은 없을 거야. 없을 거라고, 너도 잘 알다시피.) 우리 내일 요레뜨에서 볼까…… 아니면 바르셀로나에서 볼까?"

루이스는 가족들과 요레뜨에서 여름을 보내고 있었으며, 떼레사는 가끔 차를 몰아서 그곳을 방문하곤 했다. 그곳에서 공동체를 이루며 사는 그녀의 대학생 친구들에게 안부를 묻기도 했다. 지난번에 루이스와 그녀는 바르셀로나에서 만날 약속을 했었다. 하지만 이제는……

"잘 가."

마침내 혼자 남게 된 떼레사는 몇분 후 루이스가 대문 앞에서 쎄 아뜨 600의 시동을 거는 소리를 들었다. 그녀는 눈을 감았다. 그때 갑자기 가슴에서 치밀어올라 자신을 괴롭히는 뭔가를 진정시키기 위해 그녀는 양손으로 얼굴을 감쌌다. ("너의 눈물, 떼레사, 아이처럼 웃다가 우는 너." 루이스는 언젠가 감옥에서 보낸 편지에서 이렇게 말했다.) 그녀는 그가 남아서 다시 한번 시도해보기를 자신이 정말 바라고 있다는 사실을 깨달았다.

'가버려. 꺼지라고, 이 바보 같은 놈아!' 그녀는 속으로 울부짖었다. 그리고 방으로 뛰어들어가 침대 위에 몸을 던졌다.

그녀는 잠을 이룰 수가 없었다. 일어난 일들을 따져보았지만 자신에게 책임이 있다는 것을 인정하는 게 쉽지 않았다. 언제나 그렇듯이 그녀는 가능한 한 객관적으로 파악하려고 했다. 그와 동시에 그녀는 자신과 루이스 사이의 사소한 일보다 더 높이 있는 사상적 신념을 안전하게 남겨두기로 했다. 하루 동안에 있었던 일들을 떠올려보니 일이 엉망으로 끝날 것이라는 불길한 조짐은 이미 오후 시간부터 있었던 것 같다. 나루터에서 그녀가 보트의 밧줄을 풀던 바로 그 순간이었다. 그때 루이스는 마루하가 남자친구가 생긴 후 더 예뻐졌다는 둥, 내성적으로 변했다는 둥 하며 그녀에 대해 이야기하기 시작했다. 그때 갑자기 그들은 서로 말이 오갔던 것도 아닌데 하녀를 초대하기로 기꺼이 의견을 모았다.

"마침 그 말을 하려던 참이었어." 루이스가 보트로 뛰어들면서 소리쳤다. "좋은 생각이야."

"그녀는 지금 심심할 거야. 안됐어." 떼레사가 말했다. "그녀가 좋아할 거야. 내가 가서 데려올게."

"기다릴게."

두사람은 자신들의 생각에 흡족해했다. 밤에 떼레사의 부모님이 별장을 비울 거라는 걸 알게 된 아침부터 두사람 사이에는 묘하고 무거운 침묵이 흘렀다. 마루하를 초대한 것은 사실 그들의 불안감 때문이었다. 두사람은 그들의 감정을 표현하기 위해 제삼자가 필요했고, 그 역할에는 마루하가 적격이었던 것이다. 마루하가 두사람을 향해 발산한 일종의 전류 덕분에 그들은 서로의 욕망을 상대에게 전달할 수 있었다. 떼레사는 마루하가 무르시아 청년과 밤에 사랑을 나누며 그 두사람이 긴밀한 사이라는 것을 알게 된 지난여름 이후 은근히 그들의 관계를 부러워하고 감탄해왔다.

잠시 후 나루터로 돌아온 떼레사는 마루하가 곧 올 거라고 그에게 말했다. 마루하는 루이스가 혹시 자고 갈지도 모르기 때문에 그가 사용할 방을 정리하고 있던 참이었다. 떼레사는 또 자신이 마루하에게 유행이 좀 지나긴 했지만 아직 쓸 만한 바지와 쌘들을 선물했고, 그것이 그녀와 아주 잘 어울렸다는 말도 덧붙였다. 그때는 그들이 첫 키스를 나누던 순간―돌이켜보니 그것이 단순한 우연이 아니었음을 떼레사는 알았다―이었다. 그들은 보트 안에서 마루하를 기다렸다. 화창한 오후였다. 시간이 제법 흘렀음에도 불구하고 날씨는 여전히 더웠고 햇살도 그대로였다. 나루터로 내려가기 위해 바위를 파서 만든 계단을 기세가 좀 꺾인 듯한 붉은 태양이 비추고 있었다. 그 계단에서 마루하가 곧 나타날 것이다. 두사람은 그녀가 넘어지는 모습, 정말 바보처럼 넘어지는 모습―그녀는 쌘들 한짝이 뭔가에 걸려 넘어졌다―을 똑똑히 보았다. 나루터처럼 덜 위험한 곳에서 넘어졌더라면 웃음이 나왔을 것이다. 그녀는 허겁지겁 계단을 뛰어내려오며―분명 그들을 너무 오래 기다리게 한 게 아닐까 염려하며—손을 높이 들고 그들에게 촌스러운 인사 (그녀는 "유후, 유후!"라고 했다)를 건넸다. 그때 갑자기 그녀의 다리와 맨발(가벼운 쎈들이 벗겨져 튀어나왔다)이 허공에서 헛발질을 하듯 잠시 심하게 흔들리더니 마지막 계단에 그녀의 머리가 부딪히는 소리가 또렷하게 들렸다. 놀란 그들은 배에서 비명을 질렀다. 그들은 보트 밖으로 나와서 그녀에게 뛰어갔다. 마루하는 루이스가 자신에게 와서 황급히 일으켜세워주는 동안 (몇초 동안 놀랍도록 부동자세로) 쓰러져 있었다. 그녀는 머리를 문지르며 창피한 듯 웃었다. ("저 참 바보 같죠, 아가씨!") 지금 생각해도 가엾기 그지없는 일이었다. 떼레사는 마루하가 너무나 맘에 들어하던 쎈들을 찾으려고 계단 쪽으로 눈을 돌렸다.

"이것 때문에 넘어진 거로구나." 떼레사가 말했다. "아직 적응이 안됐구나. 이럴 줄 알았으면 주지 말걸."

"아주 예뻐요…… 차차 익숙해지겠죠."

"정말 괜찮은 거야?" 루이스가 재빠르게 물었다.

"괜찮아요, 괜찮아."

"하마터면 죽을 뻔했잖아." 떼레사가 말했다.

"아무렇지도 않아요…… 좀 부딪혔을 뿐이에요. 침대 정리하느라 시간을 잡아먹어 뛰어왔던 거예요……"

'지금 생각해보면 그때 그녀를 집으로 돌려보냈어야 했어. 우선 그녀는 상당히 많이 다친 것—애써 아무렇지도 않은 척했지만, 가엾은 것 같으니라고, 쿵 하고 넘어지는 소리가 꽤 컸어—이 분명해. 그리고 둘째로 그랬더라면 루이스와 나 사이에 모든 일들이 다르게 굴러갔을지도 몰라. 하지만 그때 우리는 그것을 몰랐어. 그때는 마루하의 도움이 필요하다고 생각했거든. 그리고 마루하를 잠

간이나마 즐겁게 해주고 싶었고…… 사건의 전말이 그랬던 게 아닐까? 잘 모르겠다……'

그런데 마루하는 아프지 않으니 빨리 출발하자고 졸라댔다. (정말 정확히 기억하는데 이건 사실이다.) 그래서 세사람은 보트에 올라타고서 거의 한시간 동안 해안을 따라 항해했다. 그들은 작고 인적 없는 강어귀에서 수영을 했고, 마루하(만족스러운 하녀)가 그들을 위해 준비한 신선한 과일을 먹었다. 모래사장에 누워 과일을 먹는 동안 뻬레사와 루이스는 하녀를 가지고 놀았는데, 마놀로에 대해 이것저것 물어보면서 그들의 관계가 어떻게 진전되어가고 있는지 관심을 보였고, 마치 아버지가 딸을 염려하듯 (마루하에게 전혀 필요 없는) 피임에 대한 막연한 조언을 하면서 야릇한 분위기를 조성했다. 질문을 통해 두사람은 하녀와 노동자의 은밀한 사랑이라는, 그들이 만들어낸 멋진 이야기를 마루하가 확실히 입증해주길 강요했다. 마루하는 거짓말을 했다. 그들을 기쁘게 해주기 위해 어쩔 수 없었다. 그녀는 연인 마놀로가 요즘 심기가 불편하다는 것은 물론이고 못된 버릇을 갖고 있다는 말도 입에 올리지 않았다. 이야기를 듣는 동안 두사람은, 그들이 원치 않았음에도 불구하고 상상 속의 성적 흥분이 강요한 것처럼, 마루하 앞에서 계속 서로를 만지고 더듬었다. 하지만 그 상황을 제대로 즐기지는 못했다. 그러니까 그들의 행위는 엄밀히 말해 성적인 의도를 띤 것이라기보다는 상대와 함께 그곳에 있다는 것을 인식하고 확인하기 위한 것이었다고 할 수 있다.

별장으로 돌아온 세사람은 루이스의 차로 블라네스로 가서 저녁을 먹은 뒤 클럽에 가서 춤추기로 했다. 마루하는 놀랐다. 그동안 여러차례 그녀에게 베풀어준 아가씨의 호의를 생각하면 새삼스

러울 건 없지만, 아가씨는 촌스러운 피서객들이 우글거리는 블라
네스에 가는 걸 좋아하지 않았기 때문이다. 특히 보트를 타고 있는
동안에 보인 두사람의 야릇한 눈빛은 보트에서 내리자마자 자신과
함께하지 않을 것처럼 보였기 때문이다.

블라네스는 몹시 활기를 띠었다. 떼레사와 루이스는 손을 잡거
나 허리를 감싼 채 관광객들로 가득한 거리와 클럽에서 어떻게 해
야 이 나라의 선택받은 사람들 그룹에 속할 수 있는지 완벽하게
가르쳐주었다. 그들은 더이상 서로를 만지지 않았던 것이다. 어
느 바에서 식사를 한 후—그런데 마루하는 계속 쌘들이 벗겨지
는 바람에 넘어지곤 해서 창피했다—그들은 꾸바리브레를 마시
러 디스코텍에 갔다. (거기서 루이스는 처음에 진 두잔을 안주 없
이 마셨다.) 그리고 그곳에서 춤을 췄다. 마루하는 내내 앉아만 있
었다. 몇번 춤을 추자는 제안을 받았지만 그녀는 거절했다. (지금
생각해보니 애인에 대한 어리석은 충실함에서나 쌘들이 벗겨질
까봐 그랬다면, 왜 나중에 "머리가 아파서요. 고맙지만 춤을 출 수
가 없어요"라는 핑계를 댔는지 모르겠다. 그건 당연히 거짓말이었
다……) 그녀는 지금 함께할 수 없어서 안타깝다면서 딱 한번 애
인을 언급했다. 루이스와 떼레사는 언젠가 넷이 함께할 수 있는
자리를 마련하겠다고 약속했다. 그 두사람이 주고받는 시선과 포
옹, 특히 술을 마시는 모습에서 점점 그날밤이 처음부터 그들을
위해 준비된 것이라는 생각이 강하게 들었다. 두사람은 마루하가
보는 앞에서 바싹 달라붙은 채 서로의 눈을 바라보며 한참 동안
춤을 추었다. 그들은 마루하가 몹시 지루해할 뿐만 아니라 그녀의
눈이 감기는 것을 알아차렸을 때 (틀림없이 졸렸을 것이다. "그 무
르시아 놈, 엄청 센 게 틀림없어!" 루이스가 농담을 했다. "그자는

떼레사 네가 원하는 사회의식이 있는 노동자일 거야. 두고 봐야 하겠지만 말이야. 좀 살살해야 하지 않을까? 저 애도 밤에는 좀 쉬어야 할 거 아니야.") 그들은 마루하가——그리고 그들도——좀더 즐겁고 편하게 있을 수 있는 장소로 옮기기로 했다. 낯선 사람들과 포도주를 마시며 대화를 나눌 수 있는 작은 선술집 또는 세련된 주점으로 말이다. 즐거워 보이긴 했지만 마루하는 밀려드는 졸음을 이기지 못했다. 그녀는 존재하지 않는 것 같았다. 그녀는 허공을 멍하니 바라보며 그들과 그들의 사랑놀음을 더이상 의식하지 않았다. 그녀는 이제 더이상 행복의 전도사 역할을 하지 못했다. 그래서 그들은 별장으로 돌아가기로 했다.

돌아가는 길에 그들은 프랑스 레지스땅스의 민중가요와 빠르띠잔의 민중가요("아, 동지들이여……!")를 불렀다. 그 노래들은 떼레사가 가지고 있는 이브 몽땅의 음반을 통해서 배운 것이었다. 그들은 대문 앞에서 차를 세웠고, 마루하와는 거기서 헤어졌다. 마루하는 졸린 상태였지만 아주 만족스러워했고 감사의 말을 전했다. 그들은 해변으로 향했다. 단둘이 있게 되자 분위기가 묘해졌다. 들떠 이야기하던 루이스의 열정이 갑자기 사라지고, 나머지 밤시간 동안 두사람 사이를 지배하게 될 친밀하면서도 진지한 명석함, 즉 냉철함이 그 자리를 대신했다.

('하필이면 왜 그때 최근에 빠리로 망명한 빠꼬 요베라스와 라몬 기노바르뜨 얘기를 꺼냈을까?') 두사람은 당시 대학생 사이에 유행하던 나짐 히크메트[14]의 시집에 대해 이야기했다. 떼레사는 루이스에게 그 시집을 빌려주기로 약속했다. 달빛 아래 바닷가와 가

---

14 나짐 히크메트(Nâzim Hikmet, 1902~63): 터키 출신의 혁명적인 서정시인이자 극작가.

까운 곳에서 그녀는 투옥된 적이 있는 이 명망 있는 대학생의 진지한 옆모습을 보며 히크메트의 시를 떠올렸다.

넌 출소하자마자
곧바로
아내를 임신시켰다

골반을 스쳐가는 달콤한 기분 속에서 떼레사는 그의 반응("넌 그녀와 팔짱을 끼고/오후에 동네를 한바퀴 산책한다")을 갈망하며 기다렸다. 하지만 그는 아무런 반응도 보이지 않았다. 루이스는 친한 친구들에게는 아주 익숙한 그런 침묵 속에 빠져 있었다. 고문이 따로 없었다. 그녀는 놀라울 정도로 초연한 목소리로 말했다. "그것에 대해 더이상 생각하지 마." 그런데 당혹스러운 일이 벌어지고 말았다. 분명 이 상황을 무마하기 위해서였겠지만 루이스가 갑자기 이상한 짓을 하기 시작한 것이다. 그는 사춘기 소년처럼 기회를 적당히 노려 그녀의 화를 돋우는 유치하고 우스꽝스러운 짓을 했다. 그는 불이 켜진 창문을 가리키며 "저기 봐, 저기! 별장에 불이 켜졌네"라고 하며 등을 대고 서서 몸을 비볐다. "저기 봐! 봤어? 봤냐고? 누굴까? 도둑일까? 응?" "누구면 어때. 마루하겠지. 해야 할 일이 있나보네…… 장난 그만둬, 바보 같으니까." 그는 소나무 숲을 걷던 다른 순간에 "이거 봐. 벌레가 네 무릎에 붙었어!"라고 하며 그녀를 슬쩍 더듬었다. 참으로 괴로웠다. 그녀가 기대한 것은 이런 것이 아니었다. 그것만이 아니었다. 두사람은 나짐 히크메트가 이끄는 인상적인 망명자들에 관한 이야기 구덩이에 한동안 빠져 있기도 했다. 하지만 지적인 대화는 그리 오래가지 않았다. 어느 순간 떼레사는 그의 목에 매달려 그에게 정식으로 키스해줄 것을 요구했다. 잠깐 동안 존경스러운 빠꼬 요베라스와 그의 친구들의 환영이 사라지면서 빠리 또한 그들과 함께 사라졌다. 그는 이미 정신을 잃은 듯했고, 떼레사는 그에게 별장으로 돌아가 한잔하면서 이야기하는 것이 더 좋겠다고 했다. 그것이 실수였다. 이제야 말하지만, 그날밤 일이 실패로 돌아가고 수치스럽게 끝난 것에 대한 책임은 아마도 그녀가 갑자기 그런 결정을 내린 데 있을 것이다. 만약 루이스가 그녀의 제안을 받아들이지 않고 그곳에서 키스하자고 계속 고집했더라면 (사실 그때가 아니라 그전에 했어야 했고, 계속 산책만 하기보다는 그녀를 모래사장에 뉘어야 했다) 그녀는 불편하다고 하면서 부드럽게 거절하다 말았을 것이다. ("여기서는 안돼. 너무 축축하잖아." 아마 이런 식으로 말했을 것이다.) 그것은 침대에서라면 받아들이겠다는 뜻이며, 만약 그랬더라면 그들을 둘러싸고 있던 어정쩡함이라는 그 불길한 안개는 말끔히 사라져버렸을 것이다. 하지만 루이스는 아무 말도 하지 않았고, 돌아오는 내내 떼레사보다 몇 미터 앞서서 걸었다. 그러고는 일을 더욱 어렵게 만드는 고통스러운 침묵 속으로 스스로를 가둬버렸다.

"저기 봐. 네가 말한 도둑이 이제 불을 꺼버렸네." 그녀가 그나마 분위기를 좀 살려보려고 웃으면서 말했다.

루이스는 우거진 덤불을 발로 차면서 걸음을 재촉했다.

떼레사가 진 한병과 얼음 그리고 술잔을 가지고 테라스로 갔다. 그들은 음악이 나오는 라디오를 옆에 놓아두고 두개의 그물침대에 나란히 누웠다. 두사람은 이때 아주 낙담한 나머지 또다시 실수를 했는데, 정치와 학생운동에 관한 이야기를 꺼냈던 것이다. 처음에는 깨닫지 못했지만, 그들이 마루하를 초대하고, 그녀에게 쌘들을 선물하고, 블라네스에 저녁식사를 하러 가고, 춤을 추고, 해변을 산책하고, 또다른 쓸데없는 짓들을 한 것은 모두 감정적으로 불안했기 때문이었다. 그리고 여기에 영웅이 존재한 대학생 세대와 관련된 미스터리가 있는데, 그것은 그들의 생각과는 달리 매우 심각한 주제들에 대한 토론이 묘하고도 불가피하게 야금야금 그들을 정복해갔다는 사실이다. 그들은 갑자기 자신들이 새로운 덫에 걸려들었음을 깨달았다.

"그래, 떼레사, 예쁜 아가씨, 나도 동의해." 화가 난 듯 그가 말했다. "자본주의와 관련한 현 사회주의의 상황은 전세계적으로 변했어. 그것은 양적인 변화가 아니라 질적인 변화야. 알겠니? 그런데 왜 넌 지금 그런 얘기를 하고 싶은 거니?"

"누가? 내가? 젠장! 단지 그 정도는 나도 알고 있다는 걸 알아줬으면 해서 그랬어, 똑똑한 신사 양반. 그래서 난 10월 시위에 앞장섰던 거야…… 술병 좀 줘…… 나도 알아. 그래서 너희들 모두보다 더 자주 네 아버지 공장을 내가 방문했던 거야. 물론 다 쓸데없는 짓이었지만 말이야. 내가 더 많이 회합과 접촉, 연대를 요구했던 것은 그래서야. 그리고 지금 여기서 너하고 모든 일에 대해 이야기하고 있는 것도 그런 이유에서이고…… 물론 바깥에서는 그것을 최종 목표를 향한 투쟁에서 잠시 후퇴한 것이 아니라 일종의 평화정책으로 해석되고 있다는 것을 나는 벌써 알고 있어. ('이걸 내가 어디에서 읽었지?') 그렇지만 상황이라는 것도 고려해야지…… 이봐, 그만 마셔. 너 혼자 한병을 다 마시고 있잖아. 그러다가는 네 손을 어디에 뒀는지도 모를 거야…… (물론 운전을 못하게 될 것이라는 말이었다. 하지만 이 대학생 영웅은 이것을 낯간지러운 암시로 생각한 듯 아주 희미하게 웃어 보였다.) 우리 무슨 얘기를 하다가 말았지? 아, 그렇지…… 그래, 그만두자.”

하지만 그는 고집스럽게 계속 말했다.

“떼레사, 난 정치 얘기는 절대 안하려고 해. 시간 때우기로 하는 것은 싫거든…… 한가지만 말할게. 자본주의의 총체적 위기가 가져온 영향은, 치명적인 관점상의 문제 때문에 우리 같은 상류층이 늘 이해할 수는 없어. 하지만 오년만 지나면 명백해질 거야. 이제 시작이니까.”

“위기라고?” 그녀가 놀란 목소리로 말했다. “너 제정신이니? 그런 위기는 없어. 다만 자발성이 부족하고 부르주아 반대파가 움직이지 않아서 그런 것뿐이야. 물론 부르주아 반대파가 있다는 가정하에서이긴 하지만 말이야. 내가 아는 한 극소수니까. 그들 중의 하나가 너고……”

“고마워, 귀여운 아가씨.”

“……그건 위기가 있음을 의미하는 게 아니야. 예를 들어 우리 아버지의 경우를 봐. 우리 아버지는 수입이 줄어들 경우에 한해서만 반대편을 들 거라는 건 너도 잘 알잖아. 수입이 늘어나면 몇년이고 계속 같은 입장을 고수할 거야!”

“대체 무슨 소릴 하는 거야? 네 말 참 황당하군! 절망적이야, 떼레사. 어떻게 모든 걸 다 뒤죽박죽 섞어버리는 거야? 자, 어디 보자. 넌 야당에 대해 어떻게 생각해? 혹시 넌 경제 상황이 심각하다는 사실을 부정하고 싶은 거야?”

“누구에게 심각하다는 거야? 우리 아빠에게는 심각하지 않아. 알겠니? 넌 일반적인 생활수준과 특권층의 구매력을 혼동하고 있어……”

그 어느 때보다도 이 모든 말은 예전에 어디선가 읽었던 문장처럼 들렸다. 그 문장은 블록 안의 생명력 없는 철과 시멘트 골조, 그리고 학습 써클의 보고문에 담긴 경직된 엄격성을 가지고 있는 그런 것이었다. 죽은 문자였다. 두사람은 어렴풋하게나마 그 문장이 현실과 아무런 관계도 없다는 것을 희미하게 느꼈다. ('그런데 왜하필이면 오늘밤인가?') 그리고 그것은 합의를 도출해내지 못하게 하는 것이 아니라 그들을 화나게 만들었다. 그래서 두사람은 서로가 점점 더 멀어짐을 느꼈다. 설상가상으로 그들은 나란히 있었을 뿐만 아니라 얼굴을 마주하고 있었다. 그들은 지금 밤의 어둠에 둘러싸여 심장병을 앓는 사람들처럼 나란히 그물침대에 들어가 있었다. 그들은 화난 척하며 상대방의 어깨를 칠 수도 없는 노릇이었다. 움직일 기력도 없어 보였다. 떼레사는 머리를 마구 흔들었다. 그러고서 한숨을 내쉬었다. 침묵의 순간마다 곧 뭔가가 폭발해버릴 것 같았다. 그들은 침묵이 말보다 더 많은 것을 의미할 수 있다는 것을 실감했다. 떼레사는 이 상황이 불편하다는 사실을 본인만 느끼고 있는 게 아닐까 생각했다. '내가 별로 마음에 들지 않아서일까? 혹시 내가 참을 수 없는 부르주아처럼 얼빠진 소리를 했던 걸까?'

흰 셔츠를 입은 루이스가 어둠속에서 불현듯 떠오르는가 싶더니 다시 그물침대 속으로 쑥 가라앉아버렸다. 그는 완전히 축 늘어져 있었다. 그럼에도 불구하고 그는 노란 반바지 밖으로 나와 있는 떼레사의 꼰 무릎을 볼 수 있었다. 무릎은 반짝이는 두개의 검은 사과 같았으며 밤보다 더 검어 보였다.

"이봐." 그가 말했다. "이런 이야기를 할 때 내가 감상주의자가 아니란 걸 넌 잘 알 거야. 나는 지적인 사람도 아니야. 지난번에 모도렐과 호르다에게도 말했어. 난 어떤 예술적 열망도 갖지 않은 게 장점이라고."

"이 녀석아, 난 네 말을 전혀 이해할 수가 없어."

"난 여전히 현실주의자이고 싶어. 너는 학습 써클을 결성해 밑바닥(그런 뜻이 아닌데 이미 말을 뱉어버렸네. '오해 없길 바랄 뿐')과 더 많이 접촉해야 된다고 말했지. 그런데 난 그렇게 생각하지 않아. 난 매일 거리로 뛰쳐나갈 준비가 되어 있는 사람들이 대학에 있어야 한다고 백번이나 말했어. 대학은 신성한 책을 읽기 위해 모이는 곳이 아닌데, 항상 섹스(그걸 말하려는 게 아니었는데)에 관한 백해무익한 토론을 하고 빠르띠잔 노래를 듣는 곳으로 되기 일쑤야. 아니야, 사랑하는 떼레사, 아니야. 내가 정신을 잃었나봐……학생들은 드디어 눈을 뜨기 시작했어. 우리는 단지 소란을 피우기 위해 거리로 나가는 것이 아니야. 우린 뭔가를 위해, 뭔가의 이름으로 그러는 거야. 넌 이게 사소한 일 같니?"

"난 그걸 말하는 게 아니야. 어쨌든 그게 왜 필요한지 너도 알잖아. 모든 것이 예전으로 돌아가고 있어. 난……"

"예전과는 달라. 우리는 조직화되어 있고, 우리가 원하는 게 뭔지 처음으로 알게 됐어."

"아직도 멀었어. 난 더 공부하고, 공부하고, 공부해야 한다고 생각해. 특히 여자애들은 말이야."

"그건 네가 잘못 생각하고 있는 거야."

이야기를 하다가 루이스가 눈을 게슴츠레하게 떴다. 떼레사가 블라우스 앞깃에 막 손을 넣으려던 참이었다. 그녀는 그의 시선을 느꼈다. 자신이 만약 그에게 일어나서 단추 잠그는 걸 도와달라고 부탁한다면, 만약 그가 결심한다면…… (하나, 둘, 그리고……) 어떻게 될까 하는 생각이 갑자기 들었다.

"네가 잘생겼다고 한 그 이방인의 오토바이를 소나무 숲에서 본 것 같은데……" 뜬금없이 그가 말했다.

떼레사는 한동안 말없이 있었다. 그녀는 손동작을 멈춘 채 있었다. 갑자기 한기가 느껴졌다. 그녀는 블라우스 깃을 세우고 한숨을 내쉬었다.

"내 남자친구도 아닌데 뭘." 그녀가 말했다. "잘생긴 건 인정해야지. 그럼, 잘생겼지."

"하!" 대학생 영웅이 소리쳤다. "이제 알았어. 알았다고! 너도 마루하처럼 그애에게 반했구나. 그런데 네가 훨씬 불리한데, 넌 귀하신 아가씨란 말이야."

"그래, 이 녀석아. 난 고통받을 운명을 타고났어." 떼레사가 딴청을 피우며 중얼거렸다.

"자신이 살고 있는 세계의 사회적 본질과 상관없이 운명 따위를 운운하는 것은 어불성설이란 걸 알아야 해." 그가 젠체하는 어조로 말했다.

"그런 바보 같은 소리는 제발 집어치워, 루이스." 그녀는 그물침대에서 몸을 뒤쪽으로 기댔다. 그러자 갑자기 밤이 그녀를 삼켜버린 것처럼 보였다. "나는 그를 이번 겨울에 딱 한번 봤을 뿐이야. 그가 마루하를 집으로 데려다주던 날 밤에 말이야. 내게 강렬한 인상을 줘서 너에게 말했던 거야. 농담은 그만해. 마루하가 내게 들려준 말은 그가 그녀에게 중요하다는 거야. 너도 직접 확인했잖아."

"마루하는 애인에 관해 의미있는 이야기를 단 한마디도 안했어."

"그녀를 조롱하지 마, 제발. 가엾은 마루하, 그녀는 모든 것이 불확실할 뿐이야. 마놀로가 얘기할 때 난 사실 혼란스러웠지만, 그는 나름대로 계획한 바가 있는 것 같았어. 어쩌면 우리보다 나아. 적어도 그는 아래로부터 접촉을 하고 있어, 좋은……"

"난 그렇게 생각하지 않아."

"왜지?"

"모르겠어. 그런데 그런 것 같지는 않아. 어디 보자, 그가 '마리 띠마 이 떼레스뜨레'[15]에서 일하기 때문일까?"

"난 그가 어디에서 일하는지 몰라. 마루하가 내게 말해주지 않았어. 너는 그녀가 이름을 잘 기억하지 못한다는 거 알잖아. 그런데 너도 그날 그 사람을 봤어야 했어. 성깔이 보통 아니야. 잊을 수가 없어. 그 눈빛도 그렇고. 생각이 제대로 박힌 사람들 있잖아. 그러니까 그런 사람의…… 자기 계급에 대한 자부심이 느껴졌어. 무슨 말인지 알겠니? 너와 난 절대 가질 수 없는 그런 거 말이야."

"쳇!" 그가 빈정거렸다. "펠리뻬 같은 타입이겠군. 아니면 무정부주의자든지. 더한 사람일지도 모르지. 그런 놈들을 알아. 아주 가식적인 사람들이야. 그런 작자들은 선의로 가득 차 있긴 하지만 의식이 없고 방법도 없어. 시험해봐. 그와 언제 한번 얘기해보라고. 얼마나 정신적으로 혼란스러운지 말이야. 문제는 잘생겨서 네 맘에 든다는 거지. 그래, 좋아. 자, 솔직히 말해봐."

"루이스 너, 더이상 못 참아주겠다, 정말."

영웅은 그물침대에서 일어나 테라스 받침대 위로 되돌아갔다.

"그래, 내 말에 신경 쓰지 마." 그가 위엄 있고 정치적인 목소리로 중얼거렸다. "빌어먹을 단합이 안되고 있는 것 때문에 내가 우려한다는 건 너도 알잖아. 난 모든 이들을 진정으로 존중하며, 각자가 자신의 몫을 수행하려 하는 걸 이해해. 난 단지 농담을 좀 하고

---

15 1855년 바르셀로나에 세워진 제철공장.

싶었을 뿐이야."

떼레사는 조금 전처럼 발에 쌘들을 걸치고, 젖은 눈을 친구에게 고정한 채 다리를 꼬고 앉았다. 불편한 침묵이 흘렀다. 덜 잠긴 수도꼭지에서 떨어지는 물방울처럼 시간이 일초, 이초 뚝뚝 떨어지는 소리가 들렸다. 화제를 바꾸었다. 그들은 마지못해 최근에 읽은 책들에 대한 이야기를 나누었다. 떼레사는 후안 고이띠솔로[16]의 소설 『낙원에서의 결투』에 심취해 있었고 ("빌려줄게. 나중에 상기시켜줘…… 내 침실 탁자에 있어") 루이스는 블라스 데 오떼로[17]의 『안식과 말을 청하오』라는 시집에 대해 이야기했다. 떼레사가 진을 잔에 따랐다. 루이스가 에스빠냐 젊은이들의 성에 관한 문제(이번은 아주 심각한 실수였다)를 꺼내 이야기가 옆길로 샜다. 그는 과장된 몸짓으로 이야기하며 몸을 다시 앞으로 숙였다. 별들의 무게가 고통스럽다는 듯 그는 머리를 가슴팍에 묻었다. 두사람은 다시 논쟁을 벌였다. 그들의 눈은 서로를 부르는 것처럼 보였지만, 그들의 입은 기억하고 있는 것들을 열심히 쏟아냈다. 취기 때문에 그런지 떼레사는 다른 이들이 들어와 자신들의 의지를 지배하고 있는 것 같다는 느낌이 들었다. 그녀는 두사람 중 한명이 곧바로 조치를 취하지 않는다면 막다른 길에서 절대로 벗어나지 못하리라는 것을 깨달았다. 예를 들어 그 조치는 그가 진 술병을 건네면서 그녀의 손을 잡는다거나, 그녀의 발에서 벗겨진 한쪽 쌘들을 신겨주려고 하면서 두사람의 몸이 가까워질 수 있는 뭔가를 한다면 충분할 것이었다. 하지만 그는 뭔가를 할 그 어떤 기미도 보이지 않았

16 후안 고이띠솔로(Juan Goytisolo, 1931~): 에스빠냐의 '50년대 세대'에 속한 사회주의 성향의 소설가.
17 블라스 데 오떼로(Blas de Otero, 1916~76): 에스빠냐의 사회주의 성향의 시인.

기 때문에 그녀가 먼저 첫발을 떼기로 했다.──이런 생각을 하면서 부드러워진 그녀는 약간 쌀쌀맞게 루이스를 대한 것을 후회했다. 모든 영웅들이 그렇듯 소심한 그에게는 자신의 도움이 필요했다. 그녀는 웃으면서 일어나 루이스의 손에 있는 술병을 빼앗았다.

"난 네가 취한 꼴을 그대로 보고만 있지 않을 거야. 알겠니?"라고 그녀가 말했다. 그런 다음 그녀는 그의 왼쪽 어깨에 배를 밀착시키며 한번 두번 세번 여러차례 손으로 머리를 헝클어뜨렸다. 동시에 그녀는 (발레의 내용과 어울리지 않는 음악처럼) 자신의 말과 손동작 사이에 불협화음이 있다는 것을 깨달았다. 그녀는 자신의 대담함을 완화시키기 위해 말했다. "루이스, 이놈의 나라에서는 모든 게 바뀌어야 한다는 건 인정해. 그러나 네가 하루아침에 모든 걸 바꿀 수는 없어. 우리의 젊음을 희생한다고 하더라도 말이야……"

그가 일어서려는 것처럼 보이자 그녀는 술병을 갖다놓으려고 뒤돌아 자신의 침실로 갔다. 그녀는 등 뒤에서 나는 루이스의 발걸음 소리를 듣고 다리가 후들거리기 시작했다. 놀라는 척하면서 몸을 돌렸을 때 그녀는 이미 루이스의 품에 안겨 있었다.

이 모든 것이 우스꽝스러워 보일지라도 루이스 뜨리아스 데 히랄뜨의 신격화된 특별한 위상 때문에 (하지만 씁쓸하게도 방금 확인했듯이 그건 착각이었다) 떼레사가 여기에 이르기까지는 길고 험난한 여정을 거쳐야 했다. 결코 조롱하려는 의도 없이 말하건대, 떼레사 쎄라뜨는 스무살에 남자를 알지 못하면 앞으로 어떤 것도 알지 못할 것이라고 확신한, 당시의 용감하고 격정적인 여대생 중 한명이었다. 그런 확신은 한가지 사상에 충실하면서 헌신하도록 하는 장점이 있고 청춘의 관대함과 자유분방한 감정상태를 수반했지만, 그녀가 속해 있는 나라에서는 당연히 이루기 힘든 일이었다. 생각과 행동이 일치하기란 쉽지 않은 법이다. 하지만 정신이 강한 누군가가 떼레사의 마음을 격렬하게 움직이고, 예를 들어 그 사람이 지금까지 그녀를 사로잡은 루이스라면, 그녀가 사상적으로 그와 맺은 연대감과, 대학 안팎에서 시위를 조직하고 지휘한 그녀의 활동들, 그리고 특히 그 유명한 10월 시위에 참여한 것 등은 사실 오늘밤처럼 영웅의 품에 안겨 시대의 여인이 되려고 한 그녀의 깊은 욕망의 표출일 따름이었다. 물론 그녀는 그렇게 생각하지 않겠지만 말이다. 그녀는 이해하지도 못했을 것이다. 하지만 사실은 그러했다. 그녀는 일거에 그 콤플렉스에서 벗어나기 위해 무의식적이고 어렵게 준비를 해왔다. 그녀는 그 일을 늘 수술이라고 표현했으며, 실제로 맹장수술을 받을 때처럼 차분하고 당당하게 임해야 한다고 말하곤 했다. 문제만 일으키는 쓸데없고 성가신 것이기 때문이다. 본능적인 욕망도 가졌을 법하지만 (마루하는 저속하기는 하지만 아주 적확하게 "아가씨는 오늘 한껏 달아올라 있었어"라고 그것을 정의했다) 그런 지성인들의 지상명령은 육체보다 우선하는 것이었다. 그것은 우리 젊은 대학생들이 끈질기게 요구받는 순결과 정절을 지키기 위한 것이었다.

그래서 떼레사 쎄라뜨는 떨고 있는 영웅을 발견하자—나중에 그녀는 매력적이고 거의 완벽한 종합을 들먹거리며 순전히 동지애에서 비롯된 것이었다고 말하리라—힘없이 그리고 굉장히 곤혹스러워하면서 자신을 희생하기로 했다. 당시에 그는 결코 심하게 비난할 수 없는 부르주아 교육의 잔재인 엄숙함에서 벗어나보려고, 그녀의 허리를 껴안고 침대로 데려가면서 하품을 하는 척했다. 여전히 그녀는 투옥된 어떤 학생에 대한 이야기(그 가엾은 대학생이 이 침실에서 고상한 목적으로 이용될 줄 누가 알았으랴)를 가련하고 거짓된 목소리로 하고 있었다…… 하지만 아무 일도 일어나지 않았다. 곧바로 그들은 의례적인 것이 빠졌고 신성한 불이 필요하다는 걸 깨달았다. 그들은 그런 쓸데없어 보였던 의식이 왜 필요한지 그제야 깨달은 것이다…… 어차피 아무 소용도 없었을 테지만 말이다. 처음으로 서로를 안았던 그들은 그때까지도 옷을 입은 상태였다. 그녀는 헛되이 그와 침대를 공유하게 될 것임을 알았다. 이제 그녀는 상대가 루이스건 그 누구건 구체적인 어떤 사람을 원하지 않았다. 그저 얼굴이 없는 익명의 존재, 그녀가 꿈꿨던 달콤하고 낯선 무게감, 당연히 그녀와 동일한 대의로 무장한 어떤 사람, 잘 알지 못하는 사람, 단지 건장한 몸을 가진 사람으로 어둠속에서 거친 숨소리를 내고 몇마디 사랑의 말을 건네면서 그녀의 머리를 어루만져줄, 얼굴 모르고 달콤하고 낯선 누군가를 원할 뿐이었다. 그것으로 족했다. 더이상 원하지 않았다. 그리고 그 행위에 대해 말하자면, 마치 꿈처럼 희미한 의식으로, 현실 속에서 온전하게 경험하지 않는 것처럼 아무런 고통 없이 치르면 되는 것이었다. 진짜 맹장수술을 받듯 말이다. 역설적이게도 그녀의 꿈은 얼굴 모르는 침략군 병사들에 의해 왕궁이 정복당하기를 은밀하게 갈망한 우스개 이야기에 등장하는 전쟁 시기 노처녀 공주의 꿈과 닮은 면이 있어 보였다. 하지만 현실의 이 침대에는 수술실의 마취제도, 왕궁의 적당한 구실도 없었다. 그리고 그녀는 지금 그의 옆에—여전히 옷을 입은 채—누워 있었다. 불이 환한 상태에서 도망가려는 구체적인 사람 옆에서 말이다. 그는 옷을 벗을 시간도 없어 보였다. 루이스 뜨리아스 데 히랄드, 꿈꾸는 지도자, 선택된 외과의, 지금 땀을 뻘뻘 흘리고 바들바들 떨면서 두려워하고 있고, 마루하, 두려워하고 있고, 믿을 수 없을 만큼 서툴면서 경직되어 있었고, 마놀로, 경직되어 있었고—주여, 이렇게 될 줄 누가 알았겠습니까?—그리고 결국에는 퇴폐적으로 끝났다.

폐장 직전에 산발적인 반응이 있다가
이후 매도 주문이 몰려
양측에 실망과 피로를 유발했고,
그 상태는 마감까지 지속되었다.
—국립 증권거래소 뉴스 중에서

　그때 잠을 이룰 수 없었던 그녀는 그 일을 잊기 위해 헛되이 고
군분투하고 있었다. 마치 누군가가 옆에서 구토를 해대거나 그녀
품에서 죽어가고 있을 때처럼 말이다. 그녀는 블라우스 단추를 풀
시간도 거의 없었다. 그의 무게를 느낄 시간도 거의 없었다. 그녀
옆에 누워 있던 그는 새처럼 그녀의 어깨를 움켜잡고 그녀의 목덜
미에 땀이 흠뻑 젖은 얼굴을 묻으며 천벌을 받을까봐 두려운 듯이
갑자기 몸서리를 치다가 두 손으로 그녀의 팔을 세게 꽉 쥐었다.
('얼마나 바보 같은가. 얼마나 바보 같은가 말이야!') 그는 이내 작
아지더니 토끼 같은 가녀린 신음소리를 내뱉고는 비둘기처럼 떠나
버렸다.
　그게 다였다. 그녀는 손대어지지 않은 그대로였고, 어안이 벙벙
했다. 그녀는 모욕감을 느꼈으며, 죽고 싶을 만큼 수치스러워 등을
돌려버렸다. ('절대로, 절대로 다시는 하지 않으리라!') 파리 윙윙

대는 소리도 들리지 않는 침묵이 한참 흐른 뒤, 그녀는 그가 이미 곁에 없다는 걸 알게 되었다. 그가 처량한 목소리로 "욕실에 갈게"라고 한 걸 그때까지도 의식하지 못하고 있었던 것이다. 욕실에서 물 흐르는 소리가 들렸다. '돌아와서는 프로이트에 대해 얘기하겠지.' 그녀는 생각했다. 그리고 한참 시간이 흘러—얼마나 시간이 흘렀는지는 모르지만—마루하 애인의 오토바이 소리가 들렸다. 그때 그녀는 유년 시절을 향한 묘한 그리움과 열살 때 찾아와서 그녀를 따라다닌 갑작스럽고 달콤한 나른함이 느껴져 베개에 남아 있는 열기와 냄새를 살짝 맡아보았다. 그녀는 끝없는 슬픔이 밀려와 몸을 웅크렸고, 고독과 홀로 남겨진 듯한 기분에 상처받은 짐승처럼 고개를 떨궜다. 그녀는 창문이 열려 있다는 것을 알았다. 하늘에는 별들이 반짝이고, 파도는 쓸데없이 밤새 출렁인다는 것을, 저 아래 숲속 소나무 사이 어딘가에서 검은 머리에 묘하게 냉소적인 눈빛을 지닌 한 젊은이가 아직 남아 있는 또다른 키스에 대한 열망을 억누른 채 오토바이를 타고 막 떠난 참이란 걸 알았다. 그런 거짓말이 어디에 있는가! 해변에서 보낸 밤들의 참을 수 없는 거짓말, 가슴앓이를 하는 아가씨의 이번 휴가, 무료하기 짝이 없는 중세의 성 같은 이 별장!

더이상 잠을 이룰 수 없다는 걸 알고 그녀는 일어나서 가운을 걸치고 방을 나섰다. 이층의 회랑을 가로지른 다음 불을 켜고 계단을 내려가기 시작했다. 누군가와 이야기를 나누고 싶었다. 예를 들면 마루하와 말이다. 그때 그녀가 이런 생각을 한 것은 이상한 일이었다. 바로 거기 아래층의 작고 초라한 하녀 방에서 두명의 건강한 서민 자녀가 어떤 괴로움이나 예비적인 허례허식, 어떤 계산이나 계급적 선입관도 없이 또다시 행복에 겨워 곧장 사랑을 나눴다.

어떻게 그럴 수 있었을까? 그들은 사랑에 빠진 걸까? 어쩌면 그럴 수도 있을 것이다. 그들은 사랑을 했고 생각이 통했다. 그게 다였다. 완벽한 조합. 그녀는 이번이 처음이 아니란 걸 알고 있었고, 지난여름부터 그들의 관계를 알았다. 어느날 밤 뭔가를 가지러 부엌에 내려갔을 때 그녀는 마루하가 있는 방의 문 밑으로 희미한 불빛이 새어나오는 것을 보았다. 그리고 두사람의 목소리를 들었다. 그녀는 열쇠 구멍을 통해 들여다보고 싶은 충동을 자제할 수가 없었다. 그녀가 본 광경은 평생 잊을 수 없는 아름다움 그 자체였다. 마루하는 눈을 감고 감미로운 미소를 지으면서 침대 위에 누워 있었고, 윗옷을 벗고 머리가 헝클어진 가무잡잡한 남자애는 침대 가장자리에 앉아 그녀에게 키스하려고 천천히 몸을 숙이고 있었다.

그녀는 그날밤 잠을 이루지 못했다는 사실과 이튿날 마루하와 나눈 이상야릇한 대화 내용을 지금 자세히 기억하지는 못한다. 아마 바르셀로나로 돌아가기 전 해변에서 보낸 마지막 날이었을 것이다. 개강이 임박한 때였다. 날씨는 그리 좋지 않았다. 구름이 끼고 바람이 부는 날씨였다. 그녀는 마루하와 마루하가 늘 돌보는 사촌 아이들과 함께 해수욕하러 갈 예정이었다. 오전에 그녀는 지금 입고 있는 이 가운을 입고 마루하와 사촌들을 뒤따라 소나무 숲으로 향했다. 그때 그녀는 루이스 뜨리아스가 빌려준, 첫 문장("잘 알려져 있다시피 오늘날 부르주아 계급은 두려움을 갖고 있다")부터 인상적인 씨몬 드 보부아르의 책을 들고 있었다. 그녀는 책을 펴든 채로 걷고 있었는데 비난조의 그 문장이 그녀의 눈앞으로 튀어나왔다. 눈부신 충격이었다. 그 문장은 그녀의 의식 속에서 즐거운 따끔함을 느끼게 해주었다. 소나무 숲에서 낯익은 목소리가 들려왔다. 아내와 아이들을 데려가려고 며칠 전 마드리드에서 온 삼촌 하비에르의 목소리라는 걸 그녀는 알 수 있었다. 삼촌은 숲에서 그녀의 아버지와 별장 관리인과 함께 있었다. 쎄라뜨 씨는 내키지 않았지만 아내의 간청으로 결국 울타리를 둘러보러 온 참이었다. 아내의 말에 따르면 "일요일마다 당신 집에서 먹자판을 벌이러 개떼처럼 몰려오는 놈들이 있어서" 울타리가 부서졌다는 것이다. 마루하는 떼레사의 숙모 이사벨의 아이들과 함께 떼레사보다 몇 미터 앞서 걷고 있었다. 첫번째 소나무에 도착했을 때 마루하가 잠깐 한눈을 파는 사이 갑자기 아이들이 뛰기 시작했다. 그들을 제지하지 못한 마루하는 그저 그들의 이름을 건성으로 부르며 따분하고 짜증 섞인 말을 중얼거릴 뿐이었다. 아이들보다는 본인의 일에 더 신경이 곤두서 있는 것 같았다. 가끔 마루하는 다른 가족들 없이 아이들만 데리고 해수욕하러 올 때 맨발인 상태로 꽃무늬가 있는 짧고 펑퍼짐한 민소매 가운을 걸치곤 했다. 떼레사가 보기에 그 가운은 끔찍했다. 그날 오후, 약 10미터쯤 뒤에서 그녀를 따라가던 떼레사는 책을 덮고 이해한다는 듯 웃으며 그녀를 유심히 관찰했다. 느리고 지친 그녀의 걸음걸이가 유달리 눈에 띄었는데, 그것은 사랑의 밤을 보낸 후에 남는 뚜렷한 흔적이라고 떼레사는 생각했다. 마루하는 고개가 용수철처럼 움직이도록 내버려둔 채 목을 약간 뒤로 젖히고 걸었다. 그리고 양옆으로 동그랗게 벌린 가무잡잡한 팔은 전날밤의 홍분이 아직도 감겨 있기라도 한 것처럼 힘없이 움직였다. 왜 그랬는지 알 수는 없지만, 떼레사는 게으르게 접혀 있고 결혼한 여자에게나 있는 오만한 음란함을 드러내는 그녀의 오금을 한동안 바라보았다. 가을 미풍에 그녀의 가운 자락이 몸에 착 달라붙어 앞쪽에서는 그녀의 허벅지를 어루만졌고, 뒤쪽에서는 불꽃이 이는 것처럼 펄럭였다. 떼레사는 문득 몇 미터 앞에서 걷고 있는 그녀의 불확실하고 이상한 미래, 화염에 휩싸일 내일을 예감했다. '무슨 생각을 저리 하고 있는 걸까?' 떼레사는 자신에게 물었다. '예전엔 내게 모든 걸 털어놓았는데…… 이젠 나를 믿지 못하는군.' 떼레사는 먼저 그녀에게 그녀의 방을 드나드는 남자애가 애인인지 아닌지 물어봐야겠다고 결심했다. '아니, 이 무슨 바보 같은 짓이야! 그게 뭐가 중요하다고.' 그녀는 어떻게 말을 꺼내야 할지 알 수가 없었다. 떼레사는 어린 시절처럼 그녀 뒤를 따라갔다.

떼레사는 웃고 있는 가무잡잡한 마루하의 얼굴을 보았다. 마루하는 웅덩이에 고인 고요한 물 위로 몸을 약간 숙이고 있었다. 햇빛이 반사되는 수면에서 여자의 운명을 읽기라도 하듯 그녀의 눈은 꿈꾸듯 반쯤 감겨 있었다. 그녀는 드러난 작은 가슴을 손으로 가렸다. 40년대의 어느 여름날, 저수지에서 수영하던 소녀 마루하는 떼레사에게 미숙한 유년기를 마감하게 하고, 불안하지만 경이로움으로 가득한 사춘기로의 길을 열어주었다. 떼레사는 그때 마루하뿐만 아니라 그녀가 했던 말("나도 언젠가는 바르셀로나에서 살 거야. 떼레사 너처럼 말이야")도 결코 잊을 수 없었다. 함께 수영하면서 그 말을 한 그날부터 그녀가 매우 예민해졌기 때문이다. 갑자기 귀 주변에서 스위치를 틀어 인생이 윙윙거리는 전기 소리를 내보내는 것처럼 말이다. 그것은 스스로에 대한 자각이었다. 육년 전 레우스의 농장에 떼레사가 어머니와 함께 여름을 나러 갔을 때만 하더라도 (당시에는 이 별장이 없었고, 그들은 싼헤르바시오에서 살지 않았다. 그때 그들은 그라시아에 있는 싼후안 거리 근처에서 살고 있었다) 둘은 막역한 사이였다. 농장 관리인이었던 마루하의 부모는 농장 옆에 있는 집에서 아이들과, 항상 꽃을 심으면서 집을 농장인 양 가꾸시던 할머니와 함께 살고 있었다. 그들은 그라나다의 한 시골 마을에서 이주해온 안달루시아 사람들로 떼레사의 아버지가 까딸루냐에서 첫째가는 양계장을 만들 생각으로 그 농장을 구입하기 전부터 그곳에서 일하고 있었다. 떼레사는 농장에서 피서하기를 아주 좋아했다. 그녀는 처음부터 농장 관리인이 보여준 친근함에 호감을 느꼈다. (마루하의 할머니가 '무식한 까딸루냐인'이라고 했던 농장 경영인에게서 느낀 것과는 정반대였다. 그는 번쩍거리는 오토바이를 타고 다니는 말없는 사람으로, 떼레사는 그 오토바이의 바퀴에 펑크를 내고 싶어했다. 오늘 학교에서 친구 루이스 뜨리아스와 벌인 반체제 시위와 싸보따주를 이 농장 경영인을 반대하며 재현하고 싶다는 듯 말이다.) 떼레사와 마루하는 놀면서 각자의 비밀과 꿈을 서로에게 털어놓았다. 마루하보다 세살 많은 마루하의 오빠는 아버지와 함께 들일을 나갔기 때문에 떼레사는 그를 거의 본 적이 없었다. 당시 마루하는 쾌활한 말괄량이 소녀였다. 그녀는 떼레사와 함께 물건을 사러 마을에 갈 때면 동네 남자애들을 놀려대기도 했고, 방과 후에 아이들과 몰래 저지른 흥미진진하고 기이한 일들을 떼레사에게 얘기해주기도 했다. 마루하의 이야기에 아가씨는 깜짝 놀라며 탄복하곤 했다. 마루하가 그녀보다 한살 위였지만—떼레사가 열한살에서 열네살이 되기까지 그들은 네번의 여름을 그곳에서 함께 보냈다—놀라울 정도로 훨씬 더 나이가 들어 보였다. 두살은 더 많아 보였던 마루하의 타고난 발랄함과 용모는 떼레사에게는 굉장히 인상적이었다. 당시 떼레사는 홍조를 띤 얼굴에 크고 푸른 눈을 가진 연약하고 섬세한 소녀였다. 드넓은 들판과 말괄량이 친구의 박식함 앞에서 호기심과 소심함만을 보이던 그런 소녀였던 것이다. 그녀는 농장 관리인의 딸에게 감탄했다. 마루하의 밝고 반짝이는 눈, 거침없는 시선, 그녀의 어머니가 매일 정성스럽게 빗어주는 숱이 많은 검은 머리(늘 불만이 많던 쎄라뜨 부인이 보기에도 마루하의 풍성한 머리숱은 분명 인정해줄 만한 것이었다. 부인은 큰 키와 육중한 몸에 과묵하면서 굉장히 당당한 안달루시아 여자가 농가를 제대로 돌보지 못하고 불면증──병색이 돌고 있던 그녀는 삼년 후 죽음을 맞이한다──이 있다는 것을 알았다), 가무잡잡한 피부, 귀엽고 스스럼 없는 몸짓 등은 그녀에게 생명력의 이미지 그 자체였다. 이후 마루하의 어머니가 사망하자 쎄라뜨 부인은 마루하를 바르셀로나로 데려와 집안일을 거들도록 했고, 떼레사는 더할 나위 없이 기뻐했다. 하지만 마루하가 새로운 환경인 바르셀로나에서 하녀로 일하게 되자 이전에 두사람을 잇던 보이지 않는 끈은 얼마 가지 않아 끊어지고 말았다. 그리고 떼레사의 대학 진학과 세월의 흐름은, 어느날 오후 저수지에서 수영하며 이제 막 솟아오르기 시작한 가슴을 서로에게 자랑스럽게 보이면서 귓속말로 약속했던 것들을 뒤에 둔 채, 이미 경제력 차이로 은근히 구별되는 두사람 사이를 더욱 멀어지게 했다. 둘을 한데 묶어줄 수 있는 것은 이제 아무것도 없었다. 마루하는 그런 변화를 인식조차 하지 못한 것처럼 보였지만, 더 영민하면서 교양 있고, 특히 대학 강의실에 침투한 새로운 사상을 매일 접할 수 있었던 떼레사는 그것을 몹시 안타까워했다. 떼레사는 그녀를 자매처럼 사랑했다. 그녀에게 조언을 해주고, 옷을 선물하고, 시간과 장소에 적절한 머리 모양과 옷, 행동 등을 일러주었다. 심지어 몇달 전 그녀의 집에서 열린 청춘 축제의 파티에서 가장 친한 친구들에게 마루하를 소개해주기도 했다. ("얘는 마루하야. 어린 시절 우린 함께 놀았단다.") 마루하는 언제나처럼 아가씨를 도와 사람들에게 음료를 대접했을 뿐만 아니라, 파티가 끝나갈 무렵에는 아가씨 옆에서 약간 지나칠 정도로 꽉 끼는 원피스를 입고 바보 같은 미소를 지으면서 그녀만의 방식으로 파티에 참여하기도 했다. 다행스럽게도 사람들은 그녀의 감정이 상하지 않도록 배려하며 댄스플로어로 끌어내 함께 춤을 추었다. 두말할 나위 없이 그녀 역시 춤을 추고 싶어했으며(그녀는 그 어떤 여자애들보다도 꼭 안겨 있었고, 말을 거의 하지 않았다), 실제로 그 풋내기 도련님들 사이에서는 어떤 계급에 대해 아직 사회적 악감정이 없었던 것이다. 그렇다고 그녀가 파티에서 엉망으로 보내는 것—마루하는 그곳에서 대학의 또다른 낭만적 신화 즉 계급을 뛰어넘는 동지애라는, 잘못 인식된 진보주의의 찬란한 전설이 구현되고 있음을 전혀 모르고 있었다—을 막을 수는 없었다. 다른 한편으로 아가씨가 그녀에게 보여준 믿음은 적어도 처음에는 많은 이들에게 매우 낯설었다. 웬만해서는 절대 놀라지 않고 깊은 생각에 잠긴 듯한 눈을 가진 루이스 뜨리아스 데 히랄뜨(막 감옥에서 나왔다)조차도 의아해했다. "저 귀여운 여자애는 누구야?" 그가 물었다. 쎄라뜨 집안의 하녀라는 사실을 알고는 깜짝 놀라 떼레사와 그 프롤레따리아가 그에게 말도 없이 혁명을 일으킨 게 아닐까 하는 두려움을 잠깐 느낄 정도였다. 하지만 자신의 세계 안에, 최소한 자신의 개인적인 파티에 마루하를 초대한—당시 그녀가 마루하를 위해 해줄 수 있는 것은 그것뿐이었다—떼레사의 이런 너그러운 노력은 몇개월 후 성 요한 축제 기간에 생긴 사건 이후로 영원히 종지부를 찍게 되었다. 그때 떼레사는 루이스와 마루하를 동반하고 파티에 참석했는데, 명목상 파티를 돕기 위해 갔던 마루하가 어떤 파렴치한 불청객과 정원 안쪽에서 키스하는 모습이 목격되었던 것이다. (나중에 사람들의 얘기에 의하면 그랬다는 것이다. 그때 그녀는 갑자기 지겨워져서 친구인 네네, 루이스와 함께 잠깐 산책하러 갔었다.) 나중에 그 집 아들이 설명한 바에 따르면, 무르시아 청년은 발에 차여 쫓겨나지도 않았는데, 그것은 그의 부릅뜬 검은 눈의 위세가 당당했고, 아무도 알지 못하는 떼레사의 친구라고 생각했기 때문이라는 것이다. 그 파렴치한이 누구인지도 몰랐고 그에 대해 들어보지도 못했다고 하는 마루하를 통해 사건의 진상을 파악한 떼레사는 그 집 아들의 들창코를 보며 웃었다. 그녀는 이 기회를 이용해 쁘띠부르주아들의 두려움을 다시 한번 비웃었고, 이 구역질 나는 계급의 방어장치 속에 드러난 명백한 균열을 지적했다…… 루이스는 장광설을 늘어놓고 싶은 충동을 애써 억누르며 두 여자애를 집까지 바래다주었다. 떼레사는 마루하에게 무엇이든 원하는 것을 하는 건 너의 자유일 뿐만 아니라 많은 위선적인 친구들이 보는 앞에서 낯선 남자와 키스한 것은 잘한 일이라고 말해주었다. "너는 그애들에게 삶이 어떤 것인지 가르쳐줘야 해." 그녀가 말했다. "아주 잘했어, 마루하. 너는 하나씩 배워가고 있는 것 같아……" 마루하는 차에서 그녀와 나란히 앉았으나 아무 말도 하지 않았다. 떼레사는 묘한 흥분을 느꼈다. 그녀는 마루하의 달아오른 뺨과, 립스틱을 바르지 않은 부어오른 듯하면서 부럽게도 순결을 잃은 입술을 바라보았다. 바로 그때 갑자기 이 모든 흥분과는 반대로 지금처럼 마루하가 멀게 느껴진 적이 없다고 내부의 목소리가 말했다. 진보적인 삶을 살아가는 유일한 사람은 바로 저 소심하고 멍한 아이였던 것이다. 떼레사가 이 사실을 알고 말할 수 없는 슬픔을 느낀 것은 당연했다. 마루하는 한번도 떼레사의 진보 이념에 이끌려본 적이 없었다. 마루하는 항상 어떤 이론을 내세울 필요도 없이 남몰래 혼자서 앞서갔던 것이다. 그 결과 적어도 사랑의 경험이라는 면에서만큼은 이미 큰 간격이 있음이 명백해졌다. '그 빌어먹을 처녀 딱지를 벌써 떼버렸는지 누가 알아?' 그날 떼레사는 생각했다. 그리고 어젯밤 그녀가 열쇠 구멍을 통해 본 장면은 그런 그녀의 생각을 증명하는 충분한 근거가 되었다. 떼레사는 마루하에게 진실한 애정을 느끼고 있었다. 그래서 누군가가 그녀를 사랑한다는 사실이 기뻤다. 하지만 동시에 놀랍고 당황스러웠다. 결국 이 모든 것은 떼레사에게 은근히 흥분과 부러움을 불러일으키는 원천이 되었다. 떼레사는 어린 시절처럼 마루하에게서 친밀감을 느꼈다.

떼레사는 걸음을 재촉해 마루하 옆으로 가서 다정하게 팔짱을 꼈다. "안녕, 엉큼한 사람." 떼레사가 말했다. 하녀는 살짝 놀라며 웃었다. "그래, 악당들이 따로 없지?" 떼레사가 아이들을 가리키며 덧붙였다. "조금만 참아. 걔들은 내일이면 가잖아." 마루하가 다시 웃었다. 사실 속으로는 '애들이 보고 싶을 거야. 난 애들하고 잘 지냈고, 덕분에 외롭지 않았어'라고 말했다. "얘, 네 말이 맞아." 떼레사가 말했다. "나 역시 결코 끝나지 않는 이번 여름방학이 슬슬 지겨워지기 시작했어…… 그런데 바르셀로나에 있었어도 지루하긴 마찬가지였을 거야. 너 그거 알아? 개강이나 빨리 했으면 좋겠어." 두 사람은 팔짱을 끼고 발 디딘 곳을 빤히 바라보다가 (두 사람은 갑자기 무슨 말을 해야 할지 몰랐다) 아이들을 따라 숲속으로 들어갔다. 뒤쪽 별장 옆에서 남자들의 목소리가 들려왔다.

"옷 안 벗어?" 해변에 도착했을 때 떼레사가 물었다. 그녀는 가운을 벗었다.

"오늘 해수욕 안 할 거야."

마루하는 아이들에게 작은 장난감 삽과 물통을 나눠줬다. 아이들은 곧바로 바닷가로 달려갔다. 해는 가끔씩 구름 뒤로 모습을 감추었고, 미풍이 살짝 불어왔다. 떼레사는 책을 펼쳐들고 수건 위에 누웠다. ("우리는 우리의 문명이 진정한 문명이 아닐 수도 있지 않을까라는 끔찍한 문제제기로부터 시작했다." 싸르트르의 동반자가 쑤스뗄[18]을 인용하면서 말했다.) 그녀는 책을 잠시 배 위에 올려놓고 마루하를 바라보았다.

"마루하, 묻고 싶은 게 있는데……"

그녀는 사촌 동생들이 충분히 멀리 떨어져 있는지를 확인했다. 어쩌면 이는 마루하와 대화를 나눠야 한다는 강한 욕망이 무의식적으로 드러난 것이었을 터이다. 떼레사는 동료와 함께 있을 때 그런 적이 한번도 없었지만, 여기서나 테라스에서 혼자일 때 가끔 그랬던 것처럼 일광욕을 하기 위해 수영복 끈을 내리고 가슴을 드러냈다. 해변을 달리는 아이들을 좇던 마루하의 시선이 갑자기 발그레한 아가씨의 가슴에 가닿았지만 아무런 표정 변화도 보이지 않았다. 왜냐하면 그녀는 다른 생각에 빠져 있었기 때문이었다. 나중에 알아본 그녀는 살며시 웃으면서 떼레사를 바라보았다. 떼레사도 웃음을 지어 보였다.

"얘, 이렇게 있으니까 정말 좋다." 떼레사가 책을 다시 펼쳐들면서 말했다. "마루하, 우리 어렸을 때 여름마다 농장 저수지에서 함께 수영했던 거 기억하니……?"

마루하는 정신을 딴 데 둔 듯 모래를 한움큼 쥐었다.

"응…… 그런데 내게 뭘 묻고 싶었던 거야?"

(씨몬이 말했다. "프롤레따리아와 지식인은 현실과 극단적으로 유리되어 있다. 왜냐하면 그들의 의식이 우연히 새겨지는 사상, 이

---

18 자끄 쑤스뗄(Jacques Soustelle, 1912~90): 프랑스 정치인이자 인류학자.

미지, 감정 상태를 수동적으로 받아들이고, 외적 요인들이 그것들을 순전히 기계적인 작용에 의해 생산해내며, 때로는 주체 스스로가 상상력의 망상에 사로잡혀 그것들을 만들어내기 때문이다.")
그녀는 어젯밤에 본 것을 마루하에게 솔직하게 말하기로 결심했다. 그녀는 마루하의 감정을 상하게 하고 싶지 않았고, 속으로 충분히 이해하지만 실제 경험이 없는 자신의 치부를 드러내고 싶지도 않았다. 그래서 그녀가 한 일은 그 사실이 마뜩찮고 놀라웠다라는 자신의 반응을 보인 것이 전부였다. 그녀는 두사람이 만나는 장소로 별장을 택한 것은 자살행위나 마찬가지라고 말했다.

"얘, 언젠가 예기치 않게 들킬 수 있다는 것 너도 알지? 어젯밤 부엌에 내려온 사람이 내가 아니라 엄마나 이사벨 숙모였다면 어떻게 됐을지 한번 상상해봐. 그 사람이 누구니? 물어봐도 될까?"

마루하가 첫번째로 한 행동은 훌쩍거리기였다. 떼레사가 나무란 이유는 그녀가 한 일 때문이 아니라 그 일을 그녀의 방에서 했기 때문이라는 걸 그녀는 이해하지 못했다. 그녀는 자신의 이름과 애인의 이름을 걸고 더듬더듬 변명을 늘어놓았는데, 그것은 떼레사를 혼란스럽게 만들었다. 하지만 나중에 그녀가 젊은 노동자(떼레사는 하녀의 애인이 노동자임에 틀림없다라는 결론을 내리고 있었다)에 대해 가지고 있는 독특한 생각에 의거해 해석해보니 두사람이 살면서 서로 마음을 나눈다는 것은 놀랍고도 반가운 일이었다.

"우리는 결혼할 거예요, 아가씨……" 마루하가 말을 하기 시작했다.

떼레사가 미소를 지었다. 그리고 몸을 일으켜 친구 옆으로 가서 다정하게 안아주었다.

"너를 나무라는 게 아니야, 마루하. 왜 울어? 사랑에 빠진 거니?"

마루하가 고개를 끄덕였다. "너…… 아무에게도 말 안할 거지? 그럴 거지? 정말 다른 사람들에게 말하지 않을 거지?" 가끔 마루하는 단둘이 있을 때 떼레사에게 반말을 하곤 했다. 다른 누군가와 같이 있을 때, 특히 가족들 앞에서는 절대 반말을 하는 법이 없었다. 떼레사의 만류에도 불구하고 마루하는 어리석은 존경을 표현한답시고 '당신'이라는 말을 사용하는 경우가 종종 있었는데, 떼레사는 이를 싫어했다.

"아무 말도 안할게." 떼레사가 약속했다. "네 방에서 만나기 시작한 지는 얼마나 됐어?"

"몇주 됐어. 우리 결혼할 거야…… 떼레사 제발 아무 말도 하지 마. 다시는 이곳에 오지 말라고 할게…… 별 볼 일 없는 사람이지만 아주 착해. 당신 같아요. 가끔 아주, 정말 아주 혁명적인 구석도 있고, 화도 잘 내고…… 그런데 나쁜 점은…… 가끔 숨을 곳이 필요하다는 거야. 아주 가끔인데 그래서 날 보러 오는 거야. 단지 그것 때문에."

"그게 무슨 말이야?"

"아이, 아가씨, 잘 모르겠어요……! 나는 감히 말 못하겠어. 아무에게도 말하지 않겠다고 약속해줘."

("생리하고 출산하는 여성은 삶의 문제에 대해 생물학자보다 훨씬 더 강한 '직관'을 가지고 있다. 농부가 땅에 대해 농학 전공자보다 훨씬 더 정확한 직관을 가지고 있는 것처럼 말이다." 씨몬은 그녀에게 이렇게 일러주었다.)

"자, 바보처럼 굴지 말고 말해봐. 우린 친구잖아. 네 애인은 왜 숨어야 해? 누구로부터?"

그녀는 그 내용을 웬만큼 확신했지만 재차 확인하고 싶었다. 그녀는 마루하의 눈앞에서 책을 펼쳐들고 일부러 무관심한 척했다.
그녀는 책의 행간을 읽으며 부러운 마놀로 싸르트르 또는 장뽈 삐
호아빠르떼의 동반자 '마루하 드 보부아르'의 말을 들었다.

"자, 괜찮아……"

"아주 창피한 일이야." 마루하가 말했다. "너에게 말한 걸 그가
알게 되면 엄청 화를 낼 거야. 게다가 네가 어떻게 할 수 없는 일이
야. 불행한 일이지……"

"괜찮아, 진정해. 넌 엄마랑 이야기하는 게 아니야. 어서 말해봐.
혹시 내가 도와줄 수 있을지도 모르잖아……"

마루하는 침을 삼키며 아가씨를 두어번 바라보고는 고개를 가
로저었다. 떼레사는 한쪽 손에 책을 들고 다른 쪽 손으로 수영복을
가슴 위로 끌어올렸다. 그녀는 한숨을 쉬면서 다시 엎드려 누웠다.
친구의 불신이 못마땅한 게 역력했다. "네 맘대로 해."("실제로 모
든 부르주아는 계급투쟁을 감추는 데 급급하다." 씨몬이 그녀의 귀
에다 대고 속삭였다.)

"참 웃기지." 그녀가 마루하를 바라보지 않고 말했다. "무슨 말
인지 아니? 너도 바보 같은 편견을 정말 많이 가지고 있어, 마루
하."

떼레사는 다시 수영복을 아래로 내렸다. 태양이 강하게 내리쬐
고 있었다. 그녀는 가슴 깊은 곳에서 따스함과 한줄기 부드러움을
느꼈다. 그런데 갑자기 예민해진 그녀는 아주 황급하게 자기방어
를 하듯, 하지만 아무 생각도 없이 가슴을 두 손으로 가렸다. 떼레
사는 오랫동안 자신이 갈구해온 관능적인 분위기가 자신과 자신의
생각을 실제로 지배하고 있다는 것을 알지 못했다. 그리고 별장 주
변을 배회하는 익명의 노동자인 그 청년과 그의 한가로운 삶이 어

떤 의미에서는 사회 발전을 상징하고 있음을 어렴풋이 직감했다. 그녀는 눈을 감았다. 손으로 가슴의 따스함을 유지하고 싶었다. 손가락 사이로 연보랏빛을 띤 아직 덜 익은 포도 같은 유두가 보였다. 그녀는 문득 확신이 들었다. 그녀의 마음속에 노동자가 갑자기 등장했기 때문인지, 아니면 그녀의 머리 뿌리까지 전율케 하는 태양의 애무 때문인지 알 수는 없었지만, 뭔가가 그녀로 하여금 상체를 일으키게 만들었다. 마침내 결심한 듯한 목소리로 마루하가 마놀로와의 일을 고백하기 시작했다. 하지만 하녀는 이야기를 시작하자마자 곧 중단해버렸다. 마루하는 모든 것을 설명하는 그 끔찍한 단어(도둑)를 감히 입 밖으로 낼 수가 없었다. 그리고 비록 실행에 옮기지는 않았지만 사모님의 보석을 훔치려고 했던 그의 생각이 떠올라 울음이 터져나왔다. 이는 여대생의 영웅에 대한 상상력을 결정적으로 촉발했다.

"그럴 줄 알았어." 떼레사는 마치 자기 자신에게 말하는 것처럼 말했다. "이유는 모르겠지만 난 확신하고 있었어. 그 사람을 어떻게 알게 됐니?"

"그를 본 게…… 친구들 모임에서야. ('그 파티에서라고 말하지 말아야. 그때 뭔가를 훔치기 위해 들어왔다고 생각할 수도 있으니까.') 그래, 어떤 집에서 만났어."

"노동자지? 그렇지? 그럴 줄 알았어." 떼레사는 마루하의 대답에는 관심도 없었다. 어린 시절 마루하에게 남자애들과의 열정적인 모험담에 대해 자세하게 물을 때처럼 아름다운 여대생의 목소리에는 약간의 의기소침함과 동경이 배어 있었다. 갑자기 그 젊은 노동자의 초인적 존재감을 느껴서일까, 그녀는 서둘러 수영복 끈을 끌어올렸다. "모임에 너를 가끔 데려가니?"

"아니…… 떼레사. 위험하니 그러지 말라고, 결혼해서 조용히 사는 게 최선일 거라고 내가 말도 하고 애원도 했어. 그런데 그는……!"

"어디에서 일해?"

아무렇지도 않게 질문하는 떼레사의 태도에 놀란 마루하가 그는 불행하게도 실업자라고 대답하려고 했지만 떼레사가 질문을 추가했다.

"그리고 또 한가지, 넌 그를 도와주고 있니?"

마루하는 순수하고 성스러운 분노로 얼굴이 붉어졌다.

"내가? 하느님, 맙소사……! 그는 미쳤고 파렴치한 놈이야. 나를 이상한 일에 써먹으려고 하는……! 난 이젠 아주 질리고, 질리고, 질려버렸어!"

"알았어, 진정해." 떼레사는 생각에 잠긴 듯한 어조로 말했다. "그렇게 말하지 마. 네가 이해하지 못하는 일도 있을 거야, 마루하."

"내가……? 그럼 난, 불쌍한 난 어떡하라고? 난 그를 사랑해. 사랑한다고……! 그리고 당신은, 아가씨는 아직 최악의 일을 몰라요. 그의 머릿속에 무슨 미친 생각이 있는지 아가씨는 모른다고요!"

그녀는 보석 이야기를 꺼내려고 했다. 하지만 아가씨는 그녀의 이야기를 듣고 있는 것 같지 않았다. 듣더라도 그녀를 아주 이상하게 바라보았다. 떼레사의 표정은 음악에 빠져 있는 사람 같았고, 열광적인 상상의 신기루를 통해 마루하를 바라보지 않으면서도 보는 것 같았다. 정확히 말해서 그녀는 마루하의 설명에 귀 기울이고 있는 게 아니라 마루하의 말들 사이에서 멜로디만을 포착해 듣고 있었다. 떼레사는 갑자기 미소를 지었고, 두 팔로 울먹이는 마루하를 뒤쪽에서 다시 껴안았다. "다 잘될 거야. 걱정하지 마." 그러고 는 꿈꾸는 듯한 눈으로 바다를 바라보았다. 떼레사는 벌써 루이스 에게 어떻게 말해야 할지 생각하고 있었다. '놀라운 소식이 있는데 말이야, 이 나라는 몇몇 사람들이 생각하는 것처럼 그렇게 나쁘지 만은 않아. 삶이라는 것은 휴가철의 새콤달콤한 아몬드나 부잣집 아가씨의 썩어빠진 의식에서 나오는 생각처럼 그렇게 단순하지만 은 않아. 뭔가를 하고, 일하고, 음모를 꾸미고……' 떼레사가 한숨 을 내쉬었다. 마루하는 무엇을 해야 할지 몰랐다. (나중에 그녀는 묘한 우연의 일치를 떠올렸는데, 아가씨의 방을 정리하면서 침대 위에서 발견한 책 중 하나가『무엇을 할 것인가?』였던 것이다.) 그 녀는 모래 위에 누워서 눈물을 닦았다. 그 순간 애들 중 가장 큰 녀 석이 물이 가득 든 작은 플라스틱 물통을 들고 와서는 떼레사에게 부어버렸다.

"호세 미겔, 이 바보 같은 녀석아!" 떼레사가 소리쳤다. "저리 가. 안 가면 때려줄 테야! 네가 한 짓을 봐!"

가운, 수건, 담배, 씨몬 드 보부아르의 책, 떼레사의 금발과 가무 잡잡하게 그을린 가슴이 모두 젖어버렸다. 그녀는 몹시 화가 났다. 그녀 앞에 꼼짝도 않고 선 사촌은 손에 물통을 든 채 웃고 있었다. 떼레사는 수영복 끈을 단단히 조였다. 마루하가 그 아이에게 손짓 을 했다.

"이리 와, 호세 미겔." 마루하는 그 아이가 다가오자 손수건으로 코를 닦아주고 바지를 추슬러주었다. 그러고는 애정을 담아 엉덩 이를 한대 찰싹 때린 뒤 보내면서 말했다. "여동생이 물가에 너무 가까이 가지 않나 잘 보렴. 아니, 동생을 찾아 함께 오렴. 술래잡기 를 하게."

떼레사는 젖은 몸을 말리는 동안 슬픈 눈으로 친구를 바라보았다. 그리고 아무 말 없이 수건을 뒤집어 그 위에 다시 누웠다. 마루하도 다시 모래 위에 드러누웠다. 마루하의 머리는 떼레사의 머리에서 한뼘 정도 떨어져 있었는데, 가끔 곁눈질로 젖은 금발과 하늘에 빠진 듯 푸른 눈을 가진 아가씨의 아름답고 사랑스러운 옆모습을 바라보았다. 무슨 생각을 하고 있을까? 이제 마놀로에 대해 더 이상 알고 싶지 않은 걸까? 당연하다. 아무도 그녀를 도울 수 없을 테니까.

"한대 피워." 떼레사가 그녀에게 담배를 권하며 말했다. 두사람의 머리가 성냥불의 보랏빛 불꽃 위로 모아졌다. 두사람은 잠깐 동안 같은 책을 읽고 있거나 동일한 한가로운 호기심을 가진 것처럼 보였다. "어디에 사니?"

"누구? 마놀로?"

"응."

"몬떼까르멜로."

"몬떼까르멜로……? 아, 맞아. 이제 기억나."

떼레사는 뭔가 재미있는 일이 생각난 듯 갑자기 미소를 지었다. 떼레사는 등 뒤에서 아버지와 하비에르 삼촌의 목소리가 들려오자 이야기를 하려다 멈췄다. 아버지와 삼촌이 웃는 것으로 보아 두사람 중 누구도 사유지를 침범해 들어온 뻔뻔한 불량배들이 일요일 날 울타리에 저지른 만행을 이야기하고 있는 것 같지는 않았다. 마루하는 그들이 다가오기 전에 일어나 아이들과 함께하려고 자리를 떴다. 떼레사는 마루하가 운 것을 그들에게 보이지 않으려고 자리를 떴다는 걸 알았다.

모든 것은 그저 막연하고 부주의한 감정이 초래한 결과에 지나지 않았다. 마루하는 아가씨에게 고백한 것을 후회했고, 그날 이후 아가씨가 마놀로에 대해 물어오면 어정쩡한 대답으로 얼버무리곤 했다. 마루하는 아가씨가 집에서 자신을, 말하자면 자신이 하는 일에 비해 훨씬 더 유연하고 지적으로 대해준다는 것을 알았다. 떼레사는 마루하가 일상적으로 하는 집안일(예를 들어 식탁을 차리거나 전화를 받는 일)을 보고 가끔 놀라곤 했다. 떼레사는 자신의 동작 속에 친근함이 얼마나 배어 있는지 살펴보라는 듯 마루하에게 시선을 고정하고 뚫어지게 바라보았다. 그리고 마루하와 눈이 마주치면 떼레사의 시선은 어떤 공모를 암시하는 애정 어린 미소나 윙크로 변하곤 했다. 그럴 때 떼레사의 머릿속은 무엇으로 들끓는지 하녀에게는 수수께끼였다. 몇달 후 겨울, 떼레사는 바르셀로나에서 운명적으로 무르시아 출신의 그 미남을 정원 울타리를 사이에 두고 가까이에서 보면서 몇마디 말을 주고받을 수 있었다. 그리하여 어느날 해변에서 마루하에게서 듣고 멋대로 가졌던 젊은 노동자에 대한 관념은 이제 그녀의 마음속에 하나의 강력한 교리로 자리 잡게 되었다. 예전에 그녀는 행복의 가능성이란 발가벗은 가슴 위로 햇살이 미끄러지듯, 그리고 꿈속의 애무처럼 달아나버린다고 생각했다. 하지만 이제 그 청년을 알고 난 후 떼레사는 확신을 갖게 되었다. 그녀는 자신이 알게 된 대단한 이야기를 루이스 뜨리아스에게 상세히 들려주고 (그녀는 가엾은 마루하가 알면 놀랄 정도로, 활동적인 노동운동가에게 있을 것이라 짐작되는 매력적인 요소들을 가미해 이야기를 윤색했다) 확신시키려 했지만, 그는 믿으려 들지 않았다. 그 명망 있는 대학생은 중앙위원으로서의 막중한 책임감을 가지고 그 모든 것을 확인하고 싶어했으며, 그의 그런 태도는 떼레사에게 강렬한 인상을 주었다. 그녀는 하녀에게 새로운 질문을 던지고 싶었고, 이번에 결정적인 증거를 잡게 되었다. 그것은 그의 지적인 능력이 아니라 잘 훈련된 비밀조직원들의 특징인 기밀유지 본능──이것은 떼레사의 생각이다──이었다. 마루하는 질문의 정치적 의미를 이해하지 못하는 것처럼 행동했다. 마루하의 애인이 안전을 이유로 자신의 활동에 대해 발설을 금지한 것이 분명했다. 루이스는 이보다 더 명백한 증거를 원했을까?

별장의 계단을 내려오는 동안 떼레사는 어떻게 보면──오늘밤 일어난 끔찍한 일과 달리──마루하가 운이 좋은 애라고 생각했다. 그녀는 잠깐 이야기를 나누기 위해 마루하를 깨워야 할지 말아야 할지 결정을 내리지 못하고 있었다. 아래층으로 내려온 그녀는 현관을 가로질러 가서 거실의 불을 켰다. 그녀는 소파에 누워『엘르』를 집어들었다. 얼마 후 그녀는 잡지를 바닥에 던져버리고 다시 일어났다. 뭔가가 생각나 (다시는 결코, 결코 하지 않으리라) 눈에 눈물이 고였다. 그녀는 부엌 쪽으로 향했다. (마루하의 방문 밑으로 불빛은 새어나오지 않았다.) 그녀는 냉장고에서 과일주스를 꺼내 컵에 따랐다. 울음이 터지려고 했다. 집 안의 정적은 그녀의 신경을 자극했고, 근육을 압박했다. 그녀는 돌아서서 다시 복도를 따라 걸었다. (문 밑으로 불빛이 새어나오는 방은 없었다.) 그녀는 거실로 가서 한 손에는 잔을, 다른 한 손에는 잡지『엘르』를 들고 소파에 다시 누워 무릎을 세우고 불안한 듯 좌우로 움직였다. 이제 파도소리도 들려오지 않았다. 창문의 격자 저 너머 수평선 위로 발그레한 해가 고개를 내밀고 있었다. 무릎의 반복적인 움직임 때문에 가운이 벌어졌다. 그녀는 누워서 자신의 상처 입은 여성을 비단과 정말 사랑스러운 피부 사이에 있는『엘르』의 화려하고 우호적인 세계에 동화시키고자 애썼다. 무의식적으로 그녀의 달아오른 허벅지가 파도의 리듬에 맞춰 부드럽게 요동쳤다. 곧 날이 밝아올 것이다. 그녀는 읽고 있던 것(별자리 운세)에 흥미를 느끼며 막 집중하려는데, 갑자기 뭔가가 주의를 흩뜨려놓았다. 자신의 살이 서로 스치고 있었다. 그녀는 동작을 멈췄다. 그녀의 푸른 눈에 이슬이 맺혔고, 눈앞이 희뿌예져서 아무것도 보이지 않았다. 그녀는 겁탈을 당해 떨고 있는 소녀처럼 턱을 가슴에 고정하고, 흘러내린 머리가 얼굴을 온통 뒤덮은 채로 소파에 웅크리고 있었다. 그녀는 아름다운 신화를 잃은 슬픔에 『엘르』의 매끄럽고 화려한 페이지 위로 하염없이 눈물을 떨구기 시작했다. 공교롭게도 잡지의 별자리 운세 코너에는 이렇게 씌어져 있었다. "당신의 사랑이 바뀔 것이다."

악하고 절개 없는 이 세대가 기적을 요구하나
요나의 기적밖에는 따로 보여줄 것이 없다.
─「마태오 복음」 16장 4절

오리올 쎄라뜨는 발메스 병원으로 들어갔다. 그는 수위에게 친근한 인사를 건네고 오십이라는 나이에 걸맞지 않게 민첩하게 계단을 올라갔다. 그런 다음 회벽으로 둘러싸인 이층 복도를 따라 21호실 문까지 갔다. 병실에 들어가기 전 그는 잠시 멈춰서 손수건으로 이마의 땀을 닦았다. 그런 다음 신장이 아프기라도 한 것처럼 한쪽 손을 옆구리에 얹고서 병실 문을 열고 들어갔다. "화가 나는군." 오전 11시였다.

그의 아내와 딸은 마루하가 누워 있는 병실 옆의 작은 응접실에서 반쯤 열린 하얀 격자창으로 들어오는 뿌연 햇살을 받으며 낮은 목소리로 이야기를 나누고 있었다.

"상태는 어떻소?" 그가 물었다.

"여전해요." 가방에서 손수건과 옷가지들을 꺼내던 쎄라뜨 부인이 말했다. "마놀로라는 이름만 불러대네요…… 아침식사는 했어요?"

"그런데 그 친구가 누군데?"

"누군지 짐작할 수 있을 텐데요. 아침식사는 했어요?"

"했소."

"마루하의 애인이에요, 엄마." 가죽 안락의자에 글자 그대로 푹 파묻혀 있던 떼레사가 끼어들었다. "애인이라고요. 말씀드렸잖아요. 그 사람한테 알려야 해요."

"좋은 생각이긴 한데 내가 알기로 마루하는 애인이 없어. 있었던 적도 없고."

"엄마는 아무것도 몰라요."

"그래, 좋다. 네 맘대로 하렴. 그건 내가 상관할 바는 아니지. 지금 당장 알려야 할 사람은 저 애 아버지야."

말을 하면서 그녀는 자신의 제안에 동의해주기를 기대하며 남편을 바라보았다. 하지만 쎄라뜨 씨는 대꾸하지 않고 방을 가로질러 마루하의 병실로 향했다. 그의 구두가 연녹색 모자이크 바닥 위에서 삐걱삐걱 소리를 냈다. 그는 문을 약간 열고 안을 들여다보았다. 시트 사이로 마루하의 얼굴이 보였다. 그녀는 눈을 감고 입을 벌린 채, 보이지 않는 샘물을 마시려는 듯 턱을 약간 쳐들고 있었다. 창백한 이마는 땀으로 덮여 있었다. 창가에는 의자에 앉아 잡지를 읽고 있는 젊은 간호사가 있었다. 그녀가 잠깐 고개를 들어 문 쪽을 바라보았다. 쎄라뜨 씨는 인사를 대신해 가볍게 웃어 보이고는 문을 닫았다. 그가 바라던 대로 간호사가 잘 돌보고 있고, 모든 것이 완벽하게 돌아가고 있었다. 그는 그저 집에서 늘 짓던 책망과 짜증이 섞인 표정을 지었는데, 그것은 그 누구에게 향한 것이 아니었고, 그렇다고 자기 자신에게 향한 것도 아니었다. 그는 몸을 돌려

아내와 딸을 바라보았다. 두사람은 낮은 목소리로 이야기하고 있었다. 그는 다시 방을 가로질러 안락의자가 있는 쪽으로 향했다. 푸른색 여름 정장에 파묻힌 그는 몹시 더워 코로 힘겹게 숨을 내쉬면서 손바닥을 완전히 뒤로 젖히고 부채질하면서 걸었다. 그는 병원의 오염되지 않은 공기를 휘젓는 것이 두려운 듯 손을 자연스럽게 흔들지 못하고 신중하게 움직였다. 그의 팔놀림은 경직되어 있었는데, 이제 막 기름을 쳐서 돌리기 시작한 기계 같았다. 오리올 쎄라뜨는 키가 크고 건장했다. 관자놀이에 백발이 나 있었고, 잘 다듬은 콧수염이 희끗희끗했다. 얼굴은 길고 가무잡잡했으며, 사냥개처럼 뺨이 길었다. 아름다운 턱은 약간은 고지식하거나 엄해 보였지만(파이프 담배를 물고 다녀 턱이 변형된 탓에 엄하게 보였다. 침을 뱉거나 욕을 하려고 할 때의 턱 모양처럼 말이다), 30년대에 유행하던 남성적 아름다움을 아직도 간직하고 있었다. 까딸루냐의 유약한 워너 백스터[19]라고 할 만했다. 때때로 그의 얼굴에는 임시 경마 기수처럼 불안한 기색이 보였다. 하지만 엄격하게 미적인 그의 장점은 그를 지적이고 세련된 중년의 대열에 포함될 수 있도록 했다. 여기서 중년이란 한결같이 우아하고 매력적이면서, 공들여 유지하고 심혈을 기울여 다듬은 콧수염을 가진 이베리아 남성으로, 젊은 시절에 이룬 성공을 영속화하고자 하는 이들이었다. 하지만 그의 얼굴에서 발산되는 매력을 평범한 것으로 치부한다 하더라도 오리올 쎄라뜨를 돋보이게 하는 것은 끝이 뾰족한 작은 입이었다. 항상 뭔가를 반추하는 듯 교활하게 보이면서도 까딸루냐 사업가 특유의 분위기를 드러내는 그 입은 매우 특이하고 사변적

---

19 워너 백스터(Warner Baxter, 1891~1951): 미국의 영화배우로 1930년대를 대표하는 남성상으로 흔히 손꼽힌다.

이며 고유한 생명을 가지고 있는 것 같았다. 그 입은 그가 쓸데없는 지성의 표명으로 여기는 것 (예를 들면 정치적인 이야기) 앞에서는 더욱 날카롭고 회의적으로 날을 세울 준비가 되어 있었다. 그는 앉기 전에 통증이 있는 듯이 배에 손을 얹고 아내를 바라보았다. 아내는 이 제스처가 어떤 의미인지 알고 있었다. 그가 화를 내기 전에 항상 보이는 모습이었던 것이다.

"마르따." 그가 안락의자에 앉으며 말했다. "당신 언니가 오늘 오후에 마드리드에서 오니까 블라네스로 마중 나가야 한다는 거 잊지 마오…… 우리가 여기서 할 수 있는 건 이제 아무것도 없소. 이건 꽤 오래갈 거요. 봐요, 잘 알면서 여기서 그냥 하릴없이 시간을 보내는 건 쓸데없는 일이오……"

"오리올……"

"……우리가 해야 할 일은 다 했소. 밤낮으로 돌보는 간호사가 있는데 뭘 더 바라는 거요? 별장으로 돌아가오. 난 몇가지 일을 처리하고 내일이나 모레쯤 갈 테니까. 가끔씩 보러 오면 되잖소."

"오리올, 제발 목소리 좀 낮춰요." 그녀가 간청했다. 그리고 마루하를 위해 침묵을 지키는 친절을 베풀어야 한다는 듯 한참 동안 말없이 그를 바라보았다. "할 수 있는 한 최선을 다해봐야죠. 하지만 조용하게 해야 해요." 그녀는 딸을 향해 몸을 돌렸다. "떼레사, 넌 어떻게 할 거니……? 그런데 얘가 녹초가 됐네!"

피곤에 지친 떼레사가 졸고 있었다.

"저는 여기 남을래요." 그녀가 중얼거렸다.

"쓸데없는 짓을 하는 사람이 또 있군." 그녀의 아버지가 투덜거렸다. "넌 집에 가서 자도록 해라."

"전 괜찮아요, 아빠."

"넌 사흘 동안 한숨도 못 자 신경이 곤두서 있어." 그녀의 어머니가 손으로 이마를 만지려다 말고 말했다.

"아이, 엄마, 절 내버려두세요. 전 괜찮아요!"

그녀의 푸른 눈이 얇고 예쁜 눈꺼풀 사이에서 슬픔에 젖은 채 어디를 봐야 할지 방황하고 있었다. 마루하는 사흘 전 입원한 이후로 계속 심각한 상태였다. 그녀의 부모는 모르고 있었지만, 떼레사는 꽤 여러날 잠을 자지 못한 상태였다. 별장의 소파에서 얼핏 잠들었던 그날 아침 (『엘르』가 그녀의 손에서 스르르 미끄러진 지 몇 시간이 지났을 때) 요리사의 비명소리가 그녀를 깨웠다. 그후로 그녀는 친구 곁에서 떨어져 있지 않으려고 했다. 침대 위에 의식불명인 상태로 누워 있는 마루하를 발견한 사람은 마루하가 제시간에 오지 않는 게 이상해 깨우러 간 나이 든 요리사 떼끌라였다. 걱정과 막연한 자책에 휩싸였던 떼레사는 위경련이니 일사병이니 하고 떠들어대는 관리인의 도움을 받아 마루하를 담요로 감싼 뒤 곧바로 차에 태워 블라네스의 보건소로 향했다. 그곳에서 하녀는 앰뷸런스로 바르셀로나의 한 개인병원으로 이송되었다. 딸이 전화해서 소식을 알게 된 쎄라뜨 씨가 필요한 조치를 취해둔 참이었다. 그는 아내 및 쌀라딕 박사와 함께 그곳에서 기다리고 있었다. 쌀라딕 박사는 병원 원장이었고 그 가족과 친분이 있었다. 떼레사는 자신의 차를 타고 앰뷸런스를 따라갔다. 쌀라딕 박사는 마루하가 전날 무엇을 했는지 궁금해했고, 떼레사는 그녀가 나루터 계단에서 넘어진 것을 얘기해줬다. "다치지는 않았어요. 그때 전 괜찮다고 생각했죠. 오후 내내 저와 함께 있었고, 밤에 블라네스에도 함께 갔어요. 많이 졸린 듯했고, 그래서 일찍 잠자리에 들었는데…… 언제쯤 의식을 잃은 것 같나요?" "자는 사이에 그랬거나 오늘 아침 일

어나면서 그랬을 수도 있어요. 뭐라고 단정하긴 힘듭니다." 의사는
그러면서 가끔 사고 발생 후 의식불명이 되기까지 시간 차가 있을
수 있으며, 며칠 후에 의식불명이 되는 경우도 있다고 했다. 의학적
으로 할 수 있는 일은 아무것도 없었다. 절대적인 안정만이 필요할
뿐이었다. "수술도 할 수 없습니다." 의사가 덧붙였다. "증상이 모
호해요. 출혈이 없습니다. 약간의 피하출혈이 뇌 전체로 확산된 것
일 수 있습니다." (의사는 거의 쓰러질 정도로 정신이 나간 쎄라뜨
부인을 바라보며 이는 수술할 수 없는 작은 상처라고 말했다.) 환
자의 상태가 매우 심각해서 기다리는 것 외에 달리 할 수 있는 것
이 없었다. 마루하는 의식을 회복하지 못한 채 가끔 의미 없는 말
만 몇마디 중얼거릴 뿐이었다. 그날과 그 이튿날 떼레사는 안락의
자에 앉아서 친구의 병상을 지켰다. 가끔 마루하는 혼수상태에서
가늘게 신음하며 마놀로의 이름을 불렀다. 딱 한번 눈을 떠서 떼레
사를 뚫어지게 바라보았지만, 그녀의 시선에는 초점이 없었다. 둘
째 날 밤에 있었던 일이었다. 이후 그녀는 더 깊고 우려할 만한 혼
수상태로 빠져들었다. 쌀라딕 박사는 간호사에게 한시도 그녀 곁
을 떠나지 말 것을 주문했다. "봤어요?" 쎄라뜨 부인이 낮 근무를
하는 간호사를 알아보고 남편에게 토끼 같은 미소를 지으며 말했
다. "지난여름 빨마의 호텔에서 쌀라딕 박사가 소개해줬던 아가씨
잖아요……" 쎄라뜨 씨는 아내가 실수할까봐 그녀의 말을 잘랐다.
그동안 떼레사는 눈시울을 붉힌 채 흰 시트 아래서 미동도 없이 누
워 있는 마루하의 몸을 여러차례 살펴보았다. 처음 이틀 동안 떼레
사의 어머니는 딸에게 눈을 좀 붙일 것을 권유하면서 12시까지 병
원에 남아 있었다. "우린 둘이 함께 나갈 거예요." 떼레사가 말했
다. "물론 운이 나쁘면 저 혼자 나갈 수도 있겠지만요. 그때까지 전

여기서 꼼짝도 안할 거예요." 사흘째 되는 날 새벽 4시쯤 떼레사는 마루하의 죽음을 예감했다. 그녀는 갑자기 혼자라는 느낌이 들어 간호사에게 안겨 울음을 터뜨렸다. "마루하, 마루하……" 떼레사가 흐느꼈다. 아직도 바위 꼭대기에서 손을 흔들던 그녀와 허공을 나르던 그 빌어먹을 쌘들, 헛발질하던 그녀의 모습이 눈에 선했다. 루이스 뜨리아스와 나누었던 대화들, 그와의 입맞춤이 떠오르자 떼레사는 더욱 격렬하게 울었고, 급기야 간호사를 감동시키기에 이르렀다. 간호사는 매부리코에 붉은 입술, 펑퍼짐한 엉덩이를 가진 선정적인 마요르까 여자였다. 그녀는 최근 뜻밖에 쌀라딕 박사에게서 맹장수술을 (아주 성공적으로) 받았다. 간호사는 떼레사를 꼭 안으면서 ("울지 마세요. 박사님을 믿어요……") 집에 돌아갈 것을 권유했다. 하지만 떼레사는 남아 있겠다고 고집을 부렸다. 떼레사는 고통스러워하는 마루하의 얼굴과 땀으로 범벅이 된 그녀의 이마와 오후 내내 '마놀로'만 연신 되풀이하는 그녀의 입술을 바라보았다. 오늘 아침 9시에 떼레사는 커피를 마시러 나갔다가 돌아오는 길에 어머니를 봤다. 어머니는 아버지의 말에 별로 귀를 기울이지 않는 것처럼 보였다.

"더이상 얘기하지 마오, 마르따. 차 가지고 가요, 난 필요 없으니까."

쎄라뜨 씨는 아내가 적당히 반대하다가 결국 자신의 말을 따르리란 걸 알았지만 그녀와 말다툼하는 게 싫었다. 그는 아내를 바라보았다. 아내는 빨간색과 파란색으로 날염한 커다란 가죽 조각이 덧대어진 면 원피스를 입고 있었고, 원피스와 같은 재질과 색상의 비치백을 들고 있었다. 그녀는 격자창을 등진 채 가지런히 다리를 모으고 안락의자에 꼿꼿이 앉아 있었다. 그녀는 격자창을 통해 간접적으로 들어오는 하늘거리는 빛을 아주 좋아했다. 그녀는 남편보다 훨씬 젊어 보였다. 마흔다섯이라는 나이가 무색하게 그녀는 놀라울 정도로 튼튼했고 기적적으로 아직 탄력이 있어 보였다. 개와 조카들을 데리고 그녀가 비키니 차림으로 해변을 달릴 때면, 쎄라뜨 씨는 햇볕에 그을렸고 물에 젖어 반짝거리는 그녀의 피부에 감탄하곤 했다. 그때마다 그는 그녀의 육체가 지닌 신비로운 힘을 새삼 느꼈고, 동시에 인생에서 모든 걸 다 가질 수는 없다는 생각을 문득 하곤 했다. 그는 무서울 정도로 질투심이 강한 사람이었던 것이다. 그럼에도 불구하고 정확한 이유는 알 수 없지만, 그는 아내의 다리를 볼 때마다 마음이 차분해졌다. 그녀 자신은 싫어했지만 마르따 쎄라뜨의 다리는 단단하면서 약간 굵었고, 햇볕에 그을린 발목이 뒤틀렸으면서 붉었다. 또 그녀는 계란형의 섬세한 얼굴을 가지고 있었고, 갸름한 턱과 주근깨와 맑은 눈 때문에 약간 영국인 같아 보였다. 그밖에도 밀짚 색깔의 젊어 보이는 머릿결 덕분에 그녀는 딸과 같은 머리 모양을 할 수 있었고 돋보이는 소녀 분위기를 유지할 수 있었다. 쎄라뜨 씨는 젊은 시절(그는 힘든 젊은 시절을 보내서 강한 출세욕을 가지고 있었다. 사실 친구들 사이에서 그의 젊은 시절은 잘 알려져 있지 않다)에 그런 그녀의 모습에 매료되었고, 그녀의 모습은 아직도 그를 내심 두렵게 했다. 하지만 잊지 말아야 할 것은, 정신적으로 건강하고 남편에게 확고한 지지를 보내고 있음을 증명하는 전형적인 까딸루냐 여자의 통통한 다리, 즉 완고하고 가정적이면서 안정적이고 차분한 느낌의 다리를 그의 아내가 가지고 있다는 사실이다. 그녀는 약간의 바람기가 보이긴 하나 가정의 안락을 추구하고 남편에게 순종하는 다리, 요컨대 실용적이고 견고한 미덕의 상징인 복종과 경제적 안정까지를 아우르는 그런 다리를 가지고 있었다. 그런 다리를 가진 그녀가 말했다. "당신 맘대로 해요, 오리올."

그녀는 무거운 백과사전과 학술서적의 우울한 정원에서 자라났다. (부친은 몰락한 명문가 출신으로 전쟁 전 빨마데마요르까의 한 고등학교에서 프랑스어 선생으로 일했다.) 마르따 쎄라뜨는 가끔 의외의 일—예를 들어 문화를 위한 딸의 학생운동 참여—에 찬성하는 경향이 있었다. 하지만 모든 것은 남편이 결정하도록 했다. "쌀라딕 박사가 우리에게 전화로 알려줄 것이오." 남편이 말했다. "당신은 또 가끔 올 수 있잖소. 떼레사는 맘대로 하라고 해요."

"저는 여기 있을게요, 아빠."

"식사는 어디서 할 거니?" 그녀의 어머니가 물었다. "비센따는 나와 함께 갈 거야. 불쌍한 떼끌라 혼자 다 할 수 없으니 데려가야 해. 게다가 네 사촌들과 이사벨이 오니까……"

마루하와 요리사 외에도 하녀가 한명 더 있었다. 발렌시아 출신의 나이 든 그 하녀는 8월까지 쎄라뜨 씨 시중을 드느라 바르셀로나에 있었고, 주말에만 별장에 갔다. 쎄라뜨 씨가 이의를 제기했다. "비센따는 여기 있어야 하오." "며칠 식당에서 드셔도 되잖아요." 아내가 말했다. 쎄라뜨 씨는 역정이 날 대로 났다. 그가 자리에서 일어나며 말했다. "이게 며칠 만에 될 일이 아니잖소, 마르따. 쌀라딕 박사가 하는 말 못 들었소? 저 애의 상태가 일주일을 갈지, 육개월을 갈지 모른다잖소……" 갑자기 창가 쪽에서 울먹이는 소리가 났다. 떼레사가 좀전에 벌떡 일어나 그들에게 등을 돌린 채로 있었던 것이다. 분홍색 원피스 사이로 보이는 그녀의 가무잡잡한 어깨가 격자창을 통해 들어오는 빛 아래에서 들썩거렸다.

"떼레사, 얘야." 그녀의 어머니가 다가가며 말했다. "울지 마라.

자, 그만 그치렴."

"저기 저 애를 두고 아무렇지도 않게 어떻게 그런 말을 하실 수 있어요!" 정치성을 띤 금발 머리가 항의했다.

어머니는 딸의 어깨를 당겨서 자기 옆에 앉혔다. 쎄라뜨 부인은 당신이 한 짓 좀 보라는 듯 남편을 바라보았다. 하지만 정작 그녀가 한 말은 이러했다. "이 아이의 심기를 건드렸다가는 보시다시피 큰일날지도 몰라요."

"쌀라딕 박사는 다녀갔소?" 남편은 화가 나서 큰 소리로 말하며 시계를 보았다.

"삼십분 전에요. 제발 당신 딸한테 집에 가서 쉬라고 좀 하세요."

지금 쎄라뜨 씨가 걱정하는 일은 딸이 우는 것이 아니었다. 그가 염려하는 것은 본인이 사흘 전부터 모든 약속에 삼십분씩 늦는다는 사실이었다.

"의사가 뭐라고 하오?"

떼레사에게 손수건을 건네던 아내가 한숨을 내쉬었다.

"뭐라고 하긴요. 어제와 똑같죠. '기다려야 합니다. 아무것도 할 수가 없습니다.' 세상에, 저 애가 어떻게 그렇게 넘어질 수가 있는지 이해가 안된다니까⋯⋯! 제정신이 아니었던 게지."

"진정하오, 마르따."

"다시 말하지만 루까스에게 알려야 해요."

"지금 당장 그럴 필요는 없소. 필요한 조치는 다 하고 있으니까 말이오. 좀 기다려본다고 나쁠 건 없잖소. 그 불쌍한 사람이 지금 알아서 좋을 것도 없고⋯⋯"

불쌍한 루까스는 레우스 농장에 있는 마루하 아버지였다. 더워서 헐떡거리던 쎄라뜨 씨가 문 쪽으로 향했다. "어쨌든 레우스에

갈 짬이 나는지 알아보겠소. 지금 쌀라딕을 만나러 가오. 돌아와서
는 당신을 데리고 집에 가리다." 그는 조심스럽게 문을 닫고 나갔
다. 떼레사는 다시 일어나서 어머니를 등진 채 격자창 앞에서 팔짱
을 꼈다.

"여전히 까르멜로에 갈 생각이니?" 그녀의 어머니가 물었다.

떼레사는 불쾌하다는 표정으로 눈을 감았다. 처음에 쎄라뜨 부
인은 마루하의 애인에게 소식을 알리는 걸 반대하지 않았다. 오히
려 마루하에게 미래를 약속한 사람이 있고, 불행을 함께 나눌 사람
이 있다는 사실을 알고 기뻐하기까지 했다. 하지만 그가 어디에 사
는지 알고 나서부터는 태도가 완전히 바뀌었다.

"몬떼까르멜로라고? 그애 부친보다는 내가 마루하의 보호자라
고 할 수 있어. 넌 그놈과의 관계를 내게 알렸어야 했어."

"마루하의 애인이라고요, 엄마."

"애인? 하녀들을 이용해먹고 다니는 그런 파렴치한 놈들 중 하
나겠지. 분명 그럴 거야. 게다가 까르멜로에 산다고? 얘야, 잊어라.
그 동네에서는 무슨 일이 일어날지 아무도 몰라……"

쎄라뜨 부인에게 몬떼까르멜로는 그들만의 독특한 법이 있는
완전히 다른 세상으로, 저 멀리 미개한 이들이 살고 있는 콩고와
같은 곳이었다. 가끔 저 멀리서 붉은 섬광이 현재 자신이 누리고
있는 안락한 삶을 뚫고 공격해왔다. 까르멜로의 꼭대기에서 발사
되어 동네 유리창을 흔들어놓는 낡은 대공포였다. (전쟁 당시 그들
은 그라시아에서 살았고, 그 무시무시한 대포를 사람들은 '할아버
지'라고 불렀다.) 전쟁 직후 몇년 동안 소란스럽고 지저분한 아이
들 무리가 종종 까르멜로와 기나르도, 까사바로에서 우르르 몰려
내려와 조용한 시내의 고급 주택가를 걸쭉한 용암처럼 침입하던

일을 쎄라뜨 부인은 떠올렸다. 볼베어링이 있는 수레, 카바이드 폭발물, 전쟁놀이용 돌멩이를 가진 그들은 순 불량배들이었다. 전쟁 피난민의 자식이었던 그들은 고무줄과 가죽으로 만든 새총을 가지고 다니며 가로등을 박살내거나 전차 뒤에 매달리곤 했다. 그런 것들을 생각하면서 쎄라뜨 부인이 딸에게 말했다.

"넌 기억이 안 나겠지만 어렸을 때 너는 까르멜로에 사는 어떤 망나니한테 죽을 뻔했단다……"

떼레사는 묘한 미소를 지었다. 잠깐 동안 그녀는 싼후안 거리 근처 저택의 어두운 계단 구석에서 나던 눅눅함을 새삼 다시 떠올렸다. 그녀는 자신의 땋은 머리를 잡아당기던 소년의 옷, 그리고 더러운 그의 손에서 나던 강한 아세톤 냄새와 악취를 떠올렸다. 소년은 그녀에게 고개를 돌리라고 했고 이상한 말을 따라할 것을 여러번 강요했다. ("사빠스뜨라.[20] 꼬마 아가씨, 해봐!" "사빠스뜨라.")

"생각나요, 엄마. 사빠스뜨라!"

"최소한 루이스가 함께 가야 할 거야……"

"그럴 필요 없다고 했잖아요."

그녀는 웃으며 돌아선 다음 어머니 옆으로 가서 앉았다. 그녀는 어머니의 어깨에 팔을 둘렀다. 예전에 일어난 모든 일들은 세상일이 잘못 돌아가고 자신이 겁 많은 어린애였을 때 발생한 것이고, 이제 세상이 달라져 몬떼까르멜로에는 부랑아들이 없다고 말하면서 떼레사는 어머니의 뺨에 입을 맞추었다. 그 입맞춤으로 그녀는 어쨌든 자신이 하고 싶은 것을 하겠다는 뜻을 전했다. 그녀는 혼자 찾아갈 것이다. 그리고 이 모든 것이 그저 어리광쟁이로 자란 아이

---

20 사빠스뜨라(Zapastra): 일 처리를 어설프게 하는 사람을 가리키는 말.

의 단순한 변덕이 아니라는 것을 보여주려는 듯 서글서글하면서도 고집스러운 눈빛으로 어머니를 빤히 바라보았다. 팔개월 전 그녀가 경찰에게 잡혀 대학에서 퇴학당할 뻔했을 때도 그녀 어머니는 지금과 똑같은 눈빛을 본 적이 있었다. 그때와 마찬가지로 어머니가 걱정스럽게 말했다. "넌 불쌍한 네 할아버지와 똑같구나." 그때와 마찬가지로 이번에도 역시 어머니는 실수를 했다.

남편이 데리러 오자 쎄라뜨 부인은 자리에서 일어났다.

"어리석은 짓 하지 말고 블라네스로 곧바로 왔으면 좋겠구나." 그녀가 떼레사에게 말했다. "이 옷은 옷장에 넣어둬라." 그녀는 마루하의 병실 문을 열어 병상을 한번 바라보고는 ("조만간 또 봐요"라고 간호사에게 말했다) 문을 닫았다. "무슨 일이든 다 내게 알려야 해. 내일 전화하렴…… 그럼, 간다."

떼레사는 마루하의 병실로 들어가 옷장에 옷을 걸었다. 간호사가 그녀에게 미소를 지으며 말했다. "옷은 필요가 없는데요." "엄마 거예요." 떼레사가 대답했다. 그녀는 침대 머리맡으로 갔다. 마루하는 여전히 꼼짝도 하지 않았다. 두 눈을 완고하게 꼭 감고 미간을 찌푸린 채, 고정관념인지 환영인지 모르겠지만 어쨌든 뭔가에 사로잡혀 있었다. '그는 마루하를 봐야 해. 꼭 봐야 해.' 떼레사는 속으로 말했다. 마루하의 창백한 얼굴을 볼 때마다 무시무시한 공허가 느껴졌다. 떼레사는 마루하의 밀랍 같은 눈꺼풀, 어떤 목소리나 내면의 환영에 짓눌린 듯 고통스럽게 일그러진 얼굴, 꼭 다문 잿빛 입술을 몇시간 동안이나 공허하게 바라보았다. 떼레사는 상실한 처녀성의 표시, 사랑과 죽음의 표시 저 너머에서 마루하를 특별하고 고귀하게 보이도록 하는 어떤 진실을 찾아보았다. 보잘것없는 평범한 하녀가 어떻게 늘 자신보다 앞서가면서 열정적이고 강렬하게 살 수 있었는지, 그 이유를 찾아보았지만 허사였다……

"있잖아요." 그녀가 갑자기 간호사를 바라보며 말했다. "친구 한 사람이 병문안을 와도 될까요?"

잠에 취한 비둘기처럼 마요르까 출신 간호사는 아주 전문가답게 속삭이듯 말했다.

"병실에 두사람 이상 있는 걸 박사님이 허락하지 않으세요." 그런 후 잠시 침묵이 흘렀다. "물론 잠깐이라면 괜찮겠죠…… 누군데요?"

"환자의 애인이에요."

간호사는 눈을 내리깔았다. 각선미 좋은 그녀의 다리가 흰색 스타킹 때문에 굵어 보였다.

나른해 보이는 여자애들이
차에서 내려서
나를 부른다.
──삐드로 쌀리나스[21]

  까르멜로의 꼭대기를 향해 떼레사는 플로리드를 천천히 몰았다.
그녀는 사람들이 알아보지 못하도록 운전 중에 즉흥적으로 즐겁
게 살짝 변장하고 (금발 머리는 빨간 스카프로 두르고, 푸른 눈은
썬글라스 뒤로 감추었다) 꼬또렝고 옆에 있는 구엘 공원의 옆문을
지나는 커브길을 따라갔다. 아이들이 축구를 하고 있는 햇살 가득
한 평지에서 동상처럼 서 있는 이상한 사람들 무리가 보였다. 아직
도 차렷 자세가 몸에 배어 있는 그 사람들은 군악대 출신이 틀림없
었다. 거친 풍경 한가운데에서 두개의 낡은 북과 우그러진 나팔 하
나로 단조로운 기상나팔 소리를 내고 있는 그들은 천신만고 끝에
직업을 얻었거나 삶의 원동력을 찾은 맹인들 혹은 바보들처럼 보
였다. 그들은 통 넓은 바지를 플라스틱 허리띠로 졸라매고 색바랜

----

21 삐드로 쌀리나스(Pedro Salinas, 1891~1951): 에스빠냐의 '27세대' 시인.

군복 셔츠를 입은, 머리를 빡빡 깎은 젊은이들이었는데 차렷 자세로 저 멀리에서 들려오는 애처로운 군사 명령에 복종하고 있었다. 어떤 신호, 즉 찌그러진 나팔의 번쩍이는 놋쇠에 태양이 보내는 윙크, 슬픈 북소리에 배어 있는 낯선 떨림은 한순간이었지만 그녀에게 환희에 넘치면서도 암울한 어떤 약속을 하도록 만들기에 충분했다. "지금부터……" 그녀는 까르멜로의 꼭대기를 향해 다시 차를 몰았다. 그리고 우연히 자전거포 가까이에 차를 멈추고서 반쯤 옷을 벗고 놀고 있는 아이들을 보았다. 가까이 다가와 자신을 호기심 어린 눈으로 바라보는 아이들을 보고 나서야 그녀는 사람들의 시선을 끌지 않기 위해서는 차를 아래에 세워두고 걸어서 올라와야 했음을 깨달았다. 정오의 태양이 작열하고 있었고 바람 한점 없었다. 북소리가 사방에서 들리는 것 같았다.

젊은 아가씨와 자동차는 아주 잘 어울렸지만 그곳에서는 눈 깜짝할 사이에 사라지는 백일몽만큼이나 비현실적이었다. 우르르 몰려든 아이들뿐만 아니라 현관으로 나온 몇몇 사람들도 예쁜 분홍색 끈원피스에 흰색 하이힐을 신은 그녀가 차에서 내리는 걸 지켜보았다. 그녀는 잠깐 당혹스러워하다가 잠시 후 한 아이에게 물었다. "이봐, 잘생긴 애야, 마놀로라는 남자 아니?" 대답은 한 빵집 문에서 들려왔다. 만면에 미소를 띠고 있는 것인지 아니면 더위에 지쳐 익살스러운 표정을 짓고 있는 것인지 알 수 없는, 뚱뚱한 젊은 여자 둘이 손으로 햇빛을 가리고 있었다. "여기, 자전거포에……" 그중 한 여자가 맨살이 드러난 떼레사의 어깨에 고약한 시선을 던지며 말했다. 하지만 한 아이가 교회가 있는 길 저쪽 끝을 가리키며 말했다. "아니에요, 분수대에 있어요." 떼레사는 고맙다는 말을 하고 나서 북과 나팔 소리에 맞춰 어린이 원정대의 안내에 따라 앞으로 행진했다. 델리시아스 바를 지날 때 그녀는 천박하지만 음울하고 슬픈 어조를 감추지 못한 농지거리를 들었다. 바 입구에서 서로 어깨동무를 한 셔츠 차림의 두 젊은이는 그녀에게서 눈을 떼지 못하고 있었다. 저쪽 분수대에는 다른 무리의 아이들이 보였다. 그 애들은 흘러나오는 물 아래로 몸을 구부리고 젖은 구릿빛 등의 반짝임을 약간 보여줄 뿐이었다. 그애들이 일제히 그녀를 향해 고개를 돌렸다. 그녀는 턱밑의 스카프 매듭을 풀면서 (썬글라스는 벗지 않을 것이다) 천천히 앞으로 나아갔다. 풀어헤친 그녀의 금발이 모습을 드러냈다. 아이들은 팔을 경쾌하게 흔들며 종종걸음으로 그녀 옆에 모여들었다. 바람에 나부끼는 그녀의 분홍 치마에 바짝 붙은 그들의 머리는 그녀를 안내하거나 경호하는 동갈방어 같았다. 떼레사가 분수대 몇 미터 앞에서 멈춰서자, 원정대의 한 꼬마 특파원이 자발적으로 나서더니 손가락으로 한 청년을 가리켰다. "저 사람이 마놀로예요." 청년은 흐르는 물 아래로 고개를 숙이고 있었고, 벗은 상반신을 위아래로 움직이고 있었다. (그녀는 그가 침대에서 마루하에게 입을 맞추려고 상체를 기울이던 어느날 밤을 떠올렸다.) 아이들이 그를 잡고 흔들어대기 시작했다. 그는 잠이나 약에 취해 있는 것 같았다. 그는 떼레사가 건넨 인사는 듣지 못했지만 소심하게 던진 질문("나 기억하지, 그렇지?")은 들었다. 그는 얼굴을 돌려 잠깐 그녀를 바라보았다. 그리고 생각했다. '마루하가 죽었구나.' 그는 손으로 계속 물을 끼얹다가 상체를 세웠다. "그래, 안녕." 물이 흔적도 없이 그의 살갗에서 미끄러져 내려갔다. 그의 피부는 먼지 쌓인 어두운 색깔의 비단처럼 햇빛에 반사되어 반짝였다. 그는 숨을 헉헉거리면서 머리를 흔들어댔다. 건장한 목은 긴장한 듯 보였고 머리칼은 젖어 있었다. 그는 한 손을 뻗어 장님처럼 손을 더듬었다. 셔츠를 들고 있던 아이에게 옷을 달라는 동작이었다. 거북이 등딱지처럼 가무잡잡하고 단단한 그의 복근에는 활기 넘치는 리듬, 거의 동물적인 박동이 실려 있었다. 그는 놀란 듯했다.

"당신이 여기까지……"

"나쁜 소식이 있어……" 그녀가 말했다. "마루하에 관한 거야."

"누구?"

"마루하, 네 애인……"

마놀로가 반쯤 감은 눈으로 태양을 바라보았다. 그러다가 고개를 한쪽으로 기울이고 손으로 목을 문질렀다. 셔츠는 입지 않고 손에 들고 있었다. 몸을 더 말리려고 그랬을까, 아니면 어린 시절부터 소장해온 반짝이는 욕망의 그림카드 중 하나에 생명을 불어넣으려는 것이었을까? 아마 후자였을 것이다. 아이들이 뭔가를 기다리듯 그를 바라보았다. 그애들은 본능적으로 삐호아빠르떼 주변에는 언제나 볼거리가 있다는 것을 알고 있었다. 심지어는 그가 심심해서 홀로 동네를 어슬렁거리며 다닐 때조차도 그러했다. 저 아래에서 소집을 알리는 북과 나팔 소리가 들려왔다.

"난 애인 없어." 그가 재빨리 대답했다. "내가 아는 사람 중에 마루하라는 여자는 없어."

떼레사는 놀라 잠깐 멍하니 있었다. 그러다가 웃으며 말했다. "이해해." 그때 무르시아 청년은 땅을 바라보며 허리에 두 손을 얹고 뭔가를 생각하는 것처럼 보였다. 그가 떼레사를 바라보았다. 그 검은 안경. 그는 검은 안경 뒤에 눈을 감추고 있는 사람과 이야기하는 것이 언제나 짜증스러웠다. 마루하의 생사 여부를 모른 채 보낸 끔찍하고 절망적인 사흘이었다. 그런데 이제 저 빌어먹을 검은 안경을 보면서 그것을 점쳐야 하는 것이다. "야, 너희들은 빨리 꺼져!" 그는 아이들에게 소리쳤지만 그애들은 거의 움직이지 않았다.

"이해해." 떼레사가 다시 말했다. "하지만 겁먹을 필요 없어." 언젠가 그에게 "우리는 당신과 함께할 거예요"라고 했을 때와 똑같은 말투였다. 그녀가 덧붙여 말했다. "걱정하지 않아도 돼. 나도 다 알아."

그는 그녀에게 등을 돌린 뒤 갑자기 가장 가까이 있던 아이의 곱슬머리를 어루만졌다. 그는 당혹스러웠다. '이 금발 머리는 뭘 의도하고 있는 걸까? 뭘 알고 있다는 거지?'

"아주 심각한 상태야." 그녀가 말했다. "나루터에서 미끄러졌어. 머리를 부딪혀 지금 며칠째 의식이 없어. 네 이름을 불렀어……"

무르시아 청년은 셔츠(가슴팍에 방위도가 새겨진 검은색 반팔이었다)를 입기 시작했다. 그는 셔츠를 머리에 뒤집어쓴 채 소매를 찾았다. 옆구리와 팔 안쪽 피부는 빛나는 연갈색을 띠고 있었다. "어디에서 넘어졌다고?" 침착해진 그가 물었다. 그런데 그녀는 갑자기 의기소침해진 듯 보였고 다른 이야기를 했다. "사실은 내 잘못이야…… 다 내 잘못이야. 내가 그 쎈들을 선물하지 않았더라면, 내가 재촉하지 않았더라면…… 정말 사근사근한 애인데, 너도 이미 알다시피……"

"어디 있어? 별장에?"

"아니, 여기 병원에 있어. 얘, 무슨 이런 불운이 있니. 난 네게 알려야 한다고, 네가 보고 싶어할 거라고 생각했어……"

"그럼, 당연하지."

"지금 갈래?"

그가 도로 쪽을 향해 몇걸음 걸었다. 아이들이 길을 내주었다. 그는 떼레사 옆을 지나친 뒤 걸음을 멈췄다. 아직은 아무것도 알 수가 없었다. 아무것도…… 약 50미터쯤 떨어진 곳에 구경꾼들에 둘러싸인 스포츠카(잠시 로사에게서 벗어난—델리시아스 바에서 베르무트를 마실 시간이었다—베르나르도도 그곳에 있었다. 베르나르도는 자동차의 휘황찬란한 스타일에 감탄하며 원숭이처럼 호기심을 보이면서 완전히 넋을 잃고 있었다)가 주차되어 있는 것을 그는 보았다. 그리고 조금 더 멀리 떨어진 자전거포에서는 그의 형이 문 닫을 준비를 하고 있었다.

"지금?" 그는 곰곰이 생각했다. "너 시간 있니?"

"네가 원한다면 함께 가줄 수 있어." 떼레사가 그의 옆으로 다가오면서 말했다.

"번거롭지 않아?"

"아니, 괜찮아. 오늘은 별다른 일이 없어." 그녀의 목소리에는 사심이 묻어 있었다. 남쪽 출신 청년은 그것을 놓치지 않고 포착했다. 그녀가 덧붙였다. "여기 바르셀로나에는 나 혼자 있는 거나 다름없어. 휴가철에 이런 경우는 처음이야." 감정이 이렇게 순식간에 바뀔 줄 누가 알았으랴. '예전 같으면 이런 말에 기뻐 날뛰었겠지만 지금은 아니야. 나도 모르겠어…… 이젠 그저 그래. 게다가 지금 난 마루하 생각을 하고 있어.'

자동차에서 달콤한 크림 냄새가 났다. 불쌍한 베르나르도는 마놀로에게 길을 비켜주기 위해 물러나면서 완전히 풀이 죽어 있었는데, 더이상 잡을 수 없는 양떼 주변을 어슬렁거리는 늙고 병약한 늑대처럼 플로리드 주변을 멀찍이서 둘러보았다. 삐호아빠르떼는 바보스럽게 (겁을 먹은 것처럼) 차 문을 제대로 닫지 못했다. 하지만 그의 생각과는 달리 그것은 그녀에게 상당히 매력적으로 보였다. "놔둬, 괜찮아." 떼레사가 문을 다시 열었다 닫으려고 그가 있는 방향으로 몸을 숙이면서 말했다. (향긋한 그녀의 어깨가 그의 턱에 와닿았다.) "이렇게, 알겠니? 세게 닫아야 해." 그러고는 단번에 쾅 하고 문을 닫았다. 차의 시동이 걸렸고 아이들은 도로의 첫번째 커브길에 이를 때까지 뒤쫓아왔다. 아이들은 길 아래쪽으로 천천히 지그재그로 내려가는 차를 눈도 떼지 않고 서서 바라보았다.

구엘 공원에 이르기도 전에 떼레사는 마루하가 나루터에서 넘어졌고 그 사고 후 열다섯시간이 지난 이튿날 침대에서 의식이 없는 상태에서 발견되었다는 얘기를 했다. 하지만 마놀로가 그날밤 마루하와 함께 있었던 사실을 자신이 안다는 말은 나중에 하려고 간직해두었다. 마놀로는 티셔츠의 방위도 위로 팔짱을 끼고 정면을 바라보면서 심각한 표정으로 그녀의 이야기를 들었다. 모든 것이 뒤죽박죽 얽혀 있었다. 그는 눈을 감고 방으로 들어오던 마루하를 다시 떠올려보았다. 그녀는 열이 심했고 졸린 듯했으며 힘없이 걸었다. 그러니까 그녀는 방에 들어오기 전부터 상태가 좋지 않았으며 그가 침대에서 그녀의 뺨을 때렸을 때는 이미 머리를 다친 상태였던 것이다. 다시 말해 그는 아무런 잘못이 없었다. 그가 이해하지 못한 것은 떼레사와 그녀의 남자친구가 어떻게 하녀를 보트로 초대할 수 있었는지, 그녀가 넘어진 후 왜 그녀를 집으로 돌려보내지 않았는지 하는 것이었다. 한가지만은 분명했다. 어떤 이유인지는 모르지만, 아마 과실일 텐데, 그들은 마루하에게 폐를 끼친 것이다. "넌 바보야. 넌 항상 사람들한테 당하기만 할 거야." 그가 그녀에게 여러차례 했던 말이 떠올랐다. 다시 한번 그녀가 가엾게 느껴졌다. 동시에 그날밤 그녀를 침대에 버려두고 왔을 때 그녀가 죽었다고 생각했는데 살아 있다니 안도감이 들었다. 그러는 동안 떼레사는 달콤하고 신비로운 생각을 하며 차를 몰았고, 그 순간에 필요한 모든 예의를 갖춰 운전대를 움직였다. 동승자와 도시의 아름다운 전경에 대한 만족감은 그녀의 발에까지 전해졌다. 타이어의 끼익 하는 소리와 함께 변속을 해야 하는 커브를 돌 때마다 그녀는 은근히 들떠 자신도 모르게 속도를 냈다. 마놀로는 도로와 떼레사의 옆모습에 시선을 모으고 있었다. 그녀의 옆모습을 보자 남쪽 출신 청년은 자신의 귀중한 소장품인 욕망의 그림카드를 다시 떠올렸다. 교통사고가 나 떼레사가 부상을 당하고, 차는 불타고, 그가 그녀를 구하고……

"말이 없네." 그녀가 말했다. "마루하 일로 괴로워서 그렇구나, 그렇지?"

"응."

그들은 비참한 몰골을 한 밴드가 태양 아래서 연주를 계속하고 있는 공터 옆을 지나갔다.

"이것 봐. 정말 멋져!" 떼레사가 소리쳤다. "난 너희 동네가 맘에 들어. 연주는 왜 하는 거니? 저 사람들은 누구야?"

삐호아빠르떼는 곁눈질로 그녀를 보았다.

"수막염 환자들이야. 매독과 굶주림이 낳은 자식들이지. 그게 다야. 저기 꼬또렝고의 사람들이지."

"아."

"당신은 어떻게 아셨어…… 내가 사는 곳은 어떻게 알았어?"

"마루하를 통해서. 난 오래전부터 알고 있었어. 너에 대해 많이 알아…… 좀전에 왜 연인 사이가 아니라고 했어?"

"왜냐하면 사실이니까…… 보이는 게 다가 아닐 때가 가끔 있잖

아. 난 누구와도 미래를 약속하지 않고, 그런 적도 없어. 마루하가 뭐라고 했는지 모르지만, 우린 그저…… 친구 사이일 뿐이야."

떼레사는 평지의 직선 도로가 나온 기회를 이용해 마놀로를 바라보면서 기어를 3단으로 바꾸었다. "이해해." 그녀가 말했다. 그러고는 전속력으로 달렸다. 차가 요동치면서 마놀로의 몸이 뒤로 젖혀졌다. '개방적인 여자애야. 맞아, 문화가 달라.' 그는 생각했다. 하지만 그는 다음과 같이 말했다.

"그저 친구 사이일 뿐이야. 요즘 젊은 사람들 사이에 흔히 있는 것 말이야."

"그렇게 애써 감추려고 하지 마. 다 안다고 했잖아." 떼레사가 말했다.

무르시아 청년은 화제를 바꾸고자 했다.

"그런데 마루하의 상태가 심각하니?"

"너한테 뭐라고 말해야 할지 모르겠지만 의식이 없어. 아주 고통스러워 보여……"

그 말은 사실이었다. 그가 병실에 들어가 (간호사는 전화 통화를 해야 한다고 하며 밖으로 나갔다) 누워 있는 창백한 모습의 마루하를 보았을 때 예상했던 것보다 훨씬 더 심각해 보였다. 가느다란 고무관이 그녀의 코에서 나와 이마에 반창고로 고정된 다음 베개로 내려와 끝이 집게에 의해 고정되어 있었다. 그녀는 죽은 것처럼 보였을 뿐만 아니라 학대와 모욕을 당한 후 버려진 것 같았다. 이미 그곳에서 몇년은 지낸 것 같았다. 대체 무슨 이상한 병일까? 도대체 그녀에게 무슨 일이 일어났던 것일까? 그녀는 고통스러워하고 있었다. 실제로 찡그린 미간만 봐도 알 수 있었다. 하지만 이런 고통과 버림받음을 겪기 훨씬 전부터, 또 처량하고 암울한 숙녀가 되기 훨씬 전부터, 심지어 자신은 아무것도 그 누구도 되지 못할 것이라는 의식을 갖기 훨씬 전부터, 그녀는 뭔가 끔찍한 일을 당한 것 같았다. 그녀는 무심하고 허망한 침묵 속으로 들어가 땀을 흘리면서, 그것도 수척해져 식은땀을 흘리면서 누워 있었다. 그녀는 이제 더이상 누구와도 연관이 없으며, 두사람을 위해 꿈꿔왔던 가슴 설레는 미래와도, 희망이나 사랑 따위와도, 심지어는 그와도 아무런 연관이 없어 보였다. 그녀에게 남겨진 것이라고는 아무것도 없어 보였다. 그때 그녀의 뺨을 때린 것이 누워 있는 그녀의 병세에 얼마나 악영향을 끼쳤던 것일까?

그는 의자에 앉아 그녀의 손을 어루만지면서 스스로에게 놀랐다. 뜨거운 것이 가슴으로 올라왔던 것이다. 그의 뒤에서 장밋빛의 향긋한 뭔가가 살며시 움직이는 것이 느껴졌다. 떼레사의 원피스였다. 그는 한참 동안 침묵했다. 떼레사가 조용히 한마디 했다. "이름을 한번 불러볼래?" 그는 눈을 감았다. 헝클어진 젖은 머리를 베개에 파묻고 있던 마루하의 모습이 잠깐 떠올랐고, 파도의 신음소리, 뒤엉킨 육체의 헐떡이는 소리가 들리는 듯했다. "마루하, 이 계집애야…… 그들이 네게 무슨 짓을 한 거니?" 그때 그는 떼레사가 자신의 어깨에 손을 얹는 것을 알았다. 그는 자신의 상냥함 혹은 동정심이 나쁜 결과로 귀결될 것을 두려워하기에 앞서, 치밀어오르는 분노 속에서 두려움과 자책감 때문에 지난 사흘 동안 억눌려온 삶의 기운을 모았다. 문에 기댄 채 그의 뒤에 있던 떼레사는 그가 갑자기 일어나 자신에게 거칠게 달려드는 것을 보았다. "왜 그래?" 떼레사가 말했다. 그의 얼굴에는 불량배들이 싸움을 시작하기 전에 보이는 결기가 드러나 있었다. 그는 억센 손으로 그녀의 팔을 제압하기 전에 낡아빠진 청바지 가랑이에다 손바닥을 문질

러 닦았다. ('어떤 망나니도 저보다 더 잘할 수는 없을 거야.' 그녀
는 어느 전쟁 피난민의 아들이 계단 아래 구석에다 그녀를 몰아넣
고, 그녀가 도망칠 때까지 그녀를 때리고 상처 입혔던 유년기의 어
느 흐린 여름날을 떠올렸다.) 그가 숨을 깊이 들이마시자 셔츠의
방위도가 커졌다. 순간 떼레사는 씁쓸한 아몬드 냄새 같은 그의 체
취를 느낄 수 있었다. 그의 체취는 그녀의 향수와 뒤섞여 이내 두
사람을 감싸며 주변 전체로 퍼졌다. 그의 얼굴이 바로 앞에 있었지
만 잘 보이지 않았다. 그가 그녀의 팔을 잡고 흔들면서 고함치는
소리만 들릴 뿐이었다. "왜 나에게 미리 알리지 않았어? 말해! 왜
그랬어? 왜 병원에 곧바로 데려가지 않았어? 왜 그 망할 놈의 보트
에 태운 거야? 대답해봐!" 떼레사는 놀라서 그를 바라보았다. "제
발 이러지 마. 아프단 말이야……" 그녀는 등 뒤에 있던 손을 움직
여 문고리를 잡았다. "제발 소리치지 마. 여기서 나가자……" 하지
만 그녀는 움직일 수가 없었다. 그의 억지스러운 분풀이를 받아들
이는 것 외에는 아무것도 할 수가 없었다. 그녀는 그의 얼굴 표정,
하얀 치아를 돋보이게 하는 가무잡잡한 피부, 부리부리한 눈, 이마
로 내려온 검은 머리카락, 그리고 터무니없이 퍼부어대는 욕설과
저주에 질겁하면서도 그것에 매료되었다. 그가 그녀 곁으로 점점
더 가까이 다가왔다. 그녀는 방위도 위에 갖다놓은 자신의 손을 보
고 깜짝 놀랐다. 그녀의 손은 그의 가슴이 다가오는 것을 밀어내거
나 저지하는 것이 아니라 마치 편하게 휴식을 취하듯 그곳에 그저
올려져 있었던 것이다. "진정해, 제발 부탁이야. 마루하의 상태가
심각해……" 이때부터 그녀는 더이상 그가 하는 말과 퍼부어대는
욕설을 들으려 하지 않았다. "공장 출입문에서 남자친구 다리 사이
에 처박혀 뭘 했던 거야? 어서 말해!" 하지만 그는 그전에 먼저 병

실에서 밀려나려고 했다. 그녀가 그에게 다가가 그를 밀어내며 병실 문을 간신히 조금 열었다. 하지만 밖으로 나가기 위해 몸을 옆으로 기울였을 때 그녀는 중심을 잃고 말았다. 두사람은 잠깐 동안 문에 끼이게 되었고, 그녀는 앞뒤로 한걸음도 움직이지 못한 채 아몬드 향에 휩싸이게 되었다. "날 가게 놔줘! 너 미쳤니?" 나무문이 삐걱거렸다. 떼레사는 자신을 책망하는 그의 이해할 수 없는 질문들에 배어 있는 성난 목소리와 격분에 당황해 악몽을 꿀 때처럼 발버둥을 쳤다. 그가 던진 질문은 마루하를 사랑해서도 아니었고(그것은 심지어 두사람의 몸싸움이 점점 격렬해지는 가운데에서도 알수 있었다), 분노나 화 때문도 아니었다. 그런데 그가 어떻게 알았을까? 루이스 뜨리아스의 아버지네 공장에서 일하는 어느 노동자와 만난 걸, 그녀가 가장 부주의하고 무책임했던 시절의 일들을 어떤 경로를 통해 그가 알게 되었을까? 갑자기 그에게서 존경심, 두려움, 그리고 엄청난 도덕적 권위가 느껴졌다. 새로운 발견이었다. 그녀의 팔이 아파왔고, 두 눈이 평생 한번도 상상하지 못한 달콤한 눈물로 가득 차기 시작했다. 그녀는 녹초가 되어 청년의 가슴에 힘없이 머리를 기댔다. 그때 갑자기 응접실의 문이 열리더니 간호사가 나타났다. 얼굴에 놀라는 기색이라고는 전혀 없이 (간호사는 혼잣말하듯 낮은 목소리로 말했다. "여기에서 뭘 하시는 거죠? 박사님께서는 소란스러운 걸 원치 않으시는데……") 간호사가 그들을 향해 다가왔다. 그녀는 우선 그들을 문에서 물러나게 한 뒤 마루하의 병실 문을 밖에서 닫았다. 두사람은 황급히 서로 떨어졌다. 세사람 모두 응접실에 있게 되었다. 간호사는 떼레사가 괜찮은지 살펴보았다. "아무것도 아니에요." 그녀가 중얼거렸다. 마놀로는 뭔가 부숴버릴 것을 찾는 듯 주위를 두리번거리면서 우리에 갇힌 짐승처럼 이쪽저쪽을 어슬렁거리기 시작했다. 그는 낮은 목소리로 하느님과 악마를 부르며 벽과 가구를 주먹으로 쳐댔다. 간호사가 그를 제지하려고 애쓰며 쫓아다녔지만 아무 소용이 없었다. 어쩌면 모든 것이 아주 우스꽝스럽고 굴욕적으로 끝날 수도 있었다. (이런 인위적인 쇼가 핑계와 조롱거리로 치부되지 않고 어떻게 종료될 수 있단 말인가?) 하지만 예기치 않게도 가끔 운명이 상상력과 대담함을 가진 사람들에게 부여하는 행운이 작용해 전지전능하고 어느 곳에서나 늘 존재하는 조합인 사랑과 피가 드러나도록 했다. 가공할 만한 격분에 휩싸인 그는 주먹으로 격자창을 내리쳤고, 그와 동시에 괴로워하며 중얼거렸다. "마루하, 마루하……" 손가락 마디가 심하게 베였다. 피와 침묵이 그를 진정시키기 시작했다. 간호사는 딱딱한 성격이었지만 실무적이었다. "알코올하고 거즈 좀 가져와요. 방에 있어요." 그녀가 마놀로의 손목을 잡고 떼레사에게 지시했다. 제정신이 아니었던 떼레사는 쏜살같이 그녀의 말에 따랐다. 베인 곳은 치료하기 힘든 부위였다. 안락의자에 걸려 넘어져 집기에 부딪힌 삐호아빠르떼는 의연하고 창백했으며 공허해 보였다. 그는 간호사가 손을 치료하고 붕대를 감도록 내버려두었다.

마요르까 출신의 간호사는 마놀로의 눈을 한동안 충분히 바라보고 나서야 무슨 일이 있었는지 이해할 수 있었다. 그녀는 고통과 죽음에 저항하는 불쌍한 연인들에 관해서라면 일가견이 있어서 청년에게 설교를 늘어놓았다.

"바보로군요. 그렇게 해서 결국 얻는 게 뭔지 알아요? 왜 그러는지 이해는 하지만 낙담하고 고약하게 굴어서 달라지는 건 하나도 없어요." 그녀는 사태의 중요성을 과소평가했을 뿐만 아니라(의사 친구들과 마찬가지로 그녀는 상상력이 부족했고 예민한 음악광일 뿐이었다. 게다가 그녀는 단 한번도 씁쓸한 아몬드 향에 휩싸여본 적이 없었다), 떼레사를 보면서 그에게 덧붙인 말에서도 실수를 했다. "그리고 잘못이 없는 사람을 탓하면 안돼요. 불행은 아주 이상하게 일어나는 법이에요. 당신 애인은 혼자 넘어졌고, 그 당시에는 누구도 어떤 일이 일어날지 몰랐던 거예요…… 바보, 바보라는 말로도 부족해요. 이런 일이 다시 발생하면 박사님께 알려서 애인 병문안을 오지 못하게 할 거예요. 환자의 상태가 안 좋다는 거 몰라요? 많이 다쳤군요. 어쨌거나 왜 이런 짓을 했나요?" 그의 손에 붕대 감아주는 일을 끝내고서 그녀는 마루가 있는 병실로 향했다. 병실 문을 열기 전에 그녀가 몸을 돌리고 말했다. "무슨 말인지 알아들었죠? 어떻게 할지 두고 볼 거예요……"

"미안해요. 그러려던 건 아니었어요."

"아무것도 아닌데요 뭘." 떼레사가 중재에 나섰다. 그녀의 목소리가 떨렸다. "신경이 날카로워져서……"

간호사는 아주 잘 이해한다는 듯 윙크를 날렸다. 사랑이 무엇인지 모르는 사람이 어디 있으랴. 그녀는 마루하의 병실로 들어갔다.

떼레사는 옷과 머리를 매만졌다. 마놀로는 두 손을 이마에 얹고 풀이 죽은 채 안락의자에 앉았다.

"미안해." 그가 중얼거렸다. "소리치려고 한 건 아니었어. 내가 잘못했어. 다치진 않았니?"

"아니, 괜찮아……"

"나 때문에 다쳤을 거야. 미안해."

떼레사가 그의 맞은편에 앉아 담배를 꺼냈다. "내 걱정은 하지 마." 그녀의 손이 떨렸다. "담배 피울래?" 삐호아빠르떼가 불을 내밀자 그녀가 다가왔다. 복도에서 카트가 굴러가는 금속성 소리가 들렸다. 점심시간이었다. "잘됐군. 제기랄, 잘됐군." 그가 일어서면서 중얼거렸다. 떼레사는 붕대가 감긴 그의 손을 바라보았다.

"아프니?"

"아니. 이제 가자."

그가 성큼성큼 걸었고, 떼레사는 그의 뒤를 따라갔다. 계단을 내려가는 그의 어깨엔 슬픈 분위기가 감돌았다. 길에서 그녀는 (그가 괴로운 나머지 이상한 짓을 할까봐 그에게서 눈을 떼지 못했다) 차 문을 열어주기 위해 그를 앞질러 갔다. 그는 보도 위에 서서 꼼짝도 하지 않았다.

"어디 안 좋은 거니?" 떼레사가 물었다.

"너 먼저 타."

"지금 때가 아니라는 거 알아." 떼레사가 말했다. "그리고 우린 서로 잘 몰라. 그렇지만 네게 하고 싶은 말이 있어. 까르멜로까지 태워다줄까?" 그녀가 차의 시동을 걸고 그를 바라보았다. "마루하와 너에 관한 일이야." 마놀로가 그녀 옆에 앉았다. 이번에는 차 문을 안전하고 확실하게 닫았다. 그는 무슨 말을 하려고 했지만 그녀가 앞서 말했다. "별장에서 만난 걸 문제 삼으려는 건 아니야. (그는 놀라서 곁눈질로 그녀를 바라보았다.) 오래전부터 알고 있었어. 그런데 걱정하지 마. 집에는 나 말고 아는 사람은 없어. 내가 말하고자 하는 건 다른 거야……"

"다른 것?"

"너도 아는 거야."

무르시아 청년은 알지 못했다. 하지만 그는 위험을 감지하는 데 뛰어난 후각을 가지고 있었다.

"다음에 이야기하자." 그가 제안했다. "괜찮다면 다음에 이야기하자."

차가 갑자기 덜컹거리며 출발했다.

"마루하가 네 얘기를 많이 했어." 떼레사가 기어를 2단으로 바꾸면서 말했다. "하지만 그녀한테 화내지는 마……"

"믿지 않겠지만 그녀는 네 얘기도 많이 했어. 나는 네가 어떤 대학생인지 알아. 저항적이고 뭐 그런 거…… 좀더 빨리 달릴 수 없어? 내가 좀 급하거든."

"내가 뿌에블로세꼬의 그 공장에서 뭘 했는지 네가 알았으면 해. 내가 그곳에 놀러 갔다고 생각한다면 그건 오해야……"

"난 관심 없어. 다음에 얘기해."

그는 눈을 내리깔고 젊은 여대생의 구릿빛 무릎을 보았다.

"내일 마루하를 보러 올 거니?" 그녀가 물었다.

"모르겠어." 한참 침묵이 흐른 후 그가 말했다. "넌 매일 오니?"

"물론."

까르멜로의 도로에 접어들었을 때 떼레사는 붕대가 감긴 마놀로의 손을 보며 또 물었다.

"아프니?"

이제 삐호아빠르떼는 참을 수가 없었다.

"응. 이제 아프기 시작해."

너는 몸을 더듬는다!
명령에 상처받은 벌레처럼,
너는 피가 몰리는 곳을 짐작하고
여명을 늦추는 근육을 감시한다.
　　　　　　　　　　—빠블로 네루다

　　마루하의 상태는 여전했다. 안색이 나빴지만 호흡은 그런대로 안정적이었다. 그녀는 세시간에 한번씩 육수와 다진 고기로 만든 유동식을 공급받았다. 그녀는 내내 잠만 잤다. 그러다가 가끔 일시적인 통증이 찾아와 고통스러운 표정을 지어 보이곤 했다. 병상의 환자에 대해 쎄라뜨 부부가 보인 태도는 예상대로 점점 체념적이 되어갔다. 그들은 주기적이고 기계적으로 마루하를 보러 왔다. 그들은 환자의 회복을 간절히 원했으며, 그것이 그녀를 위해 그들이 할 수 있는 전부였다. 오직 떼레사만이 매일 오후 일찍 병원에 왔다. 그녀는 거침없고 자극적인 우아함을 지닌 채 해적 같은 차림(검정 블라우스와 바지, 빨간 두건)에 썬글라스로 무장하고 병원 복도를 오갔다. 손에는 늘 책을 들고 있었고, 얼굴에는 차분한 결의를 보이고 있었다. 겉으로 슬퍼 보이는 인상은 풋풋하고 아름다운 그녀를 한결 품위 있고 성숙하게 보이도록 했다. 그녀는 처음으로 무더운 여름을 도시에서 나면서 젊음이 영원할 것처럼 살아가는 사람같이 확고하면서 무모하게 자신의 몸에 대해 새롭고 낯선 자각을 했다. 해변에서의 휴가가 중단된 것은 상관없었다. 주말마다 별장에서 머무르는 그녀의 아버지는 항상 오전에 병원에 들렀는데, 마루하를 보기 위해서라기보다는 쌀라딕 박사와 이야기를 나누기 위해서였다. 그는 떼레사와 점심시간에 잠깐 볼 뿐이었다. 쎄라뜨 부인은 첫째 주에 마루하를 보러 두번 찾아왔는데, 그중 한번은 여동생인 이사벨과 함께 왔다. 그녀는 환자뿐만 아니라 딸의 상태도 우려스러웠다. (잠이 부족해 다크서클이 생겼고, 옷차림이 종잡을 수 없었다. "이 고집쟁이야, 결국 네 뜻대로 했구나. 이런 해괴망측한 바지를 사다니.") 그녀는 딸을 블라네스로 데려가고 싶어했다. "그 얘긴 더이상 하지 마세요, 엄마. 전 마루하가 나을 때까지는 꼼짝도 하지 않을 거예요."

한편, 충동적인 성격으로 슬픔에 빠져 있던 하녀의 애인은 매일 오후 5시쯤 조용히 그리고 위엄 있게 병원에 나타났다. 특별한 고통과 일반적인 죄책감을 느끼는 사람처럼 말이다. 그가 들어올 때면 떼레사는 그가 날마다 연출하는 모습을 자세하게 관찰하기 위해 읽고 있던 책을 덮곤 했다. 그는 마루하가 누워 있는 병상으로 조심스레 다가가 머리맡에서 풀이 죽은 얼굴로 꼼짝도 하지 않고 서 있다가 자신의 다친 손(유난히 화려하고 크게 감은 붕대는 영웅적 삶의 영광스러운 상처를 의미하는 것으로 누군가가 매일 갈아주었다)을 마루하의 베개 옆에 사랑의 제물로 천천히 다소곳하게 놓곤 했는데, 그렇게 환자의 수척해진 얼굴 아주 가까이에 손을 갖다놓는 행동은 일종의 연대감을 표시하기 위한 것이었다. 그의 구릿빛 팔은 하얀 발포성 거즈와 극적인 대조를 이루었고, 감고 또

감은 붕대는 팔꿈치에까지 이르렀다. 그러나 무르시아 청년의 가무잡잡하고 속을 알 수 없는 얼굴은 마루하를 지켜보며 가만히 서 있는 동안(대략 사오분 정도)에는 오직 기품 있는 표정만 드러낼 뿐이었다. 그런 다음 그는 침대에서 천천히 물러나 바지 뒷주머니에 손을 찔러넣고 환자의 상태에 관심을 보였는데, 떼레사에게서 눈을 떼지 않은 채 간호사에게 아주 낮은 목소리로 몇가지 간단히 물어보곤 했다. 마지막에 그는 인사를 하고 나갔다. 며칠 동안 그의 행동에는 변화가 없었다. 떼레사 쎄라뜨는 그가 얼마나 마루하의 사고에 책임을 느끼는지 늘 궁금했다.

마놀로가 떼레사보다 먼저 병실에 도착한 어느날 오후였다. 그는 아무에게도 시선을 건네지 않고 걸걸한 목소리로 "안녕하세요"라고 하며 들어섰다. (응접실에 사람들이 있었는데, 우아한 한 부인의 씰루엣이 희미하게 보였고, 그녀는 그가 들어오는 걸 보자 하던 이야기를 멈췄다.) 그는 마루하가 누워 있는 병상 앞으로 가서 섰다. 한참 후 그의 뒤에서 발걸음 소리가 나더니 간호사의 목소리가 들렸다. 간호사는 누군가에게 마루하가 아침에 자세를 바꿔줄 때 자주 구토 증세를 보인다는 얘기를 했다. 그리고 나서 간호사는 낮은 목소리로 "그녀의 애인이에요"라고 했다. 그때 옆에서는 팔찌를 찰랑거리며 부드러우면서 향기를 풍기는 어떤 존재가 느껴졌다. 긴 침묵이 흘렀지만 그는 움직이지도 입을 열지도 않았다. 마루하의 얼굴(그는 그녀가 날이 갈수록 점점 더 가면처럼 보인다는 암울한 생각을 했다)만 계속 바라볼 뿐이었다. 그때 그는 얼굴 왼쪽에서 자신의 옆모습을 관찰하는 한 여성의 시선이 가하는 기분 좋은 부담감을 느꼈다. 그것은 아마도 낯선 이의 시선인 듯했다. '떼레사의 어머니군.' 그는 생각했다. 그가 고개를 돌렸을 때에는 부인의 모습은 이미 사라져버렸고 간호사만 창가에 앉아 있었다. 그때 떼레사가 들어왔다.

"안녕." 그녀가 인사했다. "엄마가 방금 네가 누구냐고 물어보셨어."

"제가 벌써 말씀드렸는데." 간호사가 말했다.

마놀로는 돌아서서 간호사가 그런 이야기를 한 사실에 놀랐다는 듯이 그녀를 불신의 눈초리로 바라보았다. 그런 다음 그는 문으로 향했다. 떼레사가 복도까지 따라나와서 그에게 화났느냐고 물었다.

"내가? 왜?" 그는 붕대가 감긴 손으로 문을 짚으면서 말했다. 그의 손은 떼레사의 금발 머리 옆에 놓이게 되었다. 그녀는 또다시 씁쓸한 아몬드 향을 맡았다.

"나야 모르지…… 그런 것 같아 보여서." 떼레사가 말했다. "그 누구도 마루하에게 생긴 문제 때문에 비난받을 수 없다는 걸 네가 알았으면 해. 나 말고는 말이야…… 그 문제에 대해 너와 이야기했으면 해. 너도 할 이야기가 있을 거 아니야. 원한다면 내가 집까지 태워다줄 수 있어."

마놀로는 화난 것처럼 보였다.

"고마워. 그런데 말이야…… 난 지금 집으로 안 가. 다음에 얘기하자." 그는 잠시 숙고한 후에 냉정하게 말했다. "오늘 중요한 일이 있거든."

피의 세례라는 놀라운 일을 벌인 지 일주일이 지난 어느날, 슬픔에 잠겨 있던 그 애인은 뜻밖에도 근사한 흑진주색 정장 차림으로 나타났다. 그는 새로 구입한 완벽한 맞춤 정장을 입고 있었고, 한쪽 팔에는 팔걸이를 하고 있었다. 그가 정중하고 흠잡을 데 없이 차려입고 거의 종교적인 태도로 흐트러짐 없이 마루하 앞에 서 있는 동안 떼레사는 그에게서 눈을 뗄 수가 없었다. 그의 새로운 어깨선은 얼마나 암시적인가! 곧고 권위적이며 예상 밖으로 우아한 저 등은 또 얼마나 신비로운가! 팔걸이를 하고 있는 팔, 상처가 덧난 걸까? 떼레사는 붕대가 감긴 그의 손을 떠받치고 있는 초콜릿색 비단 스카프를 단번에 알아보았다. 그것은 오래전 그녀가 마루하에게 선물한 것이었다. 잘 차려입은 그의 모습을 처음 본 떼레사는 왠지 모르게 불안했다. 그의 몸에서 느껴지는 경건함과 그의 몸을 덮고 있는 눈부신 정장 사이에는 새로우면서도 묘한 관계가 있었다. 지금까지 서로 몰랐던 두가지 요소가 이제 막 협정을 맺은 것처럼, 그 관계는 심상치 않은 결과가 초래될 것을 의미하면서 어떤 위험을 암시하고 있었다. 사랑의 모험이 임박해온 것이었다.

"무슨 일이야?" 그녀가 팔걸이를 한 그의 팔을 가리키며 물었다.
"디나는 잠깐 나갔어……"
"디나가 누구야?"
"간호사. 곧 올 거야. 그녀에게 손을 보여주는 게 어때?"
"아무 일도 아니야." 그가 말했다. "괜찮아질 거야."

그는 한참 동안 떼레사 옆에 앉아서 멍하니 잡지를 들여다보았다. 그는 오늘 떼레사가 그녀의 차로 자신을 집까지 태워다주겠다고 하길 바랐다. 하지만 그녀는 문까지도 배웅해주지 않았다. '다른 약속이 있겠지.' 그는 생각했다.

이튿날이었다. 그들은 병원에서 함께 나왔다. 이른 시간이었고 할 일도 없어서 (그는 "나 휴가 중이야"라고 했다) 그는 그녀에게 음료수나 한잔 마시면서 잠깐 쉬어가자고 했다. 그녀는 그의 제안에 그리 큰 관심을 보이는 것 같지 않았지만, 그렇다고 거절하지도 않았다. 그녀는 몬떼까르멜로에 있는 어떤 바의 단골이라고 했다. 마놀로로서는 뜻밖이었다.

"거기엔 별것 없어." 그가 말했다. "이 근처에 내가 아는 곳이 있는데, 가는 도중에 있어."

그는 까르멜로의 기슭에 있는 '띠베뜨'를 생각해냈다. 그곳은 주택 겸 레스또랑으로 바뀐 낡은 30년대 별장의 테라스에 있는 세련된 (모조 오두막과 니스 칠이 된 통나무, 초가집, 병 조명이 있는) 공간이었다. 스피커에서는 조용한 음악이 흘러나왔다. 조용하고 한적한 장소가 떼레사의 마음을 사로잡았다. 그들은 도로를 내다볼 수 있는 베란다 옆의 탁자를 차지하고 앉았다. 도로 저 너머에는 과수원과 쥐엄나무 숲이 보였는데, 그곳에는 햇빛에 반사되어 거울처럼 보이는 호수와, 도시에 둘러싸인 지 수십년은 되어 보이는 농가 한채가 있었다. 해가 지면 '뜨레스끄루세스'라 불리는 언덕 뒤로 구엘 공원 위의 하늘을 벌겋게 물들이는 석양이 보일 것이다. 떼레사는 베란다에서 턱을 괴고 마놀로와 함께 한동안 풍경을 감상했다.

"난 너희 동네가 좋아."

"저기 아래 나무들 사이에 있는 테니스 코트가 보여?" 마놀로가 손으로 가리키면서 말했다. "라살루드 테니스클럽이야. 어렸을 적에 코트에서 일했어. 공을 주웠어, 싼따나[22]처럼 말이야…… 넌 한번도 여기에 와본 적이 없겠지?"

"아니." 그녀가 까르멜로 언덕을 바라보며 말했다. "내겐 이 모든 게 어느정도 익숙해. 내가 늘 싼헤르바시오에서만 살았던 건 아

---
22 마누엘 싼따나(Manuel Santana, 1938~): 에스빠냐의 세계적인 테니스 선수.

니거든. 어렸을 때 그라시아의 주아닉 광장에서도 살았어. 전쟁 후였지. 놀려고 거리로 나왔는데 나쁜 애들이 있었어. 그런데 난 그애들이 무섭지 않았어." 그녀가 웃음을 터뜨렸다. "엄마는 내가 너무 겁이 없다고 걱정하셨지. 지금도 마찬가지야. 내가 하나도 변하지 않았다고 그러셔. 그곳에서의 어느날, 우리 집 계단에서 까르멜로에 사는 남자애가 세가닥으로 땋은 내 머리를 잡아당겼어. 그러고는 암호를 댈 때까지 나를 문 뒤에 한참 동안 가둬뒀어." 그녀는 재미있다는 듯 웃으며 마놀로를 바라보았다. "그애가 너였는지 누가 알아?"

"아니야." 그가 웃었다. "그때 난 바르셀로나에서 살지 않았어."

"넌 어디 출신인데?"

"말라가. 이봐, 너희 부모님은 까딸루냐 출신이니?"

"우리 아빠만. 엄마는 마요르까 출신이야. 그런데 여기서 자라셨어."

"우리 앉을까? 자, 뭘 마실래?"

"글쎄, 꾸바리브레 한잔. 마루하와 네 얘기 좀 해봐…… 너 공장에서 일하지, 그렇지?"

두사람은 마주 앉아 있었는데, 마놀로가 놀라는 표정을 지었다.

"내가 공장에서 일한다고? 무슨 말도 안되는 소리야! 누가 그런 엉터리 같은 소리를 했니?"

그는 비록 미소를 짓고 있었지만 그 말 때문에 꽤 불쾌한 것처럼 보였다. 떼레사는 당황스러웠다.

"마루하가."

"도무지 이해할 수가 없는 애야. 난 형 가게에서 일해. 자동차 매매. 이제 힘든 시기는 지났어."

그는 분명 거짓말을 하고 있었고, 떼레사 쎄라뜨는 그 이유를 알 것 같았다. '지나치게 경계하기 때문일까?' 그녀는 생각했다. '그래도 이건 좀 웃기는군. 내가 미덥지 않아 보였나? 오히려 그 반대일 텐데.' 하지만 그녀는 그 일에 더이상 끼어들지 않기로 하고, 마루하 애인의 비밀스러운 신상을 존중해주기로 했다. 그녀는 다른 화제를 꺼냈다.

"너 기억나?" 그녀는 몸을 의자 뒤쪽으로 젖히면서 썬글라스를 썼다. "우리가 처음 병원에 갔던 날, 병원을 나와 차 안에서 내가 긴히 할 말이 있다고 했던 거 말이야…… 내가 더 생각해봤지. 그런데 넌 내가 네 일에 끼어드는 걸 좋아하지 않는 것 같아."

"맞아." 그는 이미 위험을 감지하고 대담하게 말했다.

"그런데 네가 알아야 할 게 있어. 네가 병실에서 내 목을 조르려 하면서 했던 얘기 말이야……" 그녀가 웃음을 터뜨렸고, 그도 그녀를 따라 웃었다. "뿌에블로세꼬에 있는 루이스 뜨리아스의 아버지네 공장에서 일하는 어떤 남자애와의 관계를 네가 비난했었잖아. 그걸 어떻게 알았어?"

"아, 비밀." 그가 웃으며 말했다.

"좋아. 이상할 것도 없지. 네가 만나는 연락원들이 있을 테니까…… 그런데 넌 모든 사실을 알고 있지는 않아. 알았다면 그런 식으로 내게 말했을 리 없어. 분명히 짚고 가야 해. 난 오해받는 거 싫어. 사람들이 나와 그 남자애에 대해, 그리고 우리의 만남에 대해 뭐라고 하든 사실 난 전혀 신경 쓰지 않아. 하지만 마놀로, 그 세계에는 진보주의자의 탈을 쓴 인간들이 득실거린다는 사실을 네게 알려주고 싶어. 난 내가 좋아하는 사람을 사귀면서 사람들에게 그 이유를 설명하지는 않아."

"난 네게 아무것도 묻지 않았어. 꾸바리브레 맛이 좋군."

"그리고 난 그 일에서 손을 떼기로 했어." 젊은 여대생은 고개를 숙이면서 덧붙였다. "대학의 머저리와 관련된 일이라면 그 어떤 것도 다시는 알고 싶지 않아…… 누구와 관련된 일이든 말이야. 그보다 더 중요한 일들은 많아." 이 말을 하면서 그녀는 진지한 표정으로 연대감을 느낀다는 듯 술잔을 입에 갖다대며 그를 바라보았다. "그렇게 생각하지 않니?"

"글쎄, 생각하기 나름이지."

"최근에 난 인생에서 잊지 못할 경험을 하나 했어." 썬글라스 뒤에 있는 떼레사의 눈은 거의 보이지 않았다. 그녀의 입술은 갑자기 모욕을 당한 듯 일그러졌다.

"아, 그것참." 그는 무슨 말이라도 해야 할 것만 같아 입을 열었다.

"네게 얘기할 수만 있다면."

"얘기해, 하라고."

"말하지 않는 게 낫겠어."

마놀로가 말없이 지켜보는 동안 그녀는 아주 천천히 술을 마셨다. 그런 다음 그녀는 체스터 담배를 꺼냈고 그들은 한개비씩 피웠다. 떼레사는 대학의 머저리들이 생각만 해도 역겹고, 그런 작자들이 사라지려면 아직 요원하다고 말했다. "그런데 이것은 사물의 가치를 변화시킬 수 없는 내 개인적인 결심일 뿐이야." 그녀가 단호한 어조로 말했다. "얘기를 계속하자면, 네가 그렇게 관심을 가지고 있는, 사무실 입구에서 만났던 그애는 루이스 뜨리아스가 내게 소개해준 사람이야. 이름은 라파라고 하는데 꽤 호감이 가더군……" 이 순간부터 마놀로는 온 정신을 집중해 여대생의 말이 엮어내는 묘한 애증관계를 어떤 식으로든 이해해보려고 노력했다. 이야기는 아주 복잡했다. 그녀의 말에 따르면, 이 모든 이야기를 그에게 들려주기로 마음먹은 것은 양심의 가책을 느껴서가 아니라 다른 사람들이 생각하듯 단지 즐기기 위해 라파와 만난 것이 아님을 믿도록 하기 위해서라고 했다. 그녀는 덧붙이길, 라파는 회사의 문화 부문을 책임지고 있었고, 그래서 사내 도서관과 극단 관련 일을 도맡아 했다고 했다. 그 불쌍한 친구는 준비가 거의 되어 있지 않았지만 의지가 대단했으며, 어떤 면에서는 그녀가 아는 좋은 집안의 학생들보다 훨씬 더 능력이 있었다고 했다. 떼레사가 계속해서 말했다. "내 친구와 나는 그에게 브레히트의 작품을 공연해보라고 했어. 브레히트 알지?" "얘기 계속해." 그가 말했다. 그것을 실행에 옮기는 건 쉽지 않았지만, 그 남자애가 이 아이디어에 많은 관심을 가지고 있다고 떼레사는 생각했다. 그녀는 그에게 책, 잡지 등을 빌려주었고, 가끔 만나 이것에 대해 이야기를 나눴다. 어느날 연극 연습이 끝난 후 학습 써클을 만들어보면 어떨까 하는 생각이 그녀의 머리에 떠올랐다. 예를 들어 브레히트를 공연하지 못한다 하더라도 적어도 그의 작품을 읽을 수는 있는 것이다. ("여기서 브레히트에게 무슨 일이 있었는지, 네가 아는지 모르겠지만……" 그녀가 말했다. "얘기 계속해." 마놀로가 재촉했다.) 그녀의 말에 따르면, 불행히도 모든 것이 수포로 돌아가고 말았다고 했다. 부분적으로는 루이스 뜨리아스 때문이었다. 그가 이내 흥미를 잃어버렸던 것이다…… "이건 다른 이야기인데 말이야. 내 아이디어는 좋았지만 시기상조였던 것 같아. 내가 얼마나 비판받았는지 넌 모를 거야. 대학에서 브레히트를 공연하는 것은 여전히 별 의미가 없다고 생각하지만, 노동자들의 작업현장에서는, 들어봐……"

"그래 알았어. 그런데 라파라는 애하고는 어떻게 됐니?" 마놀로가 물었다.

"아무 일도 없었어. 우린 몇주 동안 만났어. 말했잖아, 호감이 가는 사근사근한 애였다고. 그런데 어찌나 입방아들을 찧어대던지 말이야. 그 바람에 다 끝나버렸지. 그렇게 되길 바랐던 거야. 이 모든 이야기에서 유일하게 중요한 것은 비록 결과가 좋지 않지만 시도를 했다는 거야. 나와 그 남자애 사이에 있었던 여타의 일들은 아무것도 아니야. 나는 이해할 수가 없어. 우리가 혁명의 미래를 위험에 빠뜨린 것도 아닌데 말이야!" 그녀는 화를 내며 소리쳤다. "썩어빠진 그놈의 교조주의 때문이야. 그렇지 않니?"

마놀로는 깊은 생각에 잠겼다. 그리고 재떨이에 담배꽁초를 힘껏 눌러서 껐다.

"내가 말하고자 하는 건 의무와 헌신을 혼동하지 말아야 한다는 거야. 모든 일에는 때가 있는 법이야, 그렇지? 그러니까 어디 보자, 넌 라파에게 뭘 바란 거니? 책을 빌려주는 거? 아니면 키스?"

떼레사는 잠시 멍하니 있다가 웃음을 터뜨렸다.

"정말 바보 같은 소리구나! 내가 하고 다니는 일에 왜 그렇게 관심들이 많은 걸까? 너까지 다 알고 있는 걸 보면 말이야!" 그녀는 잠시 눈을 감았는데, 입술엔 여전히 미소를 띠고 있었다. "어쩌면 나와 내 연인들에 대한 세세한 정보도 있겠네. 그거 재미있겠는걸! 채근해서 미안하지만 정말 궁금해. 넌 그걸 어떻게 알았니?"

그는 살짝 웃어 보였다. '그래, 잘하고 있어.' 그는 속으로 말했다. 그리고 손을 천천히 탁자 위로 뻗어 떼레사의 썬글라스를 벗겼다. 그는 그녀의 눈을 뚫어지게 바라보며 말했다.

"세상에 비밀은 없어. 네가 생각하는 것보다 난 너와 훨씬 가깝게 있었어. 썬글라스를 벗으니까 훨씬 낫군."

"난 심각하게 말하는 중이야, 마놀로."

"나도 그래. 그렇지만 다 지난 일이잖아. 그만하자."

"그런데 지난번 병원에서 넌 진짜 정치위원처럼 날 대하더라. 아직도 내 팔에 자국이 있는데, 봐봐. 지난번에 생긴 거야. 정말이야."

무르시아 청년은 좀더 나은 표정을 지을 수가 없어서 그냥 웃기만 했다. 떼레사가 얼굴을 앞으로 내밀며 그를 응시했다. 그리고 말을 덧붙였다.

"넌 왜 항상 말을 빙빙 돌리니? 겁먹지 마. 널 곤란하게 할 질문은 안할 테니까. 네가 원한다면 다른 이야기를 하자. 네 가족이나 친구들 얘기 말이야……"

다시 의자에 기댄 그녀는 웃으면서 관능적인 자태로 팔을 들어 올려 기지개를 켰다. '이게 바로 밝고 유쾌한 떼레사의 진짜 모습이야. 그래서 사람들이 너무나 쉽게 그녀와 사랑에 빠지는 거야!' 그는 생각했다. 그는 자신이 사는 동네 이야기를 들려주며 그녀를 즐겁게 해주려고 했다. 그녀가 그에게 이렇게 집중하는 것은 그녀가 빈민가의 삶에 동경을 갖고 있어서이기도 하지만, 낯선 문화에 대한 호기심 때문이기도 할 것이라는 암울한 짐작을 하면서 말이다. 그는 꿈을 꾸는 듯하면서도 확신에 차 있는 그녀의 깊고 푸른 눈에서 티 없이 맑게 떠 있는 오후의 햇살을 보았다. 의심과 희망은 얼마나 묘한 것인가? 따스하고 푸른 그녀의 눈 속에서 떠도는 느낌과 감정은 어떤 것일까? 그녀는 가끔 성실하고 학구적인 학생처럼 탁자 위에 팔꿈치를 올리고 손으로 턱을 괸 채 그의 말을 경청했고, 때로는 쓸데없이 이미 지나간 일들을 환기하면서 감정이 분산된 듯 나른한 분위기로 앉아 있었다. 하지만 전반적으로는 차분하고 해맑은 표정으로 그를 뚫어지게 바라보았다. 깊은 생각에 잠긴 채 뭔가에 넋을 잃은 듯한 그녀의 태도는 무르시아 청년의 단순한 주제와 약간 횡설수설하는 태도(물론 본의는 아니었다)와는 사뭇 대조적이었다. 떼레사는 정확한 말의 의미를 찾는 것은 아니었다. 그녀는 질문을 통해 알지 못하는 밑바닥의 흐름이나 주변에 떠도는 생각과 감정의 섬세함을 찾고 싶어했다. 그녀는 두사람 사이의 분위기 속에 존재하는 점점 커져가는 일치점을 찾고자 했다. 결국 탁자 위의 좁은 공간은 점점 더 좁아져 두사람의 머리 주변은 보이지 않는 안개로 자욱할 것이다. 그녀는 많은 질문을 던졌지만 그 질문은 순전히 감각적인 것들로, 진실을 찾는 것이 아니라 진실을 위해 적절한 분위기를 조성하는 것들이었다. 그 질문은 알고자 하는 욕망에서 비롯된 것이 아니라, 확신하고자 하는 진심에서 비롯된 것들이었다. 왜냐하면 떼레사 쎄라뜨는 빈민가에서 사는 이같은 청년의 삶에 대해 이미 알고 있고, 자기 나름의 생각도 있으며, 감미로운 판단을 내린 상태였기 때문이다. 그러나 이렇듯 그녀가 열의를 가지고 표명한 몇가지 의견("어쨌든 너희 동네에 사는 민중의 삶은 멋지고 재미있을 거야. 여름밤이면 까페에서 동료들과 논쟁을 벌이고……")에 대해 무르시아 청년은 그건 착각이라면서 곧바로 그리고 단호히 부정적인 반응("무슨 놈의 얼어죽을 민중이야. 여름밤이 뭐 어째? 우리 동네에는 따분함과 가난만 있을 뿐이야!")을 보였다. 하지만 그의 이러한 부정은 그녀의 행복한 미소와 함께 사라질 것으로, 그녀의 판단 기준을 결코 바꿔놓지 못했다. 천진난만하고 생글거리는 그녀의 눈은 이렇게 말하고 있었다. '그래, 너희 동네는 정말 환상적이야.'

그녀의 맹목적인 태도는 그 순간 남쪽 출신 청년에게는 상당히 유리하게 작용했다. 몽상적인 질문들을 쏟아내는 떼레사의 빈민가에 대한 동경을 달래주기 위해 그가 친절한 노력을 기울였음에도 불구하고, 자신이 사는 동네와 집의 남루한 진짜 민낯을 생각하니 갑자기 조상의 사악한 피와 목소리가 등장해 피곤한 척하며 두 사람을 감싸고 있는 감정적인 접촉의 안개를 없애버리겠다고 위협했다. 하지만 이 모든 것에도 불구하고 그들은 즐거운 시간을 보냈다. 탁자 밑에서 가끔 그들의 무릎이 서로 스치곤 했다. 이 단순한 접촉은 떼레사가 열정적인 말들을 통해 표현하고자 했던, 더욱 생생하고 흥미진진하면서 일관성 있는 세계로 곧 실현될 것이었다. 화기애애한 분위기 속에서 그들은 조금씩 침묵에 자리를 내주었다. 의식하지 못한 사이에 두시간이 넘게 흘렀다. 지금 떼레사는 얼음을 넣은 진을 마시고 있었다. 무르시아 청년은 무모한 자신감을 회복했다. 그가 늘 실수를 했던, 음모를 꾸미는 일과 관련된 주제는 다시 없을 것 같았는데 그때 갑자기 사건이 발생했다. 그를 쫓아다니던 어두운 운명(이번에는 한 웨이터의 떨리는 손에 들린 뜨거운 커피로 나타났다)이 돌연 그 모습을 다시 드러내 떼레사 쎄라뜨가 그에게 끈질기게 부여하려 한 엉뚱한 인성에 대해 의문이 들게 만들었고, 이를 계기로 여대생과의 문화적 갈등에 배어 있던 정치적 성격이 결국 드러나게 되었다. 나이 든 웨이터는 떼레사의 말에 따르면 혼자서 구시렁대며 쉽게 화를 내긴 하지만 친절한 사람이었는데, 그가 마놀로 옆을 지나다 마놀로의 새 옷에 커피를 쏟는 일이 발생했다. 뜨거운 액체가 목덜미로 쏟아지자 마놀로가 의자에서 벌떡 일어났다.

"이 짐승! 눈은 뜨고 다니는 거요?"

"아이고, 넘어질 뻔해서……" 노인이 말했다.

사실 노인은 여전히 중심을 잡지 못하고 있었는데, 마놀로가 노인이 입고 있던 재킷의 목 부분을 잡지 않았더라면 그는 탁자 모서리에 코를 처박고 말았을 것이다.

　"어이, 할배, 지금 장난하는 거요?" 무르시아 청년이 소리쳤다. "내 옷 좀 봐요. 빌어먹을 조상을 뒀나보군!"

　그는 노인의 모든 친척을 들먹였다. 머리 꼭대기까지 화가 난 마놀로는 말을 자제하지 못했고, 떼레사의 존재까지도 잠시 잊어버렸다. 그는 길게 이어지는 욕설을 퍼붓고 난 후에야 (그 불쌍한 노인은 투덜거리면서 물건을 치웠고, 분무기로 마놀로의 재킷에 물을 뿌리더니 무릎 부분을 닦아냈다) 떼레사를 바라보았다. 그리고 자신을 비난하는 그녀의 얼굴 표정을 보았다.

　"왜?" 그가 손수건으로 옷깃을 닦으면서 말했다. "내 말이 틀렸어? 손이 떨리면 일을 그만둬야지. 내 옷을 좀 봐! 꼭 옷을 망쳐서가 아니야." 그는 뻔뻔스럽게 거짓말을 했다. "문제는……"

　그녀는 눈을 내리깔았다. 그녀는 손에 잔을 들고 그가 보인 태도가 매우 실망스럽다는 듯 음료를 저었다.

　"어쨌든." 너무 늦은 건 아닌가 싶었지만 무르시아 청년이 말을 덧붙였다. "이제는 잊어버렸어."

　"그 사람은 일하고 있었던 거잖아." 진보적인 여대생이 말했다.

　"그래." 오토바이 도둑이 대답했다. "우리 모두 일을 하지."

　"맞아, 마놀로. 다른 사람이 그랬다면 그렇게 낯설지 않았을 거야. 그런데 네가 그런 건 좀 이상해."

　"왜?"

　"방금 네가 한 행동은 부잣집 도련님들의 특기잖아."

　약간 언짢은 듯 마놀로는 계속 손수건으로 옷깃을 닦았다. 그는 떼레사를 바라보고 있지 않았다.

"내가 도련님일 수도 있지. 특히 날 함부로 대하거나 날 열 오르게 할 때는 말이야…… 난 이미 그런 일에 질렸을 수도 있어."

"진심으로 하는 이야기는 아니겠지?" 떼레사가 거들먹거리는 목소리로 말했다. "어떤 원칙을 한번도 세워본 적이 없다고 말하려는 건 아니겠지? 그 정도로 냉소적이지는 않을 거라 생각해. 그 노인이 잘못했다는 건 인정해. 하지만 다른 방식으로 그 일을 처리할 수도 있었잖아. 그리고……"

그는 탁자 위로 찡그린 얼굴을 들이대는 떼레사를 보았다. 그의 구릿빛 이마 위에 부드럽고 옅은 두줄의 주름이 희미하게 나타났다. 그것은 어쩌면 그가 소유하지 못했던 섬세하면서도 강한 정신적 활력, 즉 잘생긴 외모의 이점을 보여주는 듯했다. 떼레사는 그의 얼굴을 가까이에서 마주한 채 무뚝뚝한 그의 완벽하게 생긴 입과 단호한 입가를 보았다. 그런 그녀를 방해하며 마놀로가 말했다.

"잠깐, 잠깐만. 어디 보자. 나는 단지 일을 처리하는 데 한가지 방법밖에 몰라. 정확하게 하는 것, 그것만 알아. 그 사람은 내 옷을 망쳤고 나에게 화상을 입혔어. 미안하지만 여자들은 가끔 지나치게 감상적이야. 노인이라는 사실, 나도 알아. 그러나 그 사람은 아주 심하게 날 덮쳐 상처를 입혔단 말이야. 그런데도 불만을 제기할 수 없다는 거야?"

"어떤 점에서는 안돼." 그러면서 그녀는 딸기 같은 입술을 삐죽 내밀었다. 그 입술은 늘 갈망하는 장밋빛 거품이면서 음모가 무산되는 곳이었다. 그것은 삐호아빠르떼에게 드러나고야 마는 공식이었다. "계급의식이 있다면 그래서는 안돼, 마놀로."

까르멜로 청년은 몸속에서 냉기를 느꼈다. '지금까지 내가 옷을 그렇게 초라하게 입고 다녔나?' 그는 이런 생각이 가장 먼저 들었고, 곧이어 생각했다. '그러니까 바로 그 얘기군! 마놀로, 어디까지 가볼 건데? 그냥 계속 입 다물고 딴청이나 피워.' 떼레사는 얘기를 계속했는데, 그녀의 열정적이고 연대감을 느끼는 목소리는 스피커에서 흘러나오는 감미로운 음악과 뒤섞였다.

"……그리고 우리가 출발점으로 삼아야 하는 것은 바로 상대를 대하는 태도야. 정말 중요한 것은 그것이지, 한 여자애가 정문에서 키스를 허락했느냐 하는 게 아니야. 그런데 이놈의 나라에서는 고쳐야 할 게 한두가지가 아니야. 모든 게 엉망진창이고 마리아 에우랄리아가 말한 것처럼 공무원 시험까지도 그러니……"

"누구?"

"내 대학 친구."

마놀로는 대학생이 선호하는 이야기가 나오자 방어할 수 없는 취약한 상황에 처했다고 느꼈다. 하지만 그가 가진 특별한 재능을 발휘할 기회가 찾아왔다고 생각했다.

"그 얘긴 그만하자, 응? 위험하잖아." 막연한 약속들을 담고 있는 음악은 마놀로로 하여금 떼레사의 손을 잡는 모험을 감행하도록 만들었다. 떼레사는 테이블보의 주름을 따라 손가락을 살며시 뺐다. 그녀는 생각에 잠긴 채 아무 말도 하지 않았다. "자, 우리가 이제 친구라면, 떼레사, 내 말대로 해줘. 지금 그 얘기는 그만하자. 나중에 기회가 되면 나에 대한 얘기를 해줄게…… 지금은 아무것도 묻지 말아줘. 아무것도 상기시키지 말아줘. 알았지?"

그녀는 잠시 그를 바라본 후 다시 눈을 내리깔았다. "알았어." 그녀가 중얼거렸다. "네 말이 맞아. 내 말에 신경 쓰지 마"라고 그녀가 말했을 때 그는 자신의 말에 순종하는 그녀의 모습이 예뻐 보였

다. ('여자애들은 순종하는 모습이 어울리지.' 그는 생각했다. '특히 괜찮은 여자애들은 말이야.')

마놀로는 다정하게 웃으면서 그녀의 손을 꼭 잡았다.

"좀 차분하게 생각해. 넌 너무 충동적이야, 떼레사."

"요즘 무엇 때문인지 내가 좀 예민해. 너무 많은 일들이 한꺼번에 일어나서 계속 생각만 하는 것 같아……"

"공부를 너무 많이 해서 그래."

"공부는 전혀 안해."

"너 몇살이니?"

"이제 열아홉살이 돼. 남자친구 있느냐고 묻지 마. 그런 질문 싫으니까." 그녀가 웃으며 덧붙였다. "나 진 한잔 더 주문하고 싶어. 그럼 기분이 좋아지겠지. 그런데 말이야, 너 오늘 꽤 근사해 보인다. 무슨 일이니? 청바지와 셔츠가 아주 잘 어울려."

"좀 변화를 줘야지, 안 그래? 그런데 네 말이 그렇다면야…… 언젠가 마르베야 해변의 물속에서 어떤 독일 여자의 손을 나도 모르게 잡은 적이 있었어……"

"꼬스따델솔에서 지낸 적이 있었단 말이지?" 떼레사가 끼어들었다.

"한 계절 동안. 그 독일 여자가……"

"일했니? 무슨 일?"

"한동안 일했지. 그 독일 여자가 내 분홍 셔츠를 훔쳐간 거야."

"분홍 셔츠를 훔쳐갔다고?"

"응, 정말이야." 그가 웃으면서 말했다. "해변에서 말이야. 빛바랜 셔츠였어. 그게 맘에 든다고 했거든. 나중에 20두로를 주더라고. 아무 값어치도 없는 것인데."

"그 독일 여자가? 아니면 셔츠가?"

"물론 그 셔츠지."

그들은 함께 웃었다. 떼레사는 의자에 등을 기대고 마놀로를 한참 바라보다가 빈정대는 목소리로 뻔뻔하게 말했다.

"어느날 예기치 않게 내가 큰일을 저지를 것 같은 예감이 들어. 그랬던 여대생을 여러명 알고 있어…… 우리 여대생들이 창녀 같다는 말, 들어본 적이 있니?" 야릇한 쾌감이 지금 그녀의 혈관 속을 흘렀다. 그녀는 자신에게 일어난 일들이 참 우스꽝스럽다는 우울한 생각을 하면서 그저 술만 마셨다. 하지만 그녀는 루이스 뜨리아스와 술을 마시는 것과 노동자와 술을 마시는 것은 전혀 다른 일임을 깨닫기 시작했다. "응? 한번도 들어본 적 없다고? 그렇다면 이제 알겠네……"그녀는 웃더니 말투를 바꾸어 말했다. "그렇게 얼굴 붉히지 마. 농담이니까."

'나를 몰라도 한참 모르시는군.' 그는 생각했다. '빨개지기는, 내 엉덩이가 빨개지겠다.' 그러나 그는 이렇게 말했다.

"애, 감동을 주고 싶은 거야? 네가 지적인 사람이라는 걸 보여주고 싶은 거야?"그러자 그녀는 이상하게 당황스러웠다. 그가 정곡을 찌른 것이었다. 떼레사는 애써 웃음을 지어 보였다. 그가 말을 덧붙였다. "난 잘 모르겠지만, 너희 여대생들은 아주…… 그러니까 너희들이 필요할 때면 아주 영악해지지. 반면에 바보스러운 마루하를 봐. 얼마나 바보스러운지 말로 다 표현할 수 없을 지경이야. 바보 천치라고."

"제발 마루하에 대해 그렇게 말하지 마. 우린 아주 친한 사이야. 믿지 못하겠지만 마루하는 너와의 관계를 감히 내게 말할 엄두를 내지 못했어. 내가 거의 혼자서 알아낸 거야. 마루하의 방에서 너희 두사람이 잔다는 걸 난 알고 있었어…… 내가 너희에게 한마디도 하지 않았지? 우리 집에서 다른 애들이 그랬다면 소리쳤을 텐데 내가 용인해준 거야…… 하지만 난 생각이 분명하고 말과 행동이 일관된 사람이 되려고 노력하는 편이야." 그녀는 한숨을 쉬더니 원피스의 깃을 내려다보았다. 그녀는 머리카락이 얼굴로 흘러내리자 머리를 세차게 흔들어 뒤로 넘겼다. "작년 10월 시위 때 소문이 자자했던 것, 부정하지 않겠지?"

"그래. 나쁘지 않았어." 그가 마지못해 수긍했다. 그는 다시 화제를 돌리고 싶어했다. "꾸바리브레가 정말 맛있군. 한잔 더 마실래?"

"솔직히 말해, 마놀로. 그녀를 사랑한 거야?"

"마루하를? 그애는 아직 살아 있어, 안 그래……? 그럼. 우린 나름대로 사랑했지. 우린 늘 모든 걸 우리 방식대로 하길 원했어."

"그녀는 네게 푹 빠져 있었어. 너도 알지, 그렇지?"

"그렇다고 그렇게 호들갑을 떨 건 없어. 그애는 정말 착해. 가엾은 애 같으니. 하지만 우리 관계는 육체적인 것뿐이었어. 그래, 너에게 그런 것까지 설명할 필요는 없겠지. 너도 여자니까."

"겁내지 말고 말해봐, 남자 양반."

"이봐, 난 솔직한 사람이야. 난 지켜야 하는 것은 지키려고 해. 그렇지만 내가 여자들에게 그런 것만 바란다고 생각하지는 마…… 아니, 그 반대지. 난 멍청한 애들을 아주 많이 만나봤어, 떼레사. 난 그런 애들 때문에 시간을 낭비하고 싶진 않아." 그는 자신도 모르게 목소리의 어조가 다급해졌다. 그는 수도사 루이스를 흉내 내면서 말했다. "하지만 지적이면서 삶에 두려움이 없고, 똑똑하고 박식한 그런 보석 같은 여자와 사랑에 빠진다면 그는 평생 풍요로워지는 거지. 그건 사원처럼 불변의 진리야."

그는 떼레사의 눈에 자신을 비춰보았다. 날이 저물어가고 있었다. 그녀 뒤편에 있는 베란다 저 너머로 도시의 불빛들이 깜빡거렸다. 떼레사는 눈을 내리깔고 생각에 빠졌다가 다시 썬글라스를 꼈다. 왜 그랬는지 모르지만 그는 이렇게 말했다.

"내게 책을 좀 빌려줘야겠어, 떼레사."

"책?"

"응, 책."

"뭘 하려고?"

"뭘 하긴. 읽으려는 거지."

"그럼 물론이지. 언제든지 빌려줄게." 그다지 관심 있어하는 것 같지 않았다. 그녀가 시계를 들여다봤다. "늦었어. 갈까? 너희 집은 여기서 가까우니까 여기서 헤어지자. 괜찮지?"

"별수 없지 뭐……"

두 사람은 차 옆에서 작별인사를 나누었는데 뭔가 어색했다. (그들은 아무 말 없이 힘없이 악수만 했다.) 좌절과 실망의 분위기가 감돌았지만 그들 스스로 그랬던 것뿐이다. 마치 청춘 축제의 파티가 끝난 후 자신이 머리 모양과 대화 주제를 잘 따라가지 못했다고 느낄 때처럼 말이다. "인생 참 따분하다. 안 그래?" 운전석에 앉으면서 그녀가 말했다. "이렇게 더우니까 해변이 그립다." 차가 출발할 때 떼레사가 고개를 돌려 마놀로를 바라보았다. 마놀로가 붕대 감긴 손을 열심히 흔들어주었다.

그는 결코 떠나본 적이 없었다.
하지만 까맣게 그을린 건강한 피부가
얼핏 뱃사람처럼 보였다.
예컨대 꾸바에 갔다가
부자가 되어 돌아온 것처럼……
　　　　　　　—미겔 바르셀로[23]

　영웅의 손에 감긴 붕대의 비밀은 동네에서 '주사기'라는 별명으로 더 잘 알려져 있는 오르뗀시아와 관계가 있었다. 그리고 쌉쌀한 아몬드 (그것은 그녀가 일하는 약국에서 가져온 약용 캐러멜이었다) 냄새는 그녀의 흰 가운 주머니에서 나온 것이었다.
　"마놀로, 이 정도면 맘에 들어?"
　"더 감아, 더 감으라고. 감염되지 않게 말이야. 덧나면 골치 아프잖아, 아가씨."
　매일 오후마다 점심식사 후에 마놀로는 붕대를 갈기 위해 그녀의 집으로 찾아갔다. 주사기는 추기경의 조카였다. 열다섯살인 그녀는 진지하고 창백하고 조용하면서 내성적이었고, 푸른 눈과 윤기 없는 건조한 금발을 가진 아이였다. 말수가 적었고 어디로 튈

23 미겔 바로셀로 뻬레요(Miguel Barceló Perelló, 1939~2013): 에스빠냐의 역사가 겸 작가.

지 모르는 아이였다. 그녀는 근시처럼 의심의 눈초리로 사물을 관찰했고 늘 혼자 다녔다. 추기경의 말에 따르면 그녀는 어머니로부터 굼뜨고 덜렁대는 성격을 물려받았다고 한다. 하지만 그녀의 잿빛 눈과 엉겅퀴처럼 묘하게 차분하면서도 푸석거리는 머리칼은 요즘 들어 그녀의 삼촌이 말한 대로 정말 빛나면서 생기를 띠어갔다. 그녀에게는 사람의 발걸음을 멈추게 하는 뭔가가 있었다. 최근 마놀로는 왠지 모르게 그녀에게 매료되어 그녀의 얼굴을 계속 바라보곤 했다. 어느날 그녀가 자신의 손에 붕대를 감아주는 동안 그는 갑자기 그녀가 떼레사 쎄라뜨와 (묘하면서도 기분 나쁘게) 무척 많이 닮았다는 것을 발견했다. 하지만 마놀로가 의아하게 여긴 것은 오래전부터 오르뗀시아를 알았는데, 왜 그 반대로 생각하지는 않았을까 하는 점이었다. 바꿔 말하면, 떼레사를 만났을 때 추기경의 조카를 당연히 떠올렸어야 하지 않았느냐는 말이다. 왜 그러지 못했을까?

무르시아 청년이 추기경의 집에 자주 출입하기 시작했을 무렵 오르뗀시아는 아홉살이었다. 그는 그녀와 정원에서 놀아주기도 하고, 구엘 공원에 데려가 함께 산책하기도 하고, 빌린 자전거를 그녀가 타도록 내주기도 했다. 몸과 마음을 다한 이 일—그는 베이비시터가 되는 데에 주저함이 없었다. 훗날 추기경의 애정과 믿음을 얻기 위해 축음기와 고급 오토바이를 훔치는 일에 주저하지 않은 것처럼 말이다—은 그녀를 크게 기쁘게 했다. 그 노인(외로운 어린 양처럼 연약한 그의 눈동자는 어린 남자아이의 유연한 걸음걸이 앞에서 여러번 흔들리곤 했다)의 마음을 얻기 위해 과도한 열정으로 그녀의 삼촌이 보는 앞에서 야릇하게 놀 때를 제외하고는 말이다. 오르뗀시아는 늘 마지막에 울곤 했다. 도망치고 싶어하는 그의 마음을 알아채고 그의 얼굴에 드러난 미래의 배신을 읽었던 것일까? 예를 들면 이렇다. 여름이 되면 그들은 정원 안쪽에 있는, 지금은 돌과 말라비틀어진 넝마로 가득한 빨래터에서 늘 멱을 감곤 했다. 오르뗀시아는 마놀로가 양동이의 물을 자신의 머리에 부으면서 물장구질하고 장난치는 걸 좋아했다. 마놀로는 그녀가 물에 빠져 켁켁거리는 걸 아주 재미있어했다. 하지만 그들이 천진난만하게 물장난을 하노라면 곧 그녀의 삼촌이 모습을 드러냈다. 추기경은 지저분한 정자에서 닳아빠진 실내복을 입고 상아 지팡이의 손잡이에 두 손을 얹은 채 곧 쓰러지게 생긴 오렌지색 버들가지 안락의자에 앉아 은퇴한 발레리노처럼 향수에 젖어 말없이 그들을 지켜보았다. 선발된 젊은 문하생의 영광스러운 미래를 탐색해보는 발레 대가처럼 위엄 있는 자세로, 밝은 안개 속에서 근엄하고 날카로운 눈빛으로 말로 표현할 수 없는 몸짓들—한 무용수가 갑작스럽게 보이는 고양이 같은 우아함, 겨드랑이 밑으로 일렁이는 물결, 등 근육에서 보이는 허망한 생명력 등—을 눈여겨보면서 말이다. 평소 그녀에게 상냥하던 마놀로가, 그녀가 새로운 인형을 갖고 싶을 때 삼촌 앞에서 낡은 인형을 함부로 다루듯, 그녀를 무례하게 대하기 시작했다. 그는 그녀를 밀어대며 구석으로 몰아세웠다. "이것 봐요, 추기경님. 이것 봐요!" 그녀가 마놀로를 고자질하는 소리가 들렸다. 그가 담에 올라가 그녀의 머리 위를 지나 물속에 뛰어드는 장면—날렵하고 그을린 그의 몸이 공중에서 몇초 동안 멈춰 있는 듯 보였으며, 햇빛에 반사된 그의 몸이 메달처럼 반짝였다—을 볼 수 있었다. 그다음에 그는 갑자기 물 밖으로 나와 그녀 위에 올라타고는 그녀가 아플 정도로 힘껏 껴안고 간질이면서 입으로 그녀를 깨물었다. 그들은 몸부림치고 숨을 헐떡이면서 별의별 짓을 다 했다. 그건 다소 불길해 보이긴 했으나 물론 음탕해 보이지는 않았다. 그렇게 즉흥적인—그녀에게 물을 먹이고, 일부러는 아니지만 그녀를 울린—열정 속에서 그는 남자에게 뻔뻔할 정도로 교태를 부리는 여자애처럼 아득하고 잃어버린 세계를 천진난만하게 재창조했다. 그 세계는 몇 미터밖에 떨어지지 않은 곳에서 긴 속눈썹 사이로 안 보는 척하면서 훔쳐보는, 죽음을 얼마 남겨두지 않은 추기경을 위한 것으로, 때늦은 청소년 시절의 꿈(라쁠라따 강의 빠른 유속, 젊은 살갗에 내리쬐는 반짝이는 햇살, 잃어버린 여름의 즐겁고 아득한 환호성)이었다. 이제 늙고 약해진 심장박동 소리만 듣고 있을 뿐인 추기경은 무르시아 청년에게 도시와 미래의 열쇠를 주어야만 하는 중요한 인물이었다.

"팔을 뻗어봐. 이렇게 말이야. 아파?"

"아니, 안 아파……"

그녀의 눈에 원한의 서리가 내리고, 그녀의 머리카락에 슬픔이 어리기 시작한 것은 그 무렵부터였을 것이다. 그녀는 태어나면서부터 동네에서 약간 벗어난 언덕배기 모퉁이의 낡은 집에서 삼촌과 함께 살았다. 그래서 그 누구도 두사람에 대해 많이 알지 못하는 것 같았다. 정말 그녀는 1943년 봄에 그녀를 출산하다가 병원에서 사망했다는 추기경 누이의 딸인 걸까? 아니면 다른 이들이 주장하는 것처럼, 그녀의 어머니가 추기경에게 딸을 맡겨놓고 추기경의 친한 친구인 갈리시아 사람과 도망쳤다는 말이 맞는 걸까? 허리 밑에 관한 소문들이 방귀처럼 무성했던 그 동네에서는 ("바지 한번 기가 막히게 잘 내렸군!"이라는 말이 한동안 유행했었다) 온갖 억측이 난무했는데, 그중 상당히 과장된 몇몇 억측은 마놀로의 귀에까지 들려왔다. "나쁜 생각은 반드시 들어맞는 법이야." 늘 세상에 불만을 가진 이들이 모이는 델리시아스 바에서 사람들이 그에게 이렇게 말하곤 했다. 당시 마놀로는 열다섯살이었고 추기경 앞에서 순진한 척했다. 어느날 그가 추기경에게 물었다. "정말 부에노스아이레스에서 사셨어요?" "그래." 노인이 웃으며 대답했다. "그리고 까를로스 가르델[24]의 피아니스트였다면서요?" 그가 묻자 근엄한 추기경은 등에 오한이 든 것처럼 머리를 가볍게 끄덕였다. "어쩌면 그럴지도." (말할 것도 없이 가르델에 관한 이야기는 추기경이 아르헨띠나의 골동품상이었으면서 피아니스트였기를 은근히 바란 마놀로가 지어낸 것이었다.) "돈도 많았고 근사하게 사셨다고 하던데, 추기경님, 사실인가요?" "그것도 거짓은 아니란다, 애야." 늙은 여우 같은 그가 위엄 있는 목소리로 대답했다. 예전에 마놀로는 추기경의 얘기를 듣는 걸 좋아했다. 추기경이 말하길, 막역한 친구들과의 한없이 다정했던 우정은 세월이 지나면서 다 깨져버렸고 그리움과 안타까움만 남아 있다고 했다. 이는 이 세상에서 지금까지 한 모든 일들 때문에 그렇기도 하지만, 어쩌면 하지 못했고 앞으로도 절대 하지 못할 일들 때문에 더욱 그렇다고 했다. 그는 항상 새장의 새가 날개를 치듯 말을 뱉었다. 그러나 가끔은 아주 근엄하게 말을 했다. 거만하면서 동시에 겸손할 줄 아는 그의 행동처럼 말이다. 어쩌면 그래서 사람들이 그를 추기경이라고 불렀는지 모르겠다.

하지만 그것은 옛날 일이었다. 까르멜로에서 이 노인은 많은 어려움을 겪었다. 불행한 시절이 닥쳐왔는데, 밤에는 그럭저럭 견딜 만했지만 낮에는 그렇지 못했다. 그는 새벽에 가끔 자신의 집이 있

---

24 까를로스 가르델(Carlos Gardel, 1890~1935): 아르헨띠나의 대표적인 탱고 작곡가이자 가수.

는 동네 길가에서 지치고 우울하고 초라한 행색으로 지팡이에 의지한 채 서 있곤 했다. 이것 역시 오르뗀시아의 눈을 무채색으로 흐릿하게 만든 원인임에 틀림없다. 다른 듯 매우 흡사한 얼굴들이 들락거리는 통에 그녀는 처음에 잠을 이룰 수가 없었다. 그들은 소란을 피우며 웃으면서 장물을 가져왔다. 그녀는 잠자리에서도 오토바이 소리를 들었다. 그들은 젊고 무심해 보였으며, 그녀의 방에 쳐들어오는 밤의 천사들이었다. 그들은 그녀에게 미소를 지어 보이곤 했다. 이튿날 그녀의 삼촌이 아직 잠자리에 있을 때 그들은 부엌에서 커피를 끓여 급하게 마시고는 떠나버렸다. 그녀의 눈과 머리카락이 손상된 것은 그때였을까? 촌스러운 스웨터에 낡아빠진 부츠를 신었던 열두살의 그녀는 갑자기 이상하리만큼 키가 훌쩍 컸다. 그녀는 에스꼬리알 거리에 있는 수녀 학교에 다녔다. 그녀는 하루 종일 학교에 있었는데, 그곳에서는 1뻬세따로 점심까지 먹을 수 있었다. 날이 저물어 집에 돌아오면 새로운 장물과 점점 더 비밀스러운 만남을 볼 수 있었다. 삼촌은 그녀를 정원으로 내보내곤 했다. 그곳에서 그녀는 어깨를 움츠린 채 닳아빠진 붉은 벽돌이 깔린 오솔길을 산책했다. 이름도 모르는 따분한 야생화들 사이를 걸으며 그녀는 미소를 짓거나 대화를 나누었다. (무엇에 대해? 누구와?) 버려진 정원과 온 동네의 모든 슬픔, 눈부시게 푸른 하늘 위로 헛되이 솟아서 쓸데없이 햇볕만 쬐고 있는 언덕의 모든 슬픔, 날마다 빈민가를 떠도는 슬픔 모두 그녀의 생기 없는 잿빛 눈을 촉촉이 적시곤 했다. 어느날 그녀는 커다란 전축을 안고 울타리 쪽으로 다가오는 마놀로를 보고 그를 가로막았다. "오르뗀시아, 우리는 친구 사이가 아닌 거야?" 그가 물었다. "난 친구 없어." 그러자 그는 재빠르게 말을 꾸며서 그녀를 위해, 그녀에게 선물하기 위해, 평생 동안 함께 춤추고 즐기기 위해 그 전축을 샀다고 했다. 그것은 그의 못된 행동 중 하나로, 자신의 목적을 달성하기 위해 또다시 그녀를 이용한 것이었다. 지금 생각해보니 그때가 그녀의 눈에서 마지막으로 광채를 본 순간이었다. 오르뗀시아는 울타리 문을 열고 삼촌에게 그를 데려다주었다. 그리고 마놀로가 삼촌에게 하는 이야기를 들었다. "당신을 위한 겁니다, 추기경님. 마음에 드세요?" 이후 한달 동안 그녀는 그에게 말을 하지 않았다. 시간이 흘러 어느덧 겨울이 되었다. 마놀로가 가끔 델리시아스 바에서 오후 내내 난롯가에 앉아 노인들과 카드게임을 할 때면 그녀가 들어와 계산대에서 까페라떼를 주문하곤 했다. 그녀는 서서 초점 없는 눈으로 카드게임이 벌어지는 테이블을 컵의 가장자리 너머로 보면서 아주 천천히 커피를 마셨다. (그는 항상 그녀가 바닥에 처박히지나 않을까 마음을 졸였다. 집에서는 가끔 그랬던 것이다.) 마침내 그녀가 그의 곁으로 다가와서 말했다. "서둘러. 삼촌이 널 보고 싶어하셔." 그리고 밖으로 나가면서 말했다. "거짓말이야." 그런 다음에 그녀는 도망쳐버렸다. 한편, 그녀의 말이 사실일 때에는 1미터 정도의 거리를 두고 뒤따라오면서 몇번이나 되풀이해서 말하곤 했다. "마놀로, 언제 오토바이를 태워줄 거야?" 그와 함께 달리는 일, 그의 허리를 감싸고 그의 등에 뺨을 기대며 그의 넥타이와 머리카락이 눈앞에서 휘날리는 것을 보는 일…… "내일." 그가 대답했다. 하지만 그 약속은 아직까지도 지켜지지 않고 있었다.

"붕대가 너무 빡빡하면 말해."

"아니, 괜찮아. 아주 좋아."

그는 그녀를 못생겼다고 생각한 적은 없지만, 그렇다고 그녀가 예쁘다거나 어떤 특색을 가지고 있다고 생각해본 적도 없었다. 떼레사를 알고 난 지금 그는 오르뗀시아의 얼굴이 떼레사를 스케치해놓은 것 같고, 떼레사를 그리다 말았거나 잘못 그려놓은 것 같다는 점을 알게 되었다. 눈을 가늘게 뜨고 바라보면 오르뗀시아는 윤곽이 뚜렷하지는 않지만 예쁜 고양이상의 얼굴에 힘없이 늘어뜨려진 밀짚 색깔의 머리카락(이는 마루하의 침실 탁자 위에 놓여 있던 사진에서 자동차 옆에서 포즈를 취한 떼레사의 분위기였다), 유령처럼 윤곽이 거의 지워지고 남은 희미한 씰루엣 등 초점을 제대로 못 맞춰서 흐릿하게 찍은 금발 미녀 같았다. 저 멀리 고급 주택가에서는 자연스럽게 성장한 밝고 행복한 모습이지만 이곳 까르멜로에서는 그렇게 될 수가 없었다. 그러니까 오르뗀시아는 아름다운 여대생의 열등한 버전이면서, 잡종 모조품, 즉 퇴색하고 좌절되었으며, 어쩌면 저급할 수도 있는 모조품이었다. 지금 그녀 옆에 있으니 향기로운 약초 옆에 있는 것 같았다. 마놀로는 캐러멜을 좋아하지 않았다. 하지만 세탁실에서 물장난할 때 그녀에게 못되게 굴었던 것에 대한 해묵은 죄책감과 그녀에게 뭔가 진심 어린 보상을 해야 한다는 생각 때문에 손에 붕대를 감을 때마다 그녀가 주는 캐러멜을 받곤 했다. 그녀는 지금 마놀로 앞에서 고개를 숙인 채 주의 깊게 일에 열중하고 있었다. 그녀의 이마는 사랑스럽게 둥글어서 왠지 인형 같은 인공의 분위기를 풍겼다. 건조한 머리카락은 가발처럼 보였으며, 그녀의 길게 늘어진 모발은 한때 금발이었을 그런 색깔을 띠고 있었다. 부드러운 솜털은 이마를 좁아 보이게 했다. 가끔 그녀의 눈동자에 빛이 비칠 때면 눈은 푸른색을 띠는 것처럼 보이긴 했지만, 그것은 언제나 희멀겋고 허망한 탁한 푸른색이었다.

"캐러멜 먹을래?"

"응."

그의 손에 붕대를 감는 일이 거의 끝나가고 있었다. 그들은 그녀가 휴대용 약상자로 사용하는 책가방 옆의 부엌 의자에 앉아 있었다. 그녀가 잠깐 눈을 들어 그를 바라보았다. 그녀의 섬세한 콧날은 떼레사의 콧날처럼 뭔가를 갈망하는 것 같은 묘한 느낌을 주었다. 그리고 튀어나온 광대뼈는 떼레사가 그러하듯 철없는 아이가 지닐 법한 엄숙함을 풍기며 사람들의 이목을 끌었다. 그녀 등 뒤의 정원 쪽으로 난 회랑에 강렬한 햇살이 쏟아져 들어왔다. 정원에는 유칼리나무 두그루와 노릇하고 꺼칠한 열매가 달린 오렌지나무 한그루, 2월이면 꽃을 피우는 체리나무 한그루가 있었다. 늘 마놀로는 추기경의 저택이 아주 마음에 들었다. 넓은데다 천장이 높았으며 조용했다. 어둡고 환기가 잘 안된 방은 거의 사용되지 않고, 가구의 서랍들은 아무렇게나 열려 있었다. 서랍은 벨벳 안감을 댄 상자에서 풍기는 오묘한 향을 아직도 품고 있었다. 그 향은 론다에 있는 쌀바띠에라의 궁전을 떠올리게 하는, 부자들에게서 나는 신비한 향이었다. 이층에는 벽지를 바른 방이 하나 있었는데, 오르뗀시아의 방이었다. 한때 그 집은 거울, 즉 얼룩이 심하고 희뿌예서 보이지 않는 오래된 거울, 무거운 커튼, 묵직한 카펫, 희한하게 생긴 장식품, (지금은 사라지고 없지만) 무겁고 낡은 온갖 종류의 가구들로 가득했던 적이 있었다. 그리고 추기경은 거의 모든 방에 전기면도기와 냉장고 및 스테레오와 함께 라디오를 하나씩 놓아두고 있었다. 하지만 그것들은 이미 많이 팔렸고, 또 앞으로 팔 목적으로 포장해둔 까닭에 (집 안 여기저기에는 포장한 물건과 열어둔 가방들이 있었다) 마치 임시 거처처럼 집 안에는 썰렁한 기운이 감돌았고, 곧 이사해 텅 빌 것 같은 모양새였다.

　"네가 직접 꺼내." 언제나처럼 오르뗀시아는 그를 쳐다보지도 않고 말했다. "윗주머니에 있어."

가구에 관한 한 추기경은 전문가처럼 보였다. 마놀로는 팔지 못하고 남은 것들을 어디에 보관하는지 전혀 알지 못했지만 위층의 오르뗀시아 방 옆에 있는 창고일 거라고 짐작했다. 그곳은 항상 잠겨 있었다. 윗주머니는 그녀의 왼쪽 가슴께에 있었다. 마놀로가 윗주머니에 손을 넣어 캐러멜을 집으려고 할 때면 (그는 그렇게 하고 싶지 않았지만 어쩔 수 없었다) 항상 작고 단단한 그녀의 유두가 그의 검지와 중지에 스치곤 했다. '망할 계집애!' 그는 불안한 생각이 들었다. 세심하고 공들인 붕대 감기와 캐러멜은 아마도 은밀한 그녀의 감정을 소심하고 묵묵하게 표현하는 것이리라. 주사기가 뭔가를 꾸미고 있는 듯한 느낌은 그녀의 잿빛 시선이 그의 목에 와서 꽂힐 때 특히 강렬하게 감지되곤 했다.

추기경은 식탁에 앉아서 보랏빛 배불뚝이 잔으로 꼬냑을 마시고 있었다. 마놀로는 그가 앞에 놓인 음식(가게에서 산 감자튀김을 곁들인 커다란 스테이크 조각)에 거의 손을 대지 않았다는 사실을 알았다. '이젠 빈둥거리기만 하는군.' 마놀로는 생각했다. 추기경은 약간 낡은 짧은 다홍색 실내복을 입고 있었다. 실내복의 앞섶을 여미지 않아 그 사이로 수북한 회색 털이 보였다. 꼬냑을 음미하면서 우수에 잠겨 있던 그의 두 눈은 머리를 맞댄 두 젊은이에게서 떠나지 않았다. 오후의 강렬한 햇살에 그들의 머리는 불이 붙은 것처럼 벌겋게 타오르고 있었다.

"오르뗀시아." 추기경이 말했다. "이제 그만 끝내려무나. 마놀로랑 얘기 좀 해야겠다." 그는 마놀로가 붕대를 감은 손을 들어올리는 것을 보았다. 햇살 속에서 그의 손가락은 진홍색을 띠었다. "얘야, 내 말 안 들리니? 그 녀석은 가진 것이라고는 하나도 없으면서

266

잘난 척만 해. 내가 그 녀석을 잘 알지." 그는 속으로 웃는 것처럼 살짝 미소를 지었다. "너는 바보야. 그래, 바보야. 내가 왜 이런 말을 하는지 너도 알지……"

그녀는 화가 나서 혀를 내밀었지만 하고 있던 일에서 눈을 떼지는 않았다. 마놀로는 그녀의 얼굴을 찬찬히 살펴보았다. 종잇장 같은 눈꺼풀에서는 절대적인 경멸의 빛이 역력했다. 오르뗀시아는 거즈의 매듭을 묶고 난 뒤 남은 부분을 가위로 잘라냈다. 그런 다음 마놀로의 손을 그의 눈높이까지 들어올렸다.

"이러면 되겠어? 맘에 들어?"

"오, 아주 좋아! 고마워." 그는 아픈 듯 손목을 잡고 천천히 일어섰다. 주사기는 물건을 챙겨 부엌의 다른 구석으로 갔다. 그는 어떻게 돈을 뜯어낼까 궁리하면서 추기경에게 다가갔다.

"여기 앉거라, 마놀로." 노인이 말했다. "여기 내 앞에 앉아라. 내가 널 볼 수 있게 말이야. 너에게 무슨 일이 있는 것 같구나. 오늘은 집에서 식사한 거냐? 어제 네 형수가 식사할 때나 잠잘 때 통 너를 볼 수가 없다고 하더구나. 그럼 안되지."

"그건 형수가 몰라서 그래요. 전 늦게 자고 아침에 일찍 일어나거든요."

"아, 그래? 뭘 하는데? 매일 오후 어디에 가서 누구를 만나는데……? 비쩍 말랐구나."

매부리코 아래에 있는 두툼하고 선량해 보이는 입술에 번진 미소는 추기경이 여전히 다정다감한 사람임을 보여주었다. 하지만 얼굴의 나머지 부분은 마놀로가 보기에 짧은 시간에 어쩌면 저렇게 변했을까 싶은 모습이었다. 그의 얼굴은 이상하리만큼 부어 있었고 반질거렸다! 고독에 사무친 그의 뺨은 날고기처럼 우울하게 떨렸다.

"가게에 갔었다." 노인이 덧붙였다. "네 형은 네 코빼기도 보지 못한다면서 걱정하더구나…… 앉아라. 뭘 좀 먹을래?"

마놀로는 마지못해 앉아서 탁자에 팔꿈치를 기댔다. "아뇨, 괜찮아요." 연한 노란색 방수포가 깔린 탁자 위쪽에 빨간 장식술이 달린 전등이 매달려 있었다. 추기경은 눈을 내리깐 채 생각에 잠긴 듯 보였다. 마놀로는 주사기가 한쪽 구석에 있는 전축 위에 판을 올리는 것을 보았다. 곧이어 볼레로 가수의 감미로운 목소리가 들려왔다. "그것 좀 꺼라." 그녀의 삼촌이 명령했다. "오후 내내 음악 들을 시간이 있잖니." 그녀는 삼촌의 말을 따랐고, 잠시 꾸물대다가 부엌으로 갔다. 곧이어 쨍그랑하고 접시가 바닥에 떨어져 깨지는 소리가 났다. 추기경은 눈도 깜짝하지 않았다.

"커피나 한잔 마셔라." 그가 재빨리 정하고 고개를 들었다. "오르뗀시아, 마놀로에게 커피 한잔 갖다줘라!"

"아아아아아아……!" 부엌에서 소리가 들려왔다.

추기경이 마놀로를 바라보았다.

"우리는 요즘 근사해졌어." 그는 마놀로와 이야기할 때 '우리'라는 말을 자주 사용했다. 그것은 그에게 베푸는 흔치 않은 호의 가운데 하나였다. 마놀로는 노인이 덧붙인 말이 이상하게 들려 자신의 차림새를 훑어보았다. "네가 며칠 전에 입은 그 정장을 말하는 거야. 가엾은 네 형수가 나에게 말하더구나."

"아, 그거 세탁소에 맡겼는데요."

"그래, 그래." 추기경이 말했다. "어쨌든 잘돼가는 것처럼 보이는구나."

"그럭저럭요." 무르시아 청년은 손으로 머리를 뒤로 넘겼다.

"그저 그럭저럭요, 추기경님. 안 그래도 말씀드리려던 참이었는데…… 가불 좀 해주세요."

"우리의 계획이 뭐냐?"

"계획요? 전 그런 거 없어요."

"그러지 말고 어서 이 피델 삼촌에게 다 털어놓아라. 이번 여름에 돈 들어갈 일이 뭐가 있는 거냐? 비쩍 말랐구나…… 왜 일을 그만둔 거냐? 사람들이 이제 오토바이를 안 타는 거냐? 안색은 좋은데 확실히 넌 많이 말랐어. 키가 큰 것 같구나. 어떻게 올해는 관광객들이 장갑차를 타고 오기라도 한 거냐? 어쩌면 이유는 훨씬 단순한 것이겠지. 아마 우리는 사랑에 빠진 걸 거야."

"농담하지 마세요." 마놀로가 잘라 말했다. 그의 등 뒤에서 의자를 살짝 밀며 뭔가 하얀 것이 그의 앞쪽으로 조용히 나타났다. 소매를 걷어붙인 오르뗀시아의 팔이 그의 어깨를 지나 커피를 식탁 위에 놓았다. 씁쓸한 아몬드 향이 그를 완전히 감쌌다. 그가 덧붙여 말했다. "들어보세요, 며칠 전부터 설명해드리려고 했어요…… 내내 생각해봤어요. 모든 게 달라졌어요. 곧 말씀드릴게요. 그런데 그 전에 우선 급하게 필요해서 그러니 돈 좀 빌려주세요. 삼천 뻬세따 정도요."

"우릴 떠날 생각이냐?" 추기경이 물었다.

"그건 아니에요. 하여튼 곧 말씀드릴게요."

"필요 없다. 뭔가 계획한 게 있나보구나. 그런데 이 녀석아, 왜 진작 얘기하지 않았어?"

"아직 아무것도 결정한 게 없어요. 한동안 서로 내왕할 일이 없을 것 같아요. 제가 없어도 될 것 같다는 말씀이에요. 다른 일도 있으시고(그는 사실이 아니라는 것을 알고 있었다), 또 빠꼬, 페르민

빠스, 씨스터스 자매 등 다른 애들하고도 (이 또한 사실이 아니었다. 빠꼬는 이미 이 노인과 거래하는 것을 더이상 원하지 않았고, 베르나르도를 포함한 다른 애들 역시 코빼기도 보이지 않은 지 꽤 되었다) 일하셔야 되니까요. 그애들은 당신을 위해 계속 일하고 있잖아요?"

"모르는 척하지 마라. 요즘 사정이 좋지 않아. 부분적으로 네 책임도 있어. 네가 빠꼬랑 했던 장난질이 그 출발점이었어. 내가 수없이 말했듯, 친구를 그렇게 배신하면 안된단다, 얘야. 그 얘긴 그만 하도록 하자. 왜 일을 계속하지 않으려는 거냐?"

"펀치가 않아요. 제 얼굴이 너무 많이 드러나서 두렵기도 하고요……"

"두렵다고? 웃기지 마. 네가 연애를 하고 있어서 그런 거야." 추기경은 지난겨울에 목요일마다 우스꽝스러운 체크무늬 코트 차림에 우산을 들고 까르멜로에 오던 소심하게 생긴 여자애를 떠올렸다. 추기경은 다른 아이들 같으면 겁을 먹거나 다른 종류의 일을 찾거나 헤어지거나 함께 일하기에 자신을 너무 늙고 기력이 약한 사람으로 판단할 수도 있었겠다고 생각했다…… 어쨌든 마놀로는 침묵을 지키고 있었다. 그는 갑자기 방향을 잃은 것처럼 보였다. 어쩌면 여러차례 야간 순찰대에게 쫓겨 도망쳐야 했고, 그래서 원치 않게 막다른 길에 몰렸을 때의 그 고통스러운 느낌이 그에게 자주 그리고 아주 강렬하게 남아 있었기 때문인지도 몰랐다. 그는 갑자기 깜짝 놀랐는데, 주사기가 커피를 가지고 와서 그의 옆에 조용히 앉았기 때문이었다. 그녀는 차가운 눈초리로 그의 옆모습을 뚫어지게 바라보았다. 추기경이 잔에 꼬냑을 따르면서 말을 덧붙였다.

"사실 베르나르도를 비웃었던 사람이 너 아니었냐?"

"베르나르도가 결혼을 했으니까요."

"그애는 적어도 그런 핑계라도 있지. 그런데 너는 미친 게 틀림 없어. 어떻게 살아갈 생각인데? 네 불쌍한 형수가 돈이 남아도는 것도 아니고 말이야. 네 형은 예전처럼 너한테 넌더리가 나기 시작한 모양이야. 그들이 널 공짜로 먹여 살리길 바라는 건 아니겠지? 아니면 좀도둑질을 하려는 거냐?"

"그런 짓은 안합니다." 그가 점잖게 말했다.

"그럼 뭘 할 생각이냐?" 추기경은 술잔을 들어 단숨에 비워버렸다. 그는 엄청나게 땀을 흘리고 있었다. 마뇰로는 슬프고 졸린 것 같은 그의 눈을 유심히 바라보았다. "말해봐. 뭘 할 생각이냐?"

"아직 모르겠어요. 어쩌면…… (탁자 아래서 비비적대는 게 정말 주사기의 무릎일까?) 일자리를 구할 수도 있을 것 같아요. 네, 좋은 일자리를요. 친구들이 생겼어요. 그래서 그애들하고 사귀는 중이에요…… 사실 지금 뭐라 말씀드리긴 좀 이르지만 대비는 하고 있어야죠."

"허, 저런."

"한푼도 빠뜨리지 않고 꼭 갚을게요. 아니면 할 수 있는 대로 오토바이를 갖다드릴 수도 있고요. 그렇지만 전 지금 휴가가 필요해요. 상대의 의중을 알아봐야죠. 초기비용 정도만 빌려주시면 돼요. 제가 말하고 싶은 건 이거예요. 추기경님이 보시기엔 어떤가요?"

"난 아무 생각도 없어, 이 생쥐 같은 놈아." 술에 취할수록 그는 점점 더 이상한 반응을 보였지만, 그의 조카와 무르시아 청년에게는 이미 익숙한 일이었다. "난 무슨 일인지 이해가 안돼. 네 여자친구 얘기나 해보렴……"

"여자친구, 그런 거 없어요!" 뻬호아빠르떼가 말을 잘랐다. "어떤 여자친구도 절 바꿀 수는 없어요. (이때부터 그가 거기에 앉아 있는 내내 오르뗀시아의 촉촉한 잿빛 눈이 돌변해 그를 잡아먹을 듯이 쏘아보았다. 그는 점점 막다른 길에 몰린 것 같은 불길한 예감이 들었다.) 장담하건대 제 말은 진심이에요, 추기경님. 제발 천 뻬세따만이라도 좀 빌려주세요…… 더이상 시간을 낭비하지 마시고요."

"난 알고 싶어." 노인이 말했다. "일하지 않고 어떻게 살 수 있는지 말이야. 가끔 필요할 때마다 작은 '퍽치기'를 하겠지. 담배를 사고, 극장을 가고, 여자친구에게 아이스크림을 사주기 위해서 말이야. 참 팔자 좋은 삶이겠구나! 물론 오토바이는 전혀 손 안 대겠지. 그건 여자친구를 해변에 데려갈 때나……"

"그 여자애, 차 있어요. 아시겠어요?" 그가 무심코 말해버렸다. (옆에 있던 오르뗀시아의 눈이 잠시 흔들렸다. 그러나 곧 움직임이 전혀 없는 묘한 회색빛으로 되돌아갔다.) "그런데 그건 중요하지 않아요. 문제는 제가 한푼도 없다는 거예요. 어떻게 천 뻬세따만이라도 좀…… 제 덕분에 많이 버셨잖아요. 제 부탁을 거절하지는 못하실 거예요……"

낙담한 그는 커피잔 바닥을 뚫어지게 바라보았다. 그때 주사기가 그의 다리를 치면서 주의를 환기시켰다. 그가 바라보자 그녀는 가볍게 웃으며 뭔가를 의미하는 듯이 눈을 살짝 감아 보였다. 하지만 그는 지쳐 있었다. 그가 일어섰다. 추기경은 독백하듯 중얼거렸다. "가끔 그렇게 '퍽치기'하는 걸 너희들은 늘 좋아했지. 야만인들 같으니." 위험하기 때문에 '퍽치기'하는 것(오토바이에 탄 채로 여자들의 핸드백을 날치기한 후 전속력으로 도망치는 것)을 노인이 못마땅하게 여긴다는 것은 알고 있었다. 그리고 이는 사실 퍽치기한 물건을 노인이 통제할 수도, 적당히 팔아넘길 수도 없기 때문이라는 걸 마놀로는 잘 알고 있었다. 어쨌거나 마루하를 만난 이후 그는 한번도 픽치기를 한 적이 없었다.

추기경이 갑자기 자리에서 일어나더니 잰걸음으로 부엌 밖으로 나갔다. 마놀로가 그를 따라갔다. 노인은 실내복을 걸치고 슬리퍼를 질질 끌면서 아래층을 한바퀴 돌기 시작했다. 그런 다음에 이층 방이 있는 쪽으로 갔다. 무르시아 청년은 이 노인의 순찰에 익숙해 있었다. 갑자기 시찰이라도 하듯 그가 집 안을 둘러보는 이유는 예전엔 집 안이 잘 정돈되어 있는지 확인하기 위해서(그리고 들어온 물건들을 제자리에 놓고, 먼지를 털어내고, 없어진 것이 없는지 확인하기 위해서)였다. 하지만 지금은 아주 빠르게 의례적으로, 뭔가 화가 잔뜩 난 듯 큰 보폭으로 당당하고 위엄 있게 걸었다. 뒤따르던 마놀로가 말을 붙이기 위해선 헐레벌떡 쫓아가야 할 정도였다.

"추기경님, 제 말 안 들으실 거예요?"

"안 들으련다. 함께 다니는 사람이 누구인지 보면 그 사람을 알 수 있지." 갈리시아 출신의 노인이 복도를 재빠르게 걸으면서 말했다. 그의 진홍색 실내복 자락이 펄럭거렸다. "그런데 말이다, 넌 도대체 어떤 세계에 사는 거냐? 집에 통 붙어 있지를 않으니 말이다. 마놀로, 집에 있으면 손해날 게 하나도 없단다."

"전 혼자 스스로 할 수 있어요. 좀 들어보세요……"

"말해봐, 말해봐."

"저한테 화나신 거예요? 그럼 그렇다고 말씀하세요. 정말 그 돈을 제게 빌려주실 수 없나요? 아니면 빌려주기 싫으신 건가요?"

추기경은 아무 말도 하지 않았다. 한참 후 그는 점검을 마치고 부엌으로 돌아왔다. 늘 그랬듯이 마놀로가 그의 뒤를 따라왔다. 추기경은 식탁 앞에 앉아 꼬냑을 잔에 또다시 가득 채웠다. 그는 자신을 따라 앉는 마놀로를 웃는 눈으로 뚫어지게 바라보다가 조카를 쳐다보았다. 그러면서 한쪽 손으로 식탁보 위에서 술병 뚜껑을 더듬거리며 찾다가 물컵을 엎지르고 말았다. 마놀로가 자리에서 일어났다. "저 갈게요." 마놀로는 회랑의 유리창으로 가서 정원을 내다보았다. 그가 작심한 듯 '오늘은 재수가 없군' 하고 중얼거렸다. 그때 오르뗀시아가 손수건을 꺼내 큰 소리를 내면서 코를 풀었다. 삼촌은 자신의 품위가 손상되기라도 한 듯 그녀를 바라보았다.

"식탁에서는 그렇게 소리 내지 마라, 교양 없어 보이니까."

그의 시선은 분명 위세를 부리려 하고 있었다. 하지만 그녀는 손수건 너머에서 앙심을 품은 눈으로 그를 바라보다가 다시 한번, 이번에는 더 큰 소리를 내면서 코를 풀었다. 추기경은 갑자기 손가락 끝으로 그녀의 손을 여러차례 살짝 쳤다. 마치 뾰로통해 입을 앙다물고 있는 아이처럼 말이다. 결국 그녀는 손수건을 떨어뜨리고 말았다. 그녀는 웃고 나서 풀이 죽은 벌레처럼 움츠린 채 그를 계속 바라보았다. "뻔뻔한 것." 그녀의 삼촌이 말했다. 화가 난 그는 얼굴이 벌겋게 달아올라 있었다. 중산층의 유별난 정중함이 몸에 배어 있는 추기경은 가끔 그 무엇보다도 식탁 앞에 깃털 모자와 진짜 웨이터 (젊은 시절 그의 직업이었다) 복장을 하고 나타나 좋은 매너에 대한 자신의 지나친 애호를 자랑스럽게 보여주곤 했다. 하지만 그는 매너에 대해 제대로 알지도 못했다. 다만 두세가지 기본적인 원칙들(식사 전에는 손을 씻어야 하고, 식사 중에 노래를 하거나 책을 읽지 말아야 하며, 연장자의 왼쪽에 앉아야 한다는 것)을 알고 있을 뿐이었고, 그것을 조카에게 심하게 강요했다. 하지만 소용이 없었다. 그가 가장 싫어하는 것은 고개를 돌리지 않고 식탁에서 큰 소리를 내면서 코를 푸는 것이었다. 오르뗀시아는 조용히 손수건을 주워 가슴팍에 집어넣었다. 그리고 콧노래를 흥얼거리며 식탁을 치우기 위해 자리에서 일어났다. 그 순간부터 추기경은 급속하게 맥이 빠져버렸다. "어릴 땐 그렇게 얌전하더니만." 그가 중얼거렸다.

"그런데 제 부탁을 들어줄 겁니까? 말 겁니까?" 추기경이 자신의 옆을 지날 때 마놀로가 말했다.

"먼저 생각을 해봐라, 얘야. 난 당분간 일이 없어도 버틸 수 있지만 넌 그럴 수가 없잖아."

"그렇게 까다롭게 굴지 마세요." 마놀로가 노인의 등을 두드리며 말했다. "저한테 이러시면 안되죠."

"다 널 위해서야." 노인이 점잖게 말했다. "참 애석한 일이구나……"

"추기경님, 이거 알아요? 당신이 아주 나쁜 사람이라는 걸 말이에요."

칭얼대는 것 같던 노인의 목소리가 이제는 속삭이는 듯했다.

"참 애석한 일이구나. 해마다 여름만 되면 늘 똑같은 짓을 되풀이하다니 정말 애석해. 여자애들하고 사귀고 새 옷을 입고서 멍청한 짓이나 하고 말이야. 다른 때는 기간이라도 짧았지만 이번에는 아주 고약한 것 같구나. 천벌을 받을 배은망덕한 놈 같으니. 그런데 넌 이제 어린애가 아니야, 마놀로. 내가 살 만큼 살아봐서 아는데, 넌 속고 있는 거야. 결국 넌 조롱거리가 되고 말 거야. 넌 아직 뜨거운 맛을 제대로 보지 않았어……" 누군가가 입을 틀어막기라도 한 것처럼 그가 갑자기 말을 멈췄다. 마놀로는 묘한 불안감에 빠졌다. (실은 오르뗀시아 때문이었다. 그녀가 갑자기 부엌문에서 삼촌을 바라보며 뭔가를 기다리면서 미동도 하지 않고 서 있었다.) 마놀로 는 이 자리에서 벗어나 다음에 다시 오기로 결심했다. 하지만 추기 경은 이미 마놀로가 우려하고 있던 이야기를 하기 시작했다.

"정말 좀더 있다가 가면 안되겠냐?"

"또 올게요."

"뭐라도 좀 먹어라, 이 녀석아. 언젠가 허약해져 쓰러지겠다."

"그게 안된다면, 추기경님…… 삼백이라도 어떻게……"

"왜? 오늘 오후에 중요한 일이라도 있는 거냐?"

"그 정도면 돼요. 더이상 바라지 않을게요."

"이렇게 비쩍 말라가지고……"

술에 취해 고개를 숙이고 식탁보를 보고 있던 추기경이 말을 하 면서 앞에 놓여 있는 물컵과 술잔, 포크와 나이프, 술병 등을 조심 스럽게 한쪽으로 치웠다. 그러고는 빈 공간에 뭔가를 조심스럽게 벌여놓기라도 할 것처럼 손으로 식탁보를 반듯하게 폈다. 오르뗀 시아와 마놀로는 혹시 어떤 것을 깨뜨릴까봐 그의 움직임을 예의 주시했다. 하지만 그는 아무것도 깨뜨리지 않았다. 혈색이 사라져 얼굴이 납빛 마스크처럼 변한 그가 힘없이 같은 말만 되풀이했다. "도대체 무슨 생각을 하며 사는 거냐, 이 계집애 같은 놈아." 그러 고 나서 그는 얼굴을 천천히 식탁에 박았다. 그의 이마를 덮은 백 발은 화염 같았는데, 머리카락 두가닥이 녹색을 띤 새의 두 날개처 럼 빳빳하고 고무풀로 붙인 듯이 귀 위로 솟아나 있었다. 그의 이 마는 한쪽 팔 위에 놓여 있었다. 마놀로가 황급히 그에게 달려갔 고, 오르뗀시아가 그의 뒤를 따라갔다. 두사람은 추기경의 양 겨드 랑이를 잡고 의자에서 일으켜세웠다. 이런 응급상황에 아주 익숙 해져 있다는 듯 오르뗀시아가 삼촌을 능수능란하게 다루는 모습을 마놀로는 지켜보았다. 최근 몇달 동안 추기경의 발작 횟수는 확실히 예전보다 세배는 많아졌다. 그는 추기경을 침대에 눕히려고 했지만 오르뗀시아가 약간 단호한 목소리로 말했다. "밖으로, 정원으로 옮겨, 어서." 그들은 추기경을 버들가지로 엮은 안락의자에 앉혔다. 이제 덩굴손도 사라진 오래된 정자에는 햇빛이 들어오는 격자창의 좀먹고 빛바랜 뼈대만 남아 있을 뿐이었다. 바닥에는 비를 맞아 곰팡이가 핀 쿠션들과 빈 병들이 나뒹굴고 있었고, 소파 옆의 다리가 부서진 탁자 위에는 알약이 든 약병이 여럿 놓여 있었다. 추기경은 희미하게 푸른 정자의 격자창을 통해 들어오는 햇살을 비스듬히 받으며 마치 묘지 위에 세워놓은 대리석 조각품처럼 꼼짝도 않고 반듯하게 누워 있었다. 그 옆에 서서 양손으로 쿠션을 푹신푹신하게 만들던 오르뗀시아는 연녹색의 눈동자로 마놀로를 뚫어지게 바라보았다. 그녀는 차분해 보였다. "거기 약병 좀 줄래?" 침실 탁자를 가리키며 그녀가 말했다. "물 한컵 가지고 올게." 그리고 그녀는 집 안으로 사라졌다. 마놀로는 약병을 집어들고 뚜껑을 열려 했지만 쉽게 열리지 않았다. 추기경이 깊은 한숨을 내쉬더니 고개를 움직이며 뭔가를 중얼거렸다. 그가 좋아하는 이 공간에서 먼지와 습한 냄새, 묵은 옷 냄새가 났다. 마놀로는 약병 뚜껑을 열기 위해 안간힘을 쓰면서 노인을 바라보며 생각했다. '그의 건강뿐 아니라 정원, 가구 등 집 전체, 그의 기품 있는 얼굴, 그리고 오르뗀시아의 눈빛, 이 모든 것들이 어떻게 일년도 안된 사이에 이렇게 빨리 망가질 수 있단 말인가! 이놈의 빌어먹을 가난!'

마놀로는 약병을 열 만한 뭔가를 찾기 위해 탁자 서랍을 열었는데, 서랍 안에서 낡은 여권과 분홍색 끈으로 묶여 있는 편지 뭉치 밑에 있는 천 뻬세따 지폐 몇장을 보았다.

"그게 아니야." 오르뗀시아가 그의 뒤에서 말했다. 동시에 그녀의 손이 약병을 낚아채더니 다른 약병을 건넸다. "이거야. 한장만 집어. 한장만."

"뭐라고?"

"가져가려면 한장만 가져가. 삼촌은 모르실 거야."

무르시아 청년은 조금도 망설이지 않았다. 지폐를 그의 주머니 속에 넣고 서랍을 쾅 하고 닫았다. 그는 무슨 말을 해야 할지 몰랐다. 그저 놀랄 따름이었다. 그녀의 눈빛은 그의 손바닥에 있는 알약을 채갈 때도 특별한 변화를 보이는 것 같지 않았다. 하지만 그는 곧 자신이 함정에 빠졌음을 느꼈다. 그것은 마루하의 품에서 이따금 경험했던 것과 비슷한 것이었다. 추기경이 갑자기 눈을 떠 음흉한 표정을 짓다가 다시 눈을 감았다.

"이제 좀 나아지신 것 같네." 마놀로가 말했다.

"응, 별거 아니야."

"자, 그럼 잘 있어." 그는 반쯤 돌아서서 말했다. "조만간 또 봐."

오르뗀시아는 삼촌의 입에 알약을 넣어준 뒤 입에 물컵을 갖다 댔다. 그리고 마놀로를 보기 위해 잠깐 몸을 돌렸다. 집 안으로 들어가기 전에 마놀로가 말했다.

"깨어나시면 커피를 많이 드려."

그는 부엌을 가로지른 뒤 어둡고 긴 회랑을 지나갔다. 그가 현관에 이르렀을 때 오르뗀시아가 와서 문을 열어주었다. 전혀 예상하지 못한 일이었다. 무의식 속에서 뭔가를 강렬하게 소유하고픈 욕망이 생겨난 것처럼 그녀는 열어놓은 문의 고리를 양손으로 꽉 잡고 그곳에 다소곳하게 서 있었다. 그녀의 윗옷은 두번째 단추가 풀려 있었고, 왼쪽 주머니에 들어 있는 캐러멜 무게 때문에 옷깃이 아래로 처져 가슴골이 훤히 드러나 보였다. 마놀로는 그녀를 향해 몸을 좀 숙인 다음 흥에 겨운 낮은 목소리로 말했다.

"예쁜 주사기, 네가 날 위해 한 일은 절대 잊지 않을게."

그녀는 눈조차 깜빡거리지 않았다. 그가 나가자 그녀는 문을 닫았지만 완전히 다 닫지는 않았다. 그녀의 연둣빛 한쪽 눈은 태양 아래 멀어져가는 그를 계속 쫓아가고 있었던 것이다. 그 일을 잊지 못할 사람은 바로 그녀였다.

내가 겪은 위험들 때문에
그녀는 날 사랑했다.
——오셀로

저물녘에 잠깐씩 산책을 하는 동안, 처음에는 두 사람이 서로의
걸음걸이가 맞지 않고 엉키는 바람에 엉덩이가 살짝 부딪쳤다.

그들이 다른 날보다 일찍 병원을 나서기로 했던 7월의 어느 무
더운 오후에 모든 것이 시작되었다. 그들에게 마루하의 병실은 이
제 폐허 속에 있는 사랑의 신전(이론의 여지 없이 여제사장은 마
요르까 출신의 간호사 디나였다)이 되어 있었다. 병실에서는 환자
의 심각한 상태 때문에 침묵과 혼란스러운 기억, 그리고 과도할 정
도의 배려가 요구되었다. 환자는 혼수상태와 침묵(마루하의 긴 침
묵, 참 희한하기도 하다. 이 무슨 해괴망측한 앞날의 징조란 말인
가! 널 위해 뭘 할 수 있을까? 이 가련하고 다정한 친구야, 널 위해
우리가 뭘 더 할 수 있을까?)을 깨는 어떤 반응도, 어떤 호전도, 어
떤 생명의 기미도 보이지 않았다. 그녀의 침묵은 그들을 은근히 괴
롭히며 무겁게 짓눌렀다. 지금까지 떼레사와 마놀로는 병실 옆에

있는 작은 응접실의 안락의자에 앉아 마루하에 대해 이야기하거나 긴 침묵 (은밀하게 보내는 서로의 눈빛에 의해 가끔 깨지곤 했다) 속에서 잡지를 보며 대부분의 시간을 보냈다. 해가 져야만 두 사람은 병실을 떠날 생각을 했다. 마놀로는 신중하면서도 조심스러웠다. 그는 모든 것을 떼레사가 결정하도록 했다. 뜨거운 태양 같은 삐호아빠르떼의 결단력과 단호함은 아직 그 빛을 제대로 발하지 못하고 있었다. 가끔 결단력을 보인 사람은 간호사인 디나였다. 그녀는 이상야릇한 미소를 짓곤 했는데, 그녀가 미소를 지은 후에는 모호한 낭만의 꽃이 썩을 수도 있고, 형언할 수 없는 열대의 미지근한 녹색 물속에 몸을 담그며 황홀해하는 그들을 물속으로 밀어넣어버릴 수도 있었다. "무슨 이런 청춘들이 있나! 내가 당신들이라면 휴가철이고 차도 있겠다, 푹푹 찌는 이곳에서 아무것도 안 하고 있느니, 환자에게 더이상 뭘 해줄 수 없다는 걸 잘 알면서 모른 척하지 마세요, 그리고 여기서 이렇게 시간을 죽이느니 나 같으면 씨체스 해변에라도 가겠어요." '씨체스'를 발음하는 걸 보아하니 (갈라진 목소리가 자개처럼 화려했고, 붉은 입술에서 단어가 싱싱한 해물처럼 터져나왔다) 마요르까 여자의 말에 일리가 있었다. 사실 숨이 턱턱 막히는 무더운 오후에 텅 비고 잠들어 있는 듯한 도시에서 무엇을 할 수 있단 말인가?

떼레사는 마놀로를 차에 태워 까르멜로까지 데려다주곤 했는데, 그들은 도중에 바에 들러 음료수를 마시는 일에 이내 익숙해졌다. 그런 다음에 그들은 람블라스 거리와 차이나타운을 정처 없이 배회하곤 했다. 좌익 사상에 기울어 있던 여대생은 자연스레 에스꾸디예르스 거리나 이질적인 여러 사람들이 오밀조밀 모여 사는 빈민가로 향하곤 했다. 사랑의 모험이 아직 본격적으로 시작되지는 않았지만, 뜨거운 연애과정에서 흔히 볼 수 있는 일련의 징후들과 간혹 서로의 몸이 우연히 부딪치면서 감정이 전달되는 광경들이 목격되곤 했다. 가끔 선술집의 바—떼레사는 적지 않은 선술집을 알고 있었고, 그 선술집을 돌아가면서 잠깐씩 들르는 것을 좋아했다. 대학 친구들, 의기소침한 집시 무리들, (마놀로가 말은 안했지만 썩어빠진 포도주라고 생각한) 맛 좋은 포도주, 창녀들과 복권 장사꾼들이 들락거리던 선술집을 추억하며 그 선술집이 여전한지 확인하고 싶은 듯했다—에 모인 무리들 앞에서 두사람은 서로 바짝 붙은 채 서 있기도 했다. 왁자지껄 떠들어대는 사람들에게 둘러싸여 두사람은 본의 아니게 엉덩이가 서로 닿게 되었다. 마놀로는 알지 못했지만, 떼레사는 관절과 엉덩이가 서로 닿자 지난겨울의 어느날 밤 싼헤르바시오에 있는 그녀의 집 울타리 앞에서 마놀로의 투박한 털목도리를 보고 가졌던 감정이 되살아났다. 전차 승무원이나 행상, 노인, 예전에 민병대 혹은 공화주의자였을 것으로 보이는 사람에게 그가 말을 건네는 모습을 통해서도 그런 감정이 되살아났다. 그녀에게 이 감정은, 예컨대 차도를 건널 때 그녀의 팔을 강하게 잡는 그의 손에서 느껴지는 것처럼, 단순한 당혹감 이상의 것이었다. 그러나 그녀는 그러한 감정을 그다지 중요하게 생각하지 않았다. 그녀는 1956년도를 살아가는 현대적이고 변증법적이며 객관적이면서 현실을 제대로 파악하고 있는 여대생이었기 때문이다.

하지만 현실의 그녀는 아직 처녀의 부드러운 자궁 안에 웅크린 채 잠들어 있는 태아에 불과했다. 그 유명하고 무서운 이념적 힘을 가진 문화적 배경이 신기하게도 그 태아를 탄생시킨 것이다. 너그럽고 무분별하며 지성과 연대감으로 가득 차 있는 그녀는 지금 새

친구에게서 진보주의적 징후의 도덕적 만족감을 찾고 있었다. 하지만 그녀는 순간적으로 도덕적 만족감을 욕망과 혼동하고 있었다. 평범하고 달콤한 노래와 어느 바에서 우연히 듣게 된 음반은 이따금 무르시아 청년의 벨벳 같은 눈빛(그가 어떤 연대감을 느끼는지 누가 알랴마는, 그는 그녀를 집어삼킬 듯 강렬하게 바라보았다)이 더 즉각적이면서 절박하며 더 나은 현실이 존재함을 잠시나마 엿볼 수 있게 했다. 그것은 여제사장 디나가 그들에게 추천했던 형언할 수 없는 회귀선이었다. 그것은 분명 허망한 제안이었고, 억압되어 있으면서 불만으로 가득한 부르주아 여자애—그녀는 스스로에 대해 심한 자기비판을 하면서 그렇게 말하곤 했다—의 헛된 꿈이었다. 그것은 그녀의 육체적인 작은 이기심으로, 진정한 투사를 앞에 둔 지금 부끄럽고 우스꽝스러운 일이었다. 그리하여 무르시아 청년이 그녀에게 보인 매력의 모호함 때문에 (그는 음모, 사랑, 위험이라는 세가지를 내세워 그녀를 유혹했다) 첫날 오후 우스꽝스러운 장밋빛으로 물들였던 어떤 감정 착오는 여전히 계속되었다. 예컨대 어느날 그녀가 불쑥 가자고 했던 동네의 어느 어두운 영화관에서였다. 에밀리아노 사빠따[25]로 분장해 벗은 상체와 검은 콧수염의 전설적인 모습을 지닌 말런 브랜도가 결혼식 날 밤 젊은 아내와 침대에 앉아 능수능란하면서도 매혹적으로 ('좀 배워라, 이 자식아!') 고개를 끄덕이고 있었다. 그때 떼레사는 등받이에 머리를 기대고 좌석에 완전히 파묻힌 채 가무잡잡하게 그을린 구릿빛 허벅지를 보란듯이 드러내고 있었다. 그녀는 배우의 멋진 턱과 이마를 어린아이처럼 느긋하고 행복하게 감상하는 동안 자신의 옆

---

25 에밀리아노 사빠따(Emiliano Zapata, 1879~1919): 멕시코 농민운동 지도자로 농민을 이끌고서 멕시코혁명에 참가했다.

모습을 바라보는 마놀로의 부담스러운 시선을 곁눈질로 포착할 수 있었다. 그때 스크린에 펼쳐진 장면(민중의 영웅 에밀리아노 사빠따의 감동적인 모습. 일자무식의 혁명가는 민중을 이끌어야겠다는 책임감을 가지고, 결혼식 날 밤 미모의 아내에게 육체적 쾌락 대신 글자를 가르쳐줄 것을 부탁한다)은 굉장히 인상적이었다. 떼레사는 마놀로 역시 자신과 같은 만족감을 느꼈을 것이고, 그의 눈이 자신과 비슷한 감정을 표현하고 있다고 믿으면서 마놀로 쪽으로 자주 고개를 돌려 미소를 짓곤 했다. 또한 그녀는 입술을 깨물기도 하고 생각에 잠기기도 하면서 아무도 모를 눈짓으로 동의를 표하곤 했다. 결국 그녀는 계급의식으로 무장한 멕시코 농민을 칭찬하기 위해 마놀로 쪽으로 몸을 기울였다. 그 순간 그녀는 달아오른 몸에서 발산되는 뜨거운 전류를 느꼈다. 솔직히 말해 그녀는 자신의 다리와 목과 머리칼을 넋이 나간 채 바라보는 그의 눈에서 뭔가를 포착할 수 있었다. 그는 말없이 허둥지둥 영화에 다시 집중했다. 그 순간 그녀는 머리 뒤에서 뭔가가 움직여 뒷덜미가 갑자기 텅 빈 듯한 느낌을 받았다. 그제야 그녀는 자신이 의자의 등받이가 아닌, 강하고 참을성 많고 세심한 그의 팔에 내내 기대어 있었다는 것을 알게 되었다. 좋은 영화가 사람의 현실감까지 잃어버리게 만든 것이었다.

초반의 이런 소소하고 일면적인 모험은 그렇다 치고 가장 끔찍하고 우스꽝스러운 일은 어느날 밤 떼레사가 바르셀로나로 돌아오는 길에 자신의 플로리드로 까스뗄데펠스 고속도로에서 자살행위 같은 광란의 질주를 했던 날에 발생했다. 늦은 오후에 그들은 그저 산책이나 하려고 나왔었다. 그런데 떼레사가 기분이 좋아서 멀리까지 가는 바람에 돌아올 때에는 이미 밤이 상당히 깊어 있었다.

떼레사는 옷깃이 짧은 줄무늬 블라우스 차림에 머리카락과 함께 바람에 날리는 빨간 비단 스카프를 두르고 있었다. 그녀가 차의 라디오를 켜자 '차차차' 곡이 흘러나왔다. 스포츠카를 타면서 속도가 주는 쾌감을 한번도 맛보지 못했던 무르시아 청년은 포장도로 위로 전조등이 비추는 빛과 차의 속도계 (바늘은 이미 120을 넘고 있었다) 그리고 매력적인 떼레사의 옆모습을 번갈아 바라보았다. 그때 그의 한쪽 손은 앞유리를 꽉 잡고 있었고 다른 쪽 손은 떼레사의 좌석 등받이에 걸쳐두고 있었다. "달리는 거 좋아하니?" 떼레사가 목청을 높였다. 그는 고개를 살짝 끄덕여 보였다. 머리카락이 관자놀이를 세차게 때리는 게 느껴졌다. 성난 바람이 얼굴에 와닿으며 뜨거운 가면처럼 살갗에 착 달라붙었다. 그때 어디에선가 윙윙대는 감미로운 소리가 점점 크게 나더니 이내 그의 몸 전체를 뒤덮어버렸다. 속도가 점점 빨라지자 윙윙거리는 소리는 점점 날카롭고 가늘어져 처음엔 배까지, 다음엔 가슴까지 올라오더니 갑자기 그의 온 감각을 채워버렸다. 그러고는 천상의 고요한 충만함 속에서 달빛과 무중력이 주는 어린 시절의 감동 속에 빠져들었다……
하지만 마놀로는 기계적인 감성을 신뢰하지 않았다. (미국에는 동전을 넣으면 플라스틱 손이 나와 사람을 때리는 기계가 있다고 추기경이 언젠가 말한 적이 있었다. 분명 농담이었을 것이다.) 그는 모든 것이 자신의 정신을 빼앗으려고 음모를 꾸미고 있다고 의심했다. 왜냐하면 달과 별 그리고 아주 푸른 밤이 거짓 약속을 쏟아내고 있었기 때문이었다. 버릇처럼 여자를 가볍게 여기던 그는 모든 감각이 마비된 듯한 이런 뜻밖의 타격을 전혀 예상하지 못했다. 난생처음 그는 자신이 연약하고, 보잘것없고, 상처받기 쉽고, 또 은근히 추잡한 존재임을 깨달았다. 그는 현기증 나는 속도로 한밤에 내달리는 동안 자신에게 달려든 아름다운 요소들의 조합(자동차와 부유한 여자애와 '차차차')에 패배한 듯한 느낌이 들었다. 그는 그게 무엇인지 정확히 알지 못했다. 그것은 입을 약간 벌린 채 빨간 스카프(어둠속에서 빛나는 화염 같았다)와 금발을 바람에 흩날리는 떼레사의 사랑스러운 옆모습, 아니면 그들의 엉덩이가 서로 격렬하게 스친 것, 아니면 뭔가로 충만한 듯 격렬한 소리를 내는 속도 그 자체인지도 몰랐다. 그런데 어느 순간 그는 갑자기 뼛속 깊이 고요한 환희와 감미로운 공허를 경험했다. ('그만 멈춰. 너 미쳤구나. 천천히 가란 말이야!') 단 한번도 경험해보지 못한 흥분이었다. 날카로운 열기는 그의 모든 감각에 부차적이면서도 결정적인 변화를 가져왔다. 갑자기 귀마개를 한 듯 먹먹하면서 허공에 붕 떠 있는 듯한 느낌이 들었다. 그는 고개를 부드럽게 뒤로 젖혔다. ('제발 멈춰. 멈추라고!') 그는 하늘을 응시했다. 차차차 리듬이 그의 머리 주변을 맴돌았다. 그는 공중에 붕 떠 있는 것 같았고, 몸이 부르르 떨리며 그 자리에서 녹아내리는 듯했다…… 바로 그 순간 떼레사가 급브레이크를 밟아 차를 고속도로 갓길에 세웠다. 그녀 역시 실신한 사람처럼 헝클어진 머리를 운전대에 갖다대고 깊은 한숨을 내쉬었다.

"후유……! 다행이다." 그녀가 말했다. "운 좋게도 우릴 쫓아오지 않네."

"뭐라고……? 뭐……?" 무르시아 청년이 말을 더듬거렸다. 그때까지 그는 정신을 차리지 못한 채 정처를 모르는 한쪽 손을 술에 취한 한밤의 나비같이 여자애의 향긋한 무릎 위에 지친 듯이 살포시 올려놓았다.

"뭐 하는 거야?" 떼레사가 웃으며 그를 바라보았지만 불안해 보였다. "무서웠니? 난 교통경찰에게 잡힐까봐 겁이 났어. 경찰하고는 엮이지 않는 게 상책이거든. 특히 넌 말이야…… 무슨 말인지 알겠지?"

나비는 비상을 시도했다. 꽃은 아직 피지 않았지만 기분이 좋고 거만해 보였으며, 별빛보다 찬란한 자신의 광채를 아직 의식하지 못하고 있었다. 떼레사 쎄라뜨는 지금 태우고 가는 이중의 달콤한 짐을 의식하지 않은 채 다시 플로리드의 시동을 걸어 시내를 향해 달리기 시작했다.

혼란스러운 가운데 어느새 주기적인 일상이 서서히 펼쳐지기 시작했다. 그들은 병원 주변(보나노바 거리, 종려나무와 소나무가 있는 정원, 원뿔형 슬레이트 탑들, 격자창들, 하녀들이 잡담을 나누고 근엄한 분위기의 사제들이 오가는 끝없이 펼쳐진 보도 등)을 잠깐 산책하는 것에서 시작해, 병상의 마루하를 중심으로 해서 퍼져가는 파문처럼 그 영역을 점차 넓히면서 성스러운 순례를 했다. 그런 다음에 그들은 플로리드와 여름 오후의 나른함 덕분에 풀무질한 불씨를 다른 곳으로 가져갔으니(이러한 일상은 9월의 첫번째 저녁 바람과 함께 사라질 것이다), 오후만 되면 도심의 세련된 바와 까페에서부터 교외에 있는 예상하지 못한 선술집과 야외 음료가게 그리고 허름한 테라스에 이르기까지 도시 전체와 변두리 곳곳을 섭렵했다. 그들에게는 (돌아올 걱정을 잊게 해주는) 떼레사의 차가 늘 있었다. 그리고 그들은 파리떼와 신출귀몰하고 위험한 장난을 치는 아이들 사이에 끼여 도로변의 천막 아래 그늘에서 아이스크림이나 음료수, 수박 조각(뜨거운 약속, 즉 선홍색 솜털에 고정된 떼레사의 하얀 치아)을 뜻하지 않게 사먹기도 했다. (떼레사는 누더기를 걸친 아이들과 함께 빈민가의 비탈을 청바지에 구멍이 날 정도로 즐겁게 미끄러져 내려오기도 했다.) 하지만 그들은 석양이 질 무렵이면 주변의 어느 바에 들어가 가죽의자에 앉아서 부유하고 교양 있는 연인들을 위해 선곡한 노래를 들으며 하루의 마지막을 입맞춤하는 것으로 장식하곤 했다. 겉으로 보기에 떼레사는 책을 많이 읽는 것 같았다. 두사람이 함께 외출할 때마다 떼레사는 자신을 잔잔한 만에 계속 정박시켜주는 고상함을 잃고 싶지 않다는 듯 늘 책을 끼고 다녔다. 하지만 그건 그녀의 연인이 애정을 표현하는 데 방해가 되지 않는 경우에 한해서였다. (떼레사는 맨발로 커다란 콘크리트 블록 위에서 부두 방파제로 뛰어내리려고 할 때 마놀로에게 손을 잡아달라고 했다. 그녀가 발을 헛디디는 바람에 책은 물속에 빠져버렸다.) 책은 늘 플로리드의 뒷좌석에 방치된 채 햇빛을 받아 누렇게 변색되어 있었다. 그녀는 실현 가능성이 없는 일을 구상하며 ("언젠가 오후에 쏘모로스뜨로에 가고 싶어, 나 혼자서") 열대의 푸른 물속에서 행복하게 헤엄쳤다. 삐호아빠르떼는 자신의 뛰어난 능력을 발휘했으니 바로 상대방의 입장에서 생각하는 것이었다. ("너 혼자 가는 건 내가 허락하지 않을 거야.") 한번은 빈민가에 대한 호기심 어린 동경이 위험하다는 의견이 나오자, 그들은 자연히 그곳에 가지 않았다. 그들은 좀더 현명한 선택을 하기로 했다. 즉 적포도주와 교외, 또는 바닷가 풍경(떼레사 모로는 푸른색 줄무늬 셔츠를 입은 젊은 선원들 사이에서 새우를 먹고 있다), 은밀한 분위기 속에서 가죽의자에 앉아 바흐의 음악과 함께 곁들이는 진토닉 한잔(떼레사 드 보부아르는 '크리스털 씨티'라는 북까페에서 책장을 넘기고 있다), '재상연'만 하는 숨 막히는 영화관들("우리는 대체 언제 「전함 뽀쩸낀」을 볼 수 있을까?")을 지나 대축제가 벌어지는 평범한 동네에서 우연히 관광객들을 만나는 일(떼레사는 자신의 플로리드 옆에 차를 세운, 반라의 햇볕에 그을린 젊은이 한쌍과 프랑스어로 이야기를 나눈다. "저기 있는 남자애 좀 봐. 얼마나 잘생겼는지!"), 항구의 짭짤한 바람, 람블라스에서 여름을 즐기는 사람들의 떠들썩한 소리, 레알 광장의 맥주와 오징어 안주, 구엘 공원을 천천히 산책하는 일, 몬떼까르멜로에서 바라보는 붉은 석양, 도로에 세워둔 차 옆에서 맞이하는 작별의 순간 등이 그것이다.

그곳은 무르시아 청년이 날마다 어떤 신호를 찾아 떼레사의 맑고 푸른 눈을 은밀히 탐색하는 장소였다. 아직까지 헛되이 말이다. 왜냐하면 일이라는 게 늘 좋게만 끝나는 것이 아니기 때문이다. 그들은 몇번 티격태격하기도 했다. 떼레사는 지치지 않는 까다로운 이야기꾼이었다. 특히 그녀는 별 애정이 없는 친지의 죽음을 말하듯 사랑에 대해 이야기하기를 좋아했다. 어느날 밤, 까르멜로에서 마놀로와 헤어지면서 그녀가 뜬금없이 물었다.

"마놀로, 넌 사랑을 위해 목숨을 버릴 수 있니?"

"응."

그녀가 웃음을 터뜨렸다.

"그럴 줄 알았어. 그 무슨 바보 같은 짓이야!"

"바보 같다니?" 그가 따스한 눈길로 그녀를 바라보며 말했다. "넌 사랑을 믿지 않니?"

"그건 믿고 안 믿고의 문제가 아니야. 나에게는 사랑보다 욕망이 더 확신을 줘. 욕망은 고결하고 순수한 감정이야. 물론 상호적이고 어떤 종류의 도덕적 책임감도 전제되지 않는 경우에 한에서이긴 하지만 말이야."

"넌 너무 많은 걸 바라는구나."

"내가 그런 게 아니라 시대가 그런 거야."

"무슨 말인지 모르겠어."

"이봐, 그건 분명한 사실이야." 떼레사는 생각에 잠긴 채 한숨을 내쉬었다. "지금은 과도기야. 그렇게 생각하지 않니? 내 말은 위기에 처해 있는 도덕적 가치를 말하는 거야……" 여대생은 차 운전대 위에 팔을 교차해 올려놓고 까르멜로의 어둠속으로 초점 없는 시선을 던지면서 이 시대에 사랑이 위기에 처한 이유에 대해 자신의 이론을 펼치기 시작했다. 마놀로는 살며시 너그러운 미소를 지으며, 특히 그녀의 목소리에 반해 기꺼이 들으며 아무 말도 하지 않았다. 그는 차의 전조등을 켰다 껐다 하는 천진난만한 장난을 통해 그녀를 현실로 되돌려놓으려고 애썼지만 공연한 짓이었다. 그가 바짝 다가갔음에도 불구하고 그녀는 계속 실없는 말들만 늘어놓았다. 마놀로는 손가락으로 그녀의 눈을 가리고 있던 금발을 치워주었고, 결국 그녀의 얼굴 위로 몸을 숙였다. 그녀로서는 이해할 수 없는 일이었고 (진작부터 그녀는 그가 가까이 다가온다면 어떻게 해야 그의 생각을 바꾸는 자극적인 대응이 될까를 말없이 초조하게 생각하고 있었다) 마놀로는 등을 기댄 채 꼼짝도 하지 않고 있었다. 갑자기 그녀를 그대로 둔 채 그가 차에서 내렸다.

"갑자기 지적이고 유식한 아가씨가 되셨네, 그렇지?" 마놀로가 차 문을 쾅 닫으며 말했다. "그럼 내일 봐."

그런 다음 그는 손을 주머니에 찔러넣고 휘파람을 불면서 델리시아스 바 쪽으로 걸어갔다.

그가 이런 뜻밖의 반응을 보인 것은 기본적인 권력 확립만을 위한 것은 아니었다. 이것은 친절한 짝을 화나게 할 수도 있는 것으로 위험한 행동이었다. 하지만 그는 자신을 방어하며 두사람 사이에 존재하는 문화적 차이로부터 자신을 구제할 방법이 달리 없었다. 최선의 방법은 단호한 조치를 취하는 것이었다. 이런 간단한 전략을 확신하며 실행에 옮김으로써 무르시아 청년은 까다로운 여대생 친구와의 골치 아픈 토론에서 점차 벗어나길 기대했다. 그렇게 함으로써 마놀로는 자신과 함께 오후시간을 보내길 좋아하고 작은 일에도 즐거워하는 열여덟의 발랄하고 매력적인 여자애하고만 있을 수 있었다. 거절과 거리 두기라는 이 전술은, 진보적인 사상을 가지고 있음에도 불구하고 어쩔 수 없이 이따금씩 드러나는 떼레사의 어떤 과시욕이나 귀족의식에 효력이 있었다. 반면 현대적이고 자유분방하며 성경험이 있는 척하는, 즉흥적이고 터무니없어 보이는 그녀의 행동(아직까지 자기 몸을 기꺼이 허락하기보다는 멀리 있는 '수탉'에게 결정적인 성적 친근감을 표시하면서 어쩌면 그렇게 공공연하게 마놀로의 어깨 위에 팔을 올리고, 그에게 기대는 것을 좋아하는지!)은 그의 격렬한 분노를 불러일으켰다.

그럼에도 불구하고 마놀로의 화는 하루를 넘기지 않았다. 종종 그는 전화를 걸어 사과했다. 그럴 때면 떼레사는 잘못은 전적으로 자신에게 있으며, 모든 것이 자신의 속물근성 때문이라고 우겨댔다. 일이 그렇게 흘러가면 무르시아 청년은 자신이 지나치게 신중하게 행동하고 있는 것은 아닌가 하는 생각이 들었다. 어느날 오후 병원에 두사람이 말없이 앉아 있을 때 문이 열리면서 쎄라뜨 씨가 들어왔다. 그러자 아주 당혹해하는 낯선 떼레사의 모습이 마놀로에게 보였다. (문이 열릴 때 그녀는 마놀로에게 바짝 붙어서 신문의 영화란을 함께 훑어보고 있었다.) 마놀로는 진지한 표정을 지으며 황급히 일어나 손을 내밀었다. 마놀로는 그 까딸루냐 사업가의 눈빛에서 뭔가를 읽어내려고 헛되이 애를 썼다. 쎄라뜨 씨는 화가 난 듯 씩씩거리면서 거의 걸음을 멈추지도 않은 채 인사의 표시로 목을 가다듬는 소리만 냈다. 그리고 마놀로의 손을 가볍게 한번 잡고는 마루하가 있는 병실로 향했다. 몹시 바쁜 것 같았다. 그는 떼레사에게 와서 몇가지 사항을 전달했다. 자신은 주말을 해변에서 보낼 것이니 잊지 말고 내일 집에 가서 정원사에게 해야 할 일들을 지시하라고 하면서, 비센따는 통 기억을 못하니 믿을 수가 없다고 했다. 떼레사는 그를 따라 마루하의 병실로 들어갔다. 마놀로는 응접실에 남아 있었지만 문이 완전히 닫혀 있지 않아 쎄라뜨 씨가 하는 말을 들을 수 있었다. "저 애는 누구냐?" 그러자 떼레사의 목소리에 담긴 그 무엇, 짐짓 차갑고 무관심한 그녀의 어투뿐만 아니라 아버지의 질문에 답하기 전에 취했던 잠깐의 멈칫거림 속에 들어 있던 그 무엇이 마놀로에 대한 그녀의 감정적인 관심의 숨겨진 동기를 드러냈다. 그것은 동경에서 비롯된 관심이며, 여대생이 엄숙하면서도 터무니없는 정치적 행위와 끊임없이 혼동하는 그런 것이었다. "잘 알지는 못해요, 아빠. 마루하의 애인이라고 하는데, 그녀를 매일같이 보러 와요." 모호하고 마지못해 하는 대답이었다. 그녀가 덧붙여 말했다. "안타까워요. 가여운 청년이죠." (이 대목에서 쎄라뜨 씨는 헛기침을 했다.) 그때 마놀로는 생각을 하면서 까치발로 문에 다가갔다. 그러니까 떼레사에 의하면 객관적으로 본 둘의 관계는 이러했다. 그는 병상에 있는 하녀의 애인으로 추정되는 사람에 지나지 않으며 병원을 매일 방문해 아가씨와 만났을 뿐이고, 그녀는 친절하게도 차로 그를 집까지 바래다주었을 따름이다. 좋다. 특별할 것은 전혀 없고, 이 모든 것은 어느 여름날 우연히 일어난 일로 얼마 가지 못할 것이다. 두사람은 휴가 중으로 다른 가족들 없이 홀로였는데, 우연히 마루하의 불행이 두사람을 맺어주었을 따름이다. 하지만 두사람의 출신은 너무나 다르기 때문에 이곳에서 아무 일도 일어나지 않을 것이다. 그는 안타깝고 가여운 청년일 따름이다. 그렇다, 당연하다. 우리가 차를 몰아 시외로 나갔던 일을 말할 이유는 전혀 없다. 그는 이렇게 생각했던 것이다. 그럼에도 불구하고 떼레사의 말에 담긴 진실과 거짓의 오묘한 조합 때문에 (아니, 그녀는 거짓말을 하지 않았다. 하지만 그렇다고 전부 진실만 말한 것도 아니었다) 마놀로는 자신이 지나치게 신중하다는 사실을 문득 깨닫고는 앞으로 최대한 신속하고 결단력 있게 행동할 수도 있으며, 또 그렇게 해야 한다고 생각했다. 그리고 그렇게 했다.

그가 마루하의 병실에 들어갔을 때였다. 간호사인 디나는 병상 옆 탁자에 살짝 기대 환자에게 수액을 주사하려던 참이었고, 쎄라뜨 씨는 그녀 곁에 서서 모든 과정을 유심히 지켜보고 있었다. 병상의 다른 편에서는 떼레사가 뒷짐을 지고 있었다. 그녀는 마놀로가 마루하를 병문안하고 난 후의 시간에 무엇을 하는지 건성으로 묻는 아버지에게 천진난만하게 대답하고 있었다. 전반적으로 떼레사는 그 남자애를 눈여겨보고 있지 않다는 사실을 애써 드러내려는 것 같았다. 마놀로는 병상을 향해 천천히 다가갔다. (아무도 그를 바라보지 않았지만 모두들 조용히 있었다.) 그는 말없이 떼레사 옆에 서서 병상 머리맡의 링거 지지대 위에 무심히 손을 얹었다. 그의 손가락이 떼레사의 등과 거의 맞닿게 되었다. 그날 오후 떼레사는 아주 수수하고 몸에 꽉 끼는, 소매도 벨트도 없는 얇은 녹색 원피스를 입고 있었다. 목덜미에서 엉덩이까지 지퍼가 달린 원피스였다. 뭔가에 정신이 팔린 듯한 마놀로는 다른 사람들처럼 무심한 태도로 간호사의 행동을 지켜보다가 기분 전환을 하려는 듯 떼레사의 등 뒤에 있는 금속 지지대 위아래를 손으로 계속 오르락내리락했다. 그때마다 떼레사의 등과 그의 손이 스쳤고, 그의 손이 금속 지지대를 따라 내려오던 어느 순간, 엄지와 검지를 새의 부리 모양으로 만들어 원피스의 지퍼를 잡아 내렸다. 순식간에 지퍼가 끝까지 내려갔다. 원피스가 황금빛 광채를 드러내며 가죽이 열리듯 벌어졌다. 갑자기 그의 눈앞에 매끄럽고 부드러운 둥근 등이 광채를 발했다. 끈 자국 하나 없이 매끄럽게 그을린 그녀의 등은 어린아이의 등 같았다. (그는 이 대담한 여대생이 브래지어를 거의 하지 않고 다닌다는 것을 알고 있었다.) 어린아이의 허리처럼 안쪽으로 부드럽게 들어간 곡선은 엉덩이를 덮고 있는 연분홍빛 나일론 천 아래서 다시 자극적으로 튀어나왔다. 모든 것이 순식간에 예기치 않게 벌어진 탓에 떼레사는 질겁하며 입을 벌렸다. 다행히 원피스의 앞쪽은 어깨끈 덕분에 흘러내리지 않고 그대로 있었다. 이는 무르시아 청년이 예상했던 자신의 미친 꿈의 또다른 면(즉 거짓말쟁이이자 변덕쟁이인 그녀가 아버지와 간호사의 눈앞에서 잠깐 동안 가슴을 노출하게 되는 것)을 완전히 무산시켜버렸다. 이때 쎄라뜨 씨는 단기 기억상실과 장기 기억상실에 대해 뭔가 말하려고 눈을 들어 딸을 바라보았지만 딸에게서 (오한이 든 듯 몸을 움츠리고 있는 것을 제외하면) 아무런 이상한 점을 발견하지 못했고, 다시 간호사 디나가 하는 일에 주의를 집중했다. 떼레사는 얼굴이 빨개졌다. 그녀는 아무 일도 없는 척하며 지퍼를 올리려고 애쓰면서 마놀로에게 분노의 눈길을 보냈다. 그녀는 문 쪽으로 천천히 뒷걸음질해 밖으로 나갔다.

나중에 그녀는 마놀로를 나무라며 (그녀는 놀라긴 했지만 딱히 화난 것 같아 보이지는 않았다) 아버지 앞에서 왜 그런 미친 짓을 했는지 알고 싶어했다. "그렇게 하지 않으면 넌 계속 너와 나의 관계에 대해 거짓말만 늘어놓을 테니까." 그러고 나서 마놀로는 그녀의 팔을 잡아끌었다. 그는 그곳이 아닌 다른 곳에서 더 자세히 설명해주겠다는 듯 떼레사를 병원 밖으로 이끌었다.

그날밤 마놀로는 '잼버리'에 가서 떼레사에게 한잔 사기로 했다. 떼레사는 무르시아 청년과 함께 레알 광장에 있는 그 술집에 모습을 드러낼 생각에 마음이 들떴다. 그들은 물 만난 고기처럼 그 술집으로 들어갔다. 망명지와 빠리의 분위기가 감도는 녹색 조명 아래에서는 암약하고 있는 명망 있는 학생 운동가들을 늘 볼 수 있었고, 그들 중에는 루이스 뜨리아스도 있었다. 뼈로 만든 악기를 연주하는, 특이하고 원시적인 에스빠냐 재즈그룹 '마리아스 훌리안 재즈'가 공연을 하고 있었는데(팸플릿에는 소리와 철학으로 만들어진 당나귀 턱뼈라고 적혀 있었다), 그들은 성가시고 냉소적인 광대 같았다. 아무도 진지하게 듣고 있지 않는 (예외적으로 안경을 낀 남녀 한쌍만 귀를 기울이며 듣고 있었는데, 두사람 모두 근시였고 문과생이었다. 그들은 떼레사를 알아보고 자신들의 탁자에 합석해주기를 은근히 바라는 눈치였다) 그들의 음악은 적어도 강단의 정통 재즈를 모독하는 것을 두려워하지 않으면서도 춤출 수 있게 만드는 미덕을 지니고 있었다. 붉은색이 감도는 희미한 불빛 속에서 생각에 잠긴 듯한 학생들이 보는 가운데 떼레사는 새로운 남자친구와 껴안고 춤을 추었다. (그녀는 보수주의자들과 교조주의자들을 경멸한다고 마놀로의 귀에다 대고 말했다.) 그날 떼레사는 처음으로 마놀로가 자신의 관자놀이와 이마에 키스하는 걸 허락했다.

이튿날 병원을 나오면서 마놀로는 떼레사에게 해변에 가자고 말했다. 이른 오후시간이어서 날씨가 무더웠다. 더욱 자신감을 갖게 된 마놀로는 어쩌면 칼이 머리 바로 위에 매달려 있는 격이 될지도 모르지만, 자신에게 유리한 몇가지 가능성들을 생각해보았다. 그는 이제 수중에 동전 한푼 남아 있지 않았다. 큰 위험을 감수하지 않고 이 위기를 넘길 방법은 도저히 찾을 수가 없었다. 해변에 가기로 한 것은 갑작스럽게 내린 결정이었기에 두사람 모두 수영복이 없었다. 그래서 떼레사는 집에 들러야겠다고 생각했다.

"네게 맞는 우리 아빠 반바지를 하나 찾을 수 있을 거야."

그녀는 그를 차에서 기다리도록 하지 않고 집에 들어오게 했다.

"난 옷을 갈아입어야 해." 그녀가 정원을 가로지르며 말했다. "잠깐이면 돼. 괜찮지?"

"그래, 괜찮아."

마놀로는 그녀를 따라 잎이 무성한 나무 그늘 아래의 자갈길을 걸었다. (갑자기 날이 어두워져 겨울날 같았다. 그는 가죽 재킷에 목도리를 하고 있었다. 떼레사 아가씨는 창에서 쏟아져나오는 빛과 음악을 향해 달려갔다. 그녀는 세련된 하이힐에 눈싸움할 때처럼 어깨에 흰 트렌치코트를 걸치고 있었는데, 벨트가 바닥에 질질 끌렸고, 빨간 비단 스카프가 주머니에 걸쳐져 있었다……) 떼레사는 열쇠로 현관문을 열고서 빛으로 가득한 넓은 거실로 그를 안내했다.

"편하게 있어." 그녀가 신발을 벗으며 말했다. "뭐라도 한잔 마시고 싶으면 알아서 마셔. 다 있으니까. 난 일분도 안 걸릴 거야. 그림은 형편없는 것들이니 보지 마."

그녀는 한쪽 손으로 구두를 들고, 또다른 손으로는 원피스의 옆단추를 풀면서 복도로 사라졌다. 계단을 올라가며 말하는 그녀의 목소리가 들렸다. "비센따, 나야." 마놀로는 거실을 둘러보았다. 거실 벽에는 스위스의 풍경을 담은 그림이 걸려 있었다. 그가 보기에 그렇게 형편없어 보이지는 않았다. 쾌적한 녹지대에서 흐뭇한 얼굴로 그를 바라보는 한 부인의 초상화가 걸려 있었다. 그녀의 가녀린 어깨를 감싸고 있는 하늘하늘한 연보라색 비단옷 위로 가늘고 긴 분홍빛 목이 솟아나 있었다. 떼레사의 어머니임에 틀림없다. 그녀는 빼어난 미인이었고 표정도 인자했다. 집은 완전한 정적 속에 잠겨 있었지만 그 정적은 여느 경우와는 달랐다. 그에게 부유한 집들의 정적은 작동을 멈춘 선풍기의 고요함, 혹은 멀리 지하실에서 들려오는 희미한 난방기구 소리처럼 잠들어 있는 힘을 암시하는 것 같았다. 거대한 그림이 벽난로 위에 걸려 있었다. 사냥개들을 그린 역시 나쁘지 않은 그림이었다. 겨울날에 격무에 지친 하루를 마감하고 불 앞에 앉아 감상하기에 안성맞춤일 듯싶었…… 그는 벽난로 앞의 소파에 앉았다. 그리고 만족스러운 듯 천천히 다리를 꼬았다. 그때 갑자기 왼편에서 경쾌한 걸음으로 그를 향해 다가오는 소리가 들렸다. 털이 촘촘하게 난 작은 폭스테리어 한마리가 고개를 젖히고 슬픈 표정을 한 채 털에 가려서 거의 보이지 않는 눈으로 낯선 방문객을 의심스럽게 뚫어져라 쳐다보았다. 마놀로는 개를 다정스럽게 한참 동안 바라보다가 쓰다듬어주려고 손을 뻗었다. 하지만 녀석은 머리를 곧추세우더니 뒤로 물러나 소파 주변을 몇바퀴 돌았다. 녀석의 불신감은 이상하게도 점점 커져갔다. 녀석은 뒤에 앉아 있다가 마놀로가 다시 보낸 애정 어린 제스처를 피해 거실 출입문 쪽으로 고개를 돌렸다. 집 안에서 누군가가 나타나기를 기다리는 것 같았다. 녀석은 분명 마놀로에게는 관심이 없어 보였다. 아니, 오히려 이 침입자를 아주 미심쩍어하고 있었다. 그제서야 마놀로는 녀석이 암캐라는 사실을 알았다. 머리가 우스꽝스

럽게 생겼고 성격이 거친 것 같았지만 영리해 보였다. 녀석은 불손
하게 한쪽으로 고개를 돌리고 있었지만, 질책을 받기 전에 미리 저
지하려는 듯 가끔 한번씩 무뚝뚝하게 수상쩍은 낯선 이를 바라보
았다. "이리 와. 예쁜이, 이리와……" 마놀로가 중얼거렸다. 녀석은
천천히 다가와 마놀로를 쳐다보지도 않은 채, 청바지의 바짓가랑
이와 고무 밑창을 댄 운동화, 그리고 자신을 쓰다듬으려고 내민 까
무잡잡한 손을 킁킁거리며 그저 냄새만 맡았다. 그런 다음 고개를
숙이고―그러한 탐색이 그저 의심만 키웠다는 듯―제자리로 돌
아갔다. 마놀로는 피곤에 지쳐 소파 등받이에 머리를 기댔다. 그는
벽에 걸린 그림들, 그리고 막연히 꺼림칙하고 강박적인 호기심을
불러일으키지만 기분 좋은 이 집의 아늑함을 다시 한번 음미했다.
그는 담배가 피우고 싶어졌다.

　마놀로는 이상하게도 안락한 질서와 고요함이 있는 이곳이 편
하게 느껴졌다. 반면에 까르멜로의 집, 델리시아스 바, 추기경과 그
의 조카 (그들을 마지막으로 방문했을 때 그릇된 방법으로 돈을 가
져온 것이 떠올랐다) 등 자신을 둘러싼 익숙한 환경은 점점 어색하
고 힘겹게 느껴졌다. 이제 그는 자신의 부주의나 무관심 때문에 그
들에게 아무런 영향력도, 힘도 줄 수 없는 사람이 되어버린 듯했다.
황급히 서둘러 오느라 뭔가를 잊고 온 것 같은 느낌이 들었다. 그
래서 그들은 자신이 도달했을 때 (어디에 도달?) 잘못을 상기시키
며 책임을 물을 것 같은 느낌이 들었다. 어쩌면 그래서 그것을 경
고하기 위해 씨스터스 자매가 느닷없이 들이닥쳤는지도 모르겠다.
그날 오후 엄청나게 놀라운 일이 일어난 것이다.

　그는 그 일을 냉철하게 운명의 장난으로 받아들여야만 했다. 마
침내 개의 복종을 받아낸 후 그는 정원 쪽의 창을 등지고 (건반을

몇개 두드려볼까 하며) 피아노 앞에 서 있었다. 그리하여 그는 나무들 사이에 있는 움직이는 형체를 볼 수가 없었다. 두줄로 늘어선 제라늄 너머 오후의 태양 아래서 두사람이 집 쪽으로 향한 도로의 울타리를 통과하고 있었다. 총천연색 영화에서나 볼 법한 (검게 그을린 팔과 다리, 보라색 립스틱, 눈가리개를 한 것처럼 관자놀이까지 바른 푸른색 아이섀도우 등) 두명의 여자였다. 그녀들은 반짝거리면서 한껏 세워올린 머리 모양에다 몸에 꽉 끼는 얇고 강렬한 색깔의 원피스를 입고 있었다. 그녀들의 동그란 얼굴은 오일을 과하게 바르고 장시간 태닝을 해 새까맣게 탔고, 여드름이 있는 것처럼 보였다. 그들의 종종걸음에는 불안과 조급함이 배어 있었지만, 심드렁하고 심지어 지루한 듯한 표정으로 보아 연출된 것 같았다. 둘 중 키가 작은 여자는 물들인 야자수 잎으로 만든 커다란 바구니를 들고 있었다. 그녀는 서둘러 오면서 속옷이 내려올까봐 엉덩이를 움켜쥐고 있었다. 마놀로는 초인종 울리는 소리를 들었다. 그런데 아무도 문을 열러 나가지 않았다. 그는 두 여자애가 오는 것을 보지 못했다. 봤더라면 그애들이 무엇 때문에 오는지 이내 알아차리고 정원에서 벌써 내쫓아버렸을 것이다. 다행히도 나이 든 하녀가 문을 열러 나가기까지는 제법 시간이 걸렸다. 마놀로가 거실에서 나가려고 할 때 회색 유니폼을 입은 하녀가 커다란 엉덩이를 움직이며 급히 달려왔다. 하녀는 지나가며 마놀로에게 습관적으로 가벼운 미소를 지어 보였다. 문이 열렸다. 강한 햇빛 때문에 처음엔 일시적으로 아무것도 보이지 않았다. 거실 입구에서 안쪽을 향해 약간 돌아서 있던 마놀로(그는 다시 들어가 피아노 건반이나 좀 두드려볼까 하던 참이었다)는 두 여자 악당을 알아보고 그 자리에서 얼어붙고 말았다. 이럴 수는 없는 일이었다. 농담이라고 해도 지나친 농담이었다. 불운은 가난한 이들을 쫓아다닌다고 했는데, 이것은 단순한 우연이 아니라 어쩌면 마놀로가 사는 동네에서 그에게 보낸 경고인지도 몰랐다.

실은 그렇게 놀랄 것도 없었다. 그는 씨스터스 자매가 휴가철에 하녀들만 있는 고급 주택가를 돌아다니며 일하는 걸 좋아한다는 사실을 잘 알고 있었다. 하지만 그는 지난겨울부터 그녀들을 보지 못했다. 그녀들이 추기경과 더이상 거래하지 않는다는 사실을 마놀로는 잘 알고 있었다. 하지만 그녀들은 특기를 살려 사기성이 농후한 '속옷' 판매를 하고 다녔다.

그녀들의 갑작스럽고 시의적절하지 않은 방문(그것은 진짜 속셈이 있는 만남이었고, 젊은 여대생은 의심조차 하지 않았다)은 모든 것을 다 망쳐버릴 위험이 있었다. '이 멍청한 계집애들이 떼레사 앞에서 날 아는 척이라도 한다면, 다 방법이 있지.' 마놀로는 생각했다. 바로 그 순간, 흰 반바지에 샌들을 신고 어깨에 비치백을 멘 떼레사가 거실에 모습을 드러냈다. "비센따, 누가 온 거야?" 그녀가 물었다. 폭스테리어가 꼬리를 흔들며 그녀에게로 달려갔다. "가만있어, 딕시." 그러는 동안 두 자매는 현관 앞에 와 있었다. ('천박한 차림새하고는! 속이 다 비치는군!' 마놀로는 경계하면서 생각했다.) 두 여자는 순진한 표정을 지어 보였지만 마놀로가 출현하자 당연히 아연실색했다. 잠깐 동안 곤혹스러운 상황이 연출되었다. 하녀는 방문객들이 입을 열기를 기다렸다. 두 여자는 마놀로와, 마놀로는 떼레사와 불안한 눈빛을 주고받았다. 그들 사이에 있는 미묘한 동요를 포착한 떼레사는 한 노동자와 두 여자 사이의 관계에 대해 속으로 재빨리 너그러운 결론을 내렸다. 그녀가 그때 내린 결론은 이러했다. '몸을 파는 여자들이거나 공장 노동자들, 아니면 둘 다일 거야.' 한편 마놀로는 씨스터스 자매가 아무것도 감히 시도하지 않고 적당히 핑계를 둘러대며 그곳을 떠날 것이라고 생각했다. 하지만 뒤돌아 가기는커녕 두 여자 중 하나(이야기를 재미나게 하는 전문가)가 나서더니 친구가 입은 팬티의 신축성에 대해 장광설을 늘어놓으려고 하는 것을 보고 마놀로는 겁이 덜컥 났다…… 그는 그녀들에게 말할 틈을 주지 않기 위해 서둘러 문 쪽으로 달려가며 떼레사에게 말했다.

"그냥 있어. 날 보러 왔으니까."

씨스터스 자매가 막 말을 꺼내려고 하다가 마놀로가 자신들에게로 다가오자 두 여자 중 한명이 더듬거리며 말했다.

"너……"

"날 보러 온 것이니 신경 쓰지 마세요." 마놀로는 이번에 지나가면서 부딪힐 뻔한 하녀에게 재차 말했다. 그 착한 하녀는 체념한 듯한 표정으로 떼레사 아가씨를 바라보면서 물러났다. 마놀로는 거칠게 두 여자의 팔을 잡고 가능한 한 집에서 멀리 떨어진 정원으로 끌고 갔다. 세사람이 동시에 입을 열었다.

"빌어먹을……!"

"마놀로, 그런데 놀랍게 여기 웬일이야!"

"빨리 나가!"

"이봐, 천천히 걸어." 다른 여자가 소리쳤다. "그 여자애 정말 괜찮은데! 이거 봐! 혹시 여기가 네 집은 아니겠지? 여기서 뭘 하고 있어?"

"팔 부러지지 않으려면 입 닥쳐." 그가 말했다. "뒤돌아보지 말고 걸어. 사기 칠 데가 따로 있지. 그래, 웃어? 어떻게 감히 이런 일을 벌일 수 있어? 그것도 하필 오늘 말이야! 이봐, 길에 차 세워져 있는 거 못 봤어? 집에 누가 있다는 표시잖아……?"

"뭐가 문제야? 우린 주인이 있으면 빈손으로 가고 그것으로 끝이야. 그런데 이렇게 나타날 줄 어떻게……" 옷이 엉망이 된 여자가 말하기 시작했다. "놓으라고, 부자 양반. 아프단 말이야. 넌 여기에 무슨 볼일이 있는 거야? 네가 우릴 이렇게 막 대해도 된다고 생각해?"

"너희들에게 설명할 시간은 없어. 나가!"

"밀지 말고 말해. 알았어? 설명해봐……"

"그래, 그거야." 다른 여자가 말했다. "물어봐도 된다면, 네가 여기서 뭘 하고 있는지 알 수 있을까?" 같은 말을 반복하는 것의 역효과를 최소화하기 위해서인 듯 그녀가 이렇게 덧붙였다. "여기서 널 보다니 이런 우연이 어디 있어. 야, 정말 오랜만이야……"

마놀로가 울타리 쪽으로 그녀들을 데려갔다.

"잘 가. 이 일은 추기경도 알게 될 거야."

둘 중 키가 큰 여자가 그의 손에서 풀려나자 얼굴을 들이대며 말했다.

"야! 너 지금 협박하는 거니? 추기경이든 나발이든 상관없어. 우린 그 인색한 늙은이한테 빚진 거 없으니까……"

"말싸움하기 싫어. 당장에 꺼져. 사람들이 있으니까 말이야."

"넌 아직도 그 늙은이랑 일하니? 자식, 네가 그렇게 순진한 사람인지 몰랐네. 추기경이 얼마나 끔찍한 인간인데! 언젠가 넌 크게 당할 거야, 마놀로. 내 말 명심해! 그런데 이거 놓으라고, 이놈아!"

"소리 지르지 마, 바보야."

"욕하지 마, 이 잘생긴 놈아."

그들은 울타리 옆에 있었다. 마놀로는 이런 식으로 그들을 쫓아낼 수 없다는 것을 깨달았다.

"좋아, 다음에 얘기해줄게…… 너희들 일은 어때? 빠꼬는 어떻고? 아직도 너희들과 같이 일하니? 그리고 소니는……?"

"소니는 너보다 훨씬 나아, 이 파렴치한 놈아. 빠꼬가 널 잔뜩 벼르고 있어. 우린 아직도 네가 우리에게 진 빚을 갚기만을 기다리고 있어, 이 나쁜 새끼야!"

"어허…… 난 너희들에게 전혀 빚진 거 없어."

"한번 따져보자! 빌린 게 너였어, 아니면 추기경이었어?"

"이 애였지." 다른 여자가 말했다. "얼굴 보면 모르겠니?"

"자, 이제 그만 가……"

"추기경은 네 피만 빨아먹는 인간이라고 내가 말했잖아. 넌 모르겠니?" 다른 여자가 집요하게 말했다.

"그래, 그래."

"이제 우린 다른 거래처가 생겼어." 둘 중 키가 작은 여자가 마놀로의 어깨를 치며 말했다. "라파엘이라고 해. 혹시 그 사람 아니? 그 사람의 아내가 최근 쌍둥이를 낳았어. 그건 그렇고 여기서 대체 뭘 하고 있었는지 말 좀 해줄래? 괜찮다면 말이야." 키가 작은 여자는 항상 이상하게 말했는데, 그것은 그녀의 말이 그녀의 생각보다 훨씬 더 빨랐기 때문이었다. 하지만 오늘 마놀로는 그녀의 입심을 치켜세울 만한 시간도 없었고, 그럴 기분도 아니었다. "말하기 싫은 거야?"

"그래, 싫어. 제발 가줘. 다음에 다 말할게……"

떼레사는 어깨에 비치백을 둘러멘 채 마놀로를 기다리면서 거실의 창을 통해 그들을 바라보았다. 그러면서 그녀는 빗으로 머리를 빗었다. "가만있어, 딕시." 그녀는 자신의 다리에 몸을 마구 비벼대는 개에게 명령했다. 들리지는 않지만 마놀로가 화를 내고 손 짓 발짓 하면서 그 여자들을 거리로 밀어내는 모습을 볼 수 있었 다. 그 여자들은 킬킬대며 크게 웃더니 그의 뺨에 입을 맞추고 작 별을 고했다. (믿을 수 없게도 둘 중 키가 큰 여자는 갑자기 마놀로 의 입에 키스하려고 했다. 떼레사는 그녀가 탐욕스러우면서 뻔뻔 하게 그에게 달려드는 광경을 보았다. 그녀가 그의 머리칼을 어루 만지고, 까맣고 통통한 팔로 그의 목을 휘감으며 입을 맞추려는 순 간 마놀로가 자신을 방어하며 거리 쪽으로 그녀를 밀쳐냈다.) 마침 내 그녀들이 떠나갔다.

"그 여자들 왜 그래?" 마놀로가 들어오자 떼레사가 물었다. 그녀 는 빗질을 계속하며 뭔가 취조하는 듯한 표정과 말투를 흉내 내면 서 손가락으로는 그를 가리키며 친근하게 농담했다. "자, 젊은이, 말하시오. 그 여자들을 아시오?"

마놀로는 생각에 잠긴 채 돌아서더니 안락의자로 향했다.

"그녀들이 찾는 사람은 당신이었나요?" 떼레사가 웃으면서 말 을 계속했다. "참 이상하단 말이에요…… 당신들은 모두 반체제 인 사, 빨갱이들이에요. 정보를 다 갖고 있어요. 어디 봅시다. 거짓말 할 생각은 마시오. 당신이 이곳에 있다는 걸 그녀들은 어떻게 알았 소?"

무르시아 청년이 갑자기 고개를 획 돌렸다. 그는 조금도 망설임 없이 말했다.

"제발, 아무것도 묻지 말아주면 고맙겠어!" 그의 말투가 부드러 워졌다. "급한 일이 생기면 여기 아니면 병원으로 찾아오라고 내가 집에다 말해뒀어…… 내 맘대로 한 걸 용서해."

그녀는 당혹스러워하며 그를 바라보다가 이내 고개를 떨궜다.

"나에게 신경 쓰지 마. 이해해. 장난을 좀 쳤을 뿐이야."

"더이상 장난치지 마." 그가 퉁명스럽게, 하지만 정말 고통스러운 듯 말했다. '떼레사는 정말 매력적인 애야. 인정해야 해.' "미안해. 너한테 소리치면 안되는데 생각보다 일이 심각해서 말이야. 네가 이런 일에 연루되는 게 싫어. 그럴 필요도 없고."

떼레사는 빗을 가방에 넣으며 천천히 마놀로에게 다가갔다. 그녀는 그가 안락의자에 깊숙이 몸을 묻으면서 피곤하고 걱정스러우며 뭔가에 짓눌린 듯 머리에 손을 대는 것을 바라보았다. 저 까무잡잡하고 강인한 손, 부드러우면서도 강한 그의 얼굴을 어떻게 외면할 수 있겠는가? 어떻게 더 가치 있는 미래에 대한 제안을 회피할 수 있겠는가? 그녀는 그즈음 모든 일의 배후에는 어떤 음모가 숨어 있다는 생각에 강하게 사로잡혀 있었는데, 그가 위험한 써클에 기꺼이 가담하면서 그의 손과 새까만 머리카락에 두려움의 전율이 가볍게 일었을 것이라고 짐작할 따름이었다.

"마놀로, 뭐가 잘 안되는 거니?" 탄성 있는 흰 바지를 입은 그녀가 마놀로 앞에서 다리를 모으고 다소곳하게 섰다. 여전히 손으로 머리를 쥐어뜯고 있던 마놀로는 떼레사의 엉덩이 높이까지 눈을 치켜떴다가 다시 감으며 말했다.

"아니야, 가자." 그가 일어섰다. "해변에 가자. 부탁이야. 난 기분전환을 좀 할 필요가 있어."

(까스뗄데펠스 쪽으로) 가는 동안 차 안에서 떼레사는 오로지 그룹의 안전을 위해서 그 여자들에 대한 자신의 의견을 피력할 필요성을 느꼈다.

"너희들 중 누군가가 그녀들에게 얘기를 해줘야 할 것 같아. 그렇게 화장하지 말라고 말이야. 창녀들 같잖아." 그러고는 덧붙였다. "반바지를 하나 찾았는데 너한테 맞았으면 좋겠다."

　"잘 맞을 거야. 자, 이제 달려. 더 빨리 달리라고……! 모두 다 추월해버리는 거야……!"

오, 나의 용골이 부서지는구나! 오, 내가 바다에 이르는구나!
— 랭보[26]

비키니 차림의 떼레사 씨몬은 꿈에 그리던 해변을 따라 달렸다. 그녀는 모래사장에 드러누워 눈부시게 푸른 하늘 아래에서 기지개를 켰다. 물이 허리께에서 찰랑거려 그녀는 팔을 높이 들어올렸다. (그녀의 겨드랑이를 덮은 황금빛 광채가 다리 밑을 흐르는 강물의 반짝이는 표면처럼 일렁였다.) 그녀가 멋지게 수영을 끝낸 후 거품이 이는 파도 속에서 나왔다. 민첩하고 가는 허리를 가진 환희에 넘치는 육체가 물가에서 솟아올라 살아 있으면서도 소리나는 청동상처럼 드디어 그를 향해 다가왔다. 그녀의 작은 복부는 숨을 헐떡거리고 있었고, 온몸은 물방울과 광채로 덮여 있었다. 장 쎄라뜨가 그에게 웃어 보이며 멀리서 손을 들어 인사했다. 바로 그, 즉 아무에게도 말할 수 없는 야망과 욕망과 정열 속을 헤매면서 두려움에

----

26 랭보의 시 「술 취한 배」(Le bateau ivre)의 한 구절.

휩싸여 있는 교활하고 위선적인 이 의뭉한 무르시아 청년에게 말이다. ('그녀를 잃고 말 거야. 그럴 수는 없는데, 그녀는 내 짝이 아니야. 너희들처럼 까딸루냐 사람이 될 시간을 갖기도 전에 난 그녀를 잃고 말 거야, 이 나쁜 새끼들아!') 그는 지금 자기 것이 아닌 울긋불긋한 커다란 수건 위에 드러누워 태양을 보고 있었다. 그가 입고 있는 반바지나 쓰고 있는 썬글라스나 피우고 있는 담배는 그의 것이 아니었다. 늘 그렇듯 그는 타인의 집에서 잠시 더부살이를 하고 있는 것처럼 보였다. '이 자식아, 여기서 대체 뭘 하고 있는 거야? 두 역 사이에 있는 열차의 각기 다른 두 객실처럼 허망하고 변덕스러운 우정에서 뭘 기대하는 거지? 그것은 부잣집에서 어리광쟁이로 자란 여자애의 한순간의 변덕에 불과해. 그녀는 곧 작별을 고할 것이고, 나중에는 널 알아보지도 못할 거야.' 야자수와 원시림—어쩌면 이번 여름에 사라진 섬이 아닐까?—을 뒤로하고 반라의 차림으로 당당하게 걸어오는 그녀는 가치 있는 존재로서 그의 것이었다. 그녀는 그녀 부모님의 것도 아니고, 그녀를 기다리고 있을 미래의 남편 것도 아니며, 그녀를 숭배하고 내일 그녀를 가질 어떤 연인의 것도 아닌 바로 그의 것이었다. 그의 특별한 소장품인 욕망의 그림카드들이 번쩍이는 부채처럼 손에서 펼쳐졌다. 그와 그녀가 어느 황금빛 열대 섬에 단둘이 남겨져 있다. 끔찍한 핵전쟁에서 살아남은, 햇볕에 그을리고 아름답고 자유로운 이 행운아들(그렇다면 우린 모두 죽었겠군요, 독자 여러분. 그렇다면 이야기가 계속될 수가 없는데)은 둥지 같은 오두막집을 짓고, 끝없이 펼쳐진 해변을 달리고, 코코넛을 따 먹고, 진주와 산호를 잡고, 에메랄드 같은 불타오르는 노을을 감상한다. 두사람은 꽃으로 장식한 침대에서 잠을 청하고, 서로를 애무하며, 소유에 대한 형이상학적 고뇌

없이 사랑하는 법을 배운다. 한편 세상의 다른 곳, 자유로운 구릿빛 팔다리 너머 저 멀리에서는 하찮은 삶이 계속된다. (떼레사는 여전히 그를 향해 모래 위를 천천히 걸어오고 있다.) 지금 그녀는 뒤로 꺼져 들어간 힘없는 복부로 인해 실제보다 좀더 느리게 오는 것처럼 보인다. 물안개 때문에 그녀는 더이상 다가오지 못할 것 같다. 그녀의 어깨에서 시작해 엉덩이를 휘감으며 다리를 타고 내려오는 고통스러운 희망은 빛처럼 흐르면서 자유롭게 그녀의 발을 지나 마지막 발걸음 소리에까지 이어진다. 그녀는 환하게 웃으며 허리와 팔 사이에 코코넛을 끼고 숨을 헐떡이면서 흠뻑 젖은 채 바다의 싱그러움을 가져온다. 그리고 그녀는 그의 옆에 천천히 예쁜 무릎을 꿇더니 코코넛을 바닥에 내려놓는다. 그녀의 몸은 해변에서 달리고 눕는 일에 아주 익숙해 있는 것처럼 보인다. 이곳에서 자라기라도 한 것처럼, 늘 여기 태양 아래서 살도록 특별히 천부적으로 타고난 것처럼……

"해수욕 더 안할 거니?" 그녀가 오자 그가 물었다.

떼레사가 고무공을 내려놓았다. 그리고 무릎을 꿇고 고개를 숙이며 가방 안에서 썬글라스를 찾았다. 금발이 그녀의 얼굴 절반을 가렸고, 그녀의 젖은 엉덩이와 날씬한 허리 위 똑바른 등에는 동물적인 매력이 있었다. 쑥 꺼지고 어린애 같고 한줌밖에 안되는, 무르시아 청년의 두리번거리는 눈에 가장 먼저 들어온 저 하얀 복부를 어쩌면 좋단 말인가!

"썬글라스는 도대체 어디에 있지?" 그녀가 물었다. "너 혹시 봤니?"

"아니." 그는 재미있어하면서 거짓말을 했는데, 그가 모래 속에 파묻어두었던 것이다. "여기 누워. 그리고 썬글라스는 잊어버려.

네게 할 얘기가 있는데, 부탁이 있어."

"부탁?"

"응……"

그는 팔로 턱을 받치고 엎드려 떼레사의 움직임을 유심히 지켜보았다. 그는 생각을 하고 있었으며, 축 늘어진 검은 머리가 이마를 살짝 가리고 있었다. 해변에는 사람이 거의 없었다. (사람들이 가장 많이 찾는 곳은 소나무 숲이었다.) 저 멀리 희뿌연 빛 속에서 사람들의 모습이 흐릿하게 보였다. 두사람은 해변의 한쪽 끝, 즉 늪지 식물이 저 멀리까지 긴 띠를 이루며 광활하게 펼쳐진 그 시작 부분과 맞닿은 곳에 있었다. 그들 뒤에 있는 도로 옆 평지에는 호화로운 흰 플로리드가 태양 아래서 팔자 좋은 강아지처럼 자고 있었다. 떼레사는 책을 가져왔고, 첫번째 해수욕을 마치고 두번째 해수욕을 할 때까지 그 책을 읽었다. 그녀가 머리를 공에 기대고서 무릎을 들어올려 교차시킨 뒤 아래위로 살살 흔들어대며 여유롭게 책을 읽는 모습을 지켜보던 마놀로는 자신이 비참한 좀도둑 신세라는 생각이 번개처럼 머릿속을 스쳐갔다. 그리고 그 생각은 곧 집착으로 변했다. '일단 한번 말해보자. 안되면 마는 것이고. 지금이 기회야. 떼레사(그리고 그녀의 아버지)를 통해 어떤 일자리, 그러니까 평생 동안 다닐 좋은 직장을 얻을 수도 있고, 또 여러 가능성을……'

"부탁이라고?" 떼레사가 다시 말했다. "무슨 부탁인데?"

마놀로는 생각에 잠긴 채 손가락으로 모래사장 위에 동그라미를 그렸다.

"아직은 아니야." 그가 말했다. "그래, 말하기엔 아직 좀 일러. 휴가 중이잖아. 나중에 말할게. 다만 내게 중요한 일이란 걸 알아줬으면 해. 너는 아빠의 신뢰를 많이 받고 있니?"

"그럼, 물론이지. 그런데 참 이상하네." 아무리 찾아도 보이지 않는 썬글라스를 두고 하는 말이었다. 급기야 그녀는 가방 안의 모든 물건을 수건 위에 쏟아냈다. "애, 네가 갖고 있는 거 아니니?"

"아니야, 바보야."

떼레사는 주변의 모래를 휘저어보았다. 한참 후 그녀는 생각에 잠겨 있는 마놀로의 얼굴을 보고 물었다. "마놀로, 무슨 생각해?"

"네가 바라는 걸 생각하지. 네 생각 말이야."

"말도 안돼! 넌 정말 이상한 애야. 알고 싶은 게 한가지 있는 데……" 엎드려 모래를 파내느라 얼굴을 가려버린 머리카락 사이로 그녀는 보일 듯 말 듯 묘한 미소를 지어 보였다. 이전의 대화에서 그녀는 그의 과거에 엄청난 호기심을 보이기는 했지만 연애사(마루하와의 관계는 제쳐놓고)는 예외였다. "내 생각에 너 같은 남자는…… 그 여자 동료들과 사귄 적 있니? 물론 말하기 싫으면 안 해도 돼."

"오늘 봤던 그애들 말이니……? 솔직히 말하면 난 그애들을 잘 알지도 못해. 왜 물어보는 건데?"

"아, 그냥. 내가 남의 일에 관심이 많거든."

"더욱이 일 문제가 아니라면 난 그애들에게 관심도 없어."

"그런데 그애들은 마치…… 저기 봐. 경비행기야!"

"나를 염탐하고 있었던 거야? 그애들을 거의 안 만나지만 나에게 여동생 같은 애들이야. 너 그거 알아? 난 항상 여동생이 있었으면 했어. 어렸을 때부터 그랬어."

떼레사가 웃었다. "네가 그렇게 순수하다니 좋은 일이야." 그녀는 말하고 나서 파도가 치는 암초 바로 위로 아주 낮게 나는 경비행기를 한참 동안 바라보았다.

"내가 네 여동생이라면 좋겠니?" 그녀가 웃으며 말을 덧붙였다. "이봐요, 내가 당신 여동생이라면 좋겠어요? 난 늘 혼자였어. 나 또한 너같이 잘생기고 몽상가인 오빠가 있었더라면 좋았을 거야."

'뭐라는 거야?' 그 순간 은빛 경비행기가 굉음을 내며 지나가면서 광고 전단지를 살포했다. 전단지들이 바람에 날려 그들에게로 왔다. 마놀로는 몸을 한쪽으로 기울여 공중의 전단지 한장을 잡다가 넘어지면서 떼레사의 한쪽 발을 움켜쥐었다. 하지만 그녀는 아랑곳하지 않은 채 고개를 높이 치켜들고 손으로 해를 가리며 멀어져가는 경비행기를 계속 바라보았다. '조심해, 병신 같은 놈아!' 그가 속으로 말했다. '바보 같은 짓거리만 하고 있군. 떼레사는 영리한 여자애야. 본인의 생각을 노골적으로 말하는 걸 두려워하지 않는다고.'

"아니야." 그가 그녀의 발을 놓으며 말했다. "네가 내 여동생이 되는 건 싫을 것 같아. 넌 너무 괜찮은 애니까 말이야."

그들 주변의 모래사장은 전단지로 뒤덮였다. 떼레사가 한장을 집어들어 읽은 후 버렸다. 그녀가 말했다.

"내가 너무 어떻다고?"

"여동생이 아닌 다른 상대라고."

"다른 상대? 그게 뭔데?" 그러고는 곧이어 말했다. "그런데 썬글라스를 내가 어디에다 둔 걸까?" 그녀는 무릎걸음으로 움직이면서 모래를 휘저었다.

"썬글라스를 잃어버렸으면 좋겠다! 사랑받기 위해, 넌 사랑받기 위해 만들어진 존재야, 떼레사."

"로맨틱하게 굴지 마."

"그렇게 느끼는 건 내 맘이야. 아가씨가 상관없다면 말이야."

"좀전에 내 썬글라스를 네가 끼고 있는 걸 봤거든. 어디에 뒀니?"

"저기 봐. 카누 한대가……"

"다시 그 여자애들 이야기로 돌아가서……"

"뭘 알고 싶어? 그중 나이 많은 애는 결혼했는데…… 헤어졌어. 아주 힘들어했지. 예쁜 아이가 하나 있어. 너도 보면 좋아할 거야. 황금빛 태양 같은 금발이야. 너처럼 말이야."

"다른 여자애는?"

"저기 카누를 봐. 나이 든 사람이 탔는데 꼭 봐야 해. 여기는 사람들이 많이 안 오지, 그렇지? 썬글라스는 잊어버리고 이제 누워."

"책 읽으려면 필요하단 말이야."

"옆에 사람이 있는데 책 읽는 건 예의가 아니야. 응석받이로 자란 아가씨에게는 적절한 매가 필요해. 도망가고 싶을 정도로 내가 매를 들어줄까……"

"아, 맞아. 도망에 관한 이야기가 나와서 하는 말인데." 그녀가 말했다. "머리로부터 한뼘쯤에 경찰봉을 두고 쫓겨본 적 있니? 없다면 넌 좋은 경험을 놓친 거야……"

그녀는 무르시아 청년이 놓은 위험한 덫에 걸려 여전히 행복해하고 있었다. 가무잡잡한 피부의 마놀로(확실히 그녀 아버지의 낡고 빛바랜 선홍색 반바지가 그의 매끄러운 피부와 참 잘 어울렸다)가 비밀리에 관계 맺고 접촉하는 사람이 있을 것이라 생각하면서 그녀는 대학에서의 투쟁이 지닌 위험성에 대해 이야기하기 시작했다.

"……내 앞에서 한 남학생이 달리고 있었어." 그녀는 결국 썬글라스 찾기를 그만두고 수건 위의 비어 있는 자리에 누워 이야기를 계속했다. "그런데 우리는 삘라요 거리에서 헤어졌어. 그런 시위는 아주 재미있긴 하지만 위험한 이유가 포위되는 순간에 완전히 혼자 고립되기 때문이야. 너희들 같은 경우엔 정반대여서 늘 각자 떨어져 활동하는 것이 제일 좋겠지…… 그러다가 난 다시 뭉친 시위대 속으로 들어갔고, 경찰들은 다시 우리를 향해 돌진해왔어. 그때 내가 갑자기 바닥에 깔렸어. 아직도 무릎에 흉터가 남아 있는 것 좀 봐. 누군가가 날 일으켜 세워주었는데 아주 젊은 경찰이었어. 눈동자가 아주 맑은 초록빛인 게 기억나는데 알고 보니 시골 사람이었어. 그 사람이 나보다 더 놀라는 것 같았어. 그 사람이 날 트럭 쪽으로 살며시 밀었고, 난 뒤돌아서 그를 때리고 발로 찼어. 왜 날 경찰봉으로 때리지 않았는지 아직도 이해가 안돼. 난 그 사람에게서 도망쳤지만 그곳에서 빠져나올 방법이 없었어. 왜냐하면 그곳은 벌써 아수라장이 되어 있었거든. 적어도 그 모퉁이에 학생들이 백 명쯤은 있었을 거야. 서로 엎치고 덮치며 도망칠 곳을 찾느라 아비규환도 그런 아비규환이 없었어…… 너 비좁지 않니? 이쪽으로 올래……? 잠깐만, 수건을 네 쪽으로 더 당겨. 그럼 좀 넓게 쓸 수 있잖아. 이리 와. 담배 피울래?

"응."

"그러니까 내가 말한 것처럼…… 네가 알지 못하는 투쟁의 다른 측면이지. 흥미롭지? 네가 먼저 불붙여…… 그래서 우리가 생각한 것은 더이상……"

마놀로가 그녀 쪽으로 성냥불을 가져갔다.

"자, 붙여."

그녀의 금발에서 나는 향기가 그의 감미로운 머리로 들어와 그를 번민에 사로잡히게 했다. 그는 둥글게 오므린 손 안의 불이 꺼지도록 일부러 놔두었다. 그녀의 향기를 가까이에서 더 맡고 싶었기 때문이다. 지나간 사춘기 어딘가에서 느꼈던, 말로는 표현할 수 없는 그 향기를 말이다. 그녀는 매끈한 이마를 기울여 붉은 성냥불에 다시 입술을 들이밀었다. 그러고는 물러났다. 그녀의 파란 눈이 이상하리만큼 심각하게, 하지만 아주 잠깐 동안 그를 바라보았다.

"모두 그러고 있을 때 난 대학 안으로 도망치는 게 최선이라고 소리쳤지만 아무도 듣지 못한 것 같았어. 그게 유일한 탈출구였지. 어쨌거나 우린 소기의 목적을 달성했어. 하지만 사람들은 우리를 도와주기보다는 오히려 방해했지. 많은 이들이 손가락 하나 까딱하지 않고 우리를 지켜보기만 하는 거야. 맨 앞의 몇몇 사람들은 심지어 웃기까지 했어. 아주 크게…… 결국 난 잡혀서 옷이 갈기갈기 찢어진 채 경찰청으로 이송될 때까지 루이스나 다른 사람들을 다시는 보지 못했어. 그들은 우리를 취조했는데…… 무시무시했단다. 내가 왜 이런 이야기를 하는지 생각해봐……"

그녀는 눈을 크게 뜨고 하늘을 응시했다. 몇년 후 단조로운 결혼 생활에 찌들어 위기를 맞이할 그런 이상주의에 사로잡혀서 말이다. 그녀는 이 시기를 엄청나게 그리워할 것이다. 강렬한 태양빛이 그녀의 금발 위에서 빛나는 황금의 작은 칼날을 휘두르고 있었다. 마놀로는 모래사장과 바다가 뿜어내는 수증기를 배경에 둔 그녀의 옆모습을 감상했다. 그리고 그녀의 이야기를 듣는 동안 말없이 가끔 고개를 끄덕이는 것으로 공감을 표시했다. 그는 머릿속으로 쓸데없는 상상을 하면서 (떼레사가 한 경관의 발 아래 쓰러져 있고, 그녀의 옷은 다 찢어져 있다. 떼레사는 다시 대학생 시위대의 선봉에 서서 구호를 외친다. 이후 그녀는 음침한 취조실에서 신문을 받고, 경찰서에서 아버지에게 인도된다) 그녀 가까이로 다가갔다. 하지만 그는 자신이 좀더 가까이에서 그녀의 머리 향기를 맡으려는 것인지, 아니면 그녀의 끝없는 긴 이야기 뒤에 감춰진 내밀하고 비밀스러운 욕망에 끼어들려는 것인지 알 수가 없었다. (바꾸어 말하면 롤라의 수다가 약간 떠오른 게 아니었을까?) 그러나 그는 그 욕망이 무엇이든 간에 여자의 마음 깊은 곳에서, 혹은 소녀의 가슴속에서 조용하고 행복하게 자라 머잖아 실현되리라는 것을 알았다. 그가 그녀 곁에 없다면 볼 수 없겠지만 말이다.

"무섭지 않았어?" 그가 물었다. "너 참 용감한 애구나."

"마놀로, 너 쓸 수 있는 여권 있니?"

"그건 왜 물어?"

"마련해두는 게 좋을 거야. 너도 알다시피 급하게 내뺄 경우 국경을 넘어야 하니까 말이야. 네가 첫번째는 아닐 거야."

"얘, 도대체 무슨 말을 하는 거야. 난 죽어버릴 거야."

"뭐라고?"

"떠나야 한다면 난 죽어버릴 거라고."

"난 이해할 수가 없는데……"

가상의 도피에 관해 이야기하던 떼레사가 갑자기 몸을 움직여 마놀로와 얼굴을 마주하게끔 수건 위에서 옆으로 누웠다. 그녀는 잠자리에 들려 하는 어린애처럼 양손을 뺨에 대고 마놀로를 빤히 바라보았다. "그게 무슨 말이니?" 반짝거리는 그녀의 눈이 마놀로의 우수 어린 시선과 부딪쳤다. 약해진 오후의 태양이 무지개 빛깔을 만들어내면서 그의 매끈한 어깨에 붙은 모래알을 희롱했다. 가까이에서 (눈을 약간 가늘게 뜨고) 그를 바라보던 떼레사는 그와 함께 물가를 향해 걷던 순간을 생각했다. 그녀는 차에서 옷을 갈아입은 후 몇 미터 뒤에서 그를 따라가며 그의 잘빠진 등과 단단한 어깨선을 보면서 낡은 반바지가 그에게 잘 어울리는지 살펴보았다. 그러면서 그녀는 우울한 생각을 했다. '내가 방에서 홀로 보부아르의 책을 읽는 동안 그 앙큼한 계집애는 수없이 많은 밤을 저 품에서 떨며 전율했겠지⋯⋯' 그의 까무잡잡한 등과 그의 발걸음에서 그녀는 어떤 과도한 희망을 몸으로 표현하고 있는 듯한 느낌을 받았다. 그가 이제 손으로 떼레사의 머리카락을 한쪽으로 젖히자 떼레사가 눈을 내리깔았다. 그의 손(물론 다친 손이었다)이 떼레사의 목덜미를 가볍게 누르며 그녀의 목 위에 놓았다. 떼레사의 가녀린 목이 놀란 새처럼 그의 손가락 사이에서 파닥거렸다. "너 참 예쁘구나. 언젠가 너는 갑자기 나로부터 벗어나야 할 필요를 느낄 것이고, 이유야 어쨌든 난 그냥 내버려두겠지. 그런데 어떤 역겨운 정치도 널 잊게 하지는 못할 거야⋯⋯"('아니야, 이건 아니야. 잘못하고 있어, 이 무식한 놈아.' 그는 속으로 말했다.) 그는 그녀에게 다가가 그녀의 따스한 입술에 키스를 했다. 그녀는 입을 약간 벌리고 있어서 입술 사이로 하얀 이가 살짝 드러나 있었다. "제발, 뭐 하는 거야⋯⋯" 떼레사는 중얼거리며 눈을 내리깔았다. 그녀는 신경을 집중하며 곰곰이 생각하고 있는 것 같았다. 그녀는 곧 무장 해제될 것이 분명했다.

"내 이럴 줄 알았어." 떼레사가 중얼거렸다. "이럴 줄 알았다고⋯⋯ 삶은 참 역겨워."

"얘, 그렇게 말하지 마."

"키스는 했지만, 경고하건대 나와 잘 생각은 하지 마. 난 아주 솔직해, 마놀로. 넌 아직 날 잘 몰라. 나는 이미 경험해봐서 알아. 또다시 반복하기는 싫어."

"누가 반복하자고 했어? 나와 함께하면 겁날 것이 하나도 없어." 그의 대답이었다.

"절대 안돼. 알겠니?" 떼레사는 여전히 눈을 감은 채 고집스럽게 말했다.

"있잖아, 내가 곧 떠난다면 넌 나를 그리워할까?"

"네게 무슨 일이 생긴다는 말이니?"

"그래."

"그럼 보고 싶겠지."

"왜?"

"그냥 보고 싶으니까…… 모르겠어." 그녀가 한숨을 내쉬었다. "이 모든 게 참 이상해, 그렇지? 너와 나는 지금 이곳에서 이렇듯 편하게 있는데, 한달 전까지만 해도 서로 알지 못했잖아…… 올여름은 참 이상해. 가족과 친구들이 너랑 떠나온 걸 알게 되면……" 그녀는 불안한 웃음을 터뜨렸다. "사실 무서워서 아무 말도 못하겠어. 네게 꼭 무슨 일이 일어날 것만 같아서 말이야."

"너는 곧 날 잊게 될 거야."

"어쩌면 그럴지도 모르지. 확신은 못하겠지만 말이야."

"넌 아직 어려. 애 같아. 날 잊고 어떤 멍청한 놈이랑 결혼하겠지……"

"널 잊는 건 불가능해. 인생은 돌고 도는 거야. 하지만 난 아무리 돈이 많은 사람이라고 해도 절대 멍청한 놈과는 결혼 안할 거야."

"그렇게 될 거야."

"넌 나를 잘 모르는구나."

"대체로 그렇게 되잖아." 그는 그녀의 머리, 부드러운 어깨선과 목덜미를 어루만졌다. "너를 사랑하게 되는 건 참 쉽고 간단해. 이

318

세상에서 가장 쉬운 일이야. 넌 예쁘고 똑똑하고……”

“그런데 넌 무슨 말을 하고 있는 거니?”

“그러니까 넌 숭배받기 위해 태어난 사람이라는 말이야. (‘아니
야, 이건 아니야. 시시한 놈, 너 정말 왜 그래?’) 넌 천사야.”

두사람의 몸이 맞닿았다. 떼레사는 여전히 눈을 내리깔고 있
었다.

“제발…… 우리는 마루하를 잊어선 안돼……”

뜨거운 김으로 그들의 몸을 하나로 감싸려는 것처럼 모래사장
위로 뜨거운 바람이 일렁였다. 떼레사는 그를 바라보고 있었고, 그
는 떼레사의 투명하고 천진난만한 창백한 눈동자에 비친 자신의
모습을 바라보고 있었다. 미풍에 날려온 광고 전단지(“K 수영복을
입고서 상류 클럽에 들어가세요!”)가 멍하게 있는 무르시아 청년
의 머리 주변에서 정신없이 날아다녔다. 떼레사가 정신을 차리려
는 듯 벌떡 일어났다.

“물에 들어갈래?”

“좀 이따가……”

“게으름뱅이!”

그러면서 그녀는 바다를 향해 달려갔다. 그녀가 되돌아왔을 때
였다. 그녀의 몸매가 시사하는 어떤 분위기는 감히 다가갈 수 없고,
비인간적일 정도로 잔인한 것이라고 그는 생각했다. 건방진 듯 유
연한 허리, 허망하고 황홀한 엉덩이, 다소 두툼한 발목이 예고하는
다정함과 방종의 묘한 양면성, 무릎 오금의 무심한 듯 부드러운 리
듬이 바로 그러했다. 그는 또한 자신에게 주어진 오늘이라는 시간,
다시 말해 그녀와 가까이할 수 있는 기회를 잘 이용하지 못하고 있
다는 것을 알았다. 그런데 그는 아직도 그녀가 수영하다 실신하면

기회가 생기지 않을까 생각했다. 그럴 경우 그는 그녀를 안아 물에서 꺼낸 뒤 흠뻑 젖어 늘어져 있는 그녀를 모래사장에 누일 것이다…… 하지만 당연히 그런 일은 일어나지 않았다. 그는 팔꿈치를 모래 바닥에 대고 (모래 속에서 꺼낸) 썬글라스를 가지고 놀면서 물에서 나오는 떼레사를 유심히 지켜보았다. 그는 그녀가 바닷가에서 잠시 멈춘 채 금발을 기울여 흔들며 손가락으로 매만지는 것을 바라보았다. 태양이 그녀의 구릿빛 살갗을 반짝반짝 비추고 있었다. 마뇰로는 썬글라스를 끼고 수건 위에 엎드렸다. 떼레사가 그를 향해 곧바로 오고 있는 것이 보였다. 그녀는 한눈을 팔지 않고 느린 걸음으로 모래사장을 사뿐사뿐 밟으며 걸어왔다. 썬글라스를 끼고 보니 뜨거운 모래사장이 뿜어내는 수증기가 푸른 밤 숲속의 안개처럼 보였다. 바로 이 푸른 혹은 녹색의 밤에 (썬글라스 렌즈의 색깔이 녹색이 아니었던가?) 아직 그의 기억에서 사라지지 않은, 아주 오래전에 시작된 행진을 계속하기라도 하듯 그녀가 자신을 향해 다가오는 것이 보였다. 그날밤 달빛에 씻긴 숲속을 가로지르던 그 소녀처럼 허공을 걷는 듯한 비현실적인 걸음으로 말이다. 안개 자욱하고 뭔가를 갈망하는 꿈의 심연에서 싹튼 우정이 이미 그때부터 그를 향해 다가오다가, 이제 떼레사의 저 느리면서도 율동적인 걸음으로 이어지는 것 같았다. 하지만 이번에는 그냥 지나치지 않고 그의 곁으로 와서 앉았다. "내게 키스 안해줘?" 그녀가 수줍은 목소리로 물었다. (사실 그녀는 이렇게 말했다. "해수욕 안해?" 그리고 덧붙였다. "그러니까 네가 내 썬글라스를 감춘 거였구나, 그렇지?") 그러고 나서 그녀는 그 자리에 그대로 있었다. 그녀의 머리에서 빛을 머금은 물방울이 무르시아 청년의 입술에서 한뼘 정도 떨어진 그의 어깨 위로 떨어졌다. 그녀는 보이지 않는 위협을 감지하기라도 한 듯 수건 위에서 다리를 바짝 모으고 의식적으로 방어 자세를 취했다. 하지만 순결한 그녀의 머리 위 저 멀리 있는 높은 하늘에서는 욕망과 소유(뻬호아빠르떼의 세계를 움직이는 두 형제)의 눈부신 태양이 격렬하게 타오르고 있었다. 마놀로가 갑자기 그녀의 어깨를 잡고 반듯하게 뉘었다. 거칠지 않으면서도 위엄이 있었다. 그는 바다처럼 깊은 그녀의 두 눈을 보면서 알 수 없는 말을 중얼거렸다. (그런데 그것은 원기 왕성한 남자가 내뱉은 상스러운 악담으로, 부르주아 출신의 여자애가 가진 내숭과 편협함 사이를 비집고 들어온 섹스 소리 그 자체 같았다.) 그가 머리를 어찌나 재빠르게 기울이던지 그녀는 걱정이 앞섰다. 그의 머리는 벌써 해를 완전히 가리고 있었다. 사실 얼굴을 왼쪽이나 오른쪽으로 돌려 피할 수도 있었지만 (그녀가 보수냐 진보냐를 결정할 때처럼 좀더 심사숙고할 시간을 가졌더라면 말이다) 그녀는 그러지 않았다. 그녀는 짭짤한 자신의 입술에 그가 오랫동안 키스하도록 허락했다. 그녀는 자신의 입술을 열심히 탐하고 있는 그의 입술을 기꺼이 놀라지 않고 받아들였으며, 점점 대담해지는 그를 저지할 수 없게 되었다. 떼레사는 자신의 성기 위에 있는 흑단 같은 마놀로의 배를 느꼈다. 그녀는 볼이 빨개졌고, 팔에서 갑자기 활력이 솟아남을 느꼈다. 그녀는 손을 들어올려 마놀로의 머리를 잡고 그의 머리칼을 열심히 부드럽게 어루만졌다. 그와 나눈 첫 키스는 학생운동에 첫발을 들여놓을 때와 마찬가지로 정말 제정신이 아닌, 완전히 히스테리컬한 상태에서 이루어졌다.

그녀는 모든 걱정을 떨쳐내고, 심지어 멀리 누워 있는 다른 피서객들이 볼 수 있다는 사실에도 개의치 않고, 이제 그에게 모든 주도권을 넘겨주었다. 마놀로의 대담한 손이 가슴을 덮고 있는 축축한 천 아래로 들어오는 것도 허락했다. 또 몸이 불편한 듯 약간 뒤척였는데, 이는 그가 좀더 쉽게 몸 위로 올라오도록 하기 위해서였다. 하지만 거기까지만이었다. 그녀는 입 주변에 떠도는 금빛 안개를 그에게 잠깐 동안만 준 것뿐이고, 약간 도를 넘은 진한 애무까지만 허락한 것뿐이었다. 모든 여자애들이 그 정도는 하니까. 하지만 그것뿐이었다. 그녀는 그가 자신을 무분별하고, 쉽게 타락하며, 철없는 바람기 때문에 (긴급한) 현실을 인식하지 못하는 부르주아로 여기게 둘 수는 없었다. 하지만 몇분 후 그녀는 진정으로 긴급한 것이 무엇인지 분간할 수 없었고, 어쩔 수 없이 살그머니 다리를 좀더 벌렸다. 다행히도 그 순간 뚱뚱한 남자 두명이 다가왔다. 희멀겋고 여드름이 잔뜩 나 있는 엉덩이에 끔찍한 검정색 반바지를 걸친 그들은 몇 미터 떨어진 곳에 앉아서 냉랭한 얼굴로 두사람을 바라보았다. 떼레사가 마놀로를 살짝 밀어내자 그는 그녀가 그렇게 한 이유를 찾느라 주변을 두리번거렸다. 그의 시선에 어떤 비밀스러운 힘이 있음이 분명했다. 왜냐하면 두 배불뚝이 신사가 모래사장 위에 벌렁 드러누워 하늘의 흘러가는 구름 쪽으로 관심을 돌리는 것을 떼레사는 보았기 때문이다. 떼레사는 두 눈을 감았다. 마놀로는 심기일전하여 아직 뜨거운 기운이 남아 있는 그녀의 입술을 다시 찾았다. 그녀는 저항하지 않았다. 그의 음흉한 명령에서 보이는 확신과 힘은 그녀의 긴장을 풀어주고 뜨겁게 달아오르게 했지만, 대담한 그의 손보다는 덜 감탄스러웠다. 이제 그는 그녀의 등 밑에 손을 넣어 허리를 껴안은 뒤 그녀를 부드럽게 모로 눕히고 자기 쪽으로 끌어당겼다. 그리고 그는 사과 자루를 뒤지듯 탄력 있는 비키니 속을 탐색했다. 이제 비키니의 나머지 천조각은 어디론가 사라져버렸고, 떼레사의 가슴은 창문 유리에 바짝 달라붙은 아이들의 진지한 얼굴처럼 마늘로의 넓은 가슴을 탐욕스럽게 빨아 댔다. 무지개 빛깔 같은 폭발적인 황홀 속에서 떼레사는 자신을 다 내어주지는 않을 것이라고 계속 마음을 다잡았다. 바로 그때 마늘로는 그녀의 생각을 짐작이라도 한 듯 그녀를 놓아주었다. "사람들이 보고 있어." 떼레사는 자신이 주도권을 잡으려는 것은 쓸데없는 시도이고 그러기에는 이미 늦었다고 생각하며 말했다. 하지만 더 이상 계속하지 않기로 결정한 사람은 마늘로였다. 그녀는 그의 결정이 정말 감탄스러웠다. 서로 말을 하지 않았는데도 두사람의 손이 동시에 담뱃갑에 가닿았다. 둘은 웃음을 터뜨렸다. 그리고 차분해진 (그리고 무엇보다 행복하고, 행복하고, 행복한) 떼레사는 그에게 다정하고 열정적인 구애자로서의 역할을 하도록 허락했다. 떼레사 앞에 무릎을 꿇고 앉은 마늘로는 그녀의 입에 담배를 물린 뒤 불을 붙여줬다. 그리고 그녀의 등에 묻은 모래를 털어주었고 주변의 물건들을 정리했다. 그는 일어나서 떼레사가 다시 편히 앉을 수 있도록 수건을 턴 다음 다시 바닥에 깔았다.

그들은 나란히 앉아 말없이 담배를 피우며 바다를 바라보았다. 그들이 해변을 떠나기로 했을 때는 이미 날이 어두워져 있었다. 애잔한 두 뚱보 구경꾼들로서는 이번 일은 실망스럽게 끝나고 말았다.

……그날밤의 향기, 댄스플로어에서 춤추던 남녀들, 음악과 성요한 축제의 전야를 알리는 폭죽에 나는 어리둥절했다. 까나뻬[27]를 한 쟁반 더 준비해서 (이미 부족하리란 걸 예상했었다) 나눠준 다음 잠깐 쉬고 있을 때였다. 난 혼잣말을 했다. '잠깐이나마 수영장

---

27 얇게 썬 빵이나 크래커 위에 채소, 고기, 생선, 달걀 따위를 얹어 만든 음식.

가장자리에 앉아서 사람들이 춤추는 걸 구경해볼까. 혼자 있는 아가씨, 파티에서 가장 아름다운 우리 아가씨, 언제나 모든 이들의 관심을 받는 대상이면서 동시에 비판 대상이기도 한 아가씨와 함께 있어야지.' 그런데 갑자기 나를 뚫어지게 바라보는 그의 시선을 느꼈고, 그가 술잔을 들고 아주 차분하고 결연하게 앞으로 다가오는 것을 보았다. 그는 단 한번도 머뭇거리거나 주춤하지 않았다. 그는 마치 그곳에서 춤을 추고 있었던 것처럼 자연스럽게 춤추는 남녀들 사이를 빠져나왔다. 아무것도 의식하지 않았고 자신에 대한 확신으로 가득 차 있는 것처럼 보였다. 뻔뻔하기도 해라. 저런 대담함을 누가 감히 상상할 수 있겠어. 그가 떼레사를 향해 다가오는 것을 보자 내 가슴은 마구 두근대기 시작했어. 하지만 그가 다가왔을 때…… 난 생각했지. '그럴 수는 없어. 댄스플로어에 춤추러 나갈 수는 없어. 내 사랑, 무슨 말인지 알겠어? 우리의 자리는 정원에서 가장 어두운 구석이야.' ……그는 나의 배 위에 머리를 올려놓고 열려 있는 창문 저 너머의 달빛에 씻긴 소나무 숲과 바닷가를 응시한다. 그리고 잠이 들 때까지 이야기를 멈추지 않고 소곤소곤 아름다운 늑대의 입으로 속삭인다. 그의 목소리에서 달콤한 떨림이 느껴졌다. 그의 목덜미는 나의 배 깊숙한 곳에 뭔지 모를 놀라움과 고립감 같은 것을 전해주었다. 그는 몇년 전 어느날 다른 해안 지방에서 어떻게 이 도시로 오게 되었고, 어떻게 이 누추한 방 가정부의 품에 이렇게 바보처럼 안기게 되었는가를 이야기했다. 잘 기억나지 않지만 그런 이야기를 했던 것 같다. 난 그의 침묵을 아주 잘 기억한다. 즉 그가 결코 말하지 않은 것들을, 그러니까 그가 사는 동네의 이상한 친구들과 대담한 여자애들, 불량배나 가족과 함께 길거리에서 매일 벌이는 난폭한 일들을 말이다. 그는 그런 일들이 전혀 없었던 것처럼 행동한다. 그는 단 한번도 주변 사람들에 대해 이야기하지 않았고, 심지어 그들의 이름조차 꺼내길 거부했다. 이부 형과 형수, 조카들의 이름조차 말이다. 그에게 가족은 그의 뒤에 있는 그림자에 불과했고, 얼굴 없는 존재들, 이야기에서 항상 무시해도 되는 그런 존재들이었다. 그런데 그는 가정이 있는 게 분명했다. 그를 돌봐주는 여자의 손길이 느껴졌다. 그의 멋진 셔츠를 세탁해서 다려주고, 날마다 식탁에 음식을 차려주는 여자의 손길 말이다…… 까르멜로에 있는 그의 집은 가깝기도 하고 멀기도 하다. 비만 오면 전깃불이 나간다는 것, 이것은 그의 마루하가 물어볼 때마다 그가 언짢아하면서 설명한 유일한 내용이었다. 그래서 나는 비만 오면 비좁은 부엌에서 갑자기 꺼져버리는 슬픈 전구와, 오두막집의 석면과 양철 위로 떨어지는 빗방울 소리를 떠올리며 가난에 찌든 한 가엾은 젊은이의 견디기 힘든 삶을 상상하곤 한다. 가난한 이들에게 사랑은 유일한 자산이지만, 그는 자신을 사랑해주는 이들을 사랑하는 법을 절대 배우지 않을 것이다. 난 안다. 무지하고 남자들에 대해 잘 알지 못하지만, 나도 여자인 것이다. 남자들에 대해 좀 아는 건 침대에서 배웠다. 아름다운 상어 같은 그의 치아는 나에게 속한 것이다. 그날밤 댄스파티에서 그는 날 속일 수 없었다. 가난한 사람들만이 잘생긴 사람을 보면 부자라고 착각한다. 입으로 세상을 빨아들일 듯 성급하게 키스하는 것도 그렇다. 난 그를 사랑하고 기다리는 부모와 형제, 가족이 없는 줄 알았다. 왜냐하면 처음에는 그의 집과 방, 아침마다 그가 자신을 보며 머리를 빗는 거울, 이런 것들을 전혀 상상할 수가 없었기 때문이다. 또한 그를 돌봐줄 사람이나 여자가 정말 필요하지 않아 보였고, 그는 혼자만으로도 충분해 보였으며, 여기저기 끊임없이 떠돌아다니는 모습이 집 없는 사람처럼 느껴지게 했던 것이다. 특히 그가 오토바이를 타고 다니거나 노인들과 카드놀이를 하는 걸 보면 더욱 그랬다. 난 이 모든 것을 그의 잠든 얼굴에서 다 읽을 수 있었다. 내 어깨 옆에서 그의 목소리가 잠잠해질 때면, 머나먼 곳에서 나를 향해 첫걸음을 내딛는 그의 환영이, 즉 론다에서 막 도망쳐나와 어깨에 달랑 비치백 하나만 둘러메고 마르베야 거리를 혼자서 걷는 그의 환영이 허공을 떠돌아다니곤 했다. 그는 길을 걷다가 멈춰서서 쇼윈도우를 바라보거나, 테라스에서 들려오는 음악을 듣거나, 관광객들의 낯선 말을 듣는다. 그는 해변으로 내려와 바닷물에 발을 담근 채 파도에 심하게 출렁대며 지나가는 카누를 지그시 바라본다. 그런 다음에 끊임없는 세파를 겪어 비쩍 마르고 까만 그의 얼굴을 공사 중인 건물에 드러낸다. 철근과 벽돌 굉음이 그를 덮친다. 먼 지구름 속에서 그는 십장의 모자챙 아래로 보이는 차가운 눈을 마주한다. 일을 하고 싶습니다. 동향인이여, 저희는 일이 필요합니다. 날품팔이 미장이 생활 일년. 내게로 향할 운명인 가무잡잡하고 못이 박인 그의 손, 한때 손가락 마디가 마호가니처럼 고왔을 그 손은 손수레로 물 양동이와 벽돌과 모래를 운반한다. 낮에는 미친 새처럼 질러대는 고함소리와 명령에 복종하고 밤에는 상의의 안감에 번 돈을 보관하는, 미하스의 아들인 웨이터와 방을 함께 쓰면서 그는 옹색하게 잠을 청한다. 그의 몸은 늘어나면서 점점 강해진다. 자신에게 매일 옷을 입히고 벗기는 그의 두 손은 토요일 밤마다 시멘트 냄새와 석회 냄새를 여전히 풍기며 관광객들로 가득한 테라스 앞을 오가며 그 주에 번 돈을 다 탕진해버린다. 그 손은 해변에 햇볕이 쨍쨍 내리쬐는 일요일이면 사람을 착각한 척하며 물속에서 다른 이의 손을 필사적으로 잡는 바로 그런 손이었다. 늘 그렇듯 모든 것이 그렇게 시작되었다. 그는 문제가 발생하면 눈으로 재빠르게 용서를 구하고 웃음을 통해 위기를 넘기곤 한다. 열다섯살의 그는 열여덟처럼 보였다. 지금 녹색 눈이 훑어보는 그의 다부진 상반신은 고된 노동과 태양에 의해 만들어진 것이다. 나는 그녀를 볼 수 있다. 작고 살이 좀 쪘지만, 우아한 허리와 햇볕에 그을린 아름다운 피부를 가진 여자이다. 분명 괜찮은 숙녀이다. 부드러운 곡선을 가진 그녀의 입에서는 호기심과 두려움 그리고 끝없는 인내심이 엿보인다. 부드럽고 성숙하고 햇볕에 그을린 그녀의 배는 운명적으로 여름철과 어울리는 다정스러움이 있다. 스위스 여자일까, 아니면 독일 여자일까? 도대체 그는 이 해변에서 며칠 동안이나 같은 시각에 그녀 옆에서 수영하고 도마뱀처럼 모래사장에 누워 그녀를 염탐한 것일까? 분명히 (그래, 분명히) 그날 그가 입은 주머니 달린 분홍 셔츠는 구실에 불과했다. 그녀는 셔츠 입은 그의 모습에 반했고, 그가 떠나려 할 때 그 셔츠를 사고 싶어했다. 그의 빛바랜 셔츠가 멋지고 특이하게 보였던 것이다. 그 옷은 어느 여름날 그녀가 블라네스의 한 가게에서 아주 싸게 샀고, 나중에 그녀의 친구들 사이에서 유행했던 파란색과 흰색으로 된 줄무늬 셔츠처럼 별생각 없이 가볍게 살 수 있는 그런 옷이었다…… 하녀는 그후의 이야기가 그가 자신에게 들려준 것인지, 아니면 단순히 자신이 꿈을 꾼 것인지 알 수가 없었다. (잠깐만, 내 사랑, 아직 가지 마. 날 떠나지 마. 날이 밝으려면 아직 멀었어.) 하지만 하녀는 그 모든 것을 무시하면서 그날의 미친 짓들을 잊었으면 했다. 탐욕스러운 밤의 빨간 입술들, 크림을 덕지덕지 바르긴 했지만 푸석한 얼굴은 새벽에 졸리고 감사한 표정으로 어두운 터널 같은 그에게 돌아오곤 했다. 몇년 후 어느날 그가 내 곁에서 잠을 깼을 때 그는 자신의 삶은 다른 곳에 있다고 계속 말했다. 그렇게 일이 끝나자 그는 9월 한 달 내내 그저 술집만 전전하며 모아둔 돈을 쓰는 것 외에 아무 일도 하지 않는다. 원숙하고 우울한 그 독일 여자는 본국으로 돌아가고 가을이 찾아온다. 모래와 벽돌을 져나르면서 새로운 겨울을 기대해보지만 그는 더이상 견딜 수가 없다. 그는 천천히 해안지역으로 갔다가 (또레몰리노스라는 한 레스또랑에서 처음엔 주방 보조로, 다음에는 웨이터로 일한다) 결국 말라가로 가게 되나 (어느 주유소에서 두주 동안 일한다) 머릿속에는 온통 기차를 타고 바르셀로나의 형네 집으로 갈 생각뿐이다…… 여기서 그녀는 이야기의 줄거리를 잃고 만다. 그녀는 침대에서 몸을 약간 일으켜세운 뒤 베개에 팔꿈치를 기댄다. 그녀는 꿈을 꾸고 있는 건장한 마놀로의 벌거벗은 몸 쪽으로 머리를 숙인다. "마놀로, 자는 거야?" 달은 한참 전에 어디론가 숨어버렸고, 그녀는 계속 깨어 있는 상태이다. 그녀가 네 쪽으로 돌아눕는다. 지치지 않고 널 바라본다. 침묵과 어둠의 과거이다. 왜냐하면 넌 얘기하는 걸 부끄러워하고 잠을 이겨내지 못하기 때문이다. 누가 널 이곳까지 데려왔는지, 그녀를 어떻게 만나게 되었는지—분명 그가 일하던 주유소에서 만났을 것이다. 그는 결코 여행이나 그가 본 것들에 대해 말하는 법이 없다—말하지 않을 것이다. 다만 그는 히치하이킹을 하면서 살아가는 법을 배웠다는 말만 한다. 1952년 10월 중순, 그는 주머니에 삼백 뻬세따를 가지고 어깨에 비치백을 둘러멘 채 어느 영국인의 것이었던 쌘들을 신고 (내게 말하고 싶지 않았던 또다른 이야기이다) 바르셀로나의 에스빠냐 광장에서 외국 번호판을 단 차에서 내린다. 바르셀로나는 비가 내려 잿빛이었고, 길바닥에는 안개가 자욱했으며, 아스팔트 아래 지하에서는 소리가 들렸다. 누군가는 이미 스무살이었으면 하고 바랐을 것이다. 그렇지? 그녀는 이 여행의 마지막만 알고 있다. 그리움을 불러일으키는 여자 여행자와의 키스 말이다. 그를 데려다준 외제차의 차창 밖으로 그녀가 고개를 내민다. 머리가 작고, 짧고 빨간 머리카락을 가진 여자이다. 그는 그곳에 서서 차가 멀어질 동안 내내 손을 흔든다. 차는 프랑스로 가는 길로 향한다. 그는 교통경찰에게 다가가 몬떼까르멜로로 가는 길을 묻는다. 비치백을 멘 채 서두르지 않고 도시를 이리저리 헤매던 그는 전차를 타고 싶다는 순진한 유혹을 이겨내지 못한다. 그는 모든 것을 신기한 눈으로 바라보면서 사람들에게 떠밀리며 차창 뒤에서 웃을 것이 분명하다. 그는 수많은 군중 속에서 아직 뭐가 뭔지 알 수가 없다. 그가 순진함을 잃고 우아하고 다정한 커플들 사이를 뚫고 나에게 오는 법을 배우려면 아직 멀었다. 이 가련한 사람은 내가 누구인지 알지 못한다. 내가 방금 쟁반을 내려놓고 왔다는 것도, 그가 오는 것을 내가 봤다는 것도 모른다. 하지만 그가 춤을 청하면 난 받아줄 것이다. 모든 사람이 발길질을 해대면서 그를 쫓아낸다 하더라도, 그에게 손가락질을 한다 하더라도 말이다. 하지만 사람들이 우리를 보지 않는 게 좋아, 내 사랑. 그러니 우리 으슥한 곳, 가장 으슥한 곳으로 가자……

아름다운 육체는
아주 과감한 결심마저도 무너뜨린다.
　　　　　　　　　　　　　　　　　　　　—발자끄

"갈게."

그는 늘 좋지 않은 패를 가지고 덤비는 마술 같은 내기, 운명에 대한 도전에 특별히 민감했다. 어쩌면 트럼프 앞에서 보이는 그의 집중력과 신중함, 인내심과 과묵함은 마니야[28] 게임에 중독된 노인들이 그가 어렸을 때부터 델리시아스 바의 도박 테이블에 참가하는 걸 환영한 이유인지도 모른다. 마놀로가 그들과 어울린 것은 그저 카드놀이가 좋아서이지 돈을 벌기 위해서는 아니었다. 그는 카드놀이 중에서 마니야가 가장 고상하다고 노인들에게 아첨을 하기도 했다. 하지만 언젠가부터 서른살이 넘은 총각들이 벌이는 시끌벅적하고 판돈이 큰 (가끔은 상당한 액수의 **뻬세따**가 걸린) 라미로, 홀레뻬, 꽈렌따 이 도스[29] 같은 게임을 하면서부터는 노인들의

---

28 카드놀이의 일종.
29 라미로, 홀레뻬, 꽈렌따 이 도스 역시 카드놀이의 일종이다.

테이블에 더이상 앉지 않았다. 그러면서 갑자기 모든 것이 달라졌다. 그의 뒤에는 언제나 그의 패가 다른 도박꾼의 패보다 훨씬 좋기라도 하듯 탄성을 지르고 셈을 하는 구경꾼 패거리가 몰리곤 했다. 밤에 자리에서 일어날 때면 그는 돈을 따는 경우가 많았다. 그는 정확하면서도 민첩하게 카드를 섞고 나눠주었다. 하지만 가능한 한 빨리 카드놀이에서 벗어나고 그곳을 떠나고 싶다는 듯 마지못해 놀이에 임했다. 카드를 섞을 때나 말아놓은 담배를 말랑말랑하게 만들 때나 옷깃에 묻은 담뱃재를 털어낼 때나 녹색 테이블보 위에서 운이 좋아서가 아니라 본인의 의지로 승리의 패를 얻을 때 혼신을 다하는 인내심, 젊은이의 놀랄 만큼 조용하고 엄격한 태도, 노인들의 열기과 스토브의 열기에서 배운 의식을 치르는 듯한 고요한 느긋함, 커피와 니코틴에 찌든 우글쭈글한 손가락이 발산하는 모든 난해하고 어두운 기다림의 지혜 등은 이미 그의 손에서 완전히 사라지고 없었다. (노인들은 돈내기 게임을 경멸했다.) 그는 이제 돈을 잃는 법이 없었다. 평온하고 조용한 마니야 게임 테이블에서 노인들은 그를 호기심 어린 눈초리로 바라보며 향수에 젖곤 했다. 그들은 마놀로가 자신들에게서 멀어진 데에는 연배 차이 말고 다른 이유가 있다는 것을 어렴풋이 짐작할 수 있었다. 이유는 의외로 간단했다. 떼레사와 사귀기 위해서 그는 돈이 필요했고, 노인들의 테이블에는 돈이 없었던 것이다.

그런데 이제 그는 동네에 잘 나타나지도 않고, 나타난다 해도 늘 급히 해결해야 할 일이 있는 사람처럼 정신없이 걷곤 했다. 급하게 서두르느라 뭔가를 잊은 듯, 이제 그곳에 살지 않는 사람처럼 말이다. 특히 최근에는 떼레사의 집 거실에서 보이기 시작한 다른 분위기—지하의 웅성거리는 소리—의 불안한 침묵도 볼 수 있었다.

그 침묵은 그가 병원에 도착한 어느날 오후 손에 잡지를 들고 안락의자에 다리를 꼬고 앉아 있는 떼레사를 본 순간 아주 특별한 방식으로 드러났다. 그것은 이중적인 계시 같은 것으로(어떤 연유에서인지 그는 떼레사의 행동을 통해 그녀가 부유하다는 사실과 그날 그에게는 5뻬세따도 없다는 사실을 떠올렸다), 그는 부잣집 여자애들이 어떤 사람 앞에서 다리를 꼬고 앉는 것은 아주 다소곳하더라도 나중에 뭔가를 부정할 것임을 암시하는 모습이라는 암울한 생각을 했다. 다리를 꼬고 있는 그 철부지 같은 움직임 주변에는 유치하면서 근거 없긴 하지만 결정적으로 부정적인, 결단의 그림자가 떠돌고 있었던 것이다.

"이제 다 끝났어. 난 블라네스로 갈 거야." 그를 쳐다보지도 않은 채 떼레사가 말했다. 그때 그녀는 잡지를 펼치면서 치마를 끌어내렸다. 그의 앞에서 자주 보이지 않던 행동이었다. 그녀의 결정과 태도에 마놀로는 그다지 놀라지 않았다. 몇시간 전부터 땅이 그의 발밑에서 흔들리기 시작했다. 돈이 없어서 생기는 문제(그는 도둑질을 계속할 생각이 없었다. 이런 민감한 시기에 괜히 사소한 부주의로 모든 걸 잃어버릴 수도 있기 때문이다)는 늘 그를 불안하게 만들었다. 운 좋은 날 훌레뻬 게임에서 돈을 따면 사나흘 넉넉하게 지낼 수는 있지만 결국 다시 제자리였다. 당장 오늘만 해도 오후 3시경 델리시아스 바에서 커피값을 내려고 보니 5뻬세따밖에 없었다. 그때 마놀로는 옷을 잘 차려입은 서른살가량의 어떤 젊은이를 보았다. 눈썹이 진하고 머리에 포마드 기름을 잔뜩 바른 그 사내(그는 미래가 유망하다고 확신하는 전자제품 중개인으로 일하고 있었고, '부기 왕'이라 불렸다)는 바의 다른 쪽 끝에서 꼬냑 한잔을 앞에 놓고 마놀로를 바라보고 있었다. 마놀로가 웃으며 그에게 말했다. "어떻게 지내나, 헤수스." 출입문 옆 대리석 탁자에 앉아 있던 두 명의 지하철 노동자 역시 그를 유심히 보고 있었는데, 그들은 모자로 파리를 쫓으면서 따분한 듯이 부채질을 하고 있었다. 마놀로가 젊은이에게 다가갔다. "잠깐 볼까? 할 얘기가 있는데……" 마놀로가 그를 밖으로 데리고 나갔다. 헤수스는 신중하게 다리를 꼬면서 테라스 의자에 앉았고, 마놀로 또한 그랬다. "무슨 일이야? 마놀로, 이 나쁜 자식, 요즘 보기 힘드네." 그가 말했다. "자식, 살다보니 그렇게 됐어." 무르시아 청년이 대답했다. "아, 그렇구나." 헤수스가 말했다. "이봐, 헤수스, 내가 좀 급해서 그러는데, 삼백 뻬세따쯤 빌려줄 수 있어?" 마놀로가 부기 왕을 알고 지낸 지는 몇 년 전부터였다. 비록 친하게 지낸 적은 없지만 마놀로는 그를 높이 평가하고 있었다. 그가 비웃는 것이 보였다. "글쎄, 어쩌나." 팔짱을 끼면서 부기 왕이 말했다. 화려한 시절이 있었음을 증명하는 그의 별명에도 불구하고(십이년에서 십오년 전, 그는 헬스클럽과 디스코텍에서 열린 부기 경연대회에서 우승을 했는데, 그 대회는―그는 자신의 어머니를 걸고 맹세했다―그가 악수를 나눈 적이 있는 유명한 라디오 아나운서인 헤라르도 에스떼반에 의해 중계되었다), 그는 나이 차이 때문에 삐호아빠르떼와 잘 어울리지 않았다. 부기 왕은 삐호아빠르떼가 이상한 구석이 없진 않았지만 자신을 이을 가능성이 있는 후계자로 여겼다. "마놀로, 넌 뭘 줄 수 있어? 내가 말해도 될까? 일요일마다 어디로 춤추러 가? 어떤 여자애를 데려올 수 있는데?" 그는 가끔 마놀로에게 이렇게 묻곤 했으나 언제나 제대로 된 대답을 듣지 못했다. 그 당시 여자애들은 아주 짧은 치마 차림에 반짝이는 빨강, 파랑, 녹색의 비닐 핸드백을 들고 다녔다. 마놀로는 이제 사람들이 로큰롤만 춘다는 것을 알고 있었다. 부기 왕은 여름

밤이면 결혼한 젊은이들과 델리시아스 바의 출입문에 앉아 저 멀리 람블라스 거리와 차이나타운을 하염없이 바라보곤 했다. 그곳은 도시의 밤이 뿜어내는 희뿌연 불빛 사이로 잘 보이지 않는 곳이었다. 그는 가끔 마놀로를 생각했지만, 자신이 재미있어하는 그런 스타일로 즐기는 마놀로를 결코 상상할 수가 없었다. 왜냐하면 마놀로는 자신이 즐겨 가는 장소에 가지 않았고, 그런 춤도 추지 않았기 때문이다. 그래서 부기 왕은 한동안 마놀로가 동성애자가 아닌가 하고 의심했다. "글쎄, 어쩌나." 그가 이제 묘한 웃음을 띠며 말했다. "마놀로가 이렇게 되다니." "그러지 말고, 부탁해. 지금 한푼도 없어서 그래." 마놀로가 졸라댔다. "이봐, 친구, 미안해서 어쩌나. 휴가를 가야 해서 말이야. 추기경한테 부탁해봐." "이백 뻬세따만 있으면 돼." "별일이 다 있군. 네가 돈이 없다니……" 헤수스가 따졌다. "그럼 이십 두로는 어때?" 마놀로가 마지막으로 제안했다. 부기 왕이 웃음을 터뜨렸다. "그 늙은이를 한번 빨아줘. 네 거잖아." 마놀로가 얼굴을 찌푸리고 이를 앙다물면서 그를 노려보았다. 그러다가 갑자기 멱살을 잡고 그를 의자에서 일으켜세웠다. "다시 말해봐!" "손 치워, 이 호모 새끼야." 부기 왕이 명령하듯 말했다. 마놀로가 그의 멱살을 잡고 미간에 침을 뱉었다. 부기 왕은 저항하지 않았지만 계속 말했다. "아이고, 이 호모 새끼가 겁주네. 너 호모 맞잖아. 온 동네가 다 알아. 네가 뭔 짓거리를 하고 다니는지 다 안다고!" 마놀로가 침을 다시 한번 뱉었다. 그런 다음 갑자기 당혹스러워 그를 놓아주었다.

사실 마놀로는 헤수스의 생각 따위에는 신경 쓰지 않았다. 동네 사람들이 다 그렇게 알고 있다 할지라도 개의치 않았다. 심각한 것은 그것이 엇갈림과 붕괴의 느낌, 즉 언제부터인가 동네에 자신도 모르는 사건들이 넘쳐나는 듯한 느낌을 확인시켜준다는 점이었다. 자신에 대한 사람들의 감정도 마찬가지일 거라는 생각이 들었다. 그런 생각이 들자 어떤 어두운 위험신호를 포착하기라도 한 듯 그의 손이 왕위를 박탈당한 부기 왕의 얼굴을 향해 나갔다. 부기 왕은 전혀 예상치 못한 돌발적인 공격을 받았다. 뭔가가 마놀로의 손에 떨어졌다. 껌 덩어리였다. 마놀로는 부기 왕의 특이한 습관을 기억해냈다. 그는 창녀들과 키스하는 것을 혐오했고, 그들과 밤을 보낸 후에는 반드시 향이 강한 껌을 씹는 작자였다.

마놀로는 그가 반격할 틈을 주지 않고 등을 돌려 그 자리를 떠났다. 그는 다른 곳에서 돈 빌리기를 시도했다. 먼저 형수에게 부탁했고(생선 냄새가 나는 더러운 5두로였지만 진심으로 고마웠다), 그 다음에는 싼스(그는 고무 장화를 신고, 원숭이 같은 얼굴 위로 기름때가 낀 모자를 쓴 채 호스를 들고 레셉스 광장의 차고지에서 전차를 청소하고 있었다)가 일하는 곳을 찾아가 그에게 부탁했다. 그리고 마지막으로 도움을 청하기가 가장 꺼려지는 추기경을 찾아갔다. 그란비스따 거리와 독또르보베 거리를 잇는 계단을 내려가서 모퉁이를 도는 순간 그의 앞에 갑자기 오르뗀시아가 나타났다. 그만큼이나 그녀도 다급해 보였다. 두사람이 충돌하는 바람에 그녀는 그만 벽에 부딪히고 말았다. 하지만 태양에 그녀의 녹색 눈이 부셔서 그녀는 아무것도 볼 수 없었다. 미안하다는 말을 중얼거리면서 마놀로는 그녀를 부축했다. 아래쪽의 비탈길 초입에 있는 주택 옥상에서 커다란 검은 눈을 가진, 젊지만 좀 지저분한 모습의 여자가 인자한 미소를 지으며 그들을 바라보고 있었다. 그녀는 햇살이 환하게 투과되는 노란색 플라스틱 통 안에서 아이를 목욕시키고 있었다. 머리가 헝클어진 '주사기'는 약상자로 사용하는 책가

방을 손에 들고 벽에 기댄 채 유리같이 맑은 눈으로 마놀로를 보며
말했다.

"어디를 그렇게 급하게 가는 거야?"

"너희 집에." 그가 말했다. "네 삼촌을 만나려고."

"내가 같이 가줄게."

그녀는 마놀로가 한번도 본 적이 없는 흰색 하이힐을 신고 있었
다. 그들이 저택을 빙 도는 동안 태양이 정원의 뒤쪽 벽을 뜨겁게
내리쬐고 있었다. 그녀는 마놀로 옆에서 하이힐 때문에 약간 뒤뚱
거리며 말없이 고개를 숙이고 걸었다. 그녀는 학창시절처럼 가방
손잡이를 꽉 쥐고 팔에 힘을 잔뜩 주면서 가방을 몸에 바짝 붙이고
있었다. "나 지금 루이사 남자친구에게 주사 놔주고 오는 길이야."
그녀가 말했다. "아, 그래?" "응, 벌써 두번째야. 아주 쉬워." "그거
좋은 소식이군." 마놀로가 말했다 "좋은 일이지…… 네가 좋아하
는 일이잖아, 안 그래?" 그는 불안감을 느꼈다. 하지만 그녀가 자신
을 식당으로 안내했을 때에야 그 이유를 알게 되었다. 추기경이 집
에 없었던 것이다.

"내가 나갈 때만 해도 집에 계셨는데……" 그녀가 입을 열었다.

"괜찮아, 상관없어." 그는 심기가 불편한 듯 말했다. "다음에 올
게."

"잠깐만. 정원에 계신지 한번 찾아보자. 바빠?"

그는 그녀를 따라 정자까지 갔지만, 그곳에 도착하기 전에 이미
버들가지로 엮은 안락의자가 비어 있는 게 보였다. 의자 팔걸이에
지팡이가 가로놓여 있었다. 오르뗀시아는 마놀로에게서 한순간도
눈을 떼지 않았다. 그녀는 지팡이를 치우고 웃으면서 의자에 앉았
다. 그리고 손으로 목덜미를 잡고 기지개를 한차례 켠 다음 다리를

흔들어댔다. "있잖아." 그녀가 말했다. "나에게 오토바이 태워주겠다고 언젠가 약속했었잖아." 그녀의 몸 아래에 있는 찌그러진 버들가지 안락의자에서 사람의 신음과 흡사한 삐거덕거리는 소리가 났다. 그는 정자의 15미터쯤 앞에서 발걸음을 멈췄다. 추기경이 없는 것을 알고는 더이상 다가갈 필요를 느끼지 않았던 것이다. "그래, 조만간 태워줄게……" 그는 조금 기다려보기로 했다. 그는 땅바닥에 책상다리를 하고 앉아서 햇살 속의 여자애를 호기심 어린 눈으로 지켜보았다. 그녀는 조용히 있지를 못했다. "마놀로, 사랑에 빠져본 적 있니?" 그녀가 웃으며 물었다. "없는데……" 그가 말했다. 그는 그녀가 갑자기 정원의 어떤 것에 정신이 팔려 있는 모습(자기 주변의 풀숲에서 제멋대로 자란 동물을 발견한 것처럼 놀라며 고개를 옆으로 기울이는 모습)을 보고 그녀가 떼레사 쎄라뜨와 놀라울 정도로 닮았음을 다시 한번 확인했다. 필사적으로 태양을 향해 발길질을 하는 듯 보이는, 공중에서 마구 흔들어대는 그녀의 다리가 떼레사의 다리가 되기 위해서는 금빛 해변만 필요할 뿐이었다. 마놀로는 실눈을 하고 그녀를 면밀히 관찰했다. 그녀는 사랑스러우면서 예뻤다. 그는 자신이 떼레사를 알기 전에 왜 오르뗀시아를 사랑하지 않았을까 하고 자문해볼 필요성을 강하게 느꼈다. 사랑은 이성으로 설명할 수 없으며 맹목적이라고들 한다. 하지만 그것은 단순한 영혼의 소유자들을 속이기 위한 더러운 거짓말에 불과하다. 예컨대 오르뗀시아가 떼레사처럼 스포츠카 운전대를 잡고 있었다면 그런 그녀를 사랑하는 일은 세상에서 가장 쉽고 자연스러운 일이었을 것이다. 그렇다면 그건 사랑이 아닌 걸까? 사랑이다. 그것도 위대한.

오르뗀시아는 여전히 다리를 흔들어대면서 의자 등받이에 머리를 기댔다.

"붕대 안하고 다니네." 그녀가 말했다.

"이제 안해."

"왜?"

"다 나았거든." 그가 갑자기 고개를 돌려 그녀를 외면했다.

"마놀로, 왜 그래? 요즘 얼빠진 애 같아. 예전의 네가 아니야."

"이봐, 주사기, 난 문제가 많아." 그가 풀 위에 드러누우면서 덧붙였다. "난 아직 네 돈을 갚을 수가 없어…… 노인네가 알고 있니?"

"당연하지."

"그래서 뭐래?"

"날 때렸어. 맞아, 뺨을 때렸어. 그리고 너한테 아주 화가 나 있어."

"갚을게." 그가 말했다. "한푼도 빠뜨리지 않고 다 갚을게…… 너에게 빚지기는 싫어."

"겁먹었구나." 그녀가 말했다. 그리고 웃음을 터뜨렸다. "정말 재미있네. 네가 이러리라고는 상상도 못했어. 게다가 얼빠진 바보가 되었으니."

"꼬마 아가씨……!"

"이 꼬마 아가씨는 벌써부터 일을 한다고. 알았어?"

"잘됐군……" 그가 바닥에서 일어났다. "그래, 그거 정말 잘된 일이군. 그건 그렇고, 나 간다. 다음에 올게."

그녀 곁을 지나면서 (그는 정원의 뒷문으로 나가고자 했다) 그는 손가락으로 그녀의 턱을 어루만졌다. 그녀가 따라올 것이라고 생각했지만 아니었다. 오르뗀시아는 의자에 푹 파묻힌 채 그대로 그곳에 남아 있었다. 마놀로는 문을 나설 때까지 자신의 등 뒤에 있는 그녀의 금속성 시선을 느꼈다. "상황이 전보다 더 나빠졌군." 그는 화가 나 있을 추기경을 생각하며 혼자 중얼거렸다. 병원으로 가는 중에 그는 자신감을 좀 회복했다. 기분이 불쾌한 것은 오로지 그 동네에 있었던 탓이었다. 그 동네에서는 늘 그랬는데 새삼 자꾸 생각할 이유가 없었다.

디나가 마루하가 있는 병실로 들어간 직후 떼레사는 오르뗀시아가 그랬던 것처럼 안락의자에 앉았다. 하지만 떼레사는 다리를 꼬며 자기방어적인 자세를 취했고 마놀로를 바라보지도 않았다. 잠을 제대로 못 잔 것 같은 얼굴이었다. "난 블라네스로 갈 거야." 그녀가 말했다. 잡지의 화려한 페이지들이 그녀의 손에서 사르륵거렸다. 그녀가 새로운 어떤 생각들로 머릿속이 복잡하다는 것을 그는 즉시 알아챘다.

"떼레사, 무슨 일 있니?"

"아무 일도 없어. 가여운 마루하의 상태가 점점 악화되고 있다는 것 말고는. 그리고 난…… 지치고 불안한 상태야. 엄마를 모시러 가야겠어."

"그저께 오셨잖아."

"다시 오시라고 해야지. 당장에 오시라고."

그녀는 잡지의 책장을 아주 빠르게 넘겼다. 전혀 볼 수도 읽을 수도 없었지만, 그럴 생각 또한 없어 보였다.

"곧 돌아올 거지?" 그가 물었다.

"몰라." 잠깐의 침묵이 흐르고 난 후 그녀는 다른 사람과 하던 대화를 계속 이어가듯이 말했다. "넌 나 때문에 무일푼이 됐잖아."

"뭐라고?"

"애, 귀먹었니?"

'눈치챘구나. 여자애들은 모두 돈 없는 남자랑 사귀는 걸 좋아하지 않아.' 그는 생각했다. 그녀가 중얼거리는 소리가 들렸다. "어젯밤에 그 일에 대해 생각했어. 우린 둘 다 제정신이 아니야……"

"헛소리 좀 하지 마." 그가 쌀쌀하게, 하지만 목소리를 높이지 않으면서 그녀의 말을 끊었다. "무슨 일인지 말해봐, 어서."

떼레사는 책장을 넘기지 않고 있다가 갑자기 잡지를 뒤집더니 책장을 넘기기 시작했다.

"아무 일도, 아무 일도 아니야."

마놀로는 고개를 숙이고 왼쪽 손을 바지 뒷주머니에 넣은 채 떼레사 앞을 어슬렁거렸다. 어제 오후 트럭 운전사들로 시끌벅적한 뜨리니다드의 한 술집에서 노인이 파는 제비꽃 한다발을 떼레사에게 사주기 위해 주머니 속에 손을 넣었는데 처량한 동전 몇닢만 만져졌을 때처럼 말이다. "걱정 마, 나한테 돈 있으니까." 거기서 곤경에 처한 그를 보고 그녀가 말했었다. "나도 한번쯤은 돈을 내야지."

"이봐." 지금 마놀로가 말한다. "네가 그럴 필요는 없다고 봐. 그건 아무 상관도 없어…… 내 말은 받을 돈이 있는데 아직……"

"당연히 상관이 있지. 넌 내가 어떤 사람이라고 생각하니? 무엇이 소중한지 알지 못하는 못된 멍청이라고 생각하니? 네가 돈 쓰는 걸 내가 동의할 거라고 생각하니? 난 너 같은 남자애들을 많이 알아. 너희는 지나치게 착하고, 지나치게 바보 같아. 우정을 오해하기도 하고 말이야. 화가 나는 이유는 어제까지 내가 그걸 알아채지 못했다는 거야…… 분명히 네 휴가비는 벌써 바닥났을 거야."

"그래서 네가 가는 건 아니잖아. 겁이 나니까 가는 거지."

"뭐가 겁이 난다는 거야? 그래, 마루하의 상태가 아주 안 좋아서 걱정스러워…… 게다가 난 생각할 시간이 좀 필요해."

마놀로는 팔짱을 끼고 한숨을 내쉬었다.

"너 참 많이도 생각한다."

떼레사가 웃음을 터뜨렸다.

"너 참 재밌구나." 지금 그녀는 이제야 잡지에서 흥미로운 것을 찾은 듯 보였는데, 어느 페이지에 정신을 집중하고 있었던 것이다. 그러면서 그녀가 말했다. "그런데 우리 좀더 실제적으로, 좀더 분명하게 얘기하자. 우린 친구야. 어디 보자, 우리 관계는 뭘까? 우정이고 그 이상은 아니야. 안 그래? 말해봐."

옆방에서 그들의 대화를 듣고 있던 디나는 무슨 일이 벌어지고 있는지 곧바로 알아차렸고, 환자의 맥박을 재면서 미소를 지었다. 떼레사는 남자친구에 대한 감정을 표현하기 시작한 것이다. '우리 여자들은 늘 바보 같아.' 그녀는 생각했다. 그녀는 사랑에 관해 많이 알고 있었다. 예컨대 매 순간 사랑의 존재를 부정하고, 자신이 사랑에 빠지는 걸 허락하지 않는 것은 가장 위험한 형태의 사랑이라는 것을 그녀는 알고 있었다. 하지만 그의 유례없는 차분한 목소리, 날카롭고 비꼬는 듯한 눈빛, 제멋대로이면서 재빠른 손동작은 동시에 오로지 사랑받기 위해서 그가 이곳에 존재한다는 것을 암시한다는 것 또한 그녀는 알고 있었다. 그리고 무르시아 청년도 분명 그 모든 것을 알고 있었을 것이다. 최근 그는 떼레사를 다정하고 사려 깊게 대했지만 (그들은 응접실에서 사랑을 속삭이다가 여러차례 디나에게 발각되기도 했다) 떼레사의 파란 눈동자가 그에게서 의심과 관심을 거두지 않을 정도로 줄곧 냉정함을 유지하고 있었기 때문이다.

이제 그가 마루하의 병실로 향하면서 말했다.

"우정일 뿐이야." 그가 대담하게 말했다. "헛소리는 이제 그만 해. 부탁이야. 마루하의 상태가 더 악화됐다고 했던가?"

그런 다음 그는 다시 마음을 진정시키고 짐짓 무심한 척하면서 (그는 그의 눈이 얼마나 자신을 배신하고, 그의 거친 말들이 얼마나 그것을 거짓이라고 말하고 있는지 절대 알지 못할 것이다) 병실 문을 열었다. 디나가 마루하에게 주사를 놓고 있었다. 그는 의사가 이 시각에 회진한다는 것을 알고 있었다. 하지만 항상 그전에 떼레사와 함께 나갔기 때문에 그는 의사를 한번도 본 적이 없었다. 마루하는 스물네시간 사이에 기력이 완전히 소진된 것처럼 보였다. 창백하고 투명한 그녀의 뺨은 광대뼈 아래로 푹 꺼져 있었고, 이마도 휑하니 넓어졌으며, 입 또한 유난히 커 보였다. 내면의 악몽이 점점 더 고통스러운 듯 찡그린 미간도 한층 도드라져 보였다.

"상태가 많이 안 좋은가요?" 마놀로가 물었다.

간호사는 쳐다보지도 않고 마루하의 팔에서 주삿바늘을 빼내 솜으로 문질렀다.

"시트 갈아야 하니까 밖으로 나가줘요."

"그런데 어떤가요?"

"등에 욕창이 좀 생겼을 뿐이에요."

"심각한가요?"

"제발 좀 나가줘요. 의사 선생님이 오실 거예요."

그가 응접실로 돌아왔을 때 떼레사는 이미 가고 없었다. 그는 약간 당황해서 간호사에게 다시 돌아갔다. "그녀가 어머니를 모시러 갔군요." 그가 말했다. 그리고 간호사로부터 그의 말이 맞다는 확인을 기다리듯 문가에 가만히 서 있었다. 하지만 간호사는 자신의

342

일에만 몰두해 있었다. 그녀는 마루하의 팔을 들더니 조심스럽게 담요 밑으로 넣어주었다. "재수가 없군요. 오늘은 그냥 돌아가고 내일 다시 와요." 그녀가 말했다.

말할 것도 없이 그에게 불운이 윙크를 하기 시작했다. 예를 들어 떼레사가 블라네스에 가 있는 틈을 이용해 그가 경제적 어려움을 해결하고자 마지막으로 오토바이를 훔치려 했을 때 일어난 일이 그러했다. 그 이튿날 마놀로는 형수에게 양복을 꺼내달라고 했다. (혹시 떼레사가 그녀의 어머니와 함께 돌아올지 몰라서였다. 그분에게 불량배처럼 차려입은 자신의 모습을 보일 수는 없었던 것이다.) 그날은 정확히 7월 18일이었다. 오후 4시에 그는 까르멜로 도로로 내려간 다음 구엘 공원 근처에 이르러 앞에서 가고 있는, 같은 동네에 사는 두쌍의 연인을 앞질렀다. 등 뒤에서 수군거리는 소리가 들렸는데 그를 비난하는 소리였다. 그는 갑자기 뭔가를 잊은 듯이 멈춰 주머니를 만지작거렸다. 금빛 동전들뿐이었지만 그는 가진 돈 전부를 꺼냈다. '이럴 수는 없어. 너는 죽은 거야.' 그는 구엘 공원 안으로 들어갔다. 그때 그는 자신의 결정이 갑작스러운 게 아니라 며칠 전부터 머릿속에서 맴돌고 있던 것이라는 생각이 들었다. 다른 선택이 없다면 할 수밖에 없다. 물론 이번이 마지막일 것이다. 추기경에게 오토바이를 건네주고 그것으로 모든 빚을 청산한 후 떼레사의 방학이 끝날 때까지 그녀와 잘 보낼 수 있을 것이다. 동시에 그 노인을 달래 어느정도 가불을 또 할 수도 있을 것이다. 그러나 지금 당장 필요한 돈을 마련하기 위해서는 '퍽치기'를 해야 한다. (하지만 정말 이번이 마지막이다.)

공원 입구에서 조금 떨어진, 먼지가 수북이 쌓인 울타리 옆에 차량들과 싸이드카가 장착된 오토바이들이 무질서하게 주차되어 있었다. 나무들 사이로 아이들과 새들이 재잘거리는 소리가 들려왔다. 서로 꽉 달라붙어 있는 연인들이 느리고 경건한 걸음으로 공원에 들어오고 있었다. 마놀로는 초조했다. 그의 눈은 벌써 한 오토바이에 가 있었다. 반짝이는 빨간 '몬떼사' 새 모델이었다. 녀석은 덤불 속에서 원망하듯 그를 뚫어지게 바라보고 있었다. 그는 사십오 분 이상을 기다려야 했다. 그래서 그는 종려나무 산책길을 따라 놓여 있는 큰 돌덩이 중 하나에 앉아 (델리시아스 바에서 외상으로 산) 체스터 반갑을 피웠다. 하지만 이후에는 모든 일이 재빠르게 진행되었다. 그는 아무도 지나지 않는 틈을 이용해 자물쇠를 절단한 후 재빨리 오토바이에 올라타 시동을 걸었다. 그의 밑에는 안장이 올가미처럼 접혀 있었다. 액셀 페달을 밟자 오토바이는 공원을 쏜살같이 빠져나갔다. 그리고 전속력으로 라미로데마에스뚜, 비르헨데몬세라뜨 거리를 달렸다. 그는 행여 옷이 더러워질까봐 다리를 벌린 채로 타고 갔다. 신경 쓰이는 건 오로지 그것뿐이었다.

두번째 목표물은 적당한 장소(오르따 근처의 공사 중인 한적한 비포장도로)에 있는 어느 부인의 핸드백이었다. 검은 옷을 입고 썬글라스를 낀 몸이 마른 한 중년 여자의 엉덩이를 때리는 커다란 검정 핸드백이 보였다. 여자는 현관을 나와 인도를 따라 걸어갔다. 그는 액셀 페달을 밟지 않고 길가를 따라 그녀 뒤를 미끄러지듯 따라갔다. 도로에서는 망치 소리와 미장이들의 목소리가 들렸다. 굽이 낮은 커다란 구두 위로 보이는 그녀의 다리는 근육이 약간 붙어 있었고, 엉덩이는 납작했다. 남자 같은 등은 검은 블라우스로 꽉 조여 있었고, 머리카락은 목 뒤에서 한묶음으로 묶여 있었다. 그런데 지금 그녀의 시선은 다른 곳에 가 있었고 길을 지나가는 사람도 전혀 보이지 않았다. 그는 그녀에게 다가갔다. 그녀를 따라잡고서

(그녀의 옆모습은 근엄해 보였고, 입술에 립스틱을 바르지 않았으며, 코밑에 솜털이 약간 나 있었다) 그녀와 보조를 맞춰 가고 있을 때, 그녀가 갑자기 그를 향해 고개를 돌렸다. 시점이 적절하지 않았다. 핸드백이 그녀의 배 위에서 흔들거렸던 것이다. 그 우울한 부인은 소리를 지르기 이전에 잠시 삐호아빠르떼의 연민을 음미할 시간을 가졌다. "실례합니다." 그가 최상의 미소를 지어 보이며 말했다. "지금 몇시인지 아세요?" 여자는 차분하고 무표정하게 팔꿈치를 굽혔다. (핸드백이 그녀의 팔에 시계추처럼 매달려 있었다.) 그녀는 멈추지 않고 블라우스 소매 사이로 보일 듯 말 듯 드러난 손목시계를 들여다보았다. 그 순간 번개처럼 재빠른 삐호아빠르떼의 손이 세차게 그녀의 핸드백을 확 잡아당겼다. 사태를 파악한 그녀는 팔에 힘을 주며 강하게 버티면서 소리를 지르고 안간힘을 썼다. 그때 몇초 동안 핸드백의 가죽 손잡이가 시곗줄에 걸렸다. 하지만 마놀로는 한번 더 강하게 잡아당겨 눈 깜짝할 사이에 핸드백을 낚아채고는 그의 재킷과 셔츠 사이에 넣었다. 그리고 전속력으로 오토바이를 몰았다. "도둑이야! 도둑!" 여자가 소리쳤다. 마놀로는 까르따헤나로 내려가고자 라푸엔떼까스떼야나 광장 쪽으로 내달렸다. 몬떼사의 순간적인 가속은 가공할 만했다. 그러나 그 낯선 여자의 고함소리는 한동안 그의 귓가에 맴돌았다. 오분 후 싼빠블로 병원 뒤에서 멈춘 그는 땅바닥에 다리를 디딘 채 핸드백을 뒤져보았다. 눈썹연필, 파란색으로 대문자 M(마르가리따, 마르가리따)을 수놓은 향긋한 손수건, 동전이 들어 있는 지갑, 운전면허증, 의료보험증, 수첩, 볼펜, 어떤 여자 농구팀의 오래된 사진(텅 빈 들판에서 바람에 거칠게 날리는 치마, 무릎, 엷은 미소, 고양이 같은 얼굴을 가진 여자의 머리 위에 있는 잉크색 십자가), 머리빗, 아스피린 병,

책 한권(『떠도는 영혼들』과 비슷한 제목의 책)이 있었으며, 사실
(우려가 현실로 나타났다) 지폐라고는 달랑 백 뻬세따와 오십 뻬
세따 한장씩뿐이었다. 재수가 없었다. 그는 돈과 향기 나는 손수건
을 제외한 다른 모든 것은 핸드백 속에 그대로 뒀다. 그리고 다시
시동을 건 다음 멈추지 않고 달리면서 어느 정원의 담벼락 너머로
그 핸드백을 던져버렸다. 누군가가 찾아서 돌려주겠지. 5시 10분이
지나고 있었다. 그는 우연인 척하며 떼레사에게 이 손수건을 보일
심산이다. 이 손수건은 그냥 어느 망명가의 딸인 마르가리따에 대
한 추억이라고 하지 뭐. 전쟁 때문에 잃은 사랑, 흉터를 남기지 않
은 상처…… 아니, 말도 안돼! (그는 손수건도 던져버렸다.) 헛소리
는 그만하자.

　그는 병원 앞에 주차된 두 자동차 사이에 오토바이를 숨겨놓았
다. 그곳에는 다른 오토바이들도 있었다. 보도에는 체크무늬 셔츠
를 입은 한 젊은이가 걸어가고 있었다. 그 젊은이가 보낸 곁눈질의
의미를 마놀로가 깨달은 때는 아주 많은 시간이 흐르고 난 뒤였다.
한가지 방향에만 지나치게 집중한 것―그리고 분명히 시간이 안
좋은 것―의 첫번째 결과가 여기서 나타났는데, 그는 자신의 동료
조차 알아보지 못했던 것이다. 특별히 그의 주의를 끈 것은 그다지
멀지 않은 곳에 주차되어 있는 떼레사의 '플로리드'였다. '돌아왔
구나.' 그는 생각하면서 기뻤다. 한걸음에 올라가 병실로 들어선 그
가 처음 본 것은 응접실의 어슴푸레한 어둠속에서 안락의자에 등
을 기대고 앉아 있는 한 남자의 희끗희끗한 머리였다. 그는 잠이
든 것 같아 보였다. 블라인드는 내려져 있었다. 마놀로는 조용히 그
의 앞을 지나 마루하가 있는 병실로 들어갔다. 디나가 침대 가장자
리에 앉아 소설책을 읽고 있었다. "오늘은 좀 어때요?" 마놀로가

나지막하게 물었다. "좀 나아졌어요." 그녀가 책에서 눈을 떼지 않은 채 대답했다. "마루하 아버님이 오셨는데, 못 봤어요?" "아, 마루하 아버님. 그런데 떼레사는요?" 대답이 없었다. 누군가가 뒤에서 그의 목덜미를 뚫어지게 바라보고 있었다. 마놀로가 뒤를 돌아보았다. 머리가 희끗희끗한 그 남자였다. 마놀로는 가볍게 목례를 했다. 마루하 아버지는 주름이 자글자글한 눈꺼풀 사이의 보일락 말락 한 피곤에 지친 눈으로 마놀로를 바라보았다. 그의 어두운 얼굴은 자신을 괴롭히는 햇빛을 피하듯 뭔가를 피하고 있었다. (마놀로의 짙은 눈썹은 비추는 햇빛을 피하는 듯한 이 농부의 동작에 고정되어 있었다.) 그는 마놀로보다 키가 작았지만 시선은 마놀로를 위에서 내려다보는 것 같았다. 그의 모습에는 뭔가 마놀로의 마음에 들지 않는 면이 있었다. 그 남자는 서서히 마놀로에게서 시선을 거두고 딸을 바라보았다. 마루하의 베개 위에는 독을 품은 작은 뱀처럼 보이는, 집게로 고정되어 있는 고무관이 있었다. 마루하가 약하게 신음소리를 냈다. 흰자위만 보이는 그녀의 눈 위에는 눈썹도 없이 종기들로 가득했으며, 놀랄 정도로 앙상한 눈꺼풀이 잠깐 꿈틀거렸다. 그리고 그곳의 누구에게도 초점을 맞추지 않는 커다란 동공에 타오르는 듯한 검은색이 아주 짧은 순간 나타났다. 그것은 분명 의식이 있는 시선(특별히 그 누구에게 향하는 것이 아닌 그런 시선)이었다. 그 시선에는 초인적인 힘이 들어 있는 것처럼 보였다. 그런 다음 그녀는 눈을 감았다. 남자의 기침소리가 들렸다. "보셨죠?" 간호사가 꼭 아이에게나 할 법한 말투로 말했다. "한결 나아졌어요." 마놀로는 응접실로 돌아와 햇빛이 좀 들어오도록 블라인드를 조절했다. 몇분 후 마루하의 아버지는 마놀로와 만나는 시간을 가졌다. 그는 낡은 밤색 정장 차림이었다.

"떼레사 아가씨의 친구인가?"

그는 마놀로를 주의 깊게 뜯어보았다. 마놀로가 말했다.

"네…… 그리고 마루하의 친구이기도 합니다. 그녀가 좀 나아 보이지 않나요?" 그는 무슨 말이든 해야 할 것 같아 이렇게 말했다.

"신께 맡겨야지. 내 뜻대로 되지는 않는 법이니까. 다음달에 아들놈이 휴가를 나오면……" 그는 피곤한 눈으로 마놀로를 바라보았다. 마놀로가 좀더 가까이에서 보니 그는 오로지 잠만 잘 뿐 다른 것에는 전혀 관심이 없었다. 그는 아마 담배를 권하려고 그랬을 텐데 황급히 주머니 속에 손을 넣었다. 마놀로는 그 자리가 너무나 불편해서 등을 돌렸다. 다행히 그때 떼레사가 나타났다. 그녀는 뭔가 결의에 찬 모습으로 들어왔다. 그녀가 처음 눈길을 준 사람은 마놀로였다. (그녀의 두 눈은 말로 표현할 수 없는 기쁨으로 반짝거렸다. 그 기쁨은 그와 단둘이 남게 되었을 때 그녀의 눈에 다시 나타났다.) "아, 두사람 서로 아세요?" 그녀가 말했다. "소개할게요. 여기 루까스 씨는 마루하의 아버지시고…… 이쪽은 마놀로, 친구예요." 마놀로가 손을 내밀어 말라비틀어진 나뭇조각 같은 그의 손을 잡았다. 그의 손에는 마놀로에게 권하려던 담배가 있었지만, 그가 제때에 손을 거두지 않아 그만 반으로 부러지고 말았다. "여기 있네, 젊은이." 마루하의 아버지가 새 담배를 권하며 말했다. "이 애가 좀 정신이 든 것 같네. 내 말은 그러니까 이제는 시간문제라는 거지." 그가 문 쪽을 바라보며 덧붙였다. "그런데 마르따 여사님은?" "의사 선생님과 함께 곧 오실 거예요. 아빠는 아래층에 계세요." 남자는 문 쪽으로 가려다가 다시 몸을 돌려 딸의 병실로 들어갔다. 그는 간호사에게 뭐라고 하더니 다시 밖으로 나와 그들에게 작별인사를 했다. 그러고는 문을 대충 닫고 떠났다. 떼레사는 마놀로 앞에 바짝 다가가 선 다음 고개를 들어 그의 눈을 바라보았다.

"안녕." 애교 섞인 목소리로 그녀가 말했다. 늘 그렇듯 감기에 걸린 것처럼 약간의 콧소리가 배어 있었다. 그 목소리에는 은밀한 애정의 축축한 희망이 들어 있었다.

"언제 도착했어?" 그가 물었다.

"오늘 아침에. 3시부터 온 가족이 여기에 있었어." 그에게서 눈을 떼지 않고 그녀가 말했다. "이제 엄마가 오실 거야. 마루하 상태 때문이 아니고 내가 이유 없이 놀라곤 해서……"

"그런데 그건 심각한 거야."

"괜찮아……"

"오늘 기분은 어때?"

"아주 좋아. 딴사람이 된 것 같아." 그녀가 그의 정장을 유심히 바라보았다. "야, 정말 멋있다!"

복도에서 발소리가 들려왔다. 두사람은 약간 거리를 두고 떨어졌다. 마놀로는 본능적으로 넥타이 매듭을 고쳤다. 그는 즐거워하는 떼레사의 모습을 포착할 수 있었다. 그때 문이 열리면서 쎄라뜨 부인이 다른 이들을 동반하고 들어왔다. 그녀는 그들과 얘기를 하면서 들어왔는데, 문지방을 넘자마자 그녀의 목소리는 상갓집에 온 듯 갑자기 낮아졌다. "……그런데 떼레사가 완전히 늘어져서 오는 거예요! 마루하의 상태가 너무 심각하다면서요. 등에 욕창이 말도 못하게 심하다고 그래요. 치명적이라고 하더군요. 그래서 우리 모두 얼마나 걱정했는지 몰라요! 오기 전에 전화를 할까 했다니까요. 그런데 그애가 호들갑을 떤 것뿐이었다니…… 루까스는 갔니?" 그녀가 떼레사를 보며 물었다. "아빠와 함께 있어요." 마놀로는 창가로 물러나 기다렸다. 쌀라딕 박사(키가 크고 차분하면서 매력적이었으며, 아름다운 회색 눈에서는 전문가다운 분위기가 느껴졌다)와 떼레사의 이모 이사벨이 틀림없는 한 부인이 쎄라뜨 부인을 뒤따라왔다. 더위에 지친 이사벨은 피곤한 기색을 보이며 들어오자마자 의자에 앉았다. 떼레사가 마놀로에게 다가갔다. "이리 와." 그녀가 그에게 말했다. 하지만 그녀의 어머니는 이미 그들 곁으로 다가오고 있었다. "네 아빠가 아래층에서 우리를 기다리셔. 루까스를 레우스까지 데려다줄 회사 운전사가 있는지 알아보기로 하셨단다. 네 호들갑 때문에…… (그리고 마놀로를 바라보았다.) 아, 그 젊은이인가보군요……" 떼레사가 그를 소개했다. "마루하를 보러 날마다 와요." 그녀의 어머니는 그다지 그에게 신경 쓰지 않는 것처럼 보였다. (그녀는 그에게 손을 내밀지 않고 머리에 두른 녹색 스카프를 잡고 있었다.) 하지만 떼레사에게서 마놀로를 소개받은 다른 부인과 박사는 그에게 손을 내밀었다. (떼레사가 쌀라딕 박사에게 어제 느낀 마루하에 대한 우려를 설명하는 동안) 쎄라뜨 부인은 그다지 특별한 반응을 보이지 않았다. 뭔가를 탐색하듯 미온적인 시선을 잠시 보냈지만, 그것은 정확히 마놀로에게만 향한 것은 아니었고 그녀의 딸도 포함되었다. 쎄라뜨 부인은 말을 하고 있는 떼레사를 향해 얼굴을 살짝 돌리고 있었다. 하지만 사실 그녀는 떼레사의 말을 듣고 있는 마놀로를 보고 있었다.

"쓸데없는 소리 하지 마라, 떼레사." 부인이 갑자기 말했다. "마루하는 많이 좋아졌어."

쌀라딕 박사는 어떤 낙관적인 견해도 보이지 않았지만, 분명히 떼레사의 걱정은 기우라고 말했다. 떠날 준비를 하면서 쎄라뜨 부인은 앞으로 무엇을 할지에 대해 그녀의 여동생과 떼레사와 더불어 이해하기 어려운 대화를 하기 시작했다. 그녀는 (초대한 손님이 있어서) 여동생의 차로 지금 바로 별장으로 돌아갈 것이라고, 오늘이 휴일이라서 그녀의 남편이 회사 운전사를 결국 찾지 못했으니 다른 차로 루까스를 데려다줄 수밖에 없다고 했다. 그렇지 않아도 오리올이 조만간 농장에 가려고 생각하고 있던 참이었다고 그녀는 덧붙였다. 이사벨이 말하길, 떼레사가 루까스를 데려다주고, 오리올은 그들과 함께 블라네스에 가면 어떻겠느냐고 했다. (하지만 오리올은 바르셀로나에서 할 일이 있었다.) 떼레사는 피곤해 죽을 지경이라고 하면서 반대했다. 게다가 그녀는 플로리드를 수리하기 위해 정비소에 가야 했다. 마놀로는 창가에서 미동도 하지 않은 채 똑바로 서서 기다렸다. 그가 마지막에 확실히 얻은 정보(사실 그에게는 이것이 유일한 관심사였다)는 떼레사가 바르셀로나에 홀로 남을 것이라는 사실이었다.

"바보 같은 짓은 이제 그만하렴." 그녀의 어머니가 권위가 전혀 없는 목소리로 말했다. "넌 국수 가닥처럼 말라가고 있어. 마루하 다음에 너까지…… 난 네 아버지를 설득해 네가 블라네스에 가서 최소한 일주일은 휴식을 취할 수 있도록 할 테다."

"아이, 안돼요, 엄마. 그건 너무 심심하단 말이에요. 제가 마루하 곁에 있고 싶어하는 거 알잖아요. 누군가 해야 할 일이고."

"알았다, 알았어." 그녀의 어머니는 그 문제를 다시 거론하고 싶지 않다는 듯 얘기를 끝냈다. 그녀는 딸과 함께 잠시 별도로 이야기를 나눴는데, 마놀로는 떼레사가 하는 말을 들을 수 있었다. "엄마, 저 돈 좀 줘요."

부인들은 작별을 고했고 쌀라딕 박사는 그들을 배웅하기 위해 따라 나갔다. 시간은 6시였다. 떼레사가 안락의자에 털썩 주저앉아 한숨을 내쉬더니 발에 걸친 쌘들을 까닥거렸다. "후유, 드디어 끝났네." 그녀는 아주 낡고 빛바랜 청바지를 입고 있었다. "이제 우리 뭘 하지." 그녀는 물어보는 것이 아닌 다른 말투로 말했다. 두사람은 서로를 바라보았다. "그분들은 모두 별장으로 돌아가시는 거야?" 그가 물었다. 그러고 나서 곧바로 웃으며 말했다. "네가 한차례 난리를 피웠구나!" 그는 여전히 웃으며 그녀에게 다가가 그녀의 손을 잡고 일어나도록 살짝 끌어당겼다. "이리 와, 게으름뱅이." 떼레사는 웃으며 두 다리를 벌려 버팅겼다. 하지만 그녀는 자신의 조급함을 감추지 못했다. "마놀로, 어제 내가 아무 말 없이 가버려서 화났었니?" "아니." 마놀로가 세차게 끌어당겨 떼레사가 그의 품에 안기게 되었다. 그들은 인형처럼 비틀거리며 힘이 다 빠지도록 소리 없이 웃어댔다. 그들은 그렇게 서로를 부둥켜안고 마루하의 병실 문과 부딪칠 때까지 계속 공중에서 오르내리는 동작의 황홀감을 만끽했다. 하지만 그들의 얼굴에서 미소가 점점 엷어지더니 뭔가를 갈망하는 긴장감이 그 자리를 대신했다. 두사람은 전율하며 서둘러 입을 맞추었다.

"안에 디나가 있어." 떼레사가 속삭였다. "마루하가 괜찮아서 천만다행이야. 그렇지?"

"응." 그가 말했다. "자, 어서 가자."

"잠깐만…… 난……"

"우리 둘만 있을 수 있는 곳으로 가자. 띠베뜨에 가."

"응, 그런데……" 그녀가 웃더니 그의 가슴에 머리를 묻고 한숨을 내쉬었다. "사람들이 몰랐으면 해. 아무도 알아선 안돼."

"뭘?"

"우리 일 말이야. 너와 나, 둘만의 비밀이야. 알았지?"

"별장에서 내내 그딴 생각을 했던 거야?" 그가 의심스럽다는 듯 물었다.

떼레사가 대답을 망설였다.

"제발, 네 멋대로 단정하지 마. (마놀로가 어리둥절해하며 눈을 깜빡였다.) 아무 말도 하지 마, 부탁이야." 그녀가 자신의 입술에 손가락을 갖다댔다. "너 그거 알아? 대학생 친구가 감옥에 있으면서 내게 쓴 편지를 서류들 사이에서 발견했는데, 편지 내용을 네가 알았으면 해. 내게 평정심을 되찾게 해줬거든…… 우린 참 비겁해, 마놀로. 내 생각에는 그래. 옳고 좋아하는 일을 과감하게 하지 못하니까 말이야. 그 친구가 편지에 페데리꼬 이야기를 했어."

틀림없이 그녀의 감방 연인일 것이다. 마놀로는 떼레사가 그 명망 있는 감방 연인을 언급할 때 정직하고 성실한 여대생의 열정적이고 수용적인 태도로 언제나 눈을 내리깐다는 사실을 알았다. 그녀가 만들어낸 애정과 공감 그리고 찬양으로 가득한 환상의 세계는 그 연인의 실제 세계보다 더 크고 관용적일 뿐만 아니라 신화적인 결속과 연대가 가능한 곳으로, 그런 만큼 위험을 예고하고 있었다. 잠시 후 그들이 차에 탔을 때 확실히 떼레사는 시동을 잘 걸지 못했는데—차가 고장 났다는 말은 거짓이 아니었다—그는 이 아가씨가 별장에 있던 스물네시간 동안 진지하게 생각한 것의 결과물인 새로운 신호를 포착해냈다. 그것은 겉보기에는 사소하고 중요하지 않은 것처럼 보였지만, 고가의 가격표와 분명한 지시사항(무르시아 사람은 날 만지지 마시오)이 붙어 있었다. "신분을 숨긴 채 나가는 거 재밌는 일이야. 그렇지?" 떼레사가 말했다. "어쨌든 널 만나고 싶어하는 친구들에게 널 소개해줄 거야. 그들은 대학생들이야." "아." 그는 일이 대책 없이 복잡하게 꼬여가고 있음을 깨달았다. 당연히 유리 공간 속에서 떼레사와 지낼 수도 없는 노릇이고, 이번 여름이 실로 행복한 실낙원인 듯 지낼 수도 없는 노릇이었다. 그래서 그는 그녀와 관련된 일들과 정면으로 부딪치면서, 자신의 세계 즉 그의 동네 까르멜로 사람들의 복수의 정도가 심해질수록 최대한 이 관계를 이용해야 했다. 그는 지금 마지막으로 훔친 오토바이 이야기가 어떻게 끝나는지 보기 위해 이곳에 있는 것이다. 그는 오토바이가 여전히 제자리에 있는지 (그는 '오늘밤 오토바이를 찾으러 와야지' 하고 생각했다) 확인하기 위해—이때 떼레사는 이미 플로리드의 시동을 걸었다—주변을 둘러보았다. 그런데 바로 그 장소에 추기경이 앉아서 웃으며 그를 조롱하고 있는 것처럼 보였…… 그러나 그 사람은 다름 아닌 레우스까지 자신을 태워줄 차를 기다리고 있는 게 틀림없는 마루하의 아버지였다. 그런데 하마터면 마놀로는 떼레사에게 차를 세우라고 소리 지를 뻔했다. 체크무늬 셔츠를 입은 젊은 놈이 그때 몬떼사를 가지고 유유히 사라지고 있었던 것이다.

'개새끼, 어떻게 이럴 수가 있어?' 결정적으로 오늘은 일어날 때부터 재수가 없었다. 이후에도 커브길과 교차로를 알리는 교통신호처럼 장애물, 급습, 작은 경고들이 이따금씩 다가왔다. 충동적으로 해변에 갔던 지난번 오후에도 그랬다. (휴게실과 주차장만 있는 가라프의 작은 강어귀, 두사람은 앙상하게 뼈대만 남아 있는 버려진 배 옆에 누워 있었다.) 그때 새로운 신호가 머리를 두갈래로 땋은 미소 짓고 있는 어떤 여자애의 모습으로 갑자기 나타났다. 그녀는 빨간색 수건으로 몸을 감싸고 햇볕에 달궈진 모래사장 위를 팔짝팔짝 뛰면서 떼레사를 향해 달려오고 있었다. (모래사장 위에 선명한 S 자 자국이 남겨졌는데, 그것은 위험한 커브길을 의미하는 신호였다.) 그녀는 휴게실로 향하는 여대생 떼레사를 쫓아오며 목이 쉴 정도로 그녀의 이름을 불러댔다. 그녀 뒤에는 한 남자애가 있었다. 배 옆에 누워 있던 마놀로는 두 여자애가 서로 부둥켜안고 볼에 입 맞추는 것을 보았다. 두사람은 두어차례 고개를 돌려 마놀로를 보고 웃으면서 속닥거렸다. 마놀로는 자신이 소개되는 것을 피하지 못할 것이라고 생각했다. 떼레사의 친구는 작고 둥글며 까무잡잡한 얼굴에 연신 웃고 있었고, 수건으로 감싼 몸을 비비 꼬며 잠시도 가만히 있지 않았다. 그는 그녀들이 말하는 내용을 들을 수 없었지만, 까딸루냐어로 말하고 있다는 것은 알 수 있었다. (떼레사가 말할 때 보이는 우스꽝스러운 입 모양으로 짐작할 수 있었다.) 그런데 자제하지 않고 점점 커져가는 그녀들의 웃음은 그를 불안하게 하기에 충분했다. 그의 의심을 확신시켜주기라도 하듯 떼레사 친구의 입에서 나온 무시무시한 말(외지인)이 바람에 실려 그에게 들렸다. 그 말 다음엔 그녀의 웃음소리가 들려왔다. 무서우면서도 신중한 까딸루냐인의 빈정거림이 이곳에서 또다시 저 명랑한 여자애에게 나타나 나를 걱정스럽게 하고 있다. (무슨 저런 기묘한 미소가 있는가!) 무슨 이야기를 나누고 있는 걸까? 왜 떼레사는 날 불러 그녀에게 소개시켜주지 않는 걸까? 또다른 단도직입적인 말과 모호한 질문들이 들려왔다. "일해?" "휴가 중이니?" "애, 조심해." 마놀로는 풍경과 그녀들이 잘 어울린다고 생각했다. 기울고 있는 붉은 태양이 분별없는 두 여자애의 머리 사이에서 빛나고 있었고, 햇살이 떼레사의 금발에 닿으며 흩어졌다. 마놀로는 지성의 힘에 의해 보상받은 고상한 꿈들(소위 교육, 진보, 완전한 삶이라 불리는 것)과 무한한 부드러움도 그렇게 사라져버릴 것임을 직감했…… 어쨌든 두명의 까딸루냐 여자애들은 예쁜데다 부유하기까지 했다. 그들은 볼에 작별의 입맞춤을 하고 헤어졌다.

"누구야?" 떼레사가 돌아오자 그가 물었다.

"레오노르 폰딸바, 대학 친구. 아주 상냥한 애야."

"그런데 뭣 때문에 그렇게 웃었어?"

떼레사는 발끝으로 몸을 한바퀴 돌리며 그의 곁에 드러누웠다.

"네 얘길 했어." 그녀가 말했다. "신사분, 싫으신가요? 레오노르
는 씨체스에서 방학을 보내고 있어. 남자친구랑 잠깐 빠져나왔나
봐. 아, 맞아! 오늘밤 쌩제르맹에 모두 모일 거야. 걔들을 만나지 않
을래? 한잔하러 가자. 너를 그애들에게 소개해줄 테야."

"누군데?"

"친구들이지."

"어떤 친구들?"

세상에서 가장 자연스러운 말투로 그녀가 대답했다.

"좌익 학생들."

3부

내가 속할까? 정말 내가 거기에 속할까?

그리고 그는 정말 거기에 속할까?

내가 그와 이야기하는 걸 누가 본다면,

내가 속한다고 생각할까, 그렇지 않다고 생각할까?

—트릴링[30]

　　사람들이 행사하는 권력의 속성은 바로 우리가 처한 상황의 속성만큼이나 모호하다. 그 속성에 대해 말할 수 있는 것이라곤 단지 그것이 모순된 생각들에서 비롯된다는 것뿐이다. 초창기 학생운동에는 뭔가 자위행위 같은 면이 있었다. 유감스럽게도 루이스 뜨리아스 데 히랄뜨가 예상보다 덜 웅변적인 허풍 속에서 예전에 우리 대학들에 존재하지 않았던 민주적 결속에 박차를 가한 결과, 정치의식이 뜨겁고 유쾌한 발기와 고독한 이념의 애무로부터 탄생할 수 있었다. 거기서 그 영웅적 세대가 지닌 음란하고, 탁하고, 불가사의하고, 본질적으로 은밀한 성격은 체제 전복과 처음으로 조우하게 되었다. 초창기에는 그 누구도 지도자처럼 보이지 않았다. 하지만 1956년에 인형처럼 등 뒤에 줄을 매달고 걷는 듯 보이는 학생

---

30 라이어넬 트릴링(Lionel Trilling, 1905~75): 미국의 문학비평가.

들 무리가 갑자기 그 모습을 드러내기 시작했다. 그들은 소맷자락에 비수를 감추고, 납빛 시선 속에서 단호한 결의로 서약했다.

사람들에게 강한 인상을 주면서 자아도취 상태에 빠져 있었고, 신비로운 분위기를 풍기며 대중들로부터 명성을 얻었던 그들은 스스로 위신을 세우면서 이상한 책들을 끼고 문과대학의 복도를 따라 천천히 그리고 엄숙하게 앞으로 나아갔다. 하지만 그들은 넌덜머리 날 정도로 수많은 양심의 명령에 따르면서 보이지 않는 위험의 파도에 대비해야 했다. 수칙, 암호 메시지, 비밀 인터뷰 등이 밀려들었다. 사람들의 존경과 의심, 한층 더 당당한 미래에 대한 휘황찬란한 비전, 여학생들의 숭배가 뒤따랐다. 끔찍하리만큼 막중한 책임감과 극단적인 단호함의 무게에 등이 휜 그들의 고귀한 전선은 점점 강의실로 들어왔다. 그들은 포를 발사한 뒤 자욱한 연기에 휩싸여 있는 탱크처럼 저항의 씨들을 쓸어버렸고, 루머와 부러움을 증폭시켰으며, 반대 이론이나 비판 들을 납작하게 만들며 침묵을 강요했다. 바로 그때 음악회가 갑작스럽게 끝났을 때처럼 완전한 내밀함에 사로잡힌, 가다듬어지지 않은 목소리가 들려왔다. 그것은 한차례 길고 머뭇거리는 원색적인 말 같았다.

"……공산당내가보기엔공산당에속하는것같아."

종종 문과대학 바의 따로 떨어진 탁자에 두어명씩 모여 낮은 목소리로 이야기하며 문건을 읽거나 서로 돌려보는 장면이 목격되곤 했다. 떼레사 쎄라뜨는 항상 그들과 함께했다. 적극적이고 열정적인 그녀는 그 안에서 스크린처럼 장밋빛으로 빛났다. 몇몇 우파들은 이 정치적인 금발 미녀가 자신의 남자친구와, 최소한 루이스 뜨리아스 데 히랄뜨와 잠자리를 함께한다는 소문을 퍼뜨리고 다녔다. 하지만 아무리 시절이 수상하다 할지라도 그것이 단지 헛소문에 지나지 않음을 모든 이들은 알고 있었다.

　경이로운 역사의 발전과 부친의 혐오스러운 사업 사이에서 어쩔 수 없이 인내하며 십자가를 진 것처럼 매우 괴로워하는 그들은 부잣집 도련님으로서 양심의 가책을 느끼곤 했다. 그들은 자줏빛 옷을 입은 추기경처럼 눈을 겸손하게 내리깔고 몸에 밴 영웅적 저항 정신을 표출하곤 했다. 그런데 그들은 부유한 어머니에게 응석을 부리거나 커스터드를 곁들인 아침식사를 하면서 아주 모순되게도 부유한 부친에 대한 씁쓰레한 악감정과, 기업가인 형이나 사촌 또는 헌신적인 숙모에 대한 경멸감을 표출하곤 했다. 특히 차이나타운에서 절름발이와 꼽추 등과 함께 적포도주를 마실 때면 더욱 그러했다. 짐작건대 절름발이와 꼽추는 공화주의자 내지 진보주의자라는 과거 때문에 체제에 의해 괴롭힘을 당하는 사람들이었을 것이다. 운동권 학생들은 양쪽에서 온갖 비판을 받을 수밖에 없었고, 강의실에서 다른 학생들과 떨어져 있었으며, 다가가기 쉽지 않은 존재들이었다. 그들은 자기들끼리만 말을 했다. 하지만 그들 사이에 그다지 많은 말들이 오간 것은 아니었다. 왜냐하면 급박하고 특별한 임무들이 그들을 기다리고 있었기 때문이었다. 그들은 고통스럽게 의미심장한 시선을 주고받으며 그들 사이에 나무처럼 무럭무럭 자라는 끝없는 침묵만 어루만질 따름이었다. 그들은 예민한 사냥개처럼 오직 그들만이 감지할 수 있는 위험들을 파악했고, 회합과 시위를 준비했으며, 밀회를 즐기는 연인들처럼 전화로 약속을 정하고 금서들을 돌려보았다.

　선택받은 그룹의 학생들이 소수임에도 불구하고, 그들을 하나의 범주로 묶기란 쉽지 않았다. 그들 중 루이스 뜨리아스가 대장처럼 보였다. 그는 키가 크고 과묵했다. 강의실이나 복도에서 고개를 한쪽으로 기울이고 자기 몸에서 나는 장미 향에 취해 다니는 그를 보노라면, 그는 체제 전복을 위한 아이디어와 프로젝트를 교통정리하는 살아 있는 신호등 같았다. 하지만 사람들은 그것이 실제로 작동될까라는 질문을 던지곤 했다. 떼레사가 그를 바라볼 때마다 신호등이 깜박였는데, 그 속은 헤아릴 수가 없었다.

사실 모든 것은 삶 그 자체로 시작되었다. 1957년에 문화적 정치적 권리를 요구하며 거리로 뛰쳐나온 대학생들의 소요사태와 저항운동은 문과대학의 매혹적인 세 여학생들에 의해 오래전부터 배태되어온 것이다. (이 말이 아직까지 살아 있는 그 희생자들의 마음을 달래줄 수 있을지는 모르겠다. 그들 중 몇사람은 이미 가업을 물려받아 안락의자에 앉아 있다.) 그 여학생 중 한사람은 떼레사였고, 다른 두사람은 미술대학 여학생이었다. 이년 전 그들은 잘 개킨 바지를 옆구리에 끼고 수업에 들어갔다가 나온 뒤 폰따네야 거리의 한 아파트로 향했다. 아파트의 주인은 친절하고 지적인 여자로, 꼭 환속한 사람 같았다. 그들은 그곳에서 바지로 갈아입고 담배를 피웠다. 그리고 쿠션에 기댄 채 바닥에 누워 '제6함대'[31]의 도착을 기다리는 창녀들처럼 열띠게 새로운 아이디어에 대해 토론을 벌였다. 얼마 후 프랑스에서 갓 돌아온 한 역사학 교수의 강의에 고무되어 학생들이 점점 더 많이 출석하게 되었는데, 주기적으로 학생들은 기적이 어떻게 이루어지는가를 두 눈으로 직접 볼 수 있는 기회를 가졌다. 강의가 이루어지는 동안 교수의 마법 같은 말들이 쏟아졌다. 그는 삶의 확실한 실체에 대한 철저하고도 변증법적인 해설을 하면서 자신의 삶을 반복적으로 들먹였다. (사실 그는 자신에

31 미국 함대 중 하나로 지중해와 대서양 동부를 담당한다.

대한 이야기밖에 하지 않았다고 뒷날 그를 비방한 이들이 말했다.)
부리로 자신의 깃털을 뽑은 뒤 다른 깃털로 갈아입는 멋지고 이
국적인 새처럼, 또는 요정의 마술 지팡이에 의해 서서히 이루어지
는 변신처럼 그는 두 눈을 반짝이는 학생들 앞에서 전투복과 소총
과 탄약통 등으로 완전무장한 민병대로 둔갑하기에 이르렀다. 물
론 민병대에 익숙해져 있던 학생들이 보기에 그의 모습은 실제 민
병대와는 거리가 멀었으며 기괴해 보이기까지 했다. 하지만 강의
실의 전반적인 분위기는 미래에 대한 그의 통찰력에 전율을 느꼈
고, 몇몇 여학생은 입을 벌리고 두 눈을 감은 채 교수의 말을 경청
했다. 그는 손버릇이 나쁘고 치근덕거렸지만 능력 있는 교수로 알
려지게 되었다. 그는 사람들의 탄식을 분명하게 감지했으며, 다른
이들이 종소리를 들었다고 말하기에 이르렀다. 이제 시간이 된 것
이다. 비둘기들을 날려 보내라, 친구들이여. 내가 아버지가 될 것이
다. 이제 수많은 자식을 잉태하는 역사의 순간이 다가올 것이다. 그
때는 관용과 희생뿐만 아니라 과실과 혼란도 있을 것이다. 훗날 아
버지는 모든 자식을 다 알아보지는 못할 것이다. 인생이란 그런 것
이다. 우리는 모두 젊은 시절을 겪었으며, 그 시절은 많은 일들이
일어나는 때인 것이다.

　상황이 급박하게 돌아갔다. 이는 루이스 뜨리아스 데 히랄뜨로
하여금 서둘러 빠리행을 단행하도록 만들었다. 그가 빠리에서 돌
아오자 정치조직에 가입했다는 소문이 퍼지기 시작했다. 순식간에
그는 첫걸음을 막 내디딘 비밀조직의 리더로 최고의 적임자가 되
어 있었다. 사실 그 소문은 폰따네야 거리의 아파트에서 열리는 모
임에 드나들던 어느 여학생의 입에서 나온 것이었다. 다시 말해 그
소문은 신비한 비밀세력과 모호한 관계를 맺고 있는 쌩제르맹 바

에서 어느날 밤 그녀가 리더와 함께 술을 마시며 취중 대화를 나눈 이후 나온 것이었다. 바르셀로나 대학은 언제나 진지하고 훌륭한 성과를 거두는 과감한 마드리드 대학 정도는 되어야 했다. "1956년 2월 마드리드 대학에서 학생대회가 중단되자 분위기가 한층 가열되어 충돌이 일어났고, 한발의 총성이 울렸다. 한 젊은 학생이 땅바닥에 쓰러졌고, 그의 상태는 심각한 것으로 밝혀졌다." 그때 마드리드에 있었던 루이스 뜨리아스(당시 그는 도처에 신출귀몰하는 놀라운 인물이 되어 있었다)는 구속되어 6개월간 감옥살이를 했다.

떼레사는 그가 보낸 편지를 학교 회랑에서 읽곤 했다. 그녀는 사교적인 편이 아니었지만, 다른 학생들이 자신을 관찰하며 부러워한다는 사실을 알고 있었다. 이후 대담한 금발 여학생과 그녀 친구들은 불행히도 실패로 끝난 노동자 파업을 꾀했다. 대학생들이 노동자들과 연대하기는 처음이었다. 바지 차림으로 다니던 네명의 여학생은 강의실에서 점점 명성을 얻기 시작했다. 위험을 무릅쓴 그녀들의 공적과 당당한 행동은 충분히 그럴 만한 자격이 있었다. 학내에서는 좌익 정당을 지지하는 『모던의 시대』 특별호가 손에 손을 거쳐 전해졌고, 놀라운 뉴스가 나돌았다. 그와 동시에 문과대학에서는 예언자 같은 모습을 한 잘생긴 이집트 남학생이 눈에 띄기 시작했다. 전설적인 검은 눈동자를 가진 그는 묵시록적인 언급("나는 이 혼돈의 시대가 끝나가고 있음을 알리기 위해서 왔다")을 하고 다녔는데, 누군가의 호의로 아무도 모르게 비밀조직과 긴밀한 관계를 맺고 있는 것 같았다. 비록 그 누군가는 최근에 중앙 소위원회에 가입한 다섯번째 여학생으로 추정되었지만 말이다. 그리고 (조직의 핵심 인물이자) 이론의 여지가 없는 리더인 루이스 뜨리아스 데 히랄뜨가 복귀해 (하지만 그것은 단순한 복귀가 아니라 알다시피 고통의 환영을 동반한 것이었다) 이제 어느 곳에서나 떼레사 쎄라뜨와 함께 모습을 드러냈다. 그가 없는 동안 떼레사는 그의 일을 효율적으로 해냈고, 여자친구로서도 그에게 충실했다. 이후 그들은 자신들에게 영광과 명성을 안겨준 많은 일들──한번은 무장경찰에 의해 포위된 학생들이 강의실에 갇혀 화장실조차도 갈 수 없게 된 상황이 발생했다. 그때 '모든 남녀 학우 여러분, 여러분의 쁘띠부르주아 콤플렉스를 날려버리고 지금 바로 그 자리에서 소변을 보십시오'라는 두사람의 감동적인 연설 덕분에 문제는 가볍게 해결되었다. 학생들은 부끄러워하지 않고 그 자리에서 소변을 보기로 결심했다. 그 일은 그들에게 연대감이라는 특성을 새롭게 부여했고, 아직도 많은 이들이 그날의 세밀한 장면과 환희를 기억하고 있다──을 함께 계획했다. 두사람의 활약은 10월의 그 유명한 시위와 더불어 절정을 맞이했다. 이후 당국은 일주일 동안 대학에 휴교령을 내렸다. 떼레사와 루이스를 포함한 여러 학생들이 징계를 받았고, 다른 학생들은 퇴학 처분을 받거나 구속되었다. 떼레사 쎄라뜨와 그녀의 친구들이 사심 없이 순수하게 보여준 고귀하고 용감한 행동이 다소 경솔했다고 해서 묵살한다면 그것은 공정한 처사가 아닐 것이다. 그들의 고결한 헌신 속에 담긴 본질은 그때도 그랬고 현재도 여전히 토론의 대상이 되고 있다.

　거의 이년이란 시간이 흐른 지금, 대학은 모든 것이 정상적인 상태로 되돌아온 것처럼 보인다. 민주주의를 향한 고결한 열정은 아직도 여전할 뿐만 아니라 어쩌면 그 어느 때보다 고조되어 있는지도 모른다. 비록 젊은이들의 육체 내부에서 고통을 겪기 시작한 그러한 열정이 어떤 민감한 변화를 보이고 있다고 말하는 편이 좀더 정확하겠지만 말이다. 말하자면 그 열정은 격정의 어둡고 음습한 지역으로 좀더 내려갔다고 할 수 있다. 그 결과, 일시적일지라도 떼레사 쎄라뜨와 루이스처럼 더욱 확고한 신념을 갖고 활동한 이들이 있던 반면에, 그곳에서 서서히 발을 빼기 시작한 이들도 있었다. (선구자로 주목받던 이집트 학생의 경우 여학생들로부터 상당한 인기를 누렸지만, 그는 비밀조직과의 어떠한 연관도 없었을뿐더러 심지어 이집트인도 아니라는 사실이 밝혀졌다.) 그 여학생들의 경우엔 단 한명만 비밀조직과 긴밀한 관계를 맺고 있었는데, 그것이 평생을 두고 통탄할 일이 될 줄 누가 알았으랴. (나중에 알려진 바에 의하면 그 이집트인의) 속죄의 희생물이었고 신화적인 이야기를 만들어냈던 다섯번째 여학생은 표면까지 뒤흔든 지하운동권의 소용돌이에 휘말려들었던 것이다. 이후 그녀는 가족을 버리고 학업도 중단한 채, 아이 엄마 노릇도 하다 말고 어정쩡하게 속아 넘어가 결국 빠리의 한 제과점에서 일하게 되었다. 한 학생 시인(훗날『상처에 손을 대다』라는 시집으로 해외에서 유명해졌다)은 그녀가 흘린 순결한 피 한방울 한방울이 자유와 문화의 꽃을 피울 것이라고 했다.

물론 모든 이들이 투쟁에 나선 것은 아니었다. 초창기의 인원이 극소수였던데다가 신화와 민속으로 나아가려는 고질적인 성향 탓에 그들의 이름은 미래의 연대기에서는 언급되지 않을 것이며, 결국 잊혀버릴 것이다. (하지만 향수 어린 논조로 그들이 영광스럽고 풍요로운 봄날을 보냈다는 기록은 남아 있을 것이다.) 현재 이 이야기에서는 그렇지 않다. 이 이야기에서 무르시아 청년의 품에 안긴 아름다운 여대생이 가진 갈등의 도덕적 본질을 좀더 잘 설명하기 위해 최대의 존경심으로 (여전히 아물지 않은 상처들이 있다)

잠깐 떼레사 쎄라뜨를 언급해야 한다는 것은 괴로운 일이다. 그리고 이 기회를 빌려 말하자면, 이는 그들을 판단하기 위해서이기도 하다. 왜냐하면 십년 후 그들은 여전히 결과에 대한 책임을 지고 있을 테니까 말이다. 그들은 찬란했던 나날 동안 획득한 명성과 목적 없는 명석함을 힘겹고도 지지부진하게 여전히 이어나가고 있을 것이다. 신념을 저버리고 나태함에 빠진 우울한 밤, 그들은 최신 유행 바에서 견해가 다른 이들과 통합을 이루면서 초점이 빗나간 스포트라이트처럼 조금씩 일탈해갈 것이다. (선량한 유럽인인 그들은 자신의 품위 있는 가족과 함께 언젠가 첫번째로 혜택을 받는 사람이 될 것이다.) 위조 동전처럼 점점 녹슬어가고, 쓸데없는 정치적 성숙에 군침을 흘리며, 괴롭게도 오늘날 교조적인 일탈자들로 추정되는 자들이 시궁창에 남겨둔 예전의 전투적이거나 음모적인 역할을 계속 해나가려고 애쓰면서 말이다. 하지만 이러한 사실은 그들에게 해를 입히기는커녕 오히려 더 유리하게 작용할 것이다. 그렇게 그들은 한편으로는 신화화되고, 다른 한편으로는 환멸을 불러일으키는 존재들이었다. 하지만 유혹의 의지가 시들해지면 청춘도 끝나는 법이다. 스스로에게 지치고 지겨워지면, 찬란했던 고통의 환영은 시간이 지남에 따라 개인적 조롱의 환영으로, 그리고 알코올과 여자애들의 립스틱으로 범벅이 된 박제된 슬픈 앵무새로 변할 것이며, 당대 학생운동사의 시들지 않는 정신은 가여운 시체가 되어버릴 것이다. 그리고 경솔한 행동과 합창에서 들려오는 다양한 목소리와 합창단의 평가가 있었으니, 어떤 이는 모든 것이 쫓고 쫓기는 아이들의 스파이 놀이나 장난감 총 놀이에 지나지 않으며, 그 총들 중 하나에서 갑자기 진짜 총알이 발사되었다고 했다. 또다른 이들은 더욱 목청을 높여 칭찬받을 만하고 존경받을 만한 그들의 의도에 대해 이야기할 것이다. 그리고 또다른 사람들은 진정 중요한 사람들은 결국 가장 빛을 발했던 그들이 아니라 재야에 있었던 사람들이며, 무엇보다도 그들의 노고가 존경받아야 한다고 말할 것이다. 어쨌든 행동을 낳은 그 고귀한 충동을 인정하더라도 그들의 겉모습과 실체 사이에 차이가 있었다는 것은 사실이었다. 나라의 진정한 문화와 민주주의를 위해 헌신했다고 주장하는 이들조차 마흔이 될 때까지 자신들의 청년기 신화를 질질 끌고 갔을진대, 당시의 젊은 대학생들에게 무엇을 기대할 수 있었겠는가?

세월이 흘러 그들 중 어떤 이들은 광대가 되었고, 또다른 이들은 희생자가 되었으나, 대부분의 사람들은 머저리나 아이로 남아 있었다. 몇몇은 분별력 있고 관대하며 정치적으로 유망한 행운아가 되기도 했지만 결국 모두 형편없는 샌님들이었다.

그들은 차이나타운에 있는 쌩제르맹데쁘레 바에 자주 드나들곤 했다. 그날 저녁식사 후 떼레사 쎄라뜨는 구름 사이로 여전히 쏟아지는 햇살 때문에 가느다랗게 실눈을 뜨고, 뻬호아빠르떼와 곧 만난다는 생각에 한껏 몸이 달아올라 싼예이 광장 쪽으로 차를 빠르게 몰았다. 그곳에서 마놀로를 태우기로 했던 것이다. 지금까지 그를 친구들에게 소개해주고 싶어 안달이 나 있었던 그녀지만, 갑자기 그 생각이 불안스러웠다. 레오노르 폰딸바의 노골적인 교태나, 자신에게 앙심을 품은 루이스 뜨리아스가 보일지도 모르는 무례한 행동이 두려워서가 아니었다. 지적인 분위기가 있는, 예민하고 이론을 앞세우는 그 그룹에 마놀로를 소개한다는 사실 자체가 두려웠던 것이다. (사실 그녀는 요즘 그런 분위기에 넌더리가 나기 시작했다. 그리고 그녀는 자신이 마놀로를 잘 안다는 잘못된 생각을 했음을 알았다.) 모임이 침울한 분위기로 흐르느냐, 열광적인 분위기로 흐르느냐에 따라 마놀로를 당황하게 할 수도, 감탄하게 할 수도 있을 것이었다. '멤버들에게 마놀로는 노동자, 그러니까 변증법을 들먹거리며 위세를 떠는 이가 아니라 다른 문제의식을 가진 사람이라는 걸 상기시켜줘야 하는 걸까?' 이렇게 생각하는 순간 그녀는 마음이 차분해지면서 스스로가 자랑스러웠다. 그녀는 마놀로를 신뢰했는데, 여자를 유혹하는 그의 타고난 능력, 냉소적이면서도 정중한 그의 무관심, 특히 그의 태도에서 보이는 뭔가 모던한 특성 및 그들이 반박할 수 없는 그 무언가 또는 엄숙한 집시 같은 첫인상을 신뢰했다. 어둠속에서 머리카락이 윙크를 하는 듯한 그의 자랑스러운 머리 주변에서 그녀는 종종 눈이 깜박거리는 것을 보았다. 사실 그의 모더니즘 미학의 본질은 에스빠냐적인 것이 아니라 유럽적인 것이었다. 그녀는 이 사실을 해변에서 그를 '외지인'이라 했던 레오노르 폰딸바에게 말해줄 참이다. 그것은 루이스 뜨리아스가 차이나타운의 모임을 위해 갖춰야 할 이상적인 덕목으로 꼽은 활기찬 젊음 같은 그런 건 물론 아니었다. (그녀는 마놀로를 어리다거나 활기차다고 여기지 않았다. 그는 그저 쎄비야 사람일 뿐이었다.) 모임의 멤버들은 지나치게 언어에만 경도된, 수다스럽고 재미를 추구하는 인물들이었던 것이다. 하지만 그들에게는 육체가 없었고, 따라서 무해한 이들이었다. (이는 언젠가 루이스 뜨리아스가 아주 흥분한 상태에서 검은 피부를 가진 이집트인은 혐오스러운 존재임을 모든 이들에게 역설하면서 했던 말이다.) 그러나 마놀로가 사는 세계는 분명 다른 세계였다. 넌 내게, 아니라고, 네가 바라는 건 뭐냐고, 무르시아인의 세계에는 육체적인 것 외에는 아무것도 없다고 하겠지. 이것 또한 레오노르에게 말해주리

라. 이런 의미에서 미학적으로 무르시아인은 까딸루냐인보다 훨씬 더 유럽적이라고 할 수 있다. 어쨌든 거만하고 자신에 찬 엄숙한 그의 태도는 에스빠냐 사람으로서 결점이 아니라 오히려 장점이었다…… 누군가 뒤에서 그녀의 눈을 손으로 가렸다. 머리카락 뿌리가 흔들릴 정도로 그녀는 놀랐다.

"마놀로…… 아, 뭐야. 제시간에 왔네."

사실은 그렇지가 않았다. 그녀는 삼십분 이상 그를 기다렸다. 그녀는 운전대에 팔을 올려놓고 이 생각 저 생각을 하느라 시간 가는 줄 몰랐던 것이다. 이번에 그는 안전하고 야무지게 차 문을 닫았다.

"물론 그애들은 아주 똑똑해." 잠시 후 떼레사는 잠이 덜 깬 듯 목을 살살 움직이면서, 그리고 손으로 운전대를 천천히 돌리면서 마놀로에게 말했다. 그들은 람블라스 거리를 따라 내려갔다. 직업적 본능 때문에 마놀로의 시선은 나무 아래에 주차되어 있는 오토바이들로 향했다. "네가 보기에 그들이 허튼소리를 하는 것 같고, 문학 나부랭이나 우리나라 대학의 문제에 대해 지겹게 토론하려고 하면……"

"난 정치에 대해 절대 이야기 안해." 그가 선수를 치며 말했다.

"……너는 그저 내게 신호만 해. 빠져나오면 되니까. 그애들을 좋아하긴 하지만, 그애들은 너무 과시욕이 강해. 게다가 난 엔까르나 바의 모임에서 다루는 내용은 다 외울 정도야."

당연히 떼레사의 친구들에 대해 잘 알지 못하는 마놀로는 (그는 그 바에 떼레사가 안다면 적잖이 놀랄 만한 의도를 가지고 삼년 전에 자주 들락거리곤 했다) 오늘밤 뭔가 결정적인 일이 일어날 것 같다는 예감이 들었다. 자신이 대담하게 덤벼든다면 아마 좋은 일이 일어날 수도 있으리라는 그런 예감이었다. 떼레사가 그를 신뢰하는 것이 사실이긴 하지만 그의 위치는 공고하지 못했다. 지금까지 떼레사와 단둘이 있을 때 그는 멋있어 보이는 이상한 인물의 역할을 힘겹게 수행하며 버텼지만, 이제는 일이 당연히 꼬일 수밖에 없고, 처음보다 많이 감소되기는 했지만 성질상 여전히 어둠속에 있는 위험과 맞닥뜨려야 할 시간이 다가왔다는 사실을 그는 잘 알고 있었다. 바에 들어서자마자 위험한 냉기와 폭발 직전의 충격파가 느껴졌다. (그것은 그가 차량 절도를 시작한 처음에 경험했던 것이었다.) 그들을 향해 다가가는 동안 그는 반드시 필요한 말 외에는 하지 않겠노라고 다짐했다. 그는 마음의 준비를 하든 그렇지 않든 자신이 공격 대상이 될 것임을 직감했다. 그리고 공격이 어느 쪽에서 들어오든 무시하기로 했다.

바는 상당히 붐볐다. 그들은 두개의 탁자를 차지하고 앉았는데, 그 탁자는 망사를 두른 풍만한 선홍색 살결의 여인을 그린 쌀바도르 달리의 그림 아래에 있었다. 그곳에는 벌써 네잔째 진을 마시고 있는 루이스 뜨리아스 외에 여학생 두명과 남학생 세명이 더 있었다. 그중 한 남학생은 펜싱 칼을 칼집에 넣으면서 작별인사를 하려던 참이었다. 그는 루이스 뜨리아스에게서 오백 뻬세따 지폐 한장을 얻었다. "내일 갚을게." 그가 말했다. 그는 기예르모 쏘또라고 했고, 큰 키에 볼품없이 생긴 애였다. 유학 중이던 하이델베르크에서 막 돌아온 그는 친구들이 벌이고 있는 현 학생운동에 대해 잘 알지도 못했고 관심도 없었다. ("나는 그런 홍역을 이미 겪었지.") 한편 친구들은 그를 타락한 프로 펜싱 선수로 여기고 있었다. 쏘또는 한동안 열을 내가며 약혼녀 마리아 호세 로비랄따의 결혼에 대한 열망을 부추긴, 불길한 일광욕에 관해 이상한 이야기를 해댔다. 그 약혼녀는 호텔 공사를 감독하고 있는 부모와 함께 해변에 있었고, 그래서 그가 그녀를 빼내오려면 차에 주유할 돈이 필요했다. 그는 떠날 때 발걸음을 멈추지 않으면서 떼레사와 마놀로의 손을 잡고 악수했는데, 오백 뻬세따 지폐는 여전히 왼손에 쥐여 있었다. (지폐로 향하는 마놀로의 빠르고 분명한 시선을 알아차린 쏘또는 고약하고 피곤에 지친 눈으로 그를 쏘아보았다. 늘 그렇듯이 쏘또는 발걸음을 멈추지 않은 채로 상냥한 미소를 지어 보이며 잡고 있던 손을 놓았다. 마놀로에게 '돈이 더 있어'라고 일러주기라도 하듯 그의 미소에는 애정과 동시에 일종의 공범 의식이 배어 있었다.) 그가 문밖으로 사라져갔다. "그애한테 돈을 빌려주다니, 루이스, 너는 바보야." 한 여자애가 말하는 소리가 들렸다. 마리아 에우랄리아 베르뜨란은 키가 크고 말랐으며 졸린 듯한 모습이었다. 그녀는 가슴이 깊게 파인 옷을 입었고 아주 화려해 보였는데, 옷을 입었다기보다는 장식 가구가 걸어다니는 듯한 착각이 들 정도로 온갖 종류의 장식품, 부적, 희한한 액세서리를 주렁주렁 매달고 있었다. 그녀는 자기가 만들어놓은 덫에 걸려 잡힌 새처럼 리까르도 보렐의 말을 열심히 경청하고 있었다. 리까르도는 탁자에 책을 펴놓고 그녀 옆에 앉아 있었다. 말랑거리는 찰흙 인형처럼 다루기 쉬운 성격을 가진 그는 마르고 창백하고 유연하면서 온순했으며, 몇년이 지난 후에도 소위 '객관적인 소설'을 쓰면서 지금의 용모를 그대로 간직하고 있을 것 같았다. 다른 여자애는 해변에서 만났던 레오노르 폰딸바였다. 자그맣고 재미있으면서 윙크를 자주 하는 그녀는 말을 엄청나게 빨리 했으며, 양쪽 볼에 보조개를 드러내며 연신 웃어댔다. 네번째는 하이메 싼헤니스라는 이름의 애였는데, 취해 있었다. 건축을 공부하는 그는 영화에 나오는 반역자처럼 까만 턱수염을 기르고 있었고, 카키색 셔츠 차림을 하고 있었다. 그들 중 스무살이 넘은 사람은 아무도 없었다. 모두들 햇볕에 그을려 가무잡잡했으며, 여러 다른 해변 휴양지들에서 여름을 나고 있었다. (그 휴양지들은 맑고 푸른 물, 프랑스어와 전염성 강한 멜로디가 있는 곳으로 거기서 그들의 의식은 태양 아래 똬리를 튼 뱀처럼 복부 안에서 평온하게 잠들어 있었다.) 어떻게 보면 그들은 그저 겨울철만 조심하면 되었다. 아무래도 겨울철에는 잦은 접촉과 회합, 공격적인 토론이 있었고, 집단 안에서 그들이 평소에 보이는 정신상태—지적 환희와 활기찬 단념의 맹목적 혼종상태—는 친구들에 대해 모든 종류의 도덕적 판단을 표명하도록 밀어붙였던 것이다. 사실 무르시아 청년은 선풍적인 화제를 불러일으켰다. 마놀로는 떼레사에 의해 그들에게 소개되었고, 모든 이들과 힘껏 악수를 나눴다. 마지막으로 악수를 나눈 루이스의 인사말이 쓸데없이 길고 따뜻하며 애정이 넘치는 것에 대해 경계를 하면서 말이다. 그것은 어쩌면 공격의 개시를 알리는 것일 수도 있으리라.

떼레사와 마놀로는 레오노르 옆에 앉았다.

"두사람 참 잘 어울리는데?" 루이스 뜨리아스가 농담조로 말했다. "두사람을 보니 아주 즐겁군. 진심이야…… 그러니까 네가 그 유명한 마놀로군. 몇달 전부터 떼레사가 네 말만 하고 다니는 거 알아? (떼레사가 그를 노려보았다.) 네가 아직 떼레사를 알기 전부터 그랬지. 몇달 전부터……"

"수년 전부터였지." 하이메 싼헤니스가 말했다.

"내가 보기엔 몇세기는 되는 것 같은데." 레오노르가 덧붙였다. 그러고는 뭔가 귀엣말을 하기 위해 떼레사 쪽으로 몸을 기울였다. 마놀로는 그들을 차가운 눈으로 바라보았다. '아직 충분하지 않다

면, 비밀 얘기를 더 해보시지!'

"떼레사, 얘기 좀 해봐. 도대체 네가 어떤 정신 나간 일에 빠져 있는지 알 수 있을까?" 마리아 에우랄리아가 미소를 지으며 마놀 로를 곁눈질하면서 말했다.

"떼레사, 뭣 좀 마실래?" 마놀로가 말했다.

"글쎄, 모르겠어……"

"마놀로, 잘 지내?" 루이스 뜨리아스가 물었다.

"그럭저럭 지내."

"마루하는 어때?"

"안 좋아."

"그렇게 된 지 한참 됐지, 그렇지?"

"거의 한달쯤 됐지."

"나도 가보고 싶었는데, 마르따 여사님 말씀이 의사가 병문안을 원치 않는다는 거야. 그녀는 어쩜 그렇게도 운이 안 좋은 걸까. 어 떻게 그렇게 어처구니없이 넘어질 수가 있어…… 정말 믿을 수가 없어. 내가 그녀를 얼마나 좋아하는데. 그건 그렇고, 떼레사, 뭘 마 실 거니?" 그러고는 다시 마놀로에게 말했다. "내 생각에 넌 포도 주를 마실 것 같은데."

마놀로는 뭔가를 의심하며 그를 바라보았다. 루이스라는 애는 마놀로가 생각하지 못했던 무기로 공격해온 것이었다. '그를 경계 해야 해.'

마놀로가 미소를 지으며 말했다.

"우선 우유나 한잔 마실게."

루이스가 마놀로의 등을 두드렸다.

"영화에서처럼 말이지, 응? 넌 참 대단한 애야."

마리아 에우랄리아가 한쪽에서 마놀로를 가리키며 떼레사에게 물었다. "애, 넌 어디서 저런 애를 알게 된 거야?" "아, 그건 비밀이야."

"우리 예전에 어디서 보지 않았니?" 레오노르가 마놀로에게 물었다.

"그래, 오늘 오후에."

"아니, 그전에 말이야."

"에이! 나도 똑같은 걸 물어보려고 했는데!" 마리아 에우랄리아가 큰 소리로 말했다.

갑자기 그들은 마놀로에게 질문을 소나기처럼 퍼부어대기 시작했다. 모두 여자들의 유치한 질문이었지만(루이스 뜨리아스가 던진 질문도 있었다), 마놀로는 침착하게 웃으며 질문을 요리조리 빠져나갔다. 외모가 아름다우면 재능이나 지적 능력도 갖추고 있을 것이라고 종종 착각하듯이, 마놀로의 가무잡잡한 이마는 여지없이 그를 판단하는 기준이 되었다. 재능이나 지적 능력이 드러나는 데에는 시간이 걸리는 법인데 말이다. 하지만 마놀로는 그들의 질문 공세에 단답형으로 응수했고, 곧바로 힘들지 않게 자신이 원하는 침묵을 지킬 수 있게 되었다. 침묵은 자기 자신을 더 잘 표현할 수 있는 방법이었다. 사람들의 관심은 리까르도 보렐이 읽고 있는 책으로 다시 모아졌다. 리까르도는 날개를 펼친 것 같은, 팔찌와 비단으로 장식한 팔로 자신의 영역을 넓혀가고 있는 마리아 에우랄리아의 옆에서 웅크리고 있었다.

"엔까르나!" 떼레사가 자리에서 일어나 주인을 불렀다. "진 한잔하고, 우유 한잔!"

우렁차고 대담하면서도 다정한 목소리가 들려왔다. "우유라고?

우유를 시키는 놈은 대체 어떤 동물이야……?" 떼레사가 웃으며 바 쪽으로 다가갔다. 레오노르가 마놀로를 돌아보더니 갑자기 함박웃음을 지으며 말했다.

"잘했어. 진은 기억력을 감퇴시키거든."

"그래?"

"그런 거 같아. 그걸 몰랐단 말이야?"

우렁찬 목소리가 이번에는 떼레사의 신선한 웃음소리에 겹쳐져 다시 들렸다. "……아주 괜찮은데. 저런 애를 도대체 어디서 잡은 거야? 이런 도둑년 같으니라고!"

"넌 언제나 우유만 시키니? 아니면 특이하게 보이려고 그런 거니?" 레오노르가 마놀로에게 물었다.

마놀로가 자신의 손을 바라보았다.

"난 숫자를 좋아하지 않아.[32] 이제 난 학교에 다니지 않으니까 말이야."

레오노르가 어리둥절해 눈을 깜박이다가 웃음을 참느라 그녀의 둥근 볼이 터질 것 같았다. 마놀로는 뭔가 잘못되었다고 생각하고 웃으며 말했다.

"우유는 해독 작용을 하지."

"아주 황당한 이야기로군." 그의 옆에 있던 루이스 뜨리아스가 목소리를 높여 말했다. 마놀로는 뭔가를 탐색하는 듯한 날카로운 그의 시선에 흠칫 놀랐다. '이 자식, 보통이 아니군.' 그는 생각했다. 그는 다시 레오노르 뽄딸바를 바라보았다. 그녀는 그에게 계속

---

32 바로 앞에 나오는 '특이하게 보이다'(hacer un numerito)라는 에스빠냐어의 관용적 표현을 직역하면 '(어떤) 숫자가 되다'인데, 이 관용적 표현을 마놀로가 제대로 이해하지 못해 엉뚱한 대답을 하고 있는 상황이다.

이야기를 하든지 아니면 키스라도 해달라는 듯 멍청하게 웃어 보였다. 하지만 사실 그녀는 웃은 게 아니었다. 마놀로의 눈을 들여다본 그 순간(그때 밤에 떼 지어 날아다니는 날벌레들이 아주 잠깐 그녀 주변을 에워쌌다), 그녀가 잠깐 고개를 옆으로 돌리는 바람에 볼이 마치 웃는 것처럼 보였던 것이다. 무르시아 청년은 그러한 사실을 깨닫고 주춤했다. 그날밤의 몇가지 일들을 그가 이해하기까지는 시간이 좀 걸렸다. 그 첫번째가 레오노르의 미소였다. 그녀의 미소는 진짜 웃는 것이 아니라 독특하게 광대뼈 아래로 볼이 쑥 들어가서 웃는 것처럼 보일 뿐이었다. 그는 몇년 전 꼬스따델솔에서 만난 슬픈 표정의 나이 든 외국 여자를 보고도 똑같은 착각을 한 적이 있었다. (그는 어느날 그 독일 여자가 미소를 지을 상황이 아님에도 불구하고 계속 웃고 있어서 자신이 뭔가 착각하고 있다는 걸 곧 깨달았다. 그때 그녀는 상당한 액수의 돈을 분실해서 그를 책망하고 있었던 것이다.) 하지만 그때의 착각은 그의 욕망을 꺾거나 그의 계획을 무산시키지 못했다. 오히려 그 반대였다. 시간이 흘러 그는 그 여자의 미소와 같은 영구적인 미소가 존재하며, 더 나아가 부자들은 돈과 지성과 건강한 피부색, 영속적인 미소까지 상속받는다는 생각을 하기에 이르렀다. 반면에 가난한 이들은 썩은 치아와 납작한 이마와 휘어진 다리를 상속받는다고 생각했다. 그렇게 지금 그에게는 의미를 전혀 이해할 수 없는 구절들이 들려오고 있었다.

"……그때가 1953년 7월이었지. 그건 분명한 암살이었고, 하나의 허세랄까……"

"……새로운 제국의 식민지 총독……"

"……그린글래스[30]라고 하는 개새끼, 너 기억나?"

"……그리고 마까르시라고 하는 그 사악한 늙은이……"

"……그 작자들은 공산주의자들 모두와 내연의 관계였다는 죄 책감 속에서 살았다고 난 확신해……"

"……기예르모 쏘또라는 파렴치한이 말한 것처럼 말이야, 그 바보 새끼."

"네가 생각한 그 정도로 바보는 아니야." 하이메 싼헤니스가 말했다. "우파이긴 하지만 온건한 편이지."

"바로 그거야." 루이스 뜨리아스가 응수했다. "우파를 하려면 처음부터 끝까지 완벽히 제대로 하든가."

"그건 말도 안되는 소리야. 그건 빨리 혁명이 일어나도록 하기 위해 중간층이 룸펜으로 변하는 고통을 보고 싶어하는 것과 같아. 무슨 일이든 노력해서 얻어야 하는 거야, 이 친구야. 마놀로, 넌 어떻게 생각해?"

마놀로는 망사 두른 여자를 그린 그림을 감상하는 척하면서 고전적인 대답을 궁리했다.

"인생에서 모든 노력은 그에 대한 보상을 받기 마련이지."

이 말은 누군가가 만들어낸 새빨간 거짓말임을 그는 잘 알고 있었다. 그래서 그는 혹시 의심을 살까봐 웃으면서 (마음속으로는 진지했다) 이 말을 했다. 그는 문득 그림 속의 여인이 술집 주인이라는 사실을 발견했다. 더 젊었을 때의 모습이긴 하지만.

"그림이 맘에 드니?" 레오노르가 물었다.

"나쁘진 않네……"

"난 끔찍한데."

---

33 미국의 공산주의자로 소련에 미국의 원자폭탄 정보를 건넨 스파이 혐의로 아내와 함께 처형당했다.

마놀로가 담배에 불을 붙였다.

"난 그림 속의 여자를 말한 거야." 그가 정확히 짚어주었다.

"엔까르나는 멋진 여자야. 이 그림 속의 여자도 그렇고."

"내 말이 그 말이야."

그림 속의 여자가 멋지다는 것을 인정하면서 어떻게 그림은 끔찍하다는 것인지 그는 이해할 수가 없었다. 카운터에서 되돌아온 떼레사가 루이스와 하이메 사이에 앉았다. 마놀로는 이제 그녀와 마주 보게 되었다. 떼레사가 말했다.

"자기, 담배 가지고 있어?"

루이스가 고개를 틀었다. 마놀로는 체스터를 꺼내 탁자 위로 던졌다. 모래알이 좀 떨어지자 떼레사가 묘한 웃음을 지으며 마놀로를 바라보더니 그것을 모아 탁자 가운데에 작은 산과 같은 모양을 만들었다. 그것은 자신들의 친밀함을 드러내는 공개적인 기념비였다. 리까르도 보렐과 마리아 에우랄리아는 다른 한쪽에서 계속 개별 행동을 하고 있었다. 가끔 책의 어떤 부분을 읽거나 감탄조의 코멘트를 하는 리까르도의 목소리가 들렸다. 그들이 읽고 있는 책은 최근 출간된 문학비평서로 문과대학에서 선풍적인 인기를 누리고 있는 책이었다. 마리아 에우랄리아의 요청으로 전체가 조용해진 가운데 낭독자의 목소리는 평생 작가를 심사숙고하게 하고, 악착같이 쫓아다니며, 악몽처럼 괴롭힐 기발한 착상을 전하고 있었다. 그 내용은 이러했다. "전반적으로 19세기 소설가들은 지적인 면에서 약간 뒤떨어졌다고 할 수 있다."

"맞는 말이야." 리까르도가 덧붙였다. "진작에 누군가가 발자끄와 그의 동료들의 정체를 까발려야 했어."

"그게 무슨 바보 같은 소리야!" 떼레사가 큰 소리로 말했다. 그녀는 대화가 그런 방향으로 흘러가는 것을 걱정하며 마놀로의 눈치를 살폈다.

"제기랄, 그들은 모두 반동세력이었는데." 마리아 에우랄리아가 말했다. "천재인 건 인정하지만, 창작 능력이 좀 있다고 거들먹거렸지." 그녀는 자신이 쓸데없는 소리를 한 것은 아닐까 걱정하면서 (그녀는 책에서 읽었던 내용을 잊어버린 것이다) 리까르도를 정신 나간 눈으로 보며 말했다. 그녀는 리까르도와 의사소통하는 일이 가끔 힘겹게 느껴졌다. 그는 어찌나 순수하고 객관적인지 인간세계 속에서 따로 떨어진 하나의 섬 같았다.

"그 두가지는 상관관계가 있어." 루이스 뜨리아스가 여섯잔째의 진을 마시면서 건성으로 말했다.

"고백하자면, 난 라스띠냐끄[34]가 페데리꼬 동지보다 훨씬 더 재밌어." 떼레사가 과감하게 말했다. 그날밤 그녀는 왠지 모르게 그들에게 어깃장을 놓고 싶었다. 하지만 불행히도 그녀의 의견은 지나치게 주관적인 것으로 치부되어 수용되지 않았다.

"네가 재밌다는 건 별 의미가 없어, 이 귀여운 친구야." 리까르도가 주저하지 않고 말했다. "게다가 라스띠냐끄는 발자끄가 아니야."

떼레사는 리까르도의 그런 확언이 미성숙한 현학적 태도에서 비롯된 것이라고 생각했지만 아무 말도 하지 않았다. 이 역시 또다른 주관적인 생각이라고 무시당할 것 같았다. 그녀는 마놀로를 바라보았다. 그는 눈을 내리깔고 자신의 손을 보고 있었다. (그는 하루 종일 노동자의 손 같은 자신의 손이 더럽거나 볼품없어 보이지

---

[34] 발자끄의 소설 『고리오 영감』에 나오는 출세욕에 불타는 인물.

는 않을까 염려했다.) 지난번 오후 모래사장에 버려진 배 뒤에서 그녀의 갈비뼈를 세차게 안았던 그의 강한 손을 말이다. 저 잘난 척하는 애들과 시간을 낭비하느니 차라리 서로의 호흡이 느껴지는 아늑하고 좁은 공간에서 그 손에 다시 한번 나를 맡기고 소박한 이야기를 나누는 것이 훨씬 더 낫지 않을까! 마놀로는 그녀가 그렇게 감탄해 마지않는 광물적인 무관심으로 나무뿌리나 장식돌처럼 부동자세로 어리벙벙해하면서, 대화와 음악이 흐르는 바의 자욱한 담배연기를 뚫고 가끔 그녀에게 시선을 보낼 뿐이었다. 구조를 바라는 애정 어린 그의 짧은 시선은 그녀가 안심할 수 있을 정도의 자신감을 담고 있었다. 루이스 뜨리아스는 뺨에 술잔을 문지르면서 떼레사에게 돌아와 말했다.

"널 찾고 있었어."

"무슨 일인데?"

"아무것도 아니야. 널 찾고 있었다는 것, 그게 다야."

"학기가 시작되면 준비해야 할 게 있니……?"

"응. 그런데 그것 때문에 널 찾은 건 아냐. 아직까지는 네 도움이 없어도 괜찮아."

공격적인 말이었지만 떼레사는 개의치 않는 것처럼 보였다.

"그렇다면 왜 그러는데?"

"아무것도 아니라잖아. 널 보고 싶었어. 나는 네가 블라네스로 돌아가지 않았다는 걸 알고 있었어. 넌 이곳에 있었지……"

"누군가는 마루하랑 함께 있어야 했으니까. 안 그래?"

"내게 변명할 필요는 없어."

"변명하는 거 아냐, 바보야. 거짓말을 하고 있는 거지." 그런 다음 그녀는 화장실에 가려고 자리에서 일어섰다. 별장에서의 수치스러웠던 밤 이후 떼레사 쎄라뜨와 학생운동 리더 사이의 사적 관계에 민감한 변화가 있었다는 것을 감지한 사람은 아무도 없었다. 루이스를 학생운동 리더 자리에 올려놓았던 떼레사는 이제 그를 그 자리에서 끌어내리고 심지어 그의 정치적 능력까지도 의심할 태세였다. 그 명망 있는 학생의 몰락은 이미 시작되고 있었던 것이다.

떼레사가 화장실에서 돌아와 마놀로 곁에 앉았다. 마놀로는 라이터를 손가락 사이에 넣고 멍하니 돌리고 있었다. "가고 싶어?" 그녀가 물었다. "아니, 아직은 괜찮아." 그가 말했다. 떼레사는 마리아 에우랄리아가 탁자의 다른 쪽 끝에서 자신에게 신호를 보내는 것을 보았다. 팔찌가 주렁주렁 매달린 그녀의 팔이 하늘로 날아오를 듯이 리까르도 보렐의 머리 위에서 움직였다. "무슨 말인지 모르겠어!" 떼레사가 소리쳤다.

"……왜 너는 나처럼 앞머리를 늘어뜨리지 않느냐고. 그럼 눈이 더 깊어 보일 텐데!"

그때 마놀로가 떼레사의 어깨를 한쪽 팔로 감쌌다. (모든 사람이 바라보았다.) 그녀의 이마가 그의 옆얼굴에 닿았다. 떼레사는 아주 자연스러운 듯 이를 받아들였다. 마치 그가 그녀를 방어해주거나 마리아 에우랄리아의 질문에 엉뚱한 답을 못하도록 막아주기를 바라듯이 말이다. 루이스가 진을 한잔 더 주문했다.

"우리 다른 곳으로 자리를 옮길까?" 하이메가 말했다.

"넌 리까르도가 그걸 읽어주길 바라지 않니?" 마리아 에우랄리아는 누군가가 가겠다고 할 때마다 말했다. "적어도 조금은 주목해줘야지. 안 그렇니?"

"마까레나로 가자." 루이스 뜨리아스가 말했다. 그때까지 그는 꽉 끼는 줄무늬 셔츠를 입고 빨간 천소파에 기대어 앉아 있는 마놀로의 젊고 완벽한 상반신만을 생각하고 있었다. 한동안 입을 다물고 있다가 침묵을 깨뜨렸을 때 루이스는 완전히 다른 사람 같아 보였다.

"너희들 지금 바르셀로나에 누가 와 있는지 아니?" 그가 아주 심각하게 말했다. 그리고 잠깐 멈춘 뒤에 말했다. "페데리꼬."

"네가 봤니?" 마리아 에우랄리아가 물었다.

"누가 그래?" 레오노르도 가세했다.

"그가 여기에 와 있어. 다 아는 수가 있지." 루이스는 마놀로 쪽으로 몸을 돌려 그를 한참 뚫어지게 바라보다가 그에게 얼굴을 들이밀고 말했다. "너, 페데리꼬 알아?"

'드디어 때가 왔군!' 마놀로는 속으로 중얼거렸다. 아직까지 그가 예상했던 비열한 공격은 없었지만, 시작은 되고 있었다. 그는 열다섯 시간도 안돼 같은 질문을 다시 받았다. 오늘 오후 해변에서 떼레사가 똑같은 질문을 했던 것이다. '복 많은 페데리꼬! 다들 굉장히 좋아하는군!' 그는 탁자 위에 라이터를 올려놓고 떼레사와 눈빛을 주고받았다. (특별한 의미를 담은 눈빛은 아니었다. 단지 다른 사람들이 자신에게 얼마나 관심을 기울이는지 살짝 엿보려는 것뿐이었다.) 그는 고개를 한쪽으로 약간 숙인 뒤 루이스 뜨리아스의 눈을 응시하면서 자연스럽다기보다는 슬픈 톤으로 말했다.

"네 얘길 하더군."

갑자기 침묵이 흘렀다.

"내 얘길?" 루이스가 말했다. "그게 무슨 말이야?"

"말 그대로야. 그와 네 얘기를 했어."

레오노르는 몸을 기울여 떼레사의 귀에다 대고 뭔가를 말했다.

모두들 떼레사가 긍정의 표시로 금발을 어떻게 끄덕이는지 지켜보았다. 하이메는 체념한 듯한 태도로 루이스의 등을 두드렸다. 마리아 에우랄리아의 사랑스러운 시선을 받고 있던, 행복한 작가이자 독자인 리까르도는 다시 한번 자신의 목소리를 들려주었다.

"자, 들어봐. '작가, 그에게 새로운 기법이란……'"

마놀로가 자리에서 일어났다. 모두들 그를 바라보았다. 화가 난 것처럼 보이는 (사실은 지루한) 그는 화장실에 가기 위해 일어났다. 아직 마음이 진정되지 않은 루이스 뜨리아스가 큰 소리로 엔까르나에게 뀔런을 주문했다. 하지만 뀔런이 없는 모양이었다. 루이스가 주먹으로 탁자를 세게 내리쳤다.

"뭐 이런 경우가 다 있어. 엔까르나, 앞으로도 뀔런은 절대 들여놓지 마. 정말 짜증나는군. 가자고."

"닥쳐, 이 녀석아!" 엔까르나가 우렁찬 목소리로 말했다.

탁자에서는 현대인들의 분노에 대한 토론이 벌어지고 있었다. 루이스의 의견은 에스빠냐 사람들이 위대한 분노의 능력을 상실해 모든 것을 잘 참아 넘기며, 그래서 이제는 그 어떤 일에도 더이상 분개하지 않는다는 것이었다. 하이메 싼헤니스는 그의 의견이 옳다는 근거를 제시했다. 레오노르는 자신이 보기에 여전히 이 나라에는 분노할 수 있는 능력이 있지만, 그것이 아직 활성화되지 않았으며 범국가적인 합의에 도달하지 못했을 뿐이라고 했다. 늘 그렇듯 그녀는 빠르고 다소 두서없이 말했다.

"인간의 분노는 본래 정치적이야. 달리 말해 인간의 자연적인 분노는 기본적으로 정치적이게 마련이거나 정치적이어야 한다는 거야. 하지만 인간은 쓸데없는 일이나 하찮은 일에 분노를 표출하는 경우가 있어. 예를 들어 너희도 어제 신문에서 읽었겠지만, 비키니를 전시한 쇼윈도우를 깨부순 빰쁠로나의 그 미친놈이나, 그라시아 거리의 영화관 포스터에 나오는 메릴린 먼로우의 가슴 부분에 그림을 덧그려넣은 그 미친 작자처럼 말이야. 너희도 봤겠지? 또는 괴성을 지르려고 축구장에 가는 놈들이나 바로 지금 너처럼 (그녀는 이미 취해 있는 루이스를 바라보았다. 그녀는 오늘밤 시작부터 그가 그럴 줄 알았다) 궐런이 없다고 분노하는……"

"너희 그거 알아?" 떼레사가 말했다. 그녀는 진을 세잔째 마시고 있었다. "너희는 오늘 참 따분해. 입만 열었다 하면 헛소리고, 모든 게 우스꽝스러워……"

그녀의 의견은 별로 중요하지 않아 옮겨 적을 만한 가치도 없지만, 친구들은 관심을 가지고 들어주었다. 단지 그 말이 그녀의 입에서 나왔기 때문이고, 그것도 마놀로를 동반하고 온 오늘밤에 나왔기 때문이었다. 그녀가 입을 열자 이상하게도 사람들은 마놀로를 생각했다.

"그런데 오늘 너 왜 그래?" 하이메가 큰 소리로 말했다.

"떼레사가 변했어." 루이스가 판결을 내렸다. "바로 무산계급의 고귀한 근성을 갖게 된 거야."

"루이스, 모르면 술을 그만 마시지 않을래?"

"바로 그래서 난 너의 외지인 친구가 아주 맘에 들어." 레오노르는 포기하지 않고 말을 계속했다. 이때는 바로 마놀로가 화장실에서 소변을 보다가 오줌이 튀어 바지에 얼룩이 진 순간이었다. "왜냐하면 그는 분노가 살아 있고 언제나 정치적이기 때문이야."

밤이 깊어지면서 마리아 에우랄리아를 뒤덮은 장식품들이 위험하게도 엉망이 되어가고 있었다. 그녀는 마치 양 날개로 리까르도를 품은 암탉처럼 보였다.

"책 맘에 드니?"

"아주 집중해서 읽어야 할 것 같아." 리까르도가 말했다. "며칠 동안 빌려줄 수 있니?"

"널 위해 가져왔어, 귀여운 자기, 선물이야." 그러면서 그녀는 꼬꼬댁 소리를 내며 날개로 그를 완전히 감쌌다.

루이스 뜨리아스는 아라끼스따인인가 뭔가 하는 사람이 학생운동에 끼친 영향에 대해 이야기하고 있었다. 마놀로는 루이스나, 완전히 수수께끼 같은 이름을 가진 아라끼스따인에 대해 털끝만큼의 관심도 없었다. (그는 떼레사의 노출된 목과 그녀의 가슴골 사이에서 푸른 물고기의 꼬리처럼 흔들리는 가냘픈 그림자를 바라보고 있었다.) 루이스의 말을 듣고 있던 마리아 에우랄리아가 가끔 피식하고 웃음을 터뜨렸다. 하지만 그것은 틀림없이 대화의 내용 때문이라기보다는 난공불락의 성채인 리까르도에게 그녀가 은밀히 무릎이나 팔로 비밀리에 접근을 시도하는 것과 관련이 있었다.

마놀로는 침묵을 지켰다.

"마놀로, 넌 여기서 매우 중요한 인물이야." 루이스가 빈정거리는 투로 말했다.

'죽은 네 조상들이 더 중요하겠다.' 마놀로가 속으로 생각했다. 대략 1시경에 루이스 뜨리아스는 나가서 한바퀴 돌고 오겠다고 약간 엄숙한 목소리로 말했다. 약 삼십분 정도 걸릴 거라고 했다. 그는 가벼운 고갯짓으로 하이메에게 자신을 따라오라고 했다. 삼십분 후 두사람이 돌아왔을 때 루이스는 더욱 냉정을 되찾은 듯 보였다. 그는 자신을 유명하게 만든, 당시 대학에서 했던 결의를 위엄 있게 말했다. 그는 뭔가가 인쇄된 봉투 크기의 노란 종이를 들고 있었다. 멀리 떨어져 있는 마놀로의 눈에는 광고 전단지 같아 보였다. 하이메와 루이스는 사람이 없는 바의 한쪽 끝에 앉아 있었다.
(엔까르나가 탁자 근처에 와서 농담을 했다. "네 신상은 이제 다 드
러날 거야." 엔까르나는 마놀로의 꽉 끼는 바지에 생글거리는 맑은
두 눈을 고정한 채, 언제 어디서 그를 보았는지 기억해내려고 애쓰
며 말했다.) 루이스와 하이메는 뭔가 걱정스러운 듯 낮은 목소리로
이야기를 하다가 다시 탁자로 돌아와 합석했다. 엔까르나는 꾸바
리브레를 주문한 마놀로와 함께 계산대로 돌아갔다. 전축에서 흘
러나와 머릿속에서 울려퍼지는 음악과 더불어 다정다감하고 친근
한 커다란 그녀의 목소리("널 어디서 본 것 같은데 기억이 나질 않
는단 말이야")가 그의 마음을 뭉클하게 만들었다. 그녀는 마놀로
에게 벽에 걸려 있는 자신의 화려했던 젊은 시절 사진들을 보여주
었다. 마놀로는 탁자에서 오가는 대화를 들으려고 귀를 쫑긋 세우
고 있었다. 루이스는 모두에게 주목하라고 하면서 이야기를 했지
만 잘 들리지 않았다. 처음에 마놀로는 그가 전차를 언급하고 있다
고 생각했다. 다른 이들이 그의 말에 끼어들었다. 말을 끝맺지 못
하는 경우가 많았고, 신중함과 두려움 그리고 질문 때문에 이야기
가 자꾸 끊겼다. 마놀로는 여러차례에 걸쳐 전차라는 단어와 '실
신'[35] 비슷한 어떤 말을 들었다. 압수당한 '실신', 한시라도 빨리 인
쇄해 배포해야 하는 전단지, 누군가가 범한 실수(루이스에 의하면
정말 무책임한 짓이었다), 미룰 수 없는 정해진 날짜. 마놀로는 온
정신을 집중했다. 하지만 그가 보기에는 마를레네 디트리히[36] 스타

---

35 인쇄식자기를 뜻하는 'linotipia'를 마놀로가 그와 유사한 단어인 'lipotimia'로
잘못 알아들은 것.
36 마를레네 디트리히(Marlene Dietrich, 1901~92): 독일 출신으로 할리우드에서
활동한 배우이자 가수.

일의 황홀한 금발을 가진 술집 여주인의 초상화야말로 음모가 이루어지고 있는 탁자에서 들려오는 어떤 이야기보다도 훨씬 더 흥미진진하면서 유용한, 한 개인의 비밀과 영광이 담긴 것이었다. 하지만 그는 다음을 기약해야 했다. 그는 다시 정신을 집중했고 뭔가 알아들을 것도 같았다. 그것은 그가 알지 못하면서도 저녁 내내 기다리고 있던 것이었다. 마놀로는 뭔가 충동을 느꼈다.

"저 잔에 줬으면 좋겠는데." 그가 길고 가는 보라색 잔을 가리키며 말했다. 엔까르나는 이 말을 듣고서 문득 그가 누구인지 생각났다. "여기에 안 온 지 거의 삼년이나 됐군! 어떻게 그럴 수가 있어? 어디 있었던 거야?" 마놀로는 마음이 온통 찌릿하면서 그녀에게 진심으로 고마움을 느꼈지만 사람을 잘못 본 것 같다고 말했다. (몹시 놀란데다 귀찮아진 그는 삼년 전 이 바에서 축 늘어져 있던 자신의 모습을 문득 떠올렸다. 머리를 단정하게 빗어 넘긴 우울한 젊은이의 모습을 말이다. 그의 검은 두 눈—전생에 지은 죄에 대해 용서를 구하는 묘한 분위기를 풍겼다—에는 아득한 무심함이 흘러넘쳤고, 그의 목덜미에는 원숙하고 자애로운 창녀의 손가락과 함께, 어느 미국인과 막역한 친구라고 했던 이미 운명을 달리한 테네시라고 하는 어느 연극연출가의 시선이 머물고 있었다.) 그때 갑자기 떼레사의 사랑스러운 목소리가 그의 등 뒤에서 들려왔다. 그녀는 '실신'을 거론하며 흥분한 목소리로 말했다.

"그건 문제가 아니라니까, 빌어먹을! 내가 알기로는 바르셀로나에 하나 이상 있어."

"누가 그걸 가지고 있는데?" 루이스가 물었다.

침묵이 흘렀다.

"내 얘길 들어봐. 어쩌면 마놀로가 그 사람을 알고 있을 수도 있어." 레오노르가 쾌활한 목소리로 말했다. "떼레사가 말하지 않았어? 그애가……" 이 대목에서 그녀의 목소리는 야유 속에 묻혀버렸다. "페데리꼬를 아는 것 같던데."

"음!" 누군가 소리를 냈다. 리까르도 보렐인 것 같았다.

"자, 이제 환상은 집어치워." 루이스가 말했다. "내가 로마 교황청과 친한 것만큼이나 그와 친하겠지."

"그건 네가 잘못 알고 있는 거야." 떼레사가 말했다.

"자, 이제 됐으니 우리 문제로 돌아가보자. 떼레사, 넌 이 일을 맡을 누군가가 분명히 있을 거라고 고집하고 있어. 어디 보자, 누구야?"

"내 말은 그러니까……" 그녀가 입을 열었다. "그러니까 내 생각엔……"

"떼레사, 제발." 루이스가 거칠게 그녀의 말을 잘랐다. "좀 구체적으로 말하든가, 아니면 입 다물어."

어쩌면 예전에 이미 생각이 떠올랐는지 모르지만, 마놀로가 그일을 맡기로 결심한 때는 바로 이 순간이었다. 모든 것이 너무나더디게 진행되는 것처럼 보였지만, 사실은 대단히 빨랐고, 아니 어쩌면 지나치게 빨랐다. 마놀로는 손에 기다란 유리컵을 든 채 계산대에서 그들을 향해 다가갔다. 탁자 옆에 멈춰선 마놀로는 루이스의 의자 아래에 떨어진 담뱃갑을 줍기 위해 몸을 숙였다. "너희들은 조심성이 하나도 없구나." 몸을 숙이면서 그가 중얼거렸다. (그는 떼레사의 아름다운 다리를 잠깐 감상할 수 있었다. 그건 정말그럴 가치가 있었다.) 마놀로는 주워든 담뱃갑을 탁자 위에 던져놓은 후 코카콜라가 담긴 보라색의 우아한 긴 유리컵을 들고 그 자리에 꼼짝도 하지 않고 서서 목을 문지르며 생각에 잠긴 듯 고개를 숙였다. (떼레사는 그의 이 제스처를 사랑했다.) 그러면서 그는 자연스러운 목소리로, 그렇지만 다소 피곤한 듯 말했다.

"그거 나한테 줘. 내가 맡을게."

그 말과 동시에 전단지는 루이스의 손에서 사라져버렸다. (아래로 향하던 무르시아 청년의 검고 날쌘 손이 리더의 코앞에서 잠깐 멈추었다.) 이미 전단지는 그의 손에 들어가 있었다. "우리 장난하지 말자, 장난하지 말자고." 루이스가 고개를 저으며 말했다. 그러면서 마법에 의해 전단지가 그의 손으로 되돌아오기를 바라는 것처럼 벌린 두 팔을 들어올렸다. 하지만 마놀로는 그를 바라보지 않고 여전히 같은 자리에 선 채 섬세하고 우아한 자태로 근엄하게 전단지를 읽어내려갔다. (하지만 그가 실제로 읽은 것은 큰 활자로 쓰인 글의 시작 부분, 즉 '바르셀로나 시민 여러분!'뿐이었다.) 그는 음료를 한모금 마신 뒤 종이를 접어 주머니에 넣었다.

"언제까지 하면 돼?"

마놀로가 물었다.

"가능한 한 빨리." 루이스가 우물거리며 말했다. "그런데 네가 확실히……"

"됐어. 이제 더이상 얘기하지 말자." 마놀로가 그의 말을 끊었다. 그러고는 떼레사를 보며 말했다. "갈까? 난 내일 일찍 일어나야 하거든."

"잠깐만." 루이스가 말했다. "어디서 할 건지 알았으면 해."

조금도 주저하지 않고 마놀로가 말했다.

"베르나르도 알아?"

"아니……"

"지금은 설명할 시간이 없어. 가자, 떼레사."

떼레사가 자리에서 일어섰다. "우리 모두 가자." 누군가가 말했다. 그들은 자신의 중요성을 확신한 나머지 다른 이가 중요할 수 있다는 가능성 앞에서 유머 감각도, 비꼴 능력도 없이 경직된 태도를 보였다. 하지만 루이스 뜨리아스는 좀더 집요하게 물어보아야 할 것 같아 마놀로에게 다가갔다. "수량이 얼마나 필요한지 (루이스는 그의 입술을 바라보았다) 알고 싶지 않아?" "자세한 설명은 내일로 미뤄. 떼레사가 내일 설명해주겠지. 나랑 같이 갈 거야. 가장 중요한 건 해결됐으니 걱정하지 마."

그런데 바에서 나갈 때, 이제는 더이상 그에게 문제가 되지 않긴 하지만, 그가 처음에 우려했던 일이 벌어지고 말았다. 이 애석한 사건의 원인은 끝내 시원하게 밝혀지지 않았다. 하지만 나중에 리까르도 보렐이 추론한 것이 타당성이 있는 것으로 모든 이들에게 받아들여졌다. 그에 의하면, 바에서 나올 때 루이스 뜨리아스가 마놀로에게 떼레사와 잠자리를 함께했는지 물어보았고, 가여운 마놀로는 그것을 떼레사에 대한 모욕으로 받아들여 루이스 뜨리아스의 뺨을 한대 갈겨주려고 생각했다는 것이다. ("노동자들은 그런 의미에서 아주 건강하다는 걸 잊어선 안돼. 내 말은 그들은 여전히 명예에 대한 우스꽝스러운 신념이 강하다는 거야. 그들은 모든 것을 신상문제로 생각하거든." 보렐은 이렇게 해석했다.) "이 녀석은 과격하고 주관적이야." 리까르도가 단정지었다.

하지만 실제의 사건으로 돌아가보자. 그들이 바에서 나올 때에는 어떤 일도 일어날 것 같지 않았다. "정말 너 혼자 할 수 있겠어? 누구를 아는데……?" 그들이 엔까르나와 작별인사를 할 때 루이스가 그에게 물었다. 모두들 이 질문은 불필요한 것이라고 생각했다. 루이스와 마놀로는 서로가 계산을 하겠다고 고집하는 바람에 (결국 여기서 뻬호아빠르떼가 져서 물러났다) 약간 뒤처졌다. 하지만 그때 사람들은 루이스의 마지막 말을 들었다. 그것은 마놀로를 제외하고는 그 누구도 알아차릴 수 없었던 빈정거림이 물씬 묻어난 말이었다.

"미안해." 루이스가 웃으면서 다시 한번 그의 입술을 바라보며 말했다. "넌 아직 확신이 없어 보여서 말이야…… 이런 일은 정말 주도면밀하게 해야 하거든. 무슨 말인지 알지? 그러니까 말해봐. 베르나르도가 누구야?"

그의 질문에 마놀로가 대답을 했는지 그들은 알지 못했다. 그들은 이미 길가에 나와 있어서 더이상 들을 수 없었던 것이다. 그후 그들이 에스꾸디예르 거리의 두번째 모퉁이에 다다랐을 때 리까르도가 뒤에 처졌는데, 그는 어느 어두운 집 대문에서 소변을 보느라 잠깐 마리아 에우랄리아의 따스한 품에서 벗어나 있었다. 떼레사, 하이메, 레오노르, 마리아 에우랄리아가 그를 앞질러 갔다. 한참이 지나도 리까르도가 돌아오지 않자 마리아가 갑자기 친근하면서도 비통한 말투로 소리쳤다. "오줌발 한번 길군." 그러나 그는 곧 돌아왔고, 마리아는 안도의 한숨을 쉬었다. 그녀가 리까르도와 팔짱을 끼고 가고 있는데 갑자기 그가 빠가 있는 쪽으로 몸을 휙 돌리더니 달려가기 시작했다. 그러나 그는 너무 늦게 도착하고 말았다. 루이스와 마놀로는 모퉁이에 얼굴을 마주하고 서로를 노려보고 있었던 것이다.

"넌 아직 확신이 없어." 루이스가 말했다. 그의 이 말은 뻬호아빠르떼를 굉장히 당혹스럽게 했다. 루이스는 중국 상형문자를 보듯 마놀로를 바라보았다.

"이 자식, 그게 무슨 뜻이야?"

그때 리까르도는 모퉁이를 막 돌려던 참이었다. 다른 사람들이 그의 뒤에서 오고 있었다. 그들은 돌길 위로 신발 밑창이 불안하게 스치는 소리를 들었다. 리까르도가 말했다. "자, 짐승들처럼 굴지 말고 이제 그만들 해." 하지만 그들은 그곳에 이르기 전 갑자기 자신들을 향해 무슨 짐짝 같은 것이 튕겨나오는 것을 보았다. 루이스 뜨리아스였다. 그저 걷다가 발을 헛디딘 것처럼 보였다. "왜 그래?" 하이메 싼헤니스가 물었다. 루이스는 아래턱을 문지르고 있었는데, 일어설 때 도움받길 원하지는 않았다. 그의 고개는 완전히 한쪽으로 기울어져 있었다. 마놀로는 그 누구도 바라보지 않고 어둠속에서 걸어나왔다.

"갈 거니, 안 갈 거니?" 그는 걸음을 멈추지 않고 말했다. 물론 떼레사에게 한 말이었기에 모두들 그녀를 바라보았다. 무르시아 청년은 에스꾸디예르 거리를 향해 계속 걸어갔다. 그들은 잠시 뭘 해야 할지를 몰랐다. 알다시피 술이 과하면 이런 일이 일어나게 되는 법이다. (그들은 마놀로가 술을 거의 마시지 않았다는 사실을 기억하지 못했다.) 하지만 그들이 알지 못했던 것은 무르시아 청년이 명망 있는 리더의 따귀를 때린 것이 이후 연속적인 따귀 때리기의 시발점이 되었다는 사실이다. 그날부터 리더는 분명한 이유가 무엇인지, 어디서 오는지도 모른 채 갑자기 불행의 늪에 빠진 듯했다. 가끔 불행은 별 이유 없이 닥치곤 한다.

마놀로는 주머니에 손을 찔러넣고 고개를 숙인 채 길을 내려갔다. 그가 기다린 발걸음 소리가 드디어 뒤쪽에서 들렸다. 그의 걸음이 느려졌다. 그를 따라잡은 그녀가 그의 팔을 잡았다.

"나한테도 화난 거야?" 그녀가 물었다.

"난 누구에게도 화 안 났어. 그렇지만 여기서 벗어나자. 이런 술자리는 항상 끝이 안 좋은 법이야."

"그런데 무슨 일이 있었던 거야? 루이스가 나에 대해 무슨 말을
한 거야……?"

처음으로 마놀로는 진실을 말하고 싶은 충동을 느꼈다. 하지만
그의 입에서 튀어나온 말은 이러했다. "우리끼리의 문제야."

떼레사가 약간 비틀거렸다.

"나도 꽤 취했어, 알아?" 그녀가 눈을 감으며 말했다. "그렇지만
너를 집에, 네가 사랑하는 멋진 몬떼까르멜로에 데려다줄게. 말해
봐. 베르나르도가 누구야?"

그는 침묵했다. 하지만 떼레사가 그의 품에서 잠이 든 듯 갑자기
조용해졌기 때문에 그는 걸음을 멈춰야 했다. 그녀는 헝클어진 금
발의 머리를 그의 가슴에 기대고 있었다. 두사람은 가로등 불빛 아
래에 와 있었다. 마놀로는 손으로 떼레사의 부드러운 머리카락을
옆으로 걷어내고 그녀의 얼굴을 어루만졌다. 그녀는 비둘기 울음
소리를 내고 있었다. 축 늘어지고 지친, 잠에 빠진 여자애의 얼굴을
보는 기분을 누가 알랴. 마놀로는 노란 가로등 불빛 아래서 미소를
지었다. 그는 입안에서 담뱃재를 갑자기 맛본 듯 씁쓸하게 웃었다.

큰길 옆의 작은 길을 따라 부두 쪽으로 천천히 걸으면서 그는 반
쯤 벌린 떼레사의 입술에 부드럽게 입을 맞췄다. 운전대를 잡기 전
에 그녀가 좀 정신을 차리길 그는 바랐다. 하지만 그녀가 고양이처
럼 바짝 달라붙어 목을 두 팔로 감싸는 바람에 그는 다시 발걸음을
멈출 수밖에 없었다. 그녀는 그에게 키스하면서 "행복해"라고 했
다. 그때 두사람은 거리의 가장 으슥한 곳에 와 있었다. 어디에선
가 박수와 기타 소리가 들렸다. 마놀로는 그녀가 다리를 잘 가누지
못해 짧은 입맞춤으로 끝날 거라고 생각했다. 그러나 분홍색과 하

얀색 아지랑이가 피어오르는 것 같은 그녀의 벌어진 입술은 뜻밖에도 뜨거웠으며, 달라붙어서 떨어지지 않는 달콤하고 촉촉한 스펀지 같았다. 그는 그녀를 끌어당겨 미친 듯 키스를 했다. 떼레사는 맑고 푸른 눈을 반짝이며 서서히 뒷걸음질을 해 벽에 몸을 기댔다. 그 순간 환상을 더듬던 마놀로의 두 손은 그녀의 등과 벽 사이에 갇혀 더이상 움직일 수 없게 되었다. 하지만 그는 그녀의 떨리는 나신과 블라우스 속 앙증맞은 가슴의 자유로운 흔들림을 다시 한번 음미하기 위해 그녀가 벨트를 하고 있는지 여부를 확인해야 했는데, 손가락을 위아래로 움직이는 것만으로도 충분했다. 이제 그녀는 쾌활하고 즐겁고 섹시한 움직임으로 골반을 앞으로 내밀며 그를 끌어당겼다. 그녀는 그가 자신의 허벅지를 애무하도록 허락했다. 그녀는 그의 손이 점점 위로 올라올수록 온 감각이 눈부신 꿀로 가득 차는 것 같은 느낌을 문득 받았다. "안돼, 여기선 안돼……" 어깨와 목에서 뜨거운 입술이 느껴지자 그녀가 중얼거렸다. 그녀는 몸을 불안한 듯 흔들며 머리를 뒤로 젖혔다. 하지만 그녀는 어둠속에서 다시 나와 거칠게 숨을 몰아쉬면서 떨리는 입술을 내밀었다. 그때 그녀의 눈은 자신을 어딘가에 데려가달라고(이제 막 결심한 참이었다), 죽을 때까지 사랑받으며 그의 것이 되고 싶다고 애원하는 것 같았다……

'내려와, 이 이방인 자식아. 여기서 그만둬야 해.' 그는 속으로 말했다. 순종과 갈망이 담긴 그녀의 다정한 시선이 그의 마음을 아프게 했다. 그는 팔로 그녀의 어깨를 힘껏 감싸며 차로 데려갔다. 그의 품에 안긴 떼레사는 질식할 듯했고, 뜨겁게 달아올랐으며, 행복하게 미소지었는데, 약간의 현기증이 여전히 있었다. 제법 쌀쌀한 바람이 불어왔다. 그는 그녀의 금발 머릿단을 어루만지며, 머릿속에서 떠나지 않던 앞날에 대한 예상을 잠시 뒤로 미뤄두기로 했다. 그는 별 이유 없이 갑자기 다시 슬퍼졌다.

어떤 가공할 만한 현실의 섬광은

봄의 심장부로부터 튀어오르듯

튀어오릅니다. 왜냐하면 젊음은……

―버지니아 울프

몇년 후에 그 열정적인 여름을 떠올려본다면, 황금빛의 수많은 그림자와 거짓 약속, 억압된 미래에 대한 숱한 신기루들로 가득했던 모든 사건들에서 전체적인 암시가 드러나긴 했지만, 정작 두사람이 서로에게 끌렸을 때 태양 아래서 나눈 뜨거운 키스에도 이미 혹한이 둥지를 틀었고, 연무가 신기루를 지워버렸음을 알 수 있을 것이다.

"마놀로, 나한테 솔직한 거니? 가끔 걱정스러워……"

"뭐가?"

"잘 모르겠어. 지금 일어나는 일들, 이거 현실 맞지?"

신화의 내밀한 속성인 파괴가 이미 시작되었음에도 불구하고, 점점 커져만 가는 마놀로에 대한 그녀의 사랑은 식을 줄 몰랐다. 남쪽 출신 청년의 실제 인간성이 떼레사에게 명확히 드러난 순간(사흘로 충분했다)은 그녀가 그의 이념이 아닌 한 남자로서의 그에게 끌렸다는 사실을 온전히 인식했을 때였다. 무엇보다도 그녀는 정신적으로 혼란스러웠고, 그래서 예기치 못한 일이 발생하면 환상을 덧입혀 현실을 호들갑스럽게 껴안는 경향이 있는 놀라운 세상에 대해 몇몇 개념들을 성찰해보아야 할 필요성을 느꼈다. 날이 개었다가 갑작스러운 호우를 반복하던 8월의 어느 일요일 오후, 떼레사는 기나르도의 인기 있는 한 댄스클럽 안으로 들어가자고 그에게 졸라댔다. 두사람은 우연히 '쌀롱 리뜨모'의 맞은편에 있는 바에서 비를 피하고 있다가 젊은 남녀들이 빗속에서 뛰어와 그 댄스클럽으로 들어가는 것을 보았다. 마놀로는 자신이 몇년 전에 즐겨다녔던 댄스클럽이라는 말을 하려고 했다. "우리도 가자." 눈을 반짝이며 들떠 있던 그녀가 제안했다. "넌 그곳이 싫을 거야. 껄렁한 애들이 득실거리거든." 마놀로가 만류했다. 하지만 그녀는 무척이나 고집을 부려서 ("비 오는데 차도 없잖아. 그럼 우리 뭘 해?") 그는 그녀의 어리광을 받아주는 것 말고는 다른 도리가 없었다. 그 순간 폭우가 쏟아졌다. 마놀로는 양복 상의를 벗어 길을 건너는 동안 떼레사에게 씌워줬다. 그녀는 마놀로에게 바짝 달라붙으며 웃음을 터뜨렸다. 매표소에서는 뚱뚱하고 발그레한 남자가 이데알레스를 피우고 있었는데, 떼레사는 그에게 담배 한개비만 달라고 했다. "뻔뻔하게 굴지 마." 마놀로가 그녀에게 애정 어린 충고를 했다. "가만있어, 자기. 우리 신나게 놀 수 있을 거야. 두고 봐." 남자는 25뻬세따, 여자는 15뻬세따. "남녀 차별이네." 희희낙락하며 여대생이 말했다. 입장료에는 음료수값이 포함되어 있었다. 공연 밴드는 관현악단 싸뗄리떼스 베르데스, 가수 까봇 낌(호아낀 까봇), 마이모 브라더스(아프리카계 꾸바 음악), 루시에따 까냐(까딸루냐 민요에 대한 현대적 해석) 등이었다. 그밖에도 당시 인기를 누리고

있는 인물들의 이름이 보였다. "이것만 봐도 기대가 돼." 떼레사가
말했다. 그녀는 처음부터 유난히 흥분해 있었다. 뜨리오 모레네따
보이스의 특별 공연(하나의 곡 안에 들어 있는 싸르다나[37]의 아름
다운 운율과 현대 록의 혼합). "끝내준다." 떼레사가 들어가면서 소
리쳤다. "이런 건 놓치지 말아야지." 인산인해를 이룬 클럽 안은 굉
장히 소란스러웠고, 댄스플로어는 한발짝도 움직일 수 없을 정도
로 북적거렸다. 일요일을 즐기기 위해 나온 남자애들은 차가운 눈
빛과 무례한 태도로 이리저리 떼를 지어 몰려다니며 여자애들에게
귀찮게 굴거나, 몸을 기대거나, 앞가슴을 훔쳐보면서 간살을 부렸
다. 대부분의 여자애들은 안달루시아 출신이었다. 떼레사에게 쏟
아진 강렬한 시선들은 아주 의미심장했다. 하지만 그녀 옆에서 자
리를 지키고 있는 마놀로는 그녀 혼자 왔더라면 단순히 추파를 받
는 것으로 끝나지 않았을 위험으로부터 그녀를 지켜주는 보호막이
되어주었다. 그날 떼레사는 다행히도 일요일에 입는 수수한 옷차
림(흰색 주름치마와 깃이 높이 달린 파란 블라우스, 폭이 넓은 검
정 벨트)을 하고 있었다. 요조숙녀처럼 길게 늘어뜨린 머리카락과
휴가철에 햇볕에 그을린 피부, 이 두가지만 없었더라면 그녀는 클
럽 분위기와 잘 어울렸을 것이다. 그 두가지 매력은 그녀에게 해가
되었지만, 그녀는 사람들이 눈치채지 않기를 바랐다. 댄스플로어
주위에 있는 칸막이 좌석과 의자에는 가끔 귓속말을 주고받으며
앉아 있는 여자애들 무리가 있었고, 뒤쪽의 자그마한 무대에서는
관현악단 싸뗄리떼스 베르데스가 반짝거리는 블라우스를 입고 연
주하고 있었다. (일반적인 평에 의하면 지나치게 멜로디를 중시한

---

37 까딸루냐의 민속음악.

다는) 가수는 섬세하게 다듬은 검은 콧수염이 두드러져 보였고, 음색이 그레고리오 성가처럼 비음이 강했다. 예전에 이곳은 어느 노동조합의 문화·오락센터(직공조합의 휴식처)였다. 그 시설은 공화 체제와 함께 사라졌고 음악실, 도서관, 극장이 있던 건물은 현재 쌀롱 리뜨모로 바뀌었다. 실내장식은 엄숙하고 오래된 것이었다. 사방의 벽 높은 곳에는 꽃다발, 포도송이, 석고상이 화려하게 둘러져 있었다. 그 석고상 아래에는 자랑스러운 까딸루냐인으로 유명한 이름(쁘랏 데 라 리바[38], 뽐뻬우 파브라[39], 끌라베[40])과 '오르페오 이 까라메예스'[41]라는 노동운동을 이끈 위대한 사람들의 이름이 새겨져 있었다. 그들의 근엄한 표정은 휴일 대낮에 일자무식 안달루시아인들이 무리 지어 침범해오는 것에 경멸을 표시하는 듯했다. 나무 칸막이 좌석의 케케묵은 냄새가 진동하는 이층 회랑에는 친근한 어느 장인의 쓸쓸한 유령이 아직도 배회하고 있는 듯했다. 예전에는 그 장인이 지배했던 곳이지만 이제는 하나의 피난처일 뿐이었다. 음료와 오래된 가구, 집기 등을 보관하는 창고는 예전에 도서관과 당구장이었다. 이제는 무용지물이 된 물건들과 더불어 지금 읽어도 소름이 끼치는 도스또옙스끼, 프루스뜨의 까딸루냐어 번역판이 쌀가리, 디킨스, 마라갈의 작품 옆에 놓여 있었다. 그리고 직

---

38 쁘랏 데 라 리바(Prat de la Riba, 1870~1917): 바르셀로나 출신의 정치인이자 작가.

39 뽐뻬우 파브라(Pompeu Fabra, 1868~1948): 바르셀로나 출신의 언어학자이자 엔지니어. 까딸루냐어의 표준을 마련한 이로 그의 이름을 딴 대학이 바르셀로나에 있다.

40 주제쁘 안셀름 끌라베(Josep Anselm Clavé, 1824~74): 바르셀로나 출신의 시인, 정치가, 작곡가. 에스빠냐 합창운동의 선구자.

41 노동자들로 구성된 합창단으로 주로 까딸루냐 민속음악을 노래했다. 까딸루냐 노동운동의 한 흐름인 합창운동을 주도했다.

공조합의 녹슨 트로피와 낡은 깃발들이 망각의 꿈을 꾸고 있었다.

댄스클럽은 굉장한 열기로 푹푹 쪘고, 겨드랑이 암내가 진동했다. 떼레사는 사람들에게 말하고 싶은 충동을 억제했다. '아, 일요일의 댄스, 세상은 당신들 거야! 사람들로 넘쳐나는 원시의 섬, 격정적인 하늘, 원초적인 충동들, 위압적인 다정함, 향기는 없지만 사랑이 피어나는 정원, 내일은 바로 당신들 거야!' 떼레사는 결혼식의 신부처럼 마놀로와 팔짱을 끼고서 칸막이 좌석 안쪽 자리에 그와 함께 앉았다. 그녀는 온몸의 힘을 빼고 느슨한 자세로 앉아 있었지만, 정신은 영화관에 앉아 있을 때처럼 (유령의 마을에서 공기를 들이마시듯) 깨어 긴장의 끈을 놓지 않고 있었다. 그녀는 아름다운 하얀 목을 길게 내밀고 공연을 자세히 보았으며, 개미집 같은 곳에서 지친 기색도 없이 서로를 꼭 껴안고 플로어를 도는 커플들에 대해 칭찬을 아끼지 않았다. 마놀로는 동네에서 유명한 몇몇 녀석들을 알아보았다. 그들은 곧바로 눈에 띄었던 것이다. 그들은 계집애들과 춤을 추러 매주 목요일이면 '쌀롱 프라이스'에 가는 애들이었다. 그들은 라스 까냐스, 메뜨로, 아뽈로에도 출입했고, 이베리아, 막시모, 로비라, 텍사스, 쎌렉또 등의 영화관에도 드나들었다. 그들은 깃이 빳빳한 줄무늬 셔츠에 숨이 막힐 정도로 꽉 조이는 더블브레스트 정장을 입고 땀을 뻘뻘 흘리는 무르시아 애송이들이었다. 그 어린 춤꾼들은 파트너를 찾지 못해서 칸막이 좌석에 스핑크스처럼 앉아 있는 여자애들을 잡아먹을 듯 바라보며 플로어 주변을 돌고, 돌고, 또 돌았다. 하지만 여자애들은 반응을 보이지 않거나 그들의 요청을 단칼에 거절했다. ("함께 춤출까?" "싫어." "왜?" "그냥." "그럼 그러고 자빠져 있던가, 이 결핵병자야!" "돼먹지 못한 난쟁이 녀석!") 떼레사가 마놀로에게 말한 바에 의하면, 그 욕들은 그녀가 지금껏 들어본 것 중에서 가장 잔인하고 모욕적인 것이었다. 어쩌면 이런 이유에서, 그리고 마놀로가 오늘 자신과 즐길 만큼 그리 흥이 나 있지 않다고 생각해서 (마놀로가 마지못해하며 자신을 댄스플로어에 두번만 데리고 나간 것에 그녀는 의아했다) 떼레사는 한 남자애가 춤 신청을 해오자 거절하지 않았다. 그 남자애는 갑자기 그들에게 바짝 다가오더니 어느날 밤에 마놀로와 함께 줄행랑을 친 적이 있다는 사실을 상기시키려고 애를 썼다. 떼레사는 마놀로가 소개해주기를 바라며 그가 사는 동네와 직업을 물었다. 그 남자애는 멀리 떨어진 변두리인 또레바로에 사는 전기공이라고 했다. "저하고 추실까요?" 그애가 참으로 친절하게 물었다. 떼레사는 마음의 결정을 아직 내리지 못하고 있었는데(그때 그녀는 마놀로가 별 관심이 없다는 듯 빈정대며 웃고 있는 것을 보았다), 그녀로 하여금 그 제안을 기꺼이 받아들이게 만든 일이 일어났다. 세사람은 댄스클럽 구석에 있었고, 모든 사람은 관현악단이 다음 곡을 시작하기만을 기다리고 있었다. ('도미닌 마르끄'의 노래가 끝나고 '뜨리오 모레네따 보이스'의 공연이 시작될 것이라는 안내가 있었다.) 그때 갑자기 댄스플로어 가운데에서 작은 소동이 벌어졌다. 여자들의 비명소리가 들려 커플들이 동요했다. 많은 사람들의 고개가 그들이 있는 쪽으로 향했다. 얼핏 보기에 어떤 짓궂은 사람이 여자애들을 꼬집으며 댄스플로어를 헤집고 다니는 것처럼 보였다. 떼레사는 이 세상에서 가장 자연스러운 일이라는 듯 웃었다. "재밌다! 정말 좋아 보여." 그녀가 말했다. 그녀는 마놀로의 친구와 마주하고 있었는데, 향수를 뿌린 그의 머리가 그녀의 턱에까지 와닿았다. 그는 날씬하면서도 아주 다부진 마른 몸매가 묘한 인상을 주는 남자애였다. 그는 강한

오드꼴로뉴 향수 냄새를 풍겼는데, 몸에 꽉 끼는 체크무늬 정장에
일본인처럼 근심 어린 눈빛을 하고, 머리에 포마드 기름을 잔뜩 바
르고 있었다. 떼레사는 호감 어린 눈길로 그를 바라보았지만 그때
까지도 어떻게 할 것인지 마음의 결정을 내리지 못하고 있었다. 바
로 그때 그녀는 자신의 엉덩이를 꼬집는 아주 느리고 정성이 깃들
어 있는 부지런한 손길을 느꼈다. 그녀는 아무 말도 하지 않았지만
토마토처럼 빨개진 얼굴로 모른 척 살짝 뒤돌아보았다. 어깨를 움
츠리고 킬킬대면서 커플들 사이를 슬그머니 빠져나가는 구부정한
사람의 씰루엣을 그녀는 볼 수 있었다. 동시에 그녀는 옆에서 어떤
여자애가 친구에게 말하는 소리를 들었다. "나 저 사람 알아. 마르
세라고 하는데, 키가 작고 가무잡잡하고 곱슬머리야. 항상 여자들
을 만지고 다녀. 지난주 일요일에는 날 꼬집으며 전화번호를 주더
니 필요한 일이 있으면 연락하라는 거야. 너무 뻔뻔스럽지 않니?"
"그래서 전화했어……?" 다른 여자애가 물었다. 떼레사는 그 대답
을 듣지 못했는데, 그녀 앞에 있는 그 왜소한 신사가 넋을 잃고 자
신을 계속 바라보고 있었기 때문이었다. "우리 춤출까요, 떼레사?"
이 전기공은 달콤하고 매력적이라고 떼레사는 생각했다. 관현악단
이 연주를 시작했다. 그녀의 엉덩이는 아직도 약간 얼얼했다. 조금
전의 그 엉큼한 손길이 그녀의 마음을 움직여서일까, 아니면 그저
분위기에 취해서일까, 어쨌든 떼레사는 미소를 지으며 또레바로
에 산다는 그 왜소한 무르시아 청년의 팔에 안겼다. 그리고 진하게
껴안고 있는 커플들의 팔꿈치에 치이면서 땀으로 뒤범벅이 된 인
파 속으로 저돌적으로 그와 함께 뛰어들었다. 뜨리오 모레네따 보
이스는 현재 자신들의 최고 히트곡이자 은은한 조명 아래서 춤추
기에 이상적인 볼레로를 그 어느 때보다도 멋지게 연주했다. 어스

름한 댄스플로어 가운데를 도는 얼굴들의 혼란한 바다에는 떼레
사가 기대했던 것과는 달리 건전한 즐거움이나 부르주아 콤플렉
스로부터의 해방은 전혀 찾아볼 수 없었다. 그들은 몸을 바짝 밀착
해 말없이 춤을 추었고, 이상하게 얼굴들이 심각했다. 말로는 표현
할 수 없는 정중함이 느껴졌고, 결혼 적령기에 있는 부잣집 여자애
들의 사교댄스 모임에서 느낄 수 있는 것보다 더 낭만적이고 신중
한 분위기가 기괴하게 감돌았다. 떼레사의 두 눈은 한참 동안 마놀
로를 뒤따라갔다. 그녀는 멀리서 북적대는 사람들 너머로 아득하
게 멀어져가는 그의 뒷모습을 보았다. 그러면서 그녀는 자신이 빠
져나올 수 없는 인파 속에 갇혀버렸음을 깨달았다. 처음에는 재미
같은 것을 느꼈지만 끔찍했다. 그녀는 자신의 치마가 바람에 날리
기 쉬운 가벼운 소재이며 블라우스 속에 브래지어를 하지 않은 것
을 의식하지 못하고 있었고, 이상한 탐험을 시도하는 파트너 때문
에 자신의 황금빛 꿈이 산산조각 날 것이라고는 생각도 하지 못하
고 있었다. 결과는 이러했다. 그 전기공이 갑자기 고삐 풀린 망아
지 같은 모습을 드러내며 손이 수십개 달린 문어처럼 돌변해 그녀
에게 필사적으로 달려들었다. 어둠속에서 거친 숨을 헐떡이던 그
의 입은 그녀의 왼쪽 가슴을 덮쳤다. 그는 이미 말을 잃어버린 채
땀을 뻘뻘 흘리며 고통스레 발버둥치면서 배로 그녀를 밀어댔다.
처음에 그녀는 예의를 갖춰 거부하려고 애썼다. 하지만 댄스플로
어 한가운데에서 다른 커플들 사이에 끼인 그녀는 꼼짝도 할 수 없
을 정도로 갇혀 몸을 비틀 수밖에 없었다. (떼레사는 거미가 기어
가듯 자신의 등과 엉덩이를 더듬는 작고 거친 손길을 느꼈다.) 그
녀는 섬세하고 노련한 탱고 무용수처럼 몸을 뒤로 젖혔다. 전기공
은 그렇게도 갈망하던 발기에 이르렀고, 그녀는 그가 자신의 허벅

지에 뭘 비벼대고 있다는 걸 알았다. 민중의 춤에서 볼 수 있는 직선적이고 건전한 흥겨움은 대체 어디에 있단 말인가? 겨드랑이 암내와 남몰래 숨어서 하는 의기소침한 발정, 그것이 전부였다. 그때 그들 주변의 커플들이 춤을 멈추고서 조용해졌다. 그들은 고개를 돌려 무대를 보며 뜨리오 모레네따 보이스의 노래를 들었다. 그의 두 손은 허리와 가슴을 필사적으로 만지고 있었고, 터무니없고 측은한 사랑의 속삭임이 어둠속에서 이루어졌다. 그래도 떼레사는 애써 웃으려고 했다. 하지만 그것은 그날의 마지막 웃음이었다. 그녀의 표정이 갑자기 굳어졌다. 왜소한 그 전기공이 그녀를 어찌나 심하게 밀어대는지 그녀의 발은 바닥을 디디지 못하고 실제로 공중에 붕 떠 있었다. 그녀가 시야에서 마놀로를 놓친 지 한참 지나서였다. ('그는 이 야만인들 손에 날 남겨두고 가버린 걸까?') 혼자 남겨져 그곳에서 도망칠 수 없을 거라는 생각에 겁이 덜컥 난 그녀는 자신의 파트너를 노려보았다. 사람들 사이에 끼어 버둥대는 꼴이 가관이었다. 떼레사는 그의 눈을 보자 (그녀는 시간이 한참 흐른 후까지도 기어오르려고 안간힘을 쓰는 강아지같이 자신을 쳐다보는 그의 까맣고 슬픈 작은 눈을 잊지 못할 것이다. 실제로 이는 그녀가 처음 접한 현실이었다) 갑자기 숨이 막히면서 신경발작이 일어날 것 같아 팔꿈치로 사람들 사이를 비집고 빠져나오기 시작했다. 모든 것이 거짓이었다. 뜨리오의 음악, 마놀로의 노동자 친구, 민중의 춤…… 그곳에 있는 커플들이 그녀를 보고 웃었지만, 그 누구도 그녀가 댄스플로어에서 빠져나갈 수 있도록 길을 내어줄 것 같지 않았다. "고상한 척하는 계집애! 남자애를 차버렸어." 한 여자애가 말하는 소리가 들렸다. "불쌍한 녀석. 그래선 안되는데." 마침내 그녀는 마놀로가 있었던 곳까지 갈 수 있었다. 하지만 마놀로는 흔적도 보이지 않았다. 어둠속에 멍하니 남겨진 그녀는 "마놀로" 하고 맥없이 중얼거려보았다. 그녀의 눈에 보이는 수많은 그림자 중 어떤 그림자가 마놀로인 것 같았다. 기괴하게 번쩍거리고 땀에 흠뻑 젖은 미지의 얼굴들이 악몽처럼 그녀의 얼굴 위로 쏟아져내렸고, 그들은 아주 형편없는 음악에 맞춰 몸을 흔들어대고 있었다. 어떤 대담한 손이 그녀의 우아한 황금빛 머리카락을 잡아당겼다. 그리고 그녀의 부드러운 귀에 입술을 바짝 대고 음탕한 말을 늘어놓았다. "금발 아가씨, 날 찾고 있었어?" "부잣집 아가씨, 끝내주는군." "그렇게 빨리 뛰지 마, 공주님. 팬티 벗겨지겠어." 빨간 립스틱을 바른 어떤 건장한 여자애가 불량배들에게 욕설을 퍼부으며 그녀를 지켜주었다. 떼레사는 다리가 후들거렸다. 창피하기도 하고 화가 치밀어오르기도 했다. 그녀는 몇몇 커플들이 어둠속에서 꽉 껴안고 춤추고 있는 이층 회랑을 비롯해 곳곳을 뒤지며 필사적으로 마놀로를 찾아다녔다. 복도에서 그녀는 어떤 방으로 들어가는 마놀로인 듯한 사람을 보고 서둘러 그를 쫓아갔다. 안에는 파리들의 오랜 친구인 누르스름한 전구가 격자 안에 담긴 채, 곰팡이가 핀 책장 옆에 쌓여 있는 맥주 상자들 위로 더러운 빛을 부드럽게 떨구고 있었다. 책장은 유리가 깨지고 거미줄이 뒤엉켜 있었다. 방의 가운데 바닥에는 화톳불에나 들어갈 먼지 뒤덮인 책과 잡지 들이 쌓여 있었다. "마놀로, 너니?" 그녀가 속삭이듯 말했다. 방에는 쾨쾨한 냄새가 진동했다. 맥주 상자 뒤에서 기침소리가 났다. 떼레사는 책 더미, 아니 정확히 말해 책 더미에서 약간 떨어진 곳에 있는 한권의 책에 발이 걸려 넘어졌다. (그때 어떤 여자의 밝은 웃음소리가 들리는 것 같았다.) 세월이 흘러 누렇게 변했고 근엄한 흰 턱수염이 유난히 두드러져 보이는 사진 위에 놓여 있는 빨간 표지의 책이었다. 바닥에 굴러다니는 마담 보바리와 카를 맑스의 책은 흥분해 서로를 꽉 껴안고 있었다. 다른 사회과학책 더미에서 떨어져나온 그 책들은 자신들이 곧 불에 던져지거나 고물상에 넘겨질 운명임을 알고 있는 것 같았다. 한쪽 구석에서 한숨소리가 들려왔다. 그리고 현실에 대한 그녀의 아연실색과 두려움을 비웃는 듯한 버릇없고 나지막한 웃음소리가 온전하게 들려왔다. 곧이어 상자 뒤에서 뭔가가 움직였다. 머리를 땋았으며 크고 몽환적인 검은 눈을 가진 가무잡잡한 여자애였다. 그녀는 치마를 매만지면서 구석 쪽으로 물러났다. 그녀는 당황한 얼굴에 미소를 지으며 떼레사를 바라보았다. 그렇지만 이내 눈 한번 깜빡이지 않고 내숭도 떨지 않은 채 굼뜨게 상자 더미 뒤로 몸을 숨겼다. 그녀 옆에서 웨이터 재킷을 입은 빨간 머리의 남자애가 양손에 각각 꼬냑을 한 병씩 든 채 상체를 일으키며 물었다. "뭘 찾고 있나요?" 머리를 땋은 여자애는 몽환적인 눈을 남자친구에게 고정하고 다시 한번 함박웃음을 웃었다. 떼레사는 눈을 내리깔고 자신의 발치에 있는 습기에 상한 벨벳의 영광스러운 냄새 한가운데에서 나뒹굴고 있는 황당한 그 커플을 마지막으로 한번 더 바라보았다. 떼레사는 실례했다는 말을 웅얼거린 다음 몸을 돌려 그곳에서 뛰쳐나왔다. 그녀는 댄스플로어 위에 있는 회랑으로 다시 돌아왔다. 여전히 불이 켜져 있었다. 그곳 난간에서 내려다보니 댄스플로어와 칸막이 좌석이 다 보였다. 마놀로는 가버렸다. "어쩌면 화가 났을지도 몰라. 내가 바보야, 내가 바보야……" 그녀가 돌아서려고 하는데 또다른 놀라운 일이 있었다. 그 왜소하고 치근덕거리던 전기공이 바지 주머니에 손을 넣고 뒤에서 그녀를 바라보고 있었던 것이다. 그는 형언할 수 없는 익살스러운 표정으로 웃고 있었다. 그는 정중하고 공손하게, 사실상 사랑에 빠져 그녀를 기다리고 있었다. 떼레사는 다시 한번 뛰어 그곳을 빠져나왔다. 그녀는 계단을 한번에 네개씩 내려 갔다. 결국 그녀는 옷 보관소와 바가 있는 로비로 나오게 되었다.

마놀로는 바에서 선 채 맥주를 마시고 있었다. 떼레사는 그에게 달려가 안기고 싶은 충동을 느꼈다. 하지만 애써 진정하며 그의 등 뒤로 눈을 내리깔고 천천히 다가갔다. 그에게 다가간 그녀는 까치발을 하고 그의 뺨에 입을 맞췄다. 마놀로가 돌아서서 웃으며 애정 어린 눈빛으로 그녀를 바라보았다. "춤추는 게 싫증난 거야?" 떼레사가 고개를 끄덕여 그렇다고 했다. 그녀는 다소곳하게 마놀로를 바라보다가 갑자기 시무룩해지더니 그의 어깨에 머리를 기댔다. "다시는 그러지 마. 제발 다시는 절대 날 혼자 놔두지 말란 말이야!" 그리고 그에게 빨리 그곳에서 나가자고 했다.

"꼬마 아가씨, 넌 도대체 어떤 세상에서 사는 거니?" 떼레사가 모든 일을 설명해주었을 때 마놀로가 사랑스레 농담을 했다. "내가 말했잖아. 네가 올 데는 못된다고." 그는 떼레사를 안고서 그녀가 진정할 때까지 머리를 부드럽게 어루만져주었다.

두사람은 밤 9시까지 귀가해야만 하는 훌륭하고 신중한 연인들 틈에 끼여 크리스털 씨티 바에서 그날의 파티를 끝냈다. 두사람은 적당한 크기의 레몬 조각이 들어 있는 진토닉 두잔을 앞에 놓고, 자제하지 못하는 무르시아 사람과, 여자들을 슬쩍슬쩍 만지며 돌아다니는 그런 부류의 애들은 감히 접근할 수도 없는 다락방 같은 그곳에서 입을 맞추며 평온하게 파티를 끝냈다.

이후 계속된 오후의 데이트에서 떼레사의 감정적인 톤은 느리고 민감한 변화를 보였다. 몬떼까르멜로에서 즐겁고 정겹게 보낸 밤들, 이웃들의 환성, 셔츠 차림의 미남들, 달빛 아래에서의 낭만적인 산책, 그 유명한 델리시아스 바에서의 노동권 요구에 관한 슬로건 등은 그녀의 감정에 균열을 가져온 요소들이었다…… 오래전부터 여대생 떼레사는 이런 끓어오르는 생동감에 대해 알고 싶은 열망으로 불타고 있었다. 그런데 그녀는 신화의 땅, 몬떼까르멜로를 너무 늦게 발견했고 점유했다. (신대륙 정복자들에게 플로리다가 그러했듯이 말이다.) 지금까지 떼레사에게 까르멜로는 멀찍이서 동경하던 희미한 그림자에 지나지 않았는데, 마놀로가 자신을 그 동네에 데려가 그의 친구들에게 소개해주기를 늘 거부했기 때문이었다. 하지만 베르나르도라는 사람의 이름은 그녀에게 아주 익숙했다.

지레 멋있을 것이라고 짐작은 하지만 그 자신은 전혀 경험한 바 없는 모험(떼레사는 '세포 모임'이라는 까다로운 생물학적인 표현을 사용했지만 그는 모험이라고 부르는 걸 더 선호했다)에 대해 떼레사가 언급하는 것을 마놀로는 피하고 싶었다. 그래서 그는 늘 베르나르도에 대해 이야기할 때면 대학생들이 지난번에 페데리꼬에 대해 이야기할 때 쓰던 그 모호한 화법을 흉내 내곤 했다. 그 결과 베르나르도는 감히 범접할 수 없고 중요한 비밀을 간직한 베일 속의 또다른 권위 있는 노동운동가로 둔갑했다. "너 베르나르도를 아니? 그에 대한 이야기를 들어본 적이 없니? 그 일이 어떻게 돌아가는지는 나보다 베르나르도가 더 잘 설명해줄 수 있어. 난 아무것도 몰라." 가끔 떼레사의 호기심이 그를 난처하게 만들 때면 마놀로는 이렇게 얼버무리곤 했다. "마놀로, 언젠가 그를 소개해주겠지?" "그건 신중하지 못한 행동이야." 마놀로는 그렇게 이유를 댔다. 그리하여 떼레사는 베르나르도를 알지도 못하면서 그를 찬양하기에 이르렀다. 이는 그녀가 마놀로에게 끌리기도 했고, 그녀만의 독자적이고 대담한 도덕적 인식이 작용했기 때문이기도 했다. 하지만 그녀의 도덕적 인식은 무분별할 만큼 관대했다. 떼레사의 도덕적 현실주의는 그녀가 믿듯 분석적 노력에서 비롯된 것이 아니라, 사랑에서 비롯된 것이었다. 따라서 그녀가 미혹에서 깨어나기까지는 시간이 필요했다.

어느날 밤 그녀는 마놀로와 함께 까르멜로의 꼭대기까지 올라갔다. 그녀는 헤어지면서 동네를 한바퀴 돌자고 제안했다. 처음에 마놀로는 싫다고 했지만 언덕 건너편 덤불에서 떼레사를 껴안고 싶어서, 또 오래전부터 그의 머릿속에 있던 것(그녀의 아버지 쎄라뜨 씨를 통해 좋은 일자리를 얻을 수 있는 가능성)을 진지하게 이야기하고 싶어서 생각을 바꿨다. "좋아, 건너편에 가보자. 바예데에브론을 보여줄게." 그들은 길가에 차를 세워두고 걸어서 갔다. 마놀로는 떼레사의 어깨를 팔로 감싸면서 집 앞에 나와 음료를 마시고 있는 동네 사람들의 눈에 그녀가 띄지 않도록 그란비스따 쪽으로 데리고 갔다. 델리시아스 바를 지나자 개울에서 아이들이 놀고 있었다. 또 두 소녀가 집에서 새어나오는 불빛을 받으며 손을 잡고 노래를 부르고 있었다.

우리 집 안마당은
색다르다네,
비가 오면 젖는다네,
다른 집 안마당처럼……

떼레사는 그 소녀들에게 다가가서 웅크리고 앉아 한참 동안 함께 노래를 불렀다. 그녀의 감정적인 톤은 다시 위험할 정도로 고조되었다. 별이 빛나는 따스한 밤, 녹색 기운이 감도는 달이 한가롭게 지붕 위를 구르고 있고, 하늘의 가장자리에서는 저녁놀이 붉게 물들어 있었다. 단지 라디오만 없을 뿐이었다. 어느 집 테라스에서 저속하고 촌스러운 음악을 아주 시끄럽게 흘려보내는 그런 라디오 말이다. 그란비스따 끝에 이르면 널찍한 공터가 나오는데, 그곳은 기나르도 공원까지 이어지는 도로가 시작되는 곳이다. 그들은 쓰러져가는 반원형의 돌 벤치에 잠시 앉았다가 손을 잡고 공원의 전나무 사이로 난 비탈길을 내려갔다. 금속성의 귀뚜라미 울음소리가 들려왔다. 떼레사가 풀밭 위에 드러누웠다. 그날밤 그녀의 입술은 선명했고, 복종의 빛을 띠고 있는 두 눈은 너그럽고 다정하기 그지없었다. '어쩌면 지금이 기회일는지도 몰라.' 그는 생각했다. '그녀에게 난 지금 실직 상태이고 앞날도 깜깜하다는 것을 솔직하게 말할 기회야. 어쩌면 그녀의 아버지가 내게 미래가 보장된 좋은 일자리를 제공해줄 수 있을지도……'

"있잖아, 네 아버지…… 네 아버지가 혹시……?"

그가 말을 더듬은 것은 그녀의 뜨거운 입술과 조그맣게 봉긋 솟은 딸기 같은 그녀의 가슴 때문이었지, 결코 그의 망설임 때문이 아니었다. 그의 두 손 안에 있는 그녀의 가슴은 그를 달아오르게 하면서, 그에게 품위와 성공적인 미래라는 달콤하고 따뜻한 경련을 모두 가져다줄 제2의 우주였다…… 그는 생각을 정리하기 위해 상체를 일으켰다. 떼레사는 누워서 졸린 눈으로 그를 바라보았다. 마놀로는 그녀를 자신의 것으로 만들 수 있을지, 한동안 자신이 그녀의 연인이 될 수 있을지, 몇달이고 그렇게 될 수 있을지 확신을 못한 채 다시 그녀 쪽으로 몸을 돌렸다. 그런데 그렇게 해서 얻을 수 있는 게 무엇일까? 연인이라는 이 거창한 말은 무엇을 의미하는 걸까? 여대생이건 아니건 간에 세련되고 부유하고 새로운 생각을 가진 여자애가 지금 아무 일 없이 어떻게 연인이 될 수 있겠어? 나중에, 널 어디서 봤더라, 기억이 나질 않아, 아름다운 추억이었지만 이젠 안녕, 하겠지. 한때 덧없는 열정으로 관계를 가졌지만, 알잖아, 인생은 그런 거라는 걸, 이러겠지. 아니야, 이 자식아. 침대에서의 떼레사에 대해 네가 생각하는 것은 틀렸어. 그녀는 매력적이고 교육도 잘 받고 모범적인 여자애이긴 하지만(자신이 속한 계급의 우월성을 의심하는 것에서 볼 수 있듯 그녀의 도덕적 방어는 그다지 확고한 것은 아니야), 분명히 네 손에 넣을 수 있어. 하지만 그녀를 둘러싼 기품 있고, 교양 있고, 우아하고, 명예를 중시하는 그 세계를 가지는 것은 쉽지 않을 거야. 그래 맞아. 이 아름다운 금발과 매끈한 무릎을 한차례 어루만져보고, 내 손바닥 안에 딸기와 진주의 이 두 세계를 한번 쥐어보는 거야. 그들은 사회적 노력의 결과물인 호화로운 삶을 사는 아이들이고, 비슷하게 노력하는 이들은 누릴 자격이 있으나, 떨리는 손을 뻗어 만지는 것만으로는 얻을 수 없다는 걸 깨닫기 위해서라도 말이야……

떼레사는 자리에서 일어나 남자친구에게로 갔다. 그리고 등 뒤에서 그를 안았다. "여기서 보니까 모든 게 아름답네. 그렇지 않니?" 그녀가 말했다. 전나무와 소나무의 강한 향이 그들을 감쌌다. 멀리 몬바우와 바예데에브론에서 불빛이 반짝였다. 그곳 도로에서 라이트를 켠 차들이 꼬리에 꼬리를 물고 행렬처럼 도심으로 미끄러져 들어오고 있었다. 떼레사는 포옹을 푼 뒤 웃으면서 그의 주변을 몇차례 돌았다. "난 너희 동네가 좋아. 내가 낼 테니 델리시아스 바에 가서 까라히요[42] 한잔 마시자." 그녀가 말했다. "그건 향커

---

[42] 럼이나 꼬냑 등을 섞은 따뜻한 커피.

피라고 하는 거야." 그가 웃으면서 정정해주었다. "그럼 나 향커피,
델리시아스 바의 향커피를 마시고 싶어." 그녀가 말했다. 마놀로가
꿈에서처럼 두둥실 떠서 그녀에게 천천히 다가가 몇마디 속삭이며
미소를 지었고, 한번 또 한번 그녀에게 키스했다. 그러고 나서 그녀
의 목을 깨물었고 그녀의 금발에 얼굴을 묻었다. ('네 아빠, 네 아,
아, 아, 아빠는 해줄 수 있을 텐데……') 그녀가 웃으면서 그에게서
빠져나와 그로 하여금 자신을 쫓아오게 만들었다. 마놀로는 그녀
를 쫓아가다 넘어지고, 그녀를 붙잡았다가 놓치기를 반복했다. 꼬
마 아가씨, 난 너 때문에 미칠 것 같아. "난 까라히요를 원해. 향커
피를 원한다고!" 그녀가 고집스럽게 장단을 맞추며 말했다. "델리
시아스 바에 데려가줘. 그런 다음 나중에 여기 다시 오자, 응?" 그
녀가 거부할 수 없게 미소를 지으며 제안했다. 그러고는 갑자기 언
덕 꼭대기의 도로를 향해 달렸다. 그녀가 잠깐 걸음을 멈추고 마놀
로를 돌아다보았다. 그리고 다시 그란비스따 쪽으로 발걸음을 재
촉했다. 마놀로는 고개를 떨구고 바지 주머니에 손을 넣은 채 천천
히 그녀 뒤를 따라갔다. 귀뚜라미 울음소리가 그의 신경을 자극했
다. 거리의 첫번째 집까지 오자 그는 걸음을 재촉했다. 떼레사가 보
이지 않았던 것이다. 그때 일이 벌어졌는데, 그녀의 비명소리가 들
렸다. 50미터쯤 떨어진 곳에 있는 것 같았다. 거리는 아무것도 분간
할 수 없을 정도로 어두웠지만, 그는 떼레사가 있을 만한 지점으로
달려가기 시작했다. 그는 도로 건너편 어둠속에서 그녀가 두 손으
로 얼굴을 감싼 채 등을 보이며 벽에 기대어 있는 것을 발견했다.
그녀의 어깨가 흔들리고 있었다.

"무슨 일이야?" 그가 물었다.

떼레사는 진정하려고 안간힘을 쓰면서 손을 허리에 얹고 숨을

내쉬었다. 뭔가에 놀랐다기보다 분개한 것처럼 보였다.

"저기, 저 문에……" 그녀가 중얼거렸다. "어떤 남자가 있어……"

그녀가 깊은 어둠에 묻힌 한쪽 구석을 가리켰는데, 그곳은 언덕과 붙어 있는 '까사 벡'의 옹벽 아케이드 중 하나로, 그 내부는 사람이 거주하는 곳이었다. 구역의 도로를 비추는 유일한 가로등은 불빛이 아케이드까지는 미치지 못했다. 하지만 낯선 누군가가 있다는 것은 알아볼 수 있었다. 낡은 구두가 보였으며 진흙 묻은 긴 바짓단이 내려와 있었다. "놀라서 죽는 줄 알았어. 미친 사람이야." 떼레사가 중얼거렸다. "미친 게 틀림없어. 어두운 곳에서 갑자기 튀어나오더니 팔을 벌리고 내 앞으로 다가오는 거야…… 옷을 다 풀어헤친 채 나를 보며 킬킬대면서 말이야. 무슨 이런 경우가 다 있어!" 어둠속에서 숨을 헐떡이는 소리가 나더니 낯선 사람의 발이 움직였다. 마놀로는 그곳을 향해 쏜살같이 달려가 어둠속으로 손을 뻗었다. 마놀로의 손에 기름때가 낀 셔츠의 뒷덜미가 붙잡혔다. (사나흘쯤 깎지 않은 수염과 아주 익숙하게 느껴지는 큰 코가 그의 손끝에 스쳤다.) 참을 수 없을 정도로 역겨운 포도주 냄새가 풍겼다. "어서 나와, 이 더러운 새끼야! 꼴 좀 보게 나와!" 마놀로는 소리를 지르며 그를 자기 쪽으로 세차게 끌어당겼다. 어둠속에서 비틀거리며 희미한 가로등 불빛 아래로 넝마 인형처럼 끌려나온 사람은 다름 아닌 베르나르도 싼스였다. 로사가 강요하여 맺은 부부관계를 위해 거의 이년 동안 맹목적으로 헌신한 싼스였는데, 결국에는 이 모양 이 꼴이 되어 있었다. "부끄럽지도 않냐, 이 재수 없는 놈아. 한사람의 가장으로서 말이야!" 마놀로가 그를 잡고 흔들면서 소리쳤다. 마놀로는 갑자기 화가 나서 그에게 주먹질을 하기 시작했다. 이렇게 외지고 어두운 동네에서 싼스가 방탕한 행동을 하는 것이 새삼스러울 것도 없고 자주 일어나는 일이라는 걸 마놀로는 잘 알고 있었다. 그럼에도 불구하고 그는 떼레사가 놀랄 정도로 벌을 가했다. (이는 쌴스가 떼레사를 모욕한 것에 대한 벌이기도 했지만 사실 그에 대한 복수심이 더 크게 작용했다.) "그만 때려, 그만해." 하지만 마놀로는 계속 때렸다. "이 자식은 살 가치가 없는 놈이야." 마놀로가 소리쳤다. "진작부터 내가 말했어. 경고했었다고! 재수 없는 놈! 꼬락서니 한번 좋다!" 만취 상태인 쌴스는 담벼락 구석에 처박혀 처량하게 웃더니 팔로 얼굴을 가렸다. "난 몰랐어!" 그가 신음하면서 말을 더듬거렸다. "널 못 봤어. 맹세코 널 보지 못했어." 결국 쌴스는 넘어졌고, 기다시피 해서 마놀로로부터 벗어나 허둥지둥 도망쳤다. 마놀로는 계속 그를 향해 소리쳤다. "짐승 같은 놈! 그렇게 살다 죽어버려라. 힘없는 여자들이나 겁주는 재수 없는 놈! 꺼져버려. 죽어버려. 너 같은 놈은 살 가치도 없어!" 그는 놀란 눈으로 자신을 바라보는 떼레사 곁으로 돌아와 팔로 그녀를 감싸안으며 말했다. "이런 동네는…… 내가 언젠가 말했지, 길이 어둡고, 정숙한 여자들이 밤에 혼자 다닐 수 없다고. 우리 형수님도 언젠가 이런 일을 겪고 울면서 집에 들어온 적이 있어…… 무슨 일을 당한 거니?" "아니, 아무것도…… 이 동네 애니? 서로 아는 사이 같던데." "그놈을 그냥 죽여버릴 수도 있었어. 나쁜 애가 아니었는데……" 그가 생각에 잠긴 채 중얼거렸다. "원래 나쁜 애는 아니었어. 믿기지 않겠지만 말이야. 인생이 꼬이면서 모든 일이 엉망으로 됐어. 하지만 오로지 그애의 잘못이야. 내가 항상 그애에게 말하고 주의를 줬어. 하지만 이젠 끝장이야. 술에 절어서 어처구니없는 짓이나 하고 다니다니. 언젠가 머리통이 박살난 채로 발견될 거야." "그렇지만 네 친구라면서 왜 그렇게 때렸어? 날 실제로 만지지도 않았는데." 떼레사가 말했다.

"내가 말했잖아? 그 자식은 맞아도 싸…… 그놈이 주먹을 부른 거야." 언짢아하며 마놀로가 말을 끝맺었다.

물론 마놀로는 이 달아오른 넝마가 까르멜로의 이름 없는 영웅인 유명한 베르나르도라는 사실을 말하지 않으려고 무척 조심했다. 하지만 그래봤자 허사였다. 차에 돌아왔을 때 떼레사는 델리시아스 바에서 한잔하기를 원했던 것이다. (비록 조금 전처럼 의욕적이지 않았지만, 놀란 마음을 달래기 위해 한잔하는 것이 필요하다는 것이었다.) 마놀로는 상황을 알고 피하려고 했지만 떼레사는 이미 바 안으로 들어간 뒤였다. 그곳에는 한쪽 구석 탁자에 베르나르도가 앉아 있었다. 그는 그때까지도 숨을 헐떡이며 코피를 흘리고 있었고 겁먹은 쥐처럼 가만히 있었다. 떼레사는 그곳에서 마놀로의 형을 만나리라고는 상상도 하지 못했을 것이다. 떼레사가 들어가자 카운터에 팔꿈치를 기댄 삐호아빠르떼의 형과 이야기를 나누던 버스 승무원 둘, 도미노 게임을 하고 있던 남자애 넷, 입구 옆에 앉아 있던 노인 등 모든 사람들이 고개를 돌려 그녀를 바라보았다. 마놀로의 형이 두 사람에게로 다가왔다. 그는 미심쩍은 얼굴로 웃더니 머리를 끄덕였다. 그는 서른살 정도로 보였고, 장신에 등이 약간 굽었으며, 가무잡잡하고 도톰한 얼굴과 크고 누런 이를 가진 남자였다. 태평스럽고, 느리고, 촌스러우면서, 아주 인사성이 밝은 사람 같아 보였다. 그는 단 한벌밖에 없어 보이는 기름때에 찌든 작업복을 입고 있었다. 동네에서 사람들은 그를 반쯤 정신 나간 사람처럼 취급했고, 아무도 그에게 주의를 기울이지 않았다. 그는 짧은 재담(가뭄이 너무너무 심해서 나무들이 개들 뒤를 졸졸 쫓아다녔대, 헤헤헤)을 유난히 좋아했다. 하지만 다른 이야기를 할 때면 반대로 가끔 샛길로 빠지면서도 세세한 것까지 놓치지 않고 아주 장황하게 말하곤 했다. 그래서 사람들은 그가 바에 나타나면 그를 피하곤 했다. 바로 이런 이유 때문에 그는 이야기할 때 일부분만 잘라 말하는 특이한 화법을 자주 구사했다. 그래서 늘 그의 이야기를 듣고 있노라면 다른 곳에서 (끝까지 듣지 않고 등을 돌려버린) 다른 사람에게 하던 이야기를 이어서 하는 것 같았다. 그날도 그는 중간에서 끊긴 이야기를 계속 들어줄 누군가를 눈으로 급히 찾고 있던 참이었다. 이런 일은 상당히 자주 반복되어서 그의 이야기는 그 누구도 시작과 끝이 어떻게 되는지 관심이 없는, 여러 지인들에게 공평하게 배분된 영원히 끝나지 않는 연재물 같았다. 그럼에도 불구하고 떼레사는 그날밤 그가 마침 베르나르도에 관해 언급하고 있었기 때문에 이야기의 결말이 궁금했다. 마놀로는 형에게 떼레사를 소개하는 것 외에 달리 방도가 없었다. "친구야." 그가 말했다. "그런데 우린 곧 갈 거야." 그의 형은 떼레사에게 깔리사이[43]를 한잔 마시라고 강권했다. ("여자들에게 참 좋은 겁니다." 그는 뭐가 좋은지 정확하게 알지 못하면서 말했다.) 떼레사는 정중하게 감사하다고 했다. 그녀는 형이 친절한 사람이라고 생각했다. 약간 말을 연상케 하는 부드러움이 형의 얼굴에서 보였다. 하지만 그녀의 시선은 오로지 부끄러워하며 구석에서 웅크리고 있는 베르나르도에게로만 향했다. 마놀로의 형이 바에서 맥주를 마시고 있는 버스 승무원들에게로 돌아갔다. 그는 다시 그들에게 뭔가 이야기를 하기 시작했지만, 그들은 여전히 그에게 등을 돌리고 있었다. 그는 의자 위에서 몸을 돌려 떼레사를 보면서 이야기를 계속했다.

---

43 천연 재료로 만든 술의 일종.

"……그리고 이번에는 그 사람을 상당히 놀라게 했다는 것을 알 수 있지요. 그 사람을 한번 봐요. 이제 그 사람을 보셔도 됩니다. 한 방 얻어맞은 것 같은데, 그렇다고 위험한 친구라고 생각하지는 마세요. 그 사람의 마누라는 아주 사나워요. 여기 이 쓸모없는 (그가 마놀로를 가리켰다) 내 동생이 알지요. 전에 녀석과 베르나르도 (그가 베르나르도를 가리켰고, 떼레사는 그의 이름을 듣고 경악했다)는 늘 붙어 다녔지요. 그때는 일이 잘 풀려 일에 재미를 붙이고 좀 품위 있게 살았어요. 그런데 베르나르도가 재수 없게 하사관 같은 로사한테 걸려들었지요. 로사는 그의 마누라예요." 자신의 말이 정확하다는 표시로 그는 이야기를 끝맺었다.

그날밤 그의 장광설은 그렇게 끝났다. 이야기의 초반부에 분명히 이것 못지않은 놀라운 내용이 담겨 있었을 테지만 이제 그것을 복구하기란 불가능할 것이라고 떼레사는 생각했다. 두 버스 승무원의 기억에서도 다 사라져버렸을 테니까 말이다. 어쨌든 굉장한 의혹이 다시 밀려왔다. 마놀로가 그에 대해 그렇게 떠들어대고, 그녀가 페데리꼬(어둠속을 방랑하는 빠리 태생의 선구자적인 인물)와 비교했던 위대한 베르나르도가 구석에서 피 흘리고 있는 삐쩍 마른 저 사람이란 말인가? 옆에서 슬쩍 자신을 훔쳐보는 마놀로의 시선을 포착하자 떼레사의 의심은 더욱 커져만 갔다. 갑자기 그녀는 일요 댄스클럽에서 겪었던 메스꺼움과 환멸을 다시 느꼈다. 그때 그녀는 밖으로 나가려고 일어서는 베르나르도를 보았다. '등이 굽은데다 맹인이나 위험한 광인처럼 쑥 얼굴을 내밀고 비틀거리면서 걷는 저 불쌍한 작자가 베르나르도란 말인가? 지하운동권에서 마놀로와 함께 일하던 강철 같은 노동자인 그가 저렇게 도덕적으로 육체적으로 몰락했단 말인가……? 그일 리가 없어. 저 사람의 등과 질질 끄는 발이 너무나 음산해. 무너져내린 까르멜로의 유령 같아.' 떼레사는 그냥 웃어야 할 것 같았다. '이렇게 무책임하고 성범죄자가 될지도 모르는 사람이 대학생에게 나눠줄 전단지 인쇄를 한다고? 나는 알고 있었어. 그리고 늘 의심해왔어. 몬떼까르멜로는 내가 상상했던 몬떼까르멜로가 아니야. 마놀로의 형은 중고차 거래상이 아니라, 노동자 의식이 없는 정비공이었어. 베르나르도는 나 자신의 혁명적 환상 속에서 만들어낸 인물이며, 마놀로 역시……'

그녀는 자신이 무엇을 하고 있는지 알지도 못한 채 일단 향커피(이 말은 마놀로의 형을 박장대소하게 만들었다)를 한잔 주문했다. 어안이 벙벙하고 의기소침해진 그녀는 마놀로에게 눈빛으로 사람들이 웃는 이유를 물었다. 하지만 마놀로의 검은 두 눈에는 그녀를 향한 예찬만 담겨 있을 뿐이었다. 어떤 비밀스러운 힘도 없었고, 위험에 대한 영웅적인 상상도 없었다. 그녀를 향한 예찬 외에는 그 어떤 다른 감정도 찾아볼 수 없었다. 그녀는 정신없이 델리시아스 바를 뛰쳐나와 자신의 차가 있는 쪽으로 향했다. 이웃집에서 라디오 소리가 크게 들려왔다. 감미로웠지만 그녀의 심경에는 어울리지 않는 멜로디였다. "이제 더이상 네가 필요 없어. 변두리 동네 잘생긴 애들은 더이상 달빛 아래서 셔츠 차림으로 산책하지 않아." 마놀로는 옆에서 그녀를 살피며 걸었다. 그는 그녀가 첫걸음마를 시작해 언제 넘어질지 모르는 아이인 것처럼 그녀의 움직임 하나하나를 지켜보았다. 그는 떼레사의 반응과 언젠가는 쇄도할 질문들이 두려웠다. 하지만 떼레사는 말없이 입을 다물고 있었다. 불쾌한 듯한 표정으로 걸음을 재촉하며 한밤중의 도로를 따라갈 뿐이었다. 차에 도착한 그녀는 운전석에 앉아 가만히 정면을 응시한 채 생각에 잠겨 있었다. 마놀로는 그녀의 사색을 방해하지 않으려는 듯 고양이처럼 날쌔게 차 안으로 미끄러져 들어갔다. 그러고는 그녀의 옆모습을 말없이 한동안 바라보았다. 잠시 후 그는 그녀의 관자놀이에다 입을 맞췄다.

"그만해, 마놀로, 제발." 떼레사가 말했다. "내가 바보 같은 여자애인 줄 알았니?"

"난 이 동네가 어떤 동네인지 여러차례 네게 말하려고 했어. 네가 지나친 환상을 갖지 않도록……"

"닥쳐. 넌 사기꾼이야."

떼레사는 몸을 돌려 그의 눈을 뚫어지게 바라보았다. 양쪽 길가에서 귀뚜라미 울음소리가 들려왔다. 마놀로는 그녀의 푸른 눈을 계속 바라보았다. 그 어느 때보다도 그녀가 사랑스러웠다. 몇분 사이에 떼레사는 성숙한 여인이 된 듯 보였다. 자신의 침대와 삶에 영원토록 그의 자리를 마련하기 위해 그의 가슴에 비수를 꽂는 그런 성숙한 여인 말이다. 그는 생각했다. '지금 여기서 그녀에게 한번 분명하게 이야기를 한다면? 난 아무것도, 그 누구도 아니고, 알거지 실업자, 변두리에 사는 재수 없는 좀도둑, 뻔뻔스럽게도 사랑에 빠진 남자라고 그녀에게 고백한다면……? 기다려, 차분해지자.'

"난 알고 싶어." 그녀가 갈라진 목소리로 말했다. "네가 가져오기로 약속한 그 전단지를 제작할 등사기와 인쇄기에 관해 말이야."

마놀로는 손으로 머리칼을 쓸어내렸다. 경솔하게 약속한 그 일을 완전히 잊고 있었던 것이다. 뭐라고 해명해야 할지 아무 생각도 나지 않았다.

"내려." 떼레사가 명령했다.

"뭐라고?"

"차에서 내리라고……" 돌연 그녀의 목소리가 완전히 찢어졌다. "왜 내게 솔직하지 않니? 난 믿고 있어…… 최소한 난 그 정도의 가치는 있다고 말이야."

그는 뭔가를 말하려 했지만 떼레사는 이미 차 문을 열고 황급히 차에서 내려버렸다. 그녀는 그를 차 안에 둔 채 문을 쾅 닫았다. 그리고 팔짱을 끼고 도로 위에 섰다. 그녀 뒤에서 귀뚜라미가 울고 있었고, 저 멀리서 도시의 불빛들이 깜빡거리고 있었다.

"이 얼마나 웃기는 일이야!" 그녀가 소리쳤다. "마루하가 어서 나아 이 모든 게 끝나고 어디론가 떠나버렸으면 좋겠어. 여름이고, 휴가고, 이런 산책이고, 다 필요 없어. 이젠 지겨워, 지겹다고!"

"미안해." 그가 말했다. "내가 다 설명할게. 어서 차에 타."

그녀는 움직이지 않았다. 마놀로가 차 문을 열었다.

"자, 어서 타."

"네가 내리면 탈 거야."

그녀는 턱을 들고 먼 곳을 바라보았다. 윗입술을 비죽 내민 뿌루퉁한 모습은 훨씬 더 우울한 분위기를 자아냈다. 그는 한참 동안 그녀를 바라보았다. 이상하게도 비수를 높이 쳐든 듯한 새로운 모습의 떼레사가 그를 자극했고, 화가 나 있는 그녀가 사랑스러워 보였다. 마놀로는 그런 자신의 생각을 그녀에게 말했다. "웃기고 있네." 그녀가 중얼거렸다. 그녀의 눈에 눈물이 고였다. 사태를 알고 마놀로는 차에서 내려 그녀에게 다가갔다. 하지만 그녀는 몸을 틀어 그를 피하며 운전석에 올라탔다. "떼레사, 내 말 좀 들어봐……" 그가 애원했다. 그녀는 차의 시동을 걸었지만 시동이 곧바로 걸리지 않았다. 변속기에 문제가 있는 듯했다. (기어를 1단에 넣을 수가 없었다.) 어쩌면 문제가 있는 척하면서 그녀는 그에게 뭔가를 기대하고 있는지도 몰랐다. 해명을 하기 전에 그녀를 떠나보내서는 안 된다는 걸 마놀로는 알고 있었다. 그는 암울한 마음으로 생각했다. '그녀에게 사랑과 음모는 여전히 한가지이고 똑같은 것이 분명해.' 그때 그에게 한가지 아이디어가 떠올랐다.

"좋아, 네 마음대로 해." 그는 그렇게 말하며 대담하게 그녀의 머리카락을 손으로 만지려고 했다. 그녀는 피하는 제스처를 취했다. "내일 네 친구들의 행운의 전단지를 찾으러 갈 거야. 함께 가자. 괜찮지? 오전 10시에 병원에서 기다릴게. 내 말 듣고 있어? 10시야."

떼레사는 마지막 슬픈 눈길로 그를 응시한 후 거칠게 차의 시동을 걸었다. 차는 무르시아 청년의 살갗에 전율을 느끼게 하는 경쾌하고 발작적인 굉음과 함께 떠나갔다.

마놀로는 도로를 따라 천천히 걸어갔다. 집에 도착한 그는 옷장에서 흰색 바지를 꺼낸 뒤 형수에게 내일 입을 것이니 다림질을 해달라고 부탁했다. 그러고는 침대에 누워 (그의 형이 부엌에서 그를 부르면서 욕을 했지만 그는 신경 쓰지 않았다) 치밀하게 계획을 세웠다.

한편 떼레사는 집에 도착하자마자 병원에 전화를 걸었다. 마루하는 여전했다. 그런 다음 그녀는 샤워를 했고, 잠옷 윗도리를 걸친 채 맨발로 부엌에 갔다. 그녀는 고개를 숙이고 식탁에 혼자 앉았다. 그녀의 부친은 오후 늦게 블라네스에 간다고 했었다. 비센따가 저녁을 차려주었지만 그녀는 거의 손도 대지 않았다. 아따우알빠 유빵끼[44]의 음반을 튼 뒤 그녀는 얼음을 잔뜩 넣은 진 두잔을 마셨다.

---

44 아따우알빠 유빵끼(Atahualpa Yupanqui, 1908~92): 아르헨띠나의 음악가로 1960~70년대 라틴아메리카의 사회참여적인 음악장르이자 음악운동인 '누에바 깐시온'의 상징적인 인물.

그리고 한잔을 더 만들어 침실로 가져갔다. 의문과 잡념 들로 머릿속이 터질 것 같았다. 그녀는 자신의 젊은 남자친구에 대해 수많은 질문을 던져보았다. 그러다가 자신이 솔직하지 못한 질문을 던지고 있다는 것을 깨닫고 적잖이 놀랐다. 자아비판의 달콤한 그림자가 그녀를 둘러쌌다. 그것은 그녀 자신도 놀랄 만한 생각을 하도록 만든 변환점이 되었다. 그녀는 자기 자신에게 화가 나 있었다. 마놀로에게 보인 자신의 행동이 바보스러울 정도로 우스꽝스럽고 유치한 것 같았다. 사실 마놀로의 정치적 성향은 이미 오래전부터 자신에게 중요하지 않다는 사실을 그녀는 인정하고 있었다. '난 그것을 인정해.' 지금 생각에 잠긴 그녀는 푸른색으로 칠해진 침실의 침대에 누워 잠을 이룰 수가 없었다. (그녀의 팔딱거리는 배에서는 기타 선율이 들리는 듯했다.) 인형들과 음반 그리고 책들 사이에서 그녀는 음악과 술이 뒤섞인 땀을 흘리며 맨살이 드러난 어깨에 뺨을 살며시 갖다댔다. 감정 조절하는 법을 난 언제쯤 배울 수 있을까? 자유, 반대파, 당원…… 그러니까 결국 반대파란 무엇인가? 이상적인 투쟁은 무엇을 의미하는가? 공산주의 그 자체는 무엇인가? 떼레사의 허벅지에 꿀 같은 땀이 흐르고, 오토바이가 고요한 쌘혜르바시오의 밤을 전속력으로 가르며 지나간다. '사실 난 외로워.' 그녀는 생각했다. '바로 어제까지만 해도 난 유령들에 둘러싸인 채 살았어.' 고독, 관용, 감상주의, 호기심, 관심, 혼란, 유희. 그녀는 이제 마놀로와 자신의 행동을 설명할 수 있는 열쇠를 찾았다고 믿었기에 이 모든 감정을 열거할 수 있었다. 두사람은 각자 자기 나름의 방식으로 운명과 싸우고 있었던 것이다. 하지만 그녀는 여전히 궁금했다. 마놀로처럼 가난한 남자애에게 자유의 이념이란 무엇일까? 그것은 나와 함께 플로리드를 타고 시속 150킬로미터 이상으로 달리는 것이거나, 엄마의 손에 정중하게 입 맞추는 것이거나, 해변에서 부유한 관광객과 사랑을 나누는 것이거나, 어쩌면 단지 시간을 버는 것, 그러니까 가난과 불행과 망각에 빠진 시간을 구원하는 것일지도 모른다. 그렇다. 시간을 벌려고 하는 사람, 그래서 운명과 싸우는 사람이 바로 마놀로이다. 우리 모두가 그렇다. 그렇다면 그가 가진 자유의 이념은? 스포츠카이다. 고속으로 질주하는 휘황찬란한 컨버터블 스포츠카. 모든 이들이 흰색 플로리드를 가질 수 있는 세상 대신 모든 이들을 위한 한대의 흰색 플로리드. (넌 대열에서 벗어나지 마. 그 대열에 있어야 해.) 관점의 오류——하지만 그의 잘못은 아니다——이다. 어떻게 보면 그건 다 똑같다. 그러니까 내 말은 그는 보통 사람이라는 것이다. 그는 영리하고 매력적이며 관대하지만 부랑자에다 뻔뻔하고, 어쩌면 순간순간 되는대로 자신을 방어하는 사기꾼인지도 모른다. 가난이 정신에 어떤 묘한 영향을 미치는지 내가 뭘 안단 말인가! 추위와 굶주림, 그런 처지의 사람들이 겪는 억압에 대해 내가 뭘 안단 말인가! 나는 그에게 하루에 얼마를 버는지 물어본 적조차도 없다. 이제껏 우리는 남자들이 하루에 얼마를 버는지 관심을 가져본 적이 없다. 오로지 그들의 활동에만 관심을 가졌을 뿐이다. (좋아, 동지들, 난 남자의 행동은 그의 수입에 따라 달라진다고 장담할 수 있어.) 당장 오늘만 해도 난 운전기사에게 발길질을 해대는 멍청한 백작 부인처럼 굴면서 그에게 차에서 내릴 것을 강요했어. 나의 도움이 필요한가를 묻는 대신 그를 신문하려고 했어. 그렇게 친절하고, 잘생기고, 다정하면서, 참을성 있게 날 대해준 그에게 말이야……! 반면에 그는 한번이라도 나에게 이념 증명서를 요구했던 적이 있었던가? 단 한번도 없었어. 그럼에도 불구하고 그는 내일 전단지를 가져오겠다고 약속했어. 어쩌면 이 모든 것은 다 터무니없는 생각일지도 몰라. 내겐 조금도 중요하지 않아. 마놀로에 대한 나의 수많은 쓸데없는 질문과 쓸데없는 대답들, 즉 그것이 진실이건 거짓이건, 그의 계급의식, 미래에 대한 그의 비전이 무엇이건 진정한 질문은…… (아, 엄마, 잠을 이룰 수가 없어!)

중요한 질문은 여전히 남아 있었다. 과연 그가 나를 위해 어디까지 갈 수 있을까?

……쇠보다는
용기로 무장하다.
―공고라[45]

길은 진흙과 잡초와 자갈이 있는 강바닥 같았다. 길은 범람한 강
물이 쓸고 간 것처럼 일년도 안된 사이에 함몰되어버렸다. 떼레사
는 베르톨트 브레히트란 사람을 한번도 들어본 적이 없다고 한 순
수한 미소를 지닌 그 젊은 노동자가 어떤 상태일지 궁금했다. 높
이 치솟은 굴뚝들이 연기를 내뿜으며 하늘을 찌를 듯했다. 길 끝에
서는 몬주익의 첫번째 지맥이 보였다. 그들은 공장의 긴 담벼락 옆
에 있는 울퉁불퉁한 보도를 말없이 걸었다. 담 너머에서는 맥박이
뛰듯 귀를 먹먹하게 하는 기계 소리가 들려왔다. 인적이라고는 전
혀 없었다. 사방이 막혀 있는 것 같았다. 11시쯤 된 오전이었다. 햇
살이 따가웠다. 공장 소음은 마놀로로 하여금 길거리를 헤매고 다
니던 지난겨울에 대한 향수를 불러일으켜 떼레사가 한 낯선 남자

----

45 루이스 데 공고라(Luis de Góngora, 1561~1627): 에스빠냐 황금세기의 시인이자
극작가.

의 다리를 무릎으로 감고 있던 곤혹스러운 모습을 떠오르게 했다.
마루하의 미소, 자신과 팔짱을 꼈던 그녀의 팔, 식기류가 들어 있던
무거운 가방도 떠올랐다…… 한떼의 아이들이 대문에서 뛰어나와
장난감 총을 가지고 그를 쫓아왔다. 길이 끝나는 곳에 이르자 마놀
로가 걸음을 멈추었다.

"여기야." 그가 작은 대문을 가리키며 말했다. "틀림없이 옥상에
있을 거야. 넌 여기서나 차에서 기다리는 게 나을 텐데, 맘대로 해.
모르는 사람을 데려오는 거 별로 좋아하지 않거든…… 내가 너무
늦는다 싶으면 올라와. 알았지?"

떼레사는 대답하지 않았다. 그녀는 길 건너편에서 노는 아이들
을 지켜보고 있었지만 마놀로의 말을 듣고는 있었다. 그녀는 마놀
로가 대문 안으로 들어가는 것을 곁눈으로 지켜보았다. 혼자 남게
되자 그녀는 가슴이 뛰기 시작했다. 병원에서 만난 이후 그녀는 그
녀의 남자친구에게 삼십분 전 딱 한번 말을 건넸을 뿐이었다. 그에
게 화가 나서라기보다는 혼란스러워서였다. 전단지 문제와 관련한
그의 태도는 너무나 단호해 보였고, 그녀와의 애정과 신뢰를 회복
하기 위해 성의껏 그리고 순박하게 최선을 다하는 것 같았다. 다른
한편, 이날 오전에 병원에서 그녀를 놀라게 한 일이 발생했다. 그
때 두사람은 마루하가 누워 있는 병상 옆에 있었다. 마놀로가 마루
하의 이마에 붙어 있던 돌돌 말린 예쁜 머리카락(그녀의 머리는 아
주 짧게 잘려 있었다)을 떼어주려고 손을 뻗는 순간, 마루하가 갑
자기 놀라움과 애원이 담긴 두 눈을 번쩍 뜬 것이다. 그녀는 신열
로 인해 벌겋게 충혈된 눈으로 몇초 동안 떼레사를 응시했다. 그
자리에 디나도 있었지만 그녀와 마놀로 모두 그것을 보지 못한 듯
했다. 그게 아니라면 대수롭지 않게 생각한 듯했다. 그렇다 하더라

도 이것은 단순한 눈썹 경련 이상의 의미를 가지고 있었다. 그녀의 눈은 밤새도록 뜨고 있는, 크리스털로 만들어진 망가진 인형의 눈처럼 멍하니 아무것도 볼 수 없는 그런 눈이 아니었던 것이다. 떼레사는 마루하가 자신에게 뭔가 이야기하려 했고 심지어 입술까지 움직였다는 것을 (적어도 그 순간에는) 맹세할 수 있었다. 그것은 아가씨의 이해와 온정을 바라는 마루하의 직접적이고 개인적인 호소였고, 마놀로를 신뢰하며 그가 더이상 미친 짓을 못하게 해달라는 제정신에서 나온 갑작스러운 신호였다…… 그녀에게만 그렇게 보였던 것일까? 병원에서 나와 차에 오르는 사이 그녀는 마놀로에게 그 이야기를 들려주려 했다. 하지만 그때 뿌에블로세꼬에 데려다달라고 그가 무뚝뚝하게 부탁을 해왔다. 가는 동안에는 마놀로만 말을 했다. "여름은 참 멋진 계절이야. 물을 뿌려놓은 거리, 향기를 머금은 대기, 잠든 것처럼 텅 빈 멋진 동네. 떼레사, 도시는 우리 거야……" 그가 덧붙였다. "왜 그래? 아직도 화가 나 있는 거야?" 그녀는 특유의 반항적인 방식(운전석 의자를 뒤쪽으로 젖히고 팔을 운전대 쪽으로 완전히 팽팽하게 뻗으면서 턱을 내민 채, 도전적으로 앞을 응시하면서 말이다. 분명 제임스 딘은 이렇게 죽었을 것이다)으로 무심하게 빠른 속도로 차를 몰았다. 그녀는 차들을 주의하긴 했지만 무시했다. 그녀는 전날밤부터 가졌던 궁금증과 아직도 계속되는 복부의 떨림을 무관심이라는 가면 뒤에 감추고 있었다. 한편 마놀로는 전투복 차림으로 나타났다. 그는 주머니 달린 검정색 긴 소매 셔츠에 농구화, 그리고 딱 달라붙는 깨끗한 흰 바지를 착용하고 있었다. 그에게 잘 어울렸다. 무엇을 노린 걸까? 빠랄렐로에 도착하자 그는 떼레사에게 좌회전을 한 다음 입구에 차를 세우라고 지시했다. 그 거리가 어디인지 안 떼레사는 다시 한번 놀랐다.

"여기?" 그녀가 얼떨떨해하며 물었다.

"응. 여기서 내리자."

이때가 그녀가 말을 한 유일한 순간이었다. '난 왜 이렇게 환상에서 헤어나오지 않으려고 버티는 거지. 만약 환상에서 헤어나온다면 오히려 마놀로의 더 나은 점이 보이지 않을까?' 이제 그녀는 자문해보았다. 대문 안을 훔쳐보았다. 철제 난간이 있고 층계참마다 문이 하나씩 있는 어둡고 좁은 계단이 보였다. 떼레사는 혼자서 오분을 견디지 못했다. (마놀로는 십오분 정도일 거라고 예상했다.) 그녀는 조용히 벽과 난간을 더듬으며 사층 정도 되는 꼭대기 층까지 올라갔다. 거기서 열두계단을 더 올라가자 환한 빛이 쏟아져 들어왔다. 좀먹은 작은 나무문이 있었다. 나무문에는 불에 달군 두 칼로 낸 듯한 동전 크기의 구멍 두개가 있었는데, 낡은 자루처럼 빛이 투과되고 있었다. 떼레사는 바들바들 떨면서 천천히 올라갔다. 그리고 두 구멍 중 하나에 눈을 갖다댔다. 쏟아져 들어오는 햇빛 때문에 눈이 부셔서 아무것도 볼 수 없었다. 떼레사는 한참이지나서야 모래가 깔린 옥상 바닥과 철망에 널린 빨래, 그리고 발가벗고 뛰어다니는 금발의 귀여운 꼬마를 볼 수 있었다. 더 안쪽으로는 난간에 등을 기대고 바닥에 앉아 잡지와 만화를 읽고 있는 티셔츠 차림의 남자애 다섯명이 있었다. 떼레사는 작은 검은 고양이를 무릎에 올려놓고 어루만지고 있는 가운데의 남자애가 눈에 띄었다. 그는 상의를 벗은 채 썬글라스를 끼고 일광욕을 하고 있었다. 그의 발밑에는 수영복 차림의 두 여자애가 얼굴에 썬크림을 잔뜩 바르고 (중심을 잡으려는 듯 혹은 키스를 하려는 듯 턱을 높이 치켜들고) 수건 위에 누워 있었는데, 떼레사는 곧바로 그 여자애들을 알아보았다. 어느날 오후 마놀로를 찾아 그녀의 집에 왔던 바로 그 여자애들이었다. 주변의 바닥에는 소설책, 만화잡지, 맥주병, 양동이, 그리고 춤곡을 토해내는 조그만 휴대용 라디오가 있었다. 젖은 손을 휘저으며 양동이와 나무문 사이를 오가는 꼬마의 금발 머리가 떼레사의 시야를 종종 방해했다. 짙은 썬글라스를 끼고 있는 남자애가 떼레사에게 안 보이는 누군가(마놀로가 틀림없을 것이다)를 응시하며 이따금 뭔가를 말했는데, 표정으로 보아 그다지 호의적인 것 같지 않았다. 그는 굉장히 거들먹거리며 상대방에게 가까이 오라고 손짓했다. 음악소리 때문에 떼레사는 그가 하는 말을 알아들을 수가 없었다. 갑자기 가까운 곳에서 마놀로의 목소리가 들렸다. 그의 뒷모습이 서서히 그녀의 시야에 들어오기 시작했다. 햇빛이 그의 하얀 바지 위에서 번쩍였다. 그녀는 그를 더 잘 보기 위해 나무문에 몸을 밀착시켰다. 그렇게 벌서는 듯한 상황과 몰래 숨어 남을 훔쳐볼 수 있다는 사실에 그녀는 흥분이 되었다. (그녀의 가슴속을 휘젓고 있는 햇살도 막연하게나마 매력적이었다.) 그때 잠시 라디오에서 음악이 멈춰서 마놀로가 내뱉는 말을 알아들을 수가 있었다. "……난 무리한 요구를 하러 온 게 아냐. 날 화나게 하는 건 말이야, 빠꼬, 네 누이들의 거짓말이야." "저런 나쁜 새끼!" 한 여자애가 내뱉는 말이 들렸다. "무리한 요구를 하러 온 것도 아니고 빚을 갚으러 온 것도 아니라면 그럼 뭐야? 저 애랑 추기경네 미친 계집애……?" 씨스터스 자매는 마놀로를 쳐다보기 위해 기름이 번드르르한 얼굴을 힘겹게 들어올렸다. "얘가 지금 우리를 모욕하러 온 거야. 열받게 하려고 온 거란 말이야! 너희가 보기에는 뭔 것 같니?" 한 여자애가 소리쳤다. 귀를 긁는 금속성의 음악이 다시 터져나왔다. 군대 행진곡이었다. 떼레사는 그들이 술잔을 들고 건배하면서 마놀로와 주사기라 불리는 여자애 간의 관계에 대해 떠들어대는 것을 들었다. 씨스터스 자매 중 동생이 추기경네 집에서 있었던 은밀한 파티에 대해 작정하고 이야기하는 것도 들었다. "내 말이 사실이 아니면 당장 이 자리에서 죽을게. 그 여자애는 슬립 안에 아무것도 입지 않고 있었는데(떼레사에게 이 이야기는 약간 이상하게 들렸다), 이 뻔뻔한 놈이 그애를 무릎 위에 앉혀놓고 있었지 뭐야. 난 분명히 기억해. 가방 속에 든 식기류를 하나도 손대지 않았다고 천연덕스럽게 거짓말을 한 그날이었거든……" 짙은 썬글라스를 낀 젊은 남자가 천천히 자리에서 일어나자 고양이가 그의 무릎에서 뛰쳐나가 바닥에 착 엎드렸다. 등을 활처럼 굽히고 그르렁거리며 털을 곤두세우면서, 박제된 고양이가 취할 수 있는 가장 이상적인 자세로 말이다. "다시 한번 이 근처에 얼씬거리면 주둥아리를 박살내버리겠다고 내가 말했을 텐데, 마놀로." 그가 말했다. 갑자기 한줄기 바람이 불어와 마놀로의 목덜미 근처에 있는 빨래를 흔들어댔다. 발그레한 엉덩이를 드러낸 채 아장아장 걷던 꼬마가 마놀로의 다리를 끌어안더니 흰 바지를 잡아당겼다. 그 모습을 보고 떼레사가 미소를 지었다. 마놀로가 아이를 피하려고 몸을 돌리면서 갑자기 문에, 그리고 구멍에 시선을 고정했다. (맹세코 그는 정탐하는 자신의 파란 눈을 보았을 것이다.) 하지만 그것은 잠깐일 뿐이었다. 그때 아이가 마놀로의 다리에 걸려 넘어지는 일이 발생했다. 아이를 일으켜세우기 위해 상체를 구부린 마놀로의 유연한 허리 움직임, 아이를 향한 눈부시고 다정한 미소, 그것은 그녀가 이제껏 보지 못했던 마놀로의 또다른 모습이었다. 그녀는 햇빛 때문에 눈물이 나려고 했기 때문에 구멍에서 눈을 뗐다. 그녀가 다시 구멍에 눈을 갖다댔을 때에는 다른 남자애가 읽고 있던 만화책을 바닥에 내동댕이치려는 참이었다. 음악소리 너머로 마놀로의 목소리가 두어차례 들려왔다. '인쇄와 실신'(장난하는 거야? 아니면 제대로 발음할 줄 모르는 거야?)이라는 말과 함께 '떼레사'라는 그녀의 이름도 들렸다. 하지만 그들은 전혀 주의를 기울이지 않았다. 마놀로의 말에 관심이 없거나 이상하게 생각해서가 아니라 점점 화가 치밀어서인 것 같았다. "아주 정신이 나갔군." 한 남자애가 말했다. 그들은 더이상 참을 수 없다는 눈짓을 교환했고, 짙은 썬글라스를 낀 젊은 남자가 진정하라며 손짓을 했다. 떼레사는 넋을 잃고 있었다. 아주 가까이에서 날갯짓 소리가 들렸다. 아마도 비둘기였을 것이다. 마놀로가 몸을 풀면서 그들을 향해 다가가는 것이 보였다. 그는 바지 주머니에서 손을 빼냈으나 조금 전의 느긋함을 잃지 않고 차분하게 도발적으로 움직였다. '이제 뭘 하려고?' 그녀는 생각했다. 다른 사람들의 표정으로 보아 그가 그들에게 모욕적인 뭔가를 요구한 게 분명했다. 마놀로의 목덜미에 시선을 고정한 채 떼레사는 나무문에 더 바짝 밀착했다. 바로 그 순간 그녀는 그들 사이에 있는 아이를 데려오려고 한 여자애('어쩜 저렇게 끔찍할 수가 있어. 엉덩이 꼴하고는!')가 자리에서 일어나는 걸 보았다. '무슨 일이 일어날 것 같아. 지금 문을 열고 들어가야 할까? 그가 말하길, 오래 걸리면…… 그런데 이제 십분도 안 지났잖아.' 그녀가 시계를 들여다보며 중얼거렸다. 그녀는 이런 서민 주택에 있는 수영장에서, 굴뚝이 있는 무시무시한 공장 뒤뜰의 맞은편인 뿌에블로세꼬의 머나먼 이 옥상에서, 빨래가 널려 있고 연기로 뿌예진 하늘이 있는 이 옥상에서 벌어진 광경에 대해 어떤 결론도 내리고 싶지 않았다. ('아니야. 확실히 저건 비밀집회가 아니야. 도대체 내가 무슨 생각을 하는 거야! 부랑자 아니면 실업자 패거리의 모임처럼 보이는데 말이야.') 그녀는 사건을 좀더 지켜보기로 했다. 결국 그녀는 (어쩌면 태양에 맞서는 그 인상적인 흑백 장면은 제외하고) 누구의 편에도 서지 않은 채 이상한 광경을 지켜보았다. 그녀는 객관적인 입장에서 각별히 주의를 기울여 그곳에서 일어나는 사소한 일들을 살피고, 그것의 즉각적인 결과를 생각해보았다. 예를 들어 그녀의 눈을 불편하게 했던 햇빛이 조금 전보다는 덜 따갑게 느껴진 이유가 아마도 그 순간 피어오른 구름이 태양을 가렸기 때문이라고 생각하듯 말이다. 그런데 뭔가 이상한 일이 벌어졌다. 금발의 곱슬머리에 뺨에 립스틱이 묻어 있던 꼬마의 옆모습이 갑자기 그녀의 시야를 가린 것이었다. 꼬마의 찡그린 표정은 목격하고 있는 끔찍한 상황에 대한 반응이라는 걸 떼레사는 깨달았다. 꼬마가 한쪽으로 밀려나자(엄마가 거칠게 아이의 손을 잡아끌었다), 남자애들에게 둘러싸인 마놀로의 모습이 보였다. 곧 싸움이 벌어지리란 걸 알 수 있었다. 그녀는 같은 말만 되풀이하는 그의 목소리를 분명히 들었다. "떼레사에 대해 그렇게 말하는 건 용납할 수 없어. 그녀 이름은 꺼내지도 마!" 그의 말은 라디오에서 흘러나오는 음악소리와 짙은 썬글라스를 낀 남자애가 분을 못 이기고 입술을 깨물면서 내뱉는 욕지거리와 섞여서 들려왔다. 그후 마놀로의 주먹이 날아가서 퍽 하는 소리와 신음소리. "미쳤군!" 누군가가 말했다. 그녀가 미처 포착하지 못했지만 마놀로의 위협적인 동작으로 인해 분명 그들은 한발 뒤로 물러나서 어떻게 할지 서로를 바라보고 있는 것 같았다. 빠꼬라는 남자애가 마놀로를 향해 덤벼들었다. 떼레사는 이제 아주 가까이서 그의 노출된 등의 한 부분과 흐느적대는 팔과 어깨를 볼 수 있었다. 그녀는 소리를 질렀고, 문을 밀면서 발로 차댔다. 하지만 문은 열리지 않았다. 구멍 너머에서는 셔츠가 찢긴 마놀로가 고군분투하고 있었다. 그의 가무잡잡한 근육질 복부가 쏟아지는 주먹세례를 받아 꺾이고 있었다. (그녀는 팔짱을 단단히 끼고 태양에 뜨거워진 손과 배로 힘껏 문을 밀어보았지만 열리지 않아 들어갈 수가 없었다.) 그녀는 마놀로가 뒷걸음치다가 한 여자애의 발에 걸려 넘어지는 것을 보았다. 그러자 모두 그에게 덤벼들었다. 마놀로는 안간힘을 써 땀으로 범벅이 된 목을 떼레사 쪽으로 거칠게 틀며 소리쳤다. "떼레사아아아……!" 영혼을 갈기갈기 찢어놓는 목소리였다. 그녀는 죽을 것만 같았다. 그녀는 흐느끼면서 계속 헛되이 문을 밀었다. (몇 년이 흐른 것 같았다.) 드디어 문이 열려 옥상으로 향할 수 있게 되었다. 그녀는 마놀로를 향해 뛰어갔다. 그들은 이미 마놀로를 놓아주었고, 마놀로는 청취자들의 신청곡을 들려주고 있는 트랜지스터라디오 옆에 엎어져 있었다. 갑작스러운 그녀의 출현은 모든 이들을 놀라게 했다. 그들은 급히 자신들의 물건을 챙긴 다음 흩어졌다. 떼레사는 그들을 쳐다보지 않고 소리만 질러댔다. "그를 놔줘, 놔주라고!" 그녀는 마놀로 위에 몸을 던졌다. 마놀로는 힘겹게 숨을 쉬고 있었는데, 떼레사의 도움으로 몸을 돌릴 수 있었다. 그는 부어오른 한쪽 눈을 뜨고 애써 웃음 지으며 그녀를 바라보았다. 한쪽 눈썹은 찢어졌고, 얼굴 한쪽은 모래와 피로 범벅이 되어 있었다. 머리는 헝클어져 있었고, 흰 바지는 온통 얼룩투성이였으며, 찢어진 셔츠는 단추 하나 남아 있지 않았다. 떼레사는 몸을 부들부들 떨면서 그가 움직일 수 있게 도왔다. (그는 힘이 하나도 남아 있지 않은 것처럼 보였지만 은밀히 손을 뻗어 라디오를 끌어당겨서는 음악을 틀었다.) 그녀는 그를 일으켜 옥상 난간에 기댈 수 있게 했다. 그녀가 고개를 들어 주변을 둘러보니 그들은 이미 사라지고 없었다.

"마놀로, 그들이 도대체 무슨 짓을 한 거야! 왜 널 이렇게 때린 거니?" 그녀는 그의 얼굴을 감히 만질 엄두를 내지 못한 채 중얼거렸다. "이게 무슨 미친 짓이니?"

"그 자식들이 너랑 네 어머니를 들먹거려서……"

"그런데 왜? 그 사람들이 누구야……? 왜 우리는 여기에 온 거야?" 그녀는 손수건을 꺼내 마놀로의 얼굴을 닦아주었다. 그리고 그를 어루만지면서 이마에 내려온 검은 앞머리를 올려주었다. 마놀로가 떼레사의 옆에 일부러 놔둔 트랜지스터라디오는 제 임무를 완벽히 수행하며 달콤한 음악을 토해내고 있었다. "이것 봐봐, 널 어떤 꼴로 만들어놨는지……! 제발 이야기 좀 해봐. 뭔가 말 좀 해보라고……!"

"그애들이…… 분명히 약속했단 말이야. 널 도울 수 있는 건 그애들뿐이야. 알겠어?" 그가 고개를 들며 햇빛 때문에 눈을 찡그렸다. 그는 자신의 격정적인 내면 생각을 들키지 않으려고 힘겹게 몸을 움직였다. 이제 그에게 남은 건 그다지 위험하지 않은 일이었다. ('얻어맞은 일이 예상보다 훨씬 더 좋은 결과를 가져오는 것 같군. 빠꼬 새끼!') 하지만 그건 가장 민감하고 곤란한 일이었다. "난 보기를 원했어…… 네 대학생 친구들이 이런 '실신'을 얻는 걸 말이야."

떼레사는 처음에 너무나 놀랐으며 그다음엔 기뻐서 어쩔 줄 몰랐다.

"아, 맙소사, 마놀로! 그런데 뭐라고 한 거야? 너 미쳤어?"

"아니야…… 너도 보다시피 시도는 했잖아. 그럴 만한 가치는 있으니까…… 그런데 기적을 일으킬 수는 없는 법이야. 너희들을 도와주겠다고 약속했지만…… 그저 너를 좋아하기 때문에, 오직 널 위해서…… 너의 이상을 위해서였어.”

“알아, 알아. 그런데 지금은 말하지 마. 대학생들, 전단지 따윈 잊어버려. 다 잊어버려…… 실신, 실신이라고 말한 거지, 내 사랑!”

기운이 빠진 그녀가 그를 포옹했다. 두 팔을 벌려 그의 벗겨진 가슴을 감싸안고 그의 목에 머리카락을 비벼댔다. “그애들이 우리랑 무슨 상관이야?” 그녀가 계속 말했다. “실신, 실신.” 그녀는 어린애처럼 웃다가 울기를 반복하면서 말했다. (그들 옆에 있는 휴대용 라디오에서는 행복한 추억에 대한 노래가 흘러나오기 시작했다. 한 병사가 자신의 여자친구를 위해 신청한 곡이었다.) 한편 마놀로는 자신의 몸이 서서히 바닥으로 미끄러지도록 놔두었다. 그가 말했다. “이리 와, 내 옆에 누워. 그렇지. 날 꼬옥 안아줘…… 그리고 이제 내 말을 들어봐, 떼레사.”

“아무 말 하지 마. 내게 말할 필요는 없어.” 그녀가 그의 머리를 끌어당기며 중얼거렸다. “내 사랑, 많이 아파?” 그녀가 떨리는 손가락으로 그의 입과 부어오른 눈썹을 어루만졌다. “아프겠다. 집에 가자. 내가 치료해줄게……”

그녀가 그를 일으키려고 했다.

“잠깐만.” 그가 말했다. “햇볕을 받고 있는 게 좋아. 그리고 난 너에게 모든 걸 설명해야 해. 그래야 해.” 그는 몰래 트랜지스터의 볼륨을 높였다.

어젯밤 난 달과 이야기를 나눴어
나의 슬픈 이야기를 들려줬어
나의 근심을 털어놨어
너를 사랑해야 한다는

"난 너에게 모든 걸 털어놓아야 해……"

"이제 그럴 필요 없어." 그녀가 그의 말을 잘랐다. "난 이제 아무 것도 중요하지 않아, 아무것도. 알겠니? 난 널 사랑해. 난 널 사랑해. 그래, 난 널 사랑한다고!" 그녀는 그의 상처를 건드리지 않고 아프지 않게 그의 얼굴 여기저기에 키스를 했다. 그 결과 그녀는 기분 좋게 흥분이 되었다.

"난 지금 상당히 어려운 처지에 놓여 있어, 떼레사." 그가 갑작스럽게 말했다.

"무슨 일인데?" 그녀가 놀라서 그를 바라보았다. "무슨 나쁜 짓을 한 거니?"

"아니, 그게 아니고…… 난 지금 실직 상태야."

"직장이 없다고?"

"실직 상태, 그래. 그러니까 하던 일을 그만뒀다는 말이야……"

"아." 그녀가 한숨을 쉬었다. "난 또 심각한 일인 줄 알았네."

그녀는 안도하며 그를 꼭 껴안았다. 두 사람은 난간에 기댄 채 사실상 옥상 바닥에 누워 있는 자세를 취했다. 그녀는 마놀로의 가슴에 머리를 기대고 있었으며, 눈이 반쯤 풀린 상태로 완전히 녹초가 되어 있었다.

"내겐 심각한 일이야. 실직 상태로 어떻게 네 얼굴을 볼 수 있겠니?" 마놀로는 그녀에게 털어놓을 절호의 기회를 잡았다. "넌 나의 천사야, 떼레사. 나의 아가씨지. 그런데 네 부모님과 친구들은 뭐라고 그럴까?" 그가 한 손으로 떼레사의 무릎 틈새를 어루만지면서 덧붙였다.

"그런 건 나는 상관 안해." 떼레사가 앓는 듯한 소리를 냈다. "뭐라고 하든 상관 안해. 그애들이 너한테 한 짓 좀 봐.” 그녀가 그의 몸 위로 얼굴을 숙였다. 그녀의 머리카락이 그의 갈라진 입술을 간질였다. “이게 다 나와 내 친구들 탓이야. 자기야, 아니야. 이제 게임은 끝났어. 불법 회합과 불법 유인물로 인해 넌 구속될 수도 있어. 알겠어? 이것으로 충분해. 넌 네가 할 수 있는 것 이상을, 아니 대학 전체가 할 수 있는 것 이상을 했어.”

“난 아무것도 한 게 없어.” 거친 손으로 아주 설득력 있게 그녀의 몸을 더듬던 그가 겸손하게 대답했다. “앞으로 우리는 대단한 일을 하게 될 거야. 두고 봐. 난 널 위해 네가 말하는 것을 할 거야. 네가 원하는 사람으로 난 변모할 테야. 널 사랑하니까.”

“날 정말 사랑하니? 그럼 맹세해봐.”

“이 세상의 그 무엇보다도 널 사랑하고, 널 사모하고, 널 필요로 해.” 떼레사의 입술이 반딧불이처럼 그의 입술을 덮쳤다. 잠시 후 그녀가 말했다.

“우리가 뭘 할지 알게 될 거야, 내 사랑. 우리가 널 책임질 테니까 말이야. 원하는 일자리를 구하게끔 내가 도와줄게. 아빠한테 말하면 돼. 아빠는 아는 사람이 많아. 쉬운 일일 거야. 두고 봐. 내게 맡겨.”

“내가 장사 경험이 많다는 것을 네 아버지께 말씀드려서……”

떼레사가 몸을 숙여 그에게 다시 키스를 했다. 그들 주변으로 노래가 울려퍼졌다.

어젯밤 난 달과 이야기를 나눴지
달은 내게 수많은 이야기를 들려줬어
어쩌면 오늘밤

달과 다시 이야기를 나눌지도……

햇볕과 음악에 취하고 감정에 약해진 그들은 완전히 바닥까지 미끄러져 한참 동안 잠든 것처럼 서로를 부둥켜안고 있었다. 더 나은 현실에 눈멀고 눈부셔하며 친애하는 마지막 어둠, 마지막 환영이 무르시아 청년의 가슴을 사랑스럽게 건드리는 금발 속으로 사라져버렸다. 다정하고 대담한 그녀의 남자친구는 그녀처럼 아주 외롭고 길 잃은 사람이었던 것이다. 이건 사실이다. "기운이 지금 너무도 없어." 그녀가 중얼거렸다. "그런데 너무너무 행복해!" 이상한 일이다. 일이 이렇게 되리라고는 생각지도 못했다. 그녀는 지금까지 마놀로처럼 고독하게 그리고 끊임없이 투쟁하는 사람을 본 적이 없다. 가난은 그가 가진 힘이며 진실의 가장 확고한 표현이라는 걸 그녀는 상상조차 하지 못했다. 그녀는 문득 생각했다. '얼마 전까지만 해도 나 역시 외롭고 길 잃은 사람이라고 생각했어. 왜냐하면 모든 것이 내가 생각했던 것, 사람들 모두가 그렇다고 했던 것, 그리고 집과 학교에서 배웠던 것과는 달랐기 때문이야. 하지만 그가 날 설득했어. 우리는 이런 사람들이고, 세상은 이런 것이며, 세상의 일들은 이렇게 벌어지는 것이라고.'

옥상으로 걸어오는 꼬마의 발자국 소리가 들렸다. 아이는 발가벗은 채 그들이 있는 곳까지 달려와 트랜지스터를 집어들고 촉촉하게 젖은 커다란 눈으로 그들을 잠깐 바라보더니 이내 가버렸다.

……한편 그는 무릎을 조금씩 구부리면서 이 근사한 낯선 사람의 발 앞에 스르르 주저앉았다. 그의 머리는 낯선 사람의 가슴 위로 쓰러졌고 손은 기댈 곳을 찾아 허공을 더듬었다. 그는 푹푹 찌

는 자전거포에서 졸음과 피로를 이기지 못했고, "난 게으름뱅이를 먹여 살릴 수는 없어"라고 하는 나날이 더해가는 형의 협박에 말없이 무너지고 있었다. 이 도시는 어쩌나 낯설고 어색하던지. 내 사랑, 사람들은 또 어찌나 의심이 많아 보이던지. 조명들이 빛나는 거리에서 사람들의 목소리와 까딸루냐어 억양이 어찌나 위선적으로 들리던지. 목요일에 두명의 친구가 그녀를 까딸루냐 광장에 데려갔고, 세사람은 팔짱을 끼고 아이스크림을 먹으며 웃었지. 병사의 수줍은 미소와 그의 빡빡 깎은 머리(나중에 머리가 길 때 보니 완전히 금발이더군)는 정원의 어두운 곳에서 나눈 첫 키스와, 폭죽이 터지고 난 후 연기에서 나는 냄새와, 수영장에서 나는 소독약 냄새를 떠올리게 했지. 댄스파티 때의 달은 로맨틱했지만 다른 나무와 다른 키스 위에 떠 있었지. 그때 그녀는 더 어리고 더 어리석어서 함께하는 내내 사하라에서 풍기는 병영 냄새만 생각했고, 다정하게 말하는 그의 화법과 늘 바다를 보며 살아온 까나리아 제도 출신 청년의 아름다운 파란 눈만 생각했지. 그녀는 그를 잃을까봐 얼마나 두려워했던가. 그런 일이 일어나자 얼마나 자신을 기만하고 속였던가. 홀로 있지 않으려고 우린 얼마나 분별없이 아무에게나 매달리는가. 그녀라고 별 수 있었겠어? 말해봐. 그녀는 해변에서 주로 이사벨 사모님의 애들을 돌보면서 지냈어. 아이들과 놀아줄 기분도, 해수욕할 기분도 아니었지만 말이야. 검정 유니폼에 두건을 쓰고 모래 위에 철퍼덕 앉아 가능하면 다리를 드러내지 않으려고 애썼지. 그가 영원히 떠난 후 몇달 동안 그녀는 무릎에 흔적, 그러니까 표시 같은 게 나 있다고 생각했어. 병영에서 가까운 시우다델라 공원에서 이제 다시는 그녀를 안아주지 않을 그 군인의 손이 남긴 흔적 말이야. 그가 자신의 몸에 남긴 흔적을 사모님이 볼까봐 그녀는 두려웠고 부끄러웠어. 그녀는 놀고 있는 아이들을 이따금 불렀지. 코를 닦아주거나 물에 너무 가까이 가지 말라는 말을 하기 위해서, 특히 그물침대에 누워 일광욕을 하고 있는 어른들을 방해하지 말라는 말을 하기 위해서 말이야. 그때 넌 몬떼까르멜로에서 식은땀을 흘리며 몸이 점점 앞쪽으로 꺾이면서 자전거포 바닥 위로 쓰러지고 있었어. 실신한 거지. 네가 정말 아팠는지, 아니면 그 낯선 이의 마음을 얻기 위해 꾀병을 부린 건지는 알 수가 없어. 한편 이곳은 모든 것이 늘 멋져. 햇살이 반짝이는 화창한 대낮 이곳은 언제나 솔직한 웃음과 묘한 눈길들로 가득하지. 그 자리에 없는 이들의 결혼생활, 가족, 휴가, 사업과 은밀한 관계 등에 대한 이야기가 늘 펼쳐지거든. 그녀가 딴생각을 하거나, 따스한 햇살 아래서 졸거나, 수없이 많았던 광란의 밤들을 곱씹고 있노라면 아이들은 위험천만하게도 그녀 몰래 강가로 가곤 했어. "마루하. 사모님…… 아이들……" 일요일에 그녀는 미사를 드리기 위해 아침 일찍 사모님과 함께 차를 타고 블라네스에 가곤 했어. 난 그때가 정말 싫었어. 곤한 잠에 빠져 있는 너와 헤어져야 했으니까. 침대에 있는 널 느끼지 못하고, 잠자는 네 모습을 볼 수 없었으니까. 내 곁에서 잠든 네 모습은 내 삶에서 가장 꾸밈없고 아름다운 모습이었어. 그런데 그런 것은 눈에 보이지 않고, 사모님께 설명할 수 없는 것이었지. 그녀에게 사모님은 엄마 같은 존재였어. 다른 가족과 손님도 해변에 해수욕하러 내려왔어. 그녀는 몸이 크고 느린 가무잡잡한 남자들과 수건 위에 누워 있는 아가씨와 그녀의 친구들을 평소처럼 바라만 보고 있었지. 가끔 누가 가장 인기가 있을지 문득 생각해보곤 했어. 그녀는 집안일도 잘하고, 예쁘고, 머리를 빗으면 네네 비얄바보다 훨씬 나아. 그럼, 네네 비얄바보다 훨씬 낫지. 어디까지 비교할 거니? (물론 그날 네네 아가씨는 오지 않았어.) 사람들이 그녀에게 애인 있느냐고 묻곤 해. 없다고? 어떻게 애인이 없을 수 있어? 요즘 남자애들이 운이 없는 거지. 사람들은 이야기를 하며 그녀를 바라보지만 그녀를 잘 알지는 못해. 진열장 유리 앞에서 유리 너머에 있는 걸 보지 못하는 것처럼 말이야. 사람들은 그녀에 대해 각자가 만든 이미지를 부여하고, 시작도 끝도 없는 사랑 이야기를 만들어내지. 단언컨대 그들과는 아무 상관이 없는 얘기니까. 잠시 모래 위에 한쪽 뺨을 대고 사람들을 등진 채 그녀가 중얼거려. "어쩌면 오늘밤에 올지도 몰라." 그런데 사실은 언제 올지, 창문을 뛰어넘을지, 와락 껴안을지 결코 알 수가 없어…… 가끔 피곤에 찌들고 다크서클이 있는 얼굴을 하고 와서는 잠만 자고 가지. 그녀를 폭로하는 건 태양, 바다, 그리고 그녀의 무릎. 아가씨는 애정 어린 눈으로 바라보지만 아무것도 몰라. 처음이 안 좋아서 끝도 안 좋은 거야. 여름이 시작되기 전, 그러니까 파티에서 그를 처음으로 만나기 훨씬 전(그때 길에 주차되어 있던 네 차에 아주 멋지게 기댄 채 담배를 피우면서 우리에게 어떻게 올지를 궁리하고 있었지), 그가 허리가 꺾여 가게의 그 더러운 바닥에 고꾸라지기 훨씬 전, 내가 식탁 위에 포크와 나이프 놓는 법을 배우고 전화가 오면 놀라서 받을 때, 그는 이미 자신을 시골로 돌려보내지 못하도록 술수를 썼지. 그때 그는 어깨에 비치백을 둘러메고 까르멜로의 비탈길을 오르고 있었어. 꼭대기에 오르는 동안 날이 어두워졌고, 그는 발 아래에 있는 도시를 아주 조용히 바라봤어. 예기치 않게 론다에서 온 그를 보고 형이 말했지. "왜 어머니를 혼자 남겨두고 왔어?" 그래서 그는 이렇게 대답했어. "혼자 남겨둔 게 아니야. 어떤 남자랑 함께 계셔." 형은 그때까지만 해도 그 말이 거짓

말이라는 걸 몰랐어. 하지만 그가 그냥 방문한 것뿐이고 형수와 조카들을 보러 왔으며 곧 돌아갈 것이라고 했을 때 형은 그의 말이 거짓이라는 걸 알아차렸지. 론다로 돌아가기 전에 그를 죽일지도 모르는 일이었어. 며칠 후 형은 그를 먹여 살릴 수 없으며, 집에 그를 위한 방은 없다고 했어. "나 일할 거야. 자전거포에서 형을 도울게." 그가 말했어. "둘씩이나 할 건 없어. 가게가 잘 안돼서……" 그를 가엾게 여긴 사람은 형수였어. 그녀 덕분에 그해 겨울 그는 매트리스를 깔고 조카들 옆에서 자며 밥을 얻어먹을 수 있었어. 밤에 외출할 때마다—람블라스에서, 상상해봐—차이나타운의 바에서 몇시간씩 보내곤 했지. 친구를 사귀었다고 하는데, 결코 말하지 않는 걸로 봐서 틀림없이 나쁜 짓을 했을 거야. 넌 아직 그를 몰라, 떼레사. 그가 처음으로 정장을 한벌 샀을 때였어. 무슨 돈으로 샀는지 물어봤지만 아무 소용도 없었어. "난 어떻게든, 어디서든, 원하는 것은 다 구할 수 있어." 그는 늘 이렇게 말하곤 했지. 자전거포에서 그는 오후에만 잠깐 쉬었고 식사는 집에 가서 했어. 어느날 형이 지긋지긋해 더이상 꼴도 보기 싫다고 할 때까지 말이야. 이제 그가 왜 비틀거리며 쓰러졌는지 얘기해줄게. 한낮의 자전거포에서 상체를 벗은 그가 땀을 뻘뻘 흘리며 자전거 바퀴에 바람을 넣고 있었어. 늘 그렇듯 형이 그에게 욕지거리—난 게으름뱅이를 먹여 살릴 수는 없어—를 해대고 있었는데 그는 그 말을 들으려고 하지 않았지. 그는 최근 자전거포에서 일어난 이상한 일(수리를 맡긴 휘황찬란한 오토바이가 한대 있었는데, 수리할 데라곤 하나도 없는 거야)을 생각하고 있었어. 의아했던 그 문제의 해답은 바로 그때 자전거포의 문지방을 넘어서는 사람에게 있었지. 잘 차려입고 친절하며 예의 바르면서 상아로 만든 지팡이를 번쩍거리는 남다르게 우아한 백발의 신사가 금발 여자애의 손을 잡고 들어왔어. 들어오자마자 그 낯선 신사는 자신의 허락도 없이 오토바이를 팔았다면서 형을 질책하기 시작했어. (목소리를 높이지 않고 점잖게, 하지만 단호함과 권위가 느껴지는 목소리로 말이야. 그에게 물어보면 아마이야기해줄 거야.) 정비공은 놀라서 뭐라고 대답해야 할지 몰랐어. 그 낯선 신사는 오래전에 빌려간 돈을 갚으라고 협박했어. 화가 난 와중에도 그의 시선은 가게 안쪽에서 일하고 있던 젊은이 등에 가있었어. 그 신사는 그가 누구인지 물었어. "제 동생이에요." 정비공은 대답하고 나서 그 틈을 이용해 화제를 다른 데로 돌리려고 했어. "동생이 시골에서 도망쳐 왔는데, 이제 돌려보낼 방법이 없네요. 아주 골치 아픈 녀석이에요!" 그때 그는 어깨 너머 곁눈질로 그 신사를 보았는데—그는 계시라도 받은 듯, 저 고상하고 남다른 고객이 바로 형의 가게에 숨겨둔 훔친 오토바이를 거둬들이는 부자라는 걸 알아챘지—네가 더욱 자세한 내용을 묻는다면 그가 신사의 눈에서 우정과 이해심만을 보았고, 심지어는 인자함까지 봤다고 나는 대답할 거야. 그때 그는 갑자기 손에 들고 있던 바퀴를 놓치고 말았어. 그는 숨이 가빠오는 걸 느끼면서 짐 꾸러미처럼 와르르 쓰러지고 말았어. 너에게는 아마 더위와 피로 때문에 현기증이 났었다고 말할 거야. 다리가 그를 지탱하지 못했고, 어떻게 할 방법이 없었어…… 그가 앞으로 넘어지면서 쿵 하고 바닥에 쓰러졌어. 그가 손으로 신사를 잡고 그에게 기댈 수 있을 것이라고 생각한 바로 그 순간이었지. 그는 의식을 잃기 전 도시에 온 이후 처음으로 따뜻한 손길—여자애의 손이었구나. 내가 말했지. 나도 참바보지. 여자애가 아니라 그녀 삼촌의 손이었거든. 그를 살피기 위해 무릎을 꿇고 그의 옆에 있었던 거야—을 느낄 수 있었어. "몸이 허약하구나, 가여운 아이야." 신사가 그의 팔을 잡고 말했어. 하지만 정비공은 그를 가리키면서 말했지. "연기하는 거예요. 제가 잘 알아요."(거봐요, 아가씨. 의식이 없었다면 그가 어떻게 그들의 말을 들을 수 있었겠어요?) 오드꼴로뉴 냄새가 나는 흰 손이 그가 의식을 찾을 수 있도록 그의 뺨을 두드렸어. 정비공은 그가 실은 친동생이 아니라 이부동생이어서 별다른 책임감을 느끼지 않는다고 했어. 그러자 그 신사는 어떻게 그렇게 모질고 사려 깊지 못하느냐고 나무랐지. 그뿐만 아니라 형에게 바에 가서 꼬냑 한잔을 가져오라고 시켰어. 그리고 여자애를 거리로 내보내 놀게 했어. 그가 의식을 회복하자 그 친절한 신사는 자기 집으로 식사 초대를 했고, 이튿날도 초대했어. 그리고 그에게 아주 좋은 파몰리브 비누로 샤워하라고 했어. 그때부터 그는 그 여자애와 친해졌나봐. 그는 그 저택에서 며칠씩 기거하며 그 파렴치한 일당을 모두 알아가기 시작했어. 그들은 오후만 되면 옷, 트랜지스터, 사진기, 면도기 등이 가득 든 가방을 가지고 나타났어. 얼마나 많은 물건이 더 있었는지는 모르겠어. 그밖에 오토바이들도 있었는데 형의 자전거포로 가져갈 것들이었어. 그와 그의 형은 밤새 그것들을 분해하곤 했지. 처음에는 그에게 그 일을 돕기만 하라고 그랬어. 너무 어렸으니까. 그런데 그가 열심히 하자 마침내 그 일을 도맡아 하게 됐지. 그 신사 덕분에 그 자리에 오른 이후 형은 그를 쫓아낸다는 협박을 더이상 하지 않았어. 그는 야간조의 애들과 함께 나가서 그애들이 작업하는 동안 망보는 일을 하기 시작했어. 그애들은 세명이었는데 한 애는 뿌에블로세꼬에서, 다른 애는 기나르도에서 살았고 루이스 뽈로인가 하는 애—결국 감옥에 들어갔지—가 있었어. 그들은 어느 여름날 열두대의 외제차를 털기도 했어. 그 신사가 처음부터 그를 큰 관심을 보인 덕분에 (웃으면서 그렇게 말하더군) 결국 형이 그를 내버려두었고, 심지어 그를 만족스러워하기까지 했대. 그는 엄청난 돈을 벌었어. 그래서 이번에 두번째 정장—여름용 크림색 체크무늬 정장—을 맞춰 입은 거야. 실신도 참 마침맞았지. 그도 인정하더라고. 며칠 밤 그 얘기를 하면서 어찌나 우쭐대던지. 손쉽게 얻은 걸 가지고 남자들이 거드름을 피우며 자랑할 때, 또는 누군가의 품에서 그 사람을 속일 때 짓는 그런 탐욕스러운 웃음까지 보이면서 말이야. 까르멜로 사람들과 관련한 이야기 중 어떤 부분은 상당히 뻔뻔하면서 파렴치하게 우쭐대며 이야기했어. 며칠 동안 나는 달빛이 드리운 침대에서 내 배 위에 있는 그의 머리를 어루만지면서 질투심과 심지어는 두려움까지 느꼈어. 특히 두려움은 그를 만난 첫날부터 늘 느껴오던 것이었는데, 이는 그가 거짓말과 나쁜 짓을 하고 강도짓을 해 감옥에 갈지도 모른다는 생각에서 비롯되었을 뿐만 아니라, 그렇지, 나를 심하게 괴롭힌 다른 일 때문이기도 했는데, 평생 불행해질 수 있는 또다른 범죄를 저지를 것 같은 예감이 들어서였어…… 어떡하지, 예감이 이렇게 불길하다니. 왜 이렇게 밤이 길지? 내 사랑, 날 두 팔로 꼭 껴안고 놓지 마. 넌 항상 나보다 먼저 잠이 들지만 오늘밤은 어쩐지 예감이……

열렬한 내연의 관계를 통해
젊은 커플의 쾌락을 짐작할 수 있다.
　　　　　　　　　　　　　　　—보들레르

　신화의 세계가 모두 서서히 무너져가고 있음에도 불구하고 달
콤함을 맛볼 수는 있었다. 떼레사는 그 달콤함을 보았고 만졌고 믿
었다.

　한편 그에 관해 이야기하자면, 뿌에블로세꼬의 옥상에서 몸싸움
을 벌인 지 일주일 후, 그의 몸에서 유일한 싸움의 흔적이라곤 눈
썹에 난 자그맣고 발그레한 악마 같은 흉터가 다였다. 그는 동네를
어슬렁거리곤 했으며, 근근이 버텨가기 위해 가련하게도 10두로나
15두로를 구걸할 만한 친구들을 숨어서 기다렸다. 까르멜로의 어
느 구석에 자신의 일부가 버려진 것 같은 기분으로 말이다. (주사
기는 푸른 눈을 통해 이미 돈을 벌거나 갚을 수 있는 그의 능력을
의심하고 있었다.) 오르뗀시아에게 눈썹에 난 상처를 치료받기 위
해 그 집에 갔던 어느날 밤, 그는 추기경 몰래 그녀에게 백 뻬세따
를 빌렸다. 그것은 한번의 (남매 사이에 나눌 법한) 입맞춤과 이틀

날 오토바이를 태워주겠다는 그저 말뿐인 약속으로 쉽게 이루어졌
다. 지폐를 주머니에 넣고 나온 그는 델리시아스 바로 갔고, 그곳에
서 기본 4두로짜리 홀레삐 게임을 벌였다. 그는 바가 문을 닫는 새
벽 2시 30분까지 카드놀이를 했는데 재수가 좋았다. 백 뻬세따가
사백 뻬세따로 불어난 것이다. 이튿날 아침 그는 형수에게 20두로
를 주었고—형이 있는 자리에서 조심스럽게 건넸다—나머지 돈
은 흰 셔츠 한벌과 오드꼴로뉴 한병을 사고 뜨라베세라의 공중목
욕탕에 가는 데 썼다. 그날 오후 그는 떼레사가 기다리고 있는 아
우구스따 거리의 자그마한 텅 빈 바에 들어갔다. (9월 초 이후 그들
은 병원에 가지 않았고, 그래서 그는 사흘 동안 마루하를 보지 못
했다.) 떼레사가 그의 목에 팔을 두르며 말했다.

"오늘밤에는 멋지게 차려입도록 해. 친구 집에 저녁식사 초대를
받았거든."

"우리 둘?"

"당연하지. 네 일자리와 관련된 거야. 기쁘지 않니? 나중에 넌 내
가 신경 안 써줬다고 딴소리하겠지."

"그런 말은 절대 안해. 네 아버지께 말씀드려봤어?"

"아직 안했어. 별장에 계셔. 한번 살짝 떠보기는 했지. 오늘 오전
알베르또 보리와 이야기를 했거든. 대학교 다닐 때 알게 된 남자애
야. 지금 광고와 유통 분야에서 일하고 있어. 정확히는 모르지만 행
정 및 기업경영 도서관과 관련이 있는 것 같아. 아빠가 하시는 가
짜 사업 중 하나인데……"

"가짜 사업?"

"응, 일종의 속임수지. 너도 알잖아. 우리 아빠가 상업출판 사업
을 벌이는 것 말이야. 그래서 뭐…… 난 잘 몰라. 관심도 없고."

"그건 잘못된 거야. 관심을 가져야지, 너의 아버지인데."

"그렇긴 해. 그런데 알베르또가 우리 아빠 일을 나보다 훨씬 더 잘 알아. 그애가 얘기해줄 거야. 게다가 보리 부부는 나와 아주 친한 사이야. 내 말 들어봐. 어떻게 할 거냐면…… 9시 록시 영화관의 바에서 널 만나 태워갈게. 늦지 마. 돈은 있니?"

"한잔할 돈은 있어." 그가 생각에 잠긴 듯한 표정으로 말했다.

"내가 좀 줄게…… 그렇게 자존심 상한다는 표정 짓지 마. 그럼 나 화낼 거야. 빌려주는 거야." 그녀가 웃으며 그의 품에 파고들었다. 그리고 손을 그의 머리카락 안에 찔러넣고 화난 그의 얼굴을 한참 바라보다가 갑자기 충동적으로 그에게 키스를 했다. 그렇게 해서 그녀는 이상 및 욕망의 친밀한 순환을 다시 만드는 데 성공했다. "이봐, 너 혹시 지금처럼 청바지 차림으로 올 거니……?"

"잔소리하지 마. 여전히 난 네 친구들 수준에 맞게 그들 앞에 설 수 있어."

떼레사가 행복한 미소를 지었다.

"네가 날 아주 부르주아 취급을 하는구나." 그러고는 어조를 달리해 말했다. "마리 까르멘을 아주 상냥하게 대해주겠다고 약속해. 아주 중요한 인물이거든."

"마리 까르멘이 누군데?"

"알베르또의 아내야."

"꽃을 가져가면 어떨까?"

그녀가 다시 친근하게 웃었다. 그녀는 손가락으로 그의 눈썹에 난 상처를 어루만졌고 흘러내린 그의 머리카락을 뒤로 넘겨줬다.

"내가 널 얼마나 좋아하는지 모를 거야." 그녀가 말했다. "아니야, 자기. 아무것도 가져갈 필요 없어. 그냥 있는 그대로를 보여주기만 하면 돼. 그들은 널 간절히 만나고 싶어해. 재미있을 거야. 두고 봐. 우리는 친구들을 만나러 나가고 그래야 해. 친구들을 못 본지 수십년은 된 것 같아. 넌 안 그렇니? 가끔 그런 느낌이 들 때가 있어…… 잘 모르겠지만, 다른 도시에서 살고 있는 것 같아. 낯선도시에서 너와 나 단둘이서 말이야."

"그런데 여름이 지나면……?" 그가 그녀의 눈을 바라보면서 중얼거렸다.

"뭐, 난 학교에 다니고 넌 직장에 다니겠지. 네 퇴근시간에 맞춰난 기다릴 테야. 비 내리는 날 함께 산책도 하고……"

9시 30분 보리 부부는 그들을 기다리고 있었다. 그들은 즐겁고긴 크루즈 여행에서 돌아오기라도 한 것처럼 극진한 환대를 받았다. 부부의 눈빛은 호기심으로 가득했고, 은밀한 공모까지 있는 것같았다. (공모는 떼레사와 마리 까르멘 사이에서 재빠르게 이루어졌다. 두사람은 먼저 볼에 입을 맞추며 인사를 주고받더니 곧 귓속말을 나눴다. 갓 결혼한 새색시가 강물이 흘러가듯 재잘거리며 수군대는 소리가 들렸다.) 그렇지만 두사람의 관계가 어떻게 진행되어가는지에 대한 직접적인 질문은 없었다. 그들은 그저 두사람이어떻게 알게 되었는지 궁금해할 뿐이었다. 마놀로는 약간 소외감을 느끼긴 했지만, 떼레사의 친구들 모두가 무엇을 가장 궁금해하는지 익히 알고 있었다. 그것은 두사람이 언제, 어디서, 어떻게, 어떤 우연으로 만나게 되었는가 하는 것이었다. 마놀로가 알베르또보리와 이야기를 나누는 동안 마리 까르멘이 떼레사에게 하는 나지막한 몇마디 말이 들려왔다. ("이마에 행복이란 말이 씌어져 있구나, 떼레사. 집에서 네가 그와 사귀는 걸 아니?" 떼레사는 대답하지 않았다.) 그 말은 그날밤이 오래된 욕망의 그림카드에 그려진 신기한 광경들과 흡사할 것이라는 생각이 들도록 만들었다. 하지만 그렇게 되지는 않았다. 이상하게도 그날밤의 소박하지만 격식을 차린 저녁식사(낮은 칠보식탁 위에 놓인 쌜러드, 등심, 프랑스산 치즈, 질그릇 항아리에 담겨 나온 적포도주)는 떼레사와 그녀가 속한 세계가 늘 화려하고 품위 있을 것이라는 종전의 예상을 처음부터 빗나가게 하면서 그가 상상했던 것과는 거리가 멀었다. 배의 난간에 팔꿈치를 기대고 있는 젊은 보리 부부의 최근 사진(그들은 얼굴을 반쯤 돌려 하늘을 향하고 있었는데, 어떤 감정에 푹 빠진 눈으로 잡을 수 없는 새를 지켜보는 것 같았다. 그 눈빛에는 은근한 허세와 헛된 예술적 열망이 가득 차 있었다)이 눈에 띄었다. 사진 속 그들의 모습은 모로 가족이 보여준 관광객의 자유분방함과 마루하를 이상한 방법으로 다치게 한 또다른 자유분방함을 연상시켰다. 그것은 그들을 둘러싼 비현실적인 후광, 또는 그 어떤 소리나 구조 요청도 들리지 않는 불가사의한 유리상자 같은 것으로, 그들을 보호하고 심지어 그들을 아름답게 꾸며주기까지 했다. 시간이 한참 지나면서 그는 암울한 생각이 들었다. '이 자식아, 이들은 널 위해 손가락 하나도 까딱 안할 거야.'

보리 부부는 대성당(창밖에 한밤의 조명을 받으며 솟아 있는 첨탑들이 멋진 장식처럼 보였다)과 가까운 고딕 지구[46]의 안락하고 고급스러운 꼭대기 층에서 약간 무질서하게 살고 있었다. 실내 한쪽에는 도자기와 추상표현주의 그림, 참여문학 서적, 삐까소 그림의 복제품들(대작 「게르니까」는 저녁식사 자리에 있었다), 그리고 에스빠냐의 사실주의 유파에 속하는 젊은 조각가의 작품들이 있었

---

46 바르셀로나의 한 동네.

다. 다른 한쪽에는 영업과 경영에 관한 소책자와 카탈로그가 놀라울 정도로 많이 있었다. 그리고 안락의자에는 참고도서들이 놓여 있었다. (그중 한권은 근시용 안경이 묶여 있는『마케팅의 40가지 사례들』이었고, 또다른 한권은 소파에 앉은 떼레사의 구릿빛 무릎 옆에 있는『젊은 경영인들』이라는 책이었다.) "너무 자세히 들여다보지 마." 마리 까르멘이 말했다. "알베르또는 정말 구제불능이야. 사흘 전 까다께스에서 돌아왔는데, 돌아온 지 삼십분도 안돼 집을 완전히 사무실로 만들어버렸다니까."

보리 부부에게는 아기가 없었다. 두사람은 모두 명문가 출신이었다. 하지만 그들은 자신들을 독립적인 인격체로 여겼고, 그래서 꼭대기 층에서의 생활에 만족했다. 한동안 그들은 빠리에서 살며 두사람 모두 일을 했다. 알베르또는 마르고 키가 큰 매력적인 젊은 이로, 말이 아주 빠르고 안경을 꼈으며 다정다감했다. 그는 좌파 지식인이자 독서광으로, 특별한 열정 없이 출판 광고 일에 종사하고 있었다. 마리 까르멘은 스물다섯살로 사랑에 푹 빠져 문과대학 학부 과정을 마치기도 전에 결혼했다. 그녀가 학부 과정을 마칠 때쯤에야 다른 대학 동기 여자애들이 모두 결혼했다. 그때 그녀는 자신이 기혼자이기 때문에 결혼할 수 없다는 것을 알게 되었다. 사소한 문제일 수도 있지만, 마리 까르멘 보리처럼 자신의 삶에서 특별히 중요한 일이 없는 사람은 또래 친구와 보조를 맞추며 살지 못하는 것은 치명적일 수도 있었다. 그녀는 일년 동안 심각한 우울증을 앓았을 뿐만 아니라 결혼생활에도 위기를 맞았다. 무엇을 해야 할지 갈피를 못 잡고 있던 그녀는 결국 남편의 지인을 통해 일자리를 알아보았고, 그렇게 해서 한 출판사의 번역 부서에서 일하게 되었다. 그녀는 창백한 얼굴의 매력적인 여자였다. 모든 것을 삼켜버릴 듯한 큰 눈을 가졌고, 남자애들처럼 짧게 자른 머리에 화장하지 않고 민얼굴로 다니는 그녀에게서 빠리 사람의 분위기가 느껴졌다. 그녀는 가벼운 검정 터틀넥 스웨터를 입고 있었는데, 판판하고 부드러운 가슴과 굽은 어깨에는 우아한 권태로움이 묻어났다. 세계의 이중성, 꼭대기 층을 지배하는 이중적 측면('게르니까'와 '마케팅')이 말로 드러나는 데에는 시간이 걸리지 않았다. "마놀로가 외국어를 못한다는 사실이 안타깝네. 내가 번역거리를 구해줄 수 있거든. 물론 쉬운 내용들로 말이야." 마리 까르멘이 떼레사에게 말했다. "그런데 방문판매원 일을 하는 것도 나쁜 생각은 아니야. 뭔가를 시작하기엔 아주 좋은 일이지." 알베르또가 칼로 까망베르 치즈를 잘라 빵에 바르며 말했다. "관리직 분야의 일이 더 낫지 않을까, 안 그래? 월급이 칠팔천 뻬세따로 시작하면 좋을 텐데. 내가 아빠를 슬쩍 한번 떠보면……" 떼레사가 불만스럽게 말했다. "모든 건 마놀로가 할 수 있느냐 없느냐에 달려 있어. 내 생각엔 당분간 판매원 일이 가장 적당할 것 같은데." 알베르또가 마놀로를 보며 말했다. "네 말이 맞을지도 몰라." 떼레사가 맞장구쳤다. 마리 까르멘이 웃으며 옆에서 속삭이듯 말했다. "그렇게 생각해? 그를 자주 못 볼 텐데. 그건 별로 중요하지 않다는 거야?" "난 상관없어. 마놀로는 일을 해야 해. 무슨 일이 됐건 말이야. 무슨 말인지 알겠지? 그 얘기밖에 안해. 날 얼마나 성가시게 하는지 넌 모를 거야! 그의 기분이 영 아니야!" 그녀의 친구는 음식을 천천히 씹으면서, 귀로는 엄숙한 오르간 연주를 들으며 (저녁식사 시간 내내 전축에서는 알비노니의 음악이 흐르고 있었다) 알 수 없는 미소를 지어 보였다. 마놀로는 거의 말을 하지 않고 알베르또 보리를 관찰했다. "책을 팔려면, 아니 뭐든지 팔려면 차림새가 중요해. 그게 가장 기본적인 것은 아닐지라도 말이야…… 머리가 좀 긴 것 같아. 마리, 그렇게 생각하지 않니?" "지금이 딱 좋아. 애, 신경 쓰지 마. 알베르또가 샘나서 그러는 거야." 그녀가 마놀로를 쳐다보며 말했다. "난 진지하게 말하는 거야, 마리." "그래? 나도 그렇거든! 넌 남자를 이해 못해." 그녀는 재빠르게 떼레사와 짓궂은 시선을 교환했다. 두사람은 낄낄거리며 웃었다. "어쩌면 그럴 가능성이 높은지도 모르지. 반면에 책 판매원들의 사고방식은 내가 잘 알아. 난 저 머리 모양을 트집 잡고 싶은 생각은 전혀 없어. 하는 일에 도움이 안될 거라는 말이지." 알베르또가 말했다. "관심 있는 떼레사, 넌 어떻게 생각해?" 마리 까르멘이 물었다. 떼레사가 웃으며 말했다. "그의 머리카락 하나라도 손대면 너희 두사람은 내 손에 죽을 줄 알아." 그리고 그녀는 잔에 남아 있던 포도주를 모두 마셔버렸다. '예쁜 아가씨, 너도 날 가지고 논다, 이거지?' 마놀로는 생각했다. 그는 일을 얻기 위해서라면 기꺼이 머리털을 모조리 다 뽑힐 준비가 되어 있었다.

그들은 여름휴가를 즐기고 있는 친구들과 이미 일상으로 돌아오기 시작한 친구들 이야기를 했다. 빠리 이야기도 했다. 광고계와 그 분야의 관행들에 대한 이야기도 했다. 알베르또가 마놀로를 보며 말했다. "지금 이 나라에서 일이 돌아가고 있는 것을 보면 앞으로 미래가 있는 것은 광고일이야. 광고는 이 시대의 기념비적인 성감대이고, 가장 황당무계한 부도덕 중의 하나지. 사실 난 하루 종일 골빈 머저리들을 상대하면서 보내. 하지만 그거 알아? 이 일은 월급을 많이 받아, 마놀로. 뭐 특별한 능력이 필요한 일이라고 생각하지는 마. 그런 거 필요 없어. 너를 포함해 누구나 할 수 있는 일이야. 생각해보고 너도……" 그는 광고에 관한 자신의 몇몇 생각들을 말했지만 마치 농담하는 것처럼 보였다. (마놀로는 그의 유머 감각을 완전히 이해하지는 못했다.) 그의 생각에는 자동차가 지나가면 자동으로 일어나는 독특한 씨스템을 가진 야간 도로광고판이라든가, 허허벌판 한가운데에서 성이나 애드벌룬처럼 불쑥 그 모습을 드러내는 인상적인 그 무엇이 있었다. 또 그는 레스또랑의 접시, 가구의 지붕, 공중화장실, 창녀의 엉덩이 등을 이용해 광고를 할 수 있다고 했다. "머리를 짜내야 나오는 아이디어들이지. 그런데 문제는 우리가 아직 유럽 수준의 대기업을 운영할 준비가 되어 있지 않다는 거야." 이렇게 보리는 말을 맺었다. 여자들은 웃었다. 삐호아빠르떼는 그의 이야기에서 뭔가 재미있는 것을 찾아보려고 헛되이 애를 썼다. 그것은 아주 멋진 아이디어처럼 보였다. 게다가 그는 자신의 취업에 관한 이야기로 돌아가길 원했다.

하지만 보리 부부의 주변에서는 이상한 기운이 감돌았다. 그들은 따분한 상황에서 벗어나기 위해 그날밤을 엉뚱한 분위기로 몰아가려고 했다. 마리 까르멘은 뭔가 다른 것을 하자고 했다. 그들은 식사 후 상당히 많은 양의 포도주를 마셨음에도 불구하고 술을 더 마시기 위해 두대의 차에 (보리 부부는 쎄아뜨 차를 가지고 있었다) 나눠 타고 디아고날에 있는 바가뗄라로 갔다. 그곳에서 떼레사는 마놀로에게 키스를 하면서 백 뻬세따짜리 지폐 세장을 그의 주머니에 몰래 넣어주었다. 그런 다음 그녀는 다같이 띠베뜨 바에 가자고 제안하며 "그곳은 마놀로가 발견한 곳이야"라고 했다. 그들은 고지대 동네를 지나면서 불이 휘황찬란하게 켜져 있고 갖가지 장식으로 뒤덮인 거리를 보았다. 그 거리는 오가는 사람들과 관현악단의 연주에 맞춰 춤추는 사람들로 아주 북적거렸다. "대축제군." 마놀로가 말했다. 보리의 차 앞에서 운전하고 있던 떼레사는 차를 멈추더니 북적대는 거리를 걸어서 한바퀴 돌아보자고 제안했다. 쌘예이 광장에는 춤을 추거나 오락을 즐기는 커다란 천막이 세워져 있었다. 그들은 아이스크림과 종이모자를 샀고, 춤을 추면서 주변 거리를 여기저기 돌아다녔다. 마침내 그들은 작은 선술집 테라스에 앉아 꾸바리브레를 주문했다. 라우렐이라 불리는 아주 작은 거리였다. 길에는 가로수가 늘어서 있었고, 색종이와 색전구로 장식된 천막 지붕이 하나 있었다. 수녀원 건물의 담벼락과 맞닿아 있는 거리의 한가운데에는 관현악단을 위한 무대가 설치되어 있었다. 자기 집 대문 앞에서 의자에 앉아 있던 동네 사람들은 춤추는 커플들과 끊임없이 오가는 사람들을 바라보곤 했다. 마놀로는 화제가 자신의 취업 문제로 다시 돌아오기를 헛되이 바라고 있었다. 떼레사는 축제를 마음껏 즐긴 반면에, 처음에 아주 들떠서 자신에게 수줍게 춤을 청한 낯선 젊은이와 춤까지 췄던 마리 까르멘은 밤이 깊어감에 따라 설명할 수 없는 우울에 빠져들었다. 어느 순간 마놀로는 그들의 등 뒤로 다가갔다가 (그는 떼레사에게 바의 화장실을 알려주고 돌아오는 길이었다) 남편을 향해 던지는 마리 까르멘의 화난 눈초리를 보게 되었다. 마놀로는 마리 까르멘이 하는 말을 들었다. "호의를 베풀겠다고? 알베르또, 난 널 잘 알아. 넌 항상 비현실적으로 살 거야. 넌 꼬여 있어. 넌 저 남자애를 위해 아무것도 해줄 생각이 없잖아……" 잠시 후 떼레사가 마놀로의 어깨에 머리를 기댔고, 두사람은 탁자에 앉아 춤추는 보리 부부를 바라보았다. 마리 까르멘은 마놀로에게 등을 보이고 있었고, 그녀의 남편은 눈을 감은 채 춤추고 있었다. 둘은 꼭 껴안고서 거의 움직이지 않았다. 서로를 강렬하게 원하고 있는 것 같았다. 그런데 잠시 후 그들은 매우 느리게 턴을 했고, 이제는 알베르또가 마놀로에게 등을 보였다. 괴기스럽고 절대적으로 공허하며 표정 없는 눈, 자신을 안고 있는 남자나 춤 또는 그 어떤 것도 보지 않는 망연자실한 눈, 박제된 새 혹은 동상의 눈과 같은 마리 까르멘의 눈이 알베르또 어깨 위로 보였다.

"떼레사, 저 두사람은 서로서로 많이 좋아해?" 마놀로가 떼레사에게 물었다.

떼레사는 모르겠다는 듯 어깨를 으쓱해 보였다.

"알베르또는 마리 까르멘을 사랑해. 그녀가 없으면 그의 삶은 당장 엉망진창이 되고 말 거야. 그런데 그녀는…… 그게 말이야, 마리 까르멘이 약간 낙담해 있어. 무슨 말인지 알겠니?"

"모르겠는데."

"알베르또는 학부 시절에 장래가 촉망되던 청년이었어. 재능이 많았거든."

"돈 많이 벌잖아, 안 그래?"

"그런 문제가 아니야, 자기." 떼레사는 졸린 눈을 감으며 그의 어깨에 머리를 기댔다.

"돈을 잘 벌고 못 버는 그런 문제가 아니야. 알베르또는 지성인이거든……"

"그녀가 바람을 피운 거야?"

"아이, 몰라. 자꾸 말 시키지 마." 그녀가 웃었다. "키스해줘."

관현악단이 연주를 멈추자 보리 부부는 선술집으로 들어와 한참 동안 서로를 바라보았다. 무슨 일이 있었던 게 분명했다. 예기치 않게 그들이 작별을 고했다. "우리 갈게. 너무 늦었네." 알베르또가 말했다. 그의 곁에서 마리 까르멘은 추운 듯 팔짱을 끼고 등을 돌린 채 관현악단과 춤추는 커플들을 바라보았다. 춤추는 사람은 몇명 되지 않았고, 그들은 졸린지 몸을 거의 움직이지 않았다. 움츠린 그녀의 가녀린 어깨가 우습고 헛되고 지겨운 어떤 것을 넌지시 말하고 있는 것 같았다. 그녀에게는 지금 모든 것—계속 껴안고 있으려는 커플들, 드럼의 리듬이 천식 환자의 기침소리처럼 들리는 음악—이 분명 그렇게 보일 것이다. 그녀는 우울을 더이상 참을 수 없음이 분명했다. 그녀는 작별인사도 제대로 하지 않았다. 차를 향해 가면서 그녀는 손을 흔드는 둥 마는 둥 했고, '안녕'이라는 말도 마지못해 우물거렸다. 그녀는 다른 사람을 아예 보지도 않고 그와 팔짱을 풀지도 않으면서, 어떤 협박이나 전염으로부터 자신의 가슴을 보호하려는 듯이 아주 우아하게 몸을 움츠린 채 커플들을 피해 갔다. 떼레사가 자리에서 일어나 그녀를 쫓아갔다. 알베르또 보리가 마놀로에게 손을 내밀었다. 마놀로는 그에게 확실한 신뢰감을 주려고 애쓰면서 그의 눈을 바라보았다.

"어쨌든 할 만한 일이 있으면 연락해줘…… 난 일을 해야 하거든. 진심이야. 잊지 마. 난 힘든 시기를 보내고 있어."

"걱정 마. 전화할게…… 아니면 떼레사에게라도 전화할게." 어떤 이유에서인지 알베르또 보리는 무르시아 청년의 진지한 눈을 똑바로 보지 못했다. "다음에 봐." 그가 자리를 뜨며 떼레사 옆을 지나면서 말했다. "안녕, 떼레사. 재밌게 보내."

떼레사가 마놀로의 곁에 앉더니 그의 뺨에 키스를 했다.

"마리 까르멘이 프랑스식으로 인사하고 간 것에 대해 미안하다는 말을 전해달래…… 알베르또와 무슨 이야기를 나눴어?"

"전화해주겠다고 했어. 그런데 기대는 많이 안해. 한가지 말해줄까? 난 진지한 사람만 신뢰하거든…… 예를 들자면 너희 아버지 같은 분 말이야."

"마리 까르멘을 나쁘게 생각하지 마. 몹시 우울한가봐. 집 밖으로 나오면 항상 이렇게 끝나곤 해. 하지만 착한 애야. 알베르또도 그래. 두고 보면⋯⋯"

"그애는 형편없는 놈이야. 얼굴에 다 씌어져 있어."

"그렇게 말하지 마, 자기." 떼레사가 마놀로의 가슴에 자신의 뺨을 갖다댔다. "기분이 안 좋은 것 같네!"

"여기에 기분 나쁜 사람이 누가 있다고 그래?" 그가 웃으며 말했다. 그리고 그녀의 귀에다 키스를 했다. "자, 이제 날 집에 태워다줘, 응? 피곤해 죽을 지경이야."

"아이, 안돼!" 그녀가 소리쳤다. "이렇게 재미있는데 집에 어떻게 간단 말이야⋯⋯! 게다가 난 오늘밤 자유롭다고. 비센따에게 어쩌면 보리네 집에서 자고 올지도 모른다고 말해놓았단 말이야⋯⋯"

그녀가 믿음이 가득한 맑고 푸른 눈으로 그를 바라보았다. 그리고 그의 품속으로 파고들었다. 날씨가 쌀쌀해지기 시작했다. 갑작스럽게 불어온 바람이 나뭇잎과 지붕의 색종이를 흔들어댔다. "나 추워, 자기." 그녀가 꿈꾸듯 중얼거렸다. "가지 마⋯⋯" 마놀로가 그녀의 목덜미에 자신의 얼굴을 묻었다. 갑자기 비가 내릴 것 같은 기운이 감돌았다. 마놀로는 자신들을 위해 만들어진 황금의 섬인 여름이 끝자락에 다다랐음을 예감했다. 주변에서는 여전히 축제가 계속되고 있었다.

삼십분 후 떼레사는 마놀로와 함께 까르멜로에 도착했다. 그녀는 도로의 꼭대기에 차를 세웠다. 마놀로가 키스로 작별을 알렸다. "제발, 아직 가지 마⋯⋯" 그녀가 말했다. 매우 아쉬웠지만 그는 해야 할 일이 있었다. 그는 떼레사가 플로리드의 시동을 걸 때까지도 기다리지 않았다. 그는 모퉁이를 돌아 집에 거의 다 이르렀을 때쯤 한 지인을 만났다. "라몬, 델리시아스에 가는 길이니?" 마놀로가 말을 걸었다. "응." "오늘 한판 벌이니?" "몰라…… 가보면 알겠지." "옷 갈아입고 나도 갈게." 형은 집에 없었다. 형수와 조카들이 편한 자세로 함께 자고 있었다. 그는 어둠속에서 조용히 움직여 청바지와 티셔츠로 옷을 갈아입었다. 그런 다음 그는 고개를 숙인 채 서둘러 걸었다. 도로에 다다른 그는 하마터면 서 있는 차 위로 넘어질 뻔했다.

"왜 아직 여기 있는 거야?"

떼레사가 운전대 위에 팔을 얹고서 그를 뚫어지게 쳐다보고 있었다.

"널 기다리고 있었지. 넌 날 속일 수 있을 거라 생각했군. 안 그래?"

"너 바보로구나……"

"어디 가?"

"산책하려고. 잠을 이룰 수가 없어서…… 내 말 듣고 이제 가. 너무 늦었어. 너희 부모님이 아시면……"

그녀는 슬픈 미소를 지었다. 그녀의 눈이 어둠속에서 반짝거렸다. "넌 두려운 거야." 그녀가 말했다. "네가 이럴 거라고 전혀 생각하지 못했어." 그녀가 고개를 숙이며 울먹였다. "내가 널 어떻게 해주길 원하니?" 마놀로가 차에 올라탄 뒤 부드럽게 그녀를 안았다. 그는 그녀의 향기로운 머리카락에 자신의 얼굴을 묻으며 마음을 굳혔다.

"좋아, 알았어. 너랑 함께 있을게. 나 여기 있으니 울지 마…… 난 그저 바에 가려고 했을 뿐이야. 알겠어? 무엇 때문에 가려고 했는지 알고 싶니? 잠깐 카드놀이 좀 하려고. 내가 카드놀이에서는 운이 좀 따르는 편이고 돈도 필요해서…… 너도 알잖아."

"그게 사실이야? 날 속이는 거 아니지?" 떼레사가 그의 목에 팔을 둘렀다. 그는 맨살이 드러난 그녀의 어깨에 키스를 했다. 그는 힘이 빠지고 피곤한 듯한 느낌이 들었다.

"그래, 정말이야. 일자리가 생기길 기다리는 동안 내가 뭘 할 수 있겠니? 내 문제를 네가 다 해결할 수는 없어……"

"모든 게 잘될 거야, 마놀로. 오늘밤은 그 문제에 대해 더이상 생각하지 마. 제발 내 곁에 있어줘. 오, 그래. 제발……!"

그녀는 운전석에서 몸이 미끄러지도록 그대로 있었다. 그녀의 살에서 풍기는 향기와, 그렁그렁하면서 격정적인 두 눈의 반짝임이 마놀로의 마음을 뜨겁게 달아오르게 했다. 그는 그녀에게 긴 키스를 했다. 그녀가 흘린 눈물의 짭조름한 맛이 입술의 달콤한 맛과 뒤섞여 입으로 흘러들어왔다. "여기는 추워." 그녀가 중얼거렸다. 새벽 2시가 넘은 시간이었다.

"그래, 가자."

그들은 벌써 그날밤에 하려던 일을 포기하기로 마음먹고, 그들이 방금 전에 있었던 축제의 거리로 돌아가 그들의 욕망을 한껏 펼쳤다. 그런 다음 잎이 무성한 나무 밑의 대리석 탁자를 다시 차지했다. 그들은 서로의 눈을 바라보며 느린 동작으로 춤을 췄다. 점점 흥을 잃고 가락이 제대로 맞지 않는 관현악단의 연주를 비롯해 모든 것이 그들에게는 들리지 않았다. 그런데 잠시 후 갑자기 빗방울이 떨어지기 시작하더니 한동안 소나기가 내렸다. 사람들이 웃으며 대문 안으로 몸을 피했다. 비가 그치자 모든 것이 다시 이전으로 돌아갔다. 두사람은 다른 몇 커플과 함께 마지막까지 축제에 참여했다. 그들은 머리 위로 색종이와 종이테이프를 날렸고 서로를 껴안은 채 파롤리요[47]와 오래된 작별의 왈츠를 췄다. 그들은 그 자리를 마지막으로 뜬 사람이었다. 사람들이 줄지어 돌아가기 시작했다. 동네 주민들은 각자의 집으로 들어갔고, 악단의 단원들은 자신의 악기를 케이스에 넣었다. 거리 축제를 주관한 젊은이들은 전통에 따라 대표를 어깨에 태워 한바퀴 돈 후 접이식 의자들을 무대 옆에 쌓았고 피아노를 천으로 싼 다음 조명을 껐다.

그들 뒤의 작은 선술집 문도 닫혔다. 그들은 서로의 허리를 껴안고 길 아래쪽으로 서서히 내려갔다. 색전구로 장식된 지붕에 걸려 있는 갖가지 색깔의 종이테이프, 바람에 흔들리고 있는 꽃장식들 사이를 지나는데 발밑에서 카펫처럼 수북하게 쌓여 있는 종이꽃가루가 밟혔다. 거리는 누렇고 탁한 가스등이 자아내는 평소의 우중충한 분위기로 되돌아왔지만, 그날밤 몇시간 동안 그곳을 지배했던 충동적인 어떤 것, 즉 젊은 시절의 찬란한 꿈을 여전히 뿜어내고 있었다. 그 꿈은 가을이 다가오더라도 쉽게 사라지거나 시들해질 낌새를 보이지 않았다. 그리고 지금 그들은 그 꿈을 가지고 있다. 늦은 밤 거리를 헤매는 사람들은 모퉁이에 주차해둔 차를 향해 천천히 흰 거품을 밟으며 걸어가는 두사람을 호기심 어린 눈빛으로 바라보았다. (사랑에 빠져 있는 이 커플은 자신들의 옷차림만큼이나 주변의 풍경과 어울리지 않았다.) 플로리드에 도착하기 전 세차게 몰아치는 첫 가을바람 때문에 그들은 눈을 뜰 수가 없었다. 그들의 발밑에서 종잇조각이 흰 날개처럼 솟아올라 방향을 분간할 수 없게 주위를 완전히 에워싸버렸다.

---

47 손에 작은 등을 들고 추는 춤.

9월 12일 새벽이었다. 그들은 자신들 뒤에 남겨진 무질서한 종이 꽃가루와 입맞춤 덕분에 이날을 기억하게 될 것이다. 그들은 슬프게도 모든 것을 단념하고 있었다. 떼레사의 집 정원 울타리 앞에 도착했을 때 그들의 머리에는 여전히 색종이가 붙어 있었고, 그들의 눈썹에는 반짝이가 달라붙어 있었다. 별빛이 희미해지면서 불그레하게 밝아오는 빛이 아우구스따 거리 안쪽 저 멀리까지 퍼졌다. 뭉게뭉게 피어오르는 회색빛 구름으로 뒤덮인 띠비다보의 하늘은 잔뜩 흐려 있었다.

"내일 비가 올 것 같네." 마놀로가 말했다. 두사람은 서로의 눈을 바라보았다. 운명의 시간이 그에게 다가온 것 같았다. 그들은 울타리를 지나 정원으로 들어갔다. 떼레사가 열쇠로 문을 열었다. "비센따는 자고 있어." 그녀가 낮은 목소리로 말했다. 그들은 손을 꼭 잡고 어둠속을 걸어서 거실로 갔다. 떼레사가 불을 켰다. 그때 현관 입구에 있던 전화가 울렸다. 비센따가 깰까봐 떼레사가 서둘러 달려가 수화기를 집어들었다. 전화기는 윤기 있는 잎사귀가 달린 커다란 식물과 계단 난간 사이의 작은 탁자 위에 놓여 있었다. "여보세요……?" "떼레사니?" 졸린 듯한 여자의 목소리가 속삭이듯 말했다. "내가 깨운 거니? 미안해……" "아니야, 아니야." 마리 까르멘의 목소리를 알아듣고 떼레사가 말했다. "책 읽고 있었어……" 침묵이 흘렀다. "내가 깨운 거 맞네. 미안해." 하지만 그녀의 목소리에는 미안해하는 구석이 전혀 없었고, 오히려 비둘기가 구구거릴 때처럼 만족스러워하는 것 같았다. "전화할 시간이 아닌 거 알아. 그런데 너도 알다시피 밤중에 친구를 귀찮게 하는 게 내 특기잖아." 새롭게 침묵이 흐르다가 수군거리는 소리와 아득한 웃음소리, 숨을 헐떡이는 소리가 들려왔다. 떼레사는 마리 까르멘의 헐떡이는 숨소리를 한참 동안 들었다. "어디에 있는 거야, 마리?" "내가 어디에 있겠어? 우리 집 침대에 있지. 너 정말 자다 깬 건 아니지?" "아니니까 걱정 마……" "알베르또가 전화하지 말라고 했거든……" 그녀는 누가 간질이기라도 한 것처럼 갑자기 크게 웃음을 터뜨렸다. 그녀의 목소리가 점점 멀어져갔다. 떼레사는 침대에서 몸을 뒤척일 때 나는 사각거리는 시트 소리를 들었다. 그녀는 거실문에서 자신을 기다리고 있던 마놀로에게 가까이 오라는 손짓을했다. "이 커플, 정말 미쳤나봐!" 그가 가까이 다가오자 손으로 송화기를 막으며 그녀가 말했다. 그녀는 낄낄거리며 마놀로에게 같이 듣자고 했다. 두사람은 얼굴을 맞댔다. 현관은 거의 어둠속에 묻혀 있었다. 마리 까르멘의 목소리가 저 멀리에서 다시 들려왔다. "듣고 있니……? 미안. 내가 그런 식으로 떠난 것에 대해 마놀로에게 미안하다는 말을 전해달라고 한 것 잊지 않았겠지?" "그럼, 전했지. 그럼……" "그건 그렇고 다른 일이 있어. 마놀로 전화 있니?" "아니." "상관없어…… 제발 가만히 좀 있어줄래? 귀찮아." 그녀가 웃으며 누군가에게 말했다. 그리고 다시 떼레사에게 말했다. "알베르또야. 날 웃기려고 계속 바보짓을 하고 있어. 우린 몇가지 재미있는 이야기를 했단다. 알겠니? 들어봐, 좋은 소식이 있어. 너무나 기뻐서 너에게 전화하고 싶은 충동을 억누를 수가 없었어. 너의 마놀로, 드디어 일자리를 얻게 되었단다. 알려주렴. 그리고 모레 나한테 꼭 전화하라고 해. 내가 전화로 여러 사람을 깨웠어. 아마 그들은 아직도 날 욕하고 있을 거야. 그렇지만 그 덕에 네 연인은 다음 달부터 일을 시작할 수 있게 되었어. 확실해. 너도 알다시피 난 일처리가 분명하잖아." "넌 천사야, 마리!" 떼레사가 마놀로를 보면서 소리쳤다. "원하던 대로 됐어. 영업부에서 일하게 될 거야. 대단하지 않니? 그런데 지금부터 움직여서 통신강좌도 듣고 뭐라도 해야 해. 모든 걸 다 준비하려면 시간이 부족하니까 말이야.""그럼, 당연하지. 우리 모두 그를 도울 거야……""알베르또 의견으로는 월급 오륙천 뻬세따에서 시작할 수 있을 거라고 하던데……"떼레사는 목덜미에서 마놀로의 숨결을 느꼈다. 전화기 너머로 다시 침묵이 흐르더니 곧 웅얼거리는 소리, 키득대는 소리, 뭔가 떨어지는 듯한 가녀린 소리가 들려왔다. 그때 마놀로의 손이 떼레사의 배 쪽으로 미끄러지며 옆구리를 안아 서서히 자기 쪽으로 돌렸다. 떼레사는 전화선을 타고 들려오는 부부의 다정함에 마음이 움직여 뭐라 표현할 수 없는 행복감을 느꼈다. 하지만 마놀로에 대한 마리의 갑작스러운 관심이 불안하기도 했다. 땅바닥을 구르는 낙엽 같은 그녀의 목소리가 들려왔다……"애, 전화 받고 있는 거니? 미안, 이 괴물 같은 인간이 날 잡고 놔두지를 않아서 말을 할 수가 있어야지."그녀가 웃자 떼레사도 웃었다. 떼레사는 수화기를 자신과 마놀로의 귀에서 떨어지지 않도록 하면서 팔꿈치를 들어 걸리적거리는 전화선을 마놀로의 머리 위로 넘겼다. 그녀는 몸을 돌려 자신을 애무하는 마놀로의 손에 따르면서 벽에 기댔다. 식물의 커다란 녹색 잎이 어둠속에서 강렬한 향기를 발하고 있었다. 떼레사는 몸을 움직일 수가 없었다. 그녀는 그의 입술이 자신의 입술을 애무하도록 허락했다. 그녀의 원피스 자락이 바스락거리는 소리가 들렸다. 그는 그녀의 몸에—보기에 따라서는 마리 까르멘이 하는 말을 더 잘 듣기 위해—바짝 밀착했다. "어쨌든 떼레사."마리의 목소리는 이제 약간 전투적으로 들렸다. 고양이처럼 그르렁거리는 알베르또의 목소리도 들렸다. "마놀로에게 전해주는 거 잊지 말고, 모레 우리 집이나 알베르또 사무실에 전화하라고 하렴. 안녕, 친구. 행복하길. 그리고 정신나간 짓 할 때는 조심해. 알았지? 알베르또가 너의 사랑이 완벽하길 바란다는 말을 전해달래…… 전화할게. 조만간 단둘이 만나서 수다 좀 떨자. 안녕." "너희 두사람 정말 못 말리는 한쌍이야." 떼레사가 소곤거리듯 말했다. "고마워. 조만간 보자." "잘 자, 친구."

떼레사는 전화선이 등과 벽 사이에 끼여 있었기 때문에 몸을 움직이지 않고 손을 머리 위로 들어올려 수화기를 바꿔 들었다. 그런 다음 탁자를 더듬었다. 그러느라 그녀의 몸이 이완되어 마놀로와 더욱 밀착하게 되었다. 그녀는 수화기를 내려놓았지만 전화선이 마놀로의 팔에 감겨 있어서 한참 동안 둘이 낄낄대며 그것을 풀었다. "마리가 뭐랬는지 들었니?" 벅차오르는 기쁨을 주체하지 못하고 떼레사가 속삭였다. "똑똑히 들었지? 우리가 일자리를 구했어……!" 그들은 자신들이 한참 전부터 숨을 헐떡이고 있다는 사실을 깨닫지 못하고 있었다. 마놀로는 자신의 입술로 그녀의 머리카락을 애무했다. 그는 아무 말도 하려고 하지 않았다. 분명 운명의 순간이 그에게 다가온 것이다. 떼레사의 비단결처럼 부드러운 머리카락 너머, 맨살을 드러낸 향기로운 어깨 너머, 현관 안쪽의 어둠 속에서 그가 본 것은 어린 시절부터 소중히 간직해온 빛나는 그림카드가 아니라, 근사한 사무실에 서류가방을 들고 들어가는 유능한 젊은이였다. (역동적이고 세련된 젊은이, 유럽 수준의 소득, 고위직으로의 초고속 승진 등 신문에서 읽었던 구인 광고가 생각났다.) 사무실 어딘가에서 전화벨이 울리지만 그는 전화를 받을 필요가 없다, 사환이 받을 테니까…… 그의 목을 두르고 있는 떼레사의 팔, 어둠속에서 자신을 내맡기는 듯한 그녀의 태도, 반쯤 풀린 그녀의 푸른 눈은 또다른 마취제 같았다. 그는 결심을 하고 그녀의 눈을 살폈다. 드디어 그의 손이 전화선을 걷어내고 그녀의 어깨로 가서 원피스의 한쪽 어깨끈을 내렸고, 그런 다음 다른 쪽 어깨끈도 내렸다. 그녀가 벌린 입을 내밀었다. 그리고 그의 품에 완전히 자신을 내맡겼다. 마놀로는 몸을 살짝 기울여 그녀를 받치면서 사려 깊은 부드러움으로 그녀를 받아들였다. 좀 이상하긴 하지만 지금까지 떼레사의 처녀성은 그를 위해 존재해왔던 것이다. 그것은 그가 열망하는 상류층과 최고의 품위와 일자리를 얻을 수 있는 가장 확실한 보증이었다. 그는 그녀와 그녀의 친구들로부터 신뢰를 얻었고, 두사람은 영혼을 바쳐 사랑하고 있으니 이제 떼레사를 자신의 것으로 만드는 데 방해가 될 만한 것은 아무것도 없었다. 그런데 이상하게도 미래의 사무실에 있는 전화가 그의 상상 속에서만 울렸던 것이 아니었나보다. 한참 전부터 바로 그들 옆에서 전화가 울려대고 있었던 것이다. 떼레사는 마치 꿈속인 듯 어스름 속에서 팔을 뻗었다. 마침내 그녀가 수화기를 들며 중얼거렸다. "이 시간에 도대체 누굴까?" 그녀가 "여보세요?"라고 한 바로 그 순간 마놀로는 이미 잔인한 현실을 어렴풋하게 알아챘다. 현관의 불이 켜지자 그는 재빨리 그녀를 놓았다. (두사람에게는 겨울을 앞당기는 절망적인 광경이었는데) 늙은 하녀 비센따가 보라색 가운을 걸치고 한갈래로 땋은 은회색 머리가 다 풀어헤쳐진 모습으로 나타나서는 놀람과 비난의 시선으로 두사람을 바라보았다.

잠에 취해 있던 그녀의 작은 눈 또한 전화는 병원에 온 것이고 마루하가 죽었다는 사실을 예고하고 있었다.

……세상 걱정과 재물의 유혹이 말씀을 억눌러
열매를 맺지 못하는 사람을 두고 하는 말이다.
—「마태오 복음」 13장 22절

    납빛 어스름의 새벽 5시, 불 켜진 병원 창문은 망연자실한 침묵
이 흐르는 그곳의 분위기를 잘 전해주고 있었다. 예년처럼 보나노
바 거리는 벌써 회색, 연자주색, 황토색 기운으로 완연히 물들어 있
었다. 그날도 구름 속에서 해가 고개를 내밀기는 힘들어 보였다. 병
원 4층 창가에는 아름답지만 당혹스러운 표정의 두 젊은 청춘이
유리창에 이마를 대고 불안함을 감추지 못하고 있었다. 어디에선
가 신열과 불면증에 시달리는 환자가 나지막한 소리로 신음하고
있었다. 그들은 납빛 하늘 아래의 키 큰 종려나무들이 갈고리 같은
가지를 길게 늘어뜨리고 있는 정원을 바라보았고, 그때까지 꺼지
지 않고 있는 가로등, 나무 벤치, 가로수, 그리고 반딧불이처럼 선
로 위를 기어가고 있는 전차도 바라보았다. 동시에 그들은 등 뒤
마루하의 병실 안을 분주히 오가는 흰 가운을 입은 이들의 움직임
도 느낄 수 있었다. 살짝 열려 있는 병실의 문틈으로 어수선한 웅

성거림과 서둘러 종부성사 의식을 치르는 소리가 새어나왔다. (신부도 임종 전에 도착하지는 못한 것 같았다.) 특히 두사람은 병문안을 시작한 초기의 오후에 잡지를 뒤적이고 응접실에서 대화를 나눌 때마다 안쪽에서 늘 들려오던 진동 소리가 이제는 들리지 않는다는 사실을 깨달았다. 그 진동 소리는 유년기의 무질서한 직관을 떠올리게 하는 전화선의 윙윙거리는 소리 같은 것이었다. 이제 갑작스럽게 멈춘 그 소리는 치명적인 침묵으로, 그리고 나중에는 망자의 방에서 들리는 까딸루냐어로 말하는 아주 박식한 목소리로 바뀌었다.

"그녀의 부친에게는 알렸나?"

"네, 박사님."

"쎄라쁘 씨에게는?"

"그분의 따님이 연락했습니다. 지금 오시는 중이라고 합니다."

야간 당직 간호사가 그들에게 설명을 해주었고, 그녀의 말은 나중에 디나에 의해 다시 확인되었다. 망연자실한 채 나타난 디나는 빗방울이 맺힌 투명한 비닐 우비를 입고 있었다. (그래서 그들은 밖에 비가 내린다는 것을 알았다. 처음으로 유니폼이 아니라 어딘지 모르게 야하면서 아슬해 보이는 사복을 입은 마요르까 여자의 모습 또한 그들에게 똑같이 어두운 불안을 야기했다.) 가여운 마루하는 전혀 고통을 겪지 않았고 아무것도 느끼지 못했다. 새벽 4시 30분에 깊은 코마 상태에 들어간 그녀는 5시 10분 전에 달콤한 잠에 빠져들었다. 그녀는 계속 우려스러운 상태였지만 갑작스러운 사망은 전혀 예상하지 못한 일이었다. 바로 전날 오후 쎄라쁘 부인이 블라네스에서 전화로 환자의 상태를 물어보았을 때, 약간 호전된 것 같고 몸이 쇠약해서 생긴 등의 욕창도 거의 다 나았다고 말

한 사람은 바로 디나였다…… 마루하가 새벽에 갑자기 혼수상태에
빠져 상태가 심각해지자 디나는 쌀라딕 박사를 불렀고, 그의 지시
에 따라 바르셀로나의 쎄라뜨 씨 집으로 전화를 걸었다. 불행하게
도 쎄라뜨 씨의 집 전화는 한동안 통화중이었다. (이 대목에서 떼
레사는 본능적으로 옆에 있는 삐호아빠르떼의 손을 잡았다.) 얼마
후 드디어 신호가 갔지만 응답을 하기까지는 시간이 걸렸다. 마루
하는 쌀라딕 박사를 보조하는 젊은 의사와 간호사들이 지켜보는
가운데 임종을 했다. 디나는 자그마한 파란 우산을 벽에 기대놓으
며 이야기를 마쳤다.

　떼레사와 마놀로는 한참 동안 창가에 서 있었다. 둘은 서로의 손
을 꼭 잡은 채 놓지 않았다. 먹구름이 그들 주변으로 점점 더 큰 원
을 그리면서 재빠르게 몰려들었다. 그들의 꿈인 여름 섬을 위협하
면서 말이다. 쎄라뜨 씨 부부는 10시가 조금 안되어 도착했다. 그리
고 잠시 후 마루하의 아버지가 렌터카로 레우스에서 농장 일꾼 두
사람과 함께 도착했다. 그들은 찌그러진 밀짚모자에 비극적인 나
들이 복장을 하고 있었다. 마루하의 오빠(두툼한 입술과 납작한
코, 약간 벗겨진 작고 우울해 보이는 머리, 가무잡잡한 얼굴을 가진
군인으로 비에 젖은 카키색 군복에서는 역겨운 닭 냄새가 났다)는
오후에 베르가에서 왔는데 발인하기 직전이었다.

　발인은 아침부터 내리기 시작한 이슬비 때문에 가까운 지인들
만 참석한 가운데 빠르게 진행되었다. 석대의 차로 이루어진 장례
행렬이 남서쪽에 있는 장지로 향했다. 구름, 젖은 아스팔트, 거리,
사람들의 얼굴이 하늘에서 부드럽게 내리는 잿빛 비와 뒤섞였다.
쎄라뜨 부인은 이중으로 망연자실했다. 그녀는 사람들이 관을 옮
길 때에도 울었고, 마놀로와 같은 차를 타고 장지에 가겠다고 우기

는 딸과 낮은 목소리로 말다툼할 때에도 울었다. 마놀로는 그때 이미 레우스에서 온 두명의 농부와 함께 차에 들어가 있었다. (쎄라뜨 씨가 사람들에게 탈 차를 배정하고 있을 때 마놀로가 차에 타는 것을 본 사람은 물론 아무도 없었다.) 첫번째 차에는 쎄라뜨 씨와 마루하의 아버지, 오빠가 탔다. 떼레사는 비록 마놀로와 함께 묘지에 갔지만, 수심이 가득한데다 놀라는 어머니의 표정을 보고 어머니가 뭔가를 알고나 있지는 않은지, 비센따가 어머니에게 뭔가 말하지는 않았는지, 자신이 마놀로와 친한 것을 벌써 세세히 알고 있지는 않은지 의심을 했다. 오후 일찍, 특히 점심시간 동안 쎄라뜨 부인은 떼레사가 요즘 무엇을 하며 지내는지 유달리 관심을 보였고, 마놀로가 병원에 몇시에 왔으며, 누가 그에게 그 불행한 소식을 전했는지 물었다. 그녀의 질문이 더 나아가지 않은 것은 그럴 마음이 없어서가 아니라 마루하의 아버지인 루까스 씨가 그 자리에 있었기 때문이었다. 그녀는 마놀로가 마루하의 애인이었다는 사실을 잊어서는 안되었던 것이다. 이후 떼레사는 가능한 한 어머니와 단둘이 대화할 기회를 미리 차단해버렸다. 한편 그녀의 아버지는 병원에 도착한 이후 줄곧 아주 기민하면서 차갑게, 거리감이 느껴지게 행동했다. (그가 슬픈지 불쾌한지 정확히 알 수가 없었다.) 하지만 그는 모든 일이 끝날 때까지 질문을 보류해두고 있음에 틀림없었다. 이따금 젊은 커플에게 보내는 그의 시선이 암시하는 것은 그런 것 같았다.

떼레사는 흰 트렌치코트 차림에 두건을 쓰고 있었다. 걷기 힘든 몬주익의 검고 질척한 땅 위에서 움직이지 않고 가만히 선 마놀로와 떼레사는 장의사 인부들의 일거수일투족을 지켜보았다. (그 사람들은 관을 운반하기 위해 진흙 위에 널빤지를 깔았다.) 그들의 몇 미터 앞에서는 등을 곧추세우고 뒷짐을 진 쎄라뜨 씨가 루까스 및 그의 아들과 이야기를 나누고 있었다. 농부 중 한사람이 쎄라뜨 씨에게 우산을 받쳐주고 있었는데, 그것을 안 쎄라뜨 씨가 그의 수고를 덜어주기 위해 우산을 받아들었다. 하지만 잠시 후 생각을 고쳐 그에게 다시 우산을 돌려주었다. (쎄라뜨 씨는 회색 외투를 입고 있었다.) 쎄라뜨 씨는 농부에게 루까스가 우산의 혜택을 입을 수 있게 그의 옆에 서 있으라고 했다. 이 상황이 농부에게는 당황스러웠다. 아무도 자신의 우산을 쓰려고 하지 않는 것처럼 보였기 때문이었다. (사실 하늘에서 떨어지는 비는 그다지 신경 쓸 정도는 아니었다.) 결국 루까스와 그의 아들이 어쩔 수 없다는 듯 농부의 검정 우산 속으로 들어갔다. 그때 누군가가 담배를 꺼내자 모든 이들이 함께 담배를 피웠다. 이슬비 사이로 묵직하고 푸른 담배연기가 떠다녔다. 떼레사는 묘지 안쪽의 벽을 두르는 인부에게서 눈을 뗄 수가 없었다. 그녀 옆에 있는 마놀로는 옷깃을 세우고 비에 젖은 앞머리가 이마를 덮은 채로 아무 말 없이 있었다. 쎄라뜨 씨가 고개를 돌려 그들을 잠깐 바라보았다. 떼레사는 자신의 손을 찾고 있는 마놀로의 손을 허리께에서 느꼈다. 그녀는 그를 보지 않은 채 그에게 손을 주려고 주머니에서 손을 꺼냈다. 몇시간 전부터 딱딱하게 굳어 고통스러운 목과 어깨의 긴장을 풀지 않은 채 말이다. 그때 그가 갑자기 울음을 터뜨렸다.

떼레사는, 예전에는 그런 적이 없는데, 누워 있는 시신을 정면에서 바라볼 수가 없었다. 여전히 악몽을 꾸는 듯한 얼굴, 결국 말을 삼켜버렸지만 내면의 뭔가를 말하고 싶어하는 표정, 뒤로 빗어 넘긴 짧은 검은 머리카락 속에 드러난 끔찍하게 여위었으면서 밀랍처럼 창백한 얼굴을 볼 수가 없었다. (코와 치아도 낯설 정도로 완전히 딴 얼굴이 되어 있었다.) 이때에도 마놀로와 떼레사는 사람들 뒤에서 서로의 손을 쓰다듬고 있었다. 떼레사는 울 수가 없었다. (마놀로는 울고 있는 것 같았다. 그래서 그녀가 살며시 그의 손가락을 꼭 잡아주었다.) 그녀는 마루하의 아버지가 뭔가를 묻고 싶은 듯 몇차례 주저하다가 멍해져 있는 자신들에게 다가오는 것을 보았을 때에도 울 수가 없었다. 마루하 오빠의 붉게 충혈되고 (마루하의 눈처럼) 겁을 잔뜩 먹은 검은 눈이 자신의 무릎으로 향하는 것을 느꼈을 때에도 그랬다. 마루하 오빠는 누더기 같은 카키색 모자를 내내 손에 들고 있었고, 징이 박힌 커다란 군화에서 소리가 날까봐 움직일 엄두를 내지 못하고 있었다. 하지만 지금은 그녀가 울었다. 그녀는 뜨거운 눈물을 하염없이 흘렸다. 친구와 자기 자신과 마놀로를 위해, 뭐라 말할 수 없는 죄책감과 모욕적인 운명 때문에, 갑작스럽게 진흙탕을 다시 밟아야 하는 것 때문에, 잿빛 하늘에서 비가 내리는 날씨 때문에 그녀는 서럽게 울었다.

모든 장례일이 끝나고 차로 돌아가던 떼레사와 마놀로는 사람들 무리에서 빠져나온 쎄라뜨 씨가 자신들에게로 다가오는 것을 보았다. 두사람은 걸음을 멈추고 그를 기다렸다. 하지만 쎄라뜨 씨는 도착하기 전 자기 앞에 있는 진흙탕이 미심쩍었는지 걸음을 멈췄다. 그는 딸에게 오라고 손짓했다. 그의 지시에 따라 떼레사는 진흙탕에 빠지지 않으려고 길을 돌아서 아버지에게로 갔다. 그녀는 두건을 쓴 머리를 옆으로 살짝 기울인 채 아버지 옆에 서서 아버지가 하는 말을 들었다. 그녀가 돌아오지 않자 마놀로는 (두사람은 이미 같이 걸어가기로 약속했다) 겉옷 주머니에 손을 찔러넣고 진흙탕 위를 첨벙거리며 (그런 것은 아무래도 상관없다고 생각했다) 그들에게로 다가갔다. 쎄라뜨 씨는 손수건을 꺼내 코를 풀고서 차 옆에서 기다리는 사람들과 떼레사, 그리고 마지막으로 그의 앞에 서 있는 마놀로를 바라보았다.

"자, 젊은이, 이제 모든 일이 끝난 것 같네. 가엾은 우리의 마루 하가 이제 고통에서 벗어났네. 언젠가는 우리에게도 닥칠 일이지." 쎄라뜨 씨가 눈을 내리깔고 아주 조심스러운 것을 다루듯 손수건 을 정성스레 접고 또 접으며 말했다. "자네가 그녀를 무척 사랑했 다는 것을 아네. 하지만 너무 슬퍼 말게. 자넨 아직 젊으니까 말이 야. 곧 단념하고 잊게 되겠지." 그러고 나서 갑자기 그가 슬프면서 도 애정 어린 미소를 지으며 손을 내밀었다. "잘 지내게. 이제 우리 가 다시 볼 일은 분명히 없겠지."

마놀로는 그의 말을 더이상 듣지 않았다. 마놀로는 눈을 가늘게 뜨고 멀리서 오는 빛을 담으려고 애썼다. 나머지 다른 사람들은 차 옆에 서서 그를 지켜보았다. 이슬비가 내리는 가운데 치러진 장례 식의 슬프고 엄숙한 얼굴들과 희미한 씰루엣들. 철저히 규범에 따 른 작별, 그것은 몹시 빠르게 진행되었다. 마놀로는 쎄라뜨 씨의 시 선을 피하면서 웅덩이 건너편에 있는 떼레사에게 손을 내밀었다. 그녀와 작별인사를 하려는 것이 아니라 자신을 따라올 것을 요구 하는 행동이었다. (그 순간 그는 아주 잠깐 동안 떼레사의 다정한 푸른 눈빛에 사로잡혀 진흙탕 위에서 움직이지 않았다.) 그때 그가 입을 열었다.

"떼레사." 그는 차분하고 부드러운 목소리로 말했다. "이리 와 봐. 할 말이 있어."

그녀는 천천히 하지만 조금도 주저하지 않고 고개를 숙이고 얼 굴은 두건으로 가린 상태로 마놀로에게 손을 내밀면서 흙탕물 웅 덩이를 폴짝 건너뛰었다. 그들은 사람들에게 짤막하게 작별인사를 하고 출구로 향하는 길을 따라 멀어져갔다. 무르시아 청년은 떼레사의 아버지가 보고 있다는 걸 알았다. 그는 고개를 돌리고 싶은 유혹을 참지 못했다. 그는 얼어붙은 듯 걸음을 멈추었다. 흩날리는 이슬비 속에서 관대함과 자상함이 묻어나는 희미한 미소를 머금은 쎄라뜨 씨의 얇은 입술이 보였다. (쎄라뜨 씨는 차에 오르기 전 손을 가볍게 흔들어 그들에게 인사를 하기까지 했다.) 쎄라뜨 씨의 미소는 따뜻하고 스스럼없었으며 소름 끼칠 정도로 정중했다.

다음날 오후 떼레사는 약속장소에 나타나지 않았다. 4시 30분 레셉스 광장에서 그를 차에 태워가기로 약속했는데 말이다. 5시가 지나 마놀로는 떼레사네 집에 전화를 걸어보았다. 하지만 아무도 받지 않았다. 밤에 델리시아스 바에서도 여러번 전화를 걸어보았지만 결과는 마찬가지였다. 그때 보리 부부가 떠올랐다. 하지만 그들은 집에 없었다. 아마 외식을 하고 있을지도 모른다고 생각했다. 다음날 아침 그는 다시 떼레사네 집에 전화를 걸어보았다. 집에는 아무도 없었다. 다시 보리 부부에게 전화해보았다. 마리 까르멘은 떼레사 쎄라뜨에 대한 소식을 전혀 모르며 아마 별장에 있을 것이라고, 아무 말도 안하고 떠난 게 이상하다고 했…… 그리고 사실 너무도 미안하지만 아직 일자리에 관해 어떤 소식도 전해줄 수가 없으며, 떼레사가 나타나기를 기다리는 게 더 나을 거라고 했다……

그날 오후 마놀로는 아우구스따 거리에 있는 쎄라뜨 씨의 저택을 찾아갔다. 창문은 모두 닫혀 있었다. 정원 울타리에서 등이 굽고 반짝반짝 빛나는 붉은 대머리 노인이 고개를 돌려 그를 쳐다보았다. 마놀로는 울타리에서 인사를 한 후 집에 사람이 없느냐고 물었다. 노인은 아무도 없는데 왜 그러느냐고 물었다. 마놀로는 떼레사에게 전할 말이 있다고 대답했다. 노인은 쎄라뜨 씨 부부와 딸은 어제 아침 블라네스로 갔고, 이달 말까지는 오지 않을 거라고 했다.

밤이 되자 마놀로는 무엇을 해야 할지 갈피를 잡지 못한 채 마리 까르멘 보리에게 또다시 전화를 걸어 급히 할 얘기가 있다고 했다. 그녀는 미안하지만 외식을 할 것이라고 말했다. 밖에서 저녁을 먹는 게 훨씬 경제적이라고 마침내 알베르또를 설득했다고 하면서…… 마놀로는 그녀의 이야기를 도중에 끊고 저녁식사 후 아무 바에서나 잠깐 보자고 했다. "잠깐만요." 마리 까르멘이 별로 내키지 않는 듯 말했다. 그녀가 알베르또와 이야기하는 소리가 들렸다. 침묵이 흘렀다. 결국 그녀는 좋다고 하면서 장소와 시간을 정했다. 그들은 11시에 대성당 앞의 까페에서 보기로 했다. 마놀로는 시간이 되어 라예따나 거리를 내려가면서 보리 부부로부터 어떤 도움을 받을 수 있을지 생각해보았다. ('분명 별장 전화번호 정도는 알아낼 수 있겠지. 여전히 두고 볼 일이지만.') 그때 갑자기 노란 불꽃과 빨간 불꽃(떼레사의 머리카락과 스카프의 끝자락)이 순간적으로 마놀로의 눈길을 사로잡았다. 차가 다음 모퉁이를 재빠르게 돌았다. 순간 그는 불빛을 가득 반사하는 플로리드의 흰 꽁무니를 보았다. 어쩌면 그녀는 바르셀로나로 돌아와 그를 찾고 있을지도 모른다. 그는 뛰기 시작했다. 하지만 모퉁이를 돌자 차는 이미 사라지고 없었다. 분명 떼레사였다고 그는 맹세할 수 있었다. 그는 보리 부부와의 약속을 까맣게 잊은 채 떼레사와 한번이라도 간 적이 있는 빈민가의 바를 모두 뒤지며 돌아다녔다. 그녀 역시 같은 행동을 하고 있을 것이라고 그는 생각했다. 그렇게 그는 한시간 반 이상을 무작정 돌아다녔다. 쌩제르맹(우렁차고 정감 있는 목소리를 가진 그 여자가 예전부터 그를 알고 있다고 확신하는 각지고 열정적

인 얼굴의 새 여종업원을 소개하겠다며 그를 가로막았다), 빠스띠
스, 까디스, 잼버리를 찾아가 떼레사가 그곳에 왔었는지 물어보았
다. 레알 광장과 람블라스에 있는 맥줏집들을 뒤져보았으나 그녀
를 찾을 수 있으리라는 희망이 없었다. 그는 갑자기 띠베뜨가 떠올
라 택시를 잡아탔다. '바르셀로나에 있다면 그녀는 당연히 까르멜
로와 가까운 띠베뜨에 있겠지?' 택시기사는 빨간 머리의 난쟁이로
발렌시아 억양을 가지고 있었고, 고개를 운전대 쪽으로 쭉 내밀고
서 운전했다. 그는 벌써 겨울이 다가왔고, 머지않아 새해가 올 것이
라는 등의 이야기를 하면서 아주 느릿느릿 차를 몰았다. 그는 자녀
들을 생각하고 있음에 틀림없었다. (머리를 땋은 두 달덩이, 웃고
있는 두 얼굴, 뺨을 맞대고 있는 두 여자아이는 스튜디오 사진 속
에서 운전기사를 바라보고 있었다. 계기판 옆에 붙어 있는 사진의
아래쪽에는 자녀들이 쓴 메시지가 적혀 있었다. '아빠, 과속은 금
물!') 하지만 이 사실을 눈치챈 마놀로가 소리를 질렀다. "애들을
잊고 빨리 달려요. 늦었단 말이에요." 운전기사가 높은 목소리로
투덜댔다. "젊은이, 왜, 뭐가 잘못됐나? 난 빨리 죽고 싶지 않다고!"
마놀로가 그의 귀에다 대고 으르렁거리며 독촉했다. "난 집에서 기
다리는 그런 귀여운 애들이 없어. 그러니까 똥차를 빨리 몰란 말이
야. 입 닥치고!" 택시 운전기사가 룸미러로 그를 바라보았다. 마놀
로의 말이 농담이 아님을 깨달은 그는 속도를 높였다.

  띠베뜨에도 역시 떼레사는 없었다. 시간은 이미 1시가 넘었다.
피곤해진 그는 자신의 운명을 탓하며 보리 부부에게 전화를 걸었
다. 한참이 지나서야 전화를 받았다. 알베르또였다. 그들은 이미 잠
자리에 들어 있었다. 마놀로는 약속장소에 가지 못한 것에 대해 사
과했다. 떼레사를 본 것 같다고 말하면서…… 알베르또는 퉁명스

럽게 제발 내일 전화해달라고 하면서 그의 말을 가로막았다. '염병할, 떼레사를 보지도 못했고, 소식도 모르는군.'

마지막으로 마놀로는 그들이 지난주에 자주 갔던 아우구스따 거리에 있는 작은 바에 가보았다. 아무도 없었지만, 그가 들어섰을 때 그를 바라보는 종업원(알메리아 출신의 남자애로 떼레사는 그에게 많은 호감을 가지고 있었다)의 시선에서 마놀로는 뭔가 희망의 빛을 보았다. 종업원은 전날 아침 아가씨가 떠나기 전에 자신에게 메모를 남겨놓았다고 했다. "아주 급한 것 같던데요." 종업원이 말했다. 봉함도 되지 않은 봉투 안에는 엽서가 들어 있었다. 엽서에는 이렇게 적혀 있었다. "몇분 후에 엄마랑 별장으로 출발해. 무슨 일인지 가능한 한 편지로 설명할게. 내가 소식을 전할 때까지는 그냥 있어. 사랑해. 떼레사."

다음날 (대체로 맑았지만 바람이 불었고 남쪽에는 커다란 구름이 떠다녔다) 그는 떼레사네 별장으로 가기 위해 오토바이를 한대 훔치기로 했다. 그곳에 가면 운 좋게 떼레사를 볼 수 있을지도 모른다. 당연히 떼레사의 소식만을 기다리며 지내고 싶지 않았다. 그렇게 해서도 안되고 그렇게 할 수도 없었다. 그녀를 만나야만 했다. 게다가 시간이란 얼마나 어처구니없는 것인가. 한시간, 하루가 얼마나 빨리 지나가는가. 아름답고 유쾌하고 화려한 관광객들이 사라지고, 자동차처럼 활동적이면서 검게 그을리고 위험한 까딸루냐 사람들로 순식간에 다시 가득 찰 이 도시의 외로움은 또 얼마나 무시무시한가. '안돼! 기다리는 건 불가능해.' 그때 그는 누군가로부터 경고를 받았다. ("여보세요! 지금 어딜 보고 걷는 겁니까?") '이러다가 차에 치여 죽겠다. 정신 차려, 마놀로. 정신 차리라고……' 한참을 물색하다 오후 6시에 그는 마라갈 거리의 어느 저택 앞에 있는 '베스빠'에 만족하기로 했다. 오토바이에 자물쇠가 채워져 있지 않아 단숨에 페달을 밟고 출발했기에 망정이지 그러지 않았더라면 오르따 경찰서로 그는 직행할 뻔했다. (아니, 어쩌면 그 주인이 치마를 입은 덕분이었을 것이다. 그는 주인이 무릎 위까지 오는 신부복을 입고 보도를 따라 손을 내저으며 자신을 쫓아오는 것을 보았다. 해골처럼 여위고 삐쩍 마른데다 금테 안경을 쓴 신부가 소리를 질렀다. "이봐, 젊은이, 그거 내 오토바이야, 내 오토바이라고!" 신부는 제법 잘 뛰었지만 그를 잡지는 못했다.)

어쨌든 십분 후에 그는 가스케이블이 망가진 베스빠를 버려야 했다. 그는 이미 바달로나까지 와 있었다. 초조함으로 그는 예민해져 있었다. 운이 따르지 않아 그는 밤 11시가 되기 전까지 쓸 만한 오토바이를 찾을 수 없었다. (그 시각이 되어서야 그는 신부가 나타날 리 없는 화학제품 생산공장 맞은편의 초라한 골목에서 적당한 놈 하나를 발견할 수 있었다.) 이번에는 낡고 여기저기 구멍이 난 '리에후'였다. 그것은 영혼이 없고, 내장에 곰팡이와 해로운 지방이 가득 차 있는 천식 걸린 낙타 같았다. 어쩌면 여태 길거리를 돌아다닌 것 중 최악일 수도 있는 그 고물에 양다리를 걸치고 마놀로는 전속력으로 해변도로를 달렸다. 그 시간에 도로는 한산했다. 하지만 그의 다급한 심정에도 불구하고 목적지까지는 한시간이 넘게 걸렸다. 골동품이 되어버린 리에후는 가진 능력 이상을 발휘하지는 못했다. 블라네스를 지나 느린 속도로 별장으로 향하는 길에 접어든 그는 바다의 파도 소리를 들었다. 그는 너무 늦게 도착했다고 생각했다.

별장은 조용했고, 창문과 테라스에 불이 밝혀진 데라곤 한군데도 없었다. 그날밤은 그가 기억 속에서 소중하게 간직하고 있는 다른 많은 밤들보다 훨씬 더 어두웠다. 대저택은 그가 기억하고 있는 것보다 더 위압적인 모습이었고, 더 혼란스럽고 냉엄했으며, 어둠 속에서 가까우면서도 멀었다. 그는 할머니가 다 된 리에후를 소나무 사이에 숨겼다. 주변의 모든 것들이 숲의 심오함을 간직한 비현실적인 아름다움에 둘러싸인 채 귀뚜라미 울음과 파도 소리를 자장가 삼으며 잠들어 있었다. 마놀로는 별장 뒤편을 둘러보았다. 그는 커다란 유칼리나무 아래를 걷다가 테라스를 향해 담쟁이덩굴이 타고 올라가는 담장 앞에서 걸음을 멈췄다. 반짝거리는 담쟁이 잎들 사이로 저 높은 곳까지 뻗어 있는 석면 홈통이 언뜻 보였다. 그는 예전에 마루하가 말했던 게 생각났다. 마루하의 말에 따르면 떼레사의 방은 테라스와 연결되어 있으며, 그 옆방은 아이들 방으로서 마루하의 방 바로 위라고 했다. 그런데 그 집의 벽에는 창이 하나밖에 없었다. 한때 그는 그곳을 수없이 드나들곤 했다. 마놀로가 보니 창문의 모습은 약간 달라져 있었다. 창은 반쯤 담쟁이덩굴에 가려져 있었고, 창문이 굳게 닫혀 완고하게 침묵을 지키며 자기 방어를 하는 듯했다. 급히 창에서 눈을 뗀 마놀로는 돌멩이 하나를 집어 테라스로 던졌다. 여러차례 반복했지만 아무 반응이 없었다. 테라스와 연결된 방이 떼레사의 방이 아니면 어떡하지? 너무 늦게 도착한 것이 안 좋았어. 예컨대 잠을 이루지 못하고 정원을 서성이는 떼레사를 보고 싶었는데…… 그는 생각에 잠긴 채 몇걸음 뒤로 물러났다. 그는 소나무 그루터기에 등을 기대고 바닥에 앉았다. 무엇을 어떻게 해야 할지 몰라서 손가락으로 축축한 땅을 파던 그는 담쟁이덩굴의 어른거리는 그림자 속에서 자신을 유혹하는 헐떡이는 입을 보았다. 순간 소름이 돋았다. 마루하 방의 창문, 활짝 벌린 맨살의 두 팔, 침대에서 애쓰는 그를 북돋아주는 갈망하는 두 눈동

480

자, 그녀의 헌신적인 모습, 리드미컬한 움직임……

마루하는 가슴이 예쁜 여자로 기억되지는 않을 것이다. 그는 그녀의 가슴 형태, 움직일 때의 무게감, 약간 슬프고 고집스러워 보이는 입 모양, 희미한 불빛을 찾아갈 때마다 보이는 소심하고 가무잡잡한 뒷모습이 기억났다. 그리고 그녀의 입에서 나던 유칼리나무나 박하 향, 키스할 때 목에서 나던 그렁거리는 소리, 거울 앞에서 자신의 연약한 어깨를 감싸는 그녀를 볼 때 느낀 차가운 기운, 아무것도 걸치지 않은 채 정숙하게 방을 가로지르던 그녀의 맥없는 걸음걸이 등도 가끔 기억이 나곤 한다. 세찬 바람이 부는 어느 겨울날 오후, 유행이 지난 체크무늬 외투 차림에 빨간색 벨벳 헤어밴드를 하고 까르멜로를 올라오던 그녀를 그는 다시 그려보았다. 그러나 그녀의 여러 모습들 중 그란비스따 거리의 먼지바람 속에서 두려움에 떨며 눈을 깜박거리던 그녀의 모습이 특히 계속 생각났다. 돌멩이로 무장하고 호기심 가득한 두 눈 이외의 얼굴을 가린 꼬마들에게 둘러싸여 떨던 그녀의 모습 말이다. 외투 깃을 여미는 그녀의 떨리는 손에서 느껴지던 우아함, 델리시아스 바에서 기다릴 때 다리를 가지런히 모으고 고개를 한쪽으로 살짝 숙인 채 하녀라는 비천한 처지를 전혀 부끄러워하지 않으면서 미동도 하지 않은 채 서 있던 모습이 그의 머릿속에서 떠나지 않았다……

마놀로는 갑자기 자리에서 벌떡 일어났다. ('마치 불쌍한 마루하가 아직도 안에서 기다리기라도 하듯 내가 창문 앞을 서성거려서 이런 생각이 드는 거야.') 그는 마루하가 지닌 불안해하는 여성적 요소들이 자신의 내부에도 있음을 어렴풋이 느끼고 스스로에게 저주를 퍼부었다. 그녀에 대한 기억은 이제 어쩌면 그의 내부에서 자라나 결국 그를 송두리째 조용히 삼켜버릴지도 모를 일이었다…… 이곳까지 온 것은 정말 바보 같은 짓인지도 모르겠다는 생각이 들기 시작했고, 떼레사의 소식을 기다리는 게 오히려 나을 수도 있겠다는 생각이 들었다. 상심한 그는 오로지 고통스러운 푸른 별빛만 비치는 널찍하고 황량한 해변으로 발걸음을 옮겼다. 날이 추웠다. 파도는 해안을 따라 둔탁하게 부서지면서 하얀 거품을 토해내고는 점점 희미한 메아리를 남기고 저 멀리로 미끄러져갔다. 이 바람과 이 해변은 그의 피부에 익숙했다. 그런데 떼레사와 사귀기 시작한 지 겨우 두달밖에 되지 않았다는 사실이 새삼 놀라웠다. 그가 느끼기에는 몇년의 세월이 흘렀고, 예컨대 마루하와 보낸 시간보다 훨씬 더 많은 시간을 떼레사와 보낸 것 같았다. 그는 떼레사와 보낸 시간이 그리 많지 않지만 마루하에게서 느끼지 못한 애틋한 감정을 느꼈으며, 더 온전하고 더 생생한 이 끝없는 시간을 기억하고 싶어했다. 그는 갑자기 그렇게 똑똑하다고 믿었던 자신이 얼마나 순진하며, 모든 것을 얼마나 쉽게 믿어버리는지, 얼마나 자신이 어리석은지를 깨달았다. "떼레사를 오래전부터 내 것이라고 생각하다니! 얼마나 맹목적이고 바보 같은가!" 그는 혼잣말을 했다. 해변에서, 어두운 거리에서(아, 엔까르나 바에서 나와 벽에 기대 키스를 나눈 그날밤 그녀의 애타던 그 눈빛은 얼마나 달콤했던가!), 기나르도 공원의 비탈에서(여자애가 코맹맹이 소리로 풀밭에서 그를 불렀지), 씨스터스 자매의 옥상 위 마법의 태양 아래서 사랑의 밀어를 속삭이고 서로를 애무했던 잊을 수 없는 그날 아침, 자신의 품에 안긴 그녀를 생각하며…… 하지만 그는 항상 욕구를 자제하곤 했다. 잘 생각해보면 훨씬 더 큰 욕망을 추구하기 위해 단순한 육체적 소유욕을 자제한 것이 모든 면에서 부정적인 것만은 아니었다. 불운한 마루하의 장례를 치르기 전의 며칠 동안 떼레사는 감정이 격앙되어 있었는데, 이로 미루어 이제 그녀는 그 어느 때보다도 그의 것이 되어 있었다. 하지만 이제 두사람의 관계를 더욱 확실히 해두지 않는다면, 지금까지 그녀를 존중해온 것들이 다 무슨 소용이란 말인가? 만약 그렇다면 이 관계는 헛되고 바보 같은 희생으로 끝나버릴 테고, 그는 평생 절망과 후회 속에서 지낼 수도 있을 것이다. 물론 그녀 역시 안타까워하기는 마찬가지일 것이다. 지금 고독의 무게에 짓눌려 있는 마놀로는 뭔가에 속고 조롱당한 듯한 느낌이 들었다. 특히 그는 자신의 내부에서 일기 시작한 변화가 당혹스러웠다. 그가 매 순간 떼레사를 존중한 것은 꼭 물질적인 보상을 기대했기 때문이라기보다는 그밖의 어떤 것, 즉 그의 내부에서 싹튼 다른 의지와, 서서히 그를 물들이고 감염시킨 위엄과 맹신이라는 미심쩍은 감정이 작용했기 때문이었다. 그는 이른바 착한 아이였던 적이 단 한번도 없었다. 그리고 그가 생각하기에 어쩌면 앞으로도 떼레사와 결혼하지 않는 이상 그렇게 될 기회는 없을 것이다. 그렇다면 도대체 왜 적지 않은 기회들에서 그렇게 행동했단 말인가? 무엇 때문에, 무슨 이유로 떼레사 앞에서 책임감 있고 품위 있는 사람처럼 행동했단 말인가? 어떤 출구가 있었던가? 신중하면서 절제력 있고 도덕적 행동규범으로 제시되는 신성한 법들과, 석달도 안돼 떼레사 앞에서 위선으로 바뀔 사회적 명예와 규범을 왜 그렇게도 빨리 그리고 순진하게 따랐던가? 도대체 무슨 연유와 이해관계로 사랑에 빠져 자신을 너그럽게 대해주며 다정함과 애무를 필요로 하는 그 여자애를 그냥 내버려둘 수 있었단 말인가……? 그는 자신에게 저주와 경멸을 퍼부으면서 떼레사와 나누었던 키스를 떠올려보았다. 자신의 내부에서 그녀에 대한 무한한 사랑과 함께 억눌러왔던 자신의 간통 본능이 솟구치는 것을 느꼈다. 그는 마루하가 사망한 그날밤을 사무친 그리움 속에서 떠올려보았다. 떼레사와 그가 전화기에 달라붙어 한껏 달아올라 있던 그때, 그는 떼레사를 자신의 것으로 만들리라 결심했다. 하지만 그날밤은 늦어버렸다. 품위를 지킨답시고, 더 밝은 미래를 위한답시고 시간을 너무 많이 허비했던 것이다…… 하지만 이제 바로잡을 시간이 되었다. 다시 말해 늘 그래왔고 앞으로도 결코 벗어날 수 없는 무모한 후레자식, 빌어먹을 사기꾼으로 다시 돌아갈 시간이 되었다. '얼마나 경솔하고 약해빠졌던가! 인내하고 카드 패를 섞으면서 빌어먹을 삶을 사는 거야.' 그는 해변을 쓸고 간 높은 파도가 남긴 썩어빠진 해조류 덩어리를 거칠게 차면서 결심했다.

그는 비록 바르셀로나에서 나흘 전부터 시간과 밤낮을 잊고 지냈지만 이곳에서는 시간의 흐름을 예측할 수 있었다. (이곳 바닷가에서 어슬렁거리며 기다리는 일이 참으로 오래되고 친숙한 일처럼 느껴졌다.) 3시가 넘은 시각이었다. 기왕 이곳에 왔고 마땅히 할 일도 없으니 일출을 기다리는 게 좋을 것 같았다. 만약 날씨가 좋으면 떼레사가 수영하러 올지도 모를 일이다. 그는 숲속으로 들어가 여전히 고치지 않은 무너진 그대로인 울타리를 뛰어넘었다. 그리고 모래와 솔잎이 가득 깔린 움푹 팬 곳에 누워 잠을 청했다. 하지만 추위와 시끄러운 파도 소리 때문에 잠을 이룰 수가 없었다. 그는 바람을 피할 수 있는 별장의 정원으로 돌아갔다. 그리고 술이 달린 천막 아래의 흔들의자에 웅크려 앉았다.

날이 화창하게 밝아왔다. 바람이 탐욕스럽게 먹어치운 듯 안개는 순식간에 숲속으로 물러났다. 그는 몸이 얼어붙어 있었고, 여전히 꿈을 꾸고 있다고 생각했다. 하지만 얼굴을 가리고 있던 팔을 치우자 눈부시고 따가운 햇살 사이로 생각지도 않은 기쁜 현실을 마주하게 되었다. (키 크고 가무잡잡한 한 청년이 옆구리에 테니스 라켓을 끼고, 어깨에 수건을 걸친 채 그를 향해 다가오고 있었다.) 아침의 정적 속에서 쎄라뜨 씨 별장의 정원에 깔려 있는 자갈돌들이 낯선 이의 흰 운동화 밑에서 자근자근 밟혔다. 청년은 날씬하고 유연했으며 등이 널찍했다. 목이 헐렁한 푸른 티셔츠를 입고 있었고 흰 반바지 아래로 햇볕에 그을린 근육질의 다리가 드러났다. 곧장 그를 향해 다가오기는 했지만 청년은 해를 향해 고개를 치켜들며 눈을 가늘게 뜨고 손으로 해를 가렸다. 마놀로는 그 낯선 이가 자신을 아직 보지 못했다는 사실을 깨닫고 재빨리 흔들의자에서 뛰어내린 후 뒤쪽으로 몸을 굴려 무성하게 자란 제라늄 덤불 속으로 숨었다. 그 청년은 마놀로가 있는 곳에 오기 전에 갑자기 마놀로와 비슷한 이미지(검고 축 늘어진 머리카락과 활력이 넘치고 교만한 옆모습)를 남기고는 테니스장으로 향하는 오솔길로 꺾어들어갔다. 잠시 후 라켓을 든 비슷한 차림새의 쎄라뜨 씨가 모습을 드러내더니 청년과 마찬가지로 그 오솔길을 따라갔다. 마놀로는 소나무 숲에서 가장 안전한 은신처를 찾아 그곳에서 계속 정원을 훔쳐보았다. 떼레사는 어떤 기척도 보이지 않았다. 하지만 그는 기다렸다. 라켓에 공이 맞는 소리, 감탄과 탄식의 소리가 들렸다. 가끔 엄청난 실수라도 한 것처럼 탄식하는 소리가 들렸지만(속도가 느리고 금세 숨이 차오르는 쎄라뜨 씨의 입에서 나온 소리였다. 확실히 젊은이를 상대하기에는 벅찼던 것이다), 그 탄식은 결국 상대에 대한 칭찬으로 끝나곤 했다. 10시쯤 쎄라뜨 부인이 젊고 통통한 새 하녀와 함께 나타났다. 하녀는 커피와 토스트가 담긴 쟁반을 파라솔 아래의 탁자에 올려놓았다. 아침시간에 즐겁고 낭랑하게 울리는 쎄라뜨 부인의 목소리는 행복한 부부가 평화롭게 휴가를 즐기고 있다는 것을 잠깐 보여주면서 테니스장에서 들려오는 유쾌한 목소리와 완벽한 조화를 이루었다. 잠시 후 농부처럼 보이는 한 남자가 물뿌리개를 들고 나타났다. 쎄라뜨 부인은 그와 잠시 이야기를 나눈 뒤 안쪽 유리문을 통해 집으로 들어갔다가 다시 나왔다. '모든 게 정말 역겹군!' 하고 마놀로는 생각했다. 떼레사의 부재를 더욱 견딜 수 없게 하는 빌어먹을 여름나기였다. 정오쯤에 손으로 얼굴을 쓸어보고 벌써 수염이 제법 자라났음을 알게 되었다. 그는 자신의 몰골이 초라하지나 않을까 걱정스러웠다. "계속 이런 식으로는 안돼." 그는 혼잣말을 했다. 목마르고 지쳐 녹초가 된 그는 바르셀로나로 돌아가서 떼레사의 소식을 기다리는 편이 더 낫겠다고 생각했다. 오토바이에 시동을 걸 때 나는 소음에 그는 신경도 쓰지 않았다. (소음은 최소한 떼레사에게 그가 얼마나 가까이 있는지 알려줄 것이다.) 잠시 후 그는 도로로 나왔다. 작고 소심한 '600' 몇대가 그의 오른쪽에서 달렸다. 그는 시속 100킬로미터 이상으로는 달릴 수가 없었다. 뼈들이 모두 삐걱대고 폐병 환자처럼 숨을 거두기 일보 직전인 리에후는 대략 두시간 후 그를 바르셀로나에 데려다주었다. 그는 시체나 다름없는 오토바이를 싼빠블로 병원 뒤에 버려버렸다. 그리고 까르따헤나 거리를 걸어서 올라갔다.

같은 날 오후 델리시아스 바에 마놀로 앞으로 편지가 왔다. 어떤 꼬마가 집까지 찾아와 마놀로에게 편지를 전해주었다. 떼레사에게서 온 것이었다. 봉투에는 단지 '까르멜로 거리, 델리시아스 바, 마놀로 레예스'라고만 적혀 있었다. 그 안에 작은 글씨로 또박또박 가장자리까지 빽빽하게 쓴 세장의 편지가 들어 있었다. 필체는 예쁘고 흐트러짐이 없었으며(미리 써놓은 것을 다시 깔끔하게 옮겨 적은 게 분명했다), 고친 데라곤 한군데밖에 없었다.

편지 첫머리 '내 사랑'의 첫 철자는 확고하고 단호한 손길로 씌어졌으며, 격앙되어 있는 것처럼 보였다. 하지만 오른쪽에 달팽이 비슷한 모양의 웃는 표시가 덧붙어 있었다. 계속해서 편지 내용은 다음과 같았다. "편지가 늦은 거 미안해. 네 주소가 없었을 뿐만 아니라 나는 바르셀로나로 곧바로 돌아갈 줄 알았어. 그런데 부모님이 이달 말 개학 때까지 이곳 별장에서 지내라고 하셔. 아주 죽여주는 방법이지!" 편지는 계속 그런 식이었다. "아주 죽여주는 방법이지"라는 말은 가족이 그런 짜증나는 결정을 내린 것에 대해 그녀가 분노를 표출하겠구나라는 예상을 하게 만들었지만, 그녀는 격렬하고 불타고 신나는 필치로 앞뒤 가리지 않고 대담하게 ("흥분한") 정신의 "현 상태"와 며칠 동안 밤을 하얗게 지새운 이유에 대한 분석을 하기 시작했다. 그녀는 "간절한 기다림"과 "말할 수 없이 썰렁한 잠자리"에 대해 말하면서 그렇게 흥분한 이유를 감기 때문이라고 결론지었다. "열이 나고 헛소리를 하면서 이틀씩이나 누워 있었어." ("헛소리를 하면서"라는 말은 잠깐 마놀로의 눈앞에 분홍 나이트가운을 어른거리게 했다.) "그래서 지금까지 너에게 편지를 쓸 기력조차 없었어. 지난번 내린 비와 마루하의 갑작스러운 죽음 그리고 그후에 널 볼 수 없다는 사실에 너무 낙담해서 감기에 걸린 것 같아. 그래서 이곳에 도착하자마자 드러누웠어. 처음에는 어찌할 바를 몰랐고, 아무런 의욕도 없었어……" 그녀는 계속 말하길, 게다가 잠깐 헤어져 있는 것이 짜증날 뿐이지만 절망할 필요는 없다고 했다. 가장 화나는 것은 가족의 위계질서를 드러낸 부모님의 태도라고 했다. ("한편으로 생각해보면 그렇게 놀라울 것도 없어.") 그것은 어릴 때부터 그녀의 인성에 어떤 식으로든 영향을 미쳤고, 마놀로를 만난 이후 그 어느 때보다도 명확해진 악이었다. "……내가 받은 어리석은 가정교육은 여기 있는 내가 바로 그 사례야. 나의 행동에 대한 그분들의 반응, 탈선한 파렴치한 딸을 보호하는 그분들의 방식. 이미 너무 늦은 것도 모르고 말이야. 분노가 치밀고 창피해 죽을 지경이야. 네가 나를, 그리고 우리 가족 모두를 어떻게 생각할까? 내가 얼마나 무료하고, 마놀로, 너를 얼마나 그리워하는지 제발 알아줬으면!" 그녀는 덧붙이길, 이런 의미에서 별장은 사막 같다고 했다. 사람들, 그러니까 환영받지 못하는 먼 친척("테니스 경기에서 날 이겨보려고 내가 빨리 낫기를 바라는, 으스대고 건들거리는 마드리드 사촌")이 있기는 하지만, 자신은 그들과 그들의 낯선 일상 속에서 난파당해 그곳에 버려진 것 같은 느낌이 든다고 했다. 그녀는 또다시 고독하다고 했다. 그러다가 갑자기 화창한 날 바다에서 불어오는 미풍과 푸른 물결, 간절하게 바라는 섬으로의 귀환을 이야기했다. "하지만 마놀로, 날 절망에 빠뜨리는 것은 이런 게 아니야. 나를 둘러싼 이런 적대적인 분위기가 아니야. 그건 바로 네가 없다는 사실이야. 너와 함께라면 끔찍한 고독도 천국처럼 받아들일 수 있고, 처참한 불행도 축복으로 여길 수 있으며, 아픔도 달콤한 신혼생활로 받아들이고, 가난과 고통도 기꺼이 다정한 애무로 받아들일 수 있을 텐데. 내 사랑, 내 사랑, 수세기의 시간처럼 영원한 날들 동안 느꼈던 네 입술과 손을 빼앗겨버린 지금……" 마놀로는 감동으로 가슴이 뭉클해지기는 했지만 ('느끼는 바를 이렇게 잘 표현하다니 역시 떼레사는 배운 사람이야') 차분히 읽어내려가지 못하고 더 구체적인 소식이 있는지 보기 위해 몇줄을 건너뛰었다. 남쪽 출신의 젊은이보다 교육을 더 많이 받은 사람이라면 누구나 즉각 그 문학적 출처를 알 수 있을 만한 열정적인 단락이 끝난 후의 문장은 일상적인 내용을 전달하는 수준으로 떨어졌다. 그녀는 부모님과의 짜증스러운 대화("양쪽 모두 한없이 조심스러운 태도로만 일관했던 대화")에 대해 이야기하며 무엇이 문제인지 모르겠다고 했다. 그 조심스러운 대화는 가여운 마루하의 장례를 치른 날 밤에 이루어졌다고 했다. "아무도 직접적으로 말하지 않았지만, 내 생각에 외과 병동의 떠벌이 디나가 우리 이야기를 한 것 같아. 그리고 비센또도 마찬가지고. 나머지는 당연히 엄마의 상상이겠지. 내가 널 만나기 전부터 엄마는 딸이 처녀성을 잃을까봐 걱정을 무척 했다고 해도 과언은 아닐 거야. 그 빌어먹을 처녀성, 얼마나 어리석은 생각이야! 다시 한번 말하지만 집에서 난 반쯤 맑스주의자 취급을 당해. 이런 말 해서 미안해. 집에서는 또 날 미친 짓이나 하고 다니면서 남자애들과 얼마든지 잘 수 있는 아이로 생각해." 하지만 그녀는 부모님이 자신들의 감정 문제를 전혀 제기하지 않았다고 주장했다. "그저 마루하의 죽음을 겪고 나서 딸 걱정을 진지하게 하는 것뿐이야. 아빠는 내가 지나치게 감정적이라고, 날 아직도 어린애라고 생각하셔. 그리고 이번 여름에 내가 많은 일들을 겪어서 지쳐 있고 신경도 예민하니 좀 쉬어야 한다고 여기고 결국 내가 쉴 만한 데는 별장보다 나은 곳이 없다고 생각하신 거지. 분위기 전환인 셈이지. 어쩌면 생각을 바꾸라는 것인지도 모르고. 사실 네 얘기는 하지 않았어." 이 대목에서 마놀로는 떼레사 아버지의 태도가 석연치 않다고 여겼다. 왜냐하면 떼레사는 "내 생각은 이래"라고 하면서 아버지가 자신을 염려하는 것을 한번도 본 적이 없다고 확신을 가지고 말했기 때문이다. 그녀가 학생시위를 하다 체포되었을 때조차도 말이다. 겉으로 보기에 그녀의 아버지는 대학에 대해, 그리고 현재 학생들 사이에 불고 있는 정치 바람에 대해 딸과 토론을 벌이곤 하는 것 같았다. "아주 재미있구나. 네가 책임질 수 있을지 어떨지는 모르겠다만, 아빠가 보기엔 그건 터무니없는 짓 같구나." 그녀는 자신이 마놀로를 알기 전 아버지가 그런 일들에 대해 진지하게 관심을 보인 적이 없었고 단지 비웃기만 했다고 덧붙였다. "모든 내 친구들, 특히 루이스 뜨리아스 데 히랄드를 우습게 여기며 비웃으셨어. 그냥 지나가는 말이기는 했지만 말이야. 우리 아빠는 겉보기와 달리 농담을 엄청 좋아하시거든." 그리고 "우리 문제에 대해서는" 하고 그녀는 계속 써나갔는데, 누구도 목소리를 높여 언급하지는 않았다고 했다. "하지만 우리는 서로 속이지 말자. 솔직해져야 해. 부모님은 속으로 정말 궁금하신가봐. 내가 지금까지 극단적인 이념에 빠져 했던 미친 짓보다는 내일 내가 벌일 수도 있는 일들이 더 우려스러우신가봐. 이건 도덕성의 문제가 아니야. 이 문제에 대해서는 이야기할 게 많지만, 확실한 것은 내가 살고 있는 세계에서는 덕망 있고 존경할 만한 사람들조차도 스스로 원해 처녀성을 잃는 것이 잘못된 결혼을 한 것만큼이나 심각하고 돌이킬 수 없는 일이라고 믿는다는 점이야." 이어서 그녀는 "이 나라의 부르주아들이 가지고 있는 거창하고 놀라운 선량함"에 대해 대담하긴 하지만 (마놀로가 보기에) 불필요한 생각들을 좀 늘어놓았다. 그리고 그녀와 가족들 사이에 존재하는 갈등의 본질에 대해 이상한 정의를 내렸다. ("부모님은 너에 대한 나의 사랑을 나의 진보적인 사상 때문이라고 생각하셔. 왜냐하면 딸이 자신들의 기대에 어긋나기 때문이지.") 물론 부모님의 그런 생각은 자신이 마놀로의 품에서 느꼈던 혼란스러움과 같은 것임을 그녀는 알고 있었다. 그녀는 그것에 대해 아주 의기양양하게 결론을 내렸다. "마놀로, 이제 나로서는 사랑이 연대의식을 대체하게 된 거야. (이 부분에서 처음으로 수정한 흔적이 보였다. 그녀는 연대의식이라는 말을 썼다가 그 단어가 마음에 들지 않았던 모양이었다. 그래서 일단 지웠지만 다른 적당한 말을 찾아내지 못했는지 결국 그 단어를 다시 쓴 것이 분명했다.) 달리 말하자면 연대의식이 마땅히 있어야 할 내 마음속—난 우리나라를 사랑하니까 그것을 더 필요로 하는 곳—으로 제자리를 찾아 돌아온 거야. 하지만 맹세나 이데올로기적 낭만주의나 그밖의 바보 같은 짓들은 벌써 잊었어…… 이런 쓸데없는 이야기를 늘어놓아서 미안해, 자기. 그런데 생각을 정리하고 나니 한결 기분이 좋아졌어." 한편 그녀는 방에서 책을 읽거나 테라스에서 바다를 보며 지내는 시간이 무료하다고 덧붙였다. "네가 없으니 모든 게 다 짜증스럽고 비정상적이야! 내가 얼마나 너를 필요로 하는지 네가 안다면, 널 볼 수만 있다면, 이 순간 내가 느끼는 것들을 네게 얘기할 수만 있다면, 아주 잠깐만이라도 내 곁에 네가 있어준다면 얼마나 좋을까." 그녀는 10월 전에는 학기가 시작되지 않는다는 사실을 다시 한번 상기시키며, 그때가 되면 모든 일이 잘 풀릴 것이라고 했다. ("그 무엇도 다시는 우리를 갈라놓지 못하게 할 테니까.") 그런데 그동안은…… 뭘 해야 하지? 그전에 볼 수 있는 방법은 없을까? 여기서 그녀는 짙은 파란색 펜으로 빽빽하게 분명히 썼다. 그를 생각하지 않으려 애를 썼지만 소용없는 일이었다고 말이다. (완만한 하향 곡선의) 말줄임표는 새롭게 솟는 그녀 자신의 열정을 진정시키려는 듯했다. "넌 내가 만났던 남자 중 유일하게 진짜 남자야. 난 네 곁에서 삶을 배웠고 날 여자로 느끼기 시작했어……"

그런 다음 작별인사가 나왔고 그 밑으로 쫓기듯 급하게 쓴 듯한 명확하지 않은 추신이 있었다. 글씨는 엉망이었고 군데군데 눈물을 흘린 것처럼 잉크가 번져 있었다. (어쩌면 바닷물이 튄 것인지도 모른다. 봉투 안에 모래알이 있는 것으로 보아 편지 전체, 또는 최소한 추신 부분은 해변에서 썼을 수도 있다.) 마놀로가 추신의 의미를 정확하게 이해하기까지는 다소 시간이 걸렸다. "죽는 날까지 저항하면서 자부심을 지니고 담대해야 해. 네가 마루하를 만나러 온 어느날 밤, 소나무 숲에서 내 방 테라스를 쳐다보고 있는 널 보는 꿈을 꿨어. 담벼락의 담쟁이덩굴이 얼마나 예쁘고 탐스러운지 예전에 알았니? 난 이런저런 상념과 너에 대한 열병으로 밤을 하얗게 지새우곤 해, 내 사랑. 내가 속해 있다는 게 창피한, 부르주아적이고 속물적인 우리 가족이 모두 잠들어 있는 가운데 말이야. 난 언제나 너의 것이야. 키스를 보내며. 떼레사가."

미칠 듯 기분이 좋아진 마놀로는 조심스레 편지를 접어서 셔츠 주머니에 넣고 거리로 나갔다. 토요일 오후 3시 30분이었다. 날씨는 계속 화창하고 무더웠다. 그는 떼레사가 추신을 통해 한 소심하면서도 막연한 부름에 응해 당장 그날밤 그녀를 만나러 가기로 마음먹었다. 그녀를 다시 만나면 모든 것이 예전으로 돌아갈 것이라고 그는 확신했다. 편지의 내용은 무엇보다도 섹스와 관련한 그의 정중한 전략이 그리 나쁘지 않았음을 확인시켜주었다. 떼레사는 여전히 그의 것이었고, 그를 기다려왔으며, 그를 기다리고 있다! 오후의 몇시간 동안 그는 흥분상태에 있었다. 한편으로 그는 미친 사람이나 짜낼 수 있는 잔꾀를 생각했다. 우선 훔친 오토바이로 가는 바보스러운 짓은 상상할 수 없었다. 너무나 위험했다. 첫번째 안은 기차를 타고 가는 것이었다. 하지만 기차를 탈 돈이 없었다. 게다가 기차를 타면 블라네스에서 내려야 했다. 그런데 기차역에서 별장까지는 약 4킬로미터나 되었다. 그는 추기경이 낡은 '데르비' 오토바이를 가지고 있는 것이 생각났다. 그가 추기경의 집 문을 두드렸을 때는 6시가 좀 넘은 시각이었다.

"삼촌은 안 계셔." 오르뗀시아가 말했다. 마놀로는 안으로 들어가 정원을 통과했다. 오르뗀시아가 그의 뒤를 따라왔다. 마놀로는 오토바이가 있는 안쪽의 작은 창고를 향해 가볍게 발걸음을 옮겼다. 걷는 동안 그는 주사기에게 급히 갈 곳이 있어서 노인네의 데르비가 필요하다고 말했다.

"멀리 가는 거야? 나도 데려가주지 않을래?" 그녀가 물었다. "약속했잖아……"

"안돼." 그가 말을 잘랐다. "다음에 태워줄게. 오늘은 너무 바빠."

창고 지붕이 낮아 머리를 숙여야 했다. 습기 때문에 녹슨 페인트 통들과 원예 도구들이 있었다. 거치대로 받쳐놓은 오토바이 밑에는 기름 묻은 신문지가 깔려 있었다. 데르비의 상태는 꽤나 좋아 보였다. 마놀로는 연료통의 뚜껑을 돌려 열기 시작했다.

"가득 있어." 등 뒤에서 오르뗀시아가 말했다. "내가 채워뒀어."

마놀로는 그녀의 건조하고 못마땅한 말투를 그냥 무시해버렸다. 그는 자신을 어깨 위에서 누르고 있는 듯한 희미한 그림자와 함께 천천히 돌아섰다. 주사기는 잘 개켜진 빨간 바지―집의 어디에 미리 준비해둔 것이 틀림없었고, 조금 전 오는 길에 가져온 것이 분명했다―를 손에 들고 있었다. 그녀는 애원하는 눈빛으로 그를 바라보았다. "지금 갈아입을까……?" 그녀가 말했다. 잠시 고민한 끝에 그가 말했다.

"내일 태워줄게. 정말 약속해. 오늘은 바쁘다고 했잖아."

오르뗀시아는 바지를 바닥에 떨어뜨렸다. 그리고 등을 돌린 뒤 출구로 향하면서 말했다.

"오토바이를 가져가고 싶으면 기다렸다가 삼촌한테 빌려달라고 해. 어떻게 하는 게 좋을지 생각해봐!"

마놀로는 그녀의 팔을 붙잡아 세웠다. "잠깐만." 그가 웃으며 말했다. "잠깐만 기다려, 말괄량이 아가씨." 그는 재빠르게 머리를 굴려 계산해보았다. 밤이 깊어지기 전에 별장에 가는 건 적절치 않다. 그러니까 저 애를 오토바이에 태워 한바퀴 돌 시간은 충분히 있는 셈이다. 그렇게 해서 이번 기회에 별로 중요하지 않은 빚을 청산하는 것이다. 잘 생각해보니 오늘 행복한 큰일을 눈앞에 두고 빚을 갚을 수 있게 된 것이 기쁘기까지 했다. 주사기가 정식으로 성인의 세계에 발을 내딛는 때를 맞이해 그녀의 유아적이고 천진난만한 바람을 들어주는 것도 가치 있는 일인 것 같았다. "좋아, 공주님." 그가 웃으면서 말했다. "태워주지. 그런데 마음의 준비를 단단히 해야 해. 달린다는 것이 무엇인지 알게 될 테니까." 오르뗀시아는 기쁨의 탄성을 지르며 빨간색 바지를 입으려고 했지만, 마놀로는 기다릴 시간이 없다고 하면서 흰 가운을 입은 그녀가 더 여성스럽고 예쁘다고 말했다.

일은 아주 간단하게 진행되었다. 그는 오토바이를 확실히 확보하기 위해 오르뗀시아를 태우고 달렸다. 오늘만큼은 그녀를 만족시켜야 할 것 같고, 어쩌면 자신을 만족시켜야 할 것 같은 기분이 희미하게 들기도 했다. 뭔가 좋은 일이 생길 것 같은 예감이 문득 들었기 때문에 그는 상황을 이해하고 받아들였다. 바예데에브론 거리를 전속력으로 오르내리며 달리는 동안 그녀가 두 팔로 자신의 상체를 힘껏 껴안아서 그는 등에 찰싹 붙이고 있는 그녀의 뺨과 작고 단단한 가슴, 자신의 얇은 티셔츠를 통해 전해지는 그녀의 심장박동을 느낄 수 있었다. 그녀는 사랑스럽게 생긴 놀란 새끼 짐승 같았다. "꽉 잡아, 아가씨, 힘껏 붙잡아." 그가 소리쳤다. 그녀는 내내 아무 말도 하지 않았다. 그저 그를 꼭 껴안고 있을 뿐이었다. 결국 겁에 질린 그녀의 눈에 세찬 바람 때문에 눈물이 그렁그렁했다. 그녀는 어지럽다며 집으로 돌아가자고 했다. 마놀로는 오토바이를 밖에 두고 싶지 않아서 뒷문을 통해 정원으로 끌고 들어갔다. 창백해진 그녀는 약간 비틀거리며 아직 한번도 입지 않은 빨간 바지를 챙기러 창고로 향했다. 그녀가 넘어질 뻔하자 마놀로는 팔꿈치로 그녀를 부드럽게 받쳐주었다. 외로워하며 떠는 주사기의 청춘은 마놀로에게 기댄 채 파도가 칠 때처럼, 망설이고 비틀거리는 발걸음의 리듬처럼 몸을 비벼댔다. 그녀는 불안한 침묵을 지켰다. 순식간에 어둠이 닥쳐온 그 시각, 정원에서 느껴지는 서글픈 체념은 익숙한 검은 계략을 갑자기 펼치게 했다. '이것도 이젠 끝이야. 슬픈 이별이 되겠지. 하지만 난 떠나야 해……' 마놀로는 오르뗀시아를 침묵에서 깨어나게 하고 싶어서 그녀에게 해줄 진부한 말들을 머릿속으로 열심히 생각해보았다. 하지만 그의 머릿속은 완전히 텅 비어 있었다. 문득 저속하고 뻔한 말들은 의미가 없다는 생각이 들었다. 그녀 앞에서 항상 생글거리며 번지르르하게 내뱉던 말들이 나오지 않았다. 오늘밤 그는 끝없이 펼쳐진 빛나는 내일을 밝혀줄 운명의 신호와 표시를 보지 못했기에 머리가 제대로 돌아갈 리 없었고, 입술 또한 말할 준비가 되어 있지 않았다. 하지만 그는 가슴께의 셔츠 주머니에 넣어둔 떼레사의 편지를 생각하면서 현실로 되돌아왔다. 조금 전 오르뗀시아의 어깨가 떨릴 때 담뱃갑에 부딪혀 바스럭거리는 소리를 낸 그 편지는 즐겁고 다급한 임무를 그에게 상기시켜주었다. 이제 밤이 깊어가고 있었기 때문에 급박했다. 창고 안에서 여자 바지를 주워들어 오르뗀시아에게 주려고 몸을 돌렸다. 어둠속에서 자신을 관찰하고 있는 생기 없는 그녀의 두 눈이 보였다. 바깥에서 들어오는 희미한 빛 속에서 미동도 하지 않는 그녀의 씰루엣이 문가에 있었다. 영락없는 떼레사였다. (그녀의 머리카락에는 왜 윤기가 흐르지 않을까? 그녀의 눈은 왜 그렇게 차가운 걸까?) 그저 씰루엣만 그렇게 보였을 뿐이다. 하지만 그것으로 충분했다. 그는 걱정과 애정이 깃든 진지한 표정을 지으며 분위기를 전환해보려고 했다. 그는 오르뗀시아의 달아오른 뺨을 어루만졌다. 청춘과 함께 자라나 결국 청춘을 죽음에 이르게 하는 일종의 비참한 경험을 가지고 말이다. 하지만 그는 갑자기 자신이 씁쓰레한 아몬드의 신선한 향기에 휩싸여 있는 걸 발견했다. 그리고 그는 그녀와 자신의 운명에 감사했다. 그는 그녀에게로 몸을 기울였고, 그녀를 끌어당겨 그녀의 입술에 키스를 했다.

멋진 장면이 연출되려는 듯 때마침 정원 안쪽의 회랑 조명이 켜졌다. 오르뗀시아를 부르는 노인의 다정한 목소리가 들렸지만 그들은 잠깐 기다리기로 했다. 어둠이 점점 짙어졌다. 잠시 후 두사람이 창고에서 나왔다. "이리 와. 가서 오토바이 빌려달라고 해보자." 그녀가 그의 손을 잡아끌면서 중얼거렸다. 마놀로는 넋이 나간 채 그녀에게 끌려갔다. 부드러운 밤바람이 다시 한번 그를 현실로 돌아오게 했다. 회랑으로 들어선 그는 잡혀 있는 자신의 손을 빼냈다. 그들은 추기경을 부엌에서 발견했다.

"안돼. 안될 것 같아." 추기경은 생각에 잠겼다가 말했다. "우린 여기까지다."

"많이 아픈 친구가 있어서……" 마놀로는 거짓말을 했다. "몽까다에 사는 애예요."

"안돼. 안된다니까."

"급하게 그를 봐야 해서 그래요. 빌어먹을, 정말 저한테 이렇게 하지 마세요!"

"안된다고 했다."

그는 오토바이를 빌려줄 수 없다고 했을 뿐만 아니라, 최근 오르 뗀시아에게 "사귈 것이라는 달콤한 거짓 약속을 하며" 가져간 돈도 갚으라고 했다.

"그건 사실이 아닙니다." 그는 항의했다.

노인은 안락의자에 앉아 신문을 읽고 있었고, 여전히 볼이 발그레한 오르뗀시아는 다림질할 세탁물 뭉치를 모두 갖다놓을 때까지 복도를 왔다 갔다 했다. (그녀는 부엌 한쪽 구석의 전기스탠드 옆에 있는 두 의자의 등받이 위에 이미 다리미판을 얹어두고 있었다.) 그런 다음 그녀는 식탁에 앉아 그들의 이야기를 들었다. 지금 그녀는 머리를 반으로 접어올려 하나로 묶고 있었다. 그녀의 삼촌은 신문을 바닥에 내던지더니 저택을 순례하는 엄숙하고도 신성한 의식을 갑자기 시작했다. 마놀로는 특별한 알현을 간청하는 시종처럼 고개를 숙인 채 추기경의 펄럭이는 보랏빛 가운 자락이 닿을 정도로 가까이에서 그의 뒤를 따라갔다. 추기경은 일층과 이층을 둘러보았는데, 계단을 오르내리면서 그림을 반듯하게 다시 고쳐놓기도 하고 장식 촛대를 매만지기도 했다. 또 조각상에 앉은 먼지를 불어내기도 하고 커튼의 주름이 반듯한지 확인하기도 했다. 이어서 의자, 꽃병, 쿠션의 위치를 확인했다. 노인은 편집증적인 동작과 끝없는 독백을 늘어놓으면서도 마놀로와 말을 하지 않으려고 했고, 오로지 그의 내부에서 들려오는 목소리에만 신경을 쓰는 듯 보였다. "몽까다에 사는 친한 친구가 아프다고……? 거짓말쟁이 같으니라고." 그는 자신에게 말하듯 연거푸 중얼거렸다. 무르시아 청년의 눈빛으로 보아 그에게 급한 사정은 틀림없이 젊은 여자애와 관련된 일일 것이다. 하지만 그것이 최악은 아니었다. 삶 전반에 직접 관련이 있고, 자신의 실수(그는 자신이 시대와 나라, 종교와 성별을 잘못 타고났다고 말하곤 했다)를 힘겹게 깨달은 추기경 같은 사람이라면 최근 마놀로에게 이상한 일들이 일어나고 있고, 그것이 그에게 악영향을 미치고 있다는 건 한눈에 알 수 있는 법이다. 그런 마놀로의 상황은 추기경이 평소에 자주 언급하는 두개의 금언으로 요약될 수 있었다. '우리는 자신을 사랑하는 사람들을 얼마나 소홀하게 대하는가, 또 어머니로부터 벗어나는 걸 얼마나 좋아하는가.' 그건 그렇고 추기경은 마놀로의 넋을 잃게 만든 여자애에게는 그 어떤 악감정도 없었다. 하지만 나중에 다시 돌아가는 기쁨을 맛보기 위해 어떤 사람과 한동안 지내보는 것도 괜찮을 것이다. 그런데 그녀에게 다시 돌아가는 기쁨을 맛보기 위해서는 먼저 그녀를 버려야 한다. 문제는 그것이다. "이놈아, 여자들은 남자의 삶에서 아주 중요한 그런 왕복운동을 이해하지 못해.""사설 그만 늘어놓으시고 오토바이나 빌려주세요.""싫어, 싫어, 싫다고." 그러면서 그는 삶과 삶의 위험에 대해 계속 잔소리를 늘어놓았다. 그는 몇년 동안 별것 아닌 듯 이 일을 해왔다. "그러다가 한번은 큰코다칠 거다." 그는 이렇게 예측했다. "물론 누구나 젊음이라는 병을 치유하려고 하지 않아. 젊음은 병이거든." 목소리로 판단컨대 그렇게 많이 마신 것 같지 않았지만, 그는 외로움을 달래기 위해 습관적으로 술을 찾는 사람들이 보이는 온갖 광적인 추태를 부렸다.

어쩌면 주사기는 이런 광경이 새로울 것이 없어서 집 안을 순회하는 그들을 따라가지 않있는지도 모르겠다. 그런데 그녀의 삼촌이 갑자기 피곤한 기색을 보이며 버들가지로 엮은 안락의자에 앉아 베개에 머리를 기댔을 때(복잡하면서 두서없이 집안일을 하는

498

그가 정원의 정자에서 지내기 위해 저물녘이면 하늘의 모든 빛을 끌어모은 것처럼 보이는 앙상한 나무 아래에다 헤드가 없는 침대 하나를 놓아두었다), 마놀로는 자신의 뒤에서 바닥에 있는 뭔가를 뚫어지게 바라보면서 서 있는 오르뗀시아를 보고 깜짝 놀랐다. 그녀는 약사들이 입는 흰 가운의 주머니에 손을 찔러넣고 있었는데, 입고 있는 옷 전체가 그녀를 짓누르고 있는 것 같았다. 머리는 다시 풀어졌고, 하이힐을 신고 있었다. 마놀로는 나중에 이 모든 것을 세세하게 기억해내지는 못할 것이다. 그가 셔츠 주머니에서 담뱃갑을 꺼내 추기경에게 담배를 권할 때, 주사기는 여전히 밝지 않은 미소를 짓고 있었다. 하지만 이후 그는 그녀를 보지 못했다. 다만 그녀가 등 뒤로 다가와서는 바닥에 몸을 숙였다가 재빠르게 멀어져가는 것을 느꼈을 뿐이다. 한편 추기경은 여전히 오토바이를 빌려주지 않겠다고 고집을 부렸고, 그렇다면 다시는 이 집에 발을 들여놓지 않겠노라고 마놀로는 그를 협박했다. 마놀로가 재차 그를 설득해보았으나 또다시 거절을 당했다. ("담배 피우실래요?" "싫다! 무릎 꿇어, 무릎 꿇어! 못된 녀석 같으니라고!") 잠시 후 마놀로는 추기경이 베고 있던 베개를 빼내 손으로 살살 치며 평평하게 고른 다음 그것을 다시 추기경의 머리 뒤에 넣어주었다. "저리 치워, 이 위선자 같은 놈아!" 추기경은 허공에 주먹을 휘두르며 말했다. (운명이란 참으로 아이러니하다. 몇년 후 아주 늙고 외로운 추기경이 '모델로' 감옥의 병든 수감자들을 위해 날마다 감옥의 의무실을 돌아다니며 마놀로가 습관적으로 하던 이 일을 하게 될 줄이야! 그 일은 다 늙고 피곤에 지친 육체들을 위해 그가 마지막으로 한 감동적인 경의 표시였다.) 마놀로는 여전히 아름다운 선율을 지닌 마지막 애원의 노래를 불렀지만, 추기경은 자신의 내면에서 들려오는 음악 외에는 그 어떤 것도 들으려 하지 않았다. 결국 무르시아 청년의 아부는 아무 성과도 거두지 못했으며, 그는 모든 것을 포기하고 떠나기로 결심했다. 그는 오르뗀시아가 다림질하고 있을 거라고 짐작했는데, 부엌을 지나면서 보니 그녀는 등을 돌린 채 고개를 숙이고 식탁 옆에 서 있었다. 그녀는 놀라며 갑자기 뒤로 돌았고, 뭔가를 감추는 듯 손을 등 뒤로 가져갔다. 그녀는 마놀로가 부엌을 가로질러 가자 촉촉해진 눈으로 그의 뒤를 따라왔다. 급기야 눈물이 그녀의 뺨을 적셔서 그녀의 눈은 부어오른 것 같았다. 복도에 이르기 전 마놀로가 뒤를 돌아보았다. "오르뗀시아, 왜 그래?" 회랑 유리창 너머 바깥에서 한줄기 밤바람이 안락의자에 앉아 있는 추기경의 백발을 흔들고 있었다. "가지 마, 이 나쁜 놈아." 추기경의 목소리가 들려왔다. 사실상 추기경은 완전히 이 빠진 호랑이였다. 왠지 모르게 한바탕 폭풍우가 일 것 같은 예감이 들자 마놀로는 복도를 향해 걸음을 재촉했다. 주사기의 푸른 눈이 뒤통수에 와서 꽂히는 것을 느꼈지만, 그는 돌아보지 않고 단숨에 거리로 향한 문까지 갔다. 문을 열려는 순간 정원에서 노인이 그를 부르는 소리가 들리기 시작했다. "마놀로오오오……!" 마치 깊은 우물 속이나 벼랑의 밑바닥에서 들려오는 소리 같았다. 까르멜로 언덕의 사방에서, 심지어는 위쪽 동네에서도 완벽하게 들릴 법한 그 소리는 우스꽝스럽고 아양을 떠는 것 같으면서도 고통스러운, 멀리서 울리는 메아리였다. "마놀로오오오……!" '잘 있어요, 스승님. 성가시긴 하지만 다정한 영감님.' 다 소용없는 일이었다. 그리고 아까운 시간만 낭비했다. 하지만 나귀를 타고 가더라도 별장에는 갈 것이다. 그 누구도, 그 무엇도 날 가로막지는 못할 것이다. 어떻게 해서라도 떼레사를 만나 연인관계를 회복하고 일자리를 얻을 것이다. 그리고 그후 나의 잘못을 인정하고 고백할 것이다. 장인어른도 정식으로 날 인정해줄 것이다. ('당신의 무릎 아래서 금발의 어린 삐호아빠르떼가 뛰어노는데 어떡하시겠어. 젊은 혈기에 저지른 실수라고 생각하고 받아들이시겠지. 어쨌든 나의 고향 무르시아는 아름다워.') 그럼 끝나는 것이다……

그는 이런 대담한 미래의 청사진을 펼치느라 매일 정확하게 어김없이 찾아오는 석양을 감상할 여유가 없었다. 일찍 불붙어버린 오르뗀시아의 마음을 알아차렸을 때는 이미 너무 늦어버렸다. 어쨌든 그의 뒤를 따라오는 그녀는 그림자처럼 도로를 미끄러져 내려왔다. 그녀는 약간의 거리를 둔 채 쌴예이 광장까지 마놀로의 뒤를 쫓아왔다. 물론 그녀는 방금 그가 올라탄 오토바이를 좀전에 그가 숨어서 노리는 것도 목격했다. 약 20미터쯤 떨어진 어느 집 대문에서 그녀는 웅크린 채 손톱을 물어뜯으며 그를 지켜보았다. 그때 마놀로는 즉각 깨달았다. (그 순간 셔츠 주머니에 손을 넣어보았던 것이다.) 떼레사의 편지가 없어진 것을 말이다. 추기경의 집 정자에서 담뱃갑을 꺼낼 때 떨어뜨린 것이 틀림없었다. 그것을 저 계집애가 주워서 읽은 것이다…… 하지만 시간이 없었다. 누군지 모르지만 오토바이 주인에게 잡히지 않으려면 한시라도 빨리 그 자리를 떠나야 했다. 그럼에도 불구하고 그는 최면에 걸린 듯한 눈으로 오르뗀시아를 바라보았는데, 그의 무릎은 반으로 접혀 허공에 떠 있었고, 발은 페달에서 몇 쌘티 정도 떨어진 채 얼어붙어 있었다. '주사기는 지금 무슨 생각을 하고 있을까?' 그 질문에 대한 답을 생각하자마자 그는 질겁해 신경이 날카로워지면서 다리를 들어올렸다. 그의 다리가 무의식적으로 페달을 밟았고 기계가 그의 몸 아래서 부르릉 하고 떨렸다. 그는 마지막으로 주사기를 바라보았다. 나중에 그는 그녀에게 무슨 말이라도 했어야 했다고 생각했다. 어떤 말이 되었든, 집에서 자신을 기다리라든가, 곧 돌아와 내일 다시 오토바이를 태워주겠다든가, 아니면 영화관이나 그녀가 원하는 곳 어디로든 데려가주겠다든가 하고 말이다. 아니, 어쩌면 손짓만 해주었어도, 미소만 지어줬어도 충분했을 것이다. (이 모든 것을 그는 나중에 생각했다.) 그러나 그는 어떤 말도, 어떤 손짓도 하지 않은 채 가속페달을 밟고 해변을 향해 질주하기 시작했다. 웅크리고 앉아 있는 그녀를 그 집 대문 앞에 내버려둔 채 말이다. 고양이 같은 그녀의 넓은 광대와 적의에 찬 잿빛 눈에서는 하염없이 눈물이 흐르고 있었다.

내가 저기 전방부대에서 죽었더라면.

　　　　　　　　　　　　　　　——아뽈리네르[48]

　자정의 태양 아래 잔잔한 수면에서는 버려진 고무 백조가 둥둥 떠다니고 있다. 배에 바람이 가득 찬 고무 백조는 은색의 달빛을 따라 천천히 미끄러지다가 역류하는 바닷물의 흐름과 수면의 떨림에 의해 방향을 잃고 우스꽝스러우면서도 무심하게 빙빙 제자리를 맴돈다. 난바다에서 전해오는 아득하고 이상한 명령에 복종하면서 말이다. 그런 다음 고무 백조는 부드러운 미풍에 떠밀려 일직선으로 나루터에 이르렀고 그곳에 묶여 있던 보트의 짭짤한 둔부를 부리로 쪼아댄다. 지금 북극의 빙하처럼 냉랭하고 황량한 기운만이 소나무 숲의 녹음과 해변의 모래사장을 하얗게 비추며 별장과 그 주변을 감싸고 있다. 몇시간 전에 석양은 열린 문틈에서 새어나오는 빛처럼 별장 위에서 부채꼴로 비스듬히 미끄러지면서 마지막

---
48 기욤 아뽈리네르(Guillaume Apollinaire, 1880~1918): 프랑스의 시인이자 극작가이자 소설가.

불꽃을 사른 후 붉은 장막을 거둬들이며 인근의 산 너머로 사라져버렸다. 미풍이 불어오면서 밤이 깊어갔다. 고상한 손님들이 응접실에서 애정행각을 벌이려는 순간처럼, 지금 정원의 어린 전나무들은 바다의 반짝이는 표면에 전율하고 초조해하면서 흥분되고 매혹되어 살짝 몸을 숙이고 있다.

삐호아빠르떼는 등을 활처럼 구부리고 양쪽 다리로 뜨겁게 달아오른 연료통을 힘껏 조였다. 셔츠가 바람에 잔뜩 부풀어오른 상태에서 그는 앞으로 더 가야 할 거리와 밤을 들이마시며 달렸다. 도로 표지판들이 스쳐지나갔지만 그는 (오직 하나 '꼬스따브라바'라는 글자와 그 밑의 화살표 외에는) 더이상 읽지 않았다. 그가 이번에 탄 오토바이는 휘황찬란하고 날렵한 '두까띠'였다. 보랏빛으로 멋지게 크롬 도금이 되어 있고, 도발적이고 전설적인 광채를 뿜내며, 선수들과 애들이 무척 갖고 싶어하는 이 두까띠가 고급 오토바이라는 것을 마놀로는 알고 있었다. (그 자신도 신참자 시절에 지금 타고 있는 것과 똑같은 두까띠를 갖고 싶어했다.) 그는 또한 이 오토바이가 젊고 변덕스러우며 경박한 암말과 같다는 사실도 알고 있었다. 그는 세차게 치는 바람에 맞서 어금니를 앙다물고, 예민해져 있는 여자친구를 대하듯 갑각류처럼 두까띠에 착 달라붙어 힘껏 가속페달을 밟았다. 강하게 울리는 두까띠의 품격 있는 리듬에 심장의 박동을 맞추면서 말이다. 그는 비르헨데몬세라뜨 거리를 달렸다. 그는 직장에서 돌아오는 자전거 탄 무리와 회색 '도핀'을 앞질렀고, 엄청나게 큰 개와 뒤로 고개를 젖히며 웃는 여자를 옆에 태운 백발의 노인이 운전하는 쎄아뜨도 추월했다. 그 노인은 손가락 하나로 운전하며 도로 한가운데를 달리면서 (마놀로는 한참 동안 그 차에 붙어서 달렸기에 그를 유심히 관찰할 수 있었다)

누구에게도 양보하고 싶은 생각이 없어 보였다. 하지만 마놀로는 그를 추월했을 뿐만 아니라 그가 브레이크를 밟지 않으면 안될 정도로 위태롭게 도로를 가로질러 갔다. 마놀로는 마라갈 거리를 겁없이 가로질러 꼰셉시온아레날 쪽으로 가기 위해 가르실라소 거리로 들어섰다. 꼰셉시온아레날에 도착한 그는 속도를 줄여 좌회전한 뒤 싼안드레스 방향으로 가기 위해 속력을 높였다. 아이들이 화톳불을 지피며 놀고 있는 폐허 옆으로 한동안 달린 후 도시인들의 의심스러운 눈초리를 받으며 싼안드레스의 람블라스 교차로를 천천히 가로질렀다. 속도는 이내 다시 80킬로미터에 이르렀지만 병영이 있는 곳에 도착해서는 빅 도로를 왼쪽에 두고 우회전할 준비를 하며 속도를 줄였다. 그런데 그 지점에서 이해할 수 없는 일이 벌어졌다. (영원히 잊어버리고 싶다.) 그 검정 쎄아뜨가 그를 따라잡은 것이다. 그 차는 해변으로 가는 것이 틀림없었고 마놀로만큼이나 급했다. 차가 방향을 틀면서 난폭하게 다가왔으며 개가 짖어댔다. 운전자의 손은 틀림없이 그 아리따운 조카의 무릎을 계속 만지고 있을 것이다. 마놀로는 황급히 인도의 병영 담벼락 쪽으로 뛰어들 수밖에 없었다. 그럼에도 불구하고 그는 베소스 강의 다리를 얼마 남겨두지 않은 지점에서 그 차를 앞지르게 되었다. 싼따꼴로마의 불빛이 보이기 시작했다. 그의 앞에는 널찍한 직선도로가 3킬로 정도 펼쳐져 있었다. 통행량이 꽤 많았다. 그는 몸을 살짝 틀어 왼쪽 차선으로 들어가서는 돼지 주둥이 같은 버스 앞면과 밴의 뒤쪽 유리창(가정집처럼 작은 커튼이 쳐져 있었다) 사이를 지그재그로 지나갔다. 그리고 마지막에는 옥수수 빵을 잔뜩 실은 짐차를 앞질렀다. 반대 방향에서 오는 차는 거의 없었다. 그는 2미터도 안되는 간격을 두고 달리는 두대의 자동차를 추월했고, 그 속도를 이용해 멀리 있는 커다란 트럭을 추월하기 위해 오른쪽 차선으로 되돌아가지 않았다. 굉음을 내면서 미등을 환하게 밝히고 달리는 그 트럭은 푸른 회오리바람 가운데 둥둥 떠 있는 듯했고, 병아리를 품은 암탉처럼 자전거 탄 사람들을 품고 있는 것처럼 보였다. 그때 그는 왼쪽에서 달려오는 차들을 줄곧 위협하며 전속력으로 다리 방향으로 달렸다. 600의 혐오스러운 주둥이가 바투 달려들었지만, 그는 그 차가 곧 피할 것이라고 확신했고 그렇게 되었다. 두까띠는 안달이 난 여자애처럼 떨며 놀랍게도 시속 115킬로미터로 달렸는데, 쓸데없이 경련을 일으키거나 성급하게 기뻐하지 않았다. 갑자기 도로에 구덩이가 나타났고 '죽었구나, 마놀로' 하고 그는 생각했다. 전봇대와 불빛이 현기증을 일으킬 정도로 싸이드미러에 불쑥 나타났다가 멀어지더니 검고 오목한 소용돌이에 의해 삼켜져 흔적도 없이 사라져버렸다. 주말의 운전자들은 도로에서의 주행이 최악이고 난장판이어서 그들의 눈을 의심할 지경이었다. 오르뗀시아 삘로 프레이레는 희미하게 뒤에 남겨졌다가, 가여운 노인, 가게, 가족, 집, 동네 전체와 함께 싸이드미러의 차가운 기억 속으로 사라져버렸다. 떼레사가 갑작스럽게 사라진 이후 정신없이 지낸 최근 며칠 동안 모든 일이 비정상적인 속도로 진행되었고, 시간이 어떻게 흘러가는지도 몰랐으며, 도시를 헤매고 다니면서 지치도록 그녀를 찾아다녔다. 꿈같은 초대 편지를 갑자기 받았고, 오르뗀시아와 키스를 나눴으며, 배를 곯기도 했고(식사시간이 불규칙해 몇주 전, 아니 어쩌면 몇달 전부터 몸이 망가져 있었다), 웃기게 생긴 600의 뒤꽁무니에서 급제동을 하며 고무 타는 냄새도 맡았다. 이 모든 것들이 몇년에 걸쳐 일어난 일처럼 느껴졌다. 그러나 평소 현기증이 날 정도로 질주하는 그의 습관만으로 이 모든 것을 충분히 설명할 수는 없다. 그 습관은 충동적으로 출발했고, 밤에 나다니기를 좋아하며, 여름이 한창이었다는 사실을 모두 포함하지는 못한다. 그 사고는 그를 기다리고 있는 달콤함과 뜨거운 자극, 그리고 궁극적으로 무르시아 청년의 오만한 머릿속을 맴도는 감추어진 권력욕 때문이었던 것이다.

별장 건물 위로 드리워진 희미한 달빛 옷자락, 파도 소리, 고독, 그리고 65킬로미터에 달하는 여행을 끝냈다는 안도감. 그밖의 다른 것들은 모두 불확실했다. 그녀는 깨어 있을지 모르나 그를 기다리고 있는 것은 아닐 것이다. 장소는 뻬호아빠르떼를 위한 지중해의 어느 화려한 방(모로 부인이 고른 것으로 추정됨), 시간은 12시 정도이다.

(점점 위협적으로 거세지는) 파도 소리를 제외하고는 모든 것이 전과 똑같을 것이다. 그는 정원에 있는 커다란 유칼리나무 아래로 살그머니 다가갈 것이다. 그런 다음 테니스장의 철조망을 따라 수북하게 쌓인 낙엽을 밟으며 테라스 아래 담쟁이덩굴로 뒤덮인 벽에 접근할 것이다. 잎이 무성하고 달빛에 씻긴 반짝거리는 녹색의 폭포, 차갑게 젖은 담쟁이덩굴의 잎을 더듬는 그의 손은 흥분으로 떨릴 것이다. ('진정해, 이 자식아.') 그러면서도 그는 그 속에 숨어 있는 홈통과 잡고 올라갈 만한 두툼한 줄기를 찾을 것이다. 그가 주춤하며 동작을 멈춘다. 그러고는 불길한 날개를 가진, 묘지에서 날아온 나비를 피하기 위해 재빨리 속이는 동작을 취한다. 이따금 기억이 걸어오는 얄궂은 장난에 그는 지금 당장 떨어질 것이라고 말하는, 베개에 매달린 마루하의 얼굴을 본다. (그는 오토바이의 싸이드미러를 통해 팔을 치켜들고 분명히 소리도 지르면서 뒷걸음 치는 겁에 질린 수녀를 보았다. 수녀는 움직이는 모래 속으로 빠져

들어가듯 신기하게도 아스팔트 속으로 빠져들어갔다.) 하지만 결국 그는 손으로 담쟁이덩굴의 주름진 잎을 건드리며 벽을 타고 올라가기 시작할 것이다. 담쟁이덩굴의 잎은 달빛을 받아 반짝거렸다. 그는 테라스 쪽으로 뛰어들어갔다. 파라솔 하나와 작은 탁자 하나, 그물침대 두개(하나는 빨간색, 다른 하나는 노란색)가 성난 바다 앞에서 하품을 해대고 있었다. 그의 곁에서 그와 함께 미끄러지는 달빛 덕분에 그는 이상한 무리의 협박과 욕지거리를 뚫고 (차창에서 고래고래 소리 지르던 분개하고 놀란 얼굴들이 아직도 떠오른다) 떼레사 방의 흰 격자 유리문을 향해 몸을 움직였다. 눈송이처럼 하얀 꽃이 흐드러지게 피어 있는 커다란 화분이 문 옆에서 지키고 있었다. 푸르스름한 달빛에 휩싸인 방에는 한 여자의 몸을 덮고 있는 부드러운 시트 무더기가 벽에 기대 있는 게 눈에 띄었다. 그는 유리문을 밀었다. 그러자 두개의 그물침대가 있는 테라스의 일부분이 유리문에 비쳤다. (왜 저 멀리 있는 오토바이 불빛까지 반사되는 걸까?) '철썩!' 나루터에 파도가 치는 소리가 들렸고, 한 줄기 바람이 그의 이마로 내려온 머리카락을 헝클어뜨렸다. 유리문에서 삐걱거리는 소리가 났지만 그는 벌써 안으로 들어온 뒤였다. 나른한 분위기가 그를 맞이했다. 그는 자신이 박쥐처럼 날쌔고 음험하게 느껴졌다. 마루 위에서 네걸음, 카펫 위에서 두걸음, 다시 마루 위에서 두걸음 걸어 침대의 흰 시트 위에 무사히 가서 앉을 수 있었다. 드디어 긴 여정이 끝난 것이다.

그녀는 연자줏빛 잠옷을 입고 ('제발, 그랬으면!') 금발 머리에는 검정 벨벳 머리띠를 두르고 있을 것이다. 그러나 실제로는 작은 침대에서 그에게 등을 보이며 거의 엎드린 자세로 잠에 푹 빠져 있었고, 허리 위까지 이불을 덮고 있었다. 침대에서 자는 떼레사의 자세는 깊지 않은 따뜻한 물에서 행복하고 편안하게 팔을 저으며 수영하는 장면을 어렴풋이 떠오르게 했다. 한쪽 팔은 머리 옆으로 구부리고 또다른 팔은 엉덩이를 만지고 있었다. 우아하게 곧추선 그녀의 옆얼굴은 마치 상상의 태양을 마시고 있는 듯했다. 쓸쓸한 표정의 박쥐는 다소곳하게 날개를 접고 놀라움과 경의 속에서 그녀의 구릿빛 어깨에서 나오는 광채에 이끌려 그녀 위로 몸을 숙였다. 잠들었음에도 불구하고 암노루의 목에서 뛰는 용감하고 대담한 생명을 그는 지켜보았다. 갑자기 장밋빛 꿈의 물결, 즉 만개한 벚꽃이 뿜어내는 정오의 향기가 그를 에워쌌다. 이 얼마나 연약하고, 이 얼마나 무방비 상태이면서 어린애 같은 모습인가! 그는 하얀 베개 위에 놓인 깎은 듯이 매끈한 처녀의 옆얼굴을 보면서, 그녀를 낮 동안 엄중하게 감시하는 어머니(지금도 쎄라뜨 부인이라는 예민한 존재가 침실 어딘가를 떠돌고 있는 것 같다)와, 의심과 겁이 많은 그녀의 가족을 어렵지 않게 떠올릴 수 있었다. 어린애같이 뾰로통하고 반부르주아적인 말들을 서슴없이 내뱉는 그녀의 금빛 입술의 막연한 대담함은 분명 그들을 불안하게 만들었을 것이다. '그런데 그녀의 부모님과 손님들은 별장의 어느 방에서 자고 있을까? 그들의 기대를 저버린 딸과 가까운 곳에서 잘까? 아니면 멀리 떨어진 곳에서 잘까?' 그는 그녀의 편지 내용을 떠올리면서 생각했다. 그녀의 꿈을 감시하는 그들의 대단한 경계심, 그녀의 까딸루냐 친척이 그녀의 방 가까이에 있을 가능성 등은 중요한 문제였다. (그밖에 마드리드에 사는 사촌으로 그날 아침 정원에서 본 가무잡잡하고 잘생긴 테니스 선수가 있다. 어쩌면 그는 사촌에게 가르쳐줄 새로운 써브를 생각하느라 깨어 있을지도 모른다.) 하지만 마놀로는 그들이 자신들이 내는 소리(정치화된 처녀는 쾌락의 신음소리를 낼까? 분명 모든 여자애들처럼 결국엔 그러겠지)를 들을까봐 두려운 것이 아니라, 그녀가 유년기에 가족의 잘못된 보호 내지 애정을 받았을 것이기 때문에 두려웠다. 이런 생각은 어떤 식으로든 침대에서 삐호아빠르떼를 한껏 흥분시킬 것이 틀림없다. 왜냐하면 그가 그 가족의 위임을 받아 막중한 책임감으로 소녀를 제대로 된 여인으로 바꾸는 일을 섬세하게 진행할 동안, (아마도 노란 모기장이 쳐진) 커다란 침대에 잠들어 있을 그녀의 부모를 상상하는 건 기분 좋은 일이기 때문이다. 이때 떼레사가 무릎을 움직였다. 지금 달빛에 생긴 격자창의 그림자가 그녀의 엉덩이에 드리워져 있다. (그는 테라스 문을 열어두었던 것이다.) 숨소리가 바뀌면서 그녀는 풀어헤쳐진 금발을 불안하게 흔들어댔다. 그녀의 미소로 판단해보건대, 그녀는 덜 외롭고 덜 지루하며 사람이 많은 해변에 가려는 소망을 꿈속에서 이룬 것처럼 보인다. '아, 떼레사! 행복하겠구나. 꿈이 달콤하면 깨어나서는 더 달콤할 거야!' 악몽 전문가인 고아 박쥐가 다정한 눈길로 그녀를 바라보면서 생각했다. 떼레사가 신음소리를 냈다. 수영하듯 손을 엉덩이에 갖다댄 그녀의 손가락에는 힘이 없었으며, 미친 자들이 판치는 세상 한가운데에서 우정을 지키면서 자신을 보호해달라고 친구에게 애원하고 있는 것 같았다. 그래서 마놀로는 침대에 무릎을 바짝 붙이고 행여 부서질까봐 그녀의 손을 조심스럽게 두 손으로 잡아주었다. 그때 어떤 강한 빛이 들어와 아무것도 보이지 않게 되었다. (길에서 만난 재수 없는 쎄아뜨가 다리에 도달하기 전 두번째로 급브레이크를 밟았을 때처럼 말이다. 그는 도로 밖으로 밀려나 옴짝달싹할 수 없었지만 두까끼는——다행히도——흠 하나 없이 멀쩡했다. 쎄아뜨의 차창으로 개와 삼촌과 조카의 하얗게 질린 얼굴이 보였고, 조카의 아름다운 무릎에는 아직도 짓궂은 손이 놓여 있었다.) 그리하여 그는 어린 여자애들과 어울려 다니거나 옷을 벗고 침대에 들어가 떼레사를 안아서는 안되겠다는 생각을 하게 되었다…… 젊은 여대생이 잠에서 깨어나는 모습은 분명 매력적일 테지만, 남쪽 지방으로 신혼여행을 갈 때까지는 미뤄둘 것이다. '그런데 날 거절한다면?' 그는 생각했다. '마놀로, 누가 널 봤다고 그래? 누가 널 보고 있다고 그래?' 그가 그녀의 머리카락에 부드럽게 입을 맞추는 동안 멀리서 타이어가 삐익 미끄러지는 소리, 그리고 우울한 기도 소리("나의 떼레사, 4월의 장미여, 무르시아인의 공주여, 제발 나를 까딸루냐 가족에게 인도해주오!")가 들려왔다. 그녀의 손이 뜨거워졌다. 그는 그녀를 깨우기 전에 그녀가 놀라지 않도록 흥분을 가라앉히며 성급하게 행동을 하지 않는 것이 좋을 것이라고 생각했다. ('누가 널 봤다고 그래? 누가 널 보고 있다고 그래?') 떼레사는 이 방에 홀로 있고, 별장 전체는 거만하고 자신감 있는 모습으로 높다란 구름에 싸인 채 잠에 빠져 있다. 그러므로 그는 두려워할 게 전혀 없었다…… 자신을 제외하면 말이다. 그녀의 방은 어린애 방처럼 어질러져 있었는데, 옷가지들, 잡지들, 레코드판이 여기저기 널브러져 있었다. 벨벳으로 만든 작은 곰 인형의 유리 눈알이 어둠속에서 반짝이고 있었다. 사람 인형과 테니스화도 있었다. 그는 한쪽 무릎을 메릴린 먼로우(눈부시게 빛나는 최신 『엘르』 잡지의 표지모델. 그날밤 떼레사는 분명 별자리 운세를 들여다보았을 것이다)의 새빨간 입술 위에 대고 있었다. 그러나 그는 침실 탁자 위에 놓여 있는, 장미 다섯송이가 꽂힌 예쁜 화병에 더 눈이 갔다. 섬세한 마법의 장미였다. '꿈이 실현될 수 있는 조건이 따로 정해져 있는 걸까? 어느 특정한 봄으로 정해져 있는 걸까?' 그는 떼레사를 자신의 것으로 만들기 전에 장미 향기를 맡고 싶은 충동을 억누를 수가 없었다. 장미 향기를 들이마시니 혼인미사가 이루어지는 성당의 거룩한 분위기가 오감으로 전해졌다. (순백의 드레스를 입은 떼레사 데 레예스는 뻔뻔하게도 임신한 몸으로 제단 앞에서 기뻐한다.) 흥분을 억제할 수 없게 된 젊은 악마는 신부를 포옹하려고 했다. 하지만 그는 망나니도 아니고 천박한 기회주의자도 아니었다. 그가 한 것이라고는 잠을 깨우기 위해 신부의 손을 꽉 잡은 것뿐이었다. 마놀로에게는 깜짝 놀랄 정도의 소심하고 굼뜬 결말이었다. 한편 떼레사는 모든 일을 다시 용이하게 해주었다. 그녀는 예민하고 신중하며 지나치게 공손한 (누가 그를 보았다고 그래……) 침입자가 그곳에 있다는 것을 전혀 의심하지 못한 채—그렇게 보였다—그의 손에서 자신의 손을 빼냈다. 그러고는 잠꼬대를 하며 그를 향해 몸을 돌렸다. 그녀가 숨을 내쉬면서 눈을 깜박였다. 그리고 놀라며 그를 바라보는 그녀의 눈에서 갑자기 파란 물결이 일렁거렸다.

떼레사는 속이 훤히 비치는 잠옷에 전혀 신경 쓰지 않고—겉으로 보기에 그랬다—침대에서 벌떡 일어나 앉았다. 사랑이 넘치는 두 사람의 시선 속에서 모든 것은 얼마나 간단한가. 그녀의 눈동자는 푸른 호수 같고, 그녀의 젖꼭지는 이제 갓 피어난 제비꽃 같았다. 잠시 두 연인은 크리스마스 카드에 등장하는 천사들처럼 순진무구하게 기뻐하는 장면을 연출할 것이다. 서로 이마를 맞대고 동정녀의 옷자락에서 나오는 메시아의 광채를 정신없이 경배하듯 말이다. "쉿……!" 떼레사가 입술에 손가락을 갖다댔다. 그리고 미소를 지으며 신음소리를 냈다. 그녀는 한편으로 두려우면서 다른 한편으로 기쁨에 들떠 말을 더듬었다. "미쳤어…… 이렇게 오다니…… 놀랐잖아…… 들키면 어떡해." 그는 그녀의 머리와 정열적인 어깨를 쓰다듬으며 그녀를 자신의 가슴 쪽으로 끌어당겼다. "네 편지를 받았어. 나를 보니까 기쁘니?" 그는 이렇게 말할 수밖에 없었다. 한편 여자애의 눈에는 완벽하게 제어된 두려움이 감돌았다. 그 두려움은 그의 손과 입술에서 느껴지는 불타는 욕망 때문이라기보다는 (그녀는 아직 불붙지 않았지만 자신을 불사를 준비가 되어 있었다) 별장 전체를 지배하는 묘한 정적 때문이었다. 따라서 모든 것은, 언뜻 이해가 되지는 않지만, 삐호아빠르떼가 기대했던 대로 진행될 것이다. 돌연 그의 팔을 뿌리치고 포옹을 푼 떼레사가 침대에서 뛰어내려 한동안 방 안 여기저기를 서성거렸다. 마지막에 그녀는 구원을 요청하기라도 하듯 침실 문 쪽으로 뛰어갔다. 마치 무방비 상태에서 옷을 반쯤 벗은 상태로 공포에 질린 채 어떤 음탕한 남자의 마수에서 간신히 벗어나 필사적으로 탈출에 성공한 것처럼 말이다. (물론 그의 생각이었다.) 맨발에 머리가 풀어진 그녀가 우아하게 잠옷 자락을 허벅지 사이로 추스르는 모습은 고도로 연출된 이미지를 긴장된 상황 속에서 재빠르게 보여주는 것이었다. 추기경이 그렇듯 음흉한 상상으로 치밀하게 재가공되고 연출된 마음은, 부잣집 여자애의 꽁무니를 쫓아다니고 주택지구 정원의 꽃을 짓밟는, 한때 마놀로가 확신 없이 꿈꾸었던 음탕한 빈민가의 남자가 될 것을 부추기면서 아직도 그를 들뜨게 할 수 있는 것이었다. 그것은 요정이 도망치려는 것처럼 보이는 오늘밤 이 별장에서도 발휘될 수 있을 것 같았다. 그러기 위해서는 그녀의 상태가 절정에 이르러 약간 소심해지거나 다정해지기를 기다려야 했다. 그렇게 바라던 흥분상태에 놓인 이 방에서 남의 말을 잘 믿고 겁이 많은 기품 있는 구혼자, 슬프고 비근대는 그림자로 변해버린 마놀로에게 시간의 흐름을 맡겨두지 않았더라면, 또한 이번 여름에 경험한 사랑이 떼레사를 현실적인 여대생으로 탈바꿈시켜 두사람의 사회적 성별 차이를 깨닫게 하지 않았더라면 이런 일은 결코 일어나지 않았을 것이다. 어쩌면 보드빌의 한 장면과 비슷한, 엄청나게 즐겁고 흥에 겨운 일이 실제로 이 침실에서 일어날지도 모른다. 하지만 그는 그녀의 행동을 멈추게 하기 위해 손가락 하나 까딱하지 않았고 침대 발치에서 꼼짝도 하지 않고 가만히 있었다. 떼레사의 행동에 담긴 진정한 의도를 알고 있었기 때문이다. 물론 그녀는 그의 품에서 도망친 것이 아니었다. 그녀는 그저 별장의 모든 이들이 잠들어 있는지, 안심해도 되는지 확인한 것뿐이었다. 그녀는 조심스럽게 방문을 열고는 어두컴컴한 계단과 복도를 세심하게 살펴봤을 것이다. 맨발을 공중으로 들어올리고, 잠옷 자락을 치켜들면서 말이다. 그리고 살며시 빈틈없이 방문을 잠글 것이다. ('분명히 열쇠로, 그래, 열쇠로 잠글 거야.') 그리고 돌아서서 문에 등을 기댄 채 미소를 지을 것이다. 그녀는 갑자기 다시 행동을 개시하여 이번에는 욕실로 향할 것이다. 욕실의 불을 켠 후 그녀는, 그가 모터사이클 경주를 끝냈을 때처럼 영광스러운 승자의 모습으로 문지방에 나타나기 위해, 곧바로 모습을 감출 것이다. (살짝 열린 문틈으로 그는 거울 앞에 선 그녀의 격렬하면서도 행복한 팔놀림, 머리와 상기된 볼, 잠옷을 재빠르게 매만지는 그녀의 모습을 볼 수 있을 것이다.) 역광 속에서 그녀는 미동도 하지 않은 채 쑥스러운 미소를 지어 보이며 한동안 그를 뚫어지게 바라보았다. 그리고 그에게 달려가 품에 안겼다.

그녀는 이제 검정 벨벳 머리띠를 하고 있지 않았다.

"떼레사, 넌 내게 솔직한 거니? 가끔 말이야……"

"뭐라고?"

"나도 모르겠어…… 네가 날 떠났다고 생각했어. 두렵니?"

"아니."

"정말 아팠니?"

"이제는 괜찮아."

이제 다 됐다. 이제는 손가락의 화염에 녹아내린 부드럽고 매끄러우며 축 늘어진 끈, 그리고 나일론 팬티의 탄력이 그녀의 살결에 남긴 깃털처럼 가볍고 달콤한 흔적뿐이다. 경망스럽게 튀어나온 엉덩이와 상앗빛 작은 가슴 등 그녀의 몸을 감싼 향기로운 보랏빛 안개가 바닥으로 흘러내려 그녀의 맨발 주변에 원을 그리며 가만히 떨어졌다. 그녀의 숨겨진 것과 드러난 것 사이의 영원한 경계에 있는 발끝에 올려져서 말이다. 어쩌면 이는 그녀가 그가 생각했던 것보다 더 작고, 더 연약하며, 위험한 그의 명령을 실제로 더 잘 따를 수도 있었기 때문이다. (그녀의 움직임은 너무나 자연스러웠고 꾸밈이 없었다. 예를 들어 그녀는 촉촉한 입술로 연거푸 그에게 키스하려고 얼굴을 가리고 있던 금발을 뒤로 넘겼다. 공공 식수대에서 느긋하게 물을 마실 때처럼 느긋하게 말이다.) 하지만 그녀는 역시 아주 데면데면했고, 확고하면서 범할 수 없는 어떤 태도를 보였다. 마치 사랑하는 이의 얼굴이 태양과 구름이 장관을 이룬 황혼 아래로 멀어져가듯, 그녀는 다른 꿈속으로, 그러니까 별장의 다른 더 멀고 금지된 곳 즉 조상 대대로 내려온 철통 같은 침실로 더 깊이 침잠하는 것처럼 보였다. 아침에 일어나면(그가 이곳에서 그녀와 함께 깨어난다면 말이다), 그곳의 방어체제를 무너뜨리기란 이 방에서보다 훨씬 더 힘들 것이다. 아무것도 없고 기억도 없는 공백과 시간이 존재할 테지만 지금은 그 무엇으로도 채울 수가 없다. 서로를 껴안은 채 아직 욕망을 분출하지 않고 서서 버티는 그들을 자줏빛과 가을의 정상에서 눈 깜짝할 사이에 내려가게 할 결정적인 몇분의 시간이 있었다. 그의 마른 입술이 순결을 잃은 그녀의 황금빛 입술을 빨고 그후 그녀가 눈을 감았을 때 머리를 누일 베개에 겨울과 이성의 최종적인 연합 공격이 있었다. 그는 목과 어깨로 그리고 그다음에는 더 아래쪽으로 내려갈 것이고, 남쪽의 부드러운 황금빛 언덕 사이로 달아나며 끝없이 여행할 것이다.

또 그는 여름 내내 억눌러온 열정을 풀어내면서 한가로운 강의 신음소리가 들리는 해변의 금빛 모래침대에 누울 것이다. 벌써 다른 때보다 더 빠른 바람에 이끌려온 백조가 느린 유속에 몸을 맡긴 채 거품이 만들어내는 한가로운 능선과 게으른 작은 파도들을 앞질러간다. 나는 다음 여름에도 함께 수영을 즐기기 위해 찬란하게 빛나는 네 피부를 향한 지적인 여정을 내 손바닥처럼 기억해둘 거야. 나는 햇볕에 그을린 너의 감미로운 엉덩이가 취하는 자유롭고 은밀한 움직임을 뚫고 들어가 죽는 날까지 너에게 충실할 거야. 동네의 향기 없는 다른 여자애들아, 두려움과 어리석은 희망의 시트에 덮여 있는 젖꼭지들아, 난 이제 떠날 거야! 뱃머리에서, 비행기의 트랩에서, 태양과 달을 마주 보는 테라스에서, 바람에 머리카락을 날릴 거야. 우리는 황금빛 이마와 푸른 눈을 가진 우리의 아기를 요트나 대서양 횡단 유람선 위나 야간 고속열차 안에서, 혹은 촛불에 둘러싸인 그랜드 피아노 위나 개인 소유 수영장 가장자리나 호랑이 가죽이 깔린 침대에서 아침식사 써비스를 받다가 낳을 거야. 두 눈이 더러워지고, 스스로의 무게에 지친 엉덩이를 뒤트는 그런 후텁지근한 밤에 아이를 낳는 일은 없을 거야. 그래, 없을 거야. 황금빛 도마뱀처럼, 우리의 트렁크에 붙어 있는 머나먼 호텔의 라벨처럼, 젊은 시절 섬에서 사랑의 모험을 즐기다가 얻은 상처 자국처럼, 겨우내 익은 마지막 태양에 그을린 길고 아름답고 단단한 넓적다리 사이로 함께 아이를 낳을 거야. 그리고 이 음악, 듣고 있니? 우린 이 음악이 어디에서 나오는지 알고 있어. 우리는 테니스 라켓과 손수건을 흔들며 비단과 빨간 리본으로 포장된 선물이 우리를 기다리는 낯익은 정원에서 유쾌한 일몰을 맞이할 거야. 우린 지금까지 한번도 그런 선물을 열어본 적이 없어, 단 한번도. 하지만 이젠, 그래, 이 크리스털 잔은 너와 나의 것이야. 신중한 한쌍의 불안한 비상, 고운 리넨 시트와 정원의 잔디 위에서 한쌍의 비둘기가 나누는 입맞춤, 품위와 존경, 그리고 더 많이, 더 많이, 떼레사, 넌 날 미치게 해. 내 사랑, 이제는 우리들 거야, 이제는……

"신분증."

이 건조하고 딱딱한 목소리에 앞서 그를 도로 밖으로 내몰고 급브레이크를 밟게 해 넘어지도록 만든 것은 자동차의 전조등이 아니라 이번에는 두대의 오토바이였다. 그것은 부츠, 헬멧, 가죽옷으로 무장하고 손에 수첩을 든 육중한 운전자들에게 어울리는, 성이 나 있고 음침해 보이는 두대의 '쌍글라스'였다. 아마 그 운전자들은 그가 베소스 강의 다리를 쏜살같이 내달렸을 때부터 뒤쫓아왔을 것이다. 그들은 그를 따라잡은 뒤 한참을 그와 나란히 달렸다. 앞서가던 트럭과 승용차가 그의 앞길을 난폭하게 가로막고 서행하자 그는 더이상 도망칠 수가 없었다. 그는 한동안 잡초가 무성한 제방의 가장자리를 달렸으며, 결국에는 균형을 잃고 오른쪽으로 넘어지고 말았다. 그는 별장에서의 파도 소리(점점 커지면서 위협적인 쌍글라스의 엔진 소리)를 제외하고는 모든 일이 그가 예상했던 대로 진행되었다는 것을 너무 늦게 깨달았고, 바르셀로나를 빠져나갈 시간도 이제는 거의 없다는 사실 또한 깨달았다. 그는 싼따꼴로마 거리에 있었다. 앞에는 다리가 있었고, 옆의 도로 몇 미터 아래에는 갈대밭이 있는 강기슭으로, 철로와 희끄무레한 싸구려 집들이 있었다. 그는 여전히 그의 두 다리 사이에 있는 오토바이와 함께 일어났다. 엔진이 신음소리를 내는 가운데 오토바이가 떨고 있었다. 티 없이 맑게 빛나는 두까띠의 불빛이 허허벌판 황량한 자갈밭 사이로 사라지게 놔둔 채 그는 진흙과 풀로 더러워진 바짓가랑이를 털었다. 그는 피가 나지 않은 축 늘어진 한쪽 손으로 자신의 몸 아래서 일종의 재채기를 해대며 괴로워하는 충실한 동반자의 마지막 고통을 달래주었다. 그는 경찰관의 질문에 거리낌 없이 대답했다. 경찰관은 그에게 오토바이 등록증을 요구했고, 등록번호를 적기 시작했다. 그의 왼쪽에는 차들이 빠른 속도로, 마지막 경련을 보이는 그의 환상과 어울리는 조명과 음향을 제공하면서 리드미컬하게 달리고 있었다. 경찰관은 부질없이 엄지손가락으로 볼펜의 뒤꽁무니만 연신 눌러댈 뿐이었다. 마놀로는 경찰관의 얼굴에서 어떤 수수께끼에 대한 절망적인 설명을 읽어내려는 듯 말끔하게 면도한 그의 뺨과 가지런히 깎은 검은 콧수염, 지겨움으로 가득한 눈꺼풀을 유심히 바라보았다. 또다른 경찰관은 오토바이를 거치대로 받친 후 길가로 가서 달리는 차들을 향해 더 빨리 달리라는 수신호를 거칠게 보냈다. 그는 이 못된 폭주족 때문에 순간적으로 떨어진 권위를 되찾으려는 듯 허공에다 주먹질을 해댔다. 마놀로는 이제 모든 것을 잃었다는 것을 깨닫고 침묵을 지켰다. 단지 어디를 그렇게 급하게 가고 있었느냐는 질문에 "애인을 만나러 가는 중이었어요"라고 대답하는 친절을 보였지만 그의 대답은 경찰관의 비웃음만 샀을 뿐이었다. 마놀로는 그들이 멍청한 수속을 끝내고 자신을 데려가길 기다리는 동안 크롬이 입혀진 두까띠의 아름다운 전조등을 손으로 어루만졌다. ('안녕, 친구!') 그리고 그는 떼레사와 함께했던, 따스하고 평온하면서 기대로 가득했던 어느 날 밤을 떠올렸다. 하지만 그날밤에도 지금의 어이없고 무기력한 광경을 예견케 하는 미심쩍은 웃음소리가 들렸었다. 마루하가 죽기 한참 전 떼레사는 플로리드를 정비소에 맡겼었다. 산책을 하며 달콤한 데이트를 한 두사람은 자정이 다 되어 그란비아의 어느 벤치에 앉아서 택시를 기다렸다. 그는 떼레사의 어깨에 팔을 두른 채 가끔 그녀의 얼굴 여기저기에 입을 맞추었다. 머리 위에 펼쳐진 하늘에는 별들이 평온하게 춤추고 있었다. 거리는 인적이 드물어 고요했고, 비단이 찢어질 때 나는 소리 같은, 자동차 바퀴가 도로 위에서 미끄러지는 소리만 가끔 들릴 뿐이었다. 키스하는 동안 마놀로는 어둠속에 있는 미심쩍은 목격자가 느껴졌다. 그의 성공 가능성을 믿지 않는 까르멜로 사람들의 커다란 비웃음 소리와, 아무도 없으면서 모든 사람들이 그곳에 있는 듯한 야릇한 기분이 느껴졌다. 창문 너머에서 잠을 자는 이웃들, 멀리에서든 가까이에서든 차를 타고 지나면서 의아한 눈길로 내다보는 사람들, 어제와 오늘의 친구들, 가로수, 가로등, 길가의 벤치 등이 있는 듯했다. 그런데 이런 모욕적인 불쾌감, 불신의 대상이 된 것 같은 느낌이 갑자기 어깨에 총을 멘 회색 제복을 입은 사람으로 구현되어 나타났다. "신분증." 그가 마놀로를 바라보며 말했다. 붉은 주근깨와 맑은 눈을 가진 그는 친절하면서도 이상한 젊은 스위스 사람처럼 보였다. "빨리 줘요, 신분증." 보아하니 전날밤 누군가가 근처에 있는 신문사 편집국에 폭약을 던진 모양이었다. 그래서 그 일대 경비가 삼엄했던 것이다. (나중에 택시 안에서 떼레사가 소곤소곤 설명해준 내용이었다.) 떼레사가 신분증을 건넸다. (마놀로는 집에 두고 왔다는 핑계를 댔다.) 어두워서 잘 보이지 않는지 경찰관은 신분증을 한참 동안 들여다보았다. 갑자기 그때 어깨에 총을 멘 또다른 경찰관이 나타났다. 그는 고개를 갸웃거리더니 깊은 생각에 빠졌다가 두사람을 한동안 뚫어지게 바라보았다. (신분증을 보지 않고 두사람의 정체, 특히 마놀로의 정체를 밝혀내겠다는 듯이 말이다.) 그러다가 멋진 무어인 같은 그의 입술에서 마놀로가 이해할 수 없는 말이 터져나왔다. "친착!"[49] 의심스러워하고 집요함을 보이던 그의 시선이 마놀로의 티셔츠와 청바지에서 떼레사의 눈처럼 하얀 바지와 쌘들과 비단 블라우스로 옮겨갔다.──그의 시선이 평온해지며 의심을 거둬들였다.──마놀로는 좀전에 그가 내뱉은 말을 이해하지 못했다. 그것은 말이라기보다는 마법의 주문 같았다. 그때 회색 제복이 앞으로 한걸음 다가와 비웃으며 소리쳤다. "이 아가씨랑 친척이라고? 웃기고 있네!" 그 교활한 셜록 홈스(나중에 떼레사는 웃으며 그를 이렇게 불렀다)는 안달루시아 특유의 억양과 예리한 통찰력으로 말했다. 곤혹스러워진 마놀로는 잠깐 눈을 내리깔았다. 그는 지금 이곳에서처럼 그날밤 그곳에서도 열정적으로 대답했다. "내 애인이에요." 그는 자신을 조롱하면서 가엾다는 듯 바라보며 미심쩍게 웃어대는 누군가에게 이렇게 말했다. 지금과 똑같은 상황이었다. 그에게 가장 굴욕적이고 비참하고 고통스러운 것은, 언젠가는 감옥에 가고 떼레사를 포기해야 한다는 사실보다도, 아무도 심지어 그가 떼레사와 사랑스럽게 키스하는 걸 지켜본 사람들조차도 그가 그녀를 진정으로 사랑했고 그녀 역시 그랬을 가능성을 받아

---

49 마놀로가 친척(Parentesco)이라는 단어를 몇몇 철자를 생략하고 발음하는 안달루시아 사람들의 언어습관으로 인해 잘 이해하지 못한 상황이다.

들이지도, 믿지도 않는다는 사실일 것이다.

어쩌면 그래서 그는 본능적으로 그리고 맹인처럼 양쪽 손목을 모아 내밀며 아무 저항도 하지 않고 끌려갔는지 모른다. 한시간 후 오르따 경찰서에서 그는 자신에 대한 체포명령이 떨어졌다는 것을 알고도 놀라지 않았다.

말라 비틀어져 향기라고는 전혀 없는 오르뗀시아가 그를 고발했던 것이다.

어둡고, 한없는 허무를 증오하는 애틋한 마음이여,
찬란했던 과거의 모든 흔적을 긁어모은다!
—보들레르

발판에까지 사람들을 포도송이처럼 싣고 해변으로 향하는 전차
가 아침을 흔들어댄다. 일요일이다. 바닷가로 가려고 끝없이 늘어
선 자동차들이 바르셀로나의 옆구리에서 서서히 몰려나온다. 기차
역 플랫폼과 버스 정류장은 서로 밀고 북적거리며 고함을 질러대
는 사람들로 붐빈다. 뜨라팔가르 거리에는 남녀 할 것 없이 떠들썩
하니 길게 줄을 서고 있다. 한껏 들뜬 젊은 남녀 무리가 혼잡하게
뒤섞인 채 서로 밀고 당기면서 지하철 안으로 우르르 몰려 들어간
다. 한편 지상에서는 버려지고 갈라진 아스팔트에 태양이 벌을 내
리고 있다. 엔산체에서는 인적 없는 거리들이 여름의 나태한 졸음
에 빠져들어 고독한 행인의 눈을 멀게 하고, 행인의 발자국 소리는
메아리가 되어 그 주변을 에워싼다. 멀리 큰길과 골목길 너머에서
들리는 뱃고동의 게으른 신음소리가 강렬한 햇볕 사이로 길을 터
주는 한줄기 시원한 바람처럼 다가온다. 그는 영혼의 눈으로 바람

에 펄럭이는 깃발을 바라본다. 깃발은 돛대의 높은 곳에서 목마른 혀처럼 버르적거리며 눈부신 창공의 빛나는 피부와 이곳저곳 떠다니는 젊고 새로운 구름들을 핥는다. 한편 이곳에는 열어놓은 발코니에서 흘러나오는 라디오의 신음소리와 텅 빈 전차가 올라가며 삐걱대는 소리, 손님 없는 택시들이 정처 없이 떠돌아다니는 소리가 들린다.

갑자기 그가 모퉁이를 돌아서 람블라스에 모습을 드러냈다. 가장 먼저 그의 눈길을 끈 것은 엄청나게 많은 외국인 관광객이었다. 그는 나무 그늘을 찾아, 또 몹시도 그리워하던 까페의 테라스 부근을 찾아 아래로 내려갔다. 그는 갑자기 막혀 있던 귀가 뚫리기라도 한 듯 길에서 발걸음을 멈췄다. 숟가락들과 잔이 부딪치며 내는 쨍하는 소리, 나무 안에 숨어든 새들의 노랫소리, 가로수의 잎들을 흔드는 산들바람 소리가 들려왔다. 이면 도로에 들어선 그는 처음으로 크고 날랜 걸음으로 걸었다. 마치 어디서 누군가가 그를 기다리고 있기라도 한 것처럼, 일요일에 뭔가 해야 할 일이 남아 있기라도 한 것처럼……

당시 쌩제르맹 바에서 실질적으로 망명생활을 하고 있던 루이스 뜨리아스 데 히랄뜨가 기억하고 있는 그날의 이야기는 다음과 같다. 그는 이제 더이상 음모를 꾸밀 여력이 없었다. 그를 명망 있는 인사로 만든 바 있는 장엄했던 그의 정신적 트렁크는 이제 괴로운 신탁과 경직된 사고로 가득 찬 슬픈 손가방으로 줄어들어 있었다. 그날은 가장 힘들고 더운 여름날이었다고 그는 언제나 단언할 것이리라. 노이로제에 걸린 축 늘어진 토요일 밤의 망령이 아직도 그의 머리 주변을 맴돌던 일요일 아침시간이었다. 그는 친구 필리뽀의 빨간 셔츠가 발하는 자극적인 빛 가운데를 둥둥 떠다니고 있는 것처럼 보였다. 그때 갑자기 그의 뒤에서 조심스러운 고양이 발자국 소리, 충격이 고무 밑창으로 흡수된 발소리가 느껴졌다. 그리고 그의 목덜미에 와닿는 시선이 느껴졌다. 그 사람이 들어오는 걸 보지는 못했지만, 숙취 때 루이스의 등 뒤쪽 감각은 아주 민감한 편이었다. 이는 사람의 시선에 담긴 말없는 언어를 포착해내는 그의 천부적 감각에 의해서만 설명될 수 있을 것이다. 그는 순간 그 사람이 마놀로라는 것을 알았다. 하지만 그가 몸을 돌렸을 때 그 사람이 자신의 얼굴에서 멀지 않았음에도 불구하고 사나운 옆모습밖에 볼 수가 없어서 마놀로라는 걸 확신할 수는 없었다. 그 사람은 레이스를 두른 엔까르나의 초상화를 감상하느라 여념이 없어 보였다. 무르시아 청년은 낡은 코듀로이 재킷을 어깨에 걸치고 손을 주머니에 넣은 채 서 있었다. 필리뽀도 그를 보고 있었다. 여종업원이 그에게 무엇을 마시겠느냐고 물었다. "맥주." 그가 말했다. 바에는 그들 세사람과 여종업원 외에는 아무도 없었다. 루이스 뜨리아스는 눈이 아플 정도로 그를 쳐다보며 세세한 것까지 유심히 관찰했다. '도대체 머리에 무슨 짓을 해놓은 거야?' 문을 통해 거리에서 들어온 빛의 입자들이 그에게서 나오는 이상한 밤의 물질과 뒤섞였다. 그 물질은 부두나 음탕한 여인숙에서, 혹은 어디가 되었든 현재 그가 기거하는 곳에서 가져온 것이었다. 그는 아주 착 달라붙는 칼라 없는 흰 셔츠를 입고 있었고, 손은 유감스럽게도 주먹을 꽉 쥐고 있었다. 그리고 끈이 없는 농구화에 청바지를 입고 있었다. 바지의 허벅지 부분은 세탁을 너무 많이 한 탓에 닳아빠져 보기 좋게 하얗게 변해 있었다. 그는 지금 민첩하고 불안한 분위기를 자아내며 걸었다. (그는 맥주를 가지러 천천히 바를 향해 걸어갔다.) 하지만 무엇보다도 눈에 띄는 것은 환할 정도로 잔인하고 치욕스럽게 깎은 머리였다. 비참할 정도로 깎인 목덜미와 구레나룻은 그가 당했을 암울하고 지독한 징벌을 떠올리게 했다. 엔까르나의 초상화를 다시 보고 있는 그의 얼굴 표정은 무심하면서도 차분했다. 어떤 초조함이 사라지자 기진맥진함이 그의 머리와 가볍게 처진 어깨 주변을 떠돌았다.

루이스가 그를 불렀다. "이젠 친구들도 기억 못하는 거야?"예전에 그에게 얻어맞은 기억을 마음속에서 지워버리고 루이스가 손을 내밀면서 말했다. 마놀로는 그를 뚫어지게 바라보면서 다가갔다. 루이스는 마놀로가 전혀 놀라지 않는다는 걸 알았다. 마놀로는 들어올 때부터 자신들을 알아보았지만 먼저 인사하기를 꺼린 게 틀림없었다. 그가 그렇게 오랫동안 모습을 드러내지 않다가 이곳에 나타난 이유는 오직 떼레사의 소식을 알기 위한 것밖에 없을 것이다.

"마놀로, 어떻게 지내?" 루이스가 말했다. "오랜만이군. 두해가 다 되어갈 거야, 그렇지?"

"두해, 그렇지."

"이봐 친구, 말해봐. 어떻게 지냈는지……" 그는 미소를 짓다가 어투를 바꿨다. "그러니까 습관적으로 나온 말인데, 물론 힘들었겠지."

"여행 좀 다녀왔어."

루이스 뜨리아스가 앉아 있던 의자에서 몸이 좀 흔들릴 정도로 웃어댔다. 그는 친구 필리뽀의 팔꿈치를 은밀히 쿡쿡 찔러댔다. 그리고 무르시아 청년의 이 천진난만하고 새로운 거짓말이 왠지 이날 첫번째 잔의 진을 마실 이유가 된다고 생각했다. 그래서 자신을 위해 얼음을 잔뜩 넣은 진 한잔을 주문했고, 친구 필리뽀를 위해서도 한잔을 주문했다.

"마놀로, 너도 마실래?"

"고맙지만 괜찮아."

루이스는 마놀로의 등을 두드리며 다시 웃으면서 말했다.

"나한테 숨길 이유는 없어. 감옥에 갔다 왔다는 걸 알고 있으니까." 자신의 말이 마놀로에게 어떤 동요를 불러일으키는지 보기 위해 루이스는 말을 멈추었다. 하지만 마놀로는 아무런 반응도 보이지 않았다. 단지 그의 눈을 빤히 바라볼 뿐이었다.

루이스가 덧붙여 말했다.

"언제 나왔어?"

"며칠 전에." 마놀로는 마지못해 대답하고는 미끄러져 내려온 재킷을 어깨에 제대로 걸치기 위해 고개를 약간 숙였다.

"부끄러워할 것 전혀 없어." 루이스가 단언했다. 그의 시선과 목소리에서는 예전의 우월감이 다시 묻어나왔다. 그는 놀리는 투로 덧붙였다. "누가 그러는데 은행을 터는 것이나 은행을 하나 만드는 것이나 도덕적으로 똑같대……"

"난 어떤 은행도 턴 적이 없어. 헛소리하지 마."

"……네게 위안이 될는지 모르겠지만, 나도 사년 전에 한동안 감옥생활을 했어. 비록 너와 같은 이유는 아니었지만 말이야. 그런데 잘 살펴보면, 그리고 진실을 듣길 네가 바란다면, 우리는 실제로 다를 것이 없어. 우린 내심 같은 것을 원했지. 떼레사랑 자는 것, 바로 그것을 말이야."

루이스는 고통스럽게 고개를 끄덕이며 기침하는 소리와 큭큭대는 소리를 내면서 웃었다. 그가 마놀로 앞에서 떼레사의 이름을 언급하기는 처음이었다. 하지만 그는 마놀로가 자신에게 뭔가 질문

526

하기를, 마놀로가 왜 이곳에 왔는지 고백하기를 헛되이 기다렸다. 그러나 마놀로는 침묵을 지켰다. 마놀로는 눈에만 생명이 있는 듯이 보였다. 이성적이긴 하지만 잠복해 있는 짐승처럼 어떤 하나의 자극에만 반응하는 그런 괴상한 생명 말이다. 루이스는 마놀로가 지금 뭘 하고 있는지, 무슨 일을 해왔는지, 어디에서 사는지 알고 싶었다. "나온 지 얼마 안됐다고 했잖아." 마놀로는 루이스에게서 눈을 떼지 않으면서 투덜댔다. 집요하게 물어보았지만 루이스가 얻어낸 것이라고는 모호한 대답과 감이 잘 오지 않는, 앞으로 갖게 될 일자리에 대한 언급이 전부였다. 갑자기 무르시아 청년이 그에게 물었다. "나에 대한 것은 어떻게 알았어?" "떼레사를 통해서." 루이스가 재빨리 대답했다. 그리고 은근히 기쁜 목소리로 덧붙였다. "네 소식을 접했을 때 떼레사의 반응이 어땠는지 알아?" "좋아, 말해봐." 마놀로가 말했다. 루이스 뜨리아스가 그의 어깨에 손을 얹으며 말했다. "그녀는 웃음을 터뜨렸어, 친구. 네가 듣는 그대로야. 아직도 웃고 있을 거야." 루이스는 마놀로가 더 많이 물어오기를 기다리며 말을 멈추었다. 마놀로는 입을 열지 않았지만 그의 시선과 태도는 뭐든 기꺼이 들을 준비가 되어 있음을 보여주었다.

그렇게 해서 마놀로는 자신이 알고 싶었으나 감히 물어볼 엄두를 내지 못했던 것을 알게 되었다. 떼레사는 10월 초 그의 침묵에 이상함을 느껴 까르멜로 직접 찾아가 그의 구속 사실을 알게 되었고, 가끔 외출을 같이한 마드리드 출신의 사촌을 제외하고는 한동안 아무도 만나지 않으려 했으며, 몇달 후 대학교 바에서 루이스에게 마치 오래되어 거의 잊을 뻔했지만 너무나도 재미있는 농담인 것처럼 웃으며 거침없이 그 모든 것을 이야기했다는 것, 바로 그해 겨울에 대학의 어떤 소식통에 의하면 떼레사가 처녀성을 벗어던졌다는 것, 그녀가 이듬해 우수한 성적으로 학부를 마치고 곧바로 마리 까르멘 보리와 단짝이 되더니 그녀와 함께 지성인들의 모임에 나간다는 이야기, 루이스 뜨리아스 자신은 그런 모임에 참고 나갈 수 없다는 등의 이야기를 마놀로는 들었다. 그런데 마놀로는 보리스 부부를 알고 있었기에 그들이 어떻게 결별했는지 알고 싶을 터였다. 마리 까르멘은 현재 화가와 살고 있다고 했다. 루이스 자신은 학업을 그만둔 뒤 부친과 함께 사업을 하기 시작했으며, 조국과 아직 화해하지는 못했지만 약간의 알코올과 마음에 맞는 친구만 있다면 그럭저럭 평화롭게 살 수 있다고 했다. 그는 어떤 것도 그립지 않고, 그 누구에게도 분노가 남아 있지 않으며, 정치와는 담을 쌓고서 잊고 지낸다고 했다. 하지만 대학의 새로운 발전을 위해 더 예리한 통찰과 더 나은 행운이 따라주길 진정으로 바라고 있다고 했다……

"어쨌든 재미있는 일이었어." 그러면서 그는 말을 마쳤다.

허망하게도 어느 여름날의 분위기에 취해 신분 상승과 낭만에 한순간 사로잡혔던 청년의 그늘진 얼굴은 그 어떤 소식에도 동요를 보이지 않았다. 떼레사 이야기를 할 때조차도 말이다. 루이스 뜨리아스가 생각하기에 그는 이미 알고 있는 사실을 단지 확인하기 위해서 왔을 뿐이고, 이런 확인은 전혀 그의 마음을 아프게 하지 않는 것 같았다. 그는 처음부터, 즉 떼레사와 처음 이곳에 온 그날 밤부터, 허풍과 거드름을 피우면서 모든 것으로부터 자기를 방어하고 있었던 것이다. 이는 아주 잔인하고 돌이킬 수 없는 방식으로 그의 냉소적인 눈에 씌어져 있었다.

마놀로가 자신이 마신 맥줏값을 치르려고 했다.

"벌써 가는 거야? 한잔 더 하면서 얘기 계속하는 게 어때?" 루이스 뜨리아스가 말했다. "계산은 내가 할게."

"고마워. 나는 바빠서 이만."

루이스가 다시 그의 어깨에 손을 얹으며 말했다.

"이제 뭘 할 거야?"

"알아봐야지. 잘 지내."

삐호아빠르떼는 돌아서서 주머니에 손을 찔러넣고 그곳을 나갔다.

기억과 상상력으로 복원한 1950년대 바르셀로나
─환상과 현실 사이에서

1. 후안 마르세와 1960년대의 에스빠냐 문학

후안 마르세(Juan Marsé, 1933~)는 바르셀로나에서 태어나 내전기(1936~39)와 프랑꼬 독재 시기(1939~75), 이후에 찾아온 민주화 시기 등 에스빠냐 현대사를 고스란히 살아낸 작가이다. 출생 직후 그의 이름은 후안 파네까 로까(Juan Faneca Roca)였다. 생모가 그를 출산하는 과정에서 사망하여 그는 누나와 함께 마르세(Marsé) 부부에게 입양되었다. 내전 이후 프랑꼬 독재에 반대해 반체제 운동에 연루되었던 양부가 여러차례 옥고를 치르는 바람에 마르세는 열세살에 학업을 중단해야 했다. 한 보석 가공 기술자의 도제로 들어간 그는 도제 과정 후 보석 가공일을 하면서 글을 쓰기 시작했는데, 독서와 영화는 그가 작가로 성장하는 데 큰 영향을 끼쳤다. 1966년 출간된 두번째 장편소설 『떼레사와 함께한 마지막 오후들』(*Últimas tardes con Teresa*)로 그는 자신만의 고유한 문학세계를 구축하였다.

1950년대 에스빠냐 소설의 주된 흐름은 이른바 사회적 리얼리즘이라 불리는 경향이었고, 그 흐름은 1960년대 초반까지도 지속되었다. 그 당시 주요 문학은 사회적 불평등과 노동자 계급의 억압적 상황을 고발하고 비판하며 독자들을 의식화하기 위한 도구로 주로 기능했다. 1960년대 에스빠냐는 산업화 과정에 있었고, 농촌에서 도시로 인구의 대이동이 일어나고 있었다. 프랑꼬 독재체제하에서 자유의 부재는 노동조합 결성을 가로막았으며 노동자의 삶의 질 향상과 노동조건 개선을 요구할 수 없게 만들었다. 불의를 고발할 수 있는 표현의 자유 또한 없었다. 이러한 사회·정치적인 분위기에서 진보적인 작가들은 작품을 통하여 사회 비판을 해야 한다고 생각했고, 그들의 문학은 직접적이고 단순한 언어로 사회 비판 메시지를 관찰자의 시점에서 전하는 참여문학적 성격을 띠게 되었다.

그러나 한편으로 1960년대 들어 서서히 이전과는 다른 새로운 문학 흐름이 형성되기 시작했다. 새로운 서사기법을 통하여 소설 언어와 형식에 대한 새로운 전망을 제시하고 전후 지배적이었던 리얼리즘 소설의 한계를 극복하려는 작품들이 등장하였던 것이다. 이러한 흐름을 가속화한 작품 중의 하나가 바로 후안 마르세의 『떼레사와 함께한 마지막 오후들』이었다.

2. 사회적 리얼리즘을 넘어 드러낸 환상 너머의 현실

『떼레사와 함께한 마지막 오후들』은 3부 22장으로 이루어져 있으며, 15개월(마놀로의 2년 동안의 수감 기간과 후일담을 포함하면 전부 3년 3개월)에 걸쳐 일어난 일들을 다루고 있다. 이야기는 성 요한 축제의 전야인 1956년 6월 23일에 시작된다. 출세를 갈망하던 가난한 청년 마놀로(일명 삐호아빠르떼)는 부잣집 여대생인 떼레사와 사랑에 빠지기 전 처음에는 그녀의 하녀 마루하와 애정관계를 갖는다. 그해 10월 바르셀로나 대학에서는 시위가 일어나고, 떼레사는 남자친구 루이스 뜨리아스와 그 시위에 적극적으로 참여한다. 작품에서는 하녀 마루하와 마놀로의 애정관계가 압축적으로 핵심만 서술되는 반면, 떼레사와 관련된 일들은 자세하게 다뤄진다. 떼레사가 한 노동자와 키스하는 광경을 목격한 마놀로가 그녀를 정복할 가능성을 엿보는 대목에서 1부는 끝난다. 1957년의 여름을 배경으로 이야기가 전개되는 2부는 전체에서 가장 많은 분량을 차지하면서 서사의 골자를 이룬다. 시작 부분에 중요한 사건이 일어날 것이 암시되는데, 사고를 당한 마루하는 의식불명 상태로 병원에 입원하게 되고, 병문안을 계기로 마놀로와 떼레사 사이에 사랑이 싹튼다. 3부는 1957년 9월과 10월의 몇주 동안에 일어난 이야기가 펼쳐진다. 마놀로는 자신한테 속았음에도 불구하고 여전히 자신을 사랑하는 떼레사와 맺어질 것을 확신한다. 하지만 마루하의 죽음은 그의 계획을 좌절시키며 추락을 예고한다. 에필로그와도 같은 마지막 장은 2년 후인 1959년, 구속되었던 마놀로가 출옥한 후 그동안 일어난 일들을 루이스 뜨리아스로부터 듣는 부분이다.

진보적인 여대생 떼레사가 마놀로와 사랑에 빠지게 되는 것은 그를 혁명적 이상을 위해 투쟁하는 노동자의 리더로 착각했기 때문이다. 그녀의 모순은 자신이 혐오하는 부르주아 계급에 그녀가 속할 뿐만 아니라 실현하려는 이념을 순전히 책을 통하여 습득했으며 노동자들을 제대로 알지 못한다는 것이다. 떼레사는 이념적인 열정을 성적 욕망과 혼동하고 프롤레따리아의 삶을 이상화한다. 그녀는 자신의 환상 속에서 삐호아빠르떼를 이상적인 혁명투쟁의 리더로 만들지만 결국 슬픈 현실과 직면하게 된다. 그녀는 "그의 이념이 아닌 한 남자로서의 그에게 끌렸다는 사실을 온전히 인식"(397~98면)하게 된 것이다. 모든 것은 혁명에 대한 그녀의 환상이 만들어낸 산물이었다. "몬떼까르멜로는 내가 상상했던 몬떼까르멜로가 아니야. 마놀로의 형은 중고차 거래상이 아니라, 노동자 의식이 없는 정비공이었어. 베르나르도는 나 자신의 혁명적 환상 속에서 만들어낸 인물이며, 마놀로 역시……"(419면) 그러면서 그녀는 자신이 속한 세계로 다시 돌아간다.

마르세는 두 남녀의 사랑 이야기를 통하여 1950년대 바르셀로나에서 스스로를 '진보적이라 믿었던' 부르주아 대학생들의 위선을 통렬하게 비판하고 그들에게 덧씌워진 영웅적인 성격을 제거하고자 한다. 그리고 떼레사와 그녀의 이념적 동지 루이스 뜨리아스 데 히랄뜨를 비롯한 부르주아 대학생들이 주도한 학생운동과 그것의 신화화를 신랄한 풍자와 조롱으로 비판한다.

초창기 학생운동에는 뭔가 자위행위 같은 면이 있었다. 유감스럽게도 루이스 뜨리아스 데 히랄뜨가 예상보다 덜 웅변적인 허풍 속에서 예전에 우리 대학들에 존재하지 않았던 민주적 결속에 박차를 가

한 결과, 정치의식이 뜨겁고 유쾌한 발기와 고독한 이념의 애무로부터 탄생할 수 있었다. 거기서 그 영웅적 세대가 지닌 음란하고, 탁하고, 불가사의하고, 본질적으로 은밀한 성격은 체제 전복과 처음으로 조우하게 되었다. (359면)

어쨌든 행동을 낳은 그 고귀한 충동을 인정하더라도 그들의 겉모습과 실체 사이에 차이가 있었다는 것은 사실이었다. 나라의 진정한 문화와 민주주의를 위해 헌신했다고 주장하는 이들조차 마흔이 될 때까지 자신들의 청년기 신화를 질질 끌고 갔을진대, 당시의 젊은 대학생들에게 무엇을 기대할 수 있었겠는가?

세월이 흘러 그들 중 어떤 이들은 광대가 되었고, 또다른 이들은 희생자가 되었으나, 대부분의 사람들은 머저리나 아이로 남아 있었다. 몇몇은 분별력 있고 관대하며 정치적으로 유망한 행운아가 되기도 했지만 결국 모두 형편없는 샌님들이었다. (368면)

1950년대 영웅적 세대라 불렸던 진보적 대학생들에 대한 이러한 비판과 탈신화화는 참여문학의 성격을 띤 사회적 리얼리즘과는 거리가 있었을 뿐만 아니라 완전히 상반된 지향점을 보여주는 것이었다. 마르세는 사회·정치적 갈등을 내세우지도, 투쟁하는 노동자 계급을 전면에 등장시키지도 않는다. 이념에 물든 진보적인 학생들이 등장하긴 하지만 이들이 표적으로 삼는 구체적인 대상은 뚜렷하지 않다.

작품에는 사회적 리얼리즘 미학에 관해 학생들이 논쟁을 벌이는 장면이 등장한다.(379~80면) 그때 그들이 읽고 있는 책은 1957년에 출간된 호세 마리아 까스떼예뜨(José María Castellet, 1926~2014)의

『독자의 시간』(*La hora del lector*)이라는 문학비평서로 그 저자는 참여문학을 옹호하는 시각을 견지하고 있었다. 그 장면을 통하여 우리는 작가가 정치적 이념이 아무리 반동적이었다 하더라도 문학성이 뛰어난 발자끄를 옹호하고 있음을 알 수 있다.(380면) 그러니까 마르세는 어떤 사상적 지향성을 가진 문학이 아닌 '문학성이 뛰어난 서사의 지지자'라는 사실을 드러낸다. 주제를 다루는 마르세의 이러한 방식은 사회적 리얼리즘이 옹호하고 신화화했던 것들을 단호하게 반대하며 그 상황들을 통렬하게 빈정거리는 것으로 귀결된다.

이렇게 내용에서뿐만 아니라 기법에서도 마르세의 서사는 현실에 대한 객관적 묘사를 추구한 사회적 리얼리즘 미학과는 거리가 있었다. 화자의 가치판단이나 간섭을 배제하는 객관주의를 표방했던 당시의 소설들과 달리 마르세의 작품은 전지적 화자의 시점에서 이야기가 전개된다. 그리고 내포작가(implied author)가 다양한 방식으로 빈번하게 이야기에 개입하면서 사건을 예견하거나 사건과 인물들에 대하여 비평하고 의심하고 판단하면서 조롱한다.

어떻게 보면 이것은 우리가 살아가는 이 세상의 혼란스러운 도덕적 특성 탓에 완전히 사실이 될 수도 있는 그런 거짓말 중의 하나였다. 그는 마놀로 레예스이거나 후작의 아들이거나 신과 마찬가지로 자기 자신의 아들이었다. 하지만 그외의 다른 것은 될 수 없었다. 물론 영국인도 될 수 없었다. (101면)

이 모든 것이 우스꽝스러워 보일지라도 루이스 뜨리아스 데 히랄뜨의 신격화된 특별한 위상 때문에 (하지만 씁쓸하게도 방금 확인했듯이 그건 착각이었다) 떼레사가 여기에 이르기까지는 길고 험난한 여정을 거쳐야 했다. 결코 조롱하려는 의도 없이 말하건대, 떼레사 쎄라뜨는 스무살에 남자를 알지 못하면 앞으로 어떤 것도 알지 못할 것이라고 확신한, 당시의 용감하고 격정적인 여대생 중 한명이었다. 그런 확신은 한가지 사상에 충실하면서 헌신하도록 하는 장점이 있고 청춘의 관대함과 자유분방한 감정상태를 수반했지만, 그녀가 속해 있는 나라에서는 당연히 이루기 힘든 일이었다. 생각과 행동이 일치하기란 쉽지 않은 법이다. (181~82면)

이렇게 전지적 화자와 내포작가를 드러냄으로써 마르세는 작가란 현실을 있는 그대로 옮겨 적는 사람이 아니라 그것을 읽고 경험하는 사람이며, 우리가 읽는 소설은 현실이 아니라 환상이라는 사실을 끊임없이 일깨워준다. 객관적 리얼리즘을 조롱하려는 의도가 다분히 엿보인다.

마르세의 서사는 전반적으로 시간의 흐름에 따라 전개되지만 플래시백과 내적 독백에 의해 그 흐름이 단절되기도 한다. 마놀로의 어린 시절과 가족 이야기, 모로 부부와의 일화, 떼레사와 루이스가 함께 밤을 보낸 이야기 등은 플래시백 기법을 이용하여 사건의 인과관계, 인물의 성격을 이해하는 데 중요한 정보를 제공한다. 코마 상태에 빠진 마루하가 마놀로와 함께 보낸 시간들을 그녀의 시각에서 재구성한 두 부분(323~29, 439~46면)과 마놀로가 떼레사를 만나기 위해 마지막으로 블라네스로 향하면서 그녀와의 미래를 상상하는 장면(507~17면) 등에서는 내적 독백이 사용된다. 떼레사와 마놀로가 해변에서 데이트를 즐기는 장면에서 마루하의 첫번째 내적 독백이 등장하는데, 마루하의 독백은 '환상에 눈이 먼' 두사람이 보지 못하는 현실의 실체(마놀로는 마루하가 자신의 실체를 첫 날부터 알고 있었다는 사실을 모르고 떼레사는 이 시점까지도 마놀로의 실체를 알지 못한다)를 객관적인 시각에서 드러낸다는 점에서 중요하다.

> 까르멜로에 있는 그의 집은 가깝기도 하고 멀기도 하다. 비만 오면 전깃불이 나간다는 것, 이것은 그의 마루하가 물어볼 때마다 그가 언짢아하면서 설명한 유일한 내용이었다. 그래서 나는 비만 오면 비좁은 부엌에서 갑자기 꺼져버리는 슬픈 전구와, 오두막집의 석면과 양철 위로 떨어지는 빗방울 소리를 떠올리며 가난에 찌든 한 가엾은 젊은이의 견디기 힘든 삶을 상상하곤 한다. 가난한 이들에게 사랑은 유일한 자산이지만, 그는 자신을 사랑해주는 이들을 사랑하는 법을 절대 배우지 않을 것이다. 난 안다. 무지하고 남자들에 대해 잘 알지 못하지만, 나도 여자인 것이다. 남자들에 대해 좀 아는 건 침대에서 배웠다. 아름다운 상어 같은 그의 치아는 나에게 속한 것이다. 그날밤 댄스 파티에서 그는 날 속일 수 없었다. 가난한 사람들만이 잘생긴 사람을 보면 부자라고 착각한다. 입으로 세상을 빨아들일 듯 성급하게 키스하는 것도 그렇다. 난 그를 사랑하고 기다리는 부모와 형제, 가족이 없는 줄 알았다. (325면)

마루하의 두번째 내적 독백 중 "특히 두려움은 그를 만난 첫날부터 느껴오던 것이었는데, 이는 그가 거짓말과 나쁜 짓을 하고 (…) 평생 불행해질 수 있는 또다른 범죄를 저지를 것 같은 예감이 들어서였어……"(446면)에서 알 수 있듯 그녀의 내적 독백은 앞으로 전개될 내용을 암시하는 복선 역할을 한다.

이러한 마르세의 서사기법은 당시의 에스빠냐 소설과는 분명한 차이를 보이는 요소들이었다. 화자의 간섭 없이 현실을 객관적으로 재현하여 그것을 실제적인 것처럼 받아들이도록 하는 사회적 리얼리즘의 서사기법을 비웃기라도 하듯 그는 내포작가의 존재를 끊임없이 드러내고, 플래시백, 내적 독백 등의 기법을 통하여 직선적인 시간의 흐름을 파괴하면서 하나의 사건에 대한 다양한 시각을 제공한다. 이처럼 스스로가 만들어낸 환상과 실체 사이의 괴리를 극복하지 못하고 갈등 속에서 현실을 살아가는 사람들의 모습을 형상화해낸 이 작품은 문학평론가 곤살로 쏘베하노(Gonzalo Sobejano)가 "더이상 우파적이지도 객관적이지도 않으며, 오히려 간접적이고 주관적이며, 포괄적이고 풍자적이면서 격양된 소설"이라고 했듯이, 당시 주된 흐름이었던 사회적 리얼리즘 미학이 지닌 한계를 그 내용이나 형식 면에서 완전히 극복하고 에스빠냐 소설에 새로운 방향을 제시한 작품이었다.

3. 두 바르셀로나, 그리고 건널 수 없는 '흙탕물 웅덩이'

처녀작 『장난감 하나만 가지고 갇힌 사람들』(*Encerrados con un solo juguete*)을 비롯해 마르세의 서사가 펼쳐지는 공간은 거의 예외 없이 바르셀로나이다. 그런데 작가가 각별히 주목하는 바르셀로나는 내전이 남긴 상처와 갈등이 깊숙이 뿌리내린 그런 도시이다. 『떼레사와 함께한 마지막 오후들』 역시 작가가 바르셀로나에서 보낸 유년기와 청년기의 기억을 불러내 문학적 상상력으로 빚어낸 이야기이다. 마르세는 자신의 서사를 통하여 에스빠냐 내전 후 많은 이

주민들의 터전으로 새로이 탈바꿈한 1950년대 후반의 바르셀로나를 복원해낸다. 서사가 펼쳐지는 주요 공간은 싼헤르바시오(San Gervasio)의 부르주아 동네, 블라네스(Blanes)의 별장, 하층민 동네인 까르멜로(Carmelo)로, 이 공간들은 작품에서 극적인 대조를 이루며 상징적 의미를 지닌다.

삐호아빠르떼는 사회계급에 따라 공간이 구분된다는 사실을 잘 아는 인물로, 신분 상승을 위해서는 가난한 하층민의 공간에서 벗어나야 한다고 생각한다. 그의 고향 론다(Ronda)는 모순적인 의미를 지닌 공간이다. 그곳은 귀족의 아들이라는 그의 출생을 둘러싼 신비화된 소문(그는 자신이 쌀바띠에라 후작의 아들이기를 바랐다)이 떠도는 공간이기도 하지만, 동시에 얼굴도 모르는 사람의 아들이라는, 하층민 신분과 가난을 상징하는 공간이기도 하다. 마놀로는 멸시받고 또 멸시받을 수밖에 없는 현실에서 벗어나 귀족의 아들일지도 모른다는 자신의 출생 신화에 걸맞은 사회적 지위를 갖길 염원한다.

하지만 그의 첫번째 기획, 즉 모로 가족에게 입양되어 신비의 도시 빠리로 가는 것은 좌절되고 만다. 이후 그는 론다를 떠나 바르셀로나로 향한다. 하지만 자신의 계급과 공간에서 벗어나려는 마놀로의 투쟁은 또다시 실패하고 만다. 론다에서 벗어난 그가 머물게 되는 곳은 또다른 가난의 공간인 바르셀로나의 변두리였다. 시골에서 산업화된 도시로 환경만 바뀌었을 뿐 그는 여전히 하층계급에 속하는 주변인이었다.

평범한 서민 동네인 까사바로(Casa Baró), 기나르도(Guinardó), 라 살루드(La Salud) 등은 작품에서 몇차례 언급만 될 뿐 자세히 묘사되지 않는다는 사실은 특기할 만하다. 생산, 경제, 노동의 영역과 관련된 "안개와 공장 지대의 소음에 둘러싸인 도시"(43면)의 모습은 거의 나오지 않고, 대신에 떼레사와 루이스를 비롯한 부르주아 집안의 사업이 주로 언급된다. 루이스의 부친은 직물 공장을 운영하고, 떼레사의 아버지와 보리 부부는 광고와 마케팅 분야에 종사하고 있다. 노동자 계급은 떼레사가 잠시 만난 젊은이만 언급될 뿐이다. 대부분의 작중인물은 소외계층, 사기꾼이나 절도범, 부르주아 계급의 젊은이들이다.

맑스주의에 입각한 사회소설은 계급투쟁, 착취당하는 노동자 계급의 문제를 서사의 전면에 내세우지만 마르세는 이것을 뒤집는다. 억압받는 이들은 사회의식이 없는 하층민들로, 그들에게는 사회 전체를 포괄적으로 바라볼 수 있는 시각이 결여되어 있다. 그들은 자신의 출구를 찾기 위해 이기적인 행동을 하며 그저 순간순간을 살아가는 이들이다. 그들이 원하는 바는 돈을 벌어 부자들처럼 사는 것이다. 뒤늦게 떼레사는 마놀로의 진정한 열망을 깨닫는다. "그렇다면 그가 가진 자유의 이념은? 스포츠카이다."(424면) 역설적이게도 혁명적이면서 사회의식을 지닌 이들은 지배계급의 자녀들로, 그들은 하층민의 삶을 동경하고 이상화한다.

이상과 이해관계 사이에 존재하는 모순은 다양한 방식으로 드러나는데, 사회계층의 양극단을 이루는 인물은 각각 다른 공간을 선호한다. 부르주아 학생들은 차이나타운(Barrio Chino)에 있는 바에 자주 출입한다. 그런데 그들이 서민 공간에 들어가는 일은 자신들이 해방하고자 하는 계급의 환경 속으로 상징적이고 우발적으로 빠져드는 매우 단편적인 행위에 불과하다. 그들은 하층민의 공간에 끌리지만 하층민은 오히려 부르주아처럼 살기를 바란다. 하층민의 공간을 이상화하는 시각은 그들 부모 세대의 시각과는 대조를 이룬다. 부모 세대는 계급과 그에 따른 공간 구분에 대해 분명한 의식을 가지고 있다. 쎄라뜨 부인에게 몬떼까르멜로는 "그들만의 독특한 법이 있는 완전히 다른 세상으로, 저 멀리 미개한 이들이 살고 있는 콩고와 같은 곳"(216면)이다. 반면에 떼레사는 까르멜로에 푹 빠져든다. 한편 뻬호아빠르떼는 블라네스의 별장 안으로 들어가기를 꿈꾸고, 쌘헤르바시오 저택의 정원에서 열리는 파티에 참석하기를 간절히 원한다. 이러한 극단적인 대비는 떼레사가 처음으로 까르멜로를 방문했을 때 마놀로와 나눈 대화에서도 잘 드러난다.

그들은 비참한 몰골을 한 밴드가 태양 아래서 연주를 계속하고 있는 공터 옆을 지나갔다.

"이것 봐. 정말 멋져!" 떼레사가 소리쳤다. "난 너희 동네가 맘에 들어. 연주는 왜 하는 거니? 저 사람들은 누구야?"

뻬호아빠르떼는 곁눈질로 그녀를 보았다.

"수막염 환자들이야. 매독과 굶주림이 낳은 자식들이지. 그게 다야. 저기 꼬또렝고의 사람들이지."(227면)

하지만 마루하의 죽음 이후 두사람은 더이상 만날 수 없게 되고 결국 자신들이 '있어야 할' 장소로 돌아가게 된다. 마루하의 장례식을 치르는 내내 떼레사의 아버지는 떼레사와 마놀로를 유심히 관찰하며 딸의 행동을 통제하려고 한다. 두사람에게 다가가려던 쎄라뜨 씨는 흙탕물 웅덩이 앞에서 걸음을 멈추고는 딸에게 오라고 한다. 떼레사는 아버지의 말에 따라 웅덩이를 돌아 아버지 곁으로 간다. 이 흙탕물 웅덩이는 두사람을 갈라놓는 장벽이라는 상징적 의미를 지닌다. 작품의 초반부에 뻬호아빠르떼가 까르멜로에서 바르셀로나를 "흙탕물 웅덩이를 보듯"(42면) 바라보는 장면이 있다. 이는 그가 살고 있는 까르멜로와 부유층 주거지 사이에는 넘을 수 없는 장벽이 존재함을 암시하는 것으로 해석할 수 있다. 떼레사가 돌아오지 않자 마놀로는 두사람 사이에 놓인 장애를 물리칠 준비가 되어 있다는 듯 웅덩이 위를 첨벙거리며 그녀에게로 간다. 이런 마놀로의 단호한 행동을 본 쎄라뜨 씨는 마놀로에게 "이제 모든 일이 끝난 것 같네. (…) 잘 지내게. 이제 우리가 다시 볼 일은 분명히 없겠지"(474면)라는 말을 남기고 떠난다. 이후 떼레사는 블라네스의 별장에 갇혀 지내고 마놀로는 그녀를 만나기 위해 블라네스로 가는 길에 경찰에게 붙잡히고 만다. 까르멜로의 마놀로는 아버지의 공간으로 돌아간 떼레사를 만나기 위해 길을 나서지만 끝내 '흙탕물 웅덩이' 즉 사회가 만들어놓은 견고한 계급을 뛰어넘을 수 없었던 것이다.

4. 환상을 좇는 인물 뻬호아빠르떼

마르세가 그의 작중인물 중 자기 자신과 가장 동일시하는 인물인 뻬호아빠르떼는 20세기 후반 에스빠냐 문학이 낳은 가장 인상적인 인물 중 하나로 꼽힌다. 잘생긴 외모와 타고난 카멜레온 같은 기질, 그리고 강한 신분 상승 열망은 그에게 노동자의 삶을 사는 게 아니라 상류층 세계로 접근하게 만든다. 하지만 결국 부르주아 여대생 떼레사와의 사랑이 이루어지려는 순간 그의 헛된 꿈은 산산이 깨져버리고 만다. 작품을 여는 보들레르의 시에서 알바트로스가 선원들에게 잡혀 더이상 날 수 없게 되면서 이전의 아름다운 모습을 잃어버리고 우습고 추해진 것처럼, 삐호아빠르떼는 경찰에게 붙잡혀 애처로운 꼴이 되고 만다. 환상 너머에 있는 계급적 장벽이라는 혹독한 현실의 실체를 만난 것이다.

삐호아빠르떼는 부르주아 여대생과의 사랑을 이용해 사회적 신분 상승을 노리기는 하나 그리 냉철한 인물은 아니다. 그의 야망은 교묘하게 계획되고 효율적으로 수행되는 것과는 거리가 먼, 몽상에 지나지 않는 것이었다. 그는 "늘 예감이나 징후에 민감했"고, "감정적인 사람들에게는 저주가 될 수도 있는, 이미지에 속아 넘어가는 희생양"이었다.(90면) 그래서 작가는 그를 "가여운 녀석" "순진한 아이" "애처로운 인물"이라고 하면서 연민을 보낸다.

출세지향적인 인물의 전형인 삐호아빠르떼는 19세기 사실주의 소설의 인물들에게 빚을 지고 있다. 출세를 위해 도시로 이주해온 시골 청년으로, 여자들을 이용하여 신분 상승을 꿈꾸는 스땅달의 소설 『적과 흑』의 쥘리앵 쏘렐(Julien Sorel), 그리고 마르세의 작품에서도 언급되고 있는 발자끄의 소설 『고리오 영감』의 라스띠냐끄(Rsatignac)가 그런 인물이다. 특히 부르주아 젊은이들이 파티를 벌이고 있는 정원에 주인공이 몰래 침입하는 장면은 라스띠냐끄가 호화로운 쌀롱에 들어가는 장면을 떠올리게 한다. 장면은 다르지만 두사람이 각각의 공간에 침입하는 동기는 같다. 이런 점에서 본다면 삐호아빠르떼는 19세기 라스띠냐끄의 20세기 버전이라고 할 수 있다.

마르세의 『떼레사와 함께한 마지막 오후들』은 사회적 리얼리즘 미학의 한계를 그 내용과 형식 면에서 모두 극복하고 에스빠냐 소설에 새로운 방향을 제시한 작품으로 평가받으면서 당시 평단의 이목을 모았다. 하지만 작가가 "보수적이고 부정적인 자세를 취하고 있다"거나 "허무적인 회의주의자의 태도를 보인다"고 하면서 작품 속에 이데올로기적 명제가 없는 것에 대해 비뚤어진 반응과 해석이 나오기도 했다.

그러나 작가 마르세에게는 정치적 이념보다 문학이 갖춰야 할 미덕이 우선이었다. 그가 정치적 성향을 드러내는 경우는 오로지 진정성이 결여된 사회와 다양한 정치이념들 때문에 작중인물들이 고통받을 때이다. 그는 결코 정치적 편향성을 보이지 않았다. 어쩌면 그래서 마르세의 『떼레사와 함께한 마지막 오후들』이 오늘날까지도 고전의 자리를 지키면서 정치적 시각에서가 아니라 미학적 시각에서 읽히는 소설이 될 수 있었을 것이다. 불가능한 꿈의 좌절과 실패에서 비롯된 낭만적인 슬픈 이야기로 말이다.

한은경(전북대 스페인·중남미학과 강의전담교수)

작가연보

1933년   1월 8일 바르셀로나에서 태어남. 생모가 그를 출산하는 과정에서
       사망하여 누나와 함께 마르세(Marsé) 부부에게 입양됨.

1946년   학업을 중단하고, 보석 가공 기술자의 도제로 들어감. 1948년 도
       제 과정을 끝낸 후 1958년까지 보석 가공일을 계속함. 보석 가공
       일을 하면서 영화잡지 『아르시네마』(Arcinema)에 영화와 연극 비
       평을 발표함.

1954년   보석 가공일을 중단하고 세우따(Ceuta)에서 18개월 동안 군복무
       를 함.

1957년   이해부터 1959년까지 잡지 『인술라』(Ínsula) 『데스띠노』(Destino)
       『엘 시에르보』(El Ciervo) 등에 단편을 발표함. 단편 「죽기 위한

것은 아무것도 없다』(Nada para morir)로 1959년 쎄사모 단편상
(Premio Sésamo de cuentos)을 받음. 1950년대 말에서 1960년대
초까지 문학동호회 활동을 하면서 하이메 힐 데 비에드마(Jaime
Gil de Biedma), 까를로스 바랄(Carlos Barral), 하이메 쌀리나스
(Jaime Salinas) 등 당시 바르셀로나의 젊은 작가들과 친분을 맺기
시작함.

1960년   군에 복무하던 시절 지루함을 달래기 위해 쓰기 시작한 『장난감
하나만 가지고 갇힌 사람들』(Encerrados con un solo juguete)로 출판
사 쎄익스 바랄(Seix Barral)에서 주최하는 비블리오떼까 브레베
상(Premio Biblioteca Breve)의 최종 후보에 오름.

1961년   시인 하이메 힐 데 비에드마, 시인이자 출판사 편집자인 까를로스
바랄 등의 제안으로 유럽문화학회(Congreso de Cultura Europea)
의 장학금을 받아 빠리로 감. 빠리에서 빠스뙤르 연구소 세포생화
학과 사환, 에스빠냐어 번역, 에스빠냐어 개인교습 등을 해서 생
활함. 공산당에 가입하여 활동함.

1962년   바르셀로나로 돌아와 『이런 달의 얼굴』(Esta cara de la luna)을 출
간함.

1966년   『떼레사와 함께한 마지막 오후들』(Últimas tardes con Teresa) 출간.
이 작품으로 비블리오떼까 브레베 상을 받음. 호아끼나 오야스
(Joaquina Hoyas)와 결혼함.

1970년   『사촌 몬세의 암울한 이야기』(La oscura historia de la prima Montse)
출간. 잡지 『보까치오』(Bocaccio)와 『아트시네마』(Art-Cinema)의 편
집장을 맡음.

1973년   『내가 전사했다고 사람들이 네게 말하거든』(Si te dicen que caí)을
출간하지만 금서로 지정됨.

1974년	『내가 전사했다고 사람들이 네게 말하거든』이 멕시코에서 출간되어 해외소설상(Premio Internacional de Novela)을 받음.
1975년	영화「잠깐의 자유」(Libertad provisional)의 씨나리오를 씀.
1978년	『황금 팬티를 입은 소녀』(*La muchacha de las bragas de oro*) 출간. 이 작품으로 쁠라네따 문학상(Premio Planeta)을 받음.
1979년	『황금 팬티를 입은 소녀』가 비센떼 아란다(Vicente Aranda) 감독에 의해 영화화됨.
1982년	『언젠가는 돌아올 거야』(*Un día volveré*) 출간.
1983년	『떼레사와 함께한 마지막 오후들』이 곤살로 에랄데(Gonzalo Herralde) 감독에 의해 영화화됨.
1984년	『론다 델 기나르도』(*Ronda del Guinardó*) 출간.
1987년	단편집『브라보 대령』(*Teniente Bravo*) 출간.
1989년	『내가 전사했다고 사람들이 네게 말하거든』이 비센떼 아란다 감독에 의해 영화화됨.
1990년	『두개 국어를 말하는 연인』(*El amante bilingüe*) 출간. 이 작품으로 쎄비야 문예그룹 상(Premio Ateneo de Sevilla)을 받음.
1991년	영화「기나긴 겨울」(El largo invierno)의 씨나리오를 씀.
1992년	『두개 국어를 말하는 연인』이 비센떼 아란다 감독에 의해 영화화됨.
1993년	『상하이의 마력』(*El embrujo de Shangai*) 출간. 이 작품으로 같은 해 국내 부문 비평상(Premio de la Crítica)과 이듬해 유럽 문학상(Premio Europa de Literatura)을 받음.
1997년	후안 룰포 문학상(Premio de Literatura Juan Rulfo)을 받음.
2000년	『도마뱀 꼬리』(*Rabos de Lagartija*) 출간. 이 작품으로 이듬해 국내 부문 비평상과 소설상(Premio Nacional de Narrativa)을 받음.

2002년	『상하이의 마력』이 페르난도 뜨루에바(Fernando Trueba) 감독에 의해 영화화됨.
2004년	『큰 환멸』(*La gran desilusión*) 출간.
2005년	『탐정들의 이야기』(*Historia de detectives*) 출간. 『클럽 롤리따의 사랑노래들』(*Canciones de amor en Lolita's Club*) 출간.
2007년	『클럽 롤리따의 사랑노래들』이 비센떼 아란다 감독에 의해 영화화됨.
2008년	세르반떼스 문학상(Premio de Cervantes)을 받음.
2011년	『꿈의 서체』(*Caligrafía de los sueños*) 출간.
2012년	『탐정 루까스 보르살리노』(*El detective Lucas Borsalino*) 출간.
2014년	『종이비행기로 보낸 행복한 소식들』(*Noticias felices en aviones de papel*) 출간.

고전의 새로운 기준, 창비세계문학

오늘날 우리는 인간의 존엄과 개성이 매몰되어가는 시대를 살고 있다. 물질만능과 승자독식을 강요하는 자본주의가 전지구적으로 확산되면서 현대사회는 더 황폐해지고 삶의 질은 크게 훼손되었다. 경제성장만이 최고의 선으로 인정되고 상업주의에 물든 문화소비가 삶을 지배할수록 문학은 점점 더 변방으로 밀려나고 있다. 삶의 본질을 성찰하는 문학의 자리가 위축되는 세계에서는 가진 자와 못 가진 자 할 것 없이 모두가 불행할 수밖에 없다.

이 시대야말로 인간답게 산다는 것의 의미가 무엇인지 근본적인 화두를 다시 던지고 사유의 모험을 떠나야 할 때다. 우리는 그 여정에 반드시 필요한 벗과 스승이 다름 아닌 세계문학의 고전이라는 점을 강조한다. 고전에는 다양한 전통과 문화를 쌓아올린 공동체의 경험이 녹아들어 있고, 세계와 존재에 대한 탁월한 개인들의 치열한 탐색이 기록되어 있으며, 새로운 세상을 꿈꾸는 아름다운 도전과 눈물이 아로새겨 있기 때문이다. 이 무궁무진한 상상력의 보고이자 살아 있는 문화유산을 되새길 때만 개인의 일상에서 참다운 인간적 가치를 실현하고 근대적 삶의 의미와 한계를 성찰하는 지혜를 얻을 수 있을 것이다.

'창비세계문학'은 이러한 문제의식에서 출발한다. 세계문학의 참의미를 되새겨 '지금 여기'의 관점으로 우리의 정전을 재구성해야 할 필요성이 그 어느 때보다 절실하다. '정전'이란 본디 고정된 목록으로 존재하는 것이 아니라 그때그때 주어진 처소에서 새롭게 재구성됨으로써 생명을 이어가는 것이다. 우리는 먼저 전세계 문학들의 다양성과 차이를 존중하면서 국가와 민족, 언어의 경계를 넘어 보편적 가치에 기여할 수 있는 가능성에 주목하고자 한다. 근대를 깊이 성찰한 서양문학뿐 아니라 아시아와 라틴아메리카, 중동과 아프리카 등 비서구권 문학의 성취를 발굴하고 재평가하는 것 역시 세계문학의 지형도를 다시 그리려는 창비의 필수적인 작업이 될 것이다.

여러 전집들이 나와 있는 세계문학 시장에서 '창비세계문학'은 세계문학 독서의 새로운 기준이 되고자 한다. 참신하고 폭넓으면서도 엄정한 기획, 원작의 의도와 문체를 살려내는 적확하고 충실한 번역, 그리고 완성도 높은 책의 품질이 그 기초이다. 독서시장을 왜곡하는 값싼 유행과 상업주의에 맞서 문학정신을 굳건히 세우며, 안팎의 조언과 비판에 귀 기울이고 독자들과 꾸준히 소통하면서 진정 이 시대가 요구하는 세계문학이 무엇인지 되묻고 갱신해 나갈 것이다.

1966년 계간『창작과비평』을 창간한 이래 한국문학을 풍성하게 하고 민족문학과 세계문학 담론을 주도해온 창비가 오직 좋은 책으로 독자와 함께해왔듯, '창비세계문학' 역시 그러한 항심을 지켜나갈 것이다. '창비세계문학'이 다른 시공간에서 우리와 닮은 삶을 만나게 해주고, 가보지 못한 길을 걷게 하며, 그 길 끝에서 새로운 길을 열어주기를 소망한다. 또한 무한경쟁에 내몰린 젊은이와 청소년 들에게 삶의 소중함과 기쁨을 일깨워주기를 바란다. 목록을 쌓아갈수록 '창비세계문학'이 독자들의 사랑으로 무르익고 그 감동이 세대를 넘나들며 이어진다면 더없는 보람이겠다.

2012년 가을
창비세계문학 기획위원회
김현균 서은혜 석영중 이욱연 임홍배 정혜용 한기욱

창비세계문학 47

떼레사와 함께한 마지막 오후들

초판 1쇄 발행/2016년 5월 20일

지은이/후안 마르세
옮긴이/한은경
펴낸이/강일우
책임편집/권은경·김성은
펴낸곳/(주)창비
등록/1986년 8월 5일 제85호
주소/413-120 경기도 파주시 회동길 184
전화/031-955-3333
팩시밀리/영업 031-955-3399 편집 031-955-3400
홈페이지/www.changbi.com
전자우편/lit@changbi.com

한국어판 ⓒ (주)창비 2016
ISBN 978-89-364-6447-9 03870